新典社研究叢書307

源氏物語 読解と享受資料考

妹尾好信 著

新典社刊行

目　次

第三部　近世期享受資料の成立と伝本

《序章に代えて》『源氏物語』の先行物語受容

――『竹取』『伊勢』『落窪』など――

はじめに

ひと昔前の話になるが、平成二十年（二〇〇八）は「源氏物語千年紀」の年として、さまざまな記念イベントや出版が企画されて大いに盛り上がった。なぜその年が千年紀とされたかと言うと、『紫式部日記』の寛弘五年（一〇〇八）の記事に『源氏物語』に関する言及があり、確かにこの年に『源氏物語』は少なくともその一部が成立していて、一条朝の宮廷貴族たちに読まれていたことがわかるからである。紫式部が『源氏物語』の執筆にとりかかった年だとか、五十四帖全編が完成した年だとかいうわけでないのは残念だが、文学史に屹立するこの大傑作が執筆と同時進行で読者たちにもてはやされていたことが、作者紫式部自身によって証言されていることはまことに意義深いことである。

鎌倉時代初期に書かれた物語評論の書『無名草子』でも、当然ながら『源氏物語』について多くの紙数を費やして論じており、量的に他の物語を圧倒している。その『源氏物語』論の冒頭には、次のようにある。

さても、この『源氏』作り出でたることこそ、思へど思へど、この世一つならずめづらかにおぼほゆれ。まことに、仏に申し請ひたりける験《しるし》にやとこそおぼゆれ。それより後の物語は、思へばいとやすかりぬべきものなり。かれを才覚にて作らむに、『源氏』にまさりたらむことを作り出だす人もありなむ。わづかに『うつほ』『竹取』『住吉』などばかりを物語とて見けむ心地に、さばかりに作り出でけむ、凡夫のしわざともおぼえぬことなり。

（一八八〜一八九頁）

『源氏物語』の創作を生身の人間のしわざとは思えぬとの認識からだろう、前世からのしかるべき因縁で作られたものだろうと言い、仏に祈ってその霊験によって書かせてもらったものだろうかとも言っている。そして、『源氏』以後の物語は、それを手本にして作ればよいのだから極めて簡単で、『源氏』にまさる物語だって作り出す人も出てこよう、紫式部の偉いところは、わずかに『うつほ』『竹取』『住吉』程度を既存の物語として見ていただけのはずなのに、あれほどすばらしい大傑作を作り上げたことだと、賞讃を惜しまない。

確かに、『源氏物語』はそれ以前に作られた物語とは比較にならない壮大な物語で、そこに示された人間観察の深さや構想の緊密さにおいても圧倒的にすぐれている。しかしながら、『源氏物語』は決してそれ以前の物語と無縁に突然現れたわけではない。先行の物語から多大な影響を受け、構想上も、表現上も、人物造型上も、あらゆる点において先行物語のさまざまな要素を取り入れつつ成立したのが『源氏物語』なのであった。

本稿では、すでに諸先学によって指摘されていることと重なることも多いが、『源氏物語』の先行物語受容の様相について、いささかの考察を加えて本書の序章に代えたいと思う。

一　『源氏物語』に見える先行物語名

『無名草子』では、紫式部が見た先行物語として、『うつほ』『竹取』『住吉』の三作品の名を挙げている。実際、『源氏物語』には、作中に先行の物語名がどのように見えているのだろうか。

『源氏物語』における古物語に関する言及として最もよく知られているのは、絵合巻の記事であろう。冷泉帝の後宮では、光源氏の養女である梅壺女御（六条御息所と前東宮との間の娘、斎宮女御）と権中納言（源氏の正妻だった葵の上の兄、かつての頭中将）の娘である弘徽殿《こきでん》女御の二人が寵愛を競っていた。帝が絵を好んだことから、その関心を惹《ひ》こうと、双方の女御方で絵画の収集競争となった。

かくして、藤壺中宮の御前で絵合の行事が催されることになったのである。その時、最初の勝負として出されたのが、『竹取物語』と『うつほ物語』であった。

　まづ、物語の出《い》で来《き》はじめの親なる竹取の翁に宇津保《うつほ》の俊蔭《としかげ》を合はせて争ふ。（②三八〇頁）

「物語の出で来はじめの親なる竹取の翁」と記されていることから、『竹取物語』が日本における物語の元祖と考えられていたことを示す記述として極めて著名な一節である。絵合巻には、「梅壺の御方は、いにしへの物語、名高くゆゑあるかぎり、弘徽殿は、そのころ世にめづらしくをかしきかぎりを選り描《え》かせたまへれば」云々とあるので、最古の物語かどうかはともかく、『竹取物語』が代表的な古物語と見なされていたことは間違いない。一方、『うつほ物語』は近年に作られた物語という認識だったことがわかる。絵はどちらもすぐれた出来で、なかなか勝負が決せられなかった。

そして、絵合の第二番は、

次に、伊勢物語に正三位《じやうさむゐ》を合はせて、また定めやらず。　（②三八一頁）

とある。左の梅壺女御方は『伊勢物語』、右の弘徽殿女御方は『正三位』を提出した。在原業平を主人公のモデルとした歌物語『伊勢物語』は、原形が業平自作で九世紀後半に作られ、以後、紀貫之やその子の時文あたりによって増補の手が加えられ、十世紀後半に現在のような形にまで成長したものと考えられるが、(1)『源氏物語』では古物語として扱われていることになる。基幹部分が十世紀前半に形成されたからだろう。「伊勢物語」という書名が明確に記されているのも、この絵合巻の例が最古のものである。右方の提出した『正三位』は早くに散逸して伝わらない物語である。

これらの物語は、絵物語として冷泉帝や女御たちも日頃から親しんでいた作品だったのであろう。もちろん紫式部も『竹取』『うつほ』『伊勢』と言った現存する先行物語をよく読んでおり、物語創作上の参考としていたことは想像に難くない。

『竹取物語』については、作中もう一箇所、蓬生巻に言及がある。経済的庇護を受けていた光源氏に忘れられ、逼《ひっ》迫《ぱく》した中でかたくなに邸にとどまって、さびしくも古風な日常を過ごす末摘花の描写に、古《ふ》りにたる御厨子《みづし》あけて、唐守《からもり》、藐姑射《はこや》の刀自《とじ》、かぐや姫の物語の絵に描《か》きたるをぞ時々のまさぐりものにしたまふ。

（②三三一頁）

とある。「かぐや姫の物語」というのは『竹取物語』の別称で、正式には『竹取翁物語《たけとりのおきなのものがたり》』だが『竹取物語』と略称されることが多く、『かぐや姫の物語』という別称も通用していたのだろう。『源氏物語』も正式の書名は『光源氏物語《ひかるげんじのものがたり》』であったと考えられる。蓬生巻の記事からも、『竹取物語』が、末摘花の亡き父常陸宮が遺した古びた厨子の中から引っ張り出すのにふさわしい古物語であったことが知られる。『唐守』『藐姑射の刀自』はともに散逸物語で、内容は知られないが、これらもかなり古い物語だったのだろう。

他に、書名は書かれないけれども、『竹取物語』の内容に触れた箇所として、手習巻の、横川の僧都の妹尼が、偶然見つけて保護した浮舟の美しさに感慨を催す場面の記事がある。

かくや姫を見つけたりけん竹取の翁よりもめづらしき心地するに、いかなるもののひまに消え失せんとすらんと、静心なくぞ思しける。

（⑥三〇〇頁）

ここで妹尼は、浮舟をかぐや姫に、自らを竹取の翁になずらえている。この表現によって、読者たちも浮舟をかぐや姫に重ね合わせてその美しさを想像することになるのである。

『うつほ物語』については、蛍巻で源氏が紫の上と物語の功罪を議論する場面に、紫の上の発言として、うつほの藤原の君のむすめこそ、いと重りかにはかばかしき人にて、過《あやま》ちなかめれど、すくよかに言ひ出でたる、しわざも女《をむな》しきところなかめるぞ、一やうなめる　（③二一五頁）

という記述がある。「うつほの藤原の君のむすめ」というのは『うつほ物語』で「藤原の君」と呼ばれた権勢家源正頼の九の君であるあて宮のこと。重々しくしっかりした人で間違いは犯さないだろうけれど、そっけない物言いや行動には女らしいところがなくてどうかと思われると、あて宮の人物像を批判している。紫の上の口を借りた紫式部の『うつほ物語』批評である。

『伊勢物語』については、絵合巻以外にもう一箇所言及がある。総角巻で、匂宮が姉の女一宮のもとを訪れた場面の記事である。

在五が物語書きて、妹に琴《きん》教へたるところの、「人の結ばん」と言ひたるを見て、いかが思すらん、すこし近く参り寄りたまひて、「いにしへの人も、さるべきほどは、隔てなくこそならはしてはべりけれ。いとうとうとしくのみもてなさせたまふこそ」と、忍びて聞こえたまへば、いかなる絵にかと思すに、おし巻き寄せて、御前にさし入れたまへるを、うつぶして御覧ずる御髪《みぐし》のうちなびきてこぼれ出でたるかたそばばかり、ほのかに見たてまつりたまふが飽かずめでたく、すこしもの隔てたる人と思ひきこえましかばと思すに、忍びがたくて、

若草のねみむものとは思はねどむすぼほれたる心地こそすれ　（⑤三〇四〜三〇五頁）

ここで「在五が物語」とあるのが『伊勢物語』の別称である。言うまでもなく、「在五中将」と呼ばれた在原業平

の物語という意味である。その「在五が物語」を絵に描いて、「妹に琴教へたるところの、「人の結ばん」と言ひたる」を見て、匂宮は何を思ったか女一宮の近くに寄って、「昔の人も、きょうだいの仲は隔てなくするのが習いでしたのに、あなたはひどく私に疎々しくなさる」と小声で恨み言を言う。「どんな絵なのかしら」と女一宮が興味を示すと、匂宮は絵巻を几帳の下から差し入れる。女一宮がうつむいてそれを見ると、美しい髪が波打ってこぼれかかる、その一端を見た匂宮は、「この人がもう少し血縁の遠い人であったら」と思うとたまらなくなって歌を詠みかけた。「若草のような美しいお姉様と寝てみようとは思いませんが、悩ましくてどうにも気分が晴れません」と。

ここで言う「妹に琴教へたるところの、「人の結ばん」と言ひたる」というのは、『伊勢物語』第四十九段の話である。現行本には次のようにある。

むかし、男、妹のいとをかしげなるを見をりて、
　うら若みねよげに見ゆる若草を人のむすばむことをしぞ思ふ
と聞えけり。返し、
　初草のなどめづらしき言の葉ぞうらなくものを思ひけるかな
（一五五～一五六頁）

昔男が、妹のとても愛らしいのを見ていて、こんな歌を詠んだ。「若々しいので、寝たら気持ちがよさそうに見える若草を、人が結んで（枕にして）寝てしまうことを羨ましく思うよ。（そんな若草のようなあなたを他の男が妻にして共寝するかと思うと惜しいよ）」。それを聞いて、妹は、「なんて思いもかけない珍しいお言葉なのかしら。そんなお気持ちとは知らずにお兄様のことを気を許してお慕いしていたことよ」と返す。昔男が妹に向かって「ねよげに見ゆる」

などというエロチックな言い方をあえてしているのは、これが冗談めかした軽い気持ちで言い掛けたものだからに他ならないだろう。匂宮はこの昔男を気どって、妹ならぬ姉に向かって「ねみむものとは」と詠んだわけである。

「妹に琴教へたるところ」という設定は通常の『伊勢物語』にはないが、藤井隆氏蔵明応三年奥書本や鉄心斎文庫蔵伝後醍醐天皇宸筆本などには「きむをしらふとて」とある。(2) 紫式部が見た本には「琴をしふとて」とでもあったのだろう。

『無名草子』が『うつほ』『竹取』とともに挙げている『住吉』については、蛍巻に一箇所言及がある。長雨が続いて手持ちぶさたな頃、光源氏に引き取られて六条院で暮らす玉鬘は絵物語に熱中する。そして、物語のヒロインたちの中にも自分ほど数奇な運命をたどった者はいないなあ、などと思う。そんな中で玉鬘は『住吉物語』の姫君に注目する。

住吉の姫君のさし当たりけむをりはさるものにて、今の世のおぼえもなほ心ことなめるに、主計頭《かぞへのかみ》がほとほとしかりけむなどぞ、かの監《げん》がゆゆしさを思しなずらへたまふ。(③二一〇頁)

数ある物語の中でも『住吉』の姫君は、物語成立当初はもちろんのこと、現代でもなお格別に評判が高いようだけれど、読んでみると、主計頭がすんでのところで姫君を盗み取ろうとしたとかいうところなどは、あの大夫《たいふ》の監《げん》の忌まわしさに思い合わせてみるのだった。大夫の監は、肥後の国の豪族で、玉鬘が九州にいたころ執拗に求婚してきた無骨な男である。玉鬘は監から這々《ほうほう》の体で逃れて上京してきたのだった。『住吉物語』も『竹取』『伊勢』と同様「今の世」の物語ではない古物語と意識されていたようだ。

『住吉物語』は、継子《ままこ》いじめを主題とした物語だが、そのような物語は多く存在していたらしい。同じ蛍巻で、光源氏は、明石の姫君に見せる物語を整えるのに、

継母《ままはは》の腹きたなき昔物語も多かるを、心見えに心づきなしと思せば、いみじく選《え》りつつなむ、書きととのへさせ、絵などにも描《か》かせたまひける。（③二一六頁）

と、養母として姫君を育てている紫の上に配慮して、姫君に継母とは意地汚いものだという気持ちを持たせぬようその手の物語は見せないようにしたとある。玉鬘は『住吉物語』を愛読書としたようだが、明石の姫君は読ませてもらえなかったらしい。

以上のように、『無名草子』が挙げた『うつほ』『竹取』『住吉』の三作品と『伊勢物語』は、紫式部が先行の物語として『源氏物語』の作中にその名を記している現存物語である。そのうち『住吉物語』は後に改作された本しか伝わらないが、主計頭の件など物語の大筋は原作と変わらないようだ。我々は幸いにも紫式部が物語創作上の糧《かて》とした先行物語の主なものは実際に読むことができ、具体的にどのように先行物語の影響が『源氏物語』に見られるかを確かめることが可能なのである。

二　先行物語の場面取り ―― 蛍の光で女性の顔を見る

『源氏物語』が先行の物語の場面や人物の設定を取り入れていると考えられる例は多々あるのだが、そのもっとも

顕著な例のひとつとして、蛍の光で女性の顔を見るという場面設定を取り上げる。蛍巻に見える記事で、それが巻名の由来にもなっている有名場面である。

玉鬘を養女として（世間には実子として公表した）六条院に引き取った光源氏は、この美しい姫君を「すき者どもの心尽くさするくさはひ」（好色者たちに存分に気をもませる種）にしようと考える。予想通り多くの男たちが玉鬘に関心を持って手紙を寄こすようになる。中でも熱心だったのは、源氏の弟宮である蛍兵部卿宮である。源氏は蛍宮を招き入れ、玉鬘に宮との会話を促す。玉鬘は恥じらって几帳のそばで横になる。

何くれと言長《ことなが》き御答《いら》へ聞こえたまふこともなく思しやすらふに、寄りたまひて、御几帳《きちやう》の帷子《かたびら》を一重《ひとへ》うちかけたまふにあはせて、さと光るもの、紙燭《しそく》をさし出でたるかとあきれたり。蛍を薄きかたに、この夕つ方いと多くつつみおきて、光をつつみ隠したまへりけるを、さりげなく、とかくひきつくろふやうにて、にはかにかく掲焉《けちえん》に光れるに、あさましくて、扇をさし隠したまへるかたはら目いとをかしげなり。（③二〇〇頁）

玉鬘が蛍宮の発する何かと長々しい言葉に返事をすることもなくためらっていると、源氏は玉鬘の近くに寄って、几帳の帷子を一枚横木に掛けた。その時、何やらぱっと光るものが現れた。紙燭（携帯用の照明具）を差し出したのかと玉鬘は呆然とした。実は、この日の夕方、多くの蛍を薄物に包んでその光を包み隠しておいてあったのを、それまでさりげなくとりつくろっていて、いきなり放ったのであった。突然明るくなったので、玉鬘はあきれて扇で顔を隠したけれども、その横顔はまことに美しかった。蛍の光で玉鬘の姿を見せて宮の心を惑わせてやろうという光源氏の悪戯心がしくんだ演出なのであった。

このように、男が蛍の光で女性の顔を見るという設定は、『伊勢物語』第三十九段にある。

むかし、西院《さいゐん》の帝と申すみかどおはしましけり。そのみかどのみこ、たかい子と申すいまそがりけり。そのみこうせたまひて、御はぶりの夜《よ》、その宮の隣なりける男、御はぶり見むとて、女車にあひ乗りていでたりけり。いと久しう率《ゐ》ていでたてまつらず。うち泣きてやみぬべかりけるあひだに、天《あめ》の下《した》の色好み、源の至《いたる》といふ人、これもの見るに、この車を女車と見て、寄り来てとかくなまめくあひだに、かの至、蛍をとりて、女の車に入れたりけるを、車なりける人、この蛍のともす火にや見ゆらむ、とも し消ち《け》なむずるとて、乗れる男のよめる。

いでていなばかぎりなるべみともし消ち年経《へ》ぬるかと泣く声を聞け

かの至、返し、

いとあはれ泣くぞ聞ゆるともし消ちきゆるものともわれはしらずな

（以下、段末注記略）　　（一四七～一四八頁）

「西院の帝」は淳和天皇。その皇女崇子内親王が亡くなった時のこと、葬送の夜に、隣に住んでいた昔男は女車に同乗して見物に出て来た。なかなか葬送の列が出て来ないので、哀悼の涙を流して帰ろうかと思っていると、「天の下の色好み」と呼ばれる源至が、女車と見て取って、寄ってきて何かと色めかしいそぶりをする。そのうちに至は、蛍を手に取って女車の中に入れたものだから、昔男はこの蛍の光で女の顔が見えるのではないかと狼狽して、この蛍のともす火を消そうとして歌を詠んだ。それに至は返歌した。和歌は難解なので解釈は略するが、この色好みの男が女の顔を見ようと蛍を放ったというエピソードがやや趣向を変えて『源氏物語』蛍巻に取り入れられたと考えることができる。

ただし、これと同じような話は、『うつほ物語』の内侍督巻《ないしのかみ》にも見えている。主人公藤原仲忠の母（清原俊蔭の女《むすめ》）は、朱雀帝の宮廷に尚侍《ないしのかみ》として仕えることになる。かねてより仲忠の母に関心を寄せていた帝は、何とか顔を見たいと思い、蛍を集めてその光で見ようと算段する。

上、いかでこの尚侍御覧ぜむ、と思すに、大殿油ものあらはにともせばものし、いかにせまし、と思ほしおはしますに、蛍おはします御前わたりに、三つ四つ連れて飛びありく。上、これが光にものは見えぬべかめり、と思して、立ち走りて、みな捕らへて、御袖に包みて御覧ずるに、あまたあらむはよかりぬべければ、やがて、「童べや候ふ。蛍少し求めよや。かの書《ふみ》思ひ出でむ」と仰せらる。殿上《てんじやう》の童べ、夜更けぬれば候はぬうちにも、仲忠の朝臣は、承り得る心ありて、水のほとり、草のわたりに歩き《あり》て、多くの蛍を捕《と》らへて、朝服《てうふく》の袖に包みて持て参りて、暗きところに立ちて、この蛍を包みながらうそぶく時に、上、いとどく御覧じつけて、直衣《なほし》の御袖に移し取りて、包み隠して持て参りたまひて、尚侍の候ひたまふ几帳の帷子をうちかけたまひて、ものなどのたまふに、かの尚侍のほど近きに、この蛍をさし寄せて、包みながらうそぶきたまへば、さる薄物の御直衣にそこら包まれたれば、残るところなく見ゆる時に、尚侍、「あやしのわざや」とうち笑ひて、かく聞こゆ。

衣《ころも》薄み袖のうらより見ゆる火は満つ潮垂るる海女《あま》や住むらむ　（②二六九〜二七一頁）

御前の庭に飛ぶ蛍を帝自ら「立ち走りて、みな捕らへて、御袖に包」むとは何とも活動的な帝であるが、それだけの数では足りぬと思い、殿上童に捕らえさせようと呼ぶが、夜更けなので童は誰もいない。仲忠は蛍を所望する帝の意を察して、庭で多くの蛍を捕らえて朝服（袍）の袖に包んで参上した。それに気づいた帝は、蛍を着ていた直衣の袖に移し取って、包み隠して尚侍のところに行き、几帳の帷子を横木に掛けて、尚侍のそばで袖に蛍を包んだまま差し出すと、薄物の直衣なのでその光に尚侍の姿は残るところなく見えたのであった。

尚侍の顔を見ようという帝の策略に息子の仲忠が協力した形になっているのは面白いが、帝は童を呼ぶ際に「かの書思ひ出でむ」と言っているから、『晋書《しんじょ》』に載る車胤《しゃいん》の故事にあやかって、集めた蛍の光で本を読み勉学しようとしているのだと理解して、その風流心に感じて蛍を集めたのであろう。

ここでは、蛍は放たれたのではなく、薄物の袖に包んだままだったところが他と異なるけれども、薄物に「包み隠し」たところや、「几帳の帷子をうちかけ」て女に近づいたところなど、『源氏物語』蛍巻の記事と重なる表現が目立つ。紫式部は『伊勢物語』よりも『うつほ物語』の方をより参考にして蛍巻のエピソードを記したものと考えられる。

ところで、蛍の光で顔を見られた時、蛍巻の玉鬘はとっさに扇で顔を隠したのに対し、『うつほ』の尚侍は「「あやしのわざや」とうち笑」っている。このことについて、江戸後期の国学者細井貞雄（安永元年〈一七七二〉～文政六年〈一八二三〉）はその著『うつほ物語玉琴』で、次のように言っている。

又此ものがたりは女の心ばへにうとげなる由《ヨシ》は、源氏ノ物語のごとく、にはかに蛍のひかりをさし出し給ひしを、玉葛《タマカヅラ》のうへ其ひかりをあふぎもてさしかくし給へるは、女の心ばへにていとえんにもおもほゆれど、此物語のうちにては、ことにらう〳〵じき女にかぞふる内侍ノ督なるに、あやしのわざやとうちわらひ給へるは、あまりに世なれにたるさまにみえて、えんなる心ばへのうすくみゆれ。もと作者の心もちひにもよれるにもあるべけれど、此物語は女の心ばへにはうとしとすべし。　（架蔵の文化十二年〈一八一五〉版本により、適宜句読点を施した）

尚侍の反応には「艶なる心ばへ」が薄いと言って、『うつほ物語』の作者は女性の心情には疎いと言うべきだと言う。『源氏物語』蛍巻の紫の上の言葉に『うつほ物語』のあて宮が女らしくないという批判があることに通じる見解で、男性作者が描く女性像の限界のように思えて興味深い。なお、『うつほ物語玉琴』では、この蛍の光のエピソード以外にも、『源氏物語』が『うつほ物語』から影響を受けたと考えられる記述を列挙していて参考になるが、ここではこれ以上触れない。

三　『源氏物語』に見える『落窪物語』の影響

さて、これまで紫式部が影響を受けた先行物語として、『竹取』『うつほ』『住吉』『伊勢』の各物語を見てきた。これらは『源氏物語』の作中にその書名が見えており、物語の内容にも触れられている作品である。しかし、その他に、明らかに影響を受けたと考えられる現存の物語がもう一作品ある。『落窪物語』である。

『源氏物語』には『落窪物語』の書名は出てこないけれども、『枕草子』第二百七十四段「成信の中将は」の段に、

交野の少将もどきたる落窪の少将などはをかし。昨夜《よべ》、一昨日《をととひ》の夜もありしかばこそ、それもをかしけれ。足洗ひたるぞ、にくき。きたなかりけむ。（四二七〜四二八頁）

という記事があることにより、『源氏物語』以前に成立し、読まれていた物語であることが知られる。

『落窪物語』は『住吉物語』と同類の継子いじめの物語とされているが、陰湿な虐待や情け容赦ない復讐が描かれているにも関わらず、その文章は終始明るく軽快である。自然や風景の描写にはほとんど意を用いず、会話と心情表現で筋を進める筆法が取られている。そしてその心情表現は、悲哀よりも笑いの表現の方が鮮明である。「足洗ひたるぞ、にくき。きたなかりけむ」という『枕草子』の評言も、作中、男主人公の少将道頼が大雨の中姫君のもとを訪れた際、衛門府の雑色たちに咎められ、糞の上に座り込んで足が汚れたのを洗ったという記事をさして言ったものである。その他、継母にけしかけられて姫君を凌辱しようとした好色の老人典薬助が腹をこわして糞をひりかけたことを繰り返し笑いものにする場面など、スカトロジックで下品な表現が多い。「もののあはれ」を基調とする『源氏物語』とはおよそ相容れない性格の作品で、紫式部が物語中で言及せず無視しているのも当然かと思われる。しかしながら、紫式部は確実に『落窪物語』を読んでおり、作中にその影響が表われていると思われるのである。

そのひとつは、末摘花巻に描かれた末摘花の容貌描写である。末摘花の姫君は『源氏物語』に登場する多くの女性たちの中でもとりわけ特異な人物設定がなされている。古風で融通のきかぬ性格もさることながら、およそ高貴な姫君らしからぬ醜い容貌が読者に強く印象づけられる。

まづ、居丈《ゐだけ》の高く、を背長《せなが》に見えたまふに、さればよと、胸つぶれぬ。うちつぎて、あなかたはと見ゆるものは鼻なりけり。ふと目ぞとまる。普賢菩薩《ふげんぼさつ》の乗物とおぼゆ。あさましう高うのびらかに、先の方すこし垂《た》りて色づきたること、ことのほかにうたてあり。色は雪はづかしく白うて、さ青《を》に、額《ひたひ》つきこよなうはれたるに、なほ下《しも》がちなる面《おも》やうは、おほかたおどろおどろしう長きなるべし。痩せたまへること、いとほしげにさらぼひて、肩のほどなど、痛げなるまで衣《きぬ》の上まで見ゆ。

（①二九二～二九三頁）

光源氏が一夜を共にした翌朝、雪明かりで見た末摘花の容貌描写である。まず第一に、座高がひどく高くて猫背なのに驚いたが、次に目がとまったのは鼻である。普賢菩薩の乗物、すなわち象のようだとは強烈だが、あきれるほど高くて鼻筋が長く、おまけに先の方が少し垂れて赤く色づいているのが、ことのほか異様である。肌の色は雪も恥ずかしがるほど白く、少々青みを帯びており、額はこのうえなく広く、それでいて顔の下半分も大きいのは、おそろしく長い顔なのだろう。体は痩せており、気の毒なほどガリガリで、肩のあたりの骨張ったさまは衣服の上から見ても痛々しいほどだと言う。

この極めて特異な容貌描写は、どうやら『落窪物語』に登場する面白《おもしろ》の駒《こま》のそれに影響を受けていると考えられるのだ。巻二に初めて面白の駒が登場する場面には、その容貌を、

色は雪の白さにて、首いと長うて、顔つきただ駒のやうに、鼻のいららぎたること限りなし。「いう」といななきて引き離れて往《い》ぬべき顔したり。（一五一頁）

雪のように白い顔色と言い、大変な面長ぶりと言い、鼻の形が特徴的なことと言い、面白の駒の容貌描写は末摘花とそっくりなのである。人との交際を好まず引きこもって暮らしているところもよく似ている。「落窪の面白の駒のように」とは書かないけれども、紫式部が末摘花の造型にあたって『落窪物語』の面白の駒を利用していることは間違いないと思うのである。

もうひとつは、賀茂祭の日の車争い事件の設定である。『源氏物語』葵巻に描かれる車争いは、祭の行列を見物に

出かけた六条の御息所の車が葵の上一行の車と争いになり、従者たちに乱暴をはたらかれてはずかしめを受けるという事件である。御息所は「網代《あむじろ》のすこし馴れたる」車で見物に来ていた。そこに、後から来た葵の上一行の車が割り込んできて、強引に立ち退《の》かせようとする。御息所の従者は、「これは、さらにさやうにさし退《の》けなどすべき車にもあらず」と抵抗するが、左大臣家の権勢を笠に着た葵の上の従者たちは従わない。

斎宮《さいぐう》の御母御息所《みやすどころ》、もの思し乱るる慰めにもやと、忍びて出でたまへるなりけり。つれなしづくれど、おのづから見知りぬ。「さばかりにては、さな言はせそ。大将殿をぞ豪家《がうけ》には思ひきこゆらむ」など言ふを、その御方の人もまじれれば、いとほしと見ながら、用意せむもわづらはしければ、知らず顔をつくる。つひに御車ども立てつづけつれば、副車《ひとだまひ》の奥に押しやられてものも見えず。心やましきをばさるものにて、かかるやつれをそれと知られぬるが、いみじうねたきこと限りなし。榻《しぢ》などもみな押し折られて、すずろなる車の筒《どう》にうちかけたれば、またなう人わろく、悔しう何に来つらんと思ふにかひなし。（②二三頁）

相手が六条の御息所の車だと知ると「たかだか愛人に過ぎないくせに、大将殿（光源氏）の威勢を借りて口答えするのだろう」と、ますます容赦なく狼藉をふるう。葵の上の従者たちの中には源氏の従者もまじっていたが、御息所を気の毒だとは思いながらも割ってはいるのも面倒なので知らん顔をしている。ついには無理矢理に車を並べてしまったので、御息所の車は供人たちの車のうしろに押しやられて何も見えない。榻《しじ》（牛をはずした車の轅《ながえ》を載せる台）などもみな折られてしまって、粗末な車の筒《どう》（車軸受け）にうちかけるという無様なありさまであった。

このような車争いは現実にもよく起こっていたのではないかとも想像されるが、物語の記事としては『落窪物語』

に先蹤がある。『落窪』では、虐待されていた姫君を救出した少将道頼が継母方に執拗な復讐を行うのだが、その中に、清水寺参詣場面と賀茂祭の場面と二度の車争いが描かれている。清水詣での車争いでも、偶然行き合わせた道頼が継母の車だと知ると従者たちをけしかけて石つぶてを投げさせたりしてさんざんな乱暴をはたらくのだが、賀茂祭の日の車争いはさらにひどく、乗っていた継母を車の外に転げ出させて恥をかかせたり、かつて継母にそそのかされて姫君に迫った老典薬助を激しく打擲《ちようちやく》して徹底的に痛めつける（後文によれば典薬助はこの時に受けた怪我がもとで死んだとある）。

継母（中納言の北の方）の車は、「古めかしき檳榔毛《びりやうげ》ひとつ、網代《あじろ》ひとつ」で、道頼が杭を打って場所取りをしていたところの道を隔てた向かいに立てていたのだった。ところが、道頼方の車は二十台余りもいて、占めていた場所では足りなくなってしまった。そこで、道頼は従者に命じて向かいの車を立ち退かせようとする。

「このむかひなる車、少し引きやらせよ。御車立てさせむ」と言ふに、しふねがりて聞かぬに、「誰《た》が車ぞ」と問はせたまふに、「源中納言殿」と申せば、「中納言のにもあれ、大納言にてもあれ、かばかり多かる所に、いかでこの打杭《うちぐひ》ありと見ながらは立てつるぞ。少し引きやらせよ」とのたまはすれば、雑色《ざふしき》ども寄りて車に手をかくれば、車の人出で来て、「など、また真人《まうと》たちのかうする。いたうはやる雑色かな。豪家《がうけ》だつるわが殿も、中納言におはしますや。一条の大路も皆領じたまふべきか。強法《がうほふ》す」と笑ふ。

（二〇三～二〇四頁）

このようなやりとりの後、道頼の従者たちの乱暴が始まるのだが、ここに「豪家だつるわが殿」という表現が出てくる。「豪家」は「高家」かとも言うが、頼りとする権威あるもの、またそれをよりどころとしていばることを言う。

『源氏物語』葵巻の車争いの場面にも「大将殿をぞ豪家には思ひきこゆらむ」という表現があった。「豪家」というやや珍しい語が共通して出てくることからも、葵巻の車争い場面が『落窪物語』を下敷きにして書かれたことが推測されるのである。

『落窪物語』には、継母のいじめや道頼による復讐の執拗にして陰湿なところや、露骨で野卑な表現が散見することもあって、貴族女性達はあまりこの作品について触れたがらなかったようで、『枕草子』に一箇所見える以外は全く当時の文献にその名が出てこない。しかしながら、この作品が女性読者たちに不評で敬遠されたのかと言えばそうでもなくて、案外面白がって読まれていたのだろうと思う。読んでいても読んだと公言するのは憚られたのだろうが、清少納言だけではなく、紫式部もちゃんと読んでいて、『源氏物語』を書く際に参考にしているのである。『源氏物語』に影響を与えた先行物語として『落窪物語』も落とすわけにはいかないわけである。

四　先行物語の構想取り

これまでに述べたのは、『源氏物語』が先行物語の場面を参考にして作中に取り込んだと見られる例についてであった。言わば、先行物語の場面取りである。もちろん、それだけではなく、『源氏物語』には、もっと大きく先行物語の構想やストーリー展開の枠組が取り入れられていることもさまざま指摘されている。いわゆる構想取りである。以下、簡単に見ていく。

まず、『竹取物語』。ひところ、物語文学におけるかぐや姫捜しがはやったことがある。『源氏物語』に関してもさまざま議論があったが、『源氏物語』の作中人物でかぐや姫になずらえられる人物としては、まず紫の上が挙げられることは間違いない。

言うまでもなく、紫の上は『源氏物語』正編のヒロインたる女性である。かぐや姫のように光り輝くほどの美貌と書かれているわけではないが、登場人物の中で最も美しく、最も聡明で、最も魅力的な女性として描かれていると言ってよかろう。

かぐや姫は、竹取の翁が竹林で偶然発見して、連れ帰って養ったのがことのはじまりである。紫の上は、若紫巻で、光源氏が瘧病《わらわやみ》の治療のため加持祈禱を受けようと北山のなにがし寺を訪れた際に、尼の住む僧坊で偶然見つけ、やがて手もとに引き取って大切に育てた女性である。

そして、紫の上は、四十三歳の秋の半ば、病篤くなって、源氏と明石中宮に看取られながら、消えゆく露のように静かにその生涯を閉じる。御法《みのり》巻には、葬送について、「十四日に亡せたまひて、これは十五日の暁なりけり」とある。紫の上は、仲秋の満月の夜に「いとはかなき煙にてはかなくのぼりたまひぬる」ということになった。まさにかぐや姫が昇天したのと同じ状況なのである。

続く幻巻に描かれる、紫の上に先立たれて悲嘆にくれる光源氏のさまは、かぐや姫を失って嘆き臥す翁や嫗のさまに重ねられ、涙ながらに紫の上と取り交わした文殻《ふみがら》を焼くさまは、富士山の頂《いただき》でかぐや姫の手紙と不死の薬を焼かせた帝のさまに相通じる。

これらのことは、河添房江氏の名論文「源氏物語の内なる竹取物語――御法・幻を起点として――」(3)に詳しいのだが、紫式部は『竹取物語』の大枠を見事にアレンジして『源氏物語』の紫の上物語に取り込んでいると言えるのである。

紫の上物語には『竹取物語』の求婚譚の部分は取り込まれていない。それは、変奏として玉鬘物語に取り入れられていると考えることができる。もっとも、それは、玉鬘が最後には結婚してしまうこと、尚侍になることなどの共通項から、『竹取物語』から直接ではなく、『うつほ物語』のあて宮求婚譚を経由して取り込まれたと考えた方がよさそうである。

次に『伊勢物語』。歌物語としての『伊勢物語』は独立性の強い短い歌話の集成であるが、初冠《ういこうぶり》の段に始まり終焉の段に終わる現行のいわゆる初冠本の形態は、在原業平をモデルとした昔男の一代記として読めるようになっている。また、二条の后物語から東下り、東国章段への流れはかなり緊密なひと続きのストーリーになっている。

この二条の后物語の展開も『源氏物語』の構想に影響を与えていると考えられる。

第三段から第六段にかけて語られる二条の后物語は、だいたい次のようなストーリーである。昔男が大切にされている后がねの姫君に恋をして密会を重ねていると、女の保護者の知るところとなって妨害されるが、女が激しく悲嘆したために黙認される（第五段）。しかし結局女は他に移されて二人は引き離されてしまう（第四段）。男はかろうじて女を盗み出して逃げるが、雷雨の中、女を「あばらなる倉」に押し入れて戸口で番をしている間に、女は蔵に住む鬼に一口に食われてしまった――というのは虚構で、実は女の兄弟たちに見つけられて取り返させてしまったのだった（第六段）。

これがもとで男は「身をえうなきものに思ひなして、京にはあらじ、あづまの方にすむべき国もとめにとて」東下りの旅に出ることになる（第九段）。

この一連の物語に類似するストーリーを『源氏物語』の中に求めると、源氏と朧月夜の恋物語が重ね合わせられることに気づくだろう。

朧月夜は右大臣の六の君、甥にあたる東宮（後の朱雀帝）への入内が予定されていた后がねの姫君である。花宴巻で、南殿《なでん》の桜の宴の後、弘徽殿の細殿で邂逅《かいこう》し、その後、右大臣家の藤の宴で再会した源氏と朧月夜は、以後密会を重ねることになる。女が尚侍として出仕して朱雀帝の寵愛を受ける身になっても源氏との密会は続く。朱雀帝はそれを知ってもとがめず黙認する。朧月夜が瘧病で里下がりしている時にも右大臣邸で密会したが、雷雨の翌朝、見舞いに来た父右大臣に逢瀬の現場を押さえられてしまう。これがもとで源氏は都を追われ、須磨へ退去することになる。

雷雨の翌朝に女の親族に発見された結果、都にいられなくなるという設定まで共通していて、まさに朧月夜物語は『伊勢物語』の二条の后物語の焼き直しのように思えるのである。

さらに言えば、東下りに続く東国章段で、昔男は、武蔵国入間《いるま》郡三芳野《みよしの》の里に住む女と結婚する。第十段の話である。

むかし、男、武蔵の国までまどひ歩《あり》きけり。さてその国にある女をよばひけり。父はこと人にあはせむといひけるを、母なむあてなる人に心つけたりける。父はなほ人にて、母なむ藤原なりける。さてなむあてなる人にと思ひける。（一二三頁）

現地人である女の父親は乗り気でなかったが、母親は藤原氏出身だったので娘を高貴な人と結婚させたいと思い、昔男を婿がねと定めて、熱心に歌を贈って娘を売り込んだ。それで男はその気になって結婚したのであった。

この母親の行動は、須磨に退去した源氏を娘婿にするべく明石に呼んで熱心に売り込んだ明石の入道と重なるのである。入道の妻尼君は娘と源氏との結婚に乗り気ではなかったところも似ており、父母の役割が入れ替わった形になっている。

同じ東国章段の第十三段では、昔男は京に住む妻のもとに手紙を送り、武蔵での結婚をそれとなく告白している。

「聞ゆれば恥づかし、聞えねば苦し」とだけ書いて、上書きに「むさしあぶみ」と書いた判じ物のような手紙であった。「むさしあぶみ」は、武蔵の国特産の馬具「武蔵鐙《むさしあぶみ》」の「鐙」に「逢ふ身」を掛けて、武蔵の国で女と逢う身になったことを暗示したのである。よほど言いにくかったと見える。

光源氏も、明石の君と逢った後、都に残した紫の上に隠しておけず、手紙を書く。

二条の君の、風の伝《つ》てにも漏《も》り聞きたまはむことは、戯《たはぶ》れにても心の隔てありけると思ひ疎《うと》まれたてまつらんは、心苦しう恥づかしう思さるるも、あながちなる御心ざしのほどなりかし。（②二五九頁）

明石の君との結婚のことが風の噂ででも紫の上に知られて恨まれることになっては、紫の上が気の毒でもあるし自分も恥ずかしかろうと自ら告白することにしたのだが、なかなかはっきりとは言い出せない。あたりさわりのないことを長々と書いた後に、思い出したかのようにこう記す。

まことや、我ながら心より外《ほか》なるなほざりごとにて、疎まれたてまつりしふしぶしを、思ひ出づるさへ胸いたきに、またあやしうものはかなき夢をこそ見はべりしか。かう聞こゆる問はず語りに、隔てなき心のほどは思しあはせよ。（同）

我ながら不本意な浮気をしてあなたに疎まれた時々のことを思い出しても胸が痛むのに、どういうわけかまたはかない夢を見てしまいました。こうして自ら告白することで、隠し立てのない私の誠意をわかってください、と言っていて、いい気なものだが、これはまさしく『伊勢物語』第十三段の昔男と同じ心境である。これもまた、『伊勢物語』の見事な換骨奪胎と言ってよいであろう。

『源氏物語』が『伊勢物語』の構想を取り入れていると見られる例は他にもある。たとえば、若紫巻で源氏が幼い紫の上の姿を垣間見する場面は、明らかに『伊勢物語』初段を下敷きにしている。

むかし、男、初冠《うひかうぶり》して、奈良の京春日の里に、しるよしして、狩にいにけり。その里に、いとなまめいたる女はらからすみけり。この男かいまみてけり。思ほえず、ふる里にいとはしたなくてありければ、心地まどひにけり。（一一三頁）

こうして、男が「着たりける狩衣の裾をきりて」書き付けて贈った歌は、

春日野の若むらさきのすりごろもしのぶの乱れかぎりしられず（同）

というものであった。「若紫」の巻名は『源氏物語』本文中に見えず、「新編日本古典文学全集」の巻名解説が言うように「巻名によって『伊勢物語』初段の影響を暗示」したものだろう。今、仮に初段の冒頭を、

むかし、男、瘧病《わらはやみ》して、北山のなにがし寺に、加持《かぢ》にいにけり。その山に、いとなまめいたる女すみけり。

とでも言い換えれば、まったく若紫巻の状況に合致するのである。

これが単なる場面取りではなく、構想取りと見なされるのは、後の第四十一段を参照するに、昔男は初段で垣間見た「女はらから」の一人（姉の方）と結婚したと解されるからである。昔男は垣間見した女性を妻として、先に見た第十三段からもわかるように、さんざん浮気は重ねたけれども、最も大事にしていたようである。紫の上と昔男の妻が重なるごとく、紫式部は『伊勢物語』の構想を取り入れていると考えられるのである。

また、この『伊勢物語』初段の垣間見場面が、宇治十帖の橋姫巻に描かれる宇治の大君・中君姉妹を薫が垣間見する場面にも再利用されていることは周知のところである。そちらでは、初段の「女はらから」という設定が生かされた。結婚はできなかったけれども、薫が姉の大君の方に惹かれたというのも昔男と一致している。

このように、紫式部は物語の枠組においても、『竹取物語』や『伊勢物語』を積極的に利用しているのである。河添房江氏の前掲論文にも引かれているが、藤村潔氏は、(4)「竹取物語と伊勢物語は、物語の方法という点でまさしく源氏物語の父母であった」と言われている。先行物語の中でも、とりわけ『竹取物語』と『伊勢物語』の存在なくして『源氏物語』が成立し得なかったことは確かであろう。

おわりに

以上、『源氏物語』が先行の物語をどのように取り入れ、物語の表現や人物・場面などの設定、また筋の展開に生かしているかを見てきた。すでに多くの先学が指摘し、さまざまに論じられていることではあるが、『源氏物語』を文学史上の一大傑作として高く評価するだけではなく、『源氏物語』に多大な影響を与え、もしそれが存在していなければ『源氏物語』は少なくともあのような傑作にはならなかっただろうと思われる先行物語諸作品についても、その文学史的意義を改めて考え直す必要があるのではないかと思い、あえて取り上げた次第である。

注

（1）拙著『平安朝歌物語の研究［伊勢物語篇］［平中物語篇］［伊勢集巻頭歌物語篇］』（二〇〇七年　笠間書院）参照。
（2）山田清市著『伊勢物語校本と研究』（一九七七年　桜楓社）による。
（3）『国語と国文学』一九八四年七月。のち、『源氏物語の喩と王権』（一九九二年　有精堂出版）・『源氏物語表現史　喩と王権の位相』（一九九八年　翰林書房）所収。
（4）藤村潔氏「「物語の出で来はじめのおや」（下）——竹取物語と源氏物語——」『藤女子大学藤女子短期大学紀要（第Ⅰ部）』第13号（一九七五年十一月）。

付記

本稿は、一般市民の参加する「公開セミナー」のために作成した原稿をもとにしており、本来学術論文として執筆したものではないことをお断りしておく。文章中、『源氏物語』をはじめ古典文学作品本文の引用は、すべて小学館「新編日本古典文学全集」により、引用の末尾に所在巻と頁数を示した。ただし、引用にあたって振り仮名は適宜省略し、括弧も一部省略した箇所がある。

なお、第四節の『源氏物語』の『伊勢物語』受容に関わる記述については、拙著『昔男の青春——『伊勢物語』初段～16段の読み方——』（新典社新書45、二〇〇九年　新典社）の第六章に述べたところと重なっている。併せて御覧いただきたい。

第一部　読解と享受に関する瞥見

第一章　桐壺の更衣哀惜と「桐壺の女御」幻想

――桐壺の更衣最後の言葉の解釈から中世王朝物語に登場する「桐壺の女御」に及ぶ――

はじめに

『無名草子』の中で、『源氏物語』の巻々を論じた記述の冒頭に次のようにある。

巻々の中に、いづれかすぐれて心に染《し》みてめでたくおぼゆる」と言へば、『桐壺』に過ぎたる巻やははべるべき。『いづれの御時にか』とうちはじめたるより、源氏初元結《はつもとゆひ》のほどまで、言葉続き、ありさまをはじめ、あはれに悲しきこと、この巻に籠《こも》りてはべるぞかし。(1)　（一八九頁）

『源氏物語』五十四帖の中でも桐壺巻はとりわけ哀切で印象深い巻として評価されていたことがわかる。書き出しから光源氏の元服までと言うから、ほぼ全巻を通じて「あはれに悲し」いと言っているのだが、桐壺巻が哀切なのは、やはり物語最初のヒロインである桐壺の更衣が、帝の寵愛を一身に受け、皇子まで儲けながらも、他の女御・更衣たちの嫉妬や憎悪、嫌がらせのために心身ともに疲れ果て、病気になってはかなく命を失うという展開が読者の涙を誘うためであろうと考えられる。本稿では、桐壺の更衣が最後に遺した和歌とそれに続く言葉をどのように解釈すべきかということを中心に考察し、加えて、中世の『源氏物語』読者たちが桐壺の更衣に対する哀惜の念をどのように表していたかということについて、若干の考察を加えてみたいと思う。

一　桐壺の更衣が発した最後の言葉

桐壺巻に語られる一連の桐壺の更衣哀話の中でも最も哀切な場面は、病重篤になった更衣が里下がりするため帝と別れる場面であろう。

輦車《てぐるま》の宣旨《せんじ》などのたまはせても、また入らせたまひてさらにえゆるさせたまはず。「限りあらむ道にも後《おく》れ先立たじと契らせたまひけるを、さりともうち棄ててはえ行きやらじ」とのたまはするを、女もいといみじと見たてまつりて、

「かぎりとて別るる道の悲しきにいかまほしきは命なりけり

いとかく思ひたまへましかば」と、息も絶えつつ、聞こえまほしげなることはありげなれど、いと苦しげにたゆげなれば、かくながら、ともかくもならむを御覧じはてむと思しめすに、「今日はじむべき祈禱《いのり》ども、さるべき人々うけたまはれる、今宵より」と聞こえ急がせば、わりなく思ほしながらまかでさせたまふ。(2)

（①二二～二三頁）

帝は、更衣の退出にあたり、特別の計らいで輦車の宣旨を発する。それでもまた帝は更衣の居所に入ってなかなか退出を許さない。懸命に別れを惜しむ言葉を投げかける帝のさまを更衣は胸を締め付けられるような思いで見て、一首の歌を詠む。『源氏物語』の作中和歌七百九十五首のうちの第一首目であるこの歌は、更衣が詠んだ唯一の歌である。のみならず、この歌とそれに続く言葉が、物語中で彼女が発するただ一度きりの発言なのである。

この歌に関して秋山虔氏は、(3)

息も絶え絶えの更衣によって、歌が詠まれるということの意味は、今日の経験主義的な理解を絶することだろう。更衣を失わねばならぬことが今は明白であるがゆえに帝は怨みと悲しみに悶えるが、これに対して更衣は歌によってしか応えることができないのである。「かぎりとて別るる道」とは、自分が帝と訣別して歩み入るほかないさだめの死出の旅路だが、その道を行くの「行か」に「生かまほし」の「生か」をかけ、死に逆らって生きつづけたいと願っている。歌によってのみしたたかに表白しうる激しい混沌たる思いであった。

という優れた論評をされている。

まさに絶唱と言うべき名歌なのだが、更衣はこの歌を詠み終えた後に、かぼそい声で言葉を添える。「いとかく思ひたまへましかば」がそれである。言いさした形になっているのは、次に「息も絶えつつ、聞こえまほしげなることはありげなれど、いと苦しげにたゆげなれば」とあるように、苦しさと倦怠から言葉が続けられないのであった。

この言葉の後に更衣が何を言いたかったのか、書かれていないのだから推測するしかないわけだが、そのことも含めて「いとかく思ひたまへましかば」という更衣の最後の言葉をどのように解釈するかは、この場面を読む上で重要な問題である。

引用に用いた「新編日本古典文学全集」（以下、「新編全集」と略す）は、今日研究者によっても最もよく用いられている注釈テキストだが、同書では、「いとかく思ひたまへましかば」の部分を「ほんとに、こんなことになろうとかねて存じておりましたら……」と訳し、頭注に、「ここでは初めからこうなることが分っていたら、なまじ帝のご寵愛をいただかなければよかったろうに、の意か。遺されたわが皇子の将来を頼みたいところだが、と解する説もあるが、とらない」と記している。

「意か」と末尾を疑問形にしていていかにも消極的だが、頭注に記された見解によれば、「かく」を衰弱して死にそうになっている自身の状況をさすととり、こんなふうに早く死ななければならないことになるのだったら、なまじご寵愛を受けなければよかったと言いたかったのだと解釈する。しかし、それでは、帝が寵愛したばかりに自分はこんなに早く死んでしまうことになったのだと、更衣は帝に愛されたことを悔やみ、寵愛した帝を非難しているように受け取られかねないのではなかろうか。はたして更衣がそのような言い方をするであろうか。更衣は、別れを惜しむ帝の激しい悲しみと怨みの言葉に接して申し訳ない思いでいっぱいだったはずで、それほどまでに愛してくれていることに感謝こそすれ、寵愛されたことを悔やんだり恨んだりする気持ちがあったとはとても思えない。自信なさそうに示された解釈とは言え、「新編全集」が提示した解釈には同意できないと言わざるを得ない。

二　戦後に刊行された諸注釈書の解釈

このように疑問符つきで私解が示されているように、「新編全集」の出た平成六年（一九九四）時点でこの更衣の言葉の解釈にはまだ明解が得られていないようである。他の注釈書ではどのように解釈されているのかが気になるところである。

そこで、戦後に刊行された主な注釈書類の解釈を年代順に列挙してみると、次のようになる。

①　池田亀鑑校注「日本古典全書」『源氏物語』一（一九四六年　朝日新聞社）

「こんな事にならうと豫て思ひましたなら、もつと申上げたでございませうに」（頭注）

②　池田亀鑑著『新講源氏物語』上巻（一九五一年　至文堂）

「こんなことにならうとかねて思ひましたならば、もつと申上げたでございませうに」

③　山岸徳平校注「日本古典文学大系」14『源氏物語』一（一九五八年　岩波書店）

「本当に、前から私がこんな風になる（死ぬ）と思いますなら（色々と申上げておく事もあったのでしょうに）。「かく」は、歌の意味を受けている」（頭注）

④　松尾聰著『全訳源氏物語』巻一（一九五八年　筑摩書房）

「「思ひ給へましかば」のあとに続くべき言葉は、「聞えまほしげなる事はありげなれど」に関係させて考えれば、「（かねぐ〳〵こんなに別れるというようなことになろうと思いましたなら）申し上げておきたいことも色々ございましたのに、まさかそんなことはあるまいと思っていましたので、申し上げておかなくて残念でございました。今は、もうその気力もございません」などか。他にも色々な解があり得よう

⑤　玉上琢彌著『源氏物語評釈』第一巻（一九六四年　角川書店）

「ほんとにこんなことと存じておりましたら」（現代語訳）。「このあとに、更衣はなんといおうとしたのであろう。「申し上げておきたいことが数々ございましたのに」か。「おそばに参るのではございませんでしたのに」か。後者と考える。自己を主張しない更衣であり、「なか〱なる物思ひ」をする更衣であるから、前者であれば、すぐあとに「きこえまほしげなることはありげなれど」と、作者がそこをわってしまったことになる。この作者はそういう書き方をしない人であるから」（語釈）

⑥　玉上琢彌校注・訳、角川文庫『源氏物語』第一巻（一九六四年　角川書店）

「ほんにこんなことと存じておりましたら」（現代語訳）、「おそばに参るのではございませんでした」（脚注）

⑦　阿部秋生・秋山虔・今井源衛校注・訳「日本古典文学全集」12『源氏物語』一（一九七〇年　小学館）

「ほんとに、このようなことになろうとかねて存じ寄りましたなら」（現代語訳）。「ここでは、なまじ帝のご寵愛をいただかなければよかったろうに、などの続く言葉を更衣が言いおおせなかった。更衣の退出をなかなか許しえない帝の執着に対して、死を覚悟している更衣は、もはや右の歌のほか言うべき言葉を知らないのである」（頭注）

⑧　今泉忠義訳『源氏物語　現代語訳一』（一九七四年　桜楓社）（講談社学術文庫『源氏物語㈠　現代語訳』〈一九七八年　講談社〉も同じ）

「ほんとにこんなことにならうと前々から存じましたなら」

⑨　石田穣二・清水好子校注「新潮日本古典集成」『源氏物語』一（一九七六年　新潮社）
「こんなふうになると存じていましたならば」（頭注）

⑩　高橋和夫著「古典評釈シリーズ」『源氏物語』（一九七九年　右文書院）
「ほんとうに、こんな悲しい思いをすることと（かねてから）分かっておりましたならば。（なまじ帝のご寵愛をいただくのではございませんでした）」（通解）。「誠にこうなることと前もって分かっておりましたのならば。」「なお、「かく」が何を指すかによって、ここの口訳は違ってくる。「限りとて別るる」を指すと見て、「このようにお別れすることになると存じておりましたなら、申し上げることが、たくさんございましたのに」と訳すこともできる」（語釈）

⑪　阿部秋生・小町谷照彦・野村精一・柳井滋著「鑑賞日本の古典」6『源氏物語』（一九七九年　尚学図書）
「まったくこのようなことになると前々から存じておりましたならば」（現代語訳）。「次に、なまじっか寵愛をお受けしなければよかったのに、というような言葉が続くはずなのが、省略されていて、余韻を残している」（語釈〈小町谷照彦氏執筆〉）

⑫　阿部秋生・秋山虔・今井源衛・鈴木日出男校注・訳「完訳日本の古典」14『源氏物語』一（一九八三年　小学館）
「ほんとに、こんなことになろうとかねて存じているのでしたら」（現代語訳）。「なまじ帝のご寵愛をいただかなければよかったろうに、ぐらいを補い読む」（脚注）

⑬　柳井滋・室伏信助・大朝雄二・鈴木日出男・藤井貞和・今西祐一郎校注「新日本古典文学大系」19『源氏物語』一（一九九三年　岩波書店）
「まことにかように（右の歌のごとくに）考えさせていただいてよいのであったら…。「かく」は歌のなかの生きた

いという思いを指す。生きる希望を満たされるならうれしかろうに、そうでないのは悲しく無念だ、と万感を言いさす」（脚注・藤井貞和氏担当）

⑭　佐藤定義訳『源氏物語』1（一九九五年　明治書院）

「本当にこんな悲しいことになると前から気づいておりましたならば……」（現代語訳）

⑮　山崎良幸・和田明美著『源氏物語注釈』一（一九九九年　風間書房）

「「かく」は前の歌の内容を指す。「ましかば」は反実仮想の表現。こういう生死の瀬戸際に立つ前に、そのことがわかっていたならばの意。それに応ずる後文は具体的に表現されていないが、「聞こえまほしげなることはありげなれど」から推察可能。この前後の「まほしげ」「ありげ」「苦しげ」「たゆげ」等、接尾語「げ」の機能を生かした表現に注意しなければならない。即ちこれまで周囲の人々の思惑に気兼ねしながら過ごして来たが、もっと自己の心に従順に帝との愛に徹すればよかったと思う後悔の念が、更衣の表情に現れているのである」（注釈）

⑯　鈴木一雄監修・神作光一編集『源氏物語の鑑賞と基礎知識』No.1　桐壺（一九九八年　至文堂）

「本当にこんな悲しい思いをすることになると、かねてから分かっていたならば」（「「桐壺」を読む」〈神作光一氏執筆〉）

⑰　室伏信助監修・上原作和編集「人物で読む源氏物語」第一巻『桐壺帝・桐壺更衣』（二〇〇五年　勉誠出版）

「もしも、こんなことになろうと前々からわかっていたのでしたら」（「現代語で読む桐壺帝・桐壺更衣」〈三村友希氏執筆〉）

「新編全集」は⑦の「日本古典文学全集」の改訂新版にあたり、その間に⑫の「完訳日本の古典」が言わば小改訂版として出されている。三書の解釈を見比べると、「ここでは、なまじ帝のご寵愛をいただかなければよかったろうに、などの続く言葉を更衣が言いおおせなかった」(⑦旧「全集」)→「なまじ帝のご寵愛をいただかなければよかったろうに、ぐらいを補い読む」(⑫「完訳」)→「ここでは初めからこうなることが分っていたら、なまじ帝のご寵愛をいただかなければよかったろうに、の意か」(「新編全集」)と次第に弱気な表現になってトーンダウンしていることがわかる。だんだん自信がなくなってきたが、かといって新たな解釈も思いつかない、といった体なのだ。

そもそも三書が掲げる「いとかく思ひたまへましかば」を「なまじ帝のご寵愛をいただかなければよかったろうに」の意ととる解釈がどのあたりからはじまった説なのかはよくわからないのだが、⑤の玉上琢彌氏『源氏物語評釈』は同じ解釈をとっている。同じ著者による⑥角川文庫も同様である。おそらく戦前の吉澤義則氏『対校源氏物語新釈』巻一(一九三七年　平凡社)に「斯様な事にならうと兼て思ひましたら、かうした契りも結ぶべきではございませぬでしたに」とある解釈などの流れを汲むのであろう。他に、⑩の高橋和夫氏と⑪の小町谷照彦氏がこれと同じ解釈をしている。④の松尾聰氏『全訳源氏物語』には、「佐伯梅友博士は「かく」を「こんなに悲しく」の意として「(これまではこうも思わずに過していましたが、ほんとにこんなに悲しく思いますのでしたら)いっそ御寵愛をいたゞくのではございませんでしたのに」と説かれる」と、佐伯梅友氏も同様の解釈をしていることを紹介しておられる。前述のように、寵愛を受けたことを後悔しているというような解釈は帝に対して失礼なのでとても従えないと思うのだが、どうやら現代の注釈ではかなり有力な説と言ってよさそうである。

他の解として、①・②の池田亀鑑氏説が、「こんな事にならうと豫て思ひましたなら、もつと申上げたでございませうに」(①)と記すように、帝に対してもっといろいろものを申し上げたろうのに、の意ととる解釈がある。この説は、戦前の金子元臣氏『定本源氏物語新解』(一九二五年　明治書院)に、「こんなにお別れと存じて居ましたらまだ申上げたい事もございましたのに」とある解を受け継いだものである。③の山岸徳平氏「大系」も同解釈である。また、④の松尾聰氏『全訳』でも、「色々な解があり得よう」とされながらも、同様の解釈を私解として示している。しかし、⑤の玉上琢彌氏『評釈』では、これをひとつの解釈の仕方として挙げた上で退けている。ところが、⑩の高橋和夫氏は別解としてこの解釈を記しており、⑮の『注釈』では、松尾氏と同様、後に「聞こえまほしげなることはありげなれど」とあるのを根拠にしつつ、「もっと自己の心に従順に帝との愛に徹すればよかった」と後悔したものとの解釈を提示している。⑮はやや異なっているけれども、もっといろいろものを申し上げればよかったととる解釈もひとつの有力な説と言えそうだ。しかしながら、衰弱して言葉を発するのも困難になったからと言って、もっとものを言っておけばよかったと悔やんでいるというのはどうだろうか。これが物語に記された更衣の最初の言葉ではあっても、それまで更衣は帝とあまり口をきかなかったというわけではあるまい。遠慮深くてさほど口数多くは話さなかったかも知れないが、そのことをこの切迫した状況でことさら問題にするとは思えない。むしろ、言葉を発するのも困難な状況になってさえ「聞こえまほしげなることはありげ」なさまを見せたというのは、更衣が日頃から帝の愛情に言葉で応えていたことを示していると考えるべきなのではないかと思う。

⑧・⑨・⑭・⑯・⑰の注釈においては「ましかば」の後に省略している語を訳注に示していないので、どのように解釈しているのかは不明である。

そんな中で唯一個性的な解釈を示しているのが⑬の「新日本古典文学大系」（以下、「新大系」と略す）である。同書は、「「かく」は歌のなかの生きたいという思いをさす」とし、「まことにかように（右の歌のごとくに）考えさせていただいてよろしいのであったら…」の意であり、「生きる希望を満たされるならうれしかろうに、そうでないのは悲しく無念だ、と万感を言いさす」表現であると解する。

この解釈の特色は、指示語「かく」がさすのは更衣の歌に詠まれた内容だと明確に指摘している点である。他の諸注の解釈はみな、更衣の病気が重くなって衰弱し、目前の死別が避けられなくなった状況、またはそれを悲しく思う気持ちをさすととっているようである。

考えてみれば、和歌があって、その直後に「かく」とあるのだから、当然その指示語は和歌に詠まれた内容をさすと受け取るのが自然である。諸注の解釈は、和歌の内容ではなく、和歌が詠まれるに至った状況をさしているととっているのであり、思えばおかしなことである。③の「旧大系」には「「かく」は、歌の意味を受けている」とあり、⑮の『注釈』にも「「かく」は前の歌の内容を指す」と言っているけれども、示された解釈はそうなっていない。歌の言わんとするところは、死別が悲しいという前半部はなくて、「生きたい」という願望を強く吐露した後半部なのである。そういう意味で、「新大系」の解釈は注目に値する。

ただし、「新大系」の示した解釈では、和歌に詠まれた内容全体が「ましかば」という反実仮想の条件句の中に収められてしまっている。「まことにかように（右の歌のごとくに）考えさせていただいてよいのであったら…」と訳しているのは、「いかまほしきは命なりけり」と思うことがもしできるのであればよかったが、そうではないので残念だ、という意に解しているのだと思われる。だから「生きる希望を満たされるならうれしかろうに、そうでないのは悲しく無念だ、と万感を言いさす」という解説が続くことになる。(4)

生きたいと思ってもその希望が満たされない状況なのが悲しく無念だ、と言っているのだとすると、これはやはり生きる希望を満たされる状況を作ってくれなかった帝に対する不満ないし批判と受け取られかねないのではなかろうか。更衣は今生の別れに臨んでそのようなことを口にするだろうか。「新大系」の解釈にもどうも納得しかねるのである。

三　古注釈書が記す解釈

ここで、研究史を遡って、古注釈書がどのように解釈しているかを見てみることにしよう。「いとかく思ひたまへましかば」に解して解釈的な注釈を初めて記したのは一条兼良の『花鳥余情』（文明四年〈一四七二〉初稿本成立）である。

いとかくおもふたまへましかは　更衣の哥にいかまほしきは命なりけりとおもふやうならましかはの心也御門の御返哥なきにて御心も心ならすおほしまとへるほとはしるへきなり(5)

「更衣の哥にいかまほしきは命なりけりとおもふやうならましかはの心也」の部分が当該箇所の解釈である。ややわかりにくい表現だが、更衣の和歌に「いかまほしきは命なりけり」とあるように思うことができるのであったら、の意であると言っているようである。すると、これは「かく」のさす内容を更衣の和歌の後半部であると理解したものであり、「新大系」の解釈に等しいことになる。「新大系」が示した新解釈は、実は最も古い『花鳥余情』の解釈と同様の説だったのである。

しかしながら、この『花鳥余情』の説は後の注釈書に受け継がれず、早い時期に否定されることになる。牡丹花肖柏が兼良・宗祇の講釈を聴聞して作ったとされる國學院大學蔵『源氏物語聞書』（文明八年〈一四七六〉第一次本成立）には、いとかく思ふたまへましかはと　此語尤感あり云々かねてよろつたのみし心の外になりぬることを思詞也世上もみな如此なるへし花鳥儀別也(6)

とあり、『花鳥余情』とは別解を記す。「かねてよろつたのみし心の外になりぬることを思詞也」とあって、かねて頼りにしていた気持ちとはうらはらな結果になってしまったことを思って発した言葉だとする。この肖柏の『源氏物語聞書』を基本資料として作られた三条西実隆の『弄花抄』〈永正元年〈一五〇四〉第一次本成立〉にも、

いとかく思ふ給へましかは　此語尤感有と云々かねて万頼みし心の外に成ぬる事をおもふ詞也世上もみな如此なるへし花鳥義別也(7)

と、同じような記述がある。さらに、実隆の説を子の公条がまとめたとされる〈実隆自身の著作とする説もある〉『細流抄』〈永正七年〈一五一〇〉〜十年〈一五一三〉頃成立〉では、

いとかくおもふ給へましかは　花儀非歟かねてよろつたのみし心のほかに成ぬる事を思詞也昨日けふとは思はさりしをといふかことし御門の御返哥のなきは御心をふかくまとはし給ふ事をみせたり(8)

とあって、『花鳥余情』の説に疑問を呈した上で、「かねてよろつたのみし心のほかに成ぬる事を思詞也」という肖柏

以来の説を示す。「昨日けふとは思はさりしをといふがごとし」と、業平の辞世歌を引き合いに出しているのも、思いの外に早く死が訪れたことを嘆いた言葉だという理解であろう。更衣が頼りにしていたというのは帝のことであろうから、これが期待はずれになったことを恨んでいるとするこの解釈は、帝に寵愛されたことを悔やんでいると解する現代の多くの注釈に通じるものである。

実隆よりも早く、連歌師藤原正存が主に宗祇の講釈聞き書きをもとに作った注釈書『一葉抄』（明応四年〈一四九五〉成立）にも、

いとかくおもふ給へましかは　此語尤感ありかねて万たのミしは心のほかになりぬる事を思ふ詞也世上もみな如此なるへし(9)

と、肖柏『聞書』・『弄花抄』と同様の記事があるから、おそらくこの説は宗祇に発し、肖柏を経て実隆によって確立されたものと考えられる。ただし、『細流抄』の「御門の御返哥のなきは御心をふかくまとはし給ふ事をみせたり」という部分は『花鳥余情』の説の踏襲である。

以後の主な古注釈書を見てみる。

三条西公条が『細流抄』を発展させて作った注釈書『明星抄』（天文三年〈一五三四〉頃成立）には、

いとかく思ふ給へましかは　花鳥の義非歟・兼て万頼みし心の外になりぬる事を思ふ詞也・昨日今日とは思はざりしをと云がことし・帝の御返歌なき妙也・御心を深ク まどはし給事見えたり(10)

と、『細流抄』と同内容の記述がある。

里村紹巴が公条の講釈を聴聞した聞き書きをまとめて作った『紹巴抄』(『源氏物語抄』とも。永禄七年〈一五六四〉～八年〈一五六五〉成立)には、

いとかく思　此詞尤モ有レ感云々　かねて萬たのみし事の思の外に成ぬるならひ也　世上は皆如レ此なるへし(11)

とあって、『弄花抄』を踏襲する。

『紹巴抄』よりやや早い天文十九年(一五五〇)の奥書がある里村昌休の『休聞抄』には、

いとかく思ふ　更衣哥にはいかまほしきは命なりけりと思ふやうならましかはの心也御門の御返哥なきにて御心も心ならすおほしまとへるほとはしるき也花此詞尤感ありと云々かねてたのみし心も外になりぬる事を思ふ詞也世上も皆如此なるへし(12)

とあって、『花鳥余情』の説を引き、続けて『弄花抄』と同じ説を記している。

一方、連歌師能登永閑がまとめた諸注集成的注釈書『万水一露』(天正三年〈一五七五〉成立)には、

いとかく思ふ給へましかはといきもたえつゝきこえまほしけなることはありけなれといとくるしけにたゆけなれ

は　碩かやうにあらんとかねてしりたらは申をくへき事もあるをといふこゝろ也　花鳥云更衣の哥にいかまほしきは命なりけりとおもふやうならましかはとの心也御門の御返哥なきにて御心も心ならすにおほしまとへるほとをしるへし　弄此詞もつとも感ありかねてよろつたのみし事の心の外に成ぬることをおもふことはなり世上もみなかくのことくなるへし　細花ノ義非歟弄同きのふけふとはおもはさりしをといふかことし御門の御返哥のなきは御心をふかくまよはし給事を見せたり(13)

とあり、宗碩の説として「かやうにあらんとかねてしりたらは申をくへき事もあるをといふこゝろ也」という新解を記す。これは現代注で、①・②の池田亀鑑氏や③の山岸徳平氏などが採用している解釈である。

これに似た注は、室町中期の成立とされる日下部忠説の『尋流抄』にも見える。

一、「いとかく思ふ給へましかバ」とは、かねてなくならんと思ひしりたらば、いますこしゆいごむを申をくべき物をとおもひ給へど、いきもたえつゝえいひ出給ハぬ也。いはまほしき事ハありげなれど、いきもたゆければ、えいひやり給ハぬ。つゐに行ミちとはかねてきゝしかど、の心也。哥ハひかず。(14)

また、山口県文書館が所蔵する右田毛利家伝来の『源氏物語古註』（元亀二年〈一五七一〉以前成立か）は、著者である細川幽斎の自筆本とされるが、

いとかく思給へましかは　かやうにかきりなる時は物も申されぬ物としり侍らは兼て思事をも申をくへき物をと

いふ心也(15)

とあって、やはり同系統の注が記されている。

同じ幽斎の注記と見られる熊本大学寄託永青文庫蔵の伝幽斎筆『源氏物語』の書き入れ注〈天正十七年〈一五八九〉以降書き入れか〉にも、

いとかくおもふたまへましかは　カヤウニ命ノ程《ホト》ナキヲ兼テシル事ナラハ何事ヲモカネテ云ヘキヲト也又説カホトハカナキチキリニウチトケ申セシ事ノアタナルト也イニ更衣ノ心中也(16)

と同種の注を記し、さらに「又説」として、これほどはかない契りなのに帝にうちとけ申したことのあだなることよと悔やんでいるという別解も記している。

幽斎の企図を受けて中院通勝が著した諸注集成の書である『岷江入楚』〈慶長三年〈一五九八〉成立〉においては、

いとかく思ふ給へましかはと　更衣の詞也　花鳥の義非也　此詞尤感ありかねてよろつたのみし心の外に成ぬる事を思ふことは也世上もみな如此成へしと云々
三説云箋云上の詞にかきりあらん道にもをくれさきたゝしとちきらせ給けるをさりともうちすてゝはえ行やらしとありし事也かくのことくみしかかるへきいのちの程をかねてしらすして契をきける事よと也此詞にてかきりとて哥おしむ命は君かため也我身のみためにあらさる心あきらか也尤面白し

又次の詞にきこえまほしけなることはありけなれとなといへるさま余情かきりもなかるへし

花みかとの御返哥なきにてかきりなき御心まか（と）ひのほと・（も）ありい（らは）れて物語のかきさまいふ計なきにや(17)

と、『弄花抄』と同じ説を記した上で、「三説云箋云(18)」として別解を示している。そこには、「かくのことくみしかかるへきいのちの程をかねてしらすして契をきける事よと也」とあるから、「いとかく思ひたまへましかば」は、こんなに短い命だとかねてわかっていたら「限りあらむ道にも後れ先立たじ」などと約束しなかったのに、の意と解していることがわかる。直前に桐壺帝が発した言葉を受けたものととるところはなるほどと思わせるものがあるが、やはり「かく」のさす内容を和歌ではなく命尽きようとしている更衣の状況ととるところに問題があると思われる。

このように中世最末期までの古注を眺めてみると、現代の注釈書が記す解釈はいずれもそれら古注釈書に見られる説であると言ってよいことがわかる。その中でも、「新大系」が提示した新解釈は、実は最も古い『花鳥余情』が提唱したが、間もなく他の古注釈によって疑問を呈され、退けられてきた説なのであった。しかしながら、「かく」のさす内容を更衣の詠んだ歌ととる『花鳥余情』の説は再評価しなければならないだろうと思う(19)。

四　「かぎりとて……」歌の意味再考

「かく」のさす対象が更衣の詠んだ歌の内容であると考えるべきだということになると、改めて更衣の詠歌「かぎりとて別るる道の悲しきにいかまほしきは命なりけり」の意味するところについて再確認しておく必要があろう。

たとえば、「新編全集」では、

今は、それが定めとお別れしなければならない死出の道が悲しく思われますにつけて、私の行きたいのは生きる道の方でございます。

と訳し、頭注で「生きることへの執着を通して、死を絶望的に言い表した歌」と評する。また、「新大系」でも、

寿命の限りとてお別れして行く死出の道が悲しいのにつけて、生きたいのは命であったことです、死出の道に行きたいのではなくて。

と訳し、「帝の従来からの言葉「限り」「道」や「行く」を借り、生への執着を詠みあげる感じの特異な歌」と評している。「いかまほしき」が「行かまほしき」と「生かまほし」の掛詞になっているとの指摘を含め、両書とも「生への執着」を詠みあげた歌ととらえており、さしたる違いはない。

これらは基本的に妥当な解釈であるとは思うが、「いかまほしきは命なりけり」の部分については、もう少し慎重な吟味が必要だと思う。

注意すべき点のひとつとして、「生かまほしきは命なりけり」という言い方は「命生かまほし」の強調形であり、「命生く」という慣用句を用いた表現だということが挙げられる。

小学館『古語大辞典』（中田祝夫編監修、一九八三年）によれば、

命生・く　生き長らえる。生存する。「命死ぬ」の対。

とあり、単に命のあることを言うように見えるが、『角川古語大辞典』第一巻（一九八二年　角川書店）では、

いのち生《い》く　危ないところを助かる。九死に一生を得る。

とあって、死にそうな命をとりとめる意であることを強調した語釈がなされている。おそらくこの方が正確だろう。『古今集』巻第十二・恋歌二・五六八の「死ぬる命生きもやするとこころみに玉の緒ばかり逢はむと言はなむ」(20)（藤原興風）という歌からもわかるように、当然死ぬはずの命が助かる意が「命生く」なのだ。更衣の歌には、死に瀕した命が助かりたい、死が免れそうにない命をとりとめたいという切実な願いが表現されているのである。「行きたいのは死出の道ではなくて、生きる道の方なのです」というように掛詞による対比表現を解釈の眼目として訳出すると、この更衣の切実な思いが伝わりにくくなるように思う。

もうひとつ注意したいのは、末尾の表現「なりけり」で、この「けり」が詠嘆の助動詞であることは言うまでもない。これはいわゆる「気づきのけり」で、小学館『古語大辞典』が、「今まで意識していなかった事象に初めて気づき、詠嘆する意を表す。今思えば…だった。そういえば…だった」と説く用法である。「新大系」が「生きたいのは命であったことです」（傍点引用者）と訳すのはそのニュアンスを出そうとしたものだろう（「新編全集」をはじめ多くの注釈書の訳文にこの詠嘆の調子が表れていないのは少々問題があろう）。すなわち、これまではそう思わなかったのだが、

今となってみれば生きたいと思うのだった、と更衣は言っているのである。人々の妬み嫉みを一身に受けてつらい思いをする中で、生きていく気力もなくなり、病がどんどん進行して重篤になり、もはや余命いくばくもない状況になって、なりふり構わぬ体で悲しみと怨み言をぶつけてくる帝の言葉に深い愛情を感じ取って、ああやっぱりこの人と別れることは悲しすぎる、この死に向かおうとする我が命を何とか留めたいものだ、と更衣は今になって生きることに執着する気持ちを抱くようになったというのである。これがこの歌の意味である。早く今川範政の『源氏物語提要』（永享四年〈一四三二〉成立）がこの歌について、「みかとの御こゝろふかくおはしますをいとをしみ奉りて、わか身のきえゆくよりも君の御こゝろの切なるをおもひたてまつれは、みかとの御為にいきたきとの御歌也」[21]と解説し、また『岷江入楚』にも、実枝説として「おしむ命は君かため也我身のみためにあらさる心あきらか也尤面白し」[22]と記しているのはまさにこのことであり、ともに賛同できる評言である。

上野辰義氏[23]も、桐壺の更衣の歌について考察された論文で、今挙げた「命生く」ならびに「AはBなりけり」という表現に注目されている。「命生く」については、この場合、命に生きてほしいとあつらえ願う意であるとされ、「別れが悲しいから行きたいのは里への道と死出の道ではなく、生きてほしいのはこの命なのだった」の意であると述べられた。また、「けり」の意味用法を踏まえて、

> 更衣の歌も、ここで「けり」が用いられているということは、上句「限りとて別るゝ道の悲しきに」で示された場面、すなわち、この世の別れとなることを予感しつつ、更衣の退出を必死に引きとどめようとする帝の行動と心情を「いといみじ」と拝しながらも、それに応えられず、これが限界・最後と観じて帝との別れを迎えねばならないという状況下で初めて、更衣が、下句「生かまほしきは命なりけり」の認識、すなわち、別れたくない生

きたいのだったと今はっきり自覚し気づいたことよ、との意味を表しているのだと考えられる。つまり、この「……に……なりけり」の表現によれば、更衣は、死が確定的なものとして認識されたこの帝との別れに臨んで今初めて心底から生きたいという思いの存在を自覚したということになる。

という見解を示された。「命生く」の用法についてはやや疑問がなくもないが、ここに示された解釈はまったく首肯すべきすぐれた読みであると思う。

五　「いとかく思ふたまへましかば」の解釈

更衣はこの歌に続けて「いとかく思ひたまへましかば」とだけ口にし、あとは言葉にならないのであった。この更衣の発した物語中最初にして最後の言葉が何を言おうとしたものかは、「かく」が直前の和歌の内容をさしており、その和歌の意味が先に述べたごとくであれば、おのずと明らかである。すなわち、もっと強くこのように生きたいと思っていたならば、こんなふうに衰弱して死んでいくようなことにはならなかっただろうに、ということである。

これまで更衣は帝の愛情のみを頼りとして、人々のさげすみやそしりに耐えながら生きてきた。「かしこき御蔭をば頼みきこえながら、おとしめ疵を求めたまふ人は多く、わが身はか弱くものはかなきありさまにて、なかなかなるもの思ひをぞしたまふ」という状況だったのである。かたじけない帝の愛情にすがりつつ強く生きようと思う気持ちと、つらい現実にくじけてそこから逃避するために死を願う弱い気持ちとの相克の中で更衣は生きてきた。しかし、強く生きようとする気力は次第に失せて、心身ともに衰えていったのであった。そんな中で、今生の別れを覚悟して退出するに臨んで帝が見せてくれた深い愛惜の情、そして、「限りあらむ道にも後れ先立たじと契らせたまひけるを、さりともうち棄ててはえ行きやらじ」という痛切な言葉を耳にして、感極まって「限りとて……」の歌を口にした。この時更衣は、帝のために心から生きたいと思ったのである。

しかし、すでに遅かった。もっと早くそのことに気がついて、もっと強く生きたいと思う意志を持っていたならば、こんな悲しい別れをしなくてすんだのに、と更衣は深い後悔の念にとらわれたのだ。更衣が最後に言いたかったのは、こんなことになるのだったらもっといろいろ話をしておけばよかったとかいうことではなく、ましてや帝の寵愛を受けるのではなかったなどということではなくて、もっと強く生きたいという思いを持っておれば、帝をこんなに悲しませることはなかったのにという悔恨の情なのである。「聞こえまほしげなることはありげなれど」とあるのは、帝の愛情と心遣いに対する感謝と、それに応えられなかったお詫びの言葉を言いたかったのであるはずだ。(24)

先に示したように、現代の諸注にはこのように解釈したものはまったくない。しかし、早く『花鳥余情』が「更衣の哥にいかまほしきは命なりけりとおもふやうならましかはの心なり」と記しているのは、改めて吟味すると案外これと同様の解釈のようにも思われる。すなわち、更衣の歌に「生かまほしきは命なりけり」と思うようにいつも思っていたのであったら、の意ともとれるのである。やや言葉足らずなこともあって、その意が十分に伝わらず、宗祇・肖柏らが唱えた別解を継承した実隆らによって否定されてしまうのだが、兼良の読みは実は正鵠を射ていたのかも知れない。そうだとすればその慧眼に拍手を送らねばならないだろう。

ところで、近年、これと同様の解釈を示した短い論考が現れた。秋貞淑氏の「桐壺更衣の〈臨終歌〉――遙かなる物語の終焉を視野に」(25)である。秋氏はそこでいみじくも「「いとかく思ひたまへましかば」は、もしこれほど生きていたいとかねてから思っておりましたのであったら、の意であろう」と指摘されている。ただし、氏は、「命への渇望」

を詠んだ更衣の歌について「絶命の寸前のその告白は、おのずと洩れてくる本能とでも言えようか」と言われる。死に直面した人間が恐怖におののき、本能的に抱いた生への欲望であると解釈されるのである。氏が示されなかった「ましかば」に続く言葉にならなかった部分の解釈は、おそらく「私は死ななくてすんだでしょうに」とでもなるのであろう。

しかし、ここはそのようなものではない。更衣との死別をおそれて必死になって留めようとする帝の姿を「いといみじと見たてまつりて」発した更衣の歌とこの最後の言葉は、こんなにも全身全霊で愛してくれている帝に対する万感の思いをこめたものであったはずだ。死の恐怖に発した本能的な生への渇望などではないと思うのである。

六　女御になれなかった桐壺の更衣

こうして、「生きたい」との強い願いを詠出したまま亡くなった桐壺の更衣の死を、帝のみならず物語の読者たちもことのほか哀れんだであろう。本章冒頭に記したように『無名草子』が「あはれに悲しきこと、この巻に籠りてはべるぞかし」と評した理由には、更衣の死の前後の場面がその中心にあったに違いない。それ以後、読者たちは更衣を追慕する桐壺帝の心情に寄り添いながら読んでいき、ともに更衣への哀惜の念を強くしていったことであろう。

更衣の死は、見舞いに派遣した勅使によって帝の耳に伝えられた。帝の反応は、「聞こしめす御心まどひ、何ごとも思しめしわかれず、籠りおはします」と記されるだけである。具体的な発言も心中描写も何もないことが、かえって帝の茫然たるさまと深い悲しみをよく表している。その悲しみの様子は、幼い皇子（光源氏）の目を通して、「上も御涙の暇なく流れおはしますを、あやしと見たてまつりたまへるを」云々と描かれている。何が起きたのかもわからず父帝や周囲の人々が悲しむ様子を不審そうに眺める幼子の描写は、読者に強いインパクトを与える。皇子は亡き母の里に退出していくが、おそらく葬儀の場においても、そのいたいけなさまがことさら参列の人々の涙を誘ったに違いない。

帝は、愛宕《おたぎ》で執り行われた葬儀の場に勅使を送り、亡き更衣に三位を追贈した。本文には次のようにある。

> 内裏《うち》より御使あり。三位《みつ》の位贈りたまふよし、勅使来て、その宣命読むなん、悲しきことなりける。女御とだに言はせずなりぬるがあかず口惜しう思さるれば、いま一階《ひときざみ》の位をだにと贈らせたまふなりけり。これにつけても、憎みたまふ人々多かり。（①二五頁）

帝は、亡き更衣を女御とさえ呼ばせずじまいになってしまったことを残念で心残りに思い、せめてもう一段上の位だけでもと思って追贈したのだと言っている。この「女御とだに言はせずなりぬるがあかず口惜しう思さるれば」という言い方には、帝は更衣を女御どころか后にもしたいと思う気持ちを持っていたことが言外に含まれていよう。『一葉抄』に、「かミかかみの位になしても猶あかすおほさるへし」とあり、『万水一露』に宗碩説として、「此たにといふ詞にて后にと御門のおほしめしたる御心見えたり」、『岷江入楚』に、「御寵愛ゆへに后にもたて給ふへきに女御とたにもいはせすと不足に覚しめしてせめて従三位を送り給ふ也」などと説く通りである。后は無理でもせめて女御とだけでも呼ばせたかったが、実現しなかったことを帝は悔やんでいるのである。

桐壺の更衣がなぜ女御として入内しなかったのかは難しいところである。一般には、更衣が大納言の娘であり、その父大納言も亡くなった後にしかるべき後見のないまま入内したために更衣にしかなれなかったのだと解されるが、[26]

史実に検すれば必ずしもそうではないようだ。早く『紫明抄』（素寂著、永仁二年〈一二九四〉第二次本成立）が、「問云、大臣女を女御といふにや、大納言の女いかてか女御といはるへき、例ありや」との問を立て、「答云、其例非一、かつく〳〵二三をあくへし」として「延喜御宇藤原和香子為女御大納言定国女」以下三人の例を挙げており、(27)『河海抄』（四辻善成著、貞治初年〈一三六二～三頃〉成立）には、「侍臣女猶女御の例あり其上大中納言之女立后ノ例たにもあれは女御とたにといふ歟」と言い、「大中納言女立后例」「公卿女為女御例」「侍臣女為女御例」を列挙している。(28)『孟津抄』（九条稙通著、天正三年〈一五七五〉成立）には、「東宮の御母のほかには女御あるへからす更衣の皇子をまうけてはみやす所といふなり」とあるが、(29)東宮の母でないと女御にはなれないというようなことはない。

女御の父大納言の兄は明石の入道の父で大臣であったというから、大納言も早く亡くならなければ大臣にもなれた可能性のある家柄である。その娘がどうして女御ではなく更衣として入内したのかはわからない。母北の方が遠慮したのであろうか。それとも父大納言に何らかの政治的な判断があってあえて更衣として入内させたのであろうか。そもそも父大納言がなぜ遺言してまで娘の入内にこだわったのかさえ謎なのだから、(30)それもすべて謎と言うしかない。

それにしても、更衣に対する寵愛厚い帝は、后はともかく、せめて更衣を女御と呼ばせたいと思っていたのである。高橋麻織氏(31)は、この部分を帝が桐壺の更衣の女御昇格を試みたことを示す記述と解された。

それに対し、浅尾広良氏(32)は、嵯峨朝から村上朝までの史実を詳細に検討された上で、女御腹の御子には親王宣下がなされるのが通例であることから、第二皇子（光源氏）の置かれた境遇や将来のことを考えて臣籍降下することを視野に入れていた桐壺帝は、政治的判断からあえて母更衣を女御に昇格させることをしなかったのだと説かれた。歴史的背景の丹念な検証に基づいた説得力のある論である。

しかし、女御にしなかった背景がどうであれ、帝は心情としては更衣を女御に昇格させてやりたかったのであり、結果としてそれができなかったことをここで深く悔やんでいるのである。そして、物語を読む読者の心にも、女御になれなかった桐壺の更衣に対する同情の念が大きくふくらんでくるわけである。

七　中世王朝物語に登場する「桐壺の女御」

たとえば中世の読者たちがいかに桐壺の更衣を哀惜する気持ちを抱いていたかを探るためには、『源氏物語』の多大な影響下に書かれた中世王朝物語と呼ばれる作品群の中で桐壺の更衣の面影を宿すような人物がどのように描かれているかを検討することがひとつの有効な手段になるのではなかろうか。

そこで、中世王朝物語には「桐壺の女御」と呼ばれ得る人物が何人か登場することに注目してみたい。そこには桐壺の更衣を女御にしてやりたかったという『源氏物語』読者の思いがこめられているのではないかと思われるからである。

そもそも桐壺（淑景舎）という殿舎は、いわゆる「後宮五舎」の中でも、天皇の居所である清涼殿から最も遠く、後宮の諸殿舎の中でも格の低い場所だと言わざるを得ない。清涼殿に近い藤壺（飛香舎）や弘徽殿には特に重んじられるべき女御が住むのに対して、桐壺や梨壺（昭陽舎）のように遠くにある殿舎には身分の劣る更衣が住むことになるのは自然なことである。権力者の後ろ盾のない更衣だから桐壺に住まわされたわけで、通常「桐壺の女御」というのは存在し難いはずである。(33)

周知の通り、『源氏物語』においても、梅枝巻で女御として入内した明石の姫君は淑景舎に入り、「桐壺の御方」（若菜上巻・同下巻）と呼ばれている。すなわち桐壺の女御である。ただし、明石の姫君が入内したのは帝ではなく春宮（朱雀院皇子）である。この時春宮は梨壺に住んでいたから、すぐ北隣にある桐壺は春宮の居所に最も近い殿舎であり、源氏の娘である女御が住むのにふさわしい場所である。「史実の梨壺も春宮居所となったことが『栄花物語』などに見えている」[34]と言われるように、現実にも梨壺に近い桐壺に春宮の女御が住むことは珍しくなかったようだ。『枕草子』に出てくる中宮定子の妹原子が「淑景舎」と呼ばれるのは、春宮（後の三条天皇）妃となって桐壺に住んだからである。しかし、いずれにせよ、桐壺は帝の寵妃たる女御の居所にはふさわしくない[35]。

中世王朝物語に登場する桐壺の女御も、その出発点は春宮の女御である。

まず、『いはでしのぶ』巻一に出てくる「淑景舎の女御」がそれである。この人は故一条院が寵愛した三条内大臣の娘が再婚した関白との間に儲けた姫君で、春宮妃となって「春宮の淑景舎の女御」と呼ばれたが、春宮（後の嵯峨院）の即位後、中宮になった。春宮の居所がどこであったか記されていないが、おそらく梨壺だったので、北隣の淑景舎（桐壺）を居所としたということなのであろう。関白の娘として春宮妃となり、皇子は産まないが立后して中宮となったこの女性には『源氏物語』の桐壺の更衣の面影はない。一度「春宮の淑景舎の女御」と呼ばれるのみで、「桐壺」の語が出てこないこともそれを物語っていよう。

また、『しのびね物語』にも桐壺の女御が登場する。物語開巻まもなく、男主人公四位の少将の紹介に続けて、

御妹は春宮の女御、桐壺にておはします。[36]

と記されるのである。この一文だけ読むと、この人も春宮の女御として春宮の居所である梨壺に近い桐壺に住んだのだろうと考えられるが、その後の物語の記述との間に齟齬があり、すんなりとそうは決められない。「中世王朝物語

全集」の注に詳しいが、後文ではこの人は当代の帝の寵妃「桐壺の御方」として繰り返し言及されるのである。それでは、「春宮の女御」を春宮の母である女御の意ととる立場に立つと、物語中に、しのびねの君が若宮を出産した際に、帝が「いまだ皇子もおはしまさぬことを、口惜しく思しめすに、いとうれしく思し召されて」云々とあり、続いてしのびねの君が立后すると、「中納言の御妹、桐壺の御方こそ、御身の勢ひといひ、上の覚えならびなかりしかば、若君も出でき給はば、うたがひなき后にこそたち給はんずると、世人も思ひ、殿も思しつるに」云々という記述があって、帝にはそれまで春宮どころか皇子もいなかったことになっているのと矛盾する。神野藤昭夫氏(37)は、後者の立場に立った上で、その矛盾を、「ケアレスミスというより、「春宮の女御」という古本段階の設定を、現存本が不用意に踏襲したことに由来すると判断される」と説かれた。この説は首肯されるところであるが、ことによると、「春宮の女御」というのは、帝がまだ春宮であった時に入内した女御の意であるのかも知れない。内大臣の姫君であるこの人は、帝の即位前に春宮の女御として入内したので、春宮の居所である梨壺に近い桐壺を居所としたのだが、春宮の即位後もそのまま桐壺に居住し続けたので、ずっと「桐壺の御方」と呼ばれたのだと考えられる。しのびねの君は桐壺よりはるかに清涼殿に近い承香殿に住んで「承香殿の女御」と呼ばれたというのに、それまで帝寵厚かった女御が桐壺に住み続けた理由はわからない。なじみの殿舎に愛着があったゆえか、それとも遠くともその距離をものともせず帝が通い続けてくれるという自信ゆえだろうか。

　結局、この桐壺の女御は皇子を産まず、ずっと後から入内したしのびねの君に帝寵を奪われたのみならず、しのびねの君が産んだ若宮が春宮になると立后まで許してしまうという、まことに損な役回りなのである。この人にも『源氏物語』の桐壺の更衣の面影は認められそうにない。

八　『あきぎり』の女主人公桐壺の女御

春宮の女御として入内し桐壺に住んだ姫君が、厚い帝寵を得てそのまま立后する話が中世王朝物語の中にもうひとつある。『あきぎり』のヒロイン、三条の姫君である。

『あきぎり』は、昭和五十八年（一九八三）に山口県柳井市の村上家の所蔵になる上下二冊の写本の存在が紹介されてはじめてその全貌が世に知られるようになった物語である。(38) それまでは、厳島神社の宮司野坂家に伝わる零本（村上家本の下巻にあたる）が「野坂本物語」と仮称されて唯一の伝本とされていた。(39) 内容は、いわゆる「しのびね型」の物語であり、貴公子とむぐらの宿に住む姫君との悲恋物語であるとともに、不幸な境遇にあった姫君の出世栄達の物語とも言える。『しのびね物語』では、男君との仲を引き裂かれた姫君が、帝の目にとまって寵愛を受け、そのことを知った男君は身を引く形で出家するという筋書きであるのに対し、『あきぎり』では姫君は春宮に入内し、その即位とともに立后、男君は煩悶した末に病を得て死去するという展開である。

すでに東原伸明氏(40)や大倉比呂志氏(41)によって指摘されていることだが、この『あきぎり』の女主人公三条の姫君は、その設定において明らかに『源氏物語』の桐壺の更衣を意識していると思わせる点がいくつもある。中でも重要なのは、両者がともに故按察使大納言の娘であり、父大納言は生前娘の入内を願っていた点と、どちらも入内後、帝に寵愛されて二の宮（第二皇子）を産む点である。この姫君に桐壺の更衣を投影させて読むと、あたかも桐壺の更衣がたどった別の人生を描き出しているような感があるのである。

桐壺の更衣は、父大納言の没後に入内したが、母北の方は健在であった。一方、三条の姫君は父大納言に続いて母尼君も亡くなった後で春宮に入内する。桐壺の更衣が更衣として入内したのに対し、両親のいない三条の姫君が春宮の女御として入内できたのは、母方の係累に大きな後ろ盾があったからである。尼君は夫の死後、「ただこの姫君の御ことを明け暮れ思しつつ、父君おはしまさねば、雲居の住まひもはかばかしき御後見なければ、思ひ立つまじきを、さしも類なき御ありさまを、さてや空しく埋もれ果て給はん」[42]と嘆いていたのだが、実は尼君には左大臣の兄がいた。それで、姫君は伯父の左大臣に引き取られ、左大臣の養女として入内を果たしたのである。これは桐壺の更衣とは大きな相違である。更衣の母北の方は「いにしへの人のよしある」と記され、由緒ある旧家の出らしいが、係累についてはいっさい不明である。もしこの母君の身内にしっかりした人物がいれば、大納言に代わって更衣の後見となることもできたであろう。それがいなかったのは更衣の不幸であった。そのため更衣は「しっかりした後見人がいないために疎外され、最も条件の悪い局（舎）がまわってきた」[43]のに対し、三条の姫君は女御として（おそらく）春宮の居所である梨壺に最も近い殿舎を与えられたのである。同じ桐壺に住んでも大きな違いである。『あきぎり』の作者は、桐壺の更衣に対する哀惜の情から、三条の姫君に、更衣と同じように、いやそれ以上に不幸な境遇にあっても女御として入内できる道を開いて見せたのではないだろうか。それは、桐壺帝が願ったように、当時の読者たちが桐壺の更衣を女御と呼んでやりたかったという切ない願いを承けて行った所作だったのではないかと思うのである。

物語読者の桐壺更衣哀惜のもうひとつの中心は、更衣の産んだ桐壺帝の二の宮（光源氏）の立坊がかなわなかったことにあろう。それは、更衣の最後の言葉を、帝との別れにあたって二の宮の立坊を願いそのことを口にしたかったができなかったと解釈するまでもなく、当然、更衣の心中には二の宮立坊への願いは秘められていたに違いない。帝もその更衣の気持ちを十分察した上で、あえて一の宮（朱雀帝）を春宮とし、二の宮を臣籍に下す決意をしたのである。それにしても高麗《こま》の相人に「帝王の上なき位にのぼるべき相」を言われた二の宮が即位の道を断たれたことは、読者の桐壺の更衣への同情心をいっそう刺激したことであろう。

しかるに『あきぎり』では、春宮であった花山宮（朱雀帝皇子）が病死したため、式部卿の宮の娘である宣耀殿の女御腹の一の宮が春宮に立った。「内には二の宮と思しめされけれど、次第なくはいかがとて、据ゑ奉り給ふ」とあるから、二の宮の生母桐壺中宮を寵愛する帝は、「いとひき越さまほしう思せど、御後見すべき人もなく、また、世のうけひくまじきことなりければ、なかなかあやふく思し憚」って、二の宮立坊を諦めた桐壺帝と同様の葛藤をした末に一の宮の立坊を決めたのである。桐壺帝は二の宮を臣籍に下したが、『あきぎり』の場合は違った。「この宮は、「今一二年も過ぎなば、我は降りゐて、位を譲り奉らん」と思しめして、一の宮、東宮にゐさせ給へり」とあるように、一の宮自身の希望により、一、二年後には二の宮への春宮譲位が約束されたのであった。これにより桐壺中宮の将来の国母への道が開かれたわけである。

おわりに

桐壺の更衣が夢見たであろう国母への道の実現、それは更衣を哀惜する『源氏物語』読者の誰もが思い描く更衣の理想の人生の形であった。女御として入内し、帝に愛されて皇子を産む、そしてその皇子が立太子して、やがて国母となる。『あきぎり』の作者は、女主人公三条の姫君に桐壺の更衣が夢見て果たせなかった人生を実現させたのである。東原伸明氏(44)は、

三条の姫君が「桐壺」と呼称されることで、中宮となった彼女の人生は、そのまま『源氏物語』桐壺更衣に対す

る鎮魂の物語として読めるのである。

と指摘されている。「鎮魂」という言葉が適当かどうかわからないが、逆境の中で亡くなった更衣を哀惜する気持ちが、このような更衣のサクセス・ストーリーと言うべき物語を構想する原動力であったことは十分考えられるであろう。その意味で、物語の結末の一文、

まことや、かの中宮のかかるありがたき宿世のめでたさを、後の世の人に見せ奉らんために書きとどめぬ。

は、桐壺の更衣を哀惜するすべての読者に向けた作者のメッセージとして読むことができると思う。

中世の『源氏物語』読者にとって、開巻まもなく退場してしまった桐壺の更衣がいかに惜しまれる存在であったか、「生かまほしきは命なりけり」と詠んではかなく亡くなった更衣をいかに「生かせまほし」く思い、「桐壺の女御」としての更なる人生を幻想したかを『あきぎり』という作品は教えてくれていると思うのである。

注

（1）引用は、樋口芳麻呂・久保木哲夫校注・訳『新編日本古典文学全集』40『松浦宮物語　無名草子』（一九九九年　小学館）による。

（2）引用は、阿部秋生・秋山虔・今井源衛・鈴木日出男校注・訳『新編日本古典文学全集』20『源氏物語』①（一九九四年　小学館）による。以下も同じ。

（3）秋山虔氏「桐壺帝と桐壺更衣」『講座　源氏物語の世界』第一集（一九八〇年　有斐閣）所収。

（4）「新大系」の注を担当された藤井貞和氏は、「神話の論理と物語の論理」（『源氏物語の始原と現在――定本』〈一九八〇年　冬樹社〉所収）の中で次のように述べられている。

「いとかく……」の「かく」が直前のうたの全体、あるいは部分を指しているものであるとみることができるとすれば、門前真一の見解がいちばん正解のように、いまの私には想われる。それを私に言いなおせば、「いとかく思う給へましかば」は生きたいというねがいを反実仮想した表現である。「……嬉しからまし」とつづくのではないだろうか。生きたいというねがいにほんとうに現実性があるならば嬉しいのに（――こうしてお別れしなければならないのが悲しい）、という意味になるだろう。通行の注釈書と逆の見解になる。

「門前真一氏の見解」とは、『「いとかく思う給へましかば」追考――惟規の歌との比較――』（『解釈』一九七〇年一月）に述べられたもの。また、藤河家利昭氏も、「かく」について、「歌の生きたいという気持を受けて、本当にこのように思ったとしましたら、思うことが出来るのでしたらと取ったらどうであろうか」と、藤井氏と同様の見解を示しておられる（「桐壺の巻の方法――「いかまほしきは命なりけり」の歌について――」論集中古文学Ⅰ『源氏物語の表現と構造』〈一九七九年　笠間書院〉。のち、『源氏物語の源泉受容の方法』〈一九九五年　勉誠社〉所収）。なお、「新日本古典文学大系」を基にして文庫化された岩波文庫『源氏物語』㈠（二〇一七年　岩波書店）でも、この箇所の注は、「まことにかように考えさせていただいてよかったのならば。「かく」は歌のなかの生きたいという思いをさす。生きる希望を満たされるのだったならばうれしかろうに」とあって、やや簡略化しながらも「新大系」の注が踏襲されている。

（5）引用は、伊井春樹編「源氏物語古注集成」1『松永本　花鳥余情』（一九七八年　桜楓社）による。以下同じ。

（6）引用は、伊井春樹編「源氏物語古注集成」8『弄花抄　付源氏物語聞書』（一九八三年　桜楓社）による。

（7）引用は、注（6）掲出書による。

（8）引用は、伊井春樹編「源氏物語古注集成」7『内閣文庫本　細流抄』（一九八〇年　桜楓社）による。

（9）引用は、井爪康之編「源氏物語古注集成」9『一葉抄』（一九八四年　桜楓社）による。以下同じ。

（10）引用は、中野幸一編「源氏物語古註釈叢刊」第四巻『明星抄　雨夜談抄　種玉編次抄』（一九八〇年　武蔵野書院）による。

（11）引用は、中野幸一編「源氏物語古註釈叢刊」第三巻『紹巴抄』（二〇〇五年　武蔵野書院）による。
（12）引用は、井爪康之編「源氏物語古注集成」22『休聞抄』（一九九五年　おうふう）による。
（13）引用は、伊井春樹編「源氏物語古注集成」24『萬水一露』第一巻（一九八八年　桜楓社）による。以下同じ。
（14）引用は、井爪康之編『源氏物語古注釈書　尋流抄』（二〇〇〇年　笠間書院）による。
（15）引用は、熊本守雄編『翻刻『源氏物語古註』――山口県文書館蔵右田毛利家伝来本――』（二〇〇六年　新典社）による。
（16）引用は、野口元大・德岡涼校訂「細川幽斎撰集」1『幽斎源氏物語聞書』（二〇〇六年　続群書類従完成会）による。
（17）引用は、中田武司編「源氏物語古注集成」11『岷江入楚』一（一九八〇年　桜楓社）による。特記なき限り以下同じ。
（18）中野幸一編「源氏物語古註釈叢刊」第六巻『岷江入楚　自一至十一　桐壺花散里』（一九八四年　武蔵野書院）には「箋」とのみある。三光院三条西実枝の説、すなわち、『山下水』の説である。宮内庁書陵部蔵本には、次のようにある。

「上ノ詞ニ限あらん道にもをくれさきたゝしと契らせ給けるをさりとも―云々此事也如此短カルヘキ命ノ程ヲ兼テ不シテレ知契置ケル事ヨト也此詞ニテ限とてノ歌惜ム命ハ為レ君ノ也非レノ為レ身之意明也」

（榎本正純編著『源氏物語山下水の研究』〈一九九六年　和泉書院〉による）

（19）小町谷照彦氏も、「『いとかく……』の『新大系』の解釈はむしろ『花鳥余情』の解釈に近似しているようで、とすれば、古注の読解の復活ということにもなり、新たな問題提起かも知れない」と指摘されている（「桐壺巻の和歌再読」『源氏物語の始発――桐壺巻論集』〈二〇〇六年　竹林舎〉所収）。
（20）引用は、小沢正夫・松田成穂　校注・訳「新編日本古典文学全集」11『古今和歌集』（一九九四年　小学館）による。
（21）引用は、稲賀敬二編「源氏物語古注集成」2『今川範政　源氏物語提要』（一九七八年　桜楓社）による。
（22）先の引用文参照。「我身のために」の部分、「源氏物語古註釈叢刊」所収本（注（18）参照）には「我身のためには」とある。
（23）上野辰義氏「桐壺更衣の歌」『文学部論集』（佛教大学）第七十九号（一九九五年三月）。また、「命生く」を「命に生きてほしいとあつらえ願う意」と解することについては、藤河家利昭氏も注（4）掲出論文で同様の解釈を示されている。
（24）藤井貞和氏は、「『聞えまほしげなること』が東宮の位をわが子（光君）のために希望しようとしていることは、読みあやまるべきでない。見とどけるためには、「生かまほしき」ともうたうのである」と言われた（注（4）掲出論文）。更衣の母性と故大納言の遺志からはそのようにも考えられようが、ここでは帝が若宮のことにまったく言及していないので、そのようにはとらない。「新編全集」が、「遺されたわが皇子の将来を頼みたいところだが、と解する説もあるが、とらない」と注している通りである。帝は若宮のことなど忘れて更衣と二人の世界にどっぷりと浸っているのであり、更衣もそれに合わさざるをえなかったはずである。この藤井氏の説は「もはや定説となっている」とも言われる（『源氏物語作中人物事典』〈二〇〇七年　東京堂出版〉「桐壺の更衣」の項。三村友希氏執筆）が、そんなことはないだろう。

(25)「人物で読む源氏物語」第一巻『桐壺帝・桐壺更衣』（二〇〇五年　勉誠出版）所収。

(26) たとえば、『源氏物語作中人物事典』の「桐壺の更衣」の項（注（24）参照）など。

(27) 引用は、玉上琢彌編、山本利達・石田穣二校訂『紫明抄　河海抄』（一九六八年　角川書店）による。

(28) 引用は、注（27）掲出書による。

(29) 引用は、野村精一編「源氏物語古注集成」4『孟津抄』上巻（一九八〇年　桜楓社）による。

(30) 日向一雅氏「岩波新書」883『源氏物語の世界』（二〇〇四年　岩波書店）参照。

(31) 高橋麻織氏「桐壺帝による『桐壺女御』の実現――宇多朝から一条朝の史実を媒介として――」『文学研究論集』（明治大学大学院）第二十三号　二〇〇五年九月。

(32) 浅尾広良氏「女御・更衣と賜姓源氏――桐壺巻の歴史意識――」『中古文学』第八十一号（二〇〇八年六月）。

(33) 増田繁夫氏は、史実では更衣が殿舎名で呼ばれた例は見あたらず、それは「更衣では一つの殿舎を局に賜ることはなかつたからだと考へられ」、「光源氏の母更衣が桐壺といふ殿舎を局に賜つてゐたとすれば、それは更衣としてすこぶる例外的な待遇であつた」のであり、「大納言の父がすでにいないために女御にはなつてゐないが、桐壺を賜るやうな更衣としては特別待遇を受けてゐるのである」、「更衣の地位で入内したが、やがて女御になる予定の人だつたのである」と言われる（「女御・更衣・御息所の呼称――源氏物語の後宮の背景――」『平安時代の歴史と文学　文学編』〈一九八一年　吉川弘文館〉所収）。この考えに立てば桐壺も本来女御の居所だということになる。また、増田氏はその可能性を否定しておられるけれども、「源氏の母が「桐壺の更衣」と呼ばれるのは、桐壺の一部に局（部屋）を与えられただけだったからではないか。淑景舎は、藤原伊尹や兼家の曹司であった時期もあるから、殿舎全体を更衣が占有していたとは考えにくい」（清水婦久子氏「桐壺・淑景舎・壺前栽――物語の生成と巻名――」『源氏物語の始発――桐壺巻論集』〈二〇〇六年　竹林舎〉所収）というように、桐壺の更衣は殿舎一つではなくその一部を局として賜っていただけだと解する説も根強くある。

(34) 池田亀鑑編『源氏物語事典』上巻（一九六〇年　東京堂出版）「なしつぼ」の項（福井貞助氏執筆）。

(35) 桐壺の更衣の入内時期は明らかでないため、桐壺帝の春宮時代に入内したと見る説もあるという（『源氏物語事典』〈二〇〇二年　大和書房〉「桐壺更衣」の項。吉海直人氏執筆）が、もしそうだとしたら桐壺に住むのは女御であるはずで、更衣であるのははなはだ不自然なことになる。

(36) 引用は、大槻修・田淵福子・片岡利博校訂・訳注「中世王朝物語全集」10『しのびね　しら露』（一九九九年　笠間書院）による。以下同じ。

(37) 神野藤昭夫氏「『しのびね物語』の位相」『散逸した物語世界と物語史』（一九九八年　若草書房）所収。

(38) 福田百合子氏「『あきぎり』（柳井・村上家蔵）――翻刻と考察――その一」『山口女子大学研究報告』第八号（一九八三年三月）、同「『あききり』（柳井・村上家蔵）――翻刻と考察――その二」『山口女子大学研究報告』第九号（一九八四年三月）、同「新資料紹介「あききり」解題」『中世文学』第三十一号（一九八六年五月）。

(39) 金子金治郎氏「野坂本物語解題」『国文学攷』第二十六号（一九六一年十一月、同氏「翻刻　野坂本物語」（金子金治郎・稲賀敬二共編『物語の系譜――浅茅と芦刈――』〈一九六七年　啓文社〉所収）も併載）。

(40) 東原伸明氏「『あきぎり』始発部の〈話型〉――〈故大納言の遺志型〉物語の反復と差異」『物語研究会会報』第二十一号（一九九〇年九月）。

(41) 大倉比呂志氏「『あきぎり』論」中野幸一編『平安文学の風貌』（二〇〇三年　武蔵野書房）所収。

(42) 引用は、福田百合子・鈴木一雄・伊藤博・石埜敬子校訂・訳注「中世王朝物語全集」1『あきぎり　浅茅が露』（一九九九年　笠間書院）による。以下同じ。

(43) 吉海直人著『源氏物語の視角――桐壺巻新解』（一九九二年　翰林書房）。同『源氏物語〈桐壺巻〉を読む』（二〇〇九年　翰林書房）にも。

(44) 注(40)掲出論文。

第二章　人の親の心は闇か

――『源氏物語』最多引歌考――

はじめに

『源氏物語』が達成した文章表現上の技法のひとつに、引歌がある。著名な古歌や人口に膾炙した当代の和歌の言葉を引用することによって、その和歌に詠まれた表現世界を作中に取り込み、重ね合わせることによって、情趣や感興を高める効果をもたらす引歌の技法は、すでに『うつほ物語』や『落窪物語』にも見え、『蜻蛉日記』などの日記文学にも用いられているが、『源氏物語』において紫式部はそれを格段に深化させ、散文における修辞として確立した。そして、後続の物語に規範として継承されていくのである。

引歌に使用された和歌の数はおよそ千首にも及ぶようだが、一首の歌が何度も引歌にされているので、延べにするとさらに多くの数の引歌表現が用いられていることになる。その中で、最も多く引歌とされたのは、

人の親の心は闇にあらねども子を思ふ道にまどひぬるかな　（藤原兼輔）

である。池田亀鑑編『源氏物語事典』（一九六〇年　東京堂出版）下巻所収の「所引詩歌仏典索引」（玉上琢彌氏作成）では二十三箇所が挙げられているが、伊井春樹編『源氏物語引歌索引』（一九七七年　笠間書院）では二十六箇所が掲げられている。伊井氏の『引歌索引』は、『源氏釈』『奥入』以来の諸注釈が引歌あるいは証歌として記す和歌を網羅的に調査されたものなので、必ずしもそこに掲げられたものが今日的視点からすべて引歌として認定できるものであるとは限らない。しかしながら、萩野敦子氏(1)は、

兼輔の「人の親の」歌に限って言えば、前述書（引用者注『源氏物語引歌索引』）によれば二十六箇所に引歌として用いられ、『源氏物語』に引かれる和歌としては二位以下を大きく引き離して第一位の座についているが、実際指摘のある物語本文に照らし合わせてみるに、「引歌にあたらず」と排されるべきところは殆どなさそうである。

と言われており、また、現在研究者の間でも最もよく用いられている注釈書である小学館の「新編日本古典文学全集」でも、二十六箇所すべて頭注に兼輔歌を引用しているので、二十六箇所と認定してよさそうである。そして、萩野氏の言われるごとく、二十六箇所という数は他に抜きんでて多いのである。(2)

このことについて、伊井氏は(3)、「この古歌の多用を偶然とするか、むしろ意識的に配したとみなすべきなのか、解釈の分かれるところであろう」と言われているが、むろん単なる偶然ではあるまい。紫式部は何らかの意図を持って、執拗なまでにこの兼輔歌を作中に繰り返し引用したのに違いない。それについてはすでに先学によってさまざま論じ

られているが、[4] 本章では、改めて引歌とされている表現にあたって、兼輔歌がいかなる形で文脈の中に取り込まれているかを検討し、紫式部がどのような意識で兼輔歌を引歌表現に多用したのかを筆者なりに考えてみたいと思う。

一　「人の親の……」歌の詠作事情に関する所伝

引歌表現の検討に入る前に、引歌とされた兼輔歌の所伝について確認しておく。「人の親の……」歌は、『源氏物語』成立以前の文献として、『後撰集』『大和物語』『古今六帖』『兼輔集』に見えている。以下に四書の伝えを詞書とともに列挙する。『兼輔集』についてはCD-ROM版『新編私家集大成』（二〇〇八年　エムワイ企画）により、I～Vの五系統それぞれの所伝を掲げる。

〔1〕『後撰集』巻第十五・雑一・一一〇二

太政大臣の、左大将にてすまひのかへりあるじし侍りける日、中将にてまかりて、ことをはりてこれかれまかりあかれけるに、やむごとなき人二三人ばかりとどめて、まらうどあるじさけあまたたびののち、ゑひにのりてこどものうへなど申しけるついでに　　兼輔朝臣

人のおやの心はやみにあらねども子を思ふ道にまどひぬるかな

〔2〕『大和物語』第四十五段

堤の中納言の君、十三のみこの母御息所を、内に奉りたまひけるはじめに、帝はいかがおぼしめすらむなど、いとかしこく思ひなげきたまひけり。さて、帝によみて奉りたまひける。

人の親の心はやみにあらねども子を思ふ道にまどひぬるかな

先帝、いとあはれにおぼしめしたりけり。御返しありけれど、人え知らず。

〔3〕『古今六帖』第二・おや・一四一二

かねすけ

人のおやのこころはやみにあらねどもこをおもふみちにまよひぬるかな

〔4―Ⅰ〕『兼輔集』Ⅰ（書陵部蔵「歌仙集」五一一・二）一二六・一二七

このかなしきなと人のいふところにて

人のおやの心はやみにあらねとも　子を思ふ道にまよ《と》ひぬる哉

このために残す命をすてしかな　おひてさきたつこひかくるへく

〔4―Ⅱ〕『兼輔集』Ⅱ（書陵部蔵　五〇一・一四五）一〇六・一〇七

このかなしきことをあつまりていひけれは、中納言

人のおやのこゝろはやみにあらねとも　子をおもふみちにまとひぬるかな

このためにのこすいのちもへてしかな　おいてさきたついなひさるへく

〔4―Ⅲ〕『兼輔集』Ⅲ（部類名家集本）九六・九八

右大臣、左大将にてすまひのかへりあるしゝはへるひ、中将にてまかりて、ことはてゝ、さるへきひと三四人許とまりて、まらうと、あるし、ゑひにのそみて、このうへなとまうすついでに

ひとのおやのこゝろはやみにあらねとも　こをおもふみちにまとひぬるかな

（一首略）

このためにのこすいのちもえてしかな　おいはさひたつくいなかるへく

〔4―Ⅳ〕『兼輔集』Ⅳ（書陵部蔵　五〇一・七七）七七・七九

十三のみこのはゝのみやすむところを、うちにまいらせて、いかゝありけむ

ひとのおやの心はやみにあらねとも　こをおもふみちにまとひぬるかな

（一首略）

なにのおりによめるにかあらん

このためにのこすいのちもすてゝしか　おいはさきたつくいなかるへく

〔4―Ⅴ〕『兼輔集』Ⅴ（冷泉家時雨亭文庫蔵唐草装飾本）一一一・一一二

このかなしきこと、あつまりていひけるところにて

人のおやの心はやみにあらねともこをおもふみちにまとひぬるかな

このためにのこすいのちもえてしかなおひてさきたつくひなかるへく

歌句には末句の「まどひ」と「まよひ」以外に異同はないが、和歌の詠作事情は『後撰集』と『大和物語』の間で大きな相違がある。すなわち、『後撰集』では、太政大臣藤原忠平が左大将であった頃、相撲の節会の還饗《かへりあるじ》（勝った方の近衛大将が帰宅後配下の人々を饗応すること）をした日に、兼輔は中将として参加した。お開きになった後、忠平は主立った面々二、三人を留めて二次会を開いた。その席でさんざん酒を飲んだ後に、酔いに乗じて子の身の上のことなどに話が及んだ際に、兼輔が詠んだ歌だという。これによれば、この歌は公の饗応が終わった後、私的な酒席になった場で、酔った勢いで口にした即興の和歌ということになる。一方、『大和物語』の伝えでは、堤の中納言兼輔

が、娘の「十三のみこの母御息所」、すなわち醍醐天皇の第十三皇子章明親王を産んだ更衣桑子を入内させたばかりの頃に、帝は桑子のことをどうお思いだろうかと心配で、はなはだ思い悩んでいたので、この歌を詠んで帝に奉ったのだという。受け取った帝はとても心を打たれ、返歌をなさったのだが、その歌は伝わらないと言っている。こちらは天皇に献上された歌であるから、即興の詠などではなく、相当に改まって作られた歌ということになる。

両書の伝えにより詠作年次を推定すると、『後撰集』では、忠平が左大将、兼輔が中将の時ということになる。忠平の左大将在任は延喜十三年（九一三）四月十五日から延長八年（九三〇）十二月十七日まで、一方の兼輔は延喜十九年（九一九）正月二十八日から延長五年（九二七）正月十二日まで左中将在任である。相撲の節会は七月に行なわれるので、この歌が詠まれたのは、延喜十九年（九一九）から延長四年（九二六）までの間である。兼輔四十三歳から五十歳までの期間にあたる。この間の延喜二十年（九二〇）、延長三年（九二五）は旱魃のため相撲の節会が中止になり、行なわれた記録のない延長元年（九二三）も皇太子保明親王の逝去により中止されただろうと考えられている。(5)したがって、延喜十九年（九一九）、同二十一年（九二一）、同二十二年（九二二）、延長二年（九二四）、同四年（九二六）のいずれかの年の七月下旬の詠ということになる。

そして、『大和物語』の伝えでは、兼輔の娘桑子が入内してまもなくの頃の詠ということになるが、桑子の入内年時は明らかでない。ただ、章明親王の誕生が延長二年（九二四）と考証されているから、それ以前であることは間違いない。したがって下限を親王誕生前年の延長元年（九二三）とすることができ、上限は兼輔が参議となった延喜二十一年（九二一）あたりかと考えられる。すると、『後撰集』の詞書から推定される詠作時期の間にすっぽり入ってしまうので、『後撰集』の伝える詠作時期と『大和物語』の伝える詠作時期とは、どちらが先にもなり後にもなるということになる。

このように相異なる伝えが併存している場合、どちらが真実かということが気になるが、それは意見の分かれるところである。しかしながら、片桐洋一氏(6)が、

このような場合、よく問題になるのは、どちらが虚であるか、どちらが実であるかということである。しかし、『後撰集』の伝えるような制作事情で作られていたこの歌を、後に『大和物語』がいうように主上に奉ったかもしれぬ。そうなれば、どちらも実であるということになる。

と言われるように、どちらかが正しく、他方は誤りと見るのではなく、どちらの伝えも真実を伝えていると考えることもできる。ただ、それにしてもどちらが先でどちらが後かという問題は残る。片桐氏は『後撰集』の伝える相撲の還饗での詠作が先で、後に『大和物語』が言うように同じ歌を帝に奉ったという可能性に言及されたわけだが、それに対して伊井春樹氏(7)は、

酒席での座興の詠を、子供への心情があふれているからといって帝に差し出したとは考えられなく、後撰集に採られるほどの評判になった歌ならば、醍醐天皇とて耳にしていた可能性もあろう。入内後五年目に御子が誕生するなどありふれたことなので、むしろ還饗よりも桑子の宮中入りの方が先なのではないだろうか。

と言われて、片桐氏とは逆に、かつて帝に奉った歌を後に還饗の際に口ずさんだのだろうとの見解を示された。その後提出された岡山美樹氏(8)の説も伊井氏と同様で、

この兼輔の「人の親の……」の詠歌をめぐる『大和物語』『後撰和歌集』の話は、おそらく、延喜二一年か、翌延長元年に、娘桑子を入内させることになった兼輔が宮廷での生活や、天皇の寵愛を案じてその心を歌に託し、天皇に奉り、その歌を、延長二年、相撲節会の折、子供のことに話が及んだ際、ふと、子を思う親の心情として、吐露したものと考えるのである。

と述べられた。一方、森本茂氏は、(9)

この歌は、最も個人的な部類のもので、更衣桑子に関わるとしても、天皇によんでさしあげるような歌ではありえない。本来は後撰集のように、相撲節会の饗宴《きょうえん》のあと、親しい者たちのいる所で、たまたま子の愛らしさに話題が及んだとき、兼輔のよんだ歌であり、それが後に桑子が入内した直後に、娘を内裏にさし上げた親心はかくもあろうかと、その歌のよまれた由来を効果的に作った「歌語り」が流布していて、大和物語がそれを採り入れたのではなかろうか。

と言われて、『後撰集』の伝えを本来のものとされ、『大和物語』の伝えは真実ではない歌語りであると考えられた。

私見では、おそらく片桐氏が示されたようないきさつが正しいであろうと思う。かつて両書の伝えを比較検討した際、次のように考えた。(10)

おそらくは双方ともに正しいのであろう。すなわち、兼輔はこの歌を二度披露したのだと思われる。最初に作ったのは『後撰集』が伝える通り、相撲の還饗の後で親しい者たち数人で二次会を開いた時のことであった。これはごく内輪の集りの中での披露であった。この時喝采を博したこの歌を、その後改めて帝に奉ったのであって、『大和物語』の伝える記事はその時の様子を記したものである。これは言わば公の場での披露なのであった。

ところで、「人の親の……」歌は、先に掲げた通り、『兼輔集』諸系統にも載っている。その詞書は系統によって異なるが、一見してⅢの部類名家集本は『後撰集』に等しく、Ⅳの書陵部蔵「中納言兼輔集」は『大和物語』の伝えに近いことがわかる。比較的原形に近いとされるⅠ・Ⅱ系統と新出のⅤ冷泉家時雨亭文庫蔵唐草装飾本の詞書はほぼ同じ内容で『後撰集』とも『大和物語』とも異なる独自の詠作事情を伝えているように見える。しかしながら、

Ⅰ　このかなしきなと人のいふところにて
Ⅱ　このかなしきことをあつまりていひければ、中納言
Ⅴ　このかなしきこと、あつまりていひけるところにて

とある詞書は、実は『後撰集』の伝えと齟齬しない。相撲の還饗云々を省き、「こどものうへなど申しけるついでに」の部分だけを言い換えたものと見て差し支えない。これらも『後撰集』型の詞書と言うべきである。

それよりも『兼輔集』の伝えが特異なのは、「人の親の……」歌の他にもう一首別の歌が並記されていることだ。「このために……」歌がそれで、諸系統に存在する（ただし、Ⅳだけは別々に詠まれた歌とする）ものの、歌句に異同が

多く乱れがあって明解を得ないが、老いて子に先立つと悔いを残すので子のためにも余命を得たいものだというような意味と思われ、「人の親の……」歌と同様、子を思う親の真情を詠んだ歌ではあるらしい。

どうやら、『兼輔集』諸本が伝えるように、相撲の還饗の二次会の場で兼輔は少なくとも二首の歌を詠んだのだ。兼輔はもともと子煩悩であった上に、ちょうど娘の桑子を入内させたばかりで、帝の寵愛を得られるかどうか気になっていた頃だったので、子を思う心情は切なるものがあった。酔いに乗じて即興で詠じたとは言え、口にした和歌には真に迫る思いがこもっていた。そのうち、「人の親の……」歌が特に周囲の感銘を呼び、名歌だから帝に奉ってはどうかと勧められたのではなかろうか。

紫式部はこの曾祖父が詠んだ歌の詠作事情を十分心得ていたことと思われる。式部も娘賢子を持つ身、子を思う親の心は身にしみてわかっていた。『源氏物語』を書くにあたって、親子の情愛に筆が及ぶ時、しばしばこの父祖の名歌を引歌にしようと思ったというのはごく自然なことであろう。

ところでこの歌は、「子供に対する親の愛情がしみじみと伝わってくる詠みぶり」[11]の名歌と評されているのだが、詠作の場としては、『後撰集』の伝えるごとく酒宴の座興というよりは、『大和物語』の言う、入内させたばかりの娘が帝寵を得られるかどうかが気になってたまらず帝に奉ったという方が、具体的であり迫真的でインパクトがある。片桐洋一氏[12]が、「文学としての構成の妙は、明らかに『大和物語』にある」のであって、「両者の優劣は明らかである」と言われるのももっともである。そうではあるが、見方を変えれば、『大和物語』の伝えのようでは、娘の結婚生活の幸せを願う父親の真情というよりも、娘が帝寵を得て皇子を産むことで家の再興を願うというような政治的・打算的な欲望もほの見えるような気がする。むしろ酒席の場とは言え、子のことに話題が及んだ際に、その時の気持ちを素直に詠んだ歌だと言う『後撰集』の伝えの方がより親心の真情を表し得ていると解することもできようかと思うのである。

二　『源氏物語』における「人の親の……」歌の引用箇所

それでは、ここで『源氏物語』中二十六箇所の「人の親の……」歌を引歌とするとされる表現を出現順に掲げてみる。本文の引用は小学館「新編日本古典文学全集」により、引用の後に巻数（丸数字）と頁数で所在を示した。引用文の中で「人の親の……」歌の歌句中にある語には適宜囲みや傍線等を施した。所在の後には、『源氏物語引歌索引』が掲げる諸注釈書名をそのまま略号で示した（略号の記載方法については同書の凡例を参照されたい）。さらに、同索引刊行後に出版された新潮社「新潮日本古典集成」（《集成》）・岩波書店「新日本古典文学大系」（《新大系》）・小学館「新編日本古典文学全集」（《新編全集》）において引歌とされているものはその略号を示した。そして、▽印の下に、当該箇所の表現が誰から誰への心情を表したものであるかを示し、両者の関係を括弧内に記した。その後の【　】内には、該当箇所について地の文（【地】）・会話文（【話】）・手紙文（【手】）・和歌（【歌】）の別を示した。また、適宜括弧内に※印を付して参考事項を記した。末尾に◆印を付した三例は、池田亀鑑編『源氏物語事典』の「所引詩歌仏典」では引歌とされていないものである。

①　闇にくれて臥ししづみたまへるほどに、草も高くなり、野分にいとど荒れたる心地して、（桐壺・①二七頁）
〔引〕〔新〕〔余〕〔事〕〔評〕〔集〕《集成》《新大系》《新編全集》　▽故大納言の北の方（母）→桐壺の更衣（娘）
【地】

②　くれまどふ心の闇もたへがたき片はしをだに、はるくばかりに聞こえまほしうはべるを、私にも心のどかにまかでたまへ。（桐壺・①三〇頁）〔奥〕〔紹〕〔紫〕〔異〕〔河〕〈二〉〔休〕〔孟〕〔岷〕〔湖〕〔引〕〔全〕〔対〕〔大〕《集成》《新大系》《新編全集》▽故大納言の北の方（母）→桐壺の更衣（娘）【話】

③　かへりてはつらくなむ、かしこき御心ざしを思ひたまへられはべる。これもわりなき心の闇になむ」と言ひもやらずむせかへりたまふほどに夜も更けぬ。（桐壺・①三一頁）〔釈前〕〔釈宮〕〔岷〕《集成》《新大系》《新編全集》▽故大納言の北の方（母）→桐壺の更衣（娘）【話】

④　見ても思ふ見ぬはたいかに嘆くらむこや世の人のまどふてふ闇（紅葉賀・①三二七頁・歌・王命婦）〔湖〕〔引〕〔新〕〔余〕〔事〕〔評〕〔集〕《集成》《新大系》《新編全集》▽光源氏（父）→若宮（冷泉帝＝子）【歌】

⑤　尽きもせぬ心の闇にくるるかな雲居に人を見るにつけても（紅葉賀・①三四八頁・歌・光源氏）〔事〕〔集〕《新編全集》（※「心の闇」を《集成》は「恋の悩み」とし、《新大系》は「無明の闇、藤壺への哀憐の情」とする。《新編全集》は「若宮を思う親心の闇に、藤壺恋慕ゆえの心の闇が重なる」とする）▽光源氏（父）→若宮（冷泉帝＝子）【歌】

⑥　八月廿余日の有明なれば、空のけしきもあはれ少なからぬに、大臣の闇にくれまどひたまへるさまを見たまふもことわりにいみじければ、（葵・②四八頁）〔事〕〔集〕《集成》《新大系》《新編全集》▽左大臣（父）→葵の上（娘）【地】

⑦　月のすむ雲居をかけてしたふともこのよの闇になほやまどはむ（賢木・②一三三頁・歌・光源氏）〔事〕〔集〕《集成》《新大系》《新編全集》▽光源氏（父）→春宮（冷泉帝＝子）【歌】

⑧　大殿の若君の御事などあるにも、いと悲しけれど、おのづからあひ見てん、頼もしき人々ものしたまへばうしろめたうはあらずと思しなさるるは、なかなかこの道のまどはれぬにやあらむ。（須磨・②一九三頁）〔異〕〔新〕

〔弄〕〔一〕〔細〕〔休〕〔紹〕〔孟〕〔岷〕〔引〕〔全〕〔対〕〔大〕〔評〕〔集〕《集成》《新大系》《新編全集》 ▽光源氏（父）→若君（夕霧＝子）【地】

⑨ 心の闇はいとどまどひぬべくはべれば、境までだに」と聞こえて、（明石・②二六九頁）〔釈書〕〔紫〕〔異〕〔河〕〈細〉〔孟〕〔屋〕〔岷〕〔引〕〔余〕〔事〕〔評〕〔集〕《集成》《新大系》《新編全集》 ▽明石の入道（父）→明石の君（娘）【話】

⑩ 君のやうやうおとなびたまひもの思ほし知るべきにそへては、などかう口惜しき世界にて錦を隠しきこゆらんと、心の闇晴れ間なく嘆きわたりはべりしままに、仏神を頼みきこえて、（松風・②四〇五頁）〔異〕〔事〕〔集〕《集成》《新大系》《新編全集》 ▽明石の入道（父）→明石の君（娘）【話】

⑪ 狩の御衣にやつれたまへりしだに、世に知らぬ心地せしを、まして、さる御心してひきつくろひたまへる御直衣姿、世になくなまめかしうまばゆき心地すれば、思ひむせべる心の闇晴るるやうなり。（松風・②四〇九〜四一〇頁）〔事〕〔集〕《集成》《新大系》《新編全集》 ▽明石の君（母）→若君（明石の姫君＝娘）【地】

⑫ よそのものに思ひやらむほどの心の闇、推しはかりたまふにいと心苦しければ、うち返しのたまひ明かす。（薄雲・②四三三頁）〔紫〕〔事〕〔大〕〔評〕〔集〕《集成》《新大系》《新編全集》 ▽明石の君（母）→若君（明石の姫君＝娘）【地】

⑬ ものげなきほどを、心の闇にまどひて、急ぎものせんとは思ひよらぬことになん。（少女・③四三頁）〔評〕〔集〕《集成》《新大系》《新編全集》 ▽大宮（祖母）→雲居の雁（孫娘）（※祖母→孫娘の例）【話】◆

⑭ 「中将の朝明の姿はきよげなりな。ただ今はきびはなるべきほどを、かたくなしからず見ゆるも、心の闇にや」とて、わが御顔は古りがたくよしと見たまふべかめり。（野分・③二七五頁）〔釈前〕〔異〕〔紹〕〔奥〕〔湖〕〔新〕

〔紫〕〔河〕〔休〕〔孟〕〔屋〕〔岷〕〔引〕〔全〕〔対〕〔事〕〔大〕〔評〕〔集〕《集成》《新大系》《新編全集》▽光源氏（父）→夕霧（子）【話】

⑮　今、はた、またなく親しかるべき仲となり睦びかはしたまへるも、限りなく心には思ひながら、本性の愚かなるに添へて、子の道の闇にたちまじり、かたくなるさまにやとて、なかなか他のことに聞こえ放ちたるさまにてはべる。（若菜上・④二二〜二三頁）〔紫〕〔異〕〔河〕〔休〕〔紹〕〔孟〕〔屋〕〔岷〕〔引〕〔事〕〔評〕〔集〕《集成》《新大系》《新編全集》▽朱雀院（父）→春宮（子）【話】

⑯　「子を思ふ道は限りありけり。かく思ひしみたまへる別れのたへがたくもあるかな」（若菜上・④四四頁）〔紫〕〔事〕〔評〕〔集〕《集成》《新大系》《新編全集》▽朱雀院（父）→女三の宮（娘）【話】

⑰　背きにしこの世にのこる心こそ入る山道のほだしなりけれ　闇をはるけで聞こゆるも、をこがましくや」とあり。（若菜上・④七五頁）〔釈書〕〔紫〕〔異〕〔屋〕〔引〕〔新〕〔事〕〔集〕《集成》《新大系》《新編全集》▽朱雀院（父）→女三の宮（娘）【手】

⑱　世をすてて明石の浦にすむ人も心の闇ははるけしもせじ（若菜上・④一〇八頁・歌・明石の君）〔集〕《集成》《新大系》《新編全集》▽明石の入道（祖父）→明石の女御（孫娘）（※祖父→孫娘の例）【歌】◆

⑲　こまやかなること思し棄ててし世なれど、なほこの道は離れがたくて、宮に御文こまやかにてありけるを、大殿おはしますほどにて見たまふ。（若菜下・④二六七頁）〔評〕〔集〕《新編全集》（※《集成》《新大系》は引歌とせず、それぞれ「親子の愛情」「この親子の道」と注す）▽朱雀院（父）→女三の宮（娘）【地】◆

⑳　世の中を、かへり見すまじう思ひはべりしかど、なほ、まどひさめがたきものはこの道の闇になむはべりければ、（柏木・④三〇四頁）〔紫〕〔異〕〔河〕〔休〕〔紹〕〔孟〕〔湖〕〔引〕〔対〕〔事〕〔大〕〔評〕〔集〕《集成》《新

大系》《新編全集》　▽朱雀院（父）→女三の宮（娘）【話】

㉑　大臣などの心を乱りたまふさま見聞きはべるにつけても、親子の道の闇をばさるものにて、（柏木・④三一九頁）〔事〕〔評〕〔集〕《集成》《新大系》《新編全集》　▽太政大臣（父）→柏木（子）【話】

㉒　いとかたはらいたきことにつけて、ほのめかし聞こゆるも、世にかたくなしき闇のまどひになむ。（竹河・⑤八二頁）〔紫〕〔異〕〔河〕〈一〉〔孟〕〔屋〕〔新〕〔事〕〔評〕〔集〕《集成》《新大系》《新編全集》　▽母北の方（雲居の雁＝母）→大君（娘）【話】

㉓　子の道の闇を思ひやるにも、男はいとしも親の心を乱さずやあらむ。女は限りありて、言ふかひなき方に思ひ棄つべきにも、なほいと心苦しかるべき（椎本・⑤一八〇頁）〔全〕〔対〕〔事〕〔評〕〔集〕《集成》《新大系》《新編全集》　▽八の宮（父）→大君・中の君（娘）（※ただし一般論として言う）【話】

㉔　げに、親にては、心もまどはしたまひつべかりけり。（宿木・⑤四二〇頁）〔紫〕〔異〕〔河〕〔孟〕〔岷〕〔新〕〔事〕〔評〕〔集〕《新編全集》（※《集成》《新大系》は引歌を指摘しない）　▽夕霧（父）→六の君（娘）【地】

㉕　帝と聞こゆれど、心の闇は同じことなんおはしましける。（宿木・⑤四七六〜四七七頁）〔紫〕〔引〕〔全〕〔対〕〔事〕〔評〕〔集〕《集成》《新大系》《新編全集》　▽今上帝（父）→女二の宮（娘）【地】

㉖　あさましきことは、まづ聞こえむと思ひたまへしを、心ものどまらず、目もくらき心地して、まいていかなる闇にかまどはれたまふらんと、そのほどを過ぐしつるに、（蜻蛉・⑥二三八頁）〔河〕〔屋〕〔岷〕〔事〕〔評〕〔集〕《集成》《新大系》《新編全集》　▽中将の君（母）→浮舟（娘）【手】

二十六例のうち二例（⑬・⑱）は祖父母から孫娘への思いを述べたものであって親子の情ではないが、親子関係に準じて使用されたものと考えてよいであろう。萩野氏が言われた通り、『源氏物語事典』が引歌表現としない三例も含めて、すべて親心の真情を表すために兼輔の「人の親の……」歌を引いた表現と見て間違いなさそうである。冒頭の桐壺の巻から宇治十帖の蜻蛉の巻にいたるまで、ほぼ全編にわたって使用されており、人物では桐壺の更衣から浮舟まで実に多岐にわたって用いられているのである。

ところで、引歌とは先行の和歌の言葉を一部引用することによってその和歌全体の担う意味内容を文脈の中に重ね合わせて効果を発揮する技法であるから、引歌にされた和歌の言葉をどのように引用するかが眼目となるのだが、「人の親の……」歌の場合、引用のされ方はなかなかバラエティーに富んでいる。

主なキーワードは「闇」「まどふ」「道」である。「闇」の語を引用した箇所には囲みを施したが、特に「心の闇」という表現を用いたものには二重の囲みを施した。「まどふ」の語には二重傍線を、「道」に関わる語には波線を施した。その他、「子」を表すと見られる語は網掛けで示した（これらの処理は、後の歌書類引用の際にも踏襲する）。

これらをキーワードに従って分類してみると、だいたい次のようになろう。

Ⅰ　「心の闇」とあるもの……………………………………11例

　ⅰ　「まどふ」を伴うもの………………………………3例（②・⑨・⑬）

　ⅱ　「まどふ」を伴わないもの…………………………8例（③・⑤・⑩・⑪・⑫・⑭・⑱・㉕）

Ⅱ　「闇」とのみあるもの……………………………………11例

　ⅲ　「まどふ」を伴うもの………………………………7例

　　・「子」（掛詞を含む）「道」を伴うもの　…………2例（⑳・㉓）

・「子」（掛詞を含む）のみを伴うもの　……………1例（⑦）
・「子」（掛詞を含む）も「道」も伴わないもの　……4例（④・⑥・㉒・㉖）

ⅳ「まどふ」を伴わないもの………………………4例
・「親子」（掛詞を含む）「道」を伴うもの　…………1例（㉑）
・「子」（掛詞を含む）「道」を伴うもの　…………2例（⑮・⑰）
・「子」（掛詞を含む）も「道」も伴わないもの　……1例（①）

Ⅲ「闇」はなく「道」とあるもの……………………3例

ⅴ「まどふ」を伴うもの………………………………1例
・「子」（掛詞を含む）を伴うもの　…………………1例（⑧（「この道」））

ⅵ「まどふ」を伴わないもの…………………………2例
・「子」（掛詞を含む）を伴うもの　…………………2例（⑯（「子を思ふ道」）・⑲（「この道」））

Ⅳ「闇」はなく「親」「心」「まどふ」とあるもの　……1例（㉔）

二十六例のうち大半の二十二例に「闇」の語が引かれており、そのうち半数の十一例は「心の闇」というフレーズが用いられていることがわかる。そのため、「心の闇」と言えば思い惑う親心を表す語と広く認識されているのであるが、考えてみればそれははなはだ妙なことだと言わねばならない。「人の親の……」歌に「心の闇」というフレーズは存在しないからである。元歌に存在しない「心の闇」という語で引歌表現が成り立つというのは思えば不思議なことである。さらには「闇」の語単独で、親の子を思う盲目的な愛情を表現した言葉として使用されてもいるのだが、それとても奇妙なことである。つまり、元歌では、「人の親の心は闇にあらねども……」とあるのであって、「人の親の心」は闇ではないと言っているのである。それなのに、「闇」の語で「人の親の心」を表すとされているのだ。「人の親の心は闇にあれば……」と言っているのならわかるが、どうして「闇にあらねども」とあるのに、人の親の心は闇だと解されるのか。疑問を感じざるを得ない。

三　「人の親の……」歌の解釈史通覧

それでは、諸注はこの「人の親の……」歌をどのように解釈してきているのであろうか。

近世以前の注釈書においては実にそっけない。たとえば、北村季吟「八代集抄」の『後撰和歌集抄』[13]（天和二年〈一六八二〉刊）では「心明也」と記すのみである。江戸後期の中山美石《うまし》著『後撰集新抄』[14]（文化十一年〈一八一四〉刊）では、

一首の意は解を待たず。此歌などは人情の眞をありのまゝによみ出給ひたるものにて、よく味ひ見れば、まことに涙さしくまるゝなり。人の子たらんものは、常に忘るまじき歌なりとぞ思はるゝ。

と、歌に詠まれた心を絶賛するが、「一首の意は解を待たず」と歌意については解くまでもないとする。『大和物語』の古注釈[15]においても、中世末期の成立とされる『大和物語鈔』（作者未詳）には、

心明也。恩愛のあはれひ聖賢もまとふへきかと也。

と、『後撰集新抄』と似たようなことを言っている。季吟の『大和物語抄』（承応二年〈一六五三〉刊）に「不可説のうたなるへし」とあるのは、「八代集抄」と同様、歌意は明白で解くまでもないとのことだろう。木崎雅興著『大和物語虚静鈔』（安永五年〈一七七六〉成立）にも「歌心かくれたる所なし」とある。

このように、近世以前の注釈書では一貫して極めて明解な歌として歌意の注解は無用としているのである。しかし、この歌は本当に明解な歌だろうか。

次に、戦後刊行された主な注釈書の解釈を『後撰集』と『大和物語』に分けて列挙してみる（傍線等は引用者）。

〈1〉『後撰集』歌として

1　窪田章一郎・杉谷寿郎・藤平春男編「鑑賞日本古典文学」第7巻『古今和歌集・後撰和歌集・拾遺和歌集』（一九七五年　角川書店）

親の心は夜の闇ではないのに、子供のことを思う道には、何もかもわからなくなってしまい、迷ってしまうことだ。（杉谷寿郎）

2　秋山虔・久保田淳著「鑑賞日本の古典」3『古今和歌集・王朝秀歌選』（一九八二年　尚学図書）

人の親の心はもともと闇路ではないのに、わが子のことを思い煩う恩愛の道には迷ってしまうものですね。（久保田淳）

3　木船重昭著『後撰和歌集全釈』（一九八八年　笠間書院）

人の親の心は闇ではありませんけれども、ことど《ママ》をいとしく思いつづける道に、迷ってしまいますねえ。

4　片桐洋一校注「新日本古典文学大系」6『後撰和歌集』（一九九〇年　岩波書店）

親の心は、闇というわけでもないのに、他のことは何も見えなくなって、子を思う道にただ迷ってしまっております。

5　工藤重矩校注「和泉古典叢書」3『後撰和歌集』（一九九二年　和泉書院）

親の心は闇ではないけれども、子を思う道には、闇の中のように迷ってしまうなあ。

〈2〉『大和物語』歌として

6　阪倉篤義・大津有一・築島裕・阿部俊子・今井源衛校注「日本古典文学大系」9『竹取物語　伊勢物語　大和物語』（一九五七年　岩波書店）

世の親の心は、夜の闇でもありませんのに、子供への恩愛の道には、何もかも、わからなくなってしまったことでございます。（阿部俊子・今井源衛）

7　南波浩校注「日本古典全書」『大和物語』（一九六一年　朝日新聞社）

親心と申しましても、理性をもたぬわけではございませんが、子供の事を思ふと、闇夜で道にまよふやうに、ひどく思ひまよつてしまふものでございますね。

8　阿部俊子校注「校注古典叢書」『大和物語』（一九七二年　明治書院）

人の親というものの心は、理性も判断力もあり、何もわからない闇ではありませんが、子供のことを考えると、その盲目的な愛情の為に、まるで闇夜に道を迷うように理非の判断を失い思い迷ってしまいますよ。

9　片桐洋一編「鑑賞日本古典文学」第5巻『伊勢物語・大和物語』（一九七五年　角川書店）
親心というものは闇のように何も見えなくなるというわけではありませんが、私は子を思う道において、どうしようもなく心を迷わしておりますよ。

10　柿本奨著『大和物語の注釈と研究』（一九八一年　武蔵野書院）
親の心は夜の闇ではございませんけれども、闇夜に道に迷いますように、子を案じて迷うてしまうものでございます。

11　森本茂著『大和物語全釈』（一九九三年　大学堂書店）
世間の人の親の心は、分別のつかないものでもありませんのに、子どもを思う恩愛の道には、闇夜に道に迷うように、迷ってしまったことでございます。

12　片桐洋一・福井貞助・高橋正治・清水好子校注・訳「新編日本古典文学全集」12『竹取物語　伊勢物語　大和物語　平中物語』（一九九四年　小学館）
子を持つ親の心は分別がないわけではありませんけれども、子供のことを思いますと、闇夜の道にまようように、思いまよってしまうものでございますよ（高橋正治）

13　今井源衛著『大和物語全釈』（一九九九年　笠間書院）
世の親心と言うものは、それほど分別のないものでもありませんのに、子を思う恩愛の道には、闇の中を行くように、うろうろと思い迷ってしまうことでございます。

14　雨海博洋・岡山美樹校注、講談社学術文庫『大和物語』上（二〇〇六年　講談社）
人の親の心は、分別のないものではございませんが、子を思う親心となると、（つい闇夜の道に迷うように）、迷ってしまうものでございますよ。

通覧するに、第二句の「闇」をそのまま夜の闇ととるもの（1・2・3・4・5・6・9・10―傍線部）と、理性を失い分別がつかなくなった状態の比喩ととるもの（7・8・11・12・13・14―点線部）とに分かれるようである。

前者の場合、「人の親の心」は夜の闇ではないのだけれど、「子を思ふ道」においては闇夜を行くのと同じように迷ってしまうものだ、という意味になる。一見問題のない解釈のようではあるが、この場合、「まどふ」主体は何なのか不分明である。闇ではないが心がまるで闇のようだと言うのなら、そこで迷うのは心ではなく我（自分）である。ところが歌全体からは「人の親の心」が主体であるように見え、そうなると、闇ではないが闇のような心が、「子を思ふ道」においてはまるで闇を行くように迷ってしまうという、何やらとんちんかんな構文になってしまう。

後者の場合は、「人の親の心」は理性や分別がないわけではないのだが、「子を思ふ道」においてはその理性も分別も失ってしまって迷った、という解になる。これも理屈は通っているように見えるが、実は、闇ではない（理性・分別がある）と言っておきながら、「子を思ふ道」においては闇である（理性・分別がない）と矛盾したことを言っているのだ。「子を思ふ道」に限定して言っているのだから矛盾ではないという反論もあろうけれど、そもそも「人の親の心」と「子を思ふ」心とはほとんど同義ではないだろうか。しかも、この解釈を取る多くの注（7・8・11・12・13・14）が、そろって波線部のごとく「闇夜で道に迷ふように」（7）・「まるで闇夜に道を迷うように」（8）・「闇夜に道に迷うように」（11）・「闇夜の道にまようように」（12）・「闇の中を行くように」（13）・「つい闇夜の道に迷うように」（14）と、「闇」の語を改めて持ち出して闇夜で道に迷う比喩表現として下の句を解釈しているのも妙な気がする。上の句の解釈との連続性からは、下の句には「思慮分別を失って」の意を補えばよいであろう。それにしても矛盾であることは変わりがない。

つまり、どちらの解釈でもこの歌は本末がスムーズにつながらず、ねじれた構文になってしまうのだ。従来の読みでは明解が得られず、すこぶる難解である。「心明也」などという古注の言はとんでもない。はたしてこの歌はどのように解釈すれば正しく論理的に理解することができるのであろうか。以下に私見を示してみたい。

四 「人の親の……」歌の解釈私見

この歌の構造を把握するための第一のキーワードは、「闇」ではなくて「惑ふ」であろうと思う。

実は、末句「惑ひぬるかな」にかかる節は三つある。一つは言うまでもなく、直前の「子を思ふ道に」であるが、もう一つは「闇にあらねども」であり、さらにもう一つは「人の親の心は」である。つまり、「心は」惑い、「闇に」惑い、「道に」惑うのだ。「惑ふ」の語がしばしば慣用的に「心惑ふ」「闇に惑ふ」「道に惑ふ」というように用いられることは、散文においても和歌においても同じである。

ためしに、八代集所収和歌からそれぞれの用例を挙げてみる。

〔1〕「心惑ふ」

○『後撰集』巻第十三・恋五・九一〇・伊勢

影見ればいとど心ぞまどはるるちかからぬけのうときなりけり

〔2〕「闇に惑ふ」

○『後撰集』巻第十四・恋六・一〇六六・よみ人しらず
世中に猶有あけの月なくてやみに迷ふをとはぬつらしな
○『後拾遺集』第十五・雑一・八六七・藤原範永朝臣
山のはにかくれなはてそ秋の月このよをだにもやみにまどはじ
○同・第十七・雑三・一〇二六・選子内親王
きみすらもまことのみちにいりぬなりひとりやながきやみにまどはん
○同・第二十・神祇・一一八二・伊世大輔
よをてらす月かくれにしさよなかはあはれやみにやみなまどひけん
○『金葉集』(二度本)・巻第八・恋部下・五一二・顕仲卿女
こころからつきなきこひをせざりせばあはでやみにはまどはざらまし
○同・巻第九・雑部上・五七一・平忠盛朝臣
おもひきやくもゐの月をよそに見てこころのやみにまどふべしとは
○『金葉集』(三奏本)・第六・別離・三四一・小大君
ながきよのやみにまよへるわれをおきて雲がくれぬるそらの月かな
○『詞花集』巻第十・雑下・三六〇・神祇伯顕仲女
このよだに月まつほどはくるしきにあはれいかなるやみにまどはむ
○同・同・同・四一四・左京大夫顕輔
いかでわれこころの月をあらはしてやみにまどへる人をてらさむ

○『千載集』巻第九・哀傷歌・五五五・上東門院

一こゑも君につげなんほととぎすこの五月雨はやみにまどふと

○同・同・同・五七六・藤原有信朝臣

もろともに有明の月をみしものをいかなるやみに君まどふらん

○同・巻第十六・雑歌上・九九八・源仲綱

さきだちし人はやみにやまよふらんいつまで我も月をながめん

〔3〕「道に惑ふ」

○『後撰集』巻第十七・雑三・一二二二・貫之

帰りくる道にぞけさは迷ふらんこれになづらふ花なきものを

○『拾遺集』巻第七・物名・三七五・忠岑

ふるみちに我やまどはむいにしへの野中の草はしげりあひにけり

○『千載集』巻第十七・雑歌中・一一一五・法印倫円

のぼるべき道にぞまどふくらゐ山これよりおくのしるべなければ

「心惑ふ」の用例は八代集には『後撰集』の一例のみだが、すでに『万葉集』に、

ただひとよへだてしからにあらたまのつきかへぬるとこころまとひぬ　（巻第四・相聞・六四一）

いめかとこころまとひぬつきまねくかれにしきみがことのかよへば　（巻第十二・正述心緒・二九六七）

うつせみのつねのことばとおもへどもつぎてしきけばこころまとひぬ

（同・同・二九七三）

のような用例があり、八代集には、名詞「心惑ひ」の形で、

思ひやる方もしられずくるしきは心まどひのつねにやあるらむ

（『後撰集』巻第十八・雑四・一二八六・よみ人しらず）

いづかたとききだにわかずほととぎすただひとこゑのこころまどひに

（『後拾遺集』巻第三・夏・一九七・大江嘉言）

あさ露のおきつる空もおもほえずきえかへりつるこころまどひに

（『新古今集』巻第十三・恋歌三・一一七二・更衣源周子）

のような歌があるので、慣用的表現であったことは明らかである。「道に惑ふ（迷ふ）」には、他に「雲路に惑ふ」「恋路に惑ふ」「夢路に惑ふ」などの形での用例も多数存する。

これらから導かれるのはすなわち、「人の親の……」歌の構造は、

人の親の**心は**
闇にあらねども　　　惑ひぬるかな
子を思ふ**道に**

という図式になるのだろうということである。「人の親の心は」惑うのであり、「闇にあらねども」惑うのであり、「子を思ふ道に」惑うのである。私見による解釈を示すと、

　人の親の心は、闇（夜）ではないのだけれども、子を思う道（という道）に迷ってしまったことですよ。

ということになる。「人の親の心は」は「惑ひぬるかな」にかかるのだから、「子を思ふ道に惑」う主体は「心」である。そして、「闇にあらねども」も「惑ひぬるかな」にかかるので、「闇（夜）ならば当然迷うはずだけれど、闇（夜）でもないのに迷ってしまった」と慨嘆しているのである。

　このように読むのは、第二句「心は闇に」を「心は」と「闇に」とに分割することになるので、和歌の解釈としては異例ということになろう。しかしながら、「惑ふ」という語をキーワードとして解釈すると、語法上このように読まないと埒があかない。おそらく兼輔は無茶を承知の上で破格の詠み方をしたのだろう。そういう冒険を好意的に評価すれば斬新な詠みぶりの秀歌と言えるかも知れないが、正統的な和歌を重んじる立場からは腰折れ歌の誹りを免れなかろう。酔いの紛れに作った即興の歌なのでその場を楽しませればそれでよかったのだ。ところがこれは論理ではなく感覚に訴える歌なので、親心の真情を表した名歌として喝采を博し、後には帝に献上されたりしたものだから、歌語りを通して世に広まり、兼輔の代表作として知られるようになった。それで紫式部はこの歌に目をつけたわけである。

　それにしても、「心は」と「闇に」が意味上連続していないのだから、「心の闇」という語をこの歌から抽出するの

は無理な話である。従来行われている解釈では、「人の親の心は闇にあらねども（闇ト同ジヨウナモノデ、）子を思ふ道に（マルデ闇夜ヲ行クヨウニ）惑ひぬるかな」というような文脈と理解するから、「人の親の心は闇（ノヨウナモノ）」というところから「心の闇」というフレーズが導き出されたと考えられるのだが、本来のこの歌の持つ構文からは、極めて強引ないしは誤った解釈であると言わねばならないのである。

にもかかわらず紫式部は「心の闇」の語でこの歌を典拠とする引歌表現を『源氏物語』中に多用した。彼女も兼輔歌の解釈を誤ったのだろうか。たぶんそうではなくて、紫式部はインパクトのある引歌表現にするためにあえてこの歌を曲解して「人の親の心は闇だ」と言っていると捉え、「心の闇」というフレーズで子への愛情ゆえに惑乱した親心を表す引歌表現を創り出したのだろう。そして、その時紫式部は、すでに存在していた歌語「心の闇」を利用したのである。

五　もうひとつの歌語「心の闇」

「心の闇」という表現を用いた和歌は、すでに『源氏物語』以前にいくつも存在する。その中で最も有名なのは、『古今集』恋三と『伊勢物語』第六十九段に載る次の歌であろう。

○『古今集』巻第十三・恋歌三・六四六

（贈歌省略）

返し　　なりひらの朝臣

かきくらす心のやみに迷ひにき夢うつつとは世人さだめよ

○『伊勢物語』第六十九段

…（略）…男、いといたう泣きてよめる、

かきくらす心のやみにまどひにき夢うつつとは今宵さだめよ

とよみてやりて、狩にいでぬ。…（略）…

この歌は、他に『古今六帖』（第四・ゆめ・二〇三七）、『業平集』諸本（Ⅰ四九・Ⅱ四・Ⅲ二四・Ⅳ一九）にも業平作として載っている。『古今集』の第三句は「まどひにき」とある本も多い。『古今六帖』・『業平集』諸本でも「まどひにき」である。これも「闇に惑ふ」という慣用句を用いた歌のひとつである。

この歌で「心の闇」と言っているのは、「惑う心は物の分別がつかなくなるから、闇にたとえていう[16]」と言われているように、恋情や悲哀のために理性・分別を失った心の状態を比喩的に表現したものである。ちなみに、ここでも戦後刊行の『古今集』と『伊勢物語』の主な注釈書の記す現代語訳（上の句部分のみ）をいくつか並べてみよう。

1　大津有一・築島裕校注「日本古典文学大系」9『伊勢物語』（一九五七年　岩波書店）

真暗になった闇のような心の状態なので、私が行ったのかあなたが来たのか迷ってしまった。

2　南波浩校注「日本古典全書」『伊勢物語』（一九六〇年　朝日新聞社）

ほんとに昨夜は、思ひみだれてまっくらな心の闇の中にさまよってゐたので、私も判別がつきません。

3　渡辺実校注「新潮日本古典集成」『伊勢物語』（一九七六年　新潮社）

涙に目もくれ、心も闇にまようような状態で、何も分別がつきません。

4　奥村恆哉校注「新潮日本古典集成」『古今和歌集』（一九七八年　新潮社）

真っ暗な心の闇に、あなたもろとも私もまどってしまいました。

5　小島憲之・新井栄蔵校注「新日本古典文学大系」5『古今和歌集』（一九八九年　岩波書店）

人の思いをかき乱すように暗くする心の闇にすっかり混乱致しました。

6　小沢正夫・松田成穂校注・訳「新編日本古典文学全集」11『古今和歌集』（一九九四年　小学館）

すべての理性を失って真っ暗になった私の心は、闇に迷って彷徨《さまよ》っているようでした。

7　福井貞助校注・訳「新編日本古典文学全集」12『伊勢物語』（一九九四年　小学館）

悲しみに真っ暗になった私の心は、乱れ乱れて、分別もつきませんでした。

8　秋山虔校注「新日本古典文学大系」17『伊勢物語』（一九九七年　岩波書店）

この私も、まっくらな心の闇のなかでどういうことなのか分別も失せ取り乱しておりました。

「闇」が比喩表現であることを明記しているか否かの違いはあるが、諸注ほとんど解釈に相違はない。紫式部はこの歌に詠まれた「心の闇」の語を利用して、恋情ゆえの心の惑いを子を思う親心の惑いに転用して兼輔歌の引歌表現としたのであろう。ただし、この歌では「心の闇」に「惑」った主体は「心」ではなく「我（自分）」である。その意味で、「人の親の心」が惑ったと詠む兼輔歌とは惑う主体が異なっている。

六　辞典類が説明する歌語「心の闇」

さて、「心の闇」という歌語は、辞典類でどのように説明されているだろうか。秋山虔編『王朝語辞典』（二〇〇〇年　東京大学出版会）の「こころ」の項で、鈴木日出男氏は、

「心の闇」には二つの用法がある。一つは、「かきくらす心の闇にまどひにき夢現とは今宵さだめよ」（伊勢・六九段）を原拠として、煩悩に迷う心を闇にたとえたもの。もう一つは、「人の親の心は闇にあらねども子を思ふ道にまどひぬるかな」（後撰・雑一・藤原兼輔・一一〇二）を原拠として、子への愛執に惑う親心をいう。

と説明し、「心の闇」には、『伊勢物語』歌と『後撰集』の兼輔歌を原拠とする二つの意味があるとされている。

小学館『古語大辞典』（中田祝夫編監修、一九八三年）では、

心の闇（やみ）

①煩悩に迷う心を、闇にたとえていう語。思い乱れて、何もかも分別できなくなってしまう心。心の迷い。

（※用例として「かきくらす……」歌を引く――引用者注）

②（藤原兼輔の「人の親の心は闇にあらねども子を思ふ道に惑ひぬるかな」〈後撰・雑一・一一〇三〉の歌から）親が子を愛するあまり惑う心。

とあり、同じ小学館の『日本国語大辞典〔第二版〕』第五巻（二〇〇一年）でも、

こころの闇（やみ）

①煩悩（ぼんのう）に迷う心を闇にたとえていう。思い惑って理非の分別を失うこと。迷妄の心。

（※用例として「かきくらす……」歌を引く――引用者注）

②（「後撰集―雑一・一一〇二」の「人の親の心は闇にあらねども子を思ふ道にまどひぬるかな〈藤原兼輔〉」から）特に、子に対する愛から理性を失って迷う親心をいう。子ゆえの闇。

とあって（一九七二年刊行の第一版でもほぼ同様）、やはり『王朝語辞典』と同じく二項目で説明している。ただし、両書では、「かきくらす……」歌は第一項目の原拠歌とはしておらず、用例として掲げるのみである。「心の闇」という語の用法の中で、特に兼輔歌に基づいた場合の意味を第二項目に挙げているわけである。

一方、『角川古語大辞典』第二巻（中村幸彦・岡見正雄・阪倉篤義編、一九八四年　角川書店）においては、

こころのやみ【心闇】名　分別を見失った心を闇に見立てていう語。物事の判断ができないこと。是非善悪の分別に迷うこと。特に、子どもを盲目的に愛する親心や、煩悩・妄執など、仏教的な迷いにいうことが多い。

（※以下、用例として「かきくらす……」歌は引くが、「人の親の……」歌は引用しない――引用者注）

と説明され、項目を二分せず、兼輔歌の引用もない。特に多い意味用法のひとつとして「子どもを盲目的に愛する親心」を挙げるのみである。

同じ角川書店の『歌ことば歌枕大辞典』（久保田淳・馬場あき子編、一九九九年）では、松村雄二氏によって詳細な解説がなされている。

心の闇【心の闇】語　藤原兼輔の「人の親の心は闇にあらねども子を思ふ道にまどひぬるかな」（後撰集・雑一・一一〇二）以来、子を思う親心の深さを「心の闇」と成語化して使うようになり、子を失った知人を弔問する際に多用された。その一方で伊勢の斎宮の「君や来し我やゆきけむ思ほえず夢かうつつか寝てかさめてか」（古今集・恋三・六四五）に返歌した在原業平の「かきくらす心の闇に迷ひにき夢うつつとは世人定めよ」（同・六四六）にはじまる恋心の闇を指して使う系列、および「あきらけき法の灯火なかりせば心の闇のいかで晴れまし」（玉葉集・釈教・一六三二・選子内親王）など迷妄に閉ざされた心一般をいう例など、都合三系列がある。「よそまでも涙に曇る月影に心の闇を思ひこそやれ」（草庵集・一三五七・頓阿）は最初の例。「君恋ふる心の闇をわびつつはこの世ばかりと思はましかば」（千載集・恋五・九二五・二条院讃岐）は二番目の例。勅撰集には三四首ほど見え、私家集にも多出する。

これによれば、歌語としての「心の闇」には、

一　子を思う親心（兼輔「人の親の……」歌が原拠）

二　盲目の恋心（業平「かきくらす……」歌にはじまる）
三　仏教的煩悩の迷妄（選子内親王「あきらけき……」歌など）

の三系列の意味用法があることになる。ここでは、兼輔歌によるものを第一義に挙げているが、『古今集』に載る業平歌の方が明らかに先行するので、原義というわけではない。歌語としての印象度や後世への影響の大きさから第一に挙げられたのだろう。第二・第三の意味は、『王朝語辞典』や小学館『古語大辞典』『日本国語大辞典』がはじめに挙げる「煩悩に迷う心」を恋心と仏教的煩悩の二つに分けたものである。歌語として恋歌に用いられる恋心と雑歌や釈教歌に用いられる仏教的煩悩を同列に扱うのは適切でないと思われるので、この三分類は妥当であろう（「かきくらす……」歌の「心の闇」には仏教的な意味合いはないから、煩悩とは区別するべきだろう）。ただし、原義は『角川古語大辞典』が説明するように「分別を見失った心を闇に見立てていう語。物事の判断ができないこと。是非善悪の分別に迷うこと」であって、その下位分類として三項目を挙げるのがよいであろうと思う。

七　『源氏物語』以前の和歌における「心の闇」の使用例

「心の闇」の語は『万葉集』にはなく、『古今集』の業平歌が嚆矢のようだから、和歌史的に見れば、十世紀以降、まず業平歌の影響を受けて「心の闇」が和歌に詠み込まれるようになり、やがて兼輔の「人の親の……」歌を原拠とする親の子を思う気持ちを表現した「心の闇」も現れるようになる、その一方で、仏教的な煩悩を表す語としてもまた詠まれるようになるというような展開が想定されるのだが、実際にどのように詠まれているのか検証したい。『源氏物語』成立以前に詠まれたと思しい「心の闇」の語を含んだ歌をＣＤ-ＲＯＭ版『新編国歌大観』Ver.2（二〇〇三年　角川書店）で検索すると、次のａ～ｉのような歌が見出された（ｂは詞書中の用例）。

ａ　『忠岑集』（書陵部蔵　五〇一・一二三）八四（長歌）

こぞのこぞ　とつぎのゆはり　ありしとき　さきのすべらの　おほせにて　しらくもゐなる　かひがねに　さしつかはしし　ときはわが　ゆめよゆめよと　よひごとに　ちぎりしことは　わたのはら　ふかみどりにて　ありそうみの　あだなみたつな　てふことを　をりかへしつつ　いひおきて　しぐれとともに　ふりでにし　まなこのきりは　たちみだれ　あづまのみちも　みえざりき　心のやみに　まどひつつ　あふさか山を　こえいでて

（以下略）

ｂ　『順集』（書陵部蔵　五一一・二）一六三詞書

（前略）したがふがかしらのふぶきは、夏冬もわかぬ雪かとあやまたれ、心のやみは、からにもやまとにもすべてつきなく、おまへのやり水にうかべるのこりの菊におもひあはすれば、（以下略）

ｃ　『斎宮女御集』（西本願寺蔵三十六人集）一三〇～一三一

しのびてくだり給ふ、なをとて、女御殿

すずかやまふるのなかみちきみよりもききならすこそおくれがたけれ

御かへり、いせより

すずかやまおとにききけるきみよりもこころのやみにまどひにしかな

ｄ　『増基法師集』（群書類従本）一六

（詞書省略）

おろかなる心のやみにまどひつつ浮世にめぐる我が身つらしな

e

『好忠集』（天理図書館蔵本）四二五

かきくらすこころのやみにまどひつつうしと見るよにふるぞわびしき

f

『高遠集』（書陵部蔵　五〇一・一九〇）三五五

月みれどこころのやみにまどふかなやまのあなたやわが身なるらん

g

『紫式部集』（実践女子大学蔵本）四四〜四五

ゑに、もののけつきたる女のみにくきかたかきたるうしろに、おにになりたるもとのめを、こぼふしのしばりたるかたかきて、をとこはきやうよみて、もののけせめたるところを見て

なき人にかごとはかけてわづらふもおのがこころのおににやはあらぬ

返し

ことわりやきみがこころのやみなればおにのかげとはしるくみゆらむ

h

『発心和歌集』（島原松平文庫蔵本）三三

授学無学人記品

世尊慧灯明、我聞授記音、心歓喜充満、如甘露見灌

あきらけきのりの灯なかりせばこころのやみのいかではれまし

i

『冷泉院御集』（書陵部蔵　五〇一・八四五）五〜六

同じ女御の御はは「う」へうせ給へるに、院より

すみぞめの衣になりし人ゆゑににほひもやみにまどふころかな

御返し

墨染のこころのやみになりしよりにほへる春の花もしられず

これらの歌を先の三分類にあてはめるとどうなるだろうか。aは近親者と別れて遠国の甲斐に赴任しなければならない悲しみ、bは嘆老の思いで、背景にあるのはともに沈淪の嘆き、dは「俗世に執着して、悟りの何たるかを分別できない、明晰でない（無明の）心」[17]とされ、eは表現としては業平歌を踏まえているが恋歌ではなく、これも沈淪の嘆き、fは我が身は月の光のささない山の向こう側のようなものだと言っていて、やはり沈淪の嘆き、gは紫式部に返歌した侍女の歌らしいが、「心の闇」という成語ではなく「心が闇なので」ということで、この「闇」はあれこれと迷う煩悩にとらわれた心を言うようだ。hも煩悩に満ちた心の意。iの冷泉院の贈歌の「やみ」は女御を恋しく思う気持ちかと思われるが、女御の返歌の「こころのやみ」は母を亡くした深い悲しみを言っている（親心ではなく、逆に子の亡き親を思う「心の闇」だ）。

このようにcを除く八例の「心の闇」は、いずれも子を思う親心でもなければ、激しい恋心でもない。すなわち、松村氏の分類による一でも二でもないのだが、三のように「仏教的煩悩の迷妄」と言えるものはd・g・hの三首くらいで、後は沈淪の嘆きや近親者を失った悲しみである。どうやら、『源氏物語』以前の和歌においては、「心の闇」は強い悲哀を表現する語としてかなり広く使われているようだ。『古今集』の業平歌「かきくらす……」もそのうちの一首であったと考えてよく、とりたてて同歌を本歌として激しい恋の思いが詠まれたというほどの影響力は持っていなかったようである。しかし、「心の闇」という語はほぼ成語として認められて和歌に詠まれていたことがわかるのである（そういう意味では、下位項目を立てない『角川古語大辞典』の説明は的確と言える）。紫式部はこのような「心の闇」という歌語に、兼輔歌を背景として子を思う盲目の親心という特定の意味を担わせて自作の物語に引歌として取り込んだのだと思うのである。

ただし、そう考える際に問題になるのがｃの『斎宮女御集』一三一番歌である。この歌だけが『源氏物語』に先行する歌の中で唯一、兼輔歌を踏まえて、子を思う親心を詠んでいる可能性があるのだ。

平安文学輪読会著『斎宮女御集注釈』（一九八一年　塙書房）では、一三一番歌を、

鈴鹿山を越えたことを噂でお聞きになって御心配いただいておりますあなたのお気持はともかく、私の方はすっかり子を思う心の闇にまどってしまったことなのです。

と現代語訳し、語注には、

「心のやみにまどひにしかな」は、後撰集雑一、一一〇二や大和物語四五段などに見える藤原兼輔の「人の親の心は闇にあらねども子を思ふ道にまどひぬるかな」による。

と記して、兼輔歌を踏まえた詠であるとする。

同書によれば、一三〇番歌の作者「女御殿」は、『栄花物語』月の宴の巻で「六の女御」と呼ばれている冷泉天皇女御怤子（師輔六女）であると考証する。「しのびてくだり給ふ」というのは、斎宮女御徽子女王が斎宮として伊勢に

下向する娘の規子内親王に付き従って行ったことをさすと言う。一三二番歌は、伀子が「いろいろと聞かされていることの多い私の方が斎宮様につき従って参りたい気持です」と言ってきたのに対して、噂に聞くだけのあなたよりも当事者である私は子を思う「心の闇」に惑ってしまって伊勢までついてきたのだと言っていると解釈される。諸本間で詞書本文に異同があり、底本（西本願寺本三十六人集）の詞書にもやや乱れがあるようで解釈が難しいところだが、詠作事情の考証は従ってよかろうと思う。もしこの徽子女王の歌が兼輔歌を念頭に置いて詠まれたものだとすれば、規子内親王の伊勢下向は貞元二年（九七七）九月のことなので、紫式部が生まれた頃にすでに徽子女王によって兼輔歌を典拠として盲目の親心を表す「心の闇」の語を詠み込んだ歌が作られていたことになり、紫式部はその先蹤にならって『源氏物語』中に兼輔歌を本歌や引歌として「心の闇」の語を用いたということになる。

しかし、それはどうだろうか。徽子女王は、特に兼輔歌を念頭に置いて詠んだわけではなく、当時、深い悲しみによる心の乱れや迷いを表す成語として使われていた「心の闇」の語を用いて、斎宮として伊勢に下る一人娘の身の上を思い、離れがたく思うがゆえの心の乱れを「心の闇」と表現しただけなのではないだろうか。ただ、紫式部は『斎宮女御集』を読み、この歌の存在を知っていたはずだから、親の子を思う気持ちを「心の闇」と表現し得るということをこの歌から学び、兼輔歌と結びつけるヒントとしたのではないかと思う。

八　『うつほ物語』における「心の闇」の歌

実は、『源氏物語』以前に兼輔歌を典拠にして「心の闇」の語を詠み込んだ可能性のある歌がもう一首ある。『うつほ物語』楼の上下巻に見える歌である。同巻では、再建された京極邸の東の楼で俊蔭の娘が孫のいぬ宮に父俊蔭から伝えられた秘琴を伝授するさまが、一年間の季節の移ろいとともに描かれる。その中で、葵祭の日に、禰宜の大夫から贈られた葵や桂を、大将（仲忠）が四位・五位の者に命じて尚侍（俊蔭の娘）のいる所の御簾に付けさせた。そこで、尚侍は青い薄様紙に歌を書いて奉ったのであった。

四月、祭の日、葵、桂、いといつくしううるはしきさまにて、禰宜の大夫、尚侍の殿の御方に持て参りたり。かづけ物したまふ。大将、清げなる四位、五位して、尚侍の殿の御簾につけさせたまふ。青き薄様に懸けて奉りたまふ。

玉すだれかかるあふひのかげ添へば心の闇もなかりける世を（俊蔭の娘）

大将、御返り、

「雲居なる桂にかかるあふひにも向かはぬほどぞくれ惑ひける（仲忠）

懸けさせたまふにつけて、尽きせず思ひたまふる。あなかしこ」と聞こえたまふ。かたみに、あはれに覚えたまふ。

（楼の上下・③五四五～三四六頁）

この「玉すだれ……」歌について、中野幸一氏は、「新編日本古典文学全集」16『うつほ物語』③（二〇〇二年　小学館）において、

あなたのおかげで、こんなに影を作るほど、御簾に葵が飾られていますので、考えてみれば、私には子供ゆえに思いわずらうこともありませんでした

と現代語訳し、頭注に、

「心の闇もなかりける世を」は、子供の将来を悩むことはなかったのに、の意。仲忠という立派な子供がいると知っていれば、父上も私の行く末で悩まれることはなかったでしょうに、という内容。引歌、「人の親の心は闇にあらねども子を思ふ道に惑ひぬるかな」（後撰集・雑一　藤原兼輔）。

と記して、兼輔歌を引歌に指摘する。現代語訳では、仲忠が立派なので自分には「心の闇」はなかったと解しているのに、頭注では、父俊蔭が娘である自分の将来を悩むことはなかっただろうにと説明しているのには齟齬が感じられるが、[18] 室城秀之氏『うつほ物語　全〔改訂版〕』（二〇〇一年　おうふう）にも頭注に、

「心の闇もなかりける世を」は、子供の将来を悩むことはなかったのにの意。引歌、『後撰集』巻一五雑一「人の親の心は闇にあらねども子を思ふ道に惑ひぬるかな」（藤原兼輔）

と記され、やはり兼輔歌を引歌に指摘する（一九九五年刊行の初版本でも同様）。そして、両書ともに仲忠の返歌「雲居なる……」歌の末句「くれ惑ひける」についても、「惑ふ」の語を用いたのは同じ兼輔歌によると指摘している。中野氏の注釈は室城氏の説を踏まえてなされているようだが、もし引歌の指摘が正しければ、この『うつほ物語』の作中歌が最初に兼輔歌に拠って「心の闇」と詠まれた歌であるということになる。

しかし、これもそうとは言い切れない。俊蔭の娘の歌の「心の闇」は、生きていく上での悩みや苦しみをさしているのであって、仲忠のおかげで自分は「心の闇」のない人生を送って来られたと感謝していると取れるのではないかと思うのである。

河野多麻氏校注の「日本古典文学大系」12『宇津保物語』三（一九六二年　岩波書店）では、頭注に、

玉簾に懸かった葵の影がさすと、私の心の暗い気持も消えるようです。

との解が示されて、引歌の指摘はない。「心の闇もなかりける世を」を「私の暗い気持も消えるようです」と訳すのは語法上疑問があるが、「心の闇」は「私の暗い気持」であって親心を指すのではないという解釈には賛同できる。したがって、どうやら『源氏物語』以前に兼輔歌に基づいて子を思う親心をさして「心の闇」と表現した確実な例はないということになるのである。

ただし、『玉葉集』巻第十七・雑歌四・二四三三に次のような歌がある。

一品宮資子内親王の許より、村上のみかどのかかせ給へるものやとたづねて侍りけるつかはさるとて

選子内親王

こをおもふ道こそ[やみ]ときき しかどおやの跡にもまよはれにけり

資子内親王（天暦九年〈九五五〉～長和四年〈一〇一五〉）は村上皇女で、選子内親王（康保元年〈九六四〉～長元八年

〈一〇三五〉）の同腹の姉である。姉のもとから、亡き父村上天皇のお書きになったものがあるかと尋ねてきたので送った時に詠まれた大斎院選子内親王の歌である。資子内親王は寛和二年（九八六）正月に出家しているので、それ以前の詠であろう。子を思う道は闇だと聞いていたけれど、逆に親の筆跡を見ても心迷ってしまいましたわ、と言っていて、後世の資料だが、明らかに兼輔歌を踏まえて詠まれた『源氏物語』以前の歌の例である。ただし、ここでは「心の闇」というフレーズは使用されていない。「やみ」なのは「こをおもふ道」であって心ではない。かなり元歌に添った表現だと言えるのである。

以上のことから、兼輔歌を踏まえて親心を「心の闇」と表現したのはやはり『源氏物語』が最初だと言ってよいことがわかる。紫式部は極めて意図的に「心の闇」の語を兼輔歌の引歌表現にのみ用いている。[19]それまでは、業平の「かきくらす……」歌を代表として激しい悲しみや心の乱れ・迷いを表す語であった「心の闇」を子を思う盲目の親心の意に特化して用いて、実に印象鮮明な歌語として再生せしめたのであった。

九　兼輔歌を最多引歌とした紫式部の意識

それでは、紫式部はなぜ曲解と言うべき強引な解釈を加えてまで兼輔歌を頻繁に引歌として『源氏物語』中に用いたのであろうか。それは、伊井春樹氏[20]が言われる通り、彼女の家門意識であり、曾祖父兼輔を歌詠みとして顕彰したいという気持ちの表れであると思われる。伊井氏は次のように述べられる。

（前略）紫式部が文学の営みに手を染めるようになって以来、彼女の念頭にはますます兼輔像が鮮明に浮かびあがってきたはずである。彼女の一族にとって兼輔という存在は、中納言という身分に栄達し、しかも娘の桑子を醍醐帝のもとへ入内させて親王までもうけたという、栄光ある祖先であった。その誉れは語り継がれ、彼女も子供のころからいく度となく耳にしていたに違いない。その上彼女にとっては、兼輔の文学者としてのイメージも強く脳裏に描いたであろうし、それだけに影響も大きく受けたであろう。（中略）

彼女の文学への関心は、天賦の才能はもちろんのことだが、兼輔を頂点とする文学的環境も無視するわけにはいかない。（中略）さらに彼女は兼輔の具体的な行動を形象化するだけではなく、引歌という方法によって物語に大幅に吸収していった。彼女がそれだけ兼輔の歌に習熟していた結果の反映ともいえるし、またなにほどかの意図があったのではないかと考えられなくもない。源氏物語に描かれた時代は醍醐天皇時代をモデルにしているとされるが、彼女の歴史観もさることながら、一族にとっての兼輔の重みも一つの条件として加えられるのではないだろうか。（中略）

彼女がその文学的素養を形成するにいたった過去の作品は、兼輔からの影響よりももちろん多かったであろう。しかし彼女にとって兼輔の存在は、それらの過去の一つであったのではなく、特別の感情なり愛着があったはずである。むしろ積極的に吸収することによって、彼女は兼輔の文学史的位置づけを訴えようとしたのではなかったかとすら思えてくる。解釈によって一部異なりはするであろうが、兼輔の詠歌は、本歌として用いられた例も含めて十七首取り出せる。中には「人の親の」の歌のように二十六回というのもあるので、延べにするとかなりの引歌・本歌使用頻度数となってくる。他にこのような歌人は見いだされない。兼輔の歌がずばぬけて多く源氏物語に採られているのに比例して、彼の歌人としての評価が高かったかといえば、それほどでもなかったと思われるところに、紫式部の何らかの意図を勘ぐりたくもなってくるのである。

ここで言われる「紫式部の何らかの意図」とは、兼輔の歌人としての評価を高からしめようとする意図のことであろう。彼女は、『源氏物語』の作中に頻繁に兼輔歌を引歌として用いることによって、歌人兼輔の顕彰を図った。そして、「心の闇」という印象鮮明な歌語を兼輔歌引用のキーワードとするためには元歌を曲解ないし強引な解釈をすることも厭わなかったのである。伊井氏は、兼輔の歌は十七首が利用され、(21) 他にも雅正・清正・為頼ら兼輔の近親者の詠歌も繰り返し引歌に用いられていることを指摘されて、

彼女が曽祖父兼輔を頂点とする一族の歌をしばしば用いたのは、家の自覚とその系譜につながる一人であるということを意識していた結果によるのであろうと思う。

と結論付けられている。首肯できる見解である。

それにしても、何故に紫式部は、そこまでして歌人兼輔を顕彰し、自らの家門が兼輔につながる和歌の家であることを強調したかったのだろうか。思うに、それは『枕草子』を書いた清少納言への対抗意識ではないかと推測する。『枕草子』には清少納言の家門意識が鮮明に表われた段がある。「五月の御精進のほど」の段（『新編日本古典文学全集18『枕草子』〈一九九七年　小学館〉第九十五段）である。

清少納言は女房仲間とともに賀茂の奥に郭公《ほととぎす》の声を聞きに出かけた。戻った後、中宮から郭公の歌を詠まなかったことを咎められた清少納言は、「歌よむと言はれし末々」である自分は、出しゃばって下手な歌を詠むと「亡き人のためにもいとほしうはべる」と抗弁する。すると中宮に、それならば詠めとは言わないので好きにせよ、と言われ

て詠歌御免の許しが出る。その後、庚申待ちの夜に内大臣伊周の計らいで女房たちに歌を詠ませた時、清少納言が詠まないでいるので、伊周は不審がる。中宮は、

元輔が後と言はるる君しもや今宵の歌にはづれてはをる

と詠んで、清少納言に詠歌を催促する。それに答えて清少納言は、

「その人の後といはれぬ身なりせば今宵の歌をまづぞよままし
つつむ事さぶらはずは、千の歌なりと、これよりなむ出でまうで来まし」と啓しつ。

とある。

深養父・元輔と続く歌詠みの家柄に生まれた自分は、先祖の恥になってはいけないので歌は詠まないと言う。これは一見謙虚な物言いのように見えるが、『古今集』の大歌人深養父を祖父に、(22)『後撰集』の撰者の一人である元輔を父に持つという和歌の名門の生まれであることをことさらに強調し、自慢しているようにも受け取れる。紫式部はそんな清少納言の言動を鼻持ちならず思い、また羨ましくも思ったことだろう。自分も名歌人兼輔の子孫なのだという対抗意識が、引歌表現を通してことさらに兼輔を顕彰するという形で発揮されたのであろうと思う。紫式部が清少納言に強い対抗意識を抱いていたことは『紫式部日記』消息部における痛烈な清少納言批判からも明白である。(23)伊井氏が指摘されたように兼輔のみならずその近親者の和歌を積極的に引歌・本歌に使用したのであれば、その家門意識の強

さがいっそう鮮明になるが、紫式部は他の誰よりも兼輔を深養父・元輔に匹敵する名歌人として印象付けたいという気持ちが強かったのであろう。

紫式部のこの試みは功を奏し、『源氏物語』のファンでもあった藤原公任が自らの編んだ『前十五番歌合』『三十人撰』『三十六人撰』『深窓秘抄』などの秀歌選に「人の親の……」歌を含む兼輔歌を撰入したことにより、兼輔は息清正とともに三十六歌仙と讃えられる歌人としての高い評価を得たのであった。

おわりに

紫式部が『源氏物語』中でしきりに引歌に用いたことによって、もともと即興で詠まれた歌で、破調・破格の歌でさえあった兼輔の「人の親に……」歌は、ますます名歌の誉れを高くすることになった。

『源氏物語』に多大な影響を受けて書かれた平安後期物語においても、この兼輔歌は引歌に使われている。『狭衣物語』に二箇所（「御心の闇」巻一・①六八頁、「人の惑ふなる道」巻三・②六〇頁）、『夜の寝覚』に五箇所（「御心の闇」巻二・一八〇頁、「心の闇にまどふ」巻四・三六〇頁、「闇にさへかきくらされてまどふ心」巻四・四〇六頁、「心の闇」巻五・四三七頁、「心の闇にまどはるる」巻五・四八三頁）、『浜松中納言物語』に二箇所（「親の御心のやみ」巻二・一六九頁、「この世の闇」巻三・二〇八頁）、『とりかへばや物語』に四箇所（「いかなる闇にか惑ひたまはん」巻一・二二〇頁、「子の道の闇」巻三・三八五頁、「心の闇に惑ひはべりて」巻四・四九六頁、「御心の闇」巻四・五一〇頁）といった具合で、「心の闇」の語が各作品に見えている。(24)煩を避けて引用は省くが、中世王朝物語においても頻繁に引かれ、「心の闇」の語を中心に、『浅茅が露』『海人の刈藻』『石清水』『いはでしのぶ』『風に紅葉』『恋路ゆかしき大将』『苔の衣』『小夜衣』『雫に濁る』『しのびね』『兵部卿』『松蔭中納言』『松浦宮』『八重葎』『夢の通ひ路』改作本『夜寝覚』の各作品にあることがわかっている。(25) 作り物語の世界においては「人の親の……」歌は引歌表現のスタンダードなのである。もちろんこれは、物語の描く人間模様の中に、親子の情愛、とりわけ子を思う親の愛情が重要なモチーフとして描かれることが多いからであろうが、『源氏物語』において紫式部が力をこめて引歌表現に用いたことが寄与するところ大であったろうと思う。

一方、和歌の世界においては、この兼輔歌を本歌ないし先行歌として踏まえたと思われる詠歌はすぐには現れなかった。八代集では、『後拾遺集』五二九・『金葉集』(二度本)五七一・『千載集』九二五・同一二四五・『新古今集』一三〇〇に「心の闇」の語を詠み込んだ歌が載るが、いずれも兼輔歌を本歌としたものではない。ただし、『新古今集』には、巻第十八・雑歌下・一八一四に、

百首歌たてまつりし時　　土御門内大臣

くらゐ山あとをたづねてのぼれどもこを思ふみちに猶まよひぬる

という源通親の歌があって、「心の闇」の語はないが、明らかに兼輔歌を本歌としている。兼輔歌を本歌として「心の闇」の語を用いた最初の勅撰集歌は、『新勅撰集』巻第十七・雑歌二・一一五九に、

定家、少将になり侍りて、月あかき夜、よろこび申し侍りけるを見侍りて、あしたにつかはしける

権中納言定家母

みかさ山みちふみそめし月かげにいまぞこころのやみははれぬる

とある定家母（美福門院加賀）の歌が最初のようである。以下、十三代集には『続古今集』一七六九（基良）・『玉葉集』二六七二（実経女）・『新千載集』一九六二（経継）・『新続古今集』八六六（玄覚）などに兼輔歌を本歌として「心の闇」を詠み込んだ歌が見えるが、あまり多くはない。また、「心の闇」の語を用いないで兼輔歌を本歌とする歌としては、『続拾遺集』一一六一（定家「子を思ふみち」）、『新後撰集』七六七（俊成「子をおもふ道」）、『続千載集』一八九七（有長「子をおもふやみ」）、『風雅集』一九四三（有忠「子をおもふやみにぞまよふ」）、同二〇二三（俊成「子をおもふこころ」「まよふ」）、『新千載集』九三一（久明親王「子を思ふ心」「やみにまよふ」）、『新拾遺集』一八八三（顕輔・長歌「子思ふ道にまよひつつ」）などが挙げられる。『新拾遺集』一八八三の顕輔の歌は『久安百首』の長歌で、これを特例として、俊成・定家の時代から本歌に用いられていることがわかる。和歌史において兼輔の「人の親の……」歌が本歌に用いられるようになるのは、俊成が『六百番歌合』の判詞で「源氏見ざる歌よみは遺恨のことなり」と発言して、『源氏物語』が歌人たちの必読書とされるようになる時期とだいたい一致しているのが興味深い。「心の闇」の語が兼輔歌に基づく歌語と認識されるようになるのも、『源氏物語』の享受史と密接に関わっているというわけなのである。

注

（1）萩野敦子氏「『源氏物語』における親の〈心の闇〉と〈道〉」『駒沢大学苫小牧短期大学紀要』第30号（一九九八年四月）。

（2）末沢明子氏（「引歌攷――物語のことばについての覚え書き――」『国文学研究資料館紀要』第11号〈一九八五年三月〉）によれば、第二位は「よのうきめ見えぬ山ぢへいらむにはおもふ人こそほだしなりけれ」（『古今集』巻第十八・雑歌下・九五五・物部良名）で、『源氏物語引歌索引』では十九箇所が指摘されている。

（3）伊井春樹氏「源氏物語の引歌――兼輔詠歌の投影――」『むらさき』第17集（一九八〇年七月）。のち『源氏物語論考』（一

九八一年　風間書房）に所収。本稿での引用は後者の著書によった。

（4）注（1）掲出萩野論文、注（3）掲出伊井論文の他に、渡辺徳正氏「「心の闇」に「まどふ」人々――『源氏物語』の表現構造――」（『國學院大學大学院紀要――文学研究科――』第21輯〈一九九〇年三月〉）、梅木美和子氏「『源氏物語』の「心の闇」――兼輔歌との関わり――」（『活水日文』第26号〈一九九三年三月〉）、朴光華氏「藤原兼輔の歌「人の親の」について――『源氏物語』とのかかわりを中心に――」（『国文学論叢』〈龍谷大学〉第44輯〈一九九九年二月〉）などの論考がある。

（5）岡山美樹氏『大和物語の研究』（一九九三年　桜楓社）。

（6）片桐洋一編「鑑賞日本古典文学」第5巻『伊勢物語・大和物語』（一九七五年　角川書店）。

（7）伊井春樹氏、注（3）掲出論文。

（8）岡山美樹氏、注（5）掲出書。

（9）森本茂氏『大和物語全釈』（一九九三年　大学堂書店）。

（10）拙著『平安朝歌物語の研究〔大和物語篇〕』（二〇〇〇年　笠間書院）。

（11）井上宗雄・武川忠一編『新編　和歌の解釈と鑑賞事典』（一九九九年　笠間書院）。

（12）片桐洋一氏、注（6）掲出書。

（13）引用は、山岸徳平編『八代集全註』第一巻（一九六〇年　有精堂）による。

（14）引用は、『後撰集新抄（覆刻版）』（一九八八年　風間書房）による。

（15）以下、『大和物語』古注釈の引用は、雨海博洋編著『大和物語諸注集成』（一九八三年　桜楓社）による。

（16）佐伯梅友校注「日本古典文学大系」8『古今和歌集』（一九五八年　岩波書店）頭注。

（17）増淵勝一氏『いほぬし精講』（二〇〇二年　国研出版）。

（18）中野幸一氏は、現代語訳では「添へば」を四段活用の已然形と取るのに対し、頭注では下二段活用の未然形と取って反実仮想の構文と解しているようである。

（19）ちなみに、『源氏物語』において、この業平の「かきくらす……」歌は一度も引歌にされていない。『源氏物語引歌索引』によれば、わずかに、明石の巻で、光源氏と贈答した明石の君の歌、

明けぬ夜にやがてまどへる心にはいづれを夢とわきて語らむ

に関して、賀茂真淵『源氏物語新釈』が引歌に指摘することを記すが、現代の注釈書では引歌ないし踏まえられた先行歌としては認められていない。紫式部は、おそらくことさらにこの歌を無視して引歌表現に用いなかったのであろうと思う。「心の闇」と言えば親心の闇だということを強調するための意識的な排除であったと思うのである。なお、『源氏物語』を受け継いだのか、平安後期物語の『狭衣物語』『夜の寝覚』『浜松中納言物語』にもこの業平歌は引歌として用いられていない。中世王朝物語になると、兼輔歌にさほど劣らぬほど頻繁に引歌として利用されている。

(20)　伊井春樹氏、注（3）掲出論文。

(21)　ただし、池田亀鑑編『源氏物語事典』下巻の「所引詩歌仏典索引」の「和歌作者索引」によれば、兼輔の歌は「人の親の……」歌の他には、「梅花たちよるばかりありしより人のとがむるかにぞしみぬる」（『兼輔集』八、『古今集』巻第一・春歌上・三五ではよみ人しらず）が梅枝の巻と匂宮の巻に引歌とされていることを記すのみである。十七首というのは伊井氏独自の調査による。

(22)　深養父は清少納言の曾祖父という説が一般的だが、萩谷朴氏の唱えられた祖父説（「新潮日本古典集成」『枕草子』下〈一九七七年　新潮社〉解説など）に従う。

(23)　紫式部が『枕草子』に対抗意識を持っていたことは、拙著『王朝和歌・日記文学試論』（二〇〇三年　新典社）の第五章第三節「『紫式部日記』の執筆契機と対『枕草子』意識」に述べた。

(24)　『狭衣』『寝覚』『浜松』については、堀口悟・横井孝・久下裕利編『平安後期物語引歌索引』（一九九一年　新典社）による。

(25)　市古貞次・三角洋一編『鎌倉時代物語集成』別巻（二〇〇一年　笠間書院）の「五十音順引歌索引」による。

※特記なき場合、勅撰集・私家集など歌書の引用は『新編国歌大観』（角川書店）により、歌番号も同書によった。また、『源氏物語』『大和物語』『うつほ物語』など散文作品の引用は「新編日本古典文学全集」（小学館）により、頁数などの所在情報も同全集によった。傍線や傍点などはすべて引用者によるものである。

第三章　玉鬘論
――玉鬘物語の構想と展開――

一　玉鬘物語の位置づけ

『源氏物語』五十四帖のうち第二十二番目の巻が玉鬘の巻である。光源氏はすでに三十五歳、冷泉帝の治世下、従一位太政大臣として絶大な権力者になっている。この巻で初めて読者の前に姿を現わす女性が玉鬘で、九州から上京してきて思いがけず源氏に引き取られることになったこの姫君は、新造なった豪壮な邸宅六条院を彩る華となり、玉鬘の巻以下、初音、胡蝶、蛍、常夏、篝火、野分、行幸、藤袴、真木柱と続く「玉鬘十帖」のヒロインとして読者に鮮明な印象を与える、物語中で最も輝いた女性の一人である。

玉鬘は、光源氏が十七歳の年の夏にゆくりなく出会って激しい恋に落ち、廃院で物の怪に襲われて急死した夕顔の娘で、父親は源氏の親友であり正妻葵の上の兄弟である頭中将である。源氏は玉鬘を実子として公表し、世間的には父親としてふるまい、玉鬘に言い寄ってくる男たちの反応を楽しむが、やがて自分も玉鬘の美しさに魅了され、恋慕の情を抑えられなくなる。中年になった光源氏の心を揺るがす新たな姫君の物語を、読者は心ときめかせながら楽しむことができる。とりわけ、玉鬘の巻の直前の少女の巻で、成人した長男夕霧の教育方針に関して厳格な父親像を見せた光源氏が、娘として養育する玉鬘に恋心を抱いて煩悶するという対照的な姿を見て、読者は迷える中年光源氏を面白く思ってながめるであろう。

玉鬘の物語は『源氏物語』の中では傍流に位置づけられ、物語の本筋に大きく影響することのない挿話的な話であって、「玉鬘十帖」の後、玉鬘は若菜上・下、柏木、竹河の四巻に登場するに過ぎないのだが、藤井貞和氏が(1)「もし玉鬘がいなかったら、目にみえて物語が寂しくなることはいうまでもない」と言われたように、『源氏物語』の中で確固とした存在感を示しているのが玉鬘という女性なのである。

二　玉鬘物語前史 ―― 帚木・夕顔の巻

玉鬘の存在が初めて読者に知らされるのは、帚木の巻の「雨夜の品定め」の場面である。そこで頭中将が語った体験談の中で触れられる。「なにがしは、痴者《しれもの》の物語をせむ」と始められるこの体験談で頭中将は、忍ぶ仲だった内気で可憐な女のことを語る。親もなく心細い有様の人で、自分を頼りにしていたが、女がおとなしいのに安心して長く足がとだえていた頃、女は「むげに思ひしをれて、心細かりければ、幼き者などもありしに思ひわづらひて、撫子の花を折りておこせたりし」と言う。十七歳の光源氏はこの話に興味を示し、「さて、その文《ふみ》の言葉は」と問う。女の歌には、

山がつの垣ほ荒るともをりをりにあはれはかけよ撫子の花

（①八二頁）

とあったという。この「撫子の花」に例えられた「幼き者」が後の玉鬘その人なのである。

頭中将はこの女に情が移ったけれども、また気を許して足がとだえている間に行方も知れず姿を消してしまったと語る。後で聞いたところでは、頭中将の正妻である右大臣の娘の方から嫌がらせを受けたためであることがわかったという。そして、

かの撫子のらうたくはべりしかば、いかで尋ねむと思ひたまふるを、今もえこそ聞きつけはべらね。（①八三頁）

と、頭中将はしみじみと語る。彼が女の行方をつきとめえなかったのは、あの弘徽殿の女御の妹である北の方に遠慮してさほど熱心に探さなかったからであろう。ここではこの失踪事件がいつ頃のことなのか定かでないが、後に夕顔の侍女右近が、

頭中将なん、まだ少将にものしたまひし時見そめたてまつらせたまひて、三年《みとせ》ばかりは心ざしあるさまに通ひたまひしを、去年《こぞ》の秋ごろ、かの右の大殿よりいと恐ろしきことの聞こえ参《ま》で来《こ》しに、もの怖《お》ぢをわりなくしたまひし御心に、せん方なく思し怖ぢて、西の京に御乳母《めのと》住みはべる所になん這《は》ひ隠れたまへりし。

（夕顔①一八五～一八六頁）

と源氏に説明していることから、前年の秋頃のことであることがわかる。また右近は、頭中将との間の子のことを源氏に尋ねられて、「一昨年《をととし》の春ぞものしたまへりし。女にていとらうたげになん」と答えているので、その前年の春の生まれであり、母娘が行方をくらました当時二歳、満年齢では一歳半であった。当然、まれに訪れていた父の面影も知らずに成長したことになる。

この「雨夜の品定め」からしばらく経ったある夏の日の夕方、光源氏は五条で夕顔の花咲く宿に身を寄せる女と邂《かい》逅《こう》し、互いに身分・素姓を隠したまま激しい恋にのめり込むのである。そして、八月十六日の夜、静かな逢瀬を持つべく連れ出した「なにがしの院」で、女は物の怪に襲われてはかなく息絶える。夕顔と呼ばれるこの女の素姓を、源氏はその死後に側近の侍女で乳母子である右近から初めて聞き、「雨夜の品定め」で頭中将が語った体験談の女性であることを知る。源氏は、夕顔の遺児について、

「さていづこにぞ。人にさとは知らせで我に得させよ。あとはかなくいみじと思ふ御形見に、いとうれしかるべくなん」（夕顔①一八六頁）

と、亡き人の形見として引き取って育てたいと希望する。右近も、「さらばいとうれしくなんはべるべき。かの西の京にて生ひ出でたまはんは心苦しくなん」云々と答え、源氏の引き取りを期待する口ぶりだったが、結局実現せずそのままになった。右近の存在と、夕顔と源氏の間を取り持ち夕顔死去後の始末にもかいがいしく働いた惟光の能力とをもってすれば、遺児を探し出すことはさほど困難ではなかったろうが、夕顔との関係が世間に漏れるのを防ぐために源氏はあえてそうしなかったのである。こうして当時三歳だった夕顔の遺児のことは忘れられ、うち捨てられたま

ま物語は進行していく。しかしながら読者には、はかなくも命を落とした夕顔を哀れみ悼む気持ちとともに、この娘がどうなったのかを知りたい思いが強く残るであろう。作者にとっても娘のその後を描くことが、夕顔物語に決着をつけるための課題として残されたのである。

三　玉鬘物語の発端 ―― 玉鬘の巻の構成

夕顔の巻から十八年後、夕顔の遺児「撫子」は、美しい女性に成長した姿で読者の前に現れる。玉鬘の巻は次のように始まる。

年月隔たりぬれど、飽かざりし夕顔をつゆ忘れたまはず、心々なる人のありさまどもを見たまひ重ぬるにつけても、あらましかばとあはれに口惜しくのみ思し出づ。(③八七頁)

光源氏は、十八年の間夕顔のことを忘れる時とてなく、さまざまな女性遍歴を重ねるにつけても夕顔のことを思い出しているという。物語の記事としては、末摘花の巻の冒頭に、

思へどもなほあかざりし夕顔の露に後《おく》れし心地を、年月経《ふ》れど思し忘れず、ここもかしこも、うちとけぬかぎりの、気色ばみ心深き方の御いどましさに、け近くうちとけたりし、あはれに似るものなう恋しく思《おも》ほえたまふ。(①二六五頁)

とあるのと酷似しており、この表現を承けて書かれていることがわかるが、夕顔死去の翌年のことである末摘花の巻以後、源氏が夕顔を偲ぶ記述はない。したがって、玉鬘の巻の冒頭は読者に唐突な印象を与える。平井仁子氏(2)が、「作者としては、この構想（引用者注―夕顔の遺児が六条院の華的な存在となるという構想）を既に含んで物語を進めてきたという説もあるが、そうであったとしても読み手側の意外感というか違和感は拭えない」と言われるのも無理からぬことである。しかしながら、夕顔の遺児のその後がずっと気になっていた読者は、この玉鬘の巻の冒頭文に出会って、長い間待たされた夕顔遺児の物語がいよいよ始まるのかと大いに期待するであろう。十七年ぶりの源氏による夕顔追慕の記事は、作者の満を持して夕顔遺児の物語を始めるぞという宣言である。そういう意味で、唐突に見えるこの冒頭表現は、唐突であるがゆえに読者へのインパクトを強くしているとも言えよう。

玉鬘の巻はまず、夕顔死去後の若君の数奇な運命をやや はしょりながら語る。夕顔が五条の宿から忽然と姿を消した翌年、四歳の若君は乳母の夫が大宰の少弐になったのを機会に筑紫に下ったのであった。その後、少弐は任満ちても帰京をためらっているうちに病没、乳母は上京を望むが憚ることが多くて果たさないまま年月が過ぎる。その間に若君は、

二十《はたち》ばかりになりたまふままに、生《お》ひととのほりて、いとあたらしくめでたし。（③九三頁）

という成長ぶりであった。素姓を隠し少弐の孫と偽って養育していたのだが、評判を聞いて求婚してくる好色な田舎人が多かったのを、乳母は不具と称して取り合わなかった。ところが、肥後国の大夫《たいふ》の監《げん》という土豪が激しく言い寄っ

てきたのに辟易して、乳母は息子の豊後介を責め立てて筑紫を脱出、船で上洛の旅に出たのであった。都に着いた一行は九条の旧知の人の家に身を寄せ、若君の処遇を神仏に頼るため石清水八幡などに参詣する。そして、長谷寺に参る途次、門前の椿市《つばいち》で、今は紫の上付きの女房になっている夕顔の乳母子右近と劇的な再会を果たすのである。

こうして物語は神仏霊験譚めいたやや古風な要素を表わしつつ、玉鬘は光源氏に引き取られることになる。都合がいいと言えばその通りだが、これはこれで若君の流浪の境遇に同情的な読者には納得のいく展開であろう。若君と初めて対面した光源氏が詠んだ、

恋ひわたる身はそれなれど玉かづらいかなるすぢを尋ね来つらむ

の歌にちなんでこの若君は「玉鬘」と呼ばれるのであるが、それはもっぱら読者による呼称で、物語中には出ていない。

玉鬘が引き取られたのが実父頭中将（この頃は内大臣）のもとではなく光源氏の六条院であったことが乳母や玉鬘の周辺の人々にとっては予定外であり、内大臣には内密にして源氏の実子として公表されたことから、玉鬘物語には実父との対面という大きな課題がなお残されたのである。

四　裳着せぬ姫君――玉鬘物語構想の一側面

　こうして夕顔の遺児は魅力的に成長した玉鬘の姫君として夕顔の死後十八年ぶりに光源氏の前に現れ、繁栄する六条院を華やかに彩るとともに、中年期を迎えた源氏の心を悩ませる存在となる。玉鬘物語の構想がどの時点で作者の中に形成されたのかはわからないが、森岡常夫氏(3)が言われるように、「帚木の巻の頭中将の恋の経験談を承けて夕顔の巻が書かれ、そしてこの巻の女主人公夕顔は急死し、その忘れ形見である幼き人のことが、これ程に話題として取り上げられている以上、やがて登場するのは当然」と読者に思わせる書き方がなされており、「作者は玉鬘を登場させるべき時期を、慎重に考慮していたにちがいない」であろう。その登場のさせ方は、前述の通りやや唐突の感はあるものの、夕顔の遺児の行方を気にしていた読者の思いに応えるに足るものであったと言ってよい。

　が、確かに慎重な考慮の末に登場させたのではあろうが、十八年後というのは、玉鬘の年齢を考えると少々遅かったと言うべきである。上京時の玉鬘の年齢は「二十ばかり」とあるが、夕顔事件の年に三歳だったのだから正確には二十一歳であり、当時の貴族女性の結婚適齢期はすでに過ぎていると言わざるを得ない。藤壺の宮の入内が十六歳、葵の上の結婚が十六歳、紫の上の新枕が十四歳、明石の君の結婚が十八歳、女三の宮の降嫁が十四、五歳など、ほぼ十四歳〜十八歳頃が適齢期であったようだ。玉鬘はもう三、四年早く光源氏のもとに現れてしかるべきだったのではないか。須磨・明石への流浪から帰京して政界に復帰した光源氏は、澪標の巻で六条御息所が死去するとその娘を養女とし、藤壺と画策してその養女を絵合の巻で冷泉帝に梅壺の女御として入内させる（この人の入内は二十二歳と遅いが、二十歳まで斎宮であったからやむをえない）。松風の巻で大堰に移ってきた明石の君母娘と会い、薄雲の巻で明石の姫君を引き取って将来の后がねとして紫の上に養育させる。同巻で藤壺が崩御し、光源氏が実父であることを知った冷泉帝はますます源氏を重用、少女の巻では梅壺の女御が立后し（秋好中宮）、源氏は太政大臣となって政権を確固たるものにする。そして、秋好中宮の里邸として、また近い将来入内予定の明石の姫君の里邸とするべく壮大な六条院を造営するのである。このような経過の中で、当時まだ七歳の明石の姫君が成人するまでの隙間を埋めるかのごとく六条院のヒロインとして玉鬘が登場するのであって、これ以上、否これ以外の適当なタイミングはありえまい。しかしながら、夕顔の巻から十八年が経過し、玉鬘は二十歳を過ぎて、ヒロインとしては薹《とう》が立ってしまった。構想の破綻とまでは言えないが、少々無理があるのを承知の上で作者は強引に進めるしかなかったのである。

　六条院に引き取られた玉鬘は、

　　気色いと労《らう》あり、なつかしき心ばへと見えて、人の心隔つべくものしたまはぬ人のさまなれば、いづ方にもみな心寄せきこえたまへり。（胡蝶③一七四頁）

と、幼くして九州に下向してさまざまな苦労を経験したため人間ができており、しっかりしていて親しみ深い人柄であることが高く評価される一方で、「ひとへに、うちとけ頼みきこえたまふ心むけなど、らうたげに若やかなり」、「いとど飽かぬところなく、はなやかにうつくしげなり」、「殿は、いとどらうたしと思ひきこえたまふ」（いずれも胡蝶、傍点引用者）などと、その若々しい可憐さが強調され、源氏の恋情の告白に直面しても、

　　御年こそ過ぐしたまひにたるほどなれ、世の中を知りたまはぬ中にも、すこしうち世馴《な》れたる人のありさまをだ

に見知りたまはねば、これよりけ近きさまにも思しよらず　（胡蝶③一八九頁）

と、年齢が過ぎているわりに男女間のことについて無知であると説明されている。やや奇異な設定であることを自覚した作者がことさらに説明を加えている感がある。

そして、さらに奇異なのは、玉鬘が二十歳を過ぎてもまだ裳着を済ませていなかったということである。言うまでもなく裳着は貴族女性の成人式で、初めて成人女性の衣装である裳を着ける儀式である。年齢は一定しないが、だいたい十二歳から十四歳頃の間に行なわれた。玉鬘への恋慕の情を抑え難く苦悩する光源氏は、玉鬘を尚侍として冷泉帝に出仕させようと考え、彼女の素姓を明らかにするために裳着を行なうのを機会に、実父である内大臣に腰結いの役を頼んで父娘の対面を実現しようとした（行幸）。「とてもかうても、まづ御裳着のことをこそはと思して」と何気なく書かれているが、玉鬘が長く漂泊の身の上であったにせよ、二十三歳に至るまで裳着をせず童姿であったということは極めて異常ではなかろうか。

そのようなことはありえないという立場からか、「筑紫で求婚されていることを考えれば、すでにかの地で行なわれていた、とみるべきであろう」とする長谷川政春氏[4]のような意見もあるが、九州においてすでに裳着を済ませていたのならば改めて行なうまでもないであろう。倉田実氏[5]が「それまで玉鬘の面倒をみていた乳母たちが、その素姓を思い、実親と再会するまで、わざと延引していたのだと思われる」と言われるような理由で、裳着はまだなされていなかったと見るべきだろう。裳着は「配偶者の決まった時、または見込みのある時に行なうことが多」く、「これによって結婚の資格を獲得したことを意味する[6]」ので、乳母たちには筑紫の地で玉鬘を結婚させる気がなかったのだから裳着を行なわなかったのは当然とも言える。しかし、二十歳を過ぎても童のままというのはやはり尋常でなかろう。

それだけでも異常なのに、光源氏は玉鬘を六条院に引き取ってからも一年以上裳着を行なわなかった。源氏は玉鬘を引き取るに際し、「すき者どもの心尽くさするくさはひにて、いといたうもてなさむ」（玉鬘）と語り、好色者たちの気をもませる種としようと企む。適齢期の娘を得たことを公表して人々に求婚させたいのならば、すぐにも裳着を行なうのが筋である。竹取の翁もかぐや姫の髪上げと裳着を行ない、名付けをしてその存在を世間に披露した。源氏は裳着も済ませていない玉鬘に人々が求婚してくるのを楽しんだことになる。これは、物語の構想上、玉鬘の裳着を実父内大臣との対面の場に設定するという必要からことさら先延ばしされたものと考えねばならないであろう。作者は、玉鬘物語における懸案である実父内大臣との対面の場面として裳着を演出するために、裳着せぬ姫君への求婚譚という不自然に目をつむったのである。

『源氏物語』において、玉鬘の裳着が異常に延引されたのは、紫の上の裳着が源氏との新枕の後に急いで行なわれた（葵）のと並んで、実に奇異なことである。はたして当時の読者はこの不自然さをどのように受け取り、理解したのであろうか。

五　鬚黒大将との結婚——玉鬘物語の結末

さて、光源氏は、遅過ぎた裳着を行なうことで玉鬘と実父内大臣とを対面させ、玉鬘が実は養女であり源氏とは血のつながりがないことを世間に公表し、尚侍として出仕させた上で密会の機会を持ちたいと目論んでいたのだが、事態は思わぬ展開を見せる。熱心な求婚者の一人ではあったが、その無骨さを毛嫌いしていた鬚黒大将と玉鬘は結ばれたのである（真木柱）。詳しい経緯は記されないが、鬚黒は弁の御許《おもと》という女房をうまく抱き込んで手引きさせたようである。これには源氏は大いに落胆し、出仕を心待ちにしていた冷泉帝も残念がった。何より当の玉鬘自身この結婚が意に染まず、鬚黒を厭う。鬚黒には式部卿宮の娘で紫の上の異母姉である北の方がいたが、物の怪のため精神が正常でなく、玉鬘のもとへ出かけようとする鬚黒に錯乱して火取の灰をあびせかけるという事件が起き、鬚黒が愛想を尽かすと、父式部卿宮は激怒して北の方を自邸に引き取る。玉鬘はこのような家庭問題を抱えた男の後妻となったのである。

はかなく命を失った夕顔に同情する読者は、せめてこの人だけは幸せになってほしいとその遺児の将来に望みを託す。幼くして両親と別れた玉鬘は九州の地にさすらって苦難の少女時代を過ごしたが、美しく成長して光源氏に見出され引き取られるという幸運を得た。そこで読者は玉鬘がいかに幸せな結婚をするかと期待する。多くの貴公子たちが求婚する中でも蛍兵部卿宮が有力候補となる。養父の源氏が恋慕の情を口にするのには困惑するが、玉鬘は源氏と瓜二つの冷泉帝の姿を見て心惹かれる。読者は当然、この三人の誰かと結婚するであろうと予想するが、求婚者の中で最も嫌悪していた鬚黒大将と結婚してしまったことで、源氏や冷泉帝、そして玉鬘自身とともに落胆する。やはり玉鬘は所詮幸福にはなれない身の上なのかとつくづく思ったりもする。

しかしながら、鬚黒との結婚は、玉鬘にとって決して不幸な結果にはならなかった。無骨だが実直な鬚黒は玉鬘を誠実に愛し、先妻の息子たちも玉鬘になつく。やがて玉鬘は鬚黒の子を産み、政界に信望厚い夫の正妻（鬚黒は先妻とは事実上離婚したようである）として安定した生活を得る。当初の予定に従い冷泉帝に尚侍として出仕したが、鬚黒に連れ戻されたため、以後は主に自宅勤務型の尚侍として務めを果たしたようで、玉鬘は主婦業のかたわら尚侍としての仕事もそれなりにこなした。「気色いと労あり、なつかしき心ばへ」で、「才《かど》めいたるところぞ添ひたる」（胡蝶）と評され、快活で親しみやすい性格と、苦労人ゆえの冷静で聡明な判断力を備えた玉鬘は、家庭でも公職でも賢くふるまうことができたのである。若菜上巻では、玉鬘は源氏の四十賀を人に先んじて主催し、鬚黒は玉鬘の産んだ子供たちを得意満面で源氏に見せる。夫との関係も養父源氏との関係も円満であるさまを読者に見せつけている。玉鬘はその前半生において誰よりも数奇な運命を辿《たど》ったけれども、結果として幸福な結婚をして安定した後半生を送ったのだと、読者を安心させるのである。「女の御心ばへは、この君をなん本《もと》にすべき」（藤袴）と讃えられた玉鬘は、女人のひとつの理想像を示しており、人柄がよく賢い女性はやはり幸せな結婚生活を送ることができるのだと読者を納得させる展開になった。こうして玉鬘の物語はハッピーエンドを迎えるのである。

六　竹河の巻の存在とその意味

若菜上・下巻において鬚黒の妻として安定した暮らしぶりを見せた後、柏木の巻で兄柏木の死を嘆く姿に言及されるのを最後に、玉鬘は『源氏物語』正編からは退場する。このまま終われば、玉鬘の物語は、数奇な運命に翻弄された末に幸福と安定を摑む物語として見事に完結した。ところが、幻の巻で正編が終わった後、「宇治十帖」への繋ぎとなる「匂宮三帖」のひとつ竹河の巻に、玉鬘のその後が詳しく語られるのである。

竹河の巻では、鬚黒はすでに亡く、未亡人となった玉鬘が、三男二女を抱えて、子供たちの処遇、とりわけ二人の娘の結婚問題に奔走し、一喜一憂するさまが描かれる。鬚黒大臣家の北の方としての生活の安定も幸福もどこへやら、主人亡き後衰退していく家運の中で、世の変転を愁嘆する姿が読者に衝撃を与える。そして読者は、やはり玉鬘の人生は幸福なままでは終わらなかったのだ、人の世はかくも厳しいものかと痛感させられるのである。

「後大殿《のちのおほとの》わたりにありける悪御達《わるごたち》の落ちとまり残れるが問はず語りしおきたる」という設定で語られるこの巻は、

文章の稚拙さや粗雑さなどから紫式部の作ではないという説もあるのだが、おそらくは正編の物語を書き終え「宇治十帖」の構想を暖めている間に、玉鬘のその後を知りたいという一部読者の要望に応えて、番外編としてやや気楽に書かれた巻なのではないかと思う。読者はあるいは玉鬘の幸福な暮らしぶりが描かれることを期待して執筆を求めたのかも知れないが、作者はそれには従わなかった。幸福だったはずの玉鬘が後年に苦悩する姿こそが人生の真実なのだと主張したのである。これも作者の意図した玉鬘物語の帰結の形なのであった。

注

（1）藤井貞和氏「玉鬘」「別冊国文学」№13『源氏物語必携』（一九八二年　学燈社）。
（2）平井仁子氏「玉鬘」『源氏物語講座』２「物語を織りなす人々」（一九九一年　勉誠社）。
（3）森岡常夫氏「源氏物語における玉鬘」『源氏物語の考究』（一九八三年　風間書房）。
（4）長谷川政春氏「さすらいの女君」『講座　源氏物語の世界』第五集（一九八一年　有斐閣）。
（5）倉田実氏「玉鬘の裳着──養女となる次第──」『王朝摂関期の養女たち』（二〇〇四年　翰林書房）。
（6）中村義雄著『王朝の風俗と文学』（一九六二年　塙書房）。

第四章　『雲隠六帖』は『源氏物語』の何を補うか

はじめに——『雲隠六帖』とは

中世物語『雲隠六帖』は、『源氏物語』に描かれなかった光源氏の出家から死にいたるまでの経緯と、夢浮橋の巻以降の薫と浮舟、匂宮と中の君らの動向を語っている。巻名のみで本文の伝わらない雲隠の巻の内容を実際に書いて見せるとともに、完結しないまま閉じたかに見える「宇治十帖」のその後をも記したわけで、光源氏の物語たる『源氏物語』正編および薫・匂宮と宇治の中の君・浮舟の物語である「宇治十帖」の続編として、登場人物たちのその後を知りたいという読者の欲求や好奇心に応えるべく作られたものと思われる。六帖に仕立てたのは、『源氏物語』を天台六十巻になずらえて巻数を合わせようとしたようだが、「雲隠」の巻を含めて六巻にしたため、合わせても五十九巻にしかならない。しかし、だからと言って「雲隠七帖」とするわけにもいかないので六帖にとどめたのだろう（若菜の巻を上・下に分けて数えれば六十巻になるという計算があったのかも知れない）。各帖には「雲隠」以下、「巣守」「桜人」「法の師」「雲雀子」「八橋」の巻名が付けられ、「雲隠」と「巣守」の前半が幻の巻の続編、「巣守」後半以降が「宇治十帖」の続編にあたる。

『雲隠六帖』は、『鎌倉時代物語集成』全七巻・別巻一（一九八八〜二〇〇一年　笠間書院）に収められ、現在刊行中の「中世王朝物語全集」（一九九五年〜　同）のラインアップにも加えられており、近年は中世王朝物語の一作品として扱われる傾向があるが、もともとは『源氏物語』享受史における一資料として研究されてきた。『源氏物語』を受け継いで書かれた作品ではあるが、各巻は非常に短く、筋の展開が急であらすじを追っているだけの感があり、登場人物の心理のひだや自然の描写などはほとんどなく、生硬で粗い文章は王朝物語の情趣にはほど遠い印象がある。全編を通じて仏教的色彩が濃いこともあいまって、擬古物語というよりは御伽草子の文体に近いように見える。だから、広義の御伽草子に分類すべき作品とも言え、御伽草子が量産された室町時代後期に成立したと考えてよさそうである。しかしながら、広義の御伽草子を集成した『室町時代物語大成』全十二巻・補遺二巻（一九七三〜一九八八年　角川書店）に採られていないのは、やはり『源氏物語』享受史研究のための資料という認識が強かったためではないかと思われる（神田龍身・西沢正史編『中世王朝物語・御伽草子事典』〈二〇〇二年　勉誠出版〉では、中世王朝物語・御伽草子のどちらにも『雲隠六帖』は採り上げられていない）。

たしかに『雲隠六帖』は中世における『源氏物語』享受の様相を示す資料として、古注釈書や梗概書の類と同列に扱われてきた傾向があり、独立した文芸作品とは見なされてこなかったという事情がある。それと、『雲隠六帖』がまともな作品として取り扱われてこなかったもうひとつの理由は、『源氏物語』に本来あるべきでない巻を捏造して付け加えた偽作であり、文学史の表舞台には出せない偽書であるとされてきたことであろう。しかし、近年、偽書や仮託書といった正統な文学史からはみ出す存在とされてきた作品群にも研究の光が当てられるようになり、その価値や意義が見直されるようになってきた。そんな気運を受けて刊行された『日本古典偽書叢刊』全三巻（二〇〇四～二〇〇五年　現代思潮新社）に『雲隠六帖』も収められ、今西祐一郎氏によって初めての注釈が付されたのは記憶に新しいところである。

そのような研究動向の中で、『雲隠六帖』の文芸作品としての評価を見直すべき時期がきているように思われるのだが、やはり『雲隠六帖』は『源氏物語』と切り離して単独で評価することはできない。『源氏物語』をどのように受け継ぎ、何を補おうとしたのか、そしてそれによって『源氏物語』の世界をどれだけふくらませることに成功しているかが評価のかぎになると思われる。

本稿では、改めて『雲隠六帖』各巻の内容をたどりつつ、『源氏物語』の補作・続編としてどのような新たな世界を構築し得ているかを考えてみたいと思う。

一　二系統の伝本 ―― 流布本系と異本系

『雲隠六帖』の諸伝本は、大きく二系統に分かれることが知られている。すなわち、近世に版本として流布した流布本系統と、写本のみで伝わる異本系統の二つである。両者は、話の筋は変わらないものの、文章の細部にはかなりの異同があり、作中和歌の数（流布本系二十九首、異本系三十五首）や歌詞にも相違がある。吉田幸一氏[1]の調査によると、流布本版本には、上方版（無刊記本・延宝五年版二種）と江戸版（延宝四年版・同九年版・天和二年版）の二種類があって、挿絵の数や図柄に違いがあるという。一方、異本系統の写本は、早くに愛知県立大学附属図書館蔵本が翻刻紹介されたが、小川陽子氏[2]の調査によれば、他に、立花和雄氏蔵本、早稲田大学図書館九曜文庫蔵本、同玉晃叢書本、内閣文庫蔵本、天理図書館蔵本、蓬左文庫蔵本の存在が知られ、計七本確認できる由である。

流布本と異本二系統の本文上の大きな異同については、山岸徳平・今井源衛両氏が(3)、「その異同の部分は、おおむね異本の方が際立って仏教的色彩が強烈であり、仏教的談義に詞を費やし、あるいは、神秘的要素が濃いといえよう」と指摘されている通り、「雲隠」「巣守」「桜人」「法の師」の各巻において、異本系には流布本系にない長文の仏教的言辞が存するのが特色である。ただし、末尾の「八橋」の巻においては、逆に流布本系の方に異本系にない仏教的議論が記される。なぜ「八橋」の巻だけがそうなっているのか疑問であるが、それについては後で考えてみるつもりである。

こうした流布本系と異本系の前後関係について、山岸・今井氏は、「語彙の端々を見ても、異本が流布本よりも一段と時代の下ったものかを思わせるのであり、和歌の比較からもその事は大体いえる」と言われ、「流布本の成立はおおむね南北朝以降室町時代に属するであろうことは定評であるが、異本の成立はさらに時代的に下ったものであろう」と説かれた。この考えを受けたものか、本位田重美氏も(4)、異本系について、「成立は流布本より更に下ると思われる」と言われている。ただし、山岸・今井氏は、「ただ、現行の流布本の形から、直ちに異本が生れたかどうかは何ともいえないし、むしろ両者の祖型を想定する事が穏当であろう」と結論づけられている。

これに対し、吉田幸一氏は、「この流布版本の「雲がくれ六帖」の本文は、別本の本文に比べ、単なる異本関係という程度のものではない。別本に基づいて全文を仮名草子風に書き改めたものであり、その上に、それを韜晦するために、故意にいわゆる偽跋を書き添えたものと見ることができる」と言われ、その偽作者は、流布版本に添えられた注釈書『源氏雲隠抄』の作者である浅井了意であろうと考えられた。すなわち、「了意は唱道家だけあって、漢語、仏語や仏説に関しては詳しい。その蘊蓋《ママ》の一端が、「雲隠抄」を生み、また別本系「雲がくれ六帖」ができたのではないか」と言われ、さらに、「果して然らば、流布版本の六帖は、別本の六帖よりも、より仏教的語彙を多用した作品であることと併せて、浅井了意の擬作と見てよいのではないだろうか。とすれば、これは、広い意味の仮名草子の範疇に属する作品であることになって、別本六帖とは異質の作品として、はっきりと区別して見なければならぬことになる」とまで述べておられるのである。

ただし、仏教語彙の多用は、「八橋」の巻を除いてむしろ異本系の本文の特徴と言え、吉田氏の論拠には疑問を感じざるを得ないのだが、小川陽子氏は、吉田氏の浅井了意改作説を再検討して、吉田氏が論拠とされた近世の書籍目録の記載は、版本『雲隠六帖』の作者を了意としているのではなく、添付の『雲隠抄』の編者が了意だと言っているに過ぎないこと、流布本の本文と『雲隠抄』の注釈の間には齟齬が見られるので同一人の手になるものとは考え難いことなどから、了意改作説を斥けられた。そして、両系統がそれぞれに有する巻末の識語（奥書と言うべきか）を検討した上で、「両者の祖型を想定する事が穏当」と言われた山岸・今井説を支持され、「物語本文・識語の共通祖形からそれぞれに展開した結果、現在のような二種類の本文・識語にいたった」と想定された。これは妥当な見解であり、二系統に分かれる前に共通する祖形があったことは動かないだろうと思う。

小川氏は、流布本系（氏は一類本と呼ばれる）と異本系（同じく二類本と呼ばれる）各本文の特色として、次のようなことを挙げられる。

・一類本（流布本系）――「単純な誤脱も散見するものの待遇表現には敏感であり、『源氏物語』をはじめ、和歌・漢詩・仏教説話などを積極的に摂取した本文である」、「その改作にあたって先行表現の摂取に力を注ぎ、それによって登場人物の心情等に奥行きを与えることを目指した本文と見ることができる」

・二類本（異本系）――「説明的叙述の増補に力を入れている」、「物語の筋をよりわかりやすく展開することに主眼を置いて成立したものである」

単純に言えば、文芸的側面では、典拠のある表現を多用し、心情描写に重きをおいた流布本系本文がすぐれている一方、文脈のたどりやすさや内容の理解しやすさでは異本系本文の方がまさっているということになろう（ただし、異本系に増補されたと見られる仏教談義の部分は極めて難解である）。言い換えれば、異本系の方が改作の度合いが低く、より原形に近いということになりそうである。

そこで、本稿では、主に異本系の本文に拠りつつ、適宜流布本系の本文も参照することにする。異本系本文の引用には『鎌倉時代物語集成』第七巻に翻刻された本文（底本は愛知県立大学蔵本）を用い、流布本系は、基本的に山岸・今井氏編の『山路の露・雲隠六帖』に翻刻された本文（底本は国立国会図書館蔵延宝五年刊本）を用いる。ただし、句読点など表記の一部を私に改めることがある。また、本文の疑問箇所には適宜傍注を施した。

二　「雲隠」の巻――光源氏のその後の物語

最初の巻は「雲隠」で、これは巻名のみあって中身のない『源氏物語』の雲隠の巻を意識した巻名であること明白である。冒頭の、「かくて、正月の御心をきてなど、れいよりもいとこまかにの給をきてければ、人々もたのもしう見たてまつるに」云々とある記事が、『源氏物語』幻の巻末尾の「朔日《ついたち》のほどのこと、常よりことなるべくとおきてさせたまふ。親王《みこ》たち、大臣《おとど》の御引出物《ひきいでもの》、品々《しなじな》の禄《ろく》どもなど二《に》なう思しまうけてとぞ」(5)とあるのをそのまま受け継いだ記述であることは諸家の指摘するところである。幻の巻の終わりから匂宮の巻の冒頭「光隠れたまひにし後《のち》」までの間の出来事、すなわち光源氏の出家遁世から死去までの経緯が「雲隠」の巻には語られるのである。

ついたち、とら一といふに、惟光《これみつ》が子にこれひでとて、御かたはらさらずめしつかはせたまふをぞ、只一人御ずいじんにて、又をかべとて、としごろむつましくしたまふ御《ご》ぜんばかりめしぐして、むかしおぼゆるあじろ車のなれたるに、したすだれかけて、「ただ、こゝもとに、人に物きこゆべきを」とて出たまふ。

五十三歳になった正月元旦の寅一つの刻（平安朝の時刻制度では寅の刻から一日が始まるとされたという。源氏は正月一日になるのを待って家を出たわけだ）に、光源氏は腹心の乳母子だった惟光の子惟秀（惟光は梅枝の巻で宰相になっていることに言及されて以来登場しない。すでに死去したか。梅枝の巻には惟光の子の兵衛尉が源氏の家人となっており、薫物を掘り出したりしている。惟秀はあるいはこの人をさすか）と前駆の岡部だけを伴って網代車で出発する。ちょっと近在の人に話があるのだと源氏は言うが、日頃のふさぎようを見ている供人たちは夜中の急な出立をいぶかり、「さても御車は、いづちへかを《(遣カ)》したてまつらん」と問うと、源氏は「山の御かたへ、申べき事あるを」と答える。「山の御かた」とは西山で出家生活をする朱雀院をさす。目的地が近づくと、源氏は供人に遁世・入山する意思を告げ、車を捨てて惟秀・岡部とともに徒歩で朱雀院のもとを訪ねる。

朱雀院は驚き迎えて久々の対面を喜ぶが、痩せ衰えた源氏の姿を見て涙を流す。歌を交わして、源氏は出家の決意を述べ、朱雀院は紫の上に先立たれたことで世の無常を知ったのだろうと源氏をいたわる。

六条院では、源氏の失踪が判明して、元日だというのに上を下への大騒ぎとなる。大将（夕霧）も中宮（明石）も嘆きに沈み、冷泉院はそのまま寝込んでしまう。源氏は昔から冷泉院の後見役であったが、実は我が子だという心中特別な思いがあったので、同じ宮仕えと言っても心の限り尽くしてくれたと回想し、「はゝ宮のぶくのうちに、かの御こと（源氏が実の父であること）はきゝしぞかし。いかにして御子になしたてまつらん（親王に復させること。あるいは「御子」は「御かど」の誤写で、即位させることか）とおもひしを、つゐにそのほゐもとげずして、かくむなしきさまになりたまへるぞ」と思うと、しばらくも俗世にとどまっている気がしなくなるのであった。

何とかして源氏の居所だけでも知りたいと思っていると、冷泉院はある夜の夢に、源氏が「山の御かどゝおぼしき所」で仏道修行をしている、そのかたわらに紫の上とおぼしき美しい女君が寄り添っている姿を見た。

以後、源氏は年に三回ほど、嵯峨の院や六条院をさし覗くことがあったが、誰もそれと気がつかなかった。二条院は、とりわけ亡き対の上（紫の上）が気に入っていた邸なので、月ごとの命日（十四日）には丑の刻になると訪れて昔を偲んだという。深夜のこととて、人目に触れることはなかったようである。

三年ほど経って、朱雀院が病に臥し、源氏と最後の歌を交わして二日ばかりで亡くなった。一人になった源氏は、ますます心を乱すことなく仏道修行に専念した。そして、その翌年、紫の上の七回忌についに出家を果たした。

それから六年、紫の上の十三回忌にあたる日、源氏は嵯峨の奥、往生が谷という所で入定しようと決意し、紫の上の墓に詣でる。源氏が詠歌すると、「そらにこゑありて」返歌が聞こえた。紫の上の声である。源氏は出家後もなお紫の上への執着心を残していることを自ら恥じる。

往生が谷では、最後まで源氏に付き従おうと惟秀が待っていたが、源氏は、「たゞにんげんのていたらく、風のさつくゝと吹たるあとをみるべし」と言ったかと思うと、行方も知れず、跡形もなく姿を消してしまった。惟秀と岡部は二人してただ泣くしかなかった。

源氏の最期は、跡も残さず風とともに去っていったように書かれている。あるいは吹く風になって姿を消したと読めるかも知れない。これを飛仙となったと解することが多いが、はたして源氏は仙人となって雲に乗って飛んで行ったのだろうか。遺骸も残さずに姿を消すというプロットは、中世王朝物語の『海人の刈藻』にもある。比叡山で出家し修行生活をしていた新中納言が、「三月十五日、有明の鐘の声ほのかに聞こえて、かうばしき香満ち満ちたるに、おどろきて、障子引き開けて見給へば、骸だにもなく、はや紫雲に移り給ひぬ(6)」という姿が同行の聖に見えた。この場合は、はっきりと来迎のさまが描かれているから、新中納言は自ら安養世界と称する極楽浄土に往生したこと疑いない。しかるに、「雲隠」の光源氏は、入定を企図しながら、行方も知れず、風のごとくに跡を残さず去って行った。仙人になったのか極楽往生したのか、読者にはわからない。まさしく「雲隠れ」である。作者は光源氏の最期をわざと謎めかして描いたのだろう。それを異本系統では、「げんじは、しやうずる所はれきぜんなれども、しするさかいを見せぬは、なに事も、人間にありとある事はれきぜんなれども、つゐにそのはてをしるものなし。たゞ本来のめんもく、かくのごとし」と説明するが、本来の作者の意図は別のところにあったかも知れない。

山の院に戻ったのかと、惟秀らは西山の故朱雀院の住みかへ行ってみるが、誰もいない。そこで、昔を懐かしんだ二人は、冷泉院のもとに参って源氏終焉のさまを報告する。院は源氏が失踪した時に続いて再び心を惑わし、惟秀に源氏の最後の言葉を尋ねるのだった。

「雲隠」の巻は『雲隠六帖』の諸巻の中でも最も長く、源氏の失踪から死去まで、十二年間のことが描かれていて、なかなか読み応えがある。稲賀敬二氏(7)は、「雲隠」の巻の記事が、源氏が晩年の二、三年間出家して嵯峨院に隠棲していたとある宿木の巻の叙述とは齟齬するものの、現行の竹河の巻や匂宮の巻とは年立上の矛盾がないことを指摘され、「後人の作とはいえ、作者は雲隠巻の首尾を、このような綿密な計算のもとに行なったのかどうか、一応注意を払っておくべきことであろう」と言われている。おそらく作者は、「雲隠」の巻の執筆には最も慎重を期し、力を尽くしたことであろうと思う。

ところで、小川陽子氏は、「雲隠」の巻に関して、「物語が展開し、光源氏が新たな局面へと向かう節目は、ことごとく紫の上に関連づけられているのであり、光源氏の死と共に、紫の上への強い関心がこの巻の基本にあることがうかがえる」と言われ、「雲隠巻は、亡き紫の上の存在を強く意識しつつ出家、悟りへと向かう光源氏の姿を描いた。これが六帖の始発であり、後続の巻々はこれを受け継いでいくこととなる」と述べられた。もっともな見解であり、御法の巻における紫の上の死と、幻の巻における光源氏の紫の上追憶の日々を直接継承した「雲隠」の巻であれば、源氏の最晩年の生活に紫の上が大きく影響を及ぼすのは当然としても、以後の巻々でも、主に匂宮の意識の中で紫の上が陰に陽に影響力を発揮するのは、『雲隠六帖』作者の強い関心が紫の上に注がれていたことをうかがわせるに足りる。桜井宏徳氏[8]が、『雲隠六帖』にとっては、そうした絶対的なまでの紫の上至上主義こそが物語の一貫性を支えるほとんど唯一の論理であったことを、けっして看過してはならないであろう」と言い、「「宇治十帖の書継ぎ」である『雲隠六帖』はまた、一面においては確かに、「紫の上の物語」というべきものとしてあったのである」と述べられているのも、納得のいくところである。ただし、あくまで「一面において」であって、『雲隠六帖』の主題のすべて、あるいは最大の主題がそこにあるとまでは言えないだろう。

それよりも、「雲隠」の巻の記述の中で注目したいのは、光源氏と兄朱雀院の関係である。源氏は、遁世を決意して家を出るに際して、西山で修行生活を送る朱雀院を頼り、院のもとに身を寄せる。「はるかに久しき御たいめんを悦たまふ事かぎりなし」とあるが、『源氏物語』本編の記述による限り、源氏と朱雀院がまみえたのは、柏木の巻で女三の宮を心配して六条院に微行し、懇願する女三の宮を出家させ、断腸の思いで山に帰って行く朱雀院を源氏がこれまた断腸の思いで見送ったのが最後である。この時源氏は四十八歳だったので、以来五年の月日が経っている。

こうして西山で起居をともにしつつ仏道修行を始めた二人であるが、朱雀院は源氏との兄弟水入らずの暮らしをとてもうれしく思ったのだった。「かくて山には、御ふたりうちかたらひ給て、世中には物おもひのくさはひになり給へども、あるじの院は、かゝるかたにてもへだてなくてすぐしたまふ、いとうれしき事におもひ給ける」とある。朱雀院は、最愛の娘女三の宮の幸せを願って源氏に降嫁させたのであったが、期待とは裏腹に、源氏の愛情を得て幸福になるどころか、若いみそらで出家させてしまった。心中いかばかり源氏を恨んでいたことであろうか。

思えば、朱雀院の半生は常に弟の源氏と引き比べられ、その凡庸さ、気弱さばかりを露呈することの繰り返しであった。少年時代は、父帝の愛情は常に光源氏母子にあって春宮の地位も危ぶまれる状態にあり、長じては朧月夜を寵愛するも彼女の心は光源氏にあった。帝位に即いても、源氏を須磨・明石に追いやっていることを亡き父院に夢で叱責され、あわてて召還の宣旨を発する始末。容貌・才覚・人望すべてにおいて弟にはるかに劣り、兄としてのプライドも誇りもほとんど感じられずに生きてきた。弟を頼りにすることはあっても、弟に頼られるということはついぞなかったのである。

ところが、ここにきて、源氏は朱雀院を頼って身を寄せてきた。気が強ければ何を今さらと反発もしようが、根が心優しく人のよい朱雀院である。弟が自分を頼ってきたことを心底うれしく思い、これまで抱いてきたわだかまりはすべて忘れて源氏にうちとけたのではなかろうか。「雲隠」の巻は、光源氏と朱雀院兄弟の和解と宥和を描いた巻だと言ってよかろうと思うのである。

ただ、朱雀院は法の師として源氏をいつもリードし、兄として修行者の先達として面目を施していたかと言うと、それは少々心もとない。ともに修行生活を始めて三年が過ぎ、朱雀院が病に臥した際、「しばしもひとりとゞまらんが、心ぼそくも侍べきかな」と源氏が気弱なことを言うと、院は「しばしだにもとのしづくとゞまらばするゐばの露のあとをことゝへ」と詠んで、しばらくの間でも生き残ったら自分の菩提を弔ってほしいと頼む。すると源氏は、死後のことに思いを残すとは何たる心がけかと院を非難するのである。「よをそむき給て、とし月なにをか心がけ給けん」と手厳しく、「返ゝ、たゞいまなりとも、御心をおこし、よく〳〵おもひおさめたまへ」と強く諭す。どちらが兄で先達なのかわからないありさまなのである。修行の成果である悟りという点でも朱雀院は源氏に劣っていたわけで、ここに至っても朱雀院にとって源氏は頭が上がらない存在なのであった。

ところで、先述のごとく、光源氏は朱雀院崩御の翌年、紫の上の七回忌の日に出家する。それまで四年以上の間、源氏は出家をせず「うばそくのゐん」でいたのである。出家を志して入山したはずなのに、なぜ源氏は出家をせず俗体にとどまっていたのだろうか。その辺の事情は明確でないのだが、異本系本文によると、どうも朱雀院が出家させなかったようなのである。源氏が朱雀院のもとに来た時、院は歌を交わして源氏が紫の上を失って世の無常を知ったのだろうと推測し、「いまはかけても、そのうへさはせじ。中〳〵あなたのためもいとおし」と思って涙ぐんだというのである。この部分、流布本には「かけてもそのうへなとは言ひいたさし、中〳〵あたな《ママ》のためもいとおし」とあって、今西祐一郎氏[9]の解かれるように、「仮初めにも紫の上のことなどは話題にすまい、なまじ口に出しては（源氏の未練の原因となっているという）紫の上の不名誉になって気の毒だ」のような意味になろうかと思うが、異本系の本文に従えば、「今は決して、この上に出家まではさせまい。出家させてしまっては、かえって源氏に追慕されている紫の上のために気の毒だ」というような意味になるのではないかと思う。つまり、源氏が出家するには当然自分が戒師を務めることになるが、亡き紫の上のためにも、源氏には遁世の上に出家まではさせまいと思ったというのである。出家してしまうと、妻として紫の上を追慕するということがなくなることを惜しんだのであろう。朱雀院はここで初めて、自らの意思で源氏に対して影響力を発揮し、出家を思いとどまらせたのであった。しかし、『雲隠六帖』が描く朱雀院は、最後まで心優しく気が弱い、生来の性格のままであったと言ってよい。

このように、「雲隠」の巻で作者は『源氏物語』本編で描かれることのなかった源氏と朱雀院の宥和と心の交流を描いて見せているのである。

三　「巣守」の巻 ―― 冷泉院の出家と薫・匂宮のその後

第二「巣守」の巻の冒頭は、「雲隠」の巻をそのまま承けている。光源氏の死去を恋い嘆く人々の中でも、とりわけ冷泉院の悲嘆は大きく、「さらば、世をやそむかまし」と出家を考えるが、いまだ後見を持たない女一の宮（弘徽殿の女御腹）や幼い御息所（髭黒の大君）腹の姫宮・若宮らのことを思うと躊躇され、「ものごとのみすてがたきにほだされてわれぞすもりになりぬべらなる」と詠む。しかし、「かくおもふも、いとぬるき心ぞかし」と自省し、「この世をいとひはなれてしがなと、御心ひとつにのみあかしくらし給」うた結果、悟りの境地に達し、「わか宮ひめ宮など、なべて御心に入たるけはひもなく、むつましとおもひたてまつり給ひし女御后《にようごきさき》も、なにともおもひ給はず」となって、「つゐに御ぐしおろし」、修行生活に入ったのであった。

小川陽子氏は、「巣守巻の中心は冷泉院の内省と受戒にあると言えよう」と言われ、『源氏』御法巻で亡くなった紫の上を偲んで内省し悟りへ至る光源氏を描く雲隠巻に続き、その雲隠巻で亡くなった光源氏を偲んで内省し受戒へと至る冷泉院の姿が巣守巻では主として描かれる。人の死が、次の巻において縁者の仏道への機縁となり、その仏道への過程が巻の中心となる。そこには雲隠巻で示された物語の方向性がたしかに受け継がれている」と述べられて、作品『雲隠六帖』の主題と方法を提示される。首肯すべき見解だが、ここでは、光源氏の死去が機縁となって仏道に導かれたのが、他ならぬ光源氏の罪を背負って生まれてきた冷泉院であることが重要であろう。冷泉院の受戒入道は、光源氏の犯した罪の精算であり、罪の子たる冷泉院の自己救済となるのであろう。『雲隠六帖』は、『源氏物語』が語り残した光源氏の贖罪を語って、光源氏の物語にけりをつけているのである。

ここで「巣守」の巻は終わってよいのだが、話はいきなり、薫と浮舟のその後に移る。すなわち、幻の巻の後日談から「宇治十帖」の後日談へと切り替わるのである。

薫は浮舟を小野から迎えとり、還俗させて、かつての匂宮との三角関係で妬ましく思っていた心も失せて、万事思いのままと涼しい境地になったと言う。いかにも唐突な感は免れないが、冷泉院の受戒が語られた後に薫に話題が移るのは、『源氏物語』におけるもうひとりの罪の子薫の救済が次には語られるのではないかと読者に予感させるものである。

あれほどかたくなに薫との対面を拒否していた浮舟を、どのようにして引き取り、しかも還俗させることに成功したのか（『山路の露』を経ているとすればいっそうその感が強い）、薫の愛人として宇治に隠し据えられていながら匂宮と通じ、匂宮に心惹かれていた浮舟を妬ましく思う気持ちを薫はいかにして解消しえたのか、それらはいっさい語られない。薫の心境の変化については、草子地で「いかにおぼすかと、いとしりがたし」と言って、説明を放棄した体である。

以下、物語は急速に展開する。

うちの御かど、やう〳〵おりゐの御心ちかくなり給ても、「あはれ、二の宮のおはせ《（ま脱カ）》しかば」と、御かど、后、御心のはるゝよなくぞこひかなしび給ける。

今上帝は譲位の意向を強くするが、次の春宮候補であった二の宮が亡くなったらしく、母后（明石中宮）とともに恋い嘆くばかりであった（今上帝の二の宮は、匂宮の巻において「次の坊がねにて、いとおぼえことに重々しう、人柄もすくよかになんものしたまひける」と言われ、将来を嘱望されていた。蜻蛉の巻で亡くなった蜻蛉の宮に代わって式部卿になった由が見えるが、以後物語には登場していない）。そこで、二の宮に代わって三の宮（匂宮をさす。異本系諸本「二の宮」とあるが、「三の宮」の誤写と見るべきこと、小川陽子氏の論に詳しい）を次期春宮とする意向が伝えられると、春宮は、「むかしより位など、さらにのぞみなし。ことにざえなどいふ事、いとたどくしきなり。おなじ事、三の宮を御子とはさだめたてまつりたまへ」と言って、自分はもともと帝位など望んでいないし、才学もないので、同じことなら三の宮を帝（「御子」は「御かど」の誤写か）と定めてほしいと即位を強く辞退する。もともと帝も后もそれを望んでいたので、すんなりと三の宮に譲位が決まったのであった、匂宮帝の誕生である。

たとえ二の宮が亡くなったにせよ、春宮が即位を辞退し代わって匂宮が即位するという展開はあまりにも強引で無理な設定であるとの批判がある。作中でもそれを恐れてか、帝は春宮の辞退申し出に対して「いかで、さかさまなる事は」と難色を示すのだが、春宮は兄惟喬親王をさしおいて弟の清和天皇が即位した例を持ち出して説得する。清和天皇即位を先例とするのは無理な話で、桜井宏徳氏が言われるように小一条院の春宮辞退あたりが先例にふさわしいのだが、史実を離れて物語では、たとえば『あきぎり』において、帝の意向は二の宮にあったが、順序に従って兄一の宮が春宮になったものの、春宮は「今一二年も過ぎなば、我は降りゐて、位を譲り奉らん」(10)と思っていたとの記述があるし、匂宮の唐突な即位についても、『狭衣物語』の主人公が天照神の神慮とは言えいきなり帝位に即くことなどがあるので、それほど突飛なこととも言えない。『雲隠六帖』は短い文章で筋を展開させるのに急なので、あまりに強引に見えてしまうだけなのではなかろうか。

続いて薫の内大臣就任、宇治の中の君が藤壺の女御となって、さらに立后したこと、夕霧の六の君が承香殿の女御となったことなどが語られる。

次に、式部卿の姫君が明石中宮のもとに宮の君と称して仕えていたのを、兵部卿時代の匂宮が執心していたのだが、浮舟を寝取られた時の苦しみを思い知らせてやろうと、薫は宮の君に言い寄って自分のものにした。ところが若君が誕生するに及んで、もともと匂宮の心を乱してやろうとしたことゆえ処置に困っていたところ、匂宮が即位し、宣旨となるべき女房を求めていたので、薫は進んで宮の君を匂宮帝に譲った。匂宮帝は、心中妬ましく思いつつも宮の君を宣旨として「三位の君」と呼んだという。内省的人物であるはずの薫のふるまいとしてはやや違和感があるが、これは薫の匂宮に対する復讐譚であり、浮舟をめぐる三角関係のわだかまりが依然大きいことを示している。このことは、次巻「桜人」の巻で語られる、薫と匂宮の和解への伏線となっていよう。蜻蛉の巻で挿話的に語られる宮の君の話を持ち出し、その後を語る作者の手腕は評価されてよかろう（宮の君については『山路の露』でも触れられ、「宮の君にも程なく語らひ寄り給ひて、例の、しばしは花やかに思したりしかども、今はさしもあらぬにや」[11]とあって、匂宮がしばらく寵愛したが、やがて熱がさめてしまったとあり、『雲隠六帖』とは異なる展開である）。

薫は女二の宮と浮舟をともに愛し、人々を感心させた。藤壺中宮の後見もつとめ、お忍びで中宮に対面して往事を回想することもあった。それにつけても思い出されるのは亡き大君のことであった。中の君の立后・繁栄の記述は、浮舟のその後とともに、『源氏物語』が「宇治十帖」で語り残した重要な読者の関心事に応えることなのであった。

四　「桜人」の巻 —— 薫と匂宮の和解

第三「桜人」の巻は、匂宮帝による紫の上追慕から始まる。「あはれ、おはします世なりしか（せカ）ば、いかにかひあるさまにみあつかひ給はまし」と、もし存命なら、はからずも帝位に即いた自分をどんなにか喜んでくれるだろうかと紫の上を偲んでいると、夢に生前の姿のままで現れ、「きみがあたりさらぬかゞみのかげそひてくもりなき世を見るがうれしさ」と詠んで、匂宮の即位を喜び、満足感を示す。紫の上の袖を引こうとしたところで目が覚めた匂宮は、「藤つぼの后《きさき》、かの御おもかげにかよひ給けりと、年頃もおもひわたりしかども、ぶんみやうならざりしが、ゆめのうちながら、いとよくこそおぼえ給へ」と、宇治の中の君が紫の上に似ているとかねがね思っていたが、夢の中の紫の上はまさによく似ていることに気づいた匂宮は、ひとしお懐かしくなって藤壺を訪れる。中の君の容貌が紫の上に似ているという記述は『源氏物語』にないので、読者はやや意表をつかれた思いになる。そして、匂宮の中の君への執心の裏には亡き紫の上への〈はは〉恋いがあったのかと、はたと膝を打つ。三田村雅子氏[12]は、「匂帝の中君寵愛も紫上の面影に似ていたからと改めて意味づけられ、新しい形代物語が再出発する」と言われているが、匂宮帝と中の君中宮との恋物語がこれ以上発展する余地はないので、「再出発」ではなく、読者の立場からは「再発見」とでも言えようか。薫による大君の形代物語としての中の君・浮舟物語の背後に匂宮による隠された形代物語があったことをここで再発見させられたわけである。

さて、匂宮帝が藤壺で中宮と琴の演奏を楽しんでいると、そこへ薫内大臣が訪れる。匂宮帝は御簾の内に招き入れ、「むかしものがたりなど、いとこまやかにきこえ給ふ」。「かたみにあさからぬ御なからひながら、したにはおもひむすぼほれ給ふ事やありけん、御心のうちどもはしらずかし」とある草子地は、この時点でまだ二人の間に心のわだかまりが澱《おり》のようによどんでいたことを示唆している。ここで匂宮帝は、かつて浮舟をめぐって薫と張り合い、争ったことを言葉を尽くして詫びる。「そのよのとがは、さながらへだてずいふになん、ゆるし給へ」と涙ぐみつつ陳謝する匂宮の謝罪を薫も受け入れ、「なにかその過にし事を、ふたゝびの給ひいづべき。みななにごとも、さるべきにはんべらめ」と、すべてを水に流して許す意を表明する。ここで二人は心からの和解を実現したのである。

　これこそ、浮舟生存の知らせを聞いた薫が匂宮の耳に入ることを警戒したまま終わった「宇治十帖」が語り残していた重大事なのであった。

　「桜人」の巻は、続いて、薫が八の宮・朱雀院・大君の忌月を忘れずに菩提をとむらい、浮舟の継父常陸の守（正しくは介）、母中将の君、弟小君らを厚く遇したことを述べる。そして、二月、匂宮帝が花見のために六条院に行幸した時、花の陰から夢に見た通りの紫の上の姿が現れて、「あだし世とおもひなはてそさくら人ちるてふことはよのし（たカ）めしなり」と詠んで、釈尊涅槃の例を引いて世の無常を説き、「ゆめ〳〵たかき位に御心とゞめたまふな」と、俗世への執着を戒め、仏道に誘う。桜井宏徳氏が、「匂宮の王権の保証者である紫の上が、同時に天皇たる匂宮の導師でもある」と説かれる所以である。そして、紫の上は「もとよりもむまれてこねばいまも又たづねゆくべきふる里もなし」と詠んで、往生の素懐を遂げたという。匂宮の導師の役割を終え、これで再び夢にも姿を見せることはなくなったということだろう。『雲隠六帖』の語る紫の上物語はここで終焉を迎える。

五　「法の師」の巻 ―― 薫と浮舟の出家

薫内大臣は月日とともに厭世感を強めていたが、三条の上（浮舟）腹に若君・姫君が生まれ、二の宮腹にも若君が生まれて、先帝が大事にしてくれるものだからなかなか出家の本意を遂げられないでいた。三位の君の腹に生まれていた若君は四位の侍従になっている（このあたりの薫の艶福家ぶりもやや違和感のあるところではある。久下裕利氏の御教示によれば、浮舟が「三条の上」と呼ばれるのは、正妻女二の宮の住む「三条の宮」邸に迎えられたからとおぼしく、そうなると薫は妻妾同居を実現させていることになる）。

一方、匂宮帝は、藤壺の中宮（宇治の中の君）腹に若宮が三人いた。一の宮は、春宮が辞退したので代わって春宮になった。二の宮は兵部卿となり、三の宮は「花中書王《はなちうしよわう》」とて、とりわけ御かど后《きさき》、御いとおしみふかくかしづきたてまつりたまふ」ありさまであった。

ところが、三月十日余り、南殿の桜の宴が催された日の夕方に三の宮は病に倒れ、明くる寅一つの刻に帰らぬ人となってしまった。帝・后の嘆きようは筆舌に尽くしがたい。宮は薫内大臣の小宰相腹の姫君と結婚しており、新妻は亡き夫を恋いこがれているうちに、五日ほどで亡くなってしまった。娘の死を限りなく悲しむ薫のもとに匂宮帝から弔いの歌が贈られ、薫も歌を返した。

この箇所、流布本系では、「藤つほおなしみちにとなけき給ひしか、五日はかりやおはしけんうせ給ふ。みかとはあきれさせ給ひてなか〳〵御涙をたにおち給はす」とあって、三の宮の後を追うように亡くなったのは母藤壺の中宮であり、その後に匂宮帝の激しい悲嘆のさまが綴られている。どちらがもとの形であるか、にわかには定めがたいが、流布本系の本文は引歌など文飾の多い手の込んだ文章なので、ここもドラマ性を高めるために改変されたものである可能性が高いように思う。

さて、薫は、「さらにうつしざまにてよをすぐさん事、うたてあるべし」と、ついに出家を決意する。横川の僧都を呼び、「おなじく、こゝなる人もろともに」と、三条の上（浮舟）とともに受戒することを請う。僧都は躊躇するが、薫にせき立てられて、まず浮舟に戒を授ける。僧都は頭頂部だけを形ばかり剃ったが、浮舟は自ら髪を切り捨ててしまう。あまつさえ、髪を剃り上げて「まろがしら」になったのであった。二度目の出家に臨んだ浮舟の決意のほどがうかがわれる。

薫も同じさま（「まろがしら」）になって、その後、横川に布施を届けに行き、僧都と和歌で問答する。そして、僧都の諭しに答えて、「ありなしといふまではなをあるかたち有無をはなるゝ心とをしれ」と詠んだ後、ついに行方知れずになってしまう。跡も残さず姿を消してしまうところは光源氏と同様で、二人目の「雲隠れ」である。異本系統では、和歌の後が「とて、つゐにゆくかたなく」とあり、「れいしうのいけのそこには千秋の月をもてあそび、じゆふくのそのゝほとりには万歳《ばんぜい》のともをあいし」云々と、対句表現を駆使した装飾的な文章が続いて薫の悟りのさまを叙する。流布本系では、「とて、あからさまにたち出給ふやうにて、あともなくかきけちてうせ給ふ」とあって、わかりやすい。これはおそらく流布本のような形が本来であり、異本系統は、仏教的言辞を書き加えようとして「ゆくかたなく」でつないだために不自然な行文になってしまったのであろうと思う。

こうして、「法の師」の巻では、娘夫婦の死を契機に薫と浮舟が出家を遂げる。この巻もまた、「人の死による仏道への誘いという前半三帖の方向性を受け継いでいる」と小川陽子氏が説かれる通りの図式である。

ところで、「法の師」の巻の記事に関して再確認しておかねばならないことがある。それは、亡くなった匂宮帝の三の宮（花中書王）の出生に関してである。須田哲夫氏[13]は、「薫と中君の秘めたる愛」という見出しのもと、次のように説かれる。

ところで雲隠六帖の作者はもう一つ、薫と藤壺の秘めたる愛の物語を記さずにはいられなかつた。それは、今薫の出家の箇所に見えた、彼の直接の原因となつた藤壺の第三皇子が、実は薫の「しのびしのびの御こころざし」であつたという話で明らかにされるのであるが中世の読者層・作者は遂に宿木巻以来語られて来た、薫の中君への愛情にひそかな実を結ばせてしまうのだ。

須田氏の論は流布本系本文によっているので、流布本系の該当箇所を引くと、

これは内のおとゝのしのひ〳〵の御こゝろさしなりしかは、おとゝもあらまほしきことにこそおはしけめなと、ほいの事おほしけるを、かくおもはすになやみわたり給ふといふほともなく成給《ママ》ひし事とて、こかれかなしみ給ふ。（傍線引用者）

とある。傍線部分を、「三の宮は薫内大臣が忍び忍びの御愛情（で通じた結果生まれた秘密の御子）だったので」の意と解して、三の君は実は薫が藤壺の中宮（宇治の中の君）と密通した結果生まれた子であり、そのことは匂宮帝も知らないと取られるわけである。三田村雅子氏もこの説を踏襲したようで、

匂宮の即位とともに宇治中君も立后し、八宮家の無念を晴らすかたちになるが、その中君が第一皇子・第二皇子を匂宮との間に設(ママ)けながら、薫と密通し、第三皇子花中書王を設(ママ)けたという展開にも何の心理的必然も描かれず、筋書き的に紹介されるばかりである。

と言われ、こんな重大事を何気なく記す『雲隠六帖』の筆法を批判されている。確かに、流布本系統の本文によればそのように解釈できそうであるが、ここは、異本系統の本文に、

これは、うちのおとゞの小ざいしやうのはらのひめぎみ、かたちよききこえありて、しのび〳〵御心ざしありしかば、おとゞも、「あらまほしきことにこそ」とて、

云々とあるのと比較すれば明白なように、波線部分が脱落したものと見られる。そのことについては小川陽子氏に詳しい考察がある。実は、流布本系本文によって薫と中の君の密通を読み取ったのは須田氏が最初ではない。浅井了意の『雲隠抄』が、この箇所の注の中で、「此花中書王《くわちうしよわう》は　薫の忍びて　藤壺　うみ給へりといふ事　いはずして　知《しれ》たり」[14]と書いているのである。今西祐一郎氏はこの注を引いて「苦しい」と評され、流布本系の脱落と見なして波線部分を補っておられる。妥当な処理であろう。もし、薫が中の君と密通して秘密の子を儲けていたとすれば、光源氏と藤壺、柏木と女三の宮に続いて三組目の密通による不義の子の誕生ということになり、まさに歴史は繰り返すという真理を大河小説的長編物語の中に描き出したように読めるのだが、もしそうなら、「桜人」の巻で薫と匂宮が胸襟を開いて語り合い和解する場面で、匂宮は「そのよのとがは、さながらへだてずいふになん、ゆるし給へ」とすべて

懺悔して謝罪しているのに、薫は重大な隠し事をして平然としていたことになる。それでは読者は困惑し、薫の人柄を疑わざるを得ないだろう。

六 「雲雀子」の巻 ―― 夢で子に遁世を勧める薫

続く第五「雲雀子」の巻は先の四帖に比べてかなり短い。薫が消息を絶って後、恋い悲しむ人のみ多かったが、正妻女二の宮腹の少将の君は薫を彷彿とさせる風貌で、かいがいしく浮舟腹の子供たちの世話をしていた。三月十日の頃、少将の君は嵯峨の院に詣で、草むらの中から雲雀が鳴き上る声を聞いて詠歌し、かつて同じ嵯峨野で小鷹狩りをした際に亡き薫内大臣が詠んだ歌などをひとしきり思い出す。雁が鳴き渡るのを見ても父を慕う歌を詠み、帰京した後も父の面影が身に添う気がして、硯箱を枕に横になると、麗しい香をたきしめた法服に東京錦の袈裟を掛けた人に声をかけられ起こされる。見ると、薫内大臣がいささかも衰えることのない生前の姿のままで、先ほど雁を見て詠んだ歌の返歌とおぼしく、遁世を勧める歌を詠むのであった。その歌に返歌をしようとして目が覚めた少将は、亡き父が見守ってくれていることに感謝し、つくづくと出離の思いを深くするのであった。

この巻でもまた、亡くなった近親者によって遺された者が仏道への勧奨を受けるという物語の構図が繰り返されていることは明らかである。少将の君は「法の師」の巻の冒頭に言及される女二の宮が産んだ若君とおぼしい。『源氏物語』に女二の宮出産の記事はなく、『山路の露』に懐妊が記されるだけである。したがって、少将の君の話は『源氏物語』が語り残した話題ではない。本巻は、「法の師」の巻で姿を消した薫のその後の姿を語る巻として、『源氏物語』の第二部以来展開してきた薫の物語の最終決着点を示した巻であると言えよう。残るのは匂宮の行末であるが、それは次の「八橋」の巻にゆだねられる。

七　「八橋」の巻 —— 匂宮帝への上人の悟し

最終の「八橋」の巻はさらに短い。まるで全巻のエピローグのようである。

内裏《うち》の帝（匂宮帝）は「けいきん上人」に、「八しうには、いづれにたよりてか、はやくもとづき侯べき」と尋ねた。「八しう」は「八宗」で、倶舎・成実・律・法相・三論・華厳の南都六宗に天台・真言を加えた仏教の八つの宗派を言う。そのいずれを頼ればよいかと匂宮帝は質問したのである。すると上人は、「なにせんにその八はしをもとむべきいづれもひとつたゞ心なり」と詠歌して答えた。どうして八宗のどれかを求める必要があろうか、何宗であろうと求める道はただひとつ、それは心である、とでもいう意味であろうか。歌に続けて上人は、人はどこから生まれてどこへ帰って行くのか、それさえ見ればよいのだ、暗い夜にも三千世界を見るのは、眼で見るのではないのだ（流布本系の本文によれば「心眼《しんげん》」で見るのだということになる）。今の位にあっても、このことさえ心がけていれば、別に一大事ということはないと説いて、出家はせずとも在位のままで悟りを開くことは可能だと主張する。小川陽子氏は、「必ずしも出家ばかりを最善とするのではなく、それぞれに応じて悟りを求めよ、と奨める。それが六巻を通しての『雲隠六帖』の主張であると捉えられよう」と言われるが、この場合は、相手が現役の帝であるという特殊事情がある。いかに上人でも、在位の帝に退位を促し出家を勧めるわけにはいかなかったのだ。あくまで上人は十善の君の地位にある者の心構えを説いているのであって、退位後ならばおそらく出家を勧めたのではないかと思う。言い換えれば、帝の位というのは、出家遁世もかなわぬ窮屈な地位だということである。「桜人」の巻で、紫の上は「ゆめくたかき位に御心とゞめたまふな」と匂宮帝を諫めた。しかしここではそれに反して、宗教者たる上人が、出家にこだわらず帝位にあるまま心眼を開いて悟りを求めよと諭しているのが興味深い。

ところで、異本系本文はごく短く、愛知県立大学蔵本ではわずか墨付一丁で本文が終わり、次の一丁に仮名奥書を記す。しかし、流布本系統では、上人の説経がかなり長く続いていて、異本系本文の倍以上の長さになっている。先にも記した通り、仏教的論議が長々となされるのは異本系統の特色なのであるが、この「八橋」の巻だけは別で、逆に流布本系統が仏教談義を展開するのである。これはいったいなぜなのであろうか。

まったくの憶測だが、流布本系統は、「八橋」の巻のみ、本文を長くするために異本系統の他巻に倣って「けいきん上人」の言葉に仏教的言辞を書き加えたのであろうと思う。なぜ長くする必要があったのかと言うと、それは各巻分冊で出版するためであろう。異本系統のような短い本文だと一丁どころか一面に収まってしまって、一冊の本にするにはあまりに薄過ぎる。それで、上人の言葉を補って長くして、一丁を超える長さにしたのではないかと思うのである。吉田幸一氏によれば、『雲隠六帖』は、寛文十年（一六七〇）以前に無刊記九冊本として上方で版行されたのが最初であるという。九冊なのは、六巻六冊に注釈書の『雲隠抄』上・中・下三冊が添えられているからである。江戸版は三冊本で、『六帖』一冊、『抄』二冊であるが、もともとは各帖分冊で出版されたのである。上方版は、一面十行（「雲隠」のみ九行）で、「八橋」の巻は挿絵一面と奥書を含めて四丁である（江戸版の「八橋」は、一面十四行なので見開きの挿絵と奥書を含めて二丁半に収まる）。四丁くらいないと、出版物としては恰好がつかないのである。一方、異本系統の本は、各巻分冊になっているのは愛知県立大学蔵本くらいで、多くは一冊本なので、短い巻があってもさしつかえないのである（愛知県立大学本の「八橋」は、本文一丁、仮名奥書一丁で終わるが、前に一丁、後に五丁の遊紙を置いているから紙数は八丁である）。

流布本系「八橋」の末尾には、

　内侍のかんの君

　　ゆくするゑをふみしる人のこゝろよりもとのみちをもおもひとりぬる

と和歌が一首記されていて、この歌の詠者とされる「内侍のかんの君」というのは物語中の人物ではなく、異本系統本の仮名奥書において『雲隠六帖』祖本の所持者とされる「内侍《ないし》の督《かん》の君」のことであろうと考えられている。仮名奥書によれば、この人は「当代ならびなき歌人」で「御かどの御心ざしもふか」く、「この巻こにいたるまで、こと〴〵く哥道《かどう》の奥義《おうぎ》をゆる」されたが、「ことのたがひめありて、天文《てんぶん》のはじめのころほひ、肥前高来郡《たかきのこをり》へながされ」た。下向の際にひそかに持って出た本を懇望して写したのがこの本であると言う。「ゆくするゑを……」歌は、この人が『雲隠六帖』を読んだ感想を歌にして所持の本に書き付けたものとおぼしい。したがって、本来異本系統本の奥にあったはずの内侍の督の歌が、なぜか流布本系統に記されているということになる。小川陽子氏は、二系統の共通祖本から両系統に派生した結果、異本系の奥書と流布本系「八橋」巻末の和歌に姿を変えたのであろうと言われる。もしそういうことがあるのならば、本来異本系統にあった「八橋」後半の上人による仏教談義が、派生の過程で流布本系統に移されたというようなこともあり得るかも知れない。その場合でも、移した理由は「八橋」の本文を長くしたいということであったろうと思う。その際に、誤って内侍の督の歌の部分も一緒に移してしまったということになろうか。

おわりに ――『雲隠六帖』の本質

以上、いささか書誌的考察も加えたが、各巻のあらすじを辿りつつ、『雲隠六帖』が『源氏物語』の何を補った作品であるかを考えた。こうして見ると、『雲隠六帖』は、『源氏物語』が描かなかった光源氏や「宇治十帖」の主要登場人物のその後を意外にきちんと書いていて、読者の欲求や好奇心を満たすという目的はほぼ果たしているのではないかと思えてくる。筋の展開を急ぐ粗い叙述や、生硬な文体、文法の乱れなどが目立って、優雅な『源氏物語』の文章にはほど遠く、難解な語彙を駆使した仏教的言辞の多用も王朝文学的な情趣を損ねているけれども、『雲隠六帖』が提示した『源氏物語』の続編としての筋書きは、この作品が作られた当時の読者をかなりの程度満足させたのではないかという気がする。

『雲隠六帖』については、「今上の東宮が譲位して、匂宮がすぐ帝位についたり、薫が浮舟を還俗させて三条の上と称し、若君・姫君二方ができるなど言語道断の至りである」（岡一男氏[15]）とか、「浮舟がいとも簡単に還俗したり、匂宮が突然に即位して宇治の中君を立后させるなど、筋立てや叙述は『源氏物語』に較べて浅薄の誹りは免れない」（今西祐一郎氏）というような手厳しい批判があるが、そのように思うのは『源氏物語』と同列に比較しようとするからであろう。『雲隠六帖』の文章や構成は、中世後期に多く作られた『源氏物語』の梗概書のそれに近似しているとの認識が近年強まっている。小川陽子氏の、

『雲隠六帖』は、『源氏』にできるだけ似た文章によって情感豊かに〈続き〉を書くことなど意図していなかった。

六帖を〈仏教〉〈光源氏の死〉という二つの要素によって連繫し、梗概書に描かれた五十四帖の物語を補って『源氏』六十帖を完成できればそれでよかったのである。それは、中世の『源氏』享受世界、それも正統派ではなく傍流の『源氏』享受層によって要請され、生み出されたものであった。

という見解や、桜井宏徳氏の、

『源氏物語』とはおよそ似ても似つかない語彙や文体、梗概的ともいうべき各帖の短さ、御都合主義の感さえ禁じえない粗い筋立てなどから見るならば、そもそも、『雲隠六帖』は『源氏物語』とはまったく別物の、贋作というよりはむしろ偽書に近いテクストとして享受され、愉読されることを前提として創作されていたものと思しい。

という発言は、ともに『雲隠六帖』の本質をほぼ言い当てているように思える。『雲隠六帖』を『源氏物語』と同じ基準で論じ、評価しても、それはほとんど意味がないのである。

ただ、『雲隠六帖』を通して『源氏物語』世界の拡がりを想像することはできる。誰か文才のある筆者が現れて、梗概的な筋立てを示しただけの『雲隠六帖』を本格的な『源氏物語』の続編として読むに耐える文章で書き直してくれないか、よしんばそれが無理であっても、想像力があれば、『雲隠六帖』を読みながら、書かれなかった『源氏物語』のその後の展開を、あたかも物語世界に身を置くような気分で頭の中で構築することはできるであろうよ、という作者のメッセージが聞こえるような気もするのである。それこそ空想に過ぎないと言われるだろうけれど。

注

（1）吉田幸一著『繪入本源氏物語考』上（「日本書誌学大系」53　一九八七年　青裳堂書店）の「Ⅵ「源氏雲隠抄」考」。以下、吉田氏の説は、特に断らない限り同書による。

（2）小川陽子著『源氏物語享受史の研究　附『山路の露』『雲隠六帖』校本』（二〇〇九年　笠間書院）の「第二章　『雲隠六帖』論」。以下、小川氏の説はすべて同書による。

（3）山岸徳平・今井源衛編『山路の露・雲隠六帖』（一九七〇年　新典社）の『「雲隠六帖」解題』。以下、山岸・今井両氏の説はすべて同書による。

（4）『日本古典文学大辞典』第二巻（一九八四年　岩波書店）の「雲隠六帖」の項。

（5）『源氏物語』本文の引用は、「新編日本古典文学全集」（小学館）による。

（6）引用は、「中世王朝物語全集」②『海人の刈藻』（一九九五年　笠間書院）による。

（7）稲賀敬二氏「幻（雲隠六帖）」『源氏物語講座』第四巻（一九七一年　有精堂）。のち、『源氏物語注釈史と享受史の世界』（二〇〇二年　新典社）所収。

（8）桜井宏徳氏「別本『雲隠六帖』における皇位継承——新出蓬左文庫寄託本による作品論の試み——」源氏物語を読む会編『源氏物語〈読み〉の交響』（二〇〇八年　新典社）所収。以下、桜井氏の論はすべて同書による。

（9）今西祐一郎校注「源氏物語雲隠六帖」『日本古典偽書叢刊』第二巻（二〇〇四年　現代思潮新社）所収。以下、今西氏の説はすべて同書による。

（10）引用は、「中世王朝物語全集」①『あきぎり　浅茅が露』（一九九九年　笠間書院）による。

（11）引用は、「中世王朝物語全集」⑧『恋路ゆかしき大将　山路の露』（二〇〇四年　笠間書院）による。

（12）三田村雅子氏「「偽書」の中の源氏物語」『日本古典偽書叢刊』第二巻（二〇〇四年　現代思潮新社）月報。以下、三田村氏の説はすべて同論文による。

（13）須田哲夫氏「宇治十帖の書継ぎとしての雲隠六帖——物語ということ——」『平安朝文学研究』第五号（一九六〇年四月

早稲田大学国文学会平安朝文学研究会)。
(14)　引用は、安田孝子・吉田幸一編『源氏雲隠巻』(古典文庫524　一九九〇年　古典文庫)所収の翻刻による。
(15)　岡一男氏「「宇治十帖」以後――『山路の露』『すもり』『雲隠六帖』のことなど――」『国文学　言語と文芸』創刊号(一九五八年十一月　東京教育大学国語国文学会)。

第二部　『源氏物語抄』（『紹巴抄』）の古活字本・整版本と増注本をめぐって

第一章　広島大学蔵刊本『源氏物語抄』（『紹巴抄』）とその書き入れについて

はじめに

二十冊本『源氏物語抄』、いわゆる『紹巴抄』は、連歌師の里村紹巴が、三条西公条による『源氏物語』講釈を聞き書きしたもので、永禄八年（一五六五）春頃の成立と考えられている。『源氏物語』五十四帖すべてに注釈を施し、巻頭に序文と総説を置いた大部にして完備した注釈書で、『源氏物語』注釈史の中でも重要なもののひとつである。写本で伝わるほか、近世初期の寛永年間（一六二四～四四）頃に古活字本で刊行され、後に整版本に覆刻されて、刊本として世に流布したことでも知られている。

広島平安文学研究会が発行している「翻刻平安文学資料稿」の第二期には、稲賀敬二氏によって架蔵の写本二十冊が『永禄奥書　源氏物語紹巴抄』として十分冊で刊行されている（一九七六～八六年刊、一九九五年に索引編刊。以下、「資料稿」と称する）。『源氏物語』古注釈書の翻刻刊行が盛んになって久しいが、『紹巴抄』に関しては初めての活字化であり、その後も長らく唯一の活字翻刻であった（その後、二〇〇五年十一月に、中野幸一編「源氏物語古註釈叢刊」第三巻『紹巴抄』が武蔵野書院から刊行された。同書は中野氏架蔵の整版本を底本としている）。「資料稿」では、各冊の巻末に「刊本との項目異同」の欄を設け、刊本と校合して大きな異同を一覧している。その際に用いられたのは、当時、広島大学文学部国語学国文学研究室所蔵であった二十冊の整版本である（現在は広島大学図書館中央図書館蔵）。

平成十五年（二〇〇三）度より三箇年にわたって、日本学術振興会の科学研究費補助金の交付を受けて、『源氏物語』古注釈資料本文のデータベース化を試みることになり、サンプルとして版本『源氏物語抄』（『紹巴抄』）を取り上げることにした。そして、データベースの検索システムを用いて、版本の翻刻本文（文字データ）と版面（画像データ）を相互に参照できるようにした。本文データベースの底本には「資料稿」で校合に用いた広島大学蔵の版本を採用することにしたが、同本には、各冊の見返しに旧蔵者による書き入れがあり、また第一冊目には本文中の行間や欄外に多数の注釈の書き入れが存する。本章では、まず、定本とした広島大学蔵本の書誌を紹介し、加えて、第一冊目の書き入れ注を翻刻し、それがいかなる性格の注であるかを考察する。

一　『紹巴抄』諸本の概観

『紹巴抄』は、外題や内題に「源氏物語抄」とある伝本が多く、正式な書名は『源氏物語抄』とみなされるが、同名他書と区別するために『源氏物語紹巴抄』、略して『紹巴抄』と呼ばれることが多い。ただし、諸伝本にはさまざまな異称が見えている。

『国書総目録』（補訂版）には、書名と諸伝本が次のように記されている。

◎源氏物語抄　二〇巻二〇冊〔別〕源氏抄・源氏二十巻抄・源氏物語称名院抄・源流臨江抄・源氏物語紹巴抄・水源紫明抄〔類〕注釈〔著〕里村紹巴〔成〕永禄六頃〔写〕国会（「水原紫明抄」）・京大（国会蔵本写）（一五冊）（二〇冊）・実践・東大・山口（一〇冊）・神宮・天理（第五冊欠、九冊）（二〇冊本二部）・桃園・無窮神習（一冊）・竜門（文禄四写）〔版〕寛永古活字版—東洋岩崎・蓬左・大東急・高木、古活字覆刻版—内閣・京大・大阪府・蓬左・天理・穂久邇（巻一欠）・竜門、刊年不明—国会・宮書・九大・東大・高知・日比谷加賀・穂久邇

このように、六種の異称と、写本十四点、版本三種十八点の伝本が掲げられている。また、同書第八巻「補遺」には、

源氏物語抄（里村紹巴）〔写〕天理吉田（「源氏物語桐壺抄」、室町末期写一冊）〔版〕古活字覆刻版—島原（「紫糸抄」）

とあって、写本・版本各一点が追加されている。

さらに、『国書総目録』の続編である『古典籍総合目録』には、

源氏物語抄　二〇巻二〇冊〔別〕源氏抄・源氏二十巻抄・源氏物語称名院抄・源流臨江抄・紹巴抄・源氏物語紹巴抄・水源紫明抄〔類〕注釈〔著〕紹巴（里村紹巴）〔成〕永禄六頃〔写〕国文研初雁（「紹巴抄」、昭和三‐四西下経一・入江悦子・倉田道子・國友喜一郎・中村辰雄写　二〇冊　東京帝大蔵本の写）〔版〕太宰府天満宮（「源流臨江抄」、二〇巻　寛文刊　二

○冊　古活字本覆版）

とあって、新写本一点と版本一点が記される。

　これらによれば、『紹巴抄』の伝本には約十五点の写本と三種類約二十点の版本の存在が知られていることになる。三種の版本とは、古活字本とその覆刻版、そして刊年不明の整版本である。古活字本については、川瀬一馬著『増補古活字版の研究』（一九六七年　日本古書籍商組合）に、

　源氏物語紹巴抄　　里村紹巴撰　　二十巻　　二十冊

活字印本盛行期に於ける源氏物語注釈書の刻本として最も大部なものである。寛永十七年刊左大将六百番歌合等と同種の小型活字印本で、寛永後期の開版と認められる。巻末に、天正八年仲夏上旬三條西殿等の聞書を武州忍成田総州の懇望に拠って許可する由の紹巴の識語を附刻してある。《十行平仮名交り、毎行約二十四字。字面の高さ、約六寸六分。》

伝本の管見に入ったものは、東洋文庫・安田文庫・久原文庫・高木文庫《書入多し》蔵の四本に過ぎず、世に流伝するものは、寛永末年頃に本書に片仮名附訓を施して覆刻した整版本《内閣文庫（和学講談所旧蔵二十冊）・京都帝国大学（十冊）・大阪府立図書館（二十冊）・蓬左文庫・高木文庫（真如蔵旧蔵、二十冊）奈良女高師（二十冊）等あり。》である。原本を極めて精刻してゐる部分が多いので、間々活字印本と誤認せられてゐる。

という記述がある（《　》内は二行割書）。これによると、古活字本の刊行は寛永後期と認められること、巻末に紹巴の

識語が付刻されていること、寛永末年頃に付訓を施した覆刻整版本が刊行されて世間に流布したことが知られる。そして、古活字本に『国書総目録』に載らない安田文庫蔵と久原文庫蔵の二本の伝存があることが記され（安田文庫蔵本は第一冊巻頭第一丁の写真が示されている）、整版本についても奈良女高師蔵本の存在が知られる。

古活字本の巻末にある紹巴の識語というのは、第二十冊末尾の後見返し部分に、

此二十冊者　　　三条西殿
右府入道殿公條公　稱名院殿　御講
釈　予　聞書也　武州忍成田総州依御懇
望奉許可畢
可被守御在名而已
于時天正八年仲夏上旬　　　紹巴判

とあるのをさしている。整版本にはこの識語はない。藤田徳太郎著『源氏物語研究書目要覧』（一九三二年　六文館）・同『古刊源氏物語書目』（一九三四年　駿南社）が本書を「天正八年成」とするのは、この識語によったものであろう。

川瀬氏によれば、『紹巴抄』の版本は、寛永後期刊の古活字本と寛永末年頃に付訓を施した覆刻整版本との二種ということになり、『国書総目録』のように「寛永古活字版」「古活字覆刻版」「刊年不明」の三種に分類する立場はとっておられないようである。池田亀鑑編『源氏物語事典』下巻（一九六〇年　東京堂出版）所収の「注釈書解題」（大津有一氏執筆）にも、「刊本としては十行古活字本と十一行整版本が残っていて」云々とあり、川瀬氏と同様古活字本と整

版本の二種に分類されている。ところが、伊井春樹編『源氏物語　注釈書・享受史　事典』（二〇〇一年　東京堂出版）には「版本には寛永古活字版・同覆刻版・無刊記版が存する」とあって、『国書総目録』と同様三分類をとっている。詳しい調査をしたわけでないので確かなことは言えないが、『国書総目録』が「古活字覆刻版」として載せる内閣文庫本と「刊年不明」として載せる国会図書館本とを実見して比べた限りでは両者の版面に目立った相違はなく、いずれも広島大学本と同一の版と思われる（ただし、後述のごとく各冊冒頭の目録の刷り位置に相違がある）。

国文学研究資料館の「日本古典籍総合目録データベース」によると、二〇一八年九月時点で二十七件（うち一件は重複）の伝本が登録されており、そのうち次の八点がマイクロフィルムやデジタル画像として収集されている。うち五点が刊本である。

1　国文学研究資料館初雁文庫蔵本　写　二〇冊（昭和三〜四年の新写本）
2　宮城県図書館伊達文庫蔵本（D九一三・三六―ケ四／二八〇五）　写　一八冊（巻三・四欠）
3　東洋文庫岩崎文庫蔵本（三Ａｄ一三）　刊　二〇冊
4　上田市立図書館花春文庫蔵本（五）　刊　二〇冊
5　神宮文庫蔵本（一六二三）　写　二〇冊
6　陽明文庫蔵本　刊　二〇冊
7　熊本大学国文研究室蔵本（九一三・三六・Ｍａ八二）　刊　七冊
8　島原市立島原図書館松平文庫蔵本（一〇六―六）　刊　二〇冊

マイクロフィルムで見たところ、刊本五点のうち、東洋文庫本と陽明文庫本は付訓や返り点・送り仮名などのない十行本で、古活字本と認められる（ただし、陽明文庫本の第二冊は補写）。他は広島大学本と同じ十一行整版本である。熊本大学本のみ七冊本であるが、これは二十冊本の三冊ないし二冊を合冊して七冊としたものである。

十一行整版本は、管見の及んだ限りどれも同一版と思われるが、各冊冒頭第一丁に置かれた巻名目録の刷り位置に違いが見られる。と言うのは、広島大学本は、全冊とも本文の前の丁の表面、つまり扉の位置に目録が置かれているのであるが、これとは別に、袋綴じの裏面に刷られて表紙に貼られ、見返しの位置に目録を記すものを一部に含む伝本が存するのである。たとえば、国会図書館本や上田市立図書館本は、二十冊のうち第五冊から第十六冊までの十二冊がこの見返し目録型になっている。また、熊本大学本は前述の通り合冊された七冊本であるが、もとの二十冊の冒頭のうち、第二、四、七、十～二十冊の十四冊分が見返し目録型である。第四、第七、第十、第十三、第十六、第十八冊は第二冊目以降の冒頭にあたるので表紙に貼られて見返しになっているが、他は本文の途中に挟まれた形になっている。これに対して内閣文庫本などは広島大学本と同じく全冊扉型である（島原図書館松平文庫本は基本的に扉型であるが、第七冊だけが見返し型になっている）。これらのどれが本来の形であるかはわからないが、全冊扉型の方が統一がとれていてすっきりしていることは間違いない。

二　古活字本と整版本との相違

どうやら、『紹巴抄』の刊本諸本は、十行古活字本と十一行整版本の二つに分けるのが妥当で、「寛永古活字本」「古活字覆刻版」「刊年不明」本の三つに分ける『国書総目録』の分類はやや無理があるように思われる。十一行整版本は十行古活字本を覆刻（かぶせ彫り）して作られたもので、その意味ではすべて「古活字覆刻版」である。また、古活字本を含めて刊記のある刊本はないから、すべて「刊年不明」本である。

川瀬氏が言われるように、整版本は「原本を極めて精刻してゐる部分が多いので、間々活字印本と誤認せられてゐる」ほど精巧な覆刻であるが、古活字本にない漢字の付訓や仮名の清濁符号、漢文表記部分の返り点・送り仮名が付されて全体的に読みやすいように手を加えられているのが特色である。

以下、第一冊目をサンプルとして取り上げて具体的に検討する。

第一冊を見る限り、十行古活字本と十一行整版本との間に注釈項目の削除や追加などの出入りはない。

見出しに関する異同はほとんどが仮名の清濁表記の有無である。次に一覧する（頭に付したのは「資料稿」の項目番号である。以下同じ）。

○桐壺巻

	《十行古活字本》	《十一行整版本》
41	さうし	さうじ（10オ・11）
68	すけなふ	すげなふ（12ウ・11）
133	たいたいしき	たいだいしき（19オ・4）
151	さへ	ざへ（21オ・2）
156	けさく	げさく（21ウ・3）
162	三たい	三だい（22オ・6）

168　うけはりて　うけばりて（22ウ・2）
192　くはんさ　くはんさ（24ウ・3）
198　きひは　きひは（25ウ・9）
199　あけおとり　あげおとり（25ウ・10）
203　けしきはみ　けしきばみ（26オ10）
215　とむ食　どむ食（28オ・3）
226　しけいさ　しげいさ（28ウ・9）

○箒木巻

《十行古活字本》　《十一行整版本》

47　ゆへつけて　ゆへづけて（34オ・11）
56　みみたゝすかし　みみたゝずかし（35オ・4）
60　又なを人のかんたちめにて　又なを人のかんだちめ（35オ・8）
112　大やけはらたゝしく　大やけはらだゝしく（39ウ・2）
148　えんすへき　えんずべき（42ウ・11）
161　ひひらきゐたり　ひびらきゐたり（44オ・5）
220　さうしみはなし　さうじみはなし（49オ・1）
279　をたしく　をだしく（54オ・3）
325　さうしら　ざうじら（57オ・5）

349　あへかり　あべかり（59オ・9）
412　けとをき　けどをき（63オ・5）
438　あはめらるゝ　あばめらるゝ（64ウ・6）
483　さは　さば（67ウ・11）
516　さはれ　さばれ（69ウ・5）

また、古活字本では誤って項目の頭を一字下げて記し、注釈部分に埋没してしまっている個所がいくつかあるが、整版本では一字上げて位置を修正している。第一冊では、箒木巻の次の二例である。

142　にこりにしめる（整版本42オ・3）
164　りんし（整版本44ウ・4）

この両者は、整版本の版面を古活字本と比べると、「に」「りん」が不自然に縦長に彫られていて、行頭を一字分上げるためにやや無理をした形跡が窺われる。
ただし、整版本でも位置が正されず、一字下げになったままの例も三例ある。やはり箒木巻の次の項目である。

99ａ　おほどか（整版本38ウ・1）
181　きこえさせつる（整版本46オ・11）

333　君達あさまし（整版本57ウ・6）

これは整版本作成にあたって項目の位置の誤りを見落したか、または修正し忘れたかであろう。

他に、古活字本の項目表記の誤りまたは不備を整版本で正した例もある。第一冊目では次の二例である。

《十行古活字本》　　《十一行整版本》

101　御さうそく一くた　　御さうそく一くたり（桐壺・15ウ・2）

195　人みなく〳〵　　人なみく〳〵（箒木・47ウ・2）

354　是にたえす　　是にたらす（箒木・59ウ・4）

もちろんこれらの修正は項目だけではなく注釈本文にも及んでいる。これを見ても、古活字本から整版本への覆刻は、単なる精巧な覆刻ではなく、注釈本文を読みやすくするとともに、古活字本の不備を努めて修正しようとする姿勢がはっきりと見て取れるのである。

それにしても、一面十行本を十一行本に改めたのは丁数を減らして本の値段を安くするためかと思われるが、一行ずつ前の面に送って版木に貼り付けて彫っていったのだとすると、その労力は相当なもので、はたしてコストが割にあったのだろうかと心配になる。ただ、版面を見ても、よほど注意深く見ない限り、貼り合わせて作ったような形跡は見られず、大した技術だと感心する。全二十冊の巻配置と巻頭の目録一丁を除く両本の丁数の相違を次に一覧する（巻名表記は原本のまま）。巻の配置は古活字本も整版本も全く一致する。矢印の上が十行古活字本、下が十一行整版本の丁数である。古活字本の調査は東洋文庫本の紙焼写真（国文学研究資料館蔵）によった。「半」とあるのは、最終丁が表面で終わり、裏表紙に貼り付けられて後見返しになっているものである。

		《古活字本》		《整版本》
第1冊	桐壺・はゝきゝ	76丁	→	69丁
第2冊	うつせみ・夕かほ	39丁半	→	36丁
第3冊	若むらさき・すゑつむ花	50丁半	→	47丁
第4冊	もみちの賀・花のえん・あふひ	60丁半	→	55丁
第5冊	さかき・花ちる里・すま	60丁半	→	55丁
第6冊	あかし・みおつくし・よもきふ・関屋	61丁	→	55丁
第7冊	絵合・松かせ・うす雲	51丁半	→	47丁
第8冊	朝かほ・おとめ	58丁	→	52丁
第9冊	玉かつら・初子・こてふ・ほたる	84丁半	→	77丁
第10冊	とこなつ・かゝり火・野分・御ゆき・藤はかま・真木柱（※広大本は末尾1丁落丁につき85丁）	95丁半	→	86丁
第11冊	梅かえ・藤のうら葉	36丁	→	34丁
第12冊	わかな上	65丁	→	60丁
第13冊	わかな下	55丁半	→	51丁

第14冊	かしは木・よこ笛・すゝむし	48丁半	→	44丁
第15冊	夕霧・御法	57丁	→	52丁
第16冊	まほろし・匂ふ宮・紅梅・竹川	67丁半	→	61丁
第17冊	はし姫・椎かもと・あけまき	87丁	→	79丁
第18冊	さわらひ・やとり木	58丁	→	54丁
第19冊	あつま屋・うき船	61丁	→	56丁
第20冊	かけろふ・手ならひ・夢のうき橋	63丁	→	58丁

三　『紹巴抄』刊本の伝本一覧

ここで、前掲の『国書総目録』と『古典籍総合目録』の記載に、『源氏物語事典』下巻所収「注釈書解題」、『源氏物語 注釈書・享受史 事典』、『増補 古活字版の研究』、さらに国文学研究資料館「日本古典籍総合目録データベース」などの情報を加えて、現在知られている『紹巴抄』刊本の諸伝本を古活字本と整版本の二種に区分して一覧しておく。各文庫・図書館の目録からも情報を補った。ここでは写本については省略し、刊本のみに限って掲げた。

○古活字本

1　東洋文庫岩崎文庫蔵本（二十冊。外題「源氏物語抄」）

2　大東急記念文庫蔵本（二十冊。後補題簽「源氏物語紹巴抄」。第六冊あたりまで書き入れあり）

3　高木文庫蔵本（二十冊。書き入れ多し）
4　安田文庫蔵本（二十冊）
5　久原文庫蔵本（二十冊）
6　陽明文庫蔵本（二十冊。第二冊は補写）
7　鶴見大学蔵本（二十冊。青谿書屋旧蔵）

○覆刻整版本

8　内閣文庫蔵本（二十冊。外題「源氏物語抄」。書籍館・浅草文庫・和学講談所旧蔵本）
9　京都大学蔵本（十冊）
10　大阪府立図書館蔵本（二十冊。内題「源氏物語抄」。目録に「寛永年間印行の古活字本を覆刻した無刊記整版本（覆古活字本）」とある）
11　蓬左文庫蔵本（二十冊。外題「源流臨江抄」。目録には「寛永年間刊（古活字本覆刻）」とある。『国書総目録』には寛永古活字本と古活字本覆刻の双方所蔵とあるが、目録には本書だけしか見えない）
12　天理図書館蔵本
13　穂久邇文庫蔵Ａ本（十九冊。巻一欠）
14　穂久邇文庫蔵Ｂ本
15　竜門文庫蔵本
16　島原図書館松平文庫蔵本（二十冊。外題「紫糸抄」。目録には「古活字十一行二十一字」とあるが整版本である）
17　太宰府天満宮蔵本（二十冊。外題「源流臨江抄」。目録には、寛文頃刊「古活字覆版」とあり）

18　高木文庫蔵本（二十冊。真如蔵旧蔵本）
19　奈良女子大学蔵本（二十冊。外題「源氏二十巻抄」）
20　国立国会図書館蔵本（二十冊。外題「源氏物語抄」）
21　宮内庁書陵部蔵鷹司本（二十冊。外題「源氏二十巻抄」）
22　九州大学蔵本
23　東京大学国文学研究室蔵本（二十冊。外題「源氏物語抄」）
24　高知県立図書館蔵本
25　東京都立中央図書館加賀文庫蔵本（二十冊。外題「源氏二十巻抄」）
26　熊本大学国文学研究室蔵本（七冊）
27　上田市立図書館花春文庫蔵本（二十冊。外題「源氏物語抄」）
28　東海大学桃園文庫蔵本（二十冊。外題「源氏物語抄」。朱の書き入れあり）
29　早稲田大学九曜文庫蔵本（合綴十冊）
30　実践女子大学黒川文庫蔵本（十七冊。三冊欠。外題「紹巴抄」）
31　広島大学蔵本（二十冊。外題なし。第一冊に書き入れ多し。全体に虫損やや多し。第十冊末尾に一丁の落丁あり）

四　広島大学蔵刊本の書誌と見返し書き入れ

改めて、広島大学蔵刊本『紹巴抄』の書誌を記す。

広島大学図書館中央図書館蔵。大本。縦二七・七㎝×横二〇・三㎝。楮紙袋綴。二十巻二十冊。小豆色無地の紙表紙。全冊外題なし（題簽のはがれた跡も認められない）。やや虫損多し。一面十一行。各冊冒頭に巻名の目録を一丁置く。各冊の丁数は先に記した通りである。

同本は、二十冊すべて前後見返しに旧蔵者を示す墨の書き入れがある。一覧すると次の通りである（「／」は原文改行）。

第一冊　○前見返し
續貳拾册之初／北越蒲原郡彌彦／山續角田山麓波岸／角田之郷乙始山麓／願正寺納書藏
○後見返し
此弐拾巻何方参候共早〱急／越後國蒲原郡弥彦庄角田濱村／乙始山願正寺方迄御遣し／可被下付候如件

第二冊　○前見返し

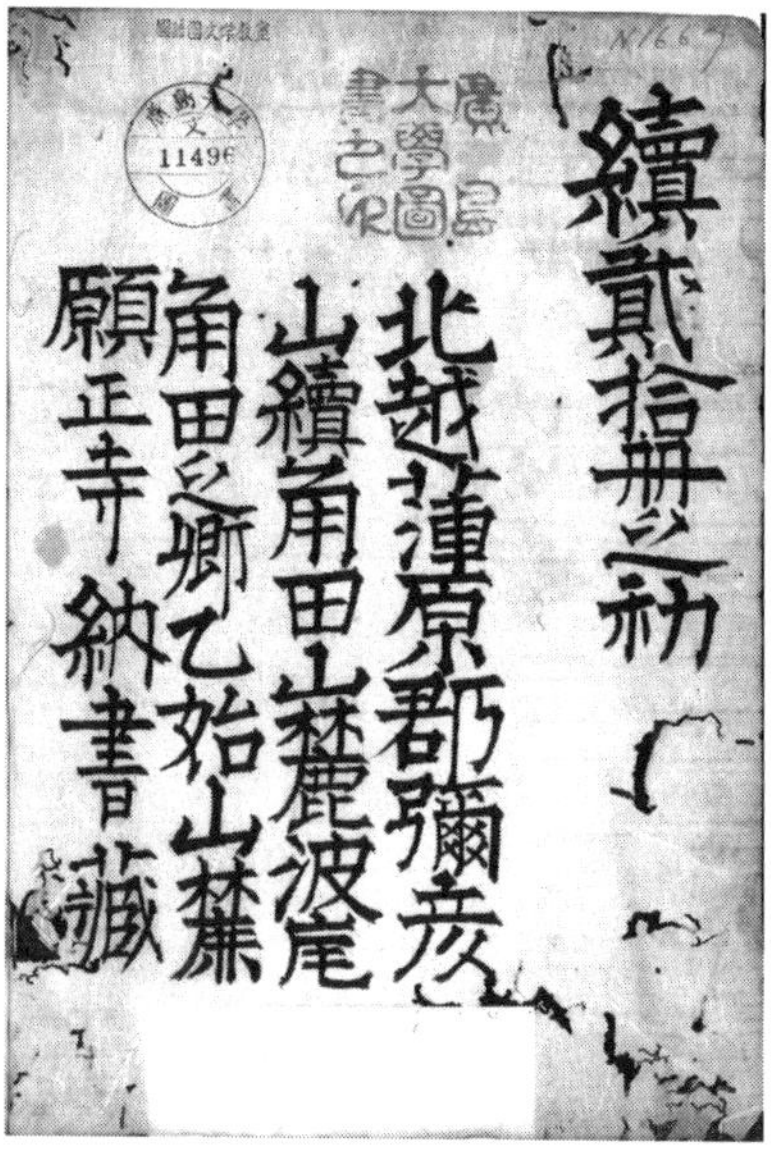
第一冊　前見返し

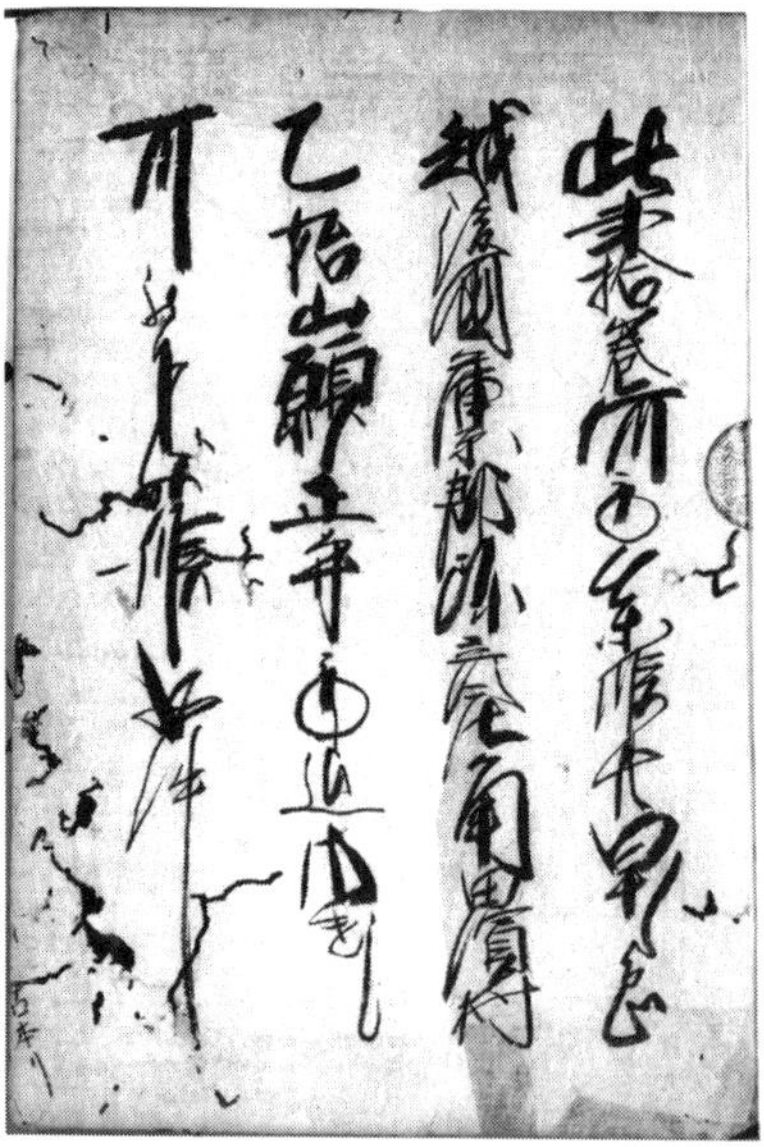
第一冊　後見返し

共二拾冊／巻之貳／乙始山藏
○後見返し
北海邉弥彦高山續山麓／角田之郷／願正寺
物

第三冊
○前見返し
共二拾冊／巻之三／有則堂藏
○後見返し
下越海邉山麓角田村／願正寺書

第四冊
○前見返し
共二拾冊／巻之四／願正寺藏
○後見返し
北越海岸角田之郷／願正寺物

第五冊
○前見返し
共二拾冊／巻之五／有則堂
○後見返し
越之后刕蒲原郡角田村／乙始山藏

第六冊
○前見返し
共二拾冊／巻之六／乙始山藏

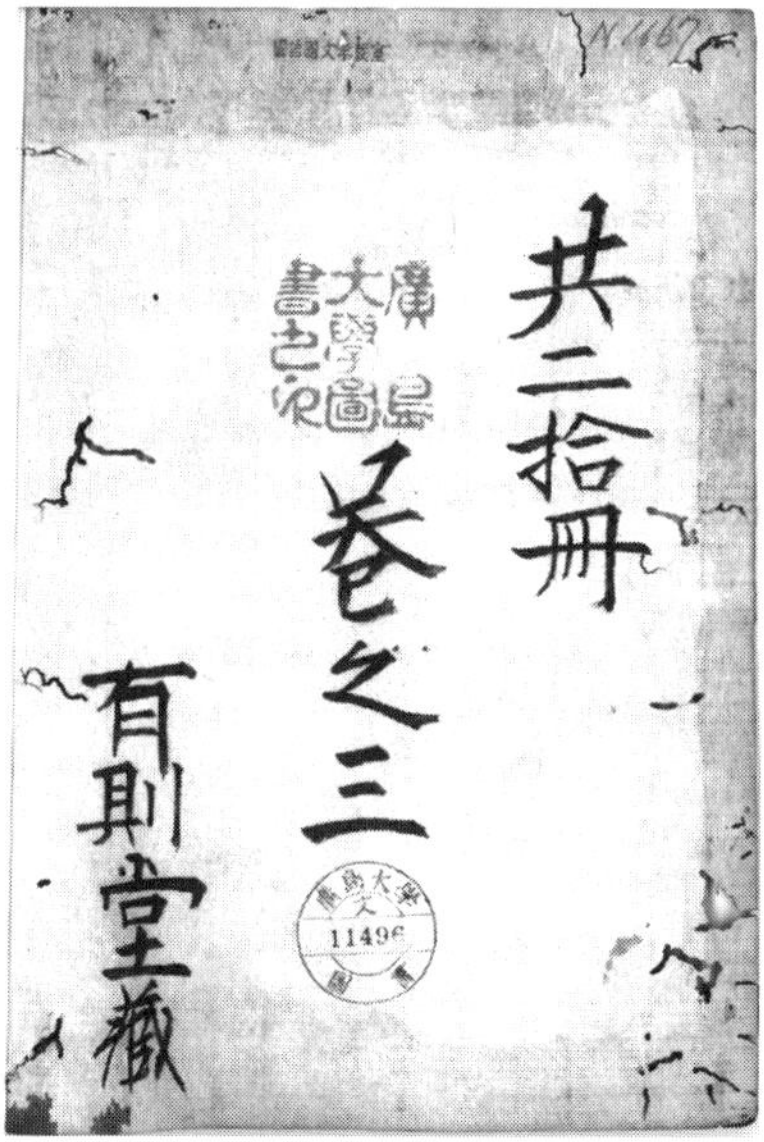

第三冊　前見返し

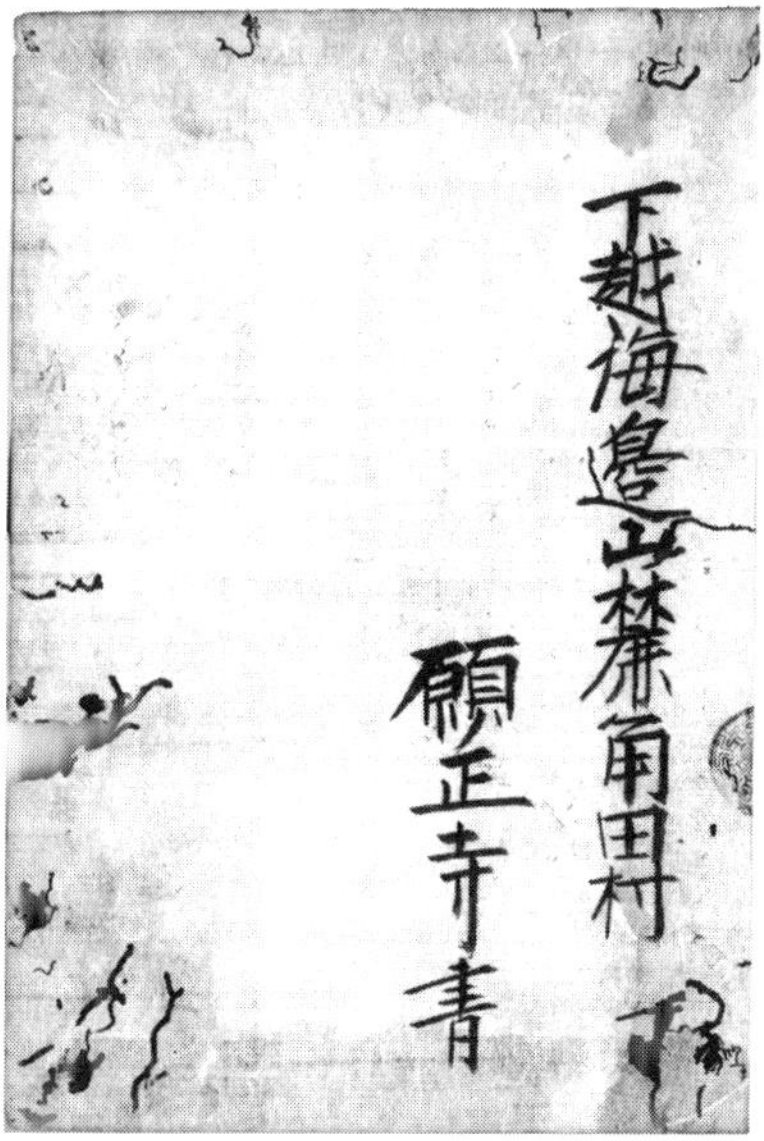

第三冊　後見返し

○後見返し
北海波岸角田之郷／願正寺物

第七冊

○前見返し
共二拾冊／巻之七／願正寺書
○後見返し
越之後刕蒲原郡弥彦庄／角田村／願正寺藏

第八冊

○前見返し
共二拾冊／巻之八／願正寺藏
○後見返し
北越海岸角田之郷／有則堂藏

第九冊

○前見返し
共二拾冊／巻之九／有則堂藏
○後見返し
北越海邉角田之郷／乙始山藏

第十冊

○前見返し
共二拾冊／巻之拾／乙始山書
○後見返し
越之后刕角田村乙始山／書藏

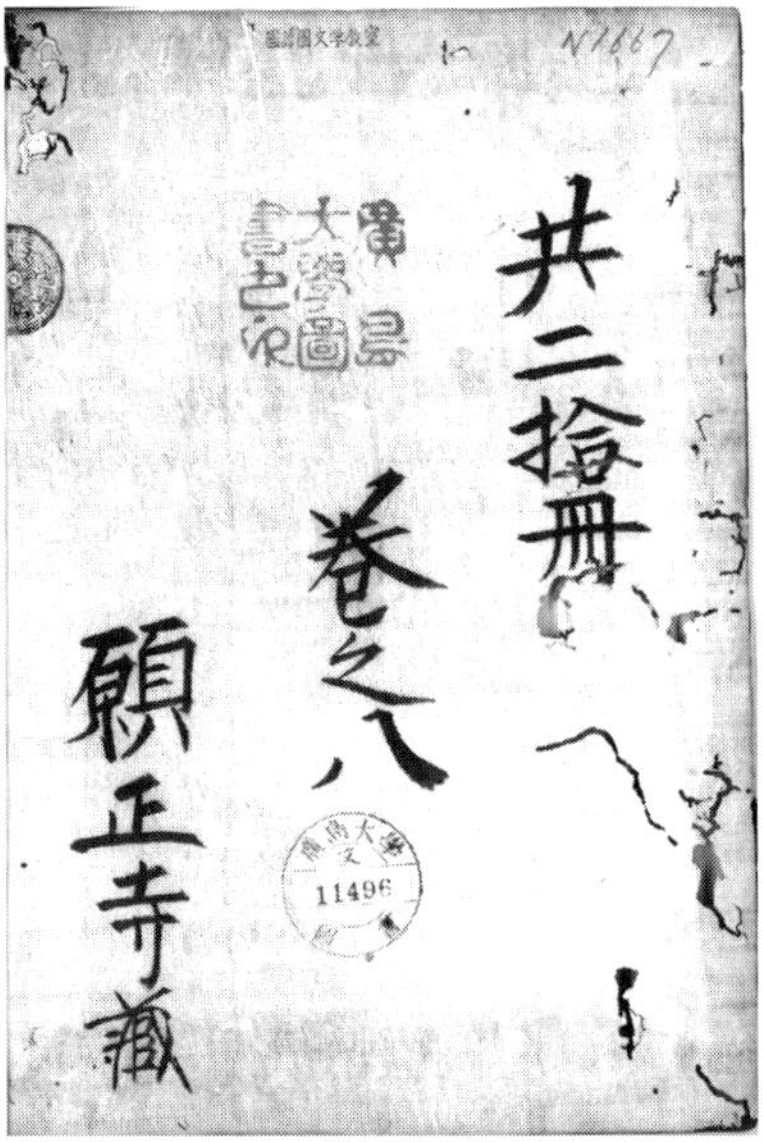

第八冊　前見返し

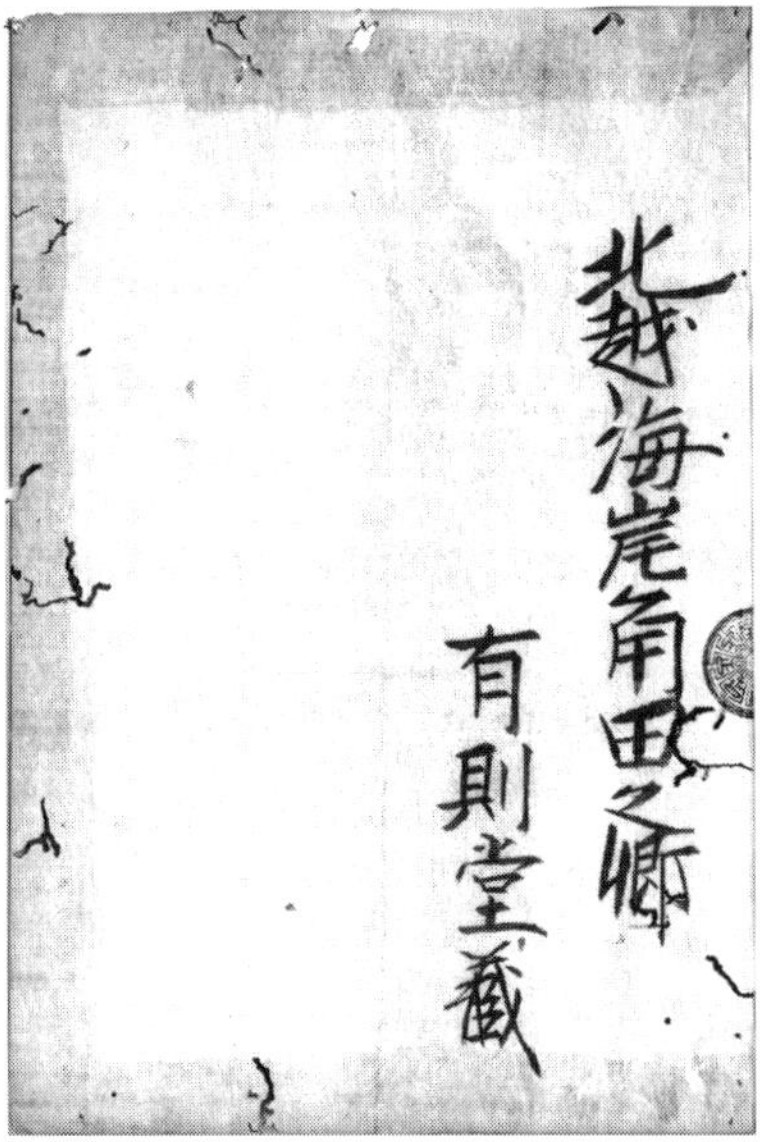

第八冊　後見返し

第十一冊　○前見返し
共二拾冊／巻之拾一／角田乙願
○後見返し
北海邉角田郷乙始山／願正寺物

第十二冊　○前見返し
共二拾冊／巻之拾二／乙始山藏
○後見返し
北海之邉角田之郷／願正寺藏

第十三冊　○前見返し
共二拾冊／巻之十三／乙始山藏
○後見返し
越後國蒲原郡角田村／願正寺藏

第十四冊　○前見返し
共二拾冊／巻之拾四／願正寺藏
○後見返し
北越海邉角田之郷／乙始山藏

第十五冊　○前見返し
共二拾冊／巻之十五／角乙願藏

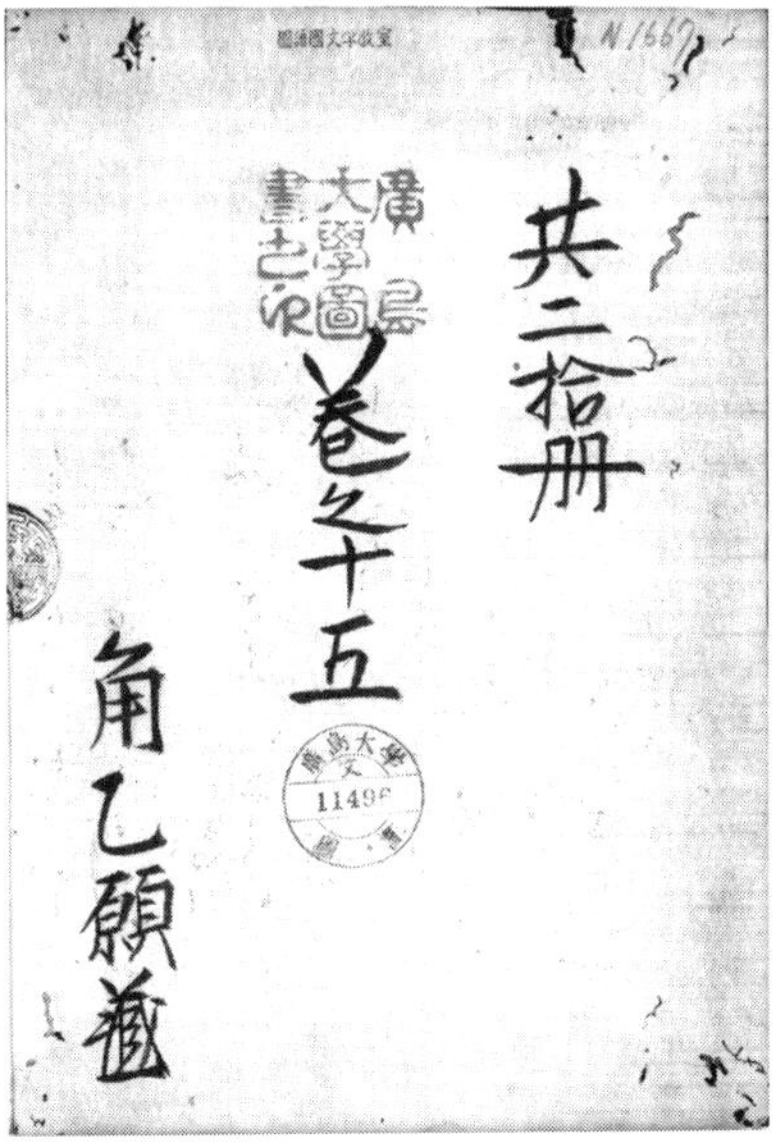

第十五冊　前見返し

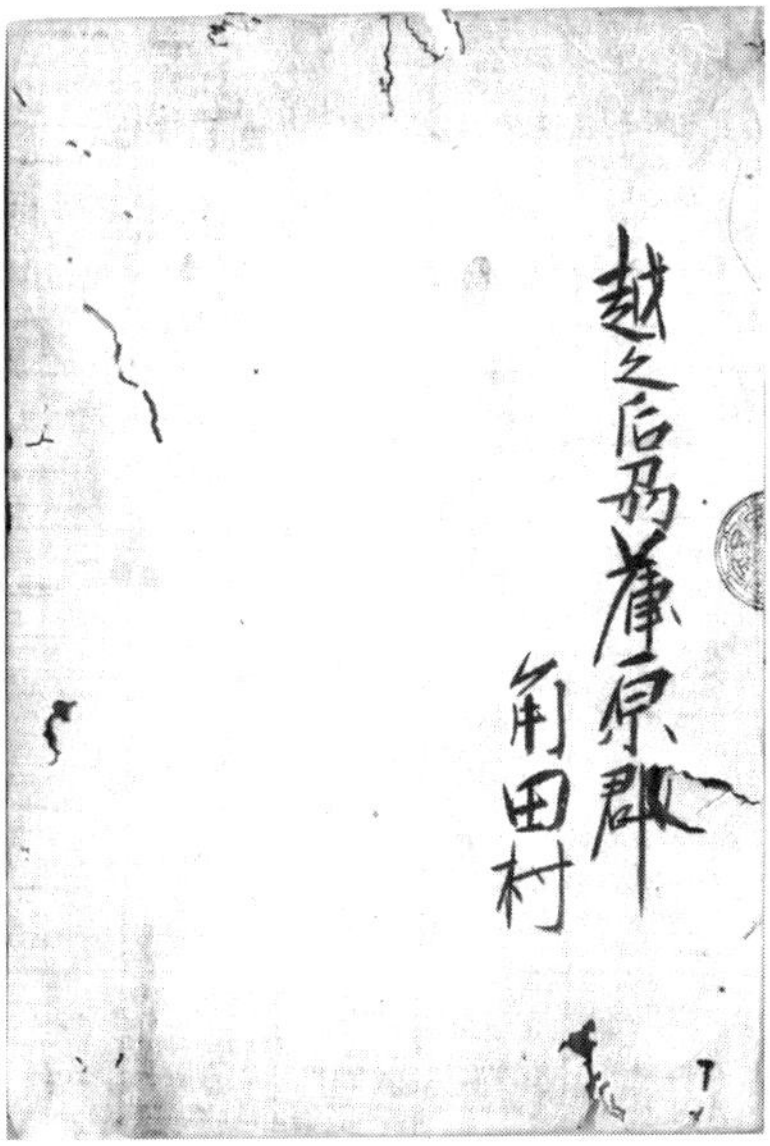
第十五冊　後見返し

○後見返し
越之后刕蒲原郡／角田村

第十六冊
○前見返し
共二拾册／巻之拾六／願正寺藏
○後見返し
北海岸角田村／願正寺藏

第十七冊
○前見返し
共二拾册／巻之拾七／乙始山藏
○後見返し
北越蒲原角田之郷／乙始山藏

第十八冊
○前見返し
共二拾册／巻之拾八／角乙願藏
○後見返し
北海岸角田之郷／願正寺藏

第十九冊
○前見返し
共二拾册／巻之十九／乙始山藏
○後見返し
越之北岸角田之郷／願正寺書

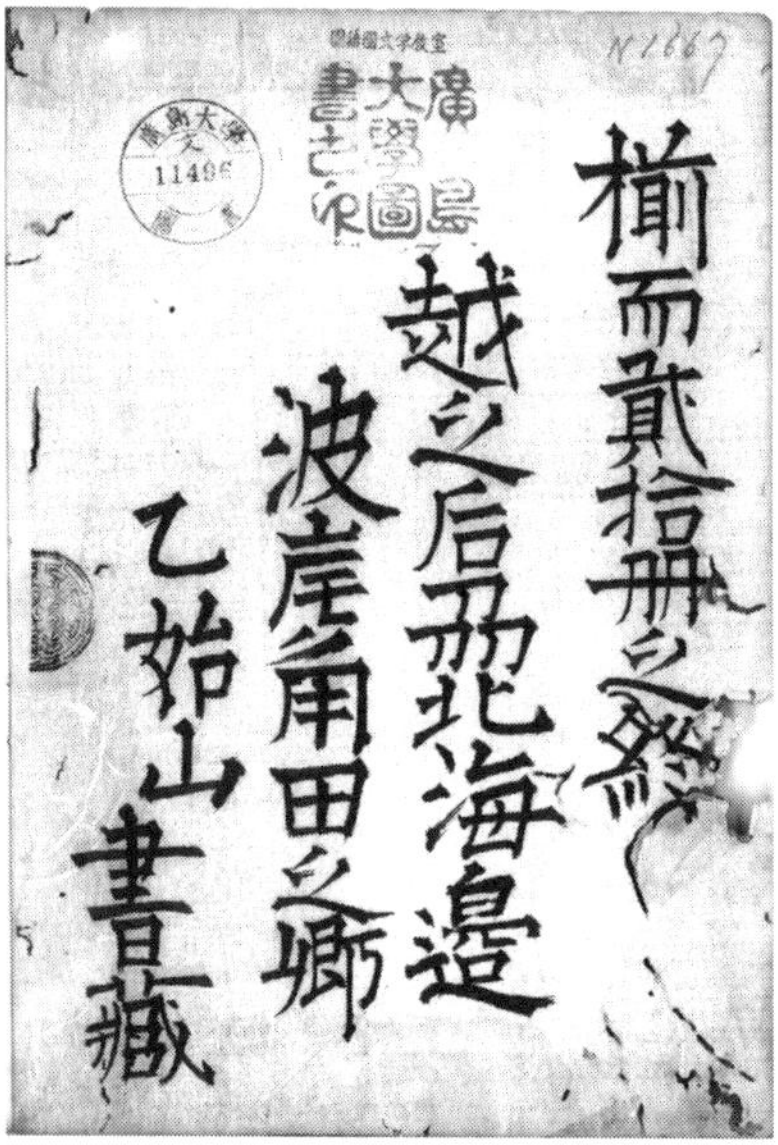
第二十冊　前見返し

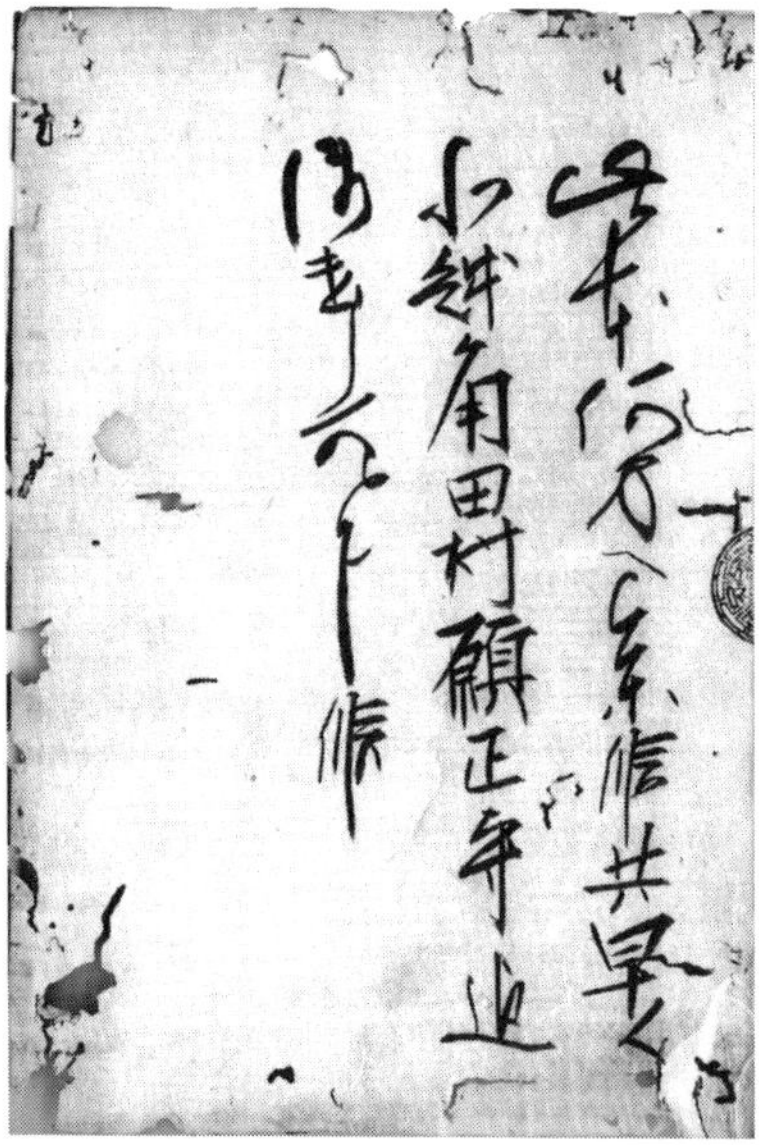
第二十冊　後見返し

第二十冊　〇前見返し
揃而貳拾册之終／越之后刕北海邉／波岸角田之郷／乙始山書藏
〇後見返し
此本何方へ参候共早く／北越角田村願正寺迠／御遣し可被下候

以上のごとく、この本は越後国蒲原郡角田郷にある乙始山願正寺の所蔵である旨がすべての巻に記されているのである。第一冊と最終第二十冊後見返しの書き入れには、この本がどこに持ち出されても早々に願正寺まで返すようにと書かれており、相当大切にされていたことがわかる。年時を示す記事は全くないので、いつ書かれたものかは不明だが、少なくとも江戸時代のある時期において、かつての新潟県西蒲原郡巻町（平成十七年〈二〇〇五〉十月十日に新潟市に編入合併）に属する角田村にある願正寺なる寺に所蔵されて大事に扱われていた本なのである。

願正寺《がんしょうじ》は新潟市西蒲区《にしかん》角田浜《かくだはま》一一六三番地に現存する。筆者は、平成十五年（二〇〇三）八月二十三日、寺の由緒を知るべく現地を訪れた。JR越後線巻駅前から女性運転手の乗務する角田山周遊登山バスにただ一人の客となり、約四十分乗車して「角田妙光寺前」で下車。願正寺は日蓮ゆかりの古刹妙光寺とは道路を挟んで反対側にあった。海岸までほんの二、三十メートルほどの海辺で、まさに「波岸」である。寺は美しい姿の山門をくぐった正面に「乙始山願正寺」の扁額を掲げた堂々たる本堂を構えた立派な建物であった。住職の乙山圓亮氏はお留守であったが、先代の奥様である住職の御母堂にお目にかかり、話を聞くことができた。寺の由緒由来については本堂に掲げられた「乙始山願正寺略史」と題する文章にわかりやすく書かれているので、それを引用する（句読点を一部変更した）。

乙始山願正寺は、その創始は不詳なるも、所蔵の記録によれば、往古は天台宗で、岩穴前の坊九坊の一寺で北蒲原郡中條村乙村乙宝寺の分寺であった。

暁雲和尚を第一世とし、建久五年九月六日往生とあるから、紀元一二〇〇年頃である。第二世は錫擧師、第三世積遥師の時、承元元年、親鸞聖人が當國国府（直江津在）に御流罪になり、仝三年、蒲原御巡錫の途次、赤塚村の庵主某の許に御一泊なされた時、これより西三十余丁の地に西院の河原のあるお話をお聞きになられ、翌早朝、仝庵主の御案内で岩穴にお出になられ、阿弥陀経を読誦なされたのを、お側近くにいた積遥師は、その御聲と御姿の尊さに打たれ、御教化を蒙り、立ちどころに改宗、お弟子となり、法名を教善と、更に御形見の御染筆御六字の御尊号を賜わったので、教善は尓後お供仕りたいと切に御願い申上げたが、聖人は、そこもとは越後の國が有縁の地なれば、我に代り衆生教化をたのむと仰せになり、左の一首を賜ったのであります。

わかるゝというばかりなり昨日今日

明日は会い見ん弥陀の浄土に

斯く願正寺は祖師聖人の御旧跡であったため、こんどは第十世開蔵師の時、本願寺第八代で中興上人と仰ぐ蓮如上人の御巡

願正寺　山門から本堂を望む

願正寺　経蔵「有則堂」

錫御一泊、そしてまた御染筆の六字尊号を賜っています。当時願正寺は既に乙始山麓に移り、そしてこの地に在ること約二百八十年、その後第十七世宝了師の時、承応元年に現在地に移り、本堂は安永六年（一七〇〇年頃）、庫裡は文化三年（一八〇〇年頃）造営されています。次、第二十二世理観師の時、明和二年三月四日（一七六三年頃）、霊夢による三尊佛が岩穴より御出現になり、当山に御安置されるに至ったのであります。而も、願正寺は千有余年の寺歴をもちながら一度も火災に遭っていないので、古い記録がそのまゝ残っている。従ってこのような話も単なる傳説や物語りではありません。明治八年、村で七十余戸も焼けた大火にも免がれ、仝廿三年九月には本当（堂カ）の真ん中に落雷があっても焼けなかった。

そして、明治九年には本願寺第二十一代明如上人の御巡錫をいたゞく等、これだけ御佛縁の深い寺は他に余り例がないと思われる。

明如上人より賜ったお歌（本堂前の碑銘）、

法の舟にあわずばわれもいつまでも
海にいつまで沈みはてまし（以下略）

これによれば、本寺は鎌倉時代以来の歴史のある浄土真宗の寺で、始祖親鸞ゆかりの寺でもあり、妙光寺にまさるとも劣らない古刹なのである（本堂の前には近年建てられた親鸞上人の像がある）。山門の脇には白壁の蔵があるが、それが第三、八、九冊の見返し書き入れに見える「有則堂《うそくどう》」という名の経蔵なのだという。しかも話によると「有則堂」の名は良寛の命名によるのだという。それが事実で、良寛が当地に程近い五合庵に在住時のことだとすれば文化年間（一八〇四〜一八一八）頃のことで、これら見返し書き入れもそれ以後になされたことになる。現在「有則堂」は錠が錆び付いて開かないのだというが、中には経典や仏書がほとんどで、文学書のようなものはないはずだという。それにしても、確かに江戸時代後期のある時期に、この寺の経蔵には『源氏物語』の注釈書の版本が二十冊セットで収められており、貸し出されることもあったようだが、非常に大切にされていたということは、この荒波打ち寄せる北越の海辺の寒村において『源氏物語』が受容されていたことの証であり、この地方の文化水準の高さを示していると思われ、『源氏物語』享受史においても興味深い事象であろうと思う。

おわりに ――第一冊の欄外・行間書き入れ注について

ところで、他に注目される事象として、この願正寺旧蔵『紹巴抄』の第一冊には、ほぼ全体にわたって欄外・行間に注釈が書き込まれているということがある。書き入れ注は、総説が終わって桐壺巻に入った第5丁裏から箒木巻の八割以上を占める第64丁表までのほぼ全丁に見られ、上部欄外を中心に、一部行間の余白にも及んでいる。書き入れは基本的に墨書だが、見出しの頭に丸印と合点、終わりに句点を朱で付している。まれに丸印や合点がない項目もあり、不適切な位置に句点が置かれた例もあるので、これらの朱は後に一括して付されたものと考えられる。

これら書き入れ注に関しては、以下に全文を翻刻し、その内容に関して簡略な考察を加える。

《翻刻》広島大学蔵刊本『源氏物語抄』(『紹巴抄』)第一冊欄外・行間書き入れ注(付・考察)

〔凡 例〕

一、書き入れ注は墨書であるが、見出し(『源氏物語』本文の引用部分)の頭に丸印と合点、終わりに句点が朱で付されている。翻刻では合点と句点は省略したが、丸印はそのまま○で表した。
一、見出しの頭の丸印がないものには、私に頭に・印を付した。
一、見出しの後に、『源氏物語』における所在を『源氏物語大成』のページ数・行数と「新編日本古典文学全集」『源氏物語』①の頁数で示した。
一、見出し部分はゴシック体で記し、注釈部分との間を一字空けた。
一、注釈部分は、漢字は原則として通行の字体に改め、読解の便宜のため適宜句読点を付した。
一、上部欄外から書き始める通常の注と異なる低い位置にある注は、区別するために頭に▽印を付して一字下げて記した。
一、『細流抄』にない独自の注には、末尾に※印を付した。
一、書き入れ注に脱落があると認められる場合は、「源氏物語古注集成」7『内閣文庫本 細流抄』の本文によって補い、その部分を【 】で括って示した。
一、その他、必要事項を適宜( )内に注記し、本文に疑問のある箇所には右傍に(ママ)注記を施した。
一、各項目には、末尾の〔 〕内に通し番号を付した。

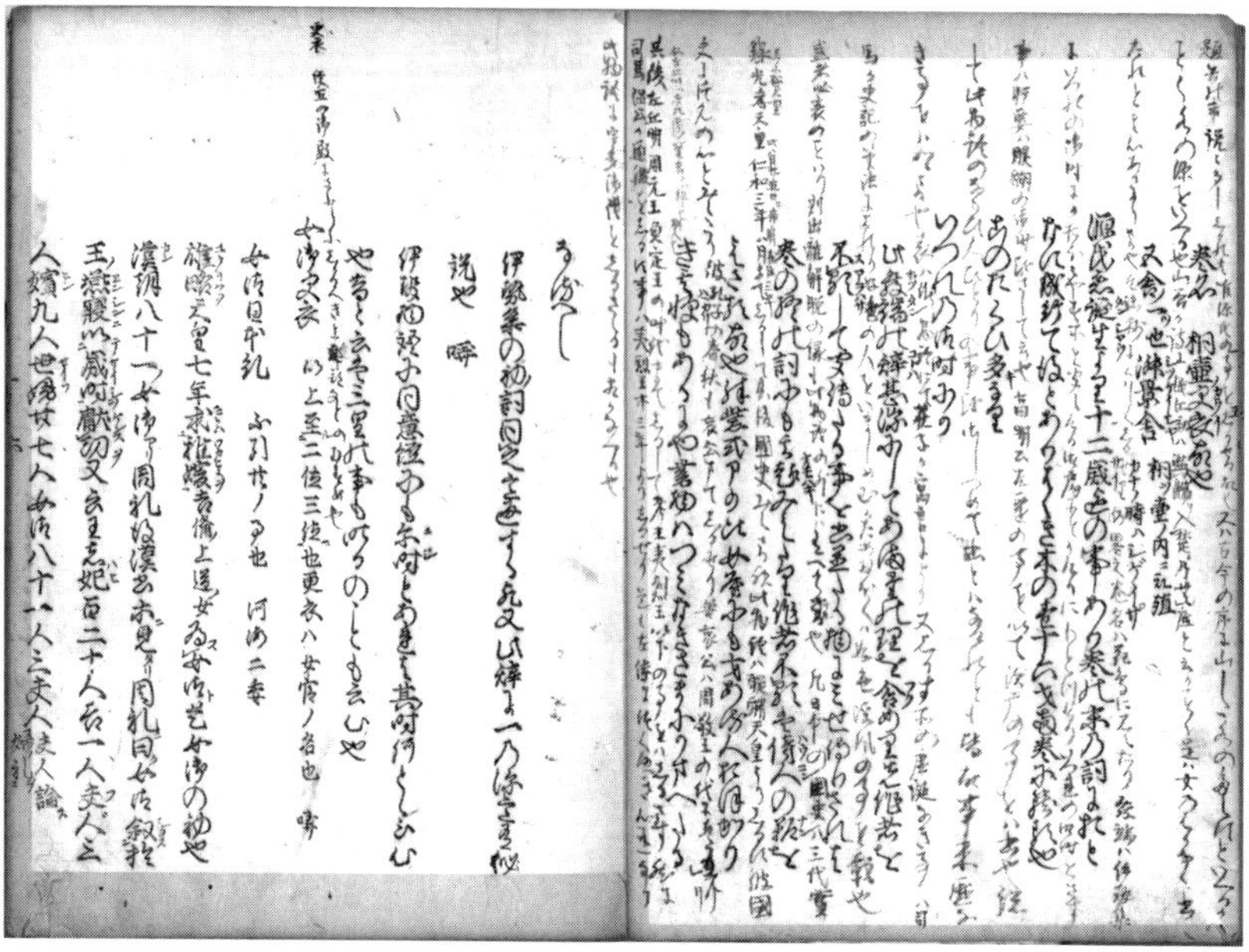

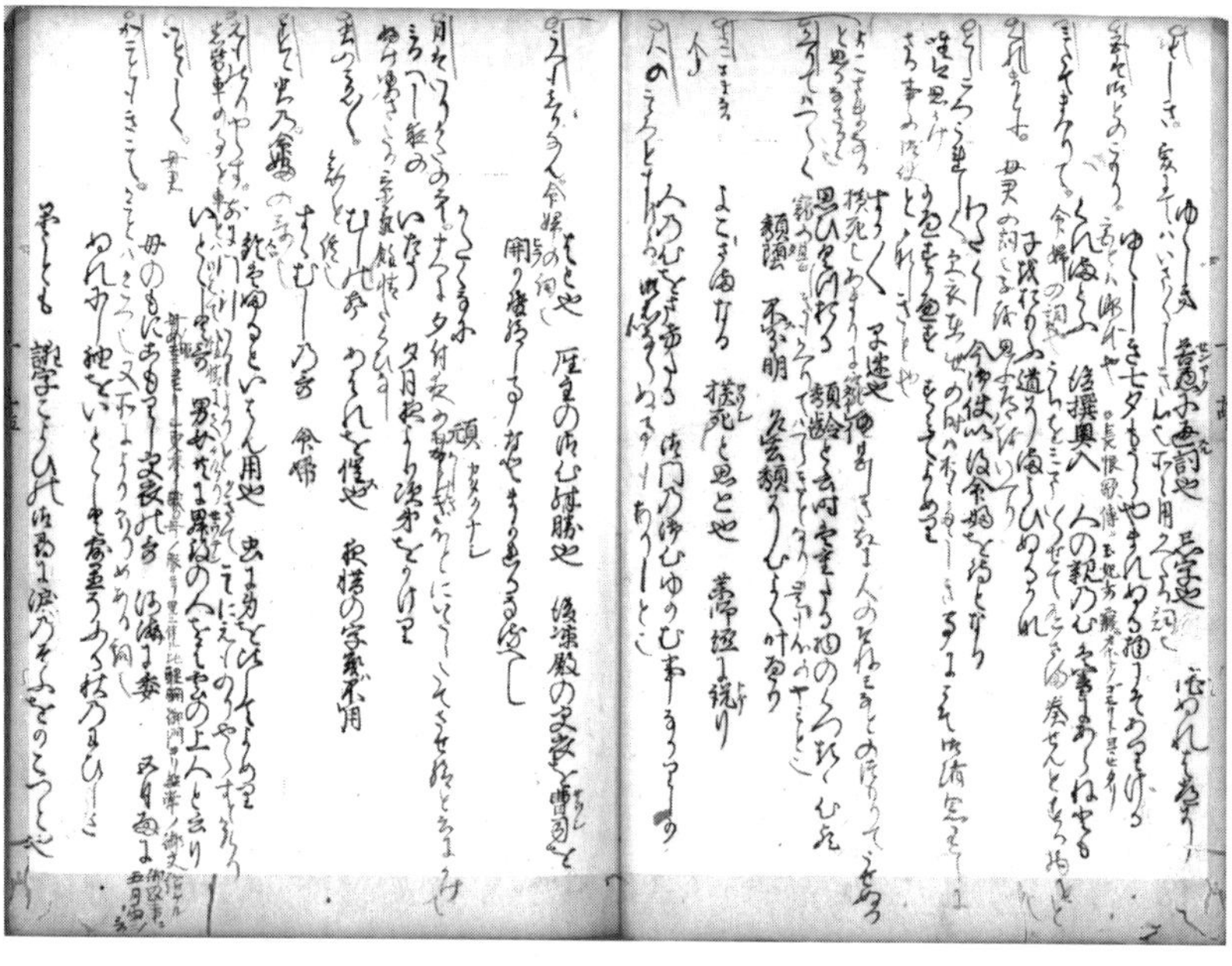

第一冊　欄外・行間書き入れ注

◎桐壺巻

・**【いつれの御時にか**（五1・17）**】**題号の事説々多し。しかれ共唯源氏の事をしるせる故也。又は古今の序に、山した水のたえすといへるかことく、水の源をいへる也。山谷か詩に、岷江、初は濫フレ觴ヲ入レ楚ニ乃無レ底と云かことく、是は女のはかなく書たれとも心あさからさる也。凡諸抄にくはしくしるせり。仍略之。巻名は花鳥に見えたり。発端は伊勢集に、いつれの御時にかおほみやす所と聞えける御局にとかけるにもとつけり。いつれの御時とさす事は、肝要は醍醐の御時をさして云也。高明公左遷の事を以て須磨の事をは書也。総して此物語のならひ人ひとりの事をさしつめて書とはなけれとも、皆故事来歴なき事をはかゝさる也。表は作物語にて荘子か寓言により、又しるす所の虚誕なき事は司馬か史記の筆法によれり。好色の人をいましめむかため、おほくは好色淫風の事を載也。盛者必衰のことはり、則出離解脱の縁も此物語の外には有へからさる也。凡日本の国史は三代実録光孝天皇（右ニ「号小松天皇」ト傍書）仁和三年八月（右ニ「此八月廿五日ニ帝崩、在位三年」ト傍書）まてしるして、其後国史みえさる歟。此物語は醍醐天皇よりしるす。彼国史につかんの心とみえたり。彼孔子の春秋も哀公まてしるせり。魯哀公は周敬王の代にあたれり。其後左丘明（右ニ「私、左丘明ハ左氏伝ノ筆者トハ非也。別人也」ト朱デ傍書）周元王貞定王の時代まてしるして、考王夷烈王以下の事をはしるさす。然に司馬温公か通鑑をしるす事は、夷烈王廿三年よりしるせり。是も左伝につくへき心有なり。此物語に宇多御代をしるさゝるも相かなへる也。〔1〕

・**更衣**（五1・17）便宜の御殿にさふらふしかるへき上達部なとのむすめ也。〔2〕

○**時めき給ふ**（五2・17）時めくは時をえたる也。時宜にあへると也。春めく、冬めくなとおなし心也。〔3〕

○**はしめより我はと**（五2・17）これよりしなをたてゝいへり。〔4〕

○下らうの更衣たちはまして(五3・17) 此ましてと云一詞殊勝也。人は我身のしなくほと心もちゐはあるもの也。いたらぬ下劣の嫉妬の心は深と也。〔5〕
○あつしく(五5・17) いれいかち也。〔6〕
▽○あつしくはわつらはしき也。あとわと五音相通か。下は畧字歟。私、煩字、医書ニ煩熱ト云時ハあつきコヽロなり(「私」以下ノ一文朱書)。〔7〕※
○まはゆき(五8・17) 人のそねみてうちもむかはさる㒵也。〔8〕
○もろこしにもかゝる事のおこりにこそ(五8・17) 花鳥にはもろこしにもといふより以上貴妃の事のやうにしるさる。不可然歟。二段にみるへきなり。是は殷紂か妲己を愛し周幽王の褒姒を寵愛せしより世のみたれたる事等を引て云也。さて楊貴妃のためしと書は、此巻は長恨歌にて書故也。彼褒姒は烽火の事にて世の乱出来也。妲己はさせる悪事見えさる也。但史記に妲己之言是従とかけり。何事も妲己か云まゝに紂か悪事を行ふ心也。史記の筆誅のおもむき詞と見えたり。〔9〕
○いとはしたなき(五10・18) 此更衣によそよりの人の心むけ也。〔10〕
▽○はしたなきは不相応也。引 さもこそは夜半の嵐のあらからめあなはしたなのまきの板戸や。〔11〕※
○かたしけなき御心ひとつを(五11・18) 御門の御気色一をたのむはかりなり(右ニ「はかり也」ト朱デ傍書)。〔12〕
○ちゝ大納言は(五12・18) 以下更衣の族姓をいへり。〔13〕
○母きたのかたなん(五12・18) 母北方なんいにしへのよしあるにてと句を切てよむ也。〔14〕
○おやうちくし(五12・18) 孤独の身なれともかたくにおとらぬやうに母君のあつかひ給ふ也。〔15〕
○たまのおのこみこ(六2・18) 源氏の君なり。玉のおのこ花鳥説尤有レ興。〔16〕

○一のみこ（六4・18）朱雀院なり。〔17〕

○右大臣（六4・18）弘徽殿の父也。〔18〕

○よせおもく（六4・18）寄重也。〔19〕

○この御にほひには（六5・18）黍稷かうはしきにあらす。明徳惟馨といへるかことく其人の威徳を匂ひといへる也。〔20〕

○おほかたのやむことなき（六5・19）一のみこはもとよりの御おほえはかりと也。〔21〕

○はしめよりをしなへてのうへみやつかへし給へき（六7・19）女御更衣は別殿に祠候して時〱こそさふらふへきを、此人は典侍《スケ》（右ニ「相当従四位」ト傍書）なとのやうにおまへさらすめしまとはせは、かへりてかろ〱しき也。寵愛の甚しきあまり也。〔22〕

○上手めかしけれと（六8・19）上すめかしきとは上﨟しきと也。花鳥の説如何。〔23〕

○坊にもようせすは（六12・19）ようせすとはあしくせはとなり。〔24〕

○かしこき御かけをたのみきこえなから（七2・20）是より更衣の心也。〔25〕

○中〱なる物おもひ（七3・20）此物語中〱と云詞いつくも寄特也。凡哥の五文字にもなか〱とをくは大事也。末いひおほせかたき故也。御寵愛甚しからすはかやうにはあるましきを、これ故に中〱なる物おもひもあると也。〔26〕

○御局は桐壺也（七3・20）桐壺は御殿よりはほと遠き故也。花鳥に見えたり。〔27〕

○うちはし（七6・20）きり馬道に板をうちわたしてかよふ道也。〔28〕

○あやしきわさ（七6・20）花に見えたり。〔29〕

○**後涼殿**（七10・20）　涼の字らうと読よし河海にみえたり。此更衣誰ともなし。〔30〕

○**そのうらみまして**（七11・20）　はしめより後涼殿に住し更衣の心也。〔31〕

○**此みこみつになり給ふ**（七11・21）　三歳着袴例、河に見えたり。〔32〕

▽○**をよすけ**（七14・21）　源語類聚ニ日本紀ヲ引テ助及ト書リ。オトナシキ事也。〔33〕※

○**みやす所**（八2・21）　更衣の事也。更衣たる人、御子をうみたてまつりてのちの御息所に号するやうに、此物にはいつくにも見えたり。〔34〕

○**五六日**（八5・21）　いつか六日《ムユカ》と日の字をいれて読なり。〔35〕

○**なく〱そうしてまかてさせたてまつり給**（八6・21）　爰にて退出のやうにみえたれともいまた御いとまを申也。おくにて、わりなくおもほしなからまかてさせ給つと云処にまことの退出也。此筆法あまた所にあり。〔36〕

○**あるましきはちもこそと**（八6・21）　更衣の里にわたしたてまつらん事をは遠慮《リヨ》して源氏の君をはとゝめさせ給ふ也。〔37〕

○**われかのけしき**（八13・22）　あるかなきかのけしき也。正躰もなき体也。〔38〕

○**手くるまの宣旨**（八14・22）　花説可然。〔39〕

○**かきりとて**（九3・23）　ありめのまゝなる哥也。時にの（ママ）みて哀なる哥也。いかまほしきはいき度と也。〔40〕

○**いとかく思ふ給へましかは**（九3・23）　花儀非歟。かねてよろつたのみし心のほかになりぬる事を思ふ詞也。きのふけふとは思はさりしをと云かことし。御門の御返哥のなきは御心を深くまとはし給ふ事を見せたり。〔41〕

○**けふはしむへきいのり**（九6・23）　こよひよりきこえ今夜より更衣の里にて修法をもせさせむとて也。是も深くおほしめすにより退出をゆるし給也。〔42〕

○まかてさせ給(九7・23) ここにて退出。〔43〕

▽○いふせさ(九8・23) 物かなしき躰也。又おそろしき事也。〔44〕※

○みこはかくても(九11・24) 此段河誤也。花説可然。七歳以前人服忌の事醍醐御代法をたてらるゝ事、両度あらたまれり。これははしめ七歳以前の人も服のいみあるへしと有し時の分にかける也。〔45〕

○なに事かあらんとも(九12・24) 光源氏の君いときなきよし尤哀也。〔46〕

○よろしき事にたに(九14・24) 此よろしきは中品也。なをさりのわかれさへとなり。〔47〕

○おたき《ヲカ》(一〇3・24) 今の六道是也。昔の葬所也。〔48〕

▽○一抄、鳥部野ヲ云也ト云々。未詳之。〔49〕※

▽○所ノ者カタリ侍ルハ、六波羅ト六道トノ間ヲタギ寺アリト云ヘリ。〔50〕※

○むなしき御からを(一〇5・24) 母君の心也。引哥に及へからさる也。〔51〕

▽○はひになり(一〇6・25) もえはてゝ灰と成なん時にこそ人を思ひのやまむこにめ(ママ)〔52〕※

○ひたふるに(一〇6・25) 一向になり。〔53〕

▽○サハ思ヒツカシ(一〇7・25) サレハコソ思ヒツルコトヨト人〱云也。〔54〕※

○三位のくらひ(一〇8・25) みつのくらゐと読也。〔55〕

▽○心はせ(一〇12・25) 心操。(墨デ抹消)〔56〕※

▽○スゲナウ(一〇13・25) 無人望。(墨デ抹消)〔57〕※

▽○年中行事歌合ノ判詞、宣命ト申ハ天子ノミコトノリヲ百ノ官ニフレアメノシタニツタヘキカスル也ト云リ。〔58〕

※

○さまあしき御もてなし（一〇13・25）　御寵愛のすくれたるによりて人のにくみをうけ給ふ也。〔59〕
○なくてそとは（一〇14・25）　引哥。〔60〕
○御かた〳〵の御とのゐ（一一2・26）　他人の御とのゐはたえてなしと也。猶なき跡迄も人のそねみ有と也。〔61〕
○ゆけひの命婦（一一8・26）　衛門の命婦也。拾遺の詞書にもあり。命婦、総しては禁中にある、内命婦と云。私の妻をも命婦と云。それをは外命婦とい《云》ふ也。当時も禁中にさふらふ女房中に内侍より次に御下とてさふらふ。其中に命婦女蔵人とてあるなり。〔62〕
○やみのうつゝには（一一12・27）　引哥、夢にいくらもまさらさりけりと云たるよりは此面影はかなきとなり。引哥、歌の取やう奇特也。〔63〕
○人ひとりの御かしつき（一一13・27）　人ひとりは更衣を云り。〔64〕
○草もたかくなり（一二1・27）　ぬしなき宿はさひしかりけりといふ哥の心なり。〔65〕
○やへむくらにも（一二2・27）　とふ人もなき宿なれとの哥宜也。春を月にとりかへて引用也。〔66〕
○けにえたふましく（一二4・27）　母君の身にてはかやうの御とふらひにあつかる事ははつかしきと也。〔67〕
○まいりては（一二4・27）　命婦の詞也。〔68〕
○内侍のすけ（一二5・27）　是よりさきに内侍のすけを御使につかはさるゝ事あるへし。〔69〕
○しはしはゆめかと（一二7・28）　是より勅定宣を命婦のつたふる也。〔70〕
○めも見え侍らぬに（一二13・28）　母君の詞也。〔71〕
○ほとはす《（ママ）》こし（一二14・28）　是より勅書の詞也。〔72〕
○みやきのゝ（一三5・29）　宮中の心也。花。〔73〕

○松のおもはむ(一三6・29)　引哥。人にしられんもはつかしと也。〔74〕
○ゆゝしき(一三11・29)　爰にてはいま〳〵しき心也。所々用かへたる詞也。〔75〕
○宮は御とのこもり(一三12・30)　宮とは源氏也。〔76〕
▽○長恨歌伝ニ玉妃方寝。オホトノゴモリトヨマセタリ。〔77〕※
○みたてまつりて(一三12・30)　命婦の詞也。うちをみまいらせて有さま奏せんとする物をと也。〔78〕
○くれまとふ(一三14・30)　母君の詞也。子を思ふ道をいへり。〔79〕
○としころうれしく(一四1・30)　更衣在世の時はおもたゝしき事にこそ御消息有しに、唯今思かけさる事の御使とかなしきと也。〔80〕
○かへりてはつらく(一四10・31)　寵の甚しきもかへりてはつらきとなり。是も心のやみと也。〔81〕
○よこさまなる(一四9・31)　横死也。あまりに寵愛甚しき故に人のそねみなとのつもりてうせぬると思ひなさるゝ也。〔82〕
○人のこゝろをまけたる(一四13・31)　御心ならぬ事もありしと也。〔83〕
○うへもしかなん(一四11・31)　命婦の詞也。〔84〕
○月はいりかたの空(一五4・32)　まへに夕付夜のおかしきほとにいたしたてさせ給と云にかけてみるへし。夜のふけゆきたる景気余情たくひなし。〔85〕
○虫のこゑ〳〵(一五7・32)　哀を催也。〔86〕
○すゝ虫の(一五7・32)　命婦の哥也。〔87〕
○えものりやらす(一五7・32)　前に門引いるゝよりとかきてこゝにえものりやらすとかけり。悉皆車の事を車とは

いはて余情にてかけり。〔88〕
○いとゝしく（一五9・32）母君。〔89〕
▽~~母の~~《ノ服》~~モニコモリシ更衣ノ歌~~（墨デ抹消）○母ノ服ニテ里ニ侍ル比醍醐御門ヨリ無常ノ御文給ケル御返事ニ五月雨ノ哥。〔90〕※
○かこともきこえ（一五9・32）かことは、かこつ也。又所によりかはりめある詞也。〔91〕
○御くしあけのてうと（一五12・32）さしくしなとの類なるへし。〔92〕
○すか〱と（一六2・33）はや〱と也。速也。〔93〕
▽○おほとのこもらせ給（一六3・33）主上いまた御寝ならさると也。尤哀なるへし。命婦帰参を待たまふ故也。〔94〕
○つほせんさい（一六・4・33）此巻の一名ともいへり。〔95〕
○長恨哥の御ゑ（一六6・33）花鳥にしるせり。貫之哥事不見云々。然共凡此物語に書事則証拠なるへし。栄花物語伊周公左遷の所にも昔の長恨哥の物語もかやうなる事にやと悲しくおほしめさるゝ事かきりなしと云々。〔96〕
○まくらこと（一六8・33）つね《ツネ》の事也。〔97〕
○いともかしこきは（一六9・33）母君の文詞。〔98〕
○あらき風（一六11・34）更衣のなくなりし（マヽ）云。〔99〕
○みたりかはしき（一六12・34）両儀有リ。第二三句御門の御うへを云に似たり。仍憚へきと云心也。又義、此種のみたり心にかきか（衍カ）きき（朱）さまなともみたりかはしきとなり。草子地評して云也。〔100〕
○いとかうしも（一六12・34）御門の御心也。〔101〕

・かくても月日は（一六14・34） かくても経ぬる世にこそありけれの心也。〔102〕

○故大納言のゆいこん（一七1・34） 大納言のこゝろさしを母君のきこえによりて仰さるゝ也。〔103〕

○かくてもをのつからわか宮なと（一七3・34） 母君をなくさめ給ふ御詞也。〔104〕

○しるしのかんさしならましかは（一七6・35） 花鳥。〔105〕

○たつね行（一七7・35） 幻術の方士もかなと也。〔106〕

○からめいたるよそひはうるはしう（一七9・35） うるはしうは実めなる也。〔107〕

○なつかしうらうたけなりし（一七10・35） 貴妃にはたとへも有し也。此更衣はたとへん物なきと也。〔108〕

○弘徽殿には（一七13・35） 遊なとし給也。かくまての御なけきにてあるへきとも思給はぬと也。〔109〕

○月もいりぬ（一八3・36） 此詞殊勝の由古来所称也。前に夕月とかき月はいりかたの空とかきて月もいりぬとかけり。月落長安半夜鐘の句にもおとらすやと云々。〔110〕

○あくるもしらす《てと》（一八7・36） 引哥、長哥をよめる哥也。〔111〕

○猶あさまつりことは（一八8・36） 長恨哥には貴妃か寵によりて也。爰は更衣の事の御なけきにおこたらせ給ふ也。猶の字殊勝也。〔112〕

○大床子（一八9・36） 朝餉は女房の陪膳、大床子のは殿上人の陪膳也。いつれをも御覧しもいれさるさま也。〔113〕

○この御事にふれたる事をは（一八13・37） 御寵愛の甚によりて此更衣の事にふれてはすこしは道理をまけたる事もありしとは、後涼殿の更衣をよそにうつし給なとのたくひなるへし。〔114〕

○人のみかとのためし（一九1・37） 河海玄宗と有。玄宗は禄山か乱の後則位をさりて粛宗につき給しかは、位をもやさり給はんすらんの心也。〔115〕

○月日へてわか宮まいり給ひぬ（一九2・37）源氏君也。〔116〕

○坊さたまり給ふ（一九3・37）朱雀院の御事也。醍醐御代には東宮文彦太子保明薨ノ後其子慶頼《ヨシヨリ》王立坊又早世。其後朱雀院立坊也。〔117〕

○女御も御心おちゐ給ぬ（一九6・37）弘徽殿の御心安堵せし也。〔118〕

○かの御おは北の方（一九6・37）更衣の母君。源氏の君祖母なり。〔119〕

○このたひはおほししりて（一九9・38）源氏君更衣にわかれ給時は何のわきまへもなかりしを、此度は思ひしりて愁傷有也。〔120〕

○女みこたちふた所（二〇2・39）朱雀院の御一腹也。〔121〕

○宇多の御門の御いましめ（二〇7・39）河、花、等にみえたり。〔122〕

○鴻臚舘（二〇8・39）河花に見えたり。今のよつ塚といふ所の辺也。〔123〕

○右大弁の子（二〇9・39）うつほ物語にも相人の右大弁の子としてあふ事あり。〔124〕

○国のおやとなりて又其御さうたかうへし（二〇10・39）此一段花鳥義いかゝ。言ははしめより国のおやとなりてあらはあしかるへし、天下をたすくるかたにてあらはみたれうれふるかたたかひてよかるへし。〔125〕

○弁もいとさえかしこき（二〇13・40）さえはさ文字清へきよし一條禅閣《（ママ）》御説と云々。然共さ文字古本濁て声をさす也。可然哉。其故は神楽のざいのをのこともさ文字濁也。〔126〕

○いみしきをくり物（二一3・40）此進《ヲクリ》物、梅かえ巻に沙汰。〔127〕

○やまとさう（二一6・44）和国の相人もかやうに申と也。〔128〕

○無品親王の外《ゲ》さく（二一7・40）花。〔129〕

○いよ〳〵みち〳〵のさえを（二一10・41）天下のたすけなとならせ給はゝ才学なくてはとて也。〔130〕

○すくよう（二一12・41）宿曜師。人の運命なとをかんかふる者也。〔131〕

○先帝（二二4・41）系図になし。〔132〕

○三代の宮つかへ（二二6・42）河海、光孝、宇多、醍醐かと有《アリ》。然ともさして三代にてなくとも只久しくといはんため歟。〔133〕

○御かたち人にて（二二7・42）かたちよき人と也。〔134〕

○ゆゝしうと（二二10・42）いま〳〵しき也。〔135〕

○きさきもうせ給ぬ（二二11・42）藤壺の母后也。〔136〕

○兵部卿の御子（二二13・42）紫上父也。後に式部卿。〔137〕

・これは人のきはまさりて（二三2・43）桐壺の更衣は族姓さしもなきによりて人もそねみしに、是は族姓人からそねみ云へきかたなしと也。〔138〕

・おほしまきるゝとはなけれと（二三4・43）おもしろきかきさま也。〔139〕

○うちおとなび給へる（二三7・43）女御たちの中に藤壺はわかくおはしますと也。〔140〕

○はゝみやす所は（二三9・43）源氏の君更衣の面影はおほえ給はねとも、今内侍のすけのかたり給ふにつけてなつかしく思ひ給也。〔141〕

○うへもかきりなき（二三11・44）主上の御心には源をも藤壺をもいつれも大切に思ひ給ふ故也。〔142〕

○こきてんの女御、又この宮とも（二四1・44）更衣の後は源氏をは思ゆるし給ひしを、此藤壺と御中へたて給はぬより、たちかへり源をにくみ給と也。〔143〕

○名たかうおはする（二四3・44）　弘徽殿の宮たちの事をいふ。〔144〕
○かゝやく日の宮（二四5・44）　花。〔145〕
○おはします殿（二四10・45）　清涼殿也。花。〔146〕
○大蔵卿くら人（二四13・45）　花。〔147〕
○はいしたてまり《（ママ）》給さま（二五2・45）　春宮の御元服は南殿にて堂上にて拝あり。是は堂下にてある故に皆涙をおとすといふ義あり。され共只源氏の容儀進退を感する心可然歟。〔148〕
・さふらひに（二五9・46）　殿上也。〔149〕
○おとゝけしきはみ給（二五10・46）　今ひきいれの大臣むことり給へき也。さて我恋し人賞し申さるゝ事也。〔150〕
○いときなき（二六1・47）　いとけなきといふ本有。それをもいときとよむへし。〔151〕
○御心はへありて（二六1・47）　葵上の事を含たる仰也。〔152〕
○むすひつる（二六3・47）　紫は惣して女を云。又は今は元服なれはいふ也。哥の心は源氏君の心たにたかはすはと也。〔153〕
○みはしのもとにみこたち（二六5・47）　元服の禄賜也。〔154〕
○おりひつ（二六6・47）　おりうつと読也。おりにいれたる也。〔155〕
○こ物（二六6・47）とんしき（二六7・47）　河海。〔156〕
○ゆゝしううつくしと（二六10・48）　此ゆゝしうはゆへ〳〵しき心也。〔157〕
○女君はすこしすくし（二六10・48）　葵上は源氏に四の兄也。此年のましたる事故始終葵上は心をかせ給ふと也。〔158〕

○おほな〳〵（二七14・49） 念比に也。〔159〕

○さとのとのは（二八2・50） 更衣の里也。後に二条院と云也。〔160〕

○おもふやうならん人を（二八4・50） 一儀大方思ふやうなる人と也。又藤壺の心あり。〔161〕

○ひかる君と（二八5・50） 源氏の名の事をかきあらはせり。西三条右大臣源光と云は仁明天皇御子、才人也。〔162〕

○となん（二八6・50） 紫式部我かきたる事を人にしらせしとなり。何巻にも此心あり。〔163〕

◎箒木巻

○源氏十六歳。桐壺巻には十二歳の事まてしるすと見えたり。但同巻の奥におとなに成給ひてのちはとかき、又さとの殿は修理職たくみつかさに宣旨くたりてになふ《う》あらためつくらせ給ふと有。然は十三四五の年の事は桐壺の奥にこもり侍へし。巻名、河海に箒《ヒ》木の心もしらての哥の所委くしるさる。はゝき木と云名は総して源氏一部の名にかけてみるへき也。一切衆生のあるかとすれはなきありさまによくかなへり。桐壺巻は序分ま《マ》てもいりたゝす。此巻物語の序分也。作者の本意、盛者必衰のことはり、此題号におさまれり。凡荘子か胡蝶の夢の詞も此ありなしにおなしかるへし。世間は只箒木にはしまりて夢の浮橋におさまる、みるへき也。〔1〕

○光源氏名のみこと〳〵しう（三五1・53） 河海に名のみこと〳〵しうと読きるへきよししるせり。可然。但読つゝけてもくるしからさる也。人をそしるよりいへはいかなる名人もいひけたるゝ物也。是世間のありさま也。弘徽殿の方さまよりは云けたれ給ふと也。されとも只公界へかけてみるへきにや。とかは好色也。又何事に付てもなり。〔2〕

○すきこと共（三五2・53）　すき事とは好色也。花鳥、光源氏といふ名をすき事とはいへると云々。此儀は如何。かくろへ事とはしのひたる事なるへし。花鳥、高麗人に相せしめ給し事云々。是も又如何。〔3〕

○片野の少将には（三五5・53）　給けんかしといふまて物語の作者の惣論也。かた野の少将説々あり。物語の名也。清少納言枕草子にも見えたり。心は、片野の少将は天性好色をうへからたつる人の事也。此源氏の君は【うへはさはなくてしたに好色の心あると也。〔4〕

○また中将なとに（三五5・53）　こゝより双紙の詞也。今源氏は】当官中将也。給し、此し文字は過去のし文字にては聊心得かたき様なれと、当代の事をも如此書事常の事也。〔5〕

○さふらひようして（三五6・53）　居よくして也。〔6〕

・おほいとのには（三五6・53）　葵上の御方也。桐壺巻にもうちすみのみこのましうおほえ給と有。〔7〕

○しのふのみたれやと（三五6・53）　内裏にてはいかなるみたれ心もあらんと葵上かたには思疑へると也。花鳥、藤壺の女御に心かよはし給事と云々。是はさしつめたるやうなるにや。〔8〕

▽○さしもあためきめなれたる（三五7・53）　花鳥、めなれたるは葵上の事也と云々。此義不可然。此段は悉皆源氏の君の本性をあらはし侍也。源氏の心くせにて心つくしにわりなきふしをこのみ給と也。源氏の君一生涯の心はせをあらはす也。〔9〕

○なか雨（三五10・54）　花には六月と有。只五月可然。〔10〕

○なかゐ（三五10・54）　久しく居也。〔11〕

・御むすこの君たち（三五12・54）　ひきいれのおとゝの子息たち也。〔12〕

・御とのゐ所（三五12・54）　源氏のとのゐ所也。〔13〕

・宮はらの中将 (三五13・54) 後に致仕のおとゝ也。桐壺御門の御いもうと、三宮の御腹也。〔14〕

○右のおとゝの (三五14・54) 弘徽殿の后の妹也。此おとゝの四君此宮はらの中将にあはせ給也。此君も物うくしてとは、此四君をはさしも思給はてあためき給へは、源氏の葵上には心とゝめ給はぬおなしやう也となり。〔15〕

・おさく (三六3・54) 此詞所によりて用かふる也。〔16〕

○をのつからかしこまりもえをかす (三六4・54) へたてなくむつひ給ふゆへにをのつから礼儀をもわすれてともなひ給ふと也。かしこまりもえをかすは無礼なる様也と也。是則しなさための物語なとうちとけたる事のはしめにかけるなるへし。〔17〕

○御とのゐ所 (三六6・55) 桐壺の事也。〔18〕

○おほとのなふら (三六7・55) 又はおほとのあふら。いかさまにかいてもよむ時はとのふらとよむなり。〔19〕※

○ふみともなと見給 (三六7・55) 此文は書籍也。〔20〕

▽○かたはなるへきも (三六9・55) 其中に見くるしきも有へき也。下の心は興有文をはかくし給ふ心也。〔21〕

○色くのかみなる文 (三六8・55) 是は艶書也。〔22〕

▽○をしなへたるおほかたのは (三六10・55) 只大かたのは中将なとの我身の上にもかきかはしてみ侍ると也。〔23〕

○をのかしゝ (三六11・55) 我く也。みつからの心さしのまゝに也。〔24〕

▽○八雲抄云、ワレくアル心也ト云々。〔25〕※

○えんすれは (三六12・55) うらむる也。〔26〕

○おほそう (三六3・56) 大概也。ウチハナチタル也ト云々。※(片仮名書ノ一文『細流抄』ニナシ)〔27〕

・二のまちの心やすき (三六14・56) 第一にかくし給にてはあるましき也。つきのにてあるへきと也。(『紹巴抄』ノ

項目「二の町」ニ「次ノマチノ心也」ト傍書）〔28〕

○そこにこそ（三七4・56）そこは足下也。源氏此中将をさしての給也。〔29〕

○御覧し所あらんこそ（三七5・56）中将の詞。〔30〕

○これはしも（三七6・56）只これはといはんため也。し文字はやすめ字也。〔31〕

○うはへはかりの（三七7・56）手をかく事也。大かた手なともきたなけなくかきて事たかひたるやうなる人也。〔32〕

○そもまことに（三七8・56）そもはそれも也。撰出していはんにはかたきとなり。〔33〕

○わか心得たる事はかり（三七10・57）我はと思ひて人をなにともなく云也。女の常のくせ也。〔34〕

○まとのうちなる（三七11・57）人のむすめのよそのきこえあるほとなり。〔35〕

○たゝかたかとを（三七12・57）哥をもよみ琴をもひき手をもかくなと一ふししいつる事のあるをきゝつたふる也。凡此品定はたれとなく皆世にありとある人のありさまをいへり。されとも少々は此物語の中にある人の性に引あはせて見也。こゝは末摘の琴なと引給と聞て源の心をとり給る也。〔36〕

○をのつからひとつゆへづけて（三七14・57）自然一芸はたれもしいつる事ある也。〔37〕

○みる人をくれたるかたをは（三七14・57）人の媒介するくせにて、種々の其身によきはかりをとりいたして云たつる也。〔38〕

○それしか《か》あらしと（三八2・57）さはある《ル》ま《マ》しきと推察するまての事はたれもなき物也。〔39〕

○まことかと見もて行ニ（三八2・57）きくことにかなふやうなることはなき物なれは、とにかくに世間にしかるへき女はなきそとてうちうめきたる也。〔40〕

○**いとなへてはあらねと我も**（三八4・57）　我もとは源氏也。〔41〕

○**いとさはかりならん**（三八5・57）　一向なる人の所へはすかされもよるましきと也。〔42〕

○**とるかたなくくちおしき**（三八6・57）　下品と上品とは同し物なるへし。最下品と最上品とはかすすくなきと也。されは中品に人の心はみゆへ《ヘ》し《シ》と也。〔43〕

○**人の品たかく**（三八7・58）　上品の人は自然にかくるゝ事もおほきと也。〔44〕

○**しもかしなに成ぬれは**（三八10・58）　下品の人の事は人のとりあくる事もなきは耳にたつ事もなき也。まへの詞のとるかたなく口おしきゝはとすくれたるかすすくなしと云ことはをのへたる也。〔45〕

○**そのしなくやいかに**（三八11・58）　源氏の詞也。三品には何とわくへきそととひ給也。〔46〕

○**もとのしなたかく**（三八12・58）　上品の人の身をもちさけたるを云也。くらゐみしかくとは選叙令にも位のみしかきと云に卑の字を書たり。位のいやしき也。〔47〕

○**またなを人の**（三八13・58）　なを人は直人也。種姓不貴人也。諸大夫なとの時をえて次第に昇進して公卿なとまてなりのほる人也。此二の品分別してかたきと問給也。〔48〕

○**左の馬のかみ**（三九1・58）　此問答の最中に両人参也。〔49〕

○**いときゝにくき事**（三九3・58）　是は物語の作者の詞也。〔50〕

○**なりのほれ共**（三九3・59）　右馬頭の申也。まへの二の品を評也。当時なりのほる人をは世間からきのふけふまてのさしもなき人そとおもひいへとすてに昇進なとしあかれは云おとすへきにもあらすと也。〔51〕

○**さはいへと**（三九4・59）　されとも思ところはある也。惟光か女藤内侍のすけなとにあたれり。〔52〕

○**またもとはやむことなき**（三九4・59）　是は種姓よき人のおとろへ給をいふ也。末摘なとにあたる也。まへには琴

なと引給しわさを云とて末摘を云也。こゝは其身の有さまに比する也。両段は中の品なるへし。〔53〕

○すりやうといひて（三九7・59）　軒はの荻の類也。まへのなを人と云類なるへし。国の守は一任四か年つゝにてかはるを人の事にてとは云也。吏務を司る人なるへし。参儀（ママ）の兼国と云、権守也。〔54〕

・けしうは（三九8・59）　けの字清也。〔55〕

・えり出へきころをひ（三九9・59）　当時受領の女しかるへき時分なるへし。〔56〕

○なまく〵のかんたちめ（三九9・59）　なまく〵とはなまなりなる也。公卿なとになりたる人也。中納言参議ほとらひの人也。〔57〕

○非参議（三九9・59）　参議にもあらて三位四位たる人也。〔58〕

○もとのねさし（三九10・59）　明石入道にかなへり。〔59〕

○いとかはらか（三九10・59）　さはやかなる也。〔60〕

○家のうちに（三九11・59）　はぶかすとは何事も省略せす也。〔61〕

○まはゆき（マ）まて（三九12・59）　明石上の類なるへし。〔62〕

○宮つかへに（三九13・59）　桐壺の更衣にあたれり。〔63〕

○すへてにきはゝしき（三九14・60）　源の語也。所詮は富るによるへしと也。家の内にたらぬ事なとなかめるといふにあたりての詞也。〔64〕

○こと人のいはん（四〇1・60）　中将の詞。源は好色の身にしてかくの給は似あはさる也。〔65〕

○もとのしな（四〇1・60）　馬頭詞。此段女三の宮によくあたれり。朱雀院鍾愛の皇女にてましませとも、御手なともうるはしからす心もを《もヲ》くれたる所ましますも也。〔66〕

○うちあひてすくれ（四〇3・60）　やむことなき人のおほえもあり心もちゐもしわさもうちあひしかるへき人也。是はもとよりの事也。薄雲女院にあたれり。〔67〕

▽○心もおとろくまし（四〇5・60）　是はもとよりかくこそあるき《(ママ)》事なれは心もおとろくましきと也。〔68〕

○なにらへ《かし》（左ニ「カシ」と傍書）をよふへき（四〇5・60）　なにかしは右馬頭自身をさしていふ。然共身にとりて上品をは申かたきと也。〔69〕

・さて世にありと人に（四〇6・60）　夕皃の上あたる也。〔70〕

○ちゝのとしおひ（四〇9・60）　此段は種姓させる人ならぬ人の中にも可然人あるへきの心也。〔71〕

○かたかとにても（四〇11・61）　かやうの中にもとり所あるへき儀也。大かたをしなをしにすてかたきをはいかゝとなり。藤式部かいもうとの類也。〔72〕

○いてやかみのしな（四〇14・61）　源氏の心の中也。葵上は父は左大臣、母は御門の御いもうな《(ママ)》れはこそ上《カミ》の品とも云へき人た《タ》にも、源の御心に思所有やう也。君とは源氏也。〔73〕

○しろき御そ（四一1・61）　源のありさまをいふ。〔74〕

○なをしはかりを（四一2・61）　夜陰なれは知音の中にてはさしぬきを略して直衣はかりを引かくる事勿論なるよし一条禅閤《(ママ)》の説也。然とも直衣には必下にきぬをかさぬるもの也。こゝにはきぬをかさねさるをなをしはかりとは云也。さしぬきを略する説はあまりなる歟。〔75〕

○そひふし（四一2・61）　添臥。花説可然。〔76〕

○女にてみたてまつらほし《(ママ)》（四一3・61）　女に我なりて見たてまつりたきと也。又説源を女になして見たきと也。此詞末の巻にもあり。〔77〕

○このためには（四一3・61）　源のためには上か上をえらひあらまほしきと也。〔78〕
○大かたの世に（四一5・61）　右馬頭詞也。我物と撰定へきはかたしと也。〔79〕
・おとこの大やけ（四一6・61）　此段簡要也。此人こそ世のかためともなるへきとてとりいたすへき人はかたき事也。〔80〕
・されとかしこしとても（四一8・62）　されとも天下万機の政は官々職々有てつかさとる物也。かしこしとて一人してする事はなき也。されは上は下にたすけられ下は上になひきて大事とは云なから何ともなりて行事也。〔81〕
・せはき家（四一10・62）　家中は人ひとりのはからひにてゆつるかたなけれは大事なると也。此あるしはうしろみすへき女あるしの事也。うしろみなくて家中はおさまりかたき也。〔82〕
▽○ソヘニトテトハサアリト思テトスレハ又カヽリト也。世中ノサマ也。祇注云、ソヘニトテトハ我コヽロニ物ヲリヤウゲシタル心也。サヤウニシテヨカラント思ヘハチカヒサラハ又カヤウニセントスレハ又タカフコトアル義也。〔83〕※
○とあれはかゝりあふさきるさ（四一11・62）　花鳥、そへにとは本のことつけ《ケ》そへたる荷を云。世俗におも荷にこつけといふ事也。人のあつらへ物なとあつかりてあなたこなたへとするは、をのかわつらひになる心也と云々。如何。顕昭云、あふさとはあふさまなり。きるさとはきさま也。とさまかくさまといふ心也。とするもかくするもあしといひしらぬわさかなとよめり云々。京極黄門同之也。とせんとするもかくせんとする。あちこちへ物のちかひたる也。そへにとてとは只詞也。さありと思てすれは又かゝりと也。世間のありさま也。荷にはあらす。後撰に、けふそへにくれさらめやはと思へともたへぬは人のこゝろ也けりも此詞に同歟。〔84〕
・ソヘニハサラハト云コヽロと云々。後撰ノモサラハナリ。又サニモト云コヽロモアルヘシ。〔85〕※

○なのめに(四一12・62)　大かたは子細なき人也。なのめは十分せぬ詞也。大かたなといふ心也。〔86〕

○かならすしもわかおもひにかなはねと《ト》(四二2・62)　少々心にかなはぬ女をもすてかたく思男の事也。此詞男女のうへのみならす君臣朋友のましはりにも勝殊の詞也。〔87〕

・されとなにか世のありさま(四二4・62)　河海、なにかはなにかしかと云心と云々。但されとも読きりて何かと詞にいへる事と見えたり。〔88〕

○君たちのかみなき(四二5・63)　源氏や《ヤ》中将を云也。しかるへき女の世になきをいへり。〔89〕

○所せく思ひ給へぬたに(河内本四二6・63)　花鳥、所せくはひろき心也。思ひ給へぬはせはき心也。馬頭か世間せはきみにたにかやうに思と也云々。聊相違せるにや。所せきとはせはき心也。上﨟はよろつに身をかろ〳〵しくし給はぬによりて、其身はせはき心也。馬頭なといやしき身は所せはき事なくてみありき侍るたに、思ふにかなふ女はなしと也。所せく思ひ《へ》給へぬにたにと云にて句をきり、心を上へかけて見共、下へはつゝかぬ詞也。〔90〕

○かたちきたなけなく(四二6・63)　女の一種あるさま也。〔91〕

○ちりもつかしと(四二6・63)　身をたてゝ潔白なると也。(「身」ノ字ノ左ニ「カか身か本ウタカハシ」ト傍書)〔92〕

○文をかけとおほとか(四二7・63)　六條院御息所にあたれり。おほとか大やう也。〔93〕

○ことえり(四七7・63)　詞をえらひつくろふ也。〔94〕

○又さやかにも見てしかなと(四二8・63)　又とは文かきなとほのかなるといふに対していへり。心は文なとはかりにてはおほつかなさに行てあはむとすれは、すへなくまたせてはやく出てもあはて幽にあひしらひてものおもはする躰也。又文のほのかなれは又さやかなるをも見はやと待心にや。花鳥、墨つきほのかに書たる文を読とかむとすれは隙をついやすなれはすへなくと云、またせてとは程をふる心也と云々。〔95〕

○スヘナク（四二8・63）　無便也。無為トモ。〔96〕※
・わつかなるこゑきくはかり（四二8・63）　是よりは木枯の女にあたり（ママ）。〔97〕
・とりなせはあためく（四二10・63）　とりよりて心みれはあた〳〵しくみゆる人あり。〔98〕
・はしめのなんとす（四二11・63）　第一の難とする也。〔99〕
○ことかなかに（四二11・63）　ことなるか中也。とり分てなといふ也。この段はすゝむをしりそけ退をすゝむる也。〔100〕
○なのめなるましき（四二11・63）　なをさりならぬ人と也。可然女の事をいへり。又は男のうしろみをなをさりにすましきをも云。〔101〕
○をかしきにすゝめる（四二12・63）　物の哀をしりなさけにすゝむる、あしきにてはなけれとも実なる所なきはか《かひ》なけれは云也。〔102〕
・実々シキハカリナルモ又オソロシキ心也。〔103〕※
○又まめ〳〵しきすちを（四二13・63）　是はあまりに実なるうしろみのかたはかりをたてゝ我身をはやさしくももたさるを云。〔104〕
○みゝはさみかちに（四二14・63）　鬢の髪を耳にはさむ也。とりつくろはすあるにまかせてわか身をもつ也。家とうしはさためる妻也。此女は馬頭ゆひくひし女の類也。〔105〕
○ひさうなき（四二14・63）　ひさうは貧相也。なきにてはあるましきなり。貧相なる也。なきは添字也。此類ノ詞に多シ歟。〔106〕
○朝夕のいていり（四三1・63）　男の出入也。世間のうきをも、又は外より帰ても何事なとゝ我妻にこそ語りあはせ

んとするにも、うちとけて其いらへなともしか〳〵とせさるを云也。〔107〕

・おほやけはらたゝしき（四三4・64）　主人なともちたる人の其身にうらみ有、又傍輩朋友なとにくちおしき事の有時、心ある妻なとにはかたりもすへきをと也。〔108〕

・思いてわらひ（四三6・64）　口惜なと思ふ事ある時也。〔109〕

・さしあふき（四三7・64）　扇なとをさしかさしてゐたる也。〔110〕

・たゝひたふるにこめき（四三7・64）　紫上の類。こめき、花におさなかまし心と云々。如何。巨の字可然乎。おほとかなる心也。〔111〕

・けにさしむかひて見るほとは（四三9・64）　さしむかひてあるほとはそのけちめもみえさるも、立はなれて男のために何事をもをしはかりさたするかたのなきはあしかるへきと也。〔112〕

・おりふしにしいてんわさの（四三10・65）　人に物を云つけてさたさするにも、我たらひたる事にてなけれは毎事不便なる事おほき物也。〔113〕

・つねはすこしそは〳〵（四三12・65）　花散里の類也。平生は其かたちなとのよくもなきによりてうちもむかはぬやうなれとも、おりふしにつけていてはへする心たてのしかるへきを云也。〔114〕

・いまはたゝしなにもよらし（四三14・65）　此詞一部《ブ》の肝心の由花鳥にしるせり。〔115〕

・ねちけ（四四1・65）　佞人也。〔116〕

・物まめやかにしつかに（四四2・65）　葵上紫上を人の事にてし皆云也。〔117〕

・ゆへよし（四四3・65）　ゆへ〳〵しくよしある也。〔118〕

・うしろやすくのとけきに（四四5・65）　葵上にあたれり。〔119〕

・えんに物はちして（四四6・65） 是は伊勢物語の、いてゝいなは心かろしといひやせんの哥よみし女の類也。〔120〕

・うらみいふへきをも（四四6・65） 匿怨友其人と云かことし。〔121〕

・うへはつれなくみさほつくりて（四四7・66） 夕皃のうへの類也。〔122〕

・わらはに侍し時（四四9・66） 馬頭幼少の時昔物語にさまかへたる女の事なとかきたる草子を見て哀なる事と思ひしを、今思へは結句かろ〱しき事なりと也。〔123〕

・心ふかしやなと（四四14・66） 古今に、我を君なにはのうらにとよみし女の類也。〔124〕

・コトサラヒ（四四11・66） 異風躰也。〔125〕※

・君か《の御》は心は（四五4・67） 君とは男をいふ也。いまた男のかたからは忘れもはてぬと也。〔126〕

・にこりにしめる（四五7・67） 引哥、詞はかりをとる也。心はうき世にある程は蓮淤泥にありて濁にしまぬを、はや世を一たひはなれて又うちかへる心あるは更に濁にけかるゝと也。〔127〕

・あまにもなさて（四五9・67） 是は尼にいまたなさてとりかへす也。是もたゝおなし物也。〔128〕

・われも人もうしろめたく（四五11・67） 伊勢物語に、わするらんと思ふ心のうたかひにとよみし類也。〔129〕

・またなのめにうつろふ（四五12・67） なをさりにうつろふ。さやうならん男をは女も思ひとるへし。〔130〕

・心はうつろふかたありとも（四五13・67） 男のうつろふ方ありとも見そめし契りを思ひて堪忍すへき也。〔131〕

・さやうならんたちろき（四五14・67） 堪忍せぬ人はかやうの時中も絶ぬへきと也。〔132〕

・なたらかにゑんすへき（四六1・67） ゑんすへきをもゑんし、うらむへきをも一向うらみぬもわろき物也。紫上の類也。（コノ項目、見出ト注ヲ離シテ記ス）〔133〕

・ともかくもたかふへき（四六8・68） こゝにて総を決していふ也。〔134〕

・我いもうと（四六10・68）　此事葵上の様躰によく似たると思ふたれとも。〔135〕
・君《の》うちねふり（四六11・68）　源もかく思給ゆへ也。〔136〕
・物さためのはかせ（四六12・69）　朱晦庵、博士とは学官名掌通古今と住（ママ）せり。古今ひろく通する心也。〔137〕
・よろつの事によそへて（四六13・69）　馬頭の詞也。まへ〳〵は人の心〳〵をさしむきて云もてきて、これより譬をもちて云也。木の道絵所手跡の三を云也。万の道を中将にしらせたてまつらんため也。政道にも又かやうの道までもしらてはかなふましきよし也。〔138〕
・そはつきされはみ（四七1・69）　されは左道の心にて、左礼也。此譬人にとらは人にたはふれ事をこのむ人也。それをも愛するかたにとる也。〔139〕
・大事として（四七1・69）　人の本台になるへき人はされはみたりなとしたる人はかなふましき也。世にありかたきもの也。〔140〕
・又絵所に（四七4・69）　是より絵をいへり。着色はまきるゝ事ある也。墨絵いたりて大事也。〔141〕
・つき〳〵（四七5・69）　上手のにならて（ママ）みる也。〔142〕
・ほうらいの山（四七6・69）　真実をみさる物はさもあるへきと思也。河海、韓非子を引。後漢書張衡伝ニモ、画工悪図犬馬而好作鬼魅、誠以実事難《シテ》レ形而虚偽不《ルヲ》レ窮也云々。同也。〔143〕
・山のけしき（四七11・70）　濃淡に山のかさなりたる様に書也。花、金岡山を十五重たゝむと有。〔144〕
・けちかきまかき（四七11・70）　前栽をいふ也。〔145〕
・心しらひ（四七12・70）　心つかひ也。是は人の本台たるへき人のさま也。〔146〕
・手をかきたる（四七13・70）　是は手を云。〔147〕

・**まことのすちをまめやかに**（四八1・70）　唐穆宗問筆法、柳公権曰正則筆正云々、乃可法矣といへり。〔148〕

・**とりならへて見れは**（四八2・70）　哥道も如此也。かと〳〵しき様なるはきとめにたてと、とりならへて見るにみるに見さめのする《（ママ）》也。大貮高遠か関の岩かとふみならしとよめるは貫之か関の清水にかけ見えてにはまされりと思しか、後に及はさるといひしかことく也。〔149〕

・**はかなき事たに**（四八2・70）　かやうの小技芸たにもあり、何事も実になくてはとて、馬頭申也。源氏君頭中将いつれも世をまつりこつへき人たるへきゆへに世上の有さまをよくしらせ奉らんため也。〔150〕

・**そのはしめの事**（四八4・70）　まへにさま〳〵いひしもいまた事たらぬとて、我身にむかしありし事共を引いてゝかたり申也。〔151〕

・**のりの師の**（四八6・71）　まことに説法の砌にて法を聞ことく也。花鳥、三周説法の事尤おもしろく、惣して此品さためは口にて云までにては無曲也。久しくへたる人なとはさま〳〵に思あはする事有へし。悉皆世のありさま人〳〵のうへにあるありさま也。此物語をみるには源氏の時代になりかへりてみるへき也。今の世にあはせて見れは毎事虚誕のやうに覚ゆる也。定家卿恋の哥よまむとてには凡骨をすてゝ業平のおきもせすねもせて夜をあかしてはとよみし時の心にかへりてよめと申されしことく、此時代に心をきてみるへきと也。〔152〕

・**はやうまた下らう**（四八8・71）　古今詞書、はやくすみける所にて郭公の鳴けるをとあるは、もとすみこし所と云、其こゝろにかなへり。〔153〕

・**きこえさせつるやうに**（四八8・71）　まへにひさうなき家とうしと云し事也。〔154〕

・**まほにも侍らさりし**（四八9・71）　河海、まほはうるはしく也。まほにあらすとはうるはしからぬと也。真帆也。ほと読也。只まおともよむ也。千載哥に、そなれ木の見なれ〳〵てむす苔のまお《ほ》ならすともあひ見てしかな、是は

まあをのかたへも読なり。又、こぬ人をまつほの浦の夕なきに、これもまつおと読也。〔155〕

・**わかきほとのすき心ち**（四八９・71）真実の本台（左ニ「妻か」ト傍書）とは思はさりし也。されともよるへとは思し也。〔156〕

・**おいらか**（四八11・71）なたらかなり。〔157〕

・**かすならぬ**（四八13・71）いまた官もあさくて年もわかき我身をは何とてこれ程ま《マ》てはたのみてかくゆるしなくはするそと也。〔158〕

・**しねむに心おさめらるゝ**（四八14・71）まことは自然に心もおさまると也。〔159〕

▽アリヤウナルヘシ云々、ネタムオリ〱ニ好色心ヲモ馬オサメタル也。〔160〕※

・**此女のあるやう**（四八14・72）是より本性をいふ也。此人のためとは、馬頭のため女の何とかなと思也。〔161〕

・**すゝめる**（四九４・72）すくめると云本あり（右ニ「スクメルハ河内本」ト傍書）。すゝみ過たる也。又はきこつなき也。女の事也。〔162〕

・**とかくになひきて**（四九４・72）花、男の事と云々。いかゝ。只女の事と也。〔163〕

・**人にみえは**（四九５・72）これこそ馬頭の本台（左ニ「妻カ」ト傍書）といはれて他人にもなをさりには見えしとつくろひてある也。〔164〕

・**にくきかた**（四九７・72）嫉妬のかた也。〔165〕

・**あなかちにしたかひ**（四九８・72）馬頭か心にはよくしたかひたる人也けれは、おとしてみん我をはみはなつましき本性也と思ふ也。〔166〕

・**かくおそましくは**（四九12・73）馬頭の詞也。をそき也。おそろしき也。〔167〕

・かきりとおもはゝ（四九13・73）　我にわかれんと思はゝ此程のことく嫉妬をもせよ、此まゝにもそひはつへきと思はゝ此心をやめられよと也。〔168〕
・人なみ〳〵にも（五〇1・73）　昇進をもせはと也。〔169〕
・いひそし（五〇3・73）　いひそしとはつよくいひすこす也。〔170〕
・よろつに見たてなく（五〇3・73）　女の詞也。人なみ〳〵にもなりといひし詞をうけて云也。更に人なみ〳〵になり給を待にてはなき也。いつれかしつほうにあるへきとまてともさはあるましならはわかるへき也。〔171〕
・あひなたのみ（五〇6・73）　かひなきたのみと也。あちきなき心也。〔172〕
・かたみにそむきぬへき（五〇6・73）　とにかくにわかるへききさみかと也。〔173〕
・はらたゝしく（五〇7・73）　前はそらはらをたてゝしかこゝにては実に腹立する也。〔174〕
・をよひひとつ（五〇8・73）　小指也。かくかたわにさへなれはよろつかひなしと也。〔175〕
・手をおりて（五〇13・74）　作物語なれは上句をそのまゝ置也。〔176〕
・これひとつやは（五〇13・74）　今これひとつにてもなきと也。〔177〕
・えうらみし（五〇13・74）　女もえうらみしと也。〔178〕
・うきふしを（五一1・74）　こやとはこれや也。〔179〕
・まことにはかはるへき（五一2・74）　馬頭の心也。〔180〕
・りんしのまつり（五一3・74）　賀茂臨時の祭也。〔181〕
・いみしうみそれふる（五一4・74）　艶に余情あるさま也。〔182〕
・まかりあかるゝ（五一4・74）　別也。〔183〕

・**家ちと思はむ**（五一5・74）　馬頭の心也。家ちとは室家をいふ也。〔184〕
・**内わたり**（五一5・74）　内裏也。〔185〕
・**けしきはめるあたり**（五一5・75）　我思物のあるあたりへと思へと、それも夜もふけ侍るよし也。是は木からしの女なるへし。〔186〕
・**いかゝおもへる**（五一6・75）　指くひたる女の事也。〔187〕
・**つめくはるれと**（五一7・75）　はちたる躰也。〔188〕
・**火ほのかに**（五一8・75）　面白躰也。〔189〕
・**なへてきぬとも**（五一8・75）　綿なといりたるきぬ也。〔190〕
・**おほひなるこ**（五一9・75）　ふせこなるへし。〔191〕
・**ひきあくへきものゝかたひら**（五一9・75）　木丁也。〔192〕
・**こよひはかりや**（五一10・75）　馬頭を待さま也。〔193〕
・**されはよと**（五一10・75）　されはこそ我を思はすてぬよと也。〔194〕
・**さうしみは**（五一10・75）　あるし也。〔195〕
・**おやの家に**（五一10・75）　留守の女房の云也。折しも今夜おや家に出ぬるよしをいふ也。花鳥、おやの家にありてこよひこれへわたり給、たれを待也と云々。不審。〔196〕
・**ひたやこもり**（五一12・75）　無意趣也。このやうたい何とも心得かたきと也。哥なとをよみをかすいかにともいひをかさるをいふ也。〔197〕
・**我をうとみねと**（五一13・75）　此程さかなくゆるしなかりしは、我に思ひうとませてよそへ行へきと思けるにこそ

とまてとあらぬふしをさへ思と也。〔198〕

・**さしもみ給へさりし**（五一14・75）　年月はさやうの心とはおほろけにもみさりし事なれ共とおもふ也。〔199〕

・**われみすて《テイ》らむ**（五二2・75）　女のみてん後までを思ふ也。〔200〕

・**きるへき物**（五二1・75）　二心あるかと疑たれは、馬頭か衣裳なとをしかるへきやうにとゝのへ置也。〔201〕

・**そむきもせす**（五二3・76）　あり所をかくしもせすかはらす返事する也。とをさかりて尋まとはさせんともせぬ也。そむきもせすとは、河海にしるせるを花鳥破之。只男の尋きたるにうちそむかすあへしらふと云々。可然。又河海の説猶すてかたきかと云々。〔202〕

・**かゝやかし**（五二4・76）　はちかゝやくなと云はたゝはちたる也。馬頭にはちすの心也。〔203〕

・**たゝ有しなから**（五二5・76）　女の詞也。馬頭のこゝろをたにもあらためは帰へきと云也。〔204〕

・**さりともえおもは《ママ》なれし**（五二6・76）　かくはいへとも猶こらさんとてあらたむへしともいはさる也。〔205〕

・**つなひきて**（五二7・76）　女のこらさむとて馬頭のわさとのけひきてよりつかぬ義也。引よせはたゝにはよらて春駒の哥にかけり。〔206〕

・**たはふれにくゝ**（五二8・76）　引哥、女をこらさむとせしはたはふれたるこゝろ也。〔207〕

・**たつた姫といはむ**（五二11・76）　物を染なとする色あひなとも上手也。〔208〕

・**たなはたの**（五二11・76）　物をぬふ《ヲル》事也。〔209〕

・**うるさく**（五二12・76）　うるはしきなり。〔210〕

・**中将そのたなはたの**（右肩ニ「第十段」ト傍書）（五二12・76）　中将の詞。たちぬふかたは似すともなかき契にあやからせたきと也。〔211〕

・**あへましは**（五二13・76）　あやかるへしと也。たちぬふわさはあへすそありけるの哥にてかけり。〔212〕

・**立田姫の錦には又しく物あらし**（五二13・76）　しく物あらしとは、馬頭か妻の物の色あひなとよくさせける事のたくひもあらしとはほめたる也。花には手きゝたる女なりとも立田姫にはさりとも及ましきと云々。いかゝとおほえたり。〔213〕

・**はかなき花紅葉**（五二14・77）　春の花秋の紅葉は造化のしはささへ年によりて花も色なくさき紅葉も色あひあしけれは露のはへなき物を、まして人のさたしいつる事なとは色あひ肝要也とて一段と此女の大切なるよしを中将の云て馬頭に哀をそへ給也。花鳥、おりふしの色あひはか〳〵しからぬもてなしとは、物ゑんしのかたのうるさきを云也と云々。如何。〔214〕

○**さて又おなしころ**（五三2・77）　又物語を一云いたす也。木枯の女の事也。〔215〕

○**うちよみ**（五三3・77）　哥をよむ也。〔216〕

○**こともなく**（五三4・77）　無事はほめたる詞也。万事にわたるへし。〔217〕

○**このなか**（ママ）**もの**（五三5・77）　指くひたる女を本妻にて也。〔218〕

○**えんにこのましき**（五三7・77）　あた〳〵しきかたの心たのもしからぬと也。人の心のをしへにいへり。〔219〕

○**うちたのむへくは**（五三8・77）　色〳〵しき故に心をとめさる也。〔220〕

○**うへ人**（五三10・78）　殿上人也。誰ともなし。此人木枯の女にかよへる人なるへし。〔221〕

○**大納言の家**（五三10・78）　此大納言誰ともなし。河海、右馬頭の父と云々。さもあるにや。いかさま馬頭に縁ある人なるへし。〔222〕

○**こよひ人まつらむ**（五三11・78）　伊勢か、雲井にてあひかたらはぬ月たにもの心也。此上人木からしの女に心有て

云詞也。〔223〕

▽○雲井ニテアヒカタラハヌ月タニモワカ宿スヘキ行方ハナシ〔224〕※

○池の水かけ（五三12・78）おもしろき詞也。〔225〕

○すのこたつ（五三14・78）すのこのやうなると也。〔226〕

○ふところなりける笛（五四2・78）殿上人也。〔227〕

○かけもよしなと（五四3・78）此あすか井をうたふ心かや《（ママ）》かやとりはすへしの心をとる也。〔228〕

○つゝしりうたふ（五四3・78）式々にうたふは《に》あらてつゝりうたふ也。そ《そ》ろうた也。花鳥、文選大人賦云々。嘰喰《クラフ》コト也（左ニ「只ツヽリシナルヘシ」ト傍書）大人賦は漢書司馬相如か伝にあり。文選とあるは誤也。〔229〕

○よくなるわこむを（五四4・78）内にて女のしらへたる也。〔230〕

▽・ケシウハアラス（五四4・78）コヽハ大カタニハアラストノ心也。〔231〕※

○律のしらへ（五四4・78）飛鳥井も律の哥也。律は秋也。又律は陰なれは女のかた也。時節神無月なれはおりにあへるなるへし。〔232〕

○いまめきたる物の（五四5・79）和琴をいふ也。〔233〕

○庭のもみち（五四7・79）秋はきぬ紅葉は宿にの哥にてかけり。ねたますと云詞は心得かたき歟。ふみわけたる跡のあらんこそたれかかよひつらんとねたむ理なるへけれ、されとも是は此女の所へ別の人かよふときゝていへる也。かよふ人はありとも、かやうの紅葉なと《ナト》をも我こそ尋まいりてみはやし侍れと也。此心にてねたますの心きこえたり。〔234〕

○ことのねも月も（五四9・79）月を菊とかきたる本あり。いつれも面白。えならぬとはたゝならぬと也。つれなき

人とはさためて待人あるへしと也。されと我ならて誰か紅葉をふみわけてきつると也。〔235〕

○わろかめり（五四9・79）かく女と哥よみかはすは人めわろきと也。又儀は哥のわろき也。此義可用にや。〔236〕

○きゝはやすへき（五四10・79）馬頭をいふ也。〔237〕

○木からしに（五四12・79）前の哥は別に待人あるへしとよめるを、こゝにはつれなき人をは此うへにしなして、我身かすならては引とゝむへきことのはもなきと也。〔238〕

○にくゝなるをも（五四13・79）女のかくいひかはすを馬頭の聞にくゝ思ふ也。〔239〕

○かとなきにはあらねと（五四14・79）一かとなきにてはなけれとも《（ママ）》。〔240〕

▽○たゝ時〳〵うちかたらふ（五五1・79）時〳〵のかたらひ人にてはかやうにても子細なきと也。大かたの物と実に用へきとの差別也。前より皆此心也。（コノ項目前項ニ続ケテ記ス。但シ朱圏点・合点アリ）〔241〕

○このふたつの事を（五五4・80）わかき時さへ口惜思ひしに、まして今は心もとまらすと也。〔242〕

○御心のまゝに（五五6・80）頭中将なとの御心のまゝならは【かくあたなる事をこそおもしろくおほしめさめと也。秋の露玉篠のあられ引哥にをよふへからす。たゝ】あたなる心なるへし。〔243〕

○あへかなる（五五8・80）ひわ《ワ》つ《ッ》によはき心也。〔244〕

○いま七とせあまり（五五8・80）馬頭源氏よりも七歳はかり兄と云儀歟。只七は大かすをあけて今ちと年もかさなりて思ひしり給ふへきよし也。〔245〕

○いつかたにつけても（五五12・80）源氏の御心也。おはさうすはおはしますと也。〔246〕

○しれものゝ物かたり（五五13・81）花鳥、しれ物はされものと云々。いかゝ。萬葉浦嶋長哥に、世中のしれたる人といふに癡の字を書《カキ》た《た》り。こゝは夕良の上の事也。彼性をろかにて癡なるかたある人也。癡の字尤可然。又左伝十

三成十八年伝無恵ニシテ不弁二菽麦一故不可立。注云、不恵ハ世ノ所謂白癡《シレモノ》。〔247〕

○さても見へかりし（五五14・81） なにとなくはしめてあふ人人の心につく也。此まゝも見たく思ふ也。〔248〕

○なからふへき（五五14・81） 行末とをくとまては思はさりし。〔249〕

○うちたのめる（五六2・81） 女もなれ行まゝにうちたのむと也。〔250〕

○たのむにつけては（五六2・81） たのむにつけてはうらむへき事をもうらみてこそあれ匿怨ところある也。〔251〕

○あさゆふにもてつけ（五六5・81） 此夕皃上はとたえあるをもうらむるやうにもなかりしを、それさへ結句心くるしき也。〔252〕

○おやもなくて（五六6・81） おやは三位中将なる人也。夕皃の巻に見えたり。〔253〕

○さらは此人こそは（五六6・81） おやもなき故に此中将をたのみ所におもはるゝ也。〔254〕

○此見給ふる（五六8・81） 頭中将北方二條大臣の四君かたよりおとしかけたる事のある也。〔255〕

○むけにおもひしほれ（五六10・82） 夕皃の上也。かやうの事をも露ほとも中将には申されさりし也。〔256〕

○おさなきもの（五六11・82） 玉かつら也。〔257〕

○さてその文（五六12・82） 源氏のとひ給也。〔258〕

○いさやことなる（五六13・82） 優なる詞也。はゝかりての給さる也。ことはなとにて人のほと人の心も見ゆへき故也。さて答給ふに心つかひおもしろき也。〔259〕

○山かつの（五六14・82） 哀なる哥也。あるともとはあるゝとも也。我身こそ山かつのことくあれたりとも、卑下の心也。下句は玉かつらの事にかけたり。哀はかけよと中将をかこつなり。なてしこはそなたの御子なれはとひ給へと也。〔260〕

○れいのうらみもなき (五七1・82) 夕皃の心くせ也。〔261〕
▽○あれたる家の (五七2・82) あはれふかきさま也。〔262〕
▽○むかし物語 (五七2・82) 当時此家の躰をみていふ也。古物語にをよふへからさる也。〔263〕
○さきましる (五七4・82) さきましる花とは秋の庭のさま也。其中に常夏は今女のたとへて云也。夕皃上をなくさむる也。しく物そなきとはほむる心也。又床の縁もあるへし。秋の七種の中にとこなつは其一ツ也。〔264〕
○ちりをたに (五七5・83) 子よりもさき母の心をとる也。夕皃上をこそ思へと也。〔265〕
○うちはらふ (五七6・83) 夕皃上の哥也。嵐吹そふとは、下心は二条大臣方はけしき事のきこえくると也。おもては只中将をうらみて読也。〔266〕
○はかなけに (五七6・83) 悉皆はかなけなる性也。〔267〕
○あはれと思ひし (五七11・83) 我身のとたえをくをもうらむるけしきもあらはかくはあるましきと也。〔268〕
○なてしこ (五七13・83) 玉かつら。〔269〕
○つれなくてつらしと (五八1・83) 色にはみせすして此女のつらしと思をは我はしらすして哀と思ひしは益なきかた思ひ也。〔270〕
○いまやうく (五八2・84) 我はやうくわすれんと思ふ時分には思ひ出事もあるへきと也。〔271〕
○されはかのさかな物 (五八4・84) これより又馬頭詞也。さかな物は指くひし女也。花鳥には中将の詞云々。〔272〕
○琴の音の (五八6・84) 木枯の女也。〔273〕
○この心もとなき (五八6・84) 夕皃上也。〔274〕
○なんすへきくさはひ (五八9・84) 思ひのまゝなる人はなきと也。〔275〕

○ほうけつき（五八10・84）　仏法くさき也。〔276〕

○くすしからん（五八10・84）　くすみたる也。是より以下みな狂言に書也。〔277〕

○式部か所にそ（五八11・85）　藤式部也。〔278〕

○しもかしも（五八12・85）　式部か詞也。〔279〕

○かの馬頭の申給へる（五八14・85）　まへに朝夕のいていりに付てもおほやけわたくしの人のたゝすまひよきあしき事のめにも耳にもとまる有さまをうとき人にわさとうちまねはんやなといひしやうにとなり。〔280〕

○さえのきは（五九2・85）　才のかきり也。花、才の伎と云々。如何。〔281〕

○なま〳〵のはかせ（五九2・85）　才覚のある女也。〔282〕

・我ふたつの道（五九5・85）　文集秦中吟、花鳥に見えたり。儒者なるによりてかくいへり。〔283〕

○こしお《を》れふみ（五九11・86）　こしおれ哥なとかことし。折腰躰まてはゆかぬ事也。〔284〕

○はかなし口おし（五九14・86）　藤式部か詞也。女を或ははかなし、或はくちおしなと思へと、宿世にまかせてあれは、男はしさいもなき物と也。すく世のひくかた侍ぬれはと読切て、をのこしもといふよりおこして見る也。大かた男子はやすき物也と也。花鳥義は上へつけてひとつにみる也。おのこのためしさいなきと云々。いかゝ。〔285〕

○こゝろはえなから（六〇3・86）　すかしてかたらせんとし給と心えなから也。〔286〕

○ふすふるにや（六〇5・87）　久しくまからさる故かと思也。〔287〕

○又よきふし（六〇6・87）　式部か心にはれ《（ママ）》も子細なきと思ふ也。〔288〕

○ふひやう（六〇8・87）　腹病也。〔289〕

○こくねちのさうやく（六〇8・87）　土用のひるなと云て薬に用る事の有也。〔290〕

○いらへに何とか（六〇10・87）　何と返事をいふへきよしもなけれは也。〔291〕
○この香（六〇11・87）　女の詞也。〔292〕
○きゝすくさんも（六〇12・87）　式部也。〔293〕
○さゝかにの（六一1・88）　この香うせむ時にといふと《ママ》かめていへる也。我来へきよひともまたすして此香うせて後にとあるは、もしあらぬかこつけこともやあるといひかくる也。蒜を昼によせたり。〔294〕
○あふ事の（六一3・88）　不断たちそふ中にてあらはひるまをまてともいはすあふへきを、たまさかなる故にかやうなると也。面白哥也。まはゆきははつかしき也。〔295〕
○いつこの女（六一5・88）　さやうなる女はよもあらしと也。〔296〕
○おいらかに（六一5・88）　まことに也。花鳥、まめやかにと云々。同心也。真成《マメヤカ》とかく。まめやかもまことのこゝろ也。〔297〕
○さふらひなんやとており（六一7・88）　おりは居也。〔298〕
○すへて男も女も（六一8・89）　爰にて惣をく《ママ》ひもて馬頭の批判する也。〔299〕
○しれるかたの事を（六一8・89）　此以下悉皆人のをしへを書也。しりたる事をも思はせてをく、よき也。あまりに才覚たてをする、あしき事也。〔300〕
○三史五経（六一9・89）　紫式部か云也。大かたにしてこそよからめと云てをきて、又されともあなかちに書にたてゝならはすとも世にある事をしてはくちおしきと也。〔301〕
・さるまゝに（六一13・89）　さありとてこれか又うたてき事也。〔302〕
・かきすくめたる（六一13・89）　一本すゝめと有。『細流抄』ハ「すくめ」ト「すゝめ」ガ逆）〔303〕

・**心ちにはさしも**（六一14・89）真名に《(ママ)》と云物は心のやはらかなる事をこゑによみなせはこは〳〵しくきこゆる也。〔304〕

○**哥よむと思へる**（六二2・89）哥よむへき人のをしへ也。はしめからそれにまつはれたるはあしきと也。〔305〕

○**五月のせち**（六二5・90）花鳥。〔306〕

○**いそきまいる朝**（六二5・90）えならぬはえんならぬ也。今日はおりにあひてえんなるへき事なれ共、節会なとにまいる人はおりふしのいそかしきに哥なともよみかくるは心つきなきと也。〔307〕

○**いとまなきおり**（六二7・90）かやうのおりふしに菊の露をかけ哥よみかけなとするはつきなき事にてはなけれとも、心つきなき事也。【時節をはかりてあるへき事也。】定家卿詠哥大概にも、時節の景気世間の盛衰とかゝれたる也。こゝもとに心をかさるは、いかなる秀逸をよみ出すとも心のへたなるへし。〔308〕

○**さならても**（六二8・90）哥よみかけなとするは老後《(ママ)》の哀にもなるへきを、つきなきときよみかくる当座は心をくれに見え侍り。哥よむ人のをしへ可然云々。〔309〕

○**よろつの事になとかは**（六二10・90）なとかはといふにて句をきるへし。〔310〕

○**さてもおほゆる**（六二10・90）後に思へはの句にかゝる也。時節の機嫌を分別すへき事と也。こゝに心をかはめやすかるへきと也。花には、分別なき人の心にて斟酌したらんはめやすかるへきと也。されとも唯用捨あるへき事と見るへき歟。〔311〕

○**すへて心に**（六二12・90）殊勝の詞也。心をつく《ク》へ《ヘ》し。〔312〕

○**君はひとり**（六二13・90）君、源氏也。人ひとりとは藤壺の御事也。さま〳〵の事をきくにもたくひなく思出らるゝと也。〔313〕

○**いつかたによりはつとも**（六三1・91）　此品〳〵いつかたに一定するともなくてあけはつる也。〔314〕

○**からうして**（六三2・91）　なか雨はれまなきと前にありしにかゝれり。なか雨のはるゝけしきからうしてといへる、まことにさる事也。〔315〕

○**日のけしきも**（六三2・91）　此もの字にて御忌もはて雨も晴たるを見せたり。〔316〕

○**おほとのゝ御心**（六三8・91）　おほい殿といふ本もあり。葵上の父おとゝ也。同事也。大殿の御心には源氏をいかにしても里すみをせさせたてまつらんとおほすゆへ也。〔317〕

○**おほかたのけしき**（六三4・91）　葵上の有様也。是こそ上品の人とも云へきかたち也。〔318〕

・**御有さまのとけかたく**（六三6・91）　あまり実めなるを源氏のわかき心に難と思給也。〔319〕

○**さう〳〵しくて**（六三7・91）　さひしくて也。〔320〕

○**中納言　中務の**（六三7・91）　両人葵上の御かたにさふらふ人也。源氏の思ひ人也。花鳥。〔321〕

○**あつさにみたれ給へる**（六三8・91）　源の御様也。雨の晴間一入の暑気なるへし。〔322〕

○**おとゝもわたり**（六三9・91）　源の御出ある故にわたり給へり。〔323〕

○**うちとけ給へれは**（六三9・91）　あつさにみたれ給御さまなれは、木丁を隔てまします也。礼をいたさるゝ義也。〔324〕

○**あつきにと**（六三10・91）　源のくるしと思給也。〔325〕

○**あなかま**（六三11・92）　あなかしかまし也。こゝのやうたい帳をへたてゝ対面とみえたり（右ニ「カシカマシ山ノシタ行サヽレ水アナカマカレモ思フ心アリ」ト傍書）。〔326〕

○**なか神**（六三12・92）　中央の儀にて中神とも云、又長神とも云也。両儀也。天一神の事也。内裏より天一神の方に

あたると也。〔327〕

○さかし（六三12・92）　けにさそと也。〔328〕

▽○れいはいみ給（六三13・92）　いつも忌給方也。〔329〕

○二条院（六三13・92）　河海、花、種々沙汰あり。いつれにても歟。但榊巻にいたりて用處有。花鳥の儀しかるへし。〔330〕

○いとあしき事（六三14・92）　此方遵（右ニ「写本」ト傍書）に御出なくてはあしきと也。〔331〕

○中川（六四1・92）　花、栄花物語を引、尤かなへり。中川とは、賀茂川は東、桂河は西、京極川は中央にて、中川也。〔332〕

○なやましきに（六四2・92）　源の詞也。門外より下車する所はわつらはしきと也。〔333〕

○しのひ〳〵の御かたゝかへ（六四3・92）　源の思人のある所は自然いつくにもあるへき也。されとさやうの所へはえ出給はさる也。久しく内裏にさふらひてたま〳〵御出ありて、又さやうの方へはゝかりあると也。源氏の心つかひしかるへし。〔334〕

○きのかみおほせこと給へは（六四5・92）　今夜御出あるへきと仰らるゝ也。〔335〕

▽・ウケタマハリナカラ（六四5・92）　承ツヽ也。〔336〕※

○伊与のかみ（六四5・92）　きのかみか父也。〔337〕

○なめけ（六四7・93）　無礼也。〔338〕

▽○その人ちかゝらん（六四7・93）　源の詞。女ちかくあらん所こそこのましけれ也。〔339〕

○けによろしき（六四9・93）　さふらふ人たちの申也。〔340〕

○おとゝにも（六四10・93）あるしのおとゝにも也。俄の事なる故也。〔341〕

○風すゝしくて（六四14・93）夏の末つかたの躰おもしろく。花鳥、此時節をなか雨より悉皆六月と有。此虫の声なとゝあるをもて六月とある歟と也。只月も有明にても有程に、五月の末なるへき歟。〔342〕

○人〳〵（六五1・94）御ともの人〳〵也。〔343〕

○あるしも《の》さかなもとむ（六五2・94）風俗哥に、あるしもさかなもとめにこゆるきのいそにわかな（ママ）かりあけなとゝあり。こゝのあるしは紀伊守なるに、此詞妙也。〔344〕

○かの中のしなに（六五3・94）前のしなさため中のしなさためにそをくへき。すりやうといひて人の国にかゝつらひてなとゝいひし事を此家のありさまを源の御覧しておほしめしあはする也。〔345〕

▽○おもひあかれる（六五4・94）空蟬をは父の内へまいらせんと思ひし人也。〔346〕

○きぬのをとなひ（六五5・94）夏はみなすゝしをきるへきに音はあるましきといふ説あり。いりほがなり。夏もひねりかさねとしたのかさねはいたひき也。音あるへし。又はかまもいたひきなれはをとなくてはかなふへからす。〔347〕

○かうしをあけたり（六五7・94）女のあるかた（ママ）方のかうし也。夏なれは如此。紀伊守聊尓也とておろさする也。〔348〕

○むつかりて（六五7・94）日本記、発憤とかける。〔349〕

○さうしのかみより（六五8・94）障子の紙也。ひかうの心なるへし。〔350〕

○このちかきもやに（六五9・94）女共也。〔351〕

○よすかさたまり（六五11・94）葵上のさたまり給ふを云也。〔352〕

○されとさるへき（六五11・94）さはあれとも御しのひありき常にあると也。〔353〕

○おほす事のみ（六五12・95）藤壺密通の事也。〔354〕
○式部卿の宮のひめ君（六五14・95）桃園式部卿宮の御女槿斎院也。是よりさきに此事なし。初て書出し侍り。前にありつることく心得へし。此類此物語の格也。かたらさる也。〔355〕
○ほうゆかめて（六六1・95）圓は方にはしまる物也。歌を正躰にも（前項末ノ「かたらさる也」ニ続ク）。〔356〕
○くつろきかましく（六六1・95）源氏のたちきゝをもしらすして、ひまありてくつろきたる様なる也。【是も女の要心あるへき事のをしへ也。】〔357〕
○とはり帳（六六4・95）源の詞也。催馬楽我家《ワイヘン》の《ノ》哥に、我家は戸はり帳をもかけたるを大君きませむこにせん、（「その サカナニ イ本」ヲ補入）みさかなはなによけん、あはひさだいかせよけんなと云詞なり。今源氏の給心は今夜可然御そひふしをまいらせよと也。〔358〕
○なによけんとも（六六5・95）此下詞をもて何よけんといふ也。可然女もありかたきと云。〔359〕
○はしつかたのおまし（六六5・95）源氏も仮に寝給也。〔360〕
○あるしの子とも（六六6・95）紀伊守の子也。〔361〕
○伊与のすけの子（六六7・95）是は紀守か弟也。〔362〕
○十二三はかり（六六8・96）空蟬の弟小君也。〔363〕
○故衛門のかみ（六六9・96）空蟬の父也。〔364〕
○あはれの事や（六六12・96）源の詞。〔365〕
○まうとの（六六12・96）真人《真》也。かはねをよひ給也。朝臣やなといへるにおなし。〔366〕
○のちのおや（六六12・96）継母也。然は空蟬は紀守継母かと尋給也。〔367〕

○さなん（六六12・96）　紀守申也。〔368〕
○にけなきおや（六六13・96）　源の詞。〔369〕
○宮つかへに（六六13・96）　父は空蟬を宮つかへに出さんと申せしと内にも仰ありし也。何とて受領の妻になしたるそ、あはれの事やと也。〔370〕
○ふいにかく（六七1・96）　紀守申也。〔371〕
○いよのすけは（六七3・96）　源の詞也。〔372〕
○君とこそ（六七4・96）　しうとこそ思ふらめと也。〔373〕
○いかゝはわたくしの（六七4・97）　をしいたしてしうといはんは源の御前にてははゝかりある故に私のといふ尺《(ママ)》をもしろし。いかゝはと句を切て読へし。〔374〕
○すき〱しきこと（六七4・97）　われらを始て無益なる事と申と申也。〔375〕
○さりともまうとたち（六七5・97）　源の詞。〔376〕
○つき〱しく（六七6・97）　紀守よりは伊与の守はさやうの處はよしはむへき也。〔377〕
○おろしたてんやは（六七6・97）　紀守もすき物なれは伊与の介も心をはゆるさしと也。〔378〕
○いつかたに（六七7・97）　源の尋給也。〔379〕
○みや《(ママ)》しもや（六七7・97）　紀守詞。しもやは雑舎なと也。〔380〕
○ゑいすゝみて（六七8・97）　源の御とものの人〱也。〔381〕
○あ《あ》りつる子（六七11・97）　小君也。〔382〕
○ものけ給はる（六七12・97）　物うけ給る。〔383〕

○かれたる声（六七12・97）此子のかれたるこゑにて空蝉にいふ也。〔384〕

○こゝにそふしたる（六七13・97）空蝉の詞也。〔385〕

○いかにちかゝらん（六七13・98）源の御寝處へいかにちかゝらむとおもひしに、さもなくてうれしきと也。〔386〕

○いとよくにかよひたれは（六七14・98）小君と空蝉とこゑよく似たると也。〔387〕

○いもうとゝ（六八1・98）あねをもいもうとゝいふ也。系図にも姉なれ共女子をは必末につる類也。〔388〕

▽○ひさしにも（六八1・98）小君か詞也。花、女房達の詞云々。如何。〔389〕

・おとにきゝつる（六八1・98）源氏の御事を小君のかたる也。〔390〕

・ひるならましかは（六八3・98）空蝉の詞也。〔391〕

○ねたう心とゝめても（六八4・98）源の御心也。ちと我うへを心とゝめてもとひきけかしと也。〔392〕

○まろははしに（六八4・98）小君か詞。ヒ《ヒ》〔393〕

○女君はたゝこの（六八5・98）源此声をきゝて推し給也。障子は寝殿の母屋の南面【と北おもて】との中をへたてたる障子也。すちかひたるは、今夜源氏の寝所は南面の方也。空蝉の方は東也。今源氏の方よりすちかひなるへし。〔394〕

・中将の君は（六八6・98）空蝉のめしつかふ女房の名也。〔395〕

○もとめつる（六八12・99）中将の君と思と也。〔396〕

○中将めしつれは（六八13・99）源氏当官中将也。中将の君はいつくにそと尋しをきゝ給し程にかくの給へり。とりあへすよき詞也。〔397〕

○うちつけに（六九1・99）源の詞也。うちつけなるやうにこそ思らめ、我は年月のおもひあるによりてこそ今夜の

方たかへもありつれととりあへすの給也。〔398〕
○あさましく（六九5・99）空蟬の詞也。〔399〕
○たかふへくもあらぬ（六九7・100）源の詞也。〔400〕
○もとめつる（六九9・100）中将の君也。〔401〕
○やとの給（六九10・100）此中将を源氏のめしよするさま也。〔402〕
○あやしくて（六九10・100）此中将也。〔403〕
○思ひよりぬ（六九11・100）源氏にてましますと思ふ也。〔404〕
・とうもなく（六九13・100）うこきもし給はぬ也。〔405〕

考察

ここに翻刻したように、広島大学蔵の整版本『紹巴抄』（以下、「広大本」と称する）の第一冊目には、桐壺巻に一六三項目、箒木巻に四〇五項目の書き入れ注が記されているのだが、これらを通覧してわかるのは、それらが基本的に『細流抄』の注だということである。と言うよりもほぼ完全に『細流抄』を引き写したものと言ってよいのである。伊井春樹編「源氏物語古注集成」7『内閣文庫本 細流抄』（一九八〇年 桜楓社）に翻刻された本文と比較するに、桐壺巻において書き入れ注に存在しない『細流抄』の注はわずかに三項目だけである（『細流抄』の項目番号9「かゝる事のおこり」、52「はたさむき」、147「くら人の少将」の三項目）。他に、項目が前後逆順になっているところが二箇所ある（71「よこさまなる」〈広大本〔82〕〉と72「かへりてはつらく」〈広大本〔81〕〉、73「うへもしかなん」〈広大本〔84〕〉と74「人の心をまけたる」〈広大本〔83〕〉。また、内閣文庫本『細流抄』では136「大蔵卿くら人」の項目（広大本〔147〕）の注の中に取り込まれている「はいしたてまつり給さま」を広大本書き入れ注では独立した項目〔148〕として立てているが、これは本来独立した項目であるべきであり、書き入れ注の方が正しい。注釈の本文を比べても内閣文庫本『細流抄』とは小異のある箇所が少なくないので、やや異なる本を用いたものと思われるが、この書き入れをした人物は『細流抄』を見てそのすべての注を『紹巴抄』整版本の欄外や行間に書き写そうとしたようである。『細流抄』は写本として十数本が伝わっているに過ぎず、いわば稀覯本に属する古注釈書であるが、その一本が願正寺所蔵の『紹巴抄』に書き入れられる環境にあったわけで、もしこの書き入れが願正寺において成されたのであれば、北越地方における『源氏物語』享受のレベルの高さが改めて推量されるのである。また、たまたま『細流抄』が手元にあったから書き入れたというのではなく、『紹巴抄』が三条西公条の講釈を紹巴が聞き書きして作ったものだということを認識した上で、一般に公条の著作とされている『細流抄』の説を比較・参考のために書き入れたのであるならば、いっそう高度に研究的な姿勢で行なわれた書き入れであるということになるが、実際はどうだったのであろうか。なお、公条の息実枝が『細流抄』に修訂を加えて作ったと言われる『明星抄』もほぼ同内容の注釈であり、同書には版本もあるが、よく見比べると、本書の書き入れ注は『明星抄』ではなくやはり『細流抄』だと思われる。

ところで、書き入れ注には『細流抄』にない注も若干あって、それらは『細流抄』を写した注よりもやや小字で低い位置に記され、多く漢字片仮名混じりで記されている。手も別筆であるようだ。翻刻で▽印を付して一字下げて記した注がそれにあたり、〔7〕・〔11〕・〔33〕・〔44〕・〔49〕・〔50〕・〔52〕・〔54〕・〔56〕・〔57〕・〔58〕・〔77〕・〔90〕の十三項目である。そのうち、〔56〕と〔57〕は墨で抹消されている。〔7〕・〔11〕・〔44〕・〔52〕の四項目は漢字平仮名混じり文だが、他は片仮名混じり文である。〔7〕は「私」以下の注が朱で書かれている。〔7〕・〔11〕・〔49〕・〔50〕・

〔77〕・〔90〕はいずれも前項目に関する追加の注と見られる。いまだ典拠を調べ得ていないが、それらは何か特定の注釈書を引き写したものではなさそうである。桐壺巻の中では、「をよすけ」の項（〔33〕）に「源語類聚」なる書を引いているのが注目される。この書名から、「翻刻平安文学資料稿」第三期・第九～十巻に翻刻した源義亮の『源語類聚抄』（二〇〇二年～二〇〇三年　広島平安文学研究会）のことかと思われたが、どうも同一書ではなさそうである。また、〔11〕に引歌として記す「さもこそは夜半の嵐のあらからめあなはしたなのまきの板戸や」は、伊井春樹編『源氏物語引歌索引』（一九七七年　笠間書院）によれば、宮内庁書陵部蔵『源氏物語引歌』のみが引歌として引用する典拠未詳歌である。

次に、箒木巻における書き入れ注に関して検討する。

箒木巻の書き入れも、桐壺巻と同様、基本的に『細流抄』の注釈を『紹巴抄』の当該項目の上部欄外に書き写したものである。ただし、桐壺巻の書き入れは巻全体に及んでいるが、箒木巻は巻首から第64丁表までで、全体の八割方進んだところでとぎれている。何らかの事情で書き入れ作業を中止してしまったのだろう。

桐壺巻と同様に、『細流抄』による書き入れは漢字平仮名混じりで記されており、それとは別に片仮名混じりで記される別筆とおぼしき注が存在している。

まず、平仮名書きの注を内閣文庫本『細流抄』の本文と比較するに、箒木巻において書き入れ注に存在しない『細流抄』の注は、次の五箇所八項目である（引用末尾の数字は、内閣文庫本の翻刻に付された項目番号である）。

①「なのめに」（〔86〕）と「かならすしもわかおもひにかなはねと《ト》」（〔87〕）の間

すき〱しき心（四一12・62）　あなかちすき〱しき心ならねと心にかなふやうもやとえりそめてはさためかたきと也。天然の縁にまかせてをくへき事也。（82）

②「なたらかにゑんすへき」（〔133〕）と「ともかくもたかふへき」（〔134〕）の間

みる人から（四六3・68）　みる人は女の事也。男の心も女からおさまるへき也。（127）

あまりむけに（四六3・68）　女の男をあまりさしゆるすもあしきと也。千里万里の舟をもいささかの質にて繋をく如に男の心をも女の心にて繋とむへきと也。（128）

つなかぬ舟（四六5・68）　鵬鳥賦、河海。（129）

さしあたりて（四六6・68）　花、第七段馬頭詞云々。いかゝ。是よりは頭中将の詞也。男のうへにみる説あれとも、唯女にみるよき也。朧月夜の類也。（130）

③「我ふたつの道」（〔283〕）と「こしお《を》れふみ」（〔284〕）の間

おやの心を（五九7・85）　物をならふ師なる故におやの心をはゝかると也。（277）

④「ふいにかく」（〔371〕）と「いよのすけは」（〔372〕）の間

女のすくせ（六七2・96）　世間の不定のうちにも女は一段はかなきと也。（365）

⑤「中将の君は」（〔395〕）と「もとめつる」（〔396〕）の間

うへなるきぬやるまて（六八12・99）　源氏也。（390）

これらの項目は書き入れ者が見た『細流抄』にはなかったのか、それとも書き入れの際に不注意から脱落したのか、定かでない。

逆に、内閣文庫本『細流抄』にない項目で、書き入れ注にあるものとして、次の一例がある。書き入れ者が見た『細流抄』にはこの注が存在していたのであろう。

○おほとのなふら（三六7・55）又はおほとのあふら。いかさまにかいてもよむ時はとのふらとよむなり。〔19〕

書き入れ注には、目移りによる脱落のため、項目が落ちたようになっているところが一箇所ある。

○片野の少将には（三五5・53）給けんかしといふまて物語の作者の惣論也。かた野の少将説々あり。物語の名也。清少納言枕草子にも見えたり。心は、片野の少将は天性好色をうへからたつる人の事也。此源氏の君は当官中将也。給し、此し文字は過去のし文字にては聊心得かたき様なれと、当代の事をも如此書事常の事也。〔4〕・〔5〕

書き入れ注はこのようにあるが、これは「此源氏の君は」の後に、

うへはさはなくてしたに好色の心あると也。

○また中将なとに（三五5・53）こゝより双紙の詞也。今源氏は

が脱落したため、「また中将なとに」の項目〔5〕が前半部分を失って埋没した形になっているのである。

片仮名書きの注は、箒木巻には全部で十一例ある(〔25〕・〔27〕・〔83〕・〔85〕・〔96〕・〔103〕・〔125〕・〔160〕・〔224〕・〔231〕・〔336〕)。うち一例(〔27〕)は平仮名書きの項目に続けて書かれている。これらの注の典拠は不明だが、『源氏物語』の本文を見出しとして掲げて注釈を記す形のものとそうでないものとが混在しており、また〔83〕と〔85〕のように同じ「そへに」という語に関する注を二箇所に分けて記すものもあるので、ある特定の書物から引用したものではないようだ。「八雲抄」(〔25〕)や「祇注」(〔83〕)なるものを引いた注があるのも興味深い。また、和歌の引用もある。「雲井ニテアヒカタラハヌ月タニモワカ宿スキテ行方ハナシ」(〔224〕)がそれで、これは『紫明抄』『異本紫明抄』『河海抄』『孟津抄』『岷江入楚』などが引歌に指摘する『拾遺集』(巻八・雑上・四三七)の伊勢詠である。

片仮名注は平仮名注の行間や傍書にも見えており、それらにもなかなか興味深いものがある。〔92〕の傍書「カか身か本ウタカハシ」は、書き入れ者が見た『細流抄』の「身」の字が判読し難かったことを注記したものだろうし、〔331〕の傍書「写本」は、「遵」の字に疑問を抱いた書き入れ者が本の通りに写したと断ったものだろう。〔162〕の傍書「スクメルハ河内本」は異本に言及したものであり、〔326〕には「カシカマシ山ノシタ行サヽレ水アナカマカレモ思フ心アリ」(『金葉集』〈二度本〉巻八・恋下・五〇五・読人不知)の和歌を傍書する。これは見出し項目「あなかま」の例歌を記したものだが、主な古注釈書に指摘のない歌である。

これら典拠不明の注記をも含めて、願正寺旧蔵の『紹巴抄』の第一冊目には『源氏物語』をかなり研究的に勉強した跡が見られるのである。そういう意味で、広島大学蔵刊本『紹巴抄』は、それ自体はさほど珍しい本ではないけれども、近世後期の北越地方における『源氏物語』享受の実態を垣間見せてくれる資料として貴重な伝本と言えるのではないかと思うのである。

書き入れが箒木巻の途中で終わっているのは、何らかの事情により中断してしまったものと思われるが、大部な書への書き入れがはじめの方だけにしかないことはよくあることである。『紹巴抄』の版本に限っても、たとえば東洋文庫蔵の古活字本には欄外書き入れが極めて多いが、それは第一冊目のみであり、同じく陽明文庫蔵の古活字本にも行間書き入れや貼紙が多いけれども賢木巻の途中までで以下には全くないのである。

なぜ途中でとぎれたのか、その理由はわからないが、桐壺・箒木両巻の書き入れ注を見ると、そこには『源氏物語』についてのかなりレベルの高い勉強の跡が見てとれるのである。

第二章　『源氏物語抄』（『紹巴抄』）の古活字本と整版本

はじめに

前章においてすでに述べた通り、刊本『源氏物語抄』、いわゆる『紹巴抄』には、古活字本と整版本の二種があることが知られている。(1) どちらも全二十冊から成るが、古活字本は一面十行、整版本は十一行である。古活字本について、川瀬一馬氏(1)は、「活字印本盛行期に於ける源氏物語注釈書の刻本として最も大部なものである。寛永十七年刊左大将六百番歌合等と同種の小型活字印本で、寛永後期の開版と認められる」と言われる。そして、古活字本の伝本が少ないことを指摘され、「世に流伝するものは、寛永末年頃に本書に片仮名附訓を施して覆刻した整版本（割注略）である。原本を極めて精刻してゐる部分が多いので、間々活字印本と誤認せられてゐる」と指摘されている。川瀬氏によれば、両本の関係について、

（1）古活字本は寛永年間（一六二四〜四四）後期頃の開板であり、整版本は同じく寛永末年頃の刊行であること。
（2）整版本は古活字本に片仮名附訓を施して覆刻したものであること。
（3）古活字本はあまり流布せず、世に広く流伝したのは整版本であること。

の三点が指摘されているのである。

川瀬氏が刊記のない古活字本の開版を寛永後期頃とされたのは、「寛永十七年刊左大将六百番歌合等と同種の小型活字印本」であることを有力な根拠にされるわけだが、反町茂雄氏『弘文荘古活字版目録』（一九七二年）や『弘文荘古版本目録』（一九七四年）でも「寛永中刊」とされており、寛永年中（一六二四〜四四）の刊行であることは疑いないようである。整版本も無刊記であり、川瀬氏の言われるように「寛永末年頃」の刊行であるかどうかの確証はない。反町氏の『弘文荘待賈古書目録』では明暦（一六五五〜五八）頃の刊とも記されている。(2)

寛永末から慶安（一六四八〜五二）あたりを境にして、それまで隆盛を誇った古活字版による書物刊行の流れが急に途切れ、整版による刊行へと移ったことはよく知られている。(3)『紹巴抄』は、ちょうどその境目あたりの、かなり近接した時期に古活字本と整版本の二種が刊行されたわけである。

古活字本の伝存が少ないのは刊行部数がごく少なかったからに違いない。古活字版から整版への移行の理由のひとつに、古活字版が大量印刷に適さないことが挙げられるというが、(4)整版本が広く世に流布したのは、古活字本とは比較にならないくらい大量に印刷されたからだろう。

さて、川瀬氏は、整版本は古活字本に片仮名附訓を施して覆刻したものであり、その覆刻は「原本を極めて精刻してゐる部分が多いので、間々活字印本と誤認せられてゐる」ほど精巧なものであると言われるが、両本の版面を見比べると、文字の形、字の間隔、行取りなどが酷似しており、実にその通りだと思われる。もっとも、先述した通り、古活字本は一面十行であるのに対し、整版本は十一行であるから、単純な覆刻ではない。覆刻にあたって、一面につき一行ずつ行を増やすという、かなり面倒な作業を行なっているのである。

下に、両本の第一冊目冒頭の一面を掲げたので、参照してほしい。古活字本は、反町氏『弘文荘古活字版目録』掲載の図版から、整版本は広島大学図書館蔵本によって掲げた。

この一面だけを見ても、行数のみならず、両本のさまざまな違いが明らかである。

川瀬氏は、整版本は古活字本に「片仮名附訓を施して覆刻した」ものと言われるが、両本の本文上の違いは単に「片仮名附訓」の有無にとどまるものではない。

前章では、両本の相違について略述し、特に第一冊目における見出し項目の異同を検討した。その結果、整版本は古活字本にあった誤りをつとめて訂正していることがわかっ

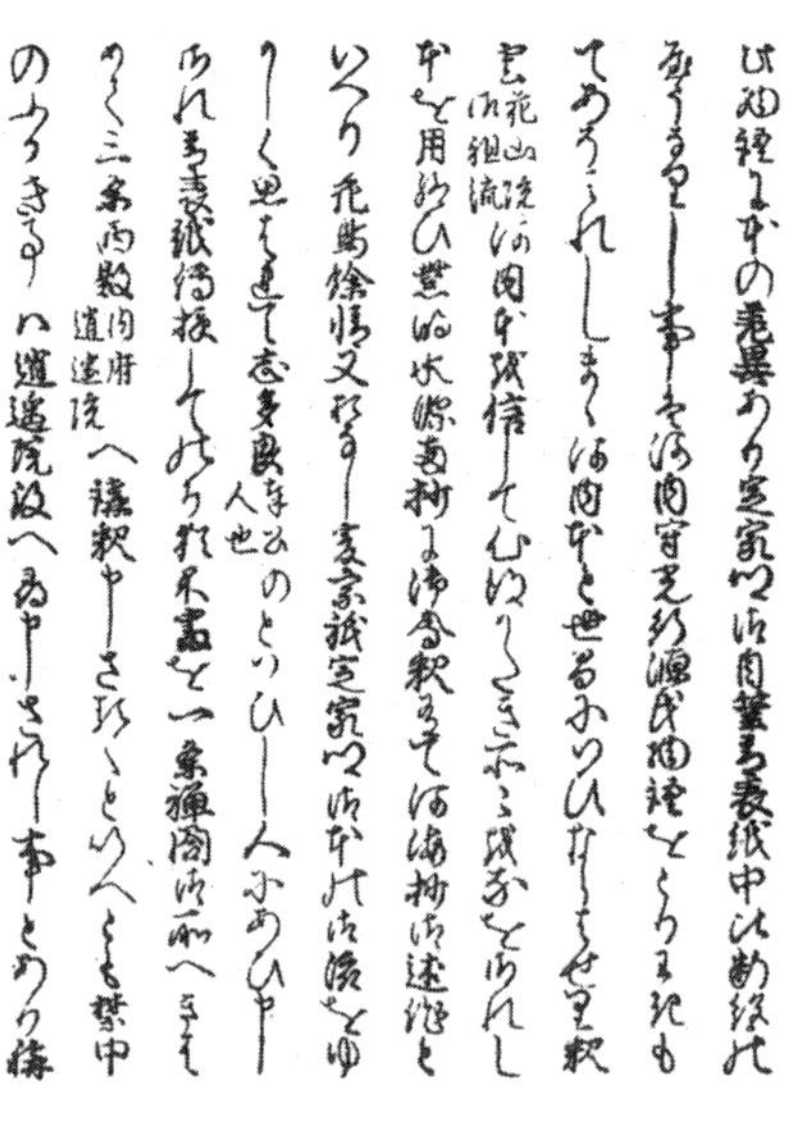

古活字本　第1丁表

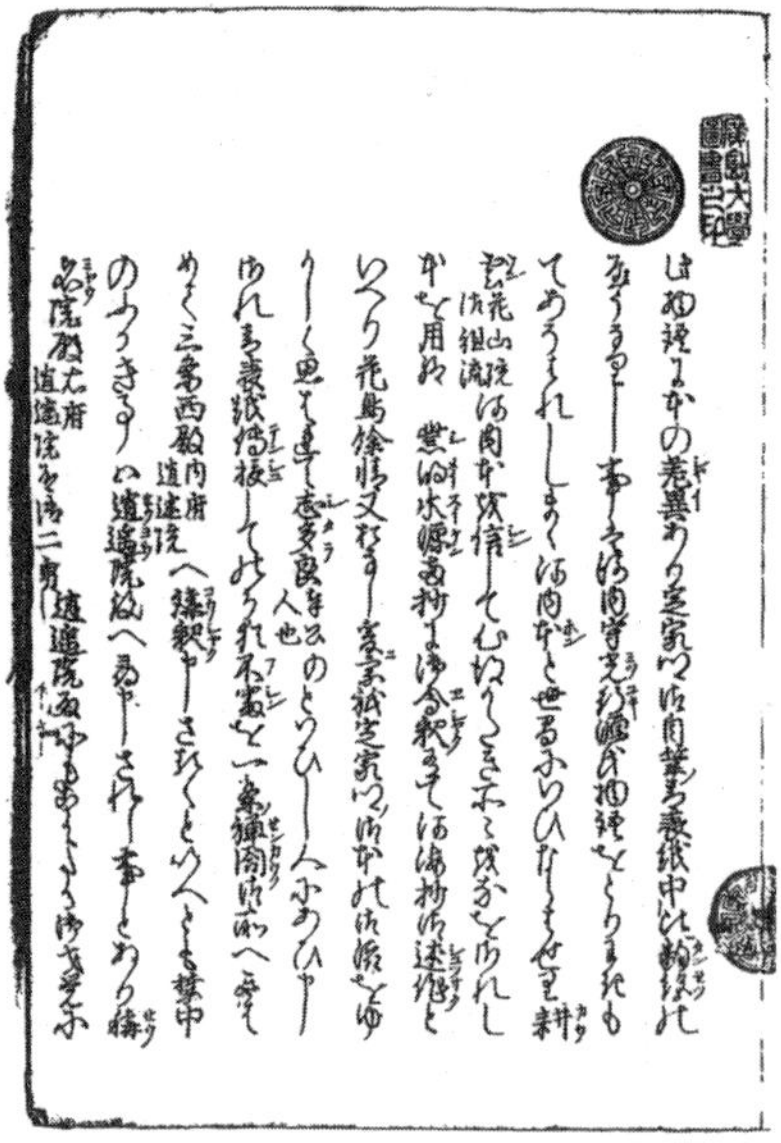

整版本　第1丁表

た。本章では、見出し項目だけでなく、本文全体に関して古活字本と整版本の間の相違点を考察する。ただし、全二十冊と大部であるため、煩を避けて、便宜上、第一冊目（桐壺・箒木）のみを取り上げることにする。

一　第１丁表の本文における相違点

改めて、前ページに掲げた第一冊第1丁表（巻頭の目録一丁を除く）の本文を見て、両本間の相違箇所を整理してみる。なお、この部分は、巻頭の総説にあたる部分の冒頭であり、『源氏物語』本文の一部を掲げて見出しとし、その下に注釈文を記すという形式をとっていない。桐壺巻の注釈は整版本で第5丁表の四行目から始まっている。はじめに両本の本文を翻刻する。各行の頭に行番号を算用数字で記した。《　》内は二行割書部分である。

《古活字本》

1　此物語に本の差異あり定家卿御自筆青表紙中比断絶の
2　やうなりし事は河内守光行源氏物語をとりわきも
3　てあそはれしまゝ河内本と世間にいひならはせり釈
4　雲《花山院御祖流》河内本を信して心得かたき所〻をなをされし
5　本を用給ひ紫明水源両抄に御會釈有て河海抄御述作と
6　いへり花鳥餘情又おなし爰宗祇定家卿御本の御流をゆ
7　かしく思はれて志多良《奉公の人也》といひし人にあひ申

8　され青表紙傳授してのち猶不審を一条禅閤御所へきは
9　めて三条西殿《内府　逍遥院》へ講釈申さるゝといへとも禁中
10　のふかき事は逍遥院殿へ尋申されし事とあり稱

《整版本》
1　此物語に本の差異《シャイ》あり定家卿御自筆ノ青表紙中比断絶《タンセツ》の
2　やうなりし事は河内ノ守光行《ミツユキ》源氏物語をとりわきも
3　てあそはれしまゝ河内本《ホン》と世間にいひならはせり耕《カウ》
4　雲《ウン》《花山院御祖流》河内本を信《シン》して心得かたき所ゝをなをされし
5　本を用給　紫明水源《シメイスイケン》両抄に御會釈《エシャク》有て河海抄御述作《シュツサク》と
6　いへり花鳥餘情又おなし爰ニ宗祇定家卿ノ御本の御流をゆ
7　かしく思はれて志多良《シタラ》《奉公の人也》といひし人にあひ申
8　され青表紙傳授《テンシュ》してのち猶不審《フシン》を一条ノ禅閤《センカウ》ノ御所へきは
9　めて三条西殿《内府　逍遥院》へ講釈《コウシャク》申さるゝといへとも禁中
10　のふかき事は逍遥《セウヨウ》院殿へ尋申されし事とあり稱《セウ》
11　名《ミャウ》院殿《右府　逍遥院殿御二男》逍遥院殿にもこえたる御才覚に

両者を比較して、古活字本を覆刻して整版本とするにあたって変更が加えられている点は、次の諸点である。

① 漢字に片仮名で振り仮名を付した……「差異《シヤイ》」(1行)・「断絶《タンセツ》」(1行)・「光行《ミツユキ》」(2行)・「河内本《ホン》」(3行)・「信《シン》して」(4行)・「紫明水源《シメイスイケン》」(5行)・「御會釈《ヱシヤク》」(5行)・「御述作《シユツサク》」(5行)・「志多良《シタラ》」(7行)・「傳授《テンシユ》」(8行)・「不審《フシン》」(8行)・「禅閤《センカウ》」(8行)・「講釈《コウシヤク》」(9行)・「逍遥院殿《セウヨウ》」(10行)・「稱名院殿《セウミヤウ》」(10行)

② 漢字表記の語句に助詞を補った……「御自筆ノ青表紙」(1行)・「河内ノ守」(2行)・「爰ニ」(6行)・「定家卿ノ御本」(6行)・「一条ノ禅閤《センカウ》ノ御所」(8行)

③ 漢字の熟語に線引きを施した……「中比」(1行)

④ 誤った文字を訂正した……「釈雲」→「耕雲《カウウン》」(3行)

⑤ 文脈を訂正した……「用給ひ」→「用給　」(5行)

最も例の多い①は、川瀬氏が整版本の特徴としてあげられた「片仮名附訓を施し」たものである。②もそれに準ずるものと言ってよかろう。③は、ここでは「中比」が訓読みする熟語であることを示す。熟語の線引きは漢文で記された引用文などの中に時々見られるが用例数は多くない。第1丁表にはないが、整版本では漢文表記の文には返り点と送り仮名が施されている。また、仮名に濁点が付されて清濁が区別された箇所が多いのも整版本の特色である。これらは文章を読みやすくするために覆刻にあたって新たに加えられた操作である。

一方、④と⑤は古活字本の不備を訂正したものである。④は、古活字本が人名「耕雲」を「釈雲」と誤っていたのを正し、振り仮名を加えた例、⑤は、古活字本で「用給ひ」と連用形で下に続けていたのを覆刻に際して活用語尾「ひ」を削り「用給」として文を終止させた例である。一字削ったままで字間を詰めていないので、整版本では「給」

の下に不自然に一字分の空白が存在する。

このように、冒頭の一面だけを見ても、整版本は古活字本に比べて、漢字に付訓したり助詞を補ったりして本文を読みやすくする工夫がなされるとともに、古活字本にあった誤植や文章上の不備などをつとめて訂正・修正していることがわかるのである。

古活字版には、その木活字組みという技法上、漢字の振り仮名や返り点・送り仮名を施し難いという欠点があった。整版での覆刻に際しては、その欠点を補って、積極的に付訓・付点が行なわれたというわけである。

二　古活字本から整版本への変更点

読みやすくするための工夫である付訓・付点の類は、整版本全体にほぼ等しく見えるものであり、特にいちいち取り上げて検討するまでもないであろう。問題とすべきは、本文そのものに変更が加えられた箇所であって、整版本に覆刻する際に、古活字本本文のいかなる部分が不備と認められて訂正・修正の手が加えられているのかということである。

そこで、次には、第一冊目（桐壺・箒木）全体を見渡して、古活字本と整版本の間の本文異同箇所を調べ、それらをいくつかに分類してみた。だいたい、次のような八分類が可能かと思われる。

【1】　古活字本の字句の誤りを訂正したもの

【2】　古活字本の字句をより適切な形に変更したもの

【3】古活字本の漢字の字体や仮名の種別を変更したもの
【4】古活字本にある字句を削除したもの
【5】古活字本にない字句を補ったもの
【6】字間に古活字本にない空白を置いたもの
【7】古活字本にある字間の空白を除いたもの
【8】古活字本の字句の位置を変更したもの

以下に、それぞれに該当する例を掲げる。本文の調査・引用には、古活字本は東洋文庫岩崎文庫蔵本を用い、整版本は広島大学図書館蔵本を用いた。前者については国文学研究資料館蔵の紙焼写真によった。「古活字本の本文→整版本の本文」の順で示し、（　）内に整版本の丁数と行数で所在を記した。巻別に通し番号（丸囲み数字）を付し、相違箇所に傍線を施した。見出しにおける例には〈※見出〉と注記した。

【1】古活字本の字句の誤りを訂正したもの

〔桐壺〕

① 昔ゝ云は → 昔と云は（6オ・5）
② 後涼殿の即 → 後涼殿《コウラウ》の艮《ウシトラ》（9ウ・8）
③ 俊成院 → 俊成説（10オ・11）
④ からを見つゝも古詞はかり → からを見つゝもの詞はかり（12オ・6）

⑤　心操みさはとよむ　↓　心操みさほとよむ（12ウ・10）
⑥　露をそふに　↓　露をそふるニ（15ウ・1）
⑦　在天願作比翼共鳥地願為連理枝　↓　在ラハレ天願クハ作ランニ比翼《ヒヨク》ノ鳥ト在ハレ地ニ願クハ為ニ連理ノ枝トー（17ウ・8）
⑧　其里喪則不相　↓　其里ニ有ルレ喪《モ》則《トキンハ》不セスレ相《キウタ》（17ウ・10）
⑨　終夜さうくの　↓　終夜さまくの（17ウ・11）
⑩　又天到曰　↓　又天ニ到《イタラン》日《ヒ》（18オ・2）
⑪　保明之類後　↓　保明之薨《コウスルノ》後（19オ・9）
⑫　乳安国　↓　孔安国（19ウ・8）
⑬　云はときかたき　↓　云ほときかたき（20オ・1）
⑭　天子を國母と申　↓　天子を國ノ親と申（20ウ・6）
⑮　狛犬三　↓　狛犬二（24オ・7）
⑯　かたく　↓　かたく（25ウ・4）
⑰　東意御元服　↓　東宮御元服（29ウ・7）

〔箒木〕
①　最頭　↓　最頂《サイチヤウ》（30オ・6）
②　きつかある　↓　きすかある（30ウ・7）
③　聖人ハ温不緇　↓　聖人ハ涅《クリニスレトモ》不スレ緇《クロマ》（35オ・1）
④　天下の政をましはるはかると云官也　↓　天下の政《マツリコト》をましはりはかると云官《クハン》也（36オ・5）

⑤　大類之故　↓　不レ類之《ノ》故　（45オ・6）
⑥　いさやひくらんもち月の駒　↓　いまやひくらんもち月の駒　（45ウ・1）
⑦　舟來かと云　↓　再來かと云　（45ウ・4）
⑧　人みなく〳〵　↓　人なみく〳〵　（47ウ・2）〈※見出〉
⑨　手をおもての哥　↓　手をおりての哥　（48オ・1）〈※見出〉
⑩　言記凌空而去　↓　言イ訖テ凌レ空ヲ而去ル　（50オ・7）
⑪　あへる　↓　あへか　（53オ・7）〈※見出〉
⑫　世間乃　患人の　↓　世間乃《ヨノナカノ》　愚《シレタル》人乃《ヒトノ》　（53ウ・7）
⑬　わかせこかくへき宵なりさゝかにの　↓　わかせこかくへき宵なりさたかにの　（57オ・9）
⑭　水魚を給　↓　氷魚《ヒヲ》を給　（59オ・3）
⑮　詠哥大枕　↓　詠哥ノ大概　（59オ・8）
⑯　ひとつゝ　↓　ひとつ　（59ウ・2）〈※見出〉
⑰　風俗催馬木なとの類一品也　↓　風俗催馬楽《サイハラ》なとの類一名也　（61オ・1）
⑱　とりあへす物にもかなや世中を　↓　とりかへす物にもかなや世中を　（65オ・9）

単純な誤字・誤植の訂正の他、脱字・衍字の訂正（桐壺⑦）や仮名遣いの訂正（箒木②）などがある。桐壺⑭の「國母」→「國ノ親」の訂正は、誤植というよりも古活字本の誤認というべきかも知れない。もっとも、写本にも「天子を国母《ヲヤ》と申」とある[5]ので、古活字本のみの誤認というわけではない。ほぼどれも適切に訂正されていると言ってよいと思うが、「さゝかに」を「さたかに」と改めた箒木⑬だけは不適当ないし不必要な訂正と言わねばならない。

【2】 古活字本の字句をより適切な形に変更したもの

〔桐壺〕

① 冷眼と云 ↓ 冷眼と書 (7オ・11)
② 無頼と云 ↓ 無頼と書 (8ウ・5)
③ セイリヤウト又ヨム ↓ セイリヤウトヨメトモ也 (10オ・10)
④ あそはしたるなり ↓ あそはし出したる也 (21オ・6)
⑤ 此方 ↓ 以来《コノカタ》 (25オ・10)
⑥ 袍を用の時あり ↓ 袍を用ル時あり (25オ・11)
⑦ 御舞有 ↓ 御拝舞アリ (25ウ・8)
⑧ 公卿よりうへに此間の着座あるを ↓ 公卿より上に此間の心ニ着座あるを (26オ・10)

〔箒木〕

① またせなとして物を思はし ↓ またせなとして物を思はせ (38ウ・9)
② 取よりなとして心みたれは ↓ 取よりなとして心みれは (38ウ・9)
③ こゑたてつへき此世とおもへは ↓ こゑたてつへき此世とおもふに (41オ・5)
④ 次第〳〵をいへり ↓ 次第〳〵といへり (45オ・2)
⑤ 松をも ↓ 松ほも　をと也 (46・ウ2)

⑥　むもれ木のみなれ〱て　→　そなれ木のみなれ〱て（46ウ・3）
⑦　四君よりのことくおもひむすほれたる躰を　→　四君よりのことくおもひむすほゝれたる躰を（54ウ・10）
⑧　まよふと迄なり　→　まとふと迄なり（63オ・4）
⑨　みきとないひそ人のきかんに　→　みきとないひそ人のきかくに（65ウ・5）

仮名遣い、漢字の表記、助詞や助動詞の使い方、動詞の活用法など、さまざまな点に変更が加えられている。中には古活字本の表記を誤りと見て訂正したものもあれば、誤りとは言えないけれどもより適切な表現に変更しようとしたものもあるようである。箒木③は引用和歌の出典である『堀河百首』夏・四七二でも『千載集』巻三・夏・二〇二でも「おもふに」とある（ともに俊頼歌）ので整版本の方が適切であり、箒木⑥の歌も『千載集』巻十三・恋三・八〇四に載る待賢門院安芸の歌で、初句は「そなれ木の」とある（ただし、第二句は「そなれそなれて」）。箒木⑨も『古今集』巻十五・恋五・八一一では末句「人のきかくに」とあるよみ人しらずの歌である。和歌に関しては、整版本ではどれも典拠に忠実な形に改められていると言える。

【3】　古活字本の漢字の字体や仮名の種別を変更したもの

〔桐壺〕
①　妲已カ云コトニ　→　妲已カ云事ニ（8オ・6）
②　兵衛阧　→　兵衛ノ陣ヲ（11オ・8）〈二例〉
③　上下略　川　→　上下略河（11オ・11）

④　牛一刻　↓　丑一刻（18オ・7）

⑤　川　↓　河（18ウ・11）

⑥　人不学不知道をとも云々　↓　人不レハ学不レレ知レ道ヲとも云々（21ウ・5）

⑦　川　↓　河（21ウ・8）

⑧　美人也　川　↓　美《ビ》人也河（23オ・7）

⑨　天子之十二にして而冠　河　↓　天子之十二ニメ而　冠《カンフリフ》　河（23ウ・5）

⑩　冠両王着す黄衣　↓　冠両王着ニス黄衣一ヲ（25オ・8）

⑪　諸阧　↓　諸陣（28オ・5）

〔箒木〕

①　麗うるはしき　↓　麗《ウルハシキ》（31オ・4）

②　三日以上を曰霖　↓　三日以上ヲ曰レ霖ト（31ウ・8）

③　正身　川　↓　正身　河（49オ・1）

④　世間乃　患人の　↓　世間乃《ヨノナカノ》　愚《シレタル》　人乃《ヒトノ》（53ウ・7）

⑤　不恵にして不弁豆麦　↓　不恵《フケイ》ニメ不レ弁ニ豆麦《ツバク》一ヲ（53ウ・10）

⑥　纏　まとふ　↓　纏《マトフ》（54ウ・10）

⑦　わさとかましき心也　川　↓　わさとかましき心也河（66オ・9）

⑧　恐かしこ字　↓　恐《カシコ》ノ字（69ウ・7）

古活字本の仮名書きを漢字に改めたり（桐壺①・箒木④）特殊な字体の漢字を通行の字体に改めたり（桐壺②⑪）している。また、古活字本の「川」を「河」に改めた例が多い（桐壺③⑤⑦⑧・箒木③⑦）が、これらは「河海抄」の略であるから「川」ではなくて「河」とあるべきだと訂正したものである。桐壺④の「牛」→「丑」の訂正も適切な漢字に改めたもの。他に、古活字本では漢文訓読体の文の中に平仮名表記の訓が混じっているのを整版本では片仮名小書きに改めたり（桐壺⑥⑨⑩・箒木②⑤）、古活字本で漢字の訓を示すのに平仮名表記されているものをやはり片仮名の小書きに改めたりした例（箒木①⑥⑧）も多い。

【4】古活字本にある字句を削除したもの

〔桐壺〕

① 漢書文ソトシタ事ヲキラタムル心也 → 漢書文（9ウ・4）

② 四位指合時と云歟 → 四位指合時と云（19オ・2）

③ 一師子二 → 師子二（24オ・7）

④ 浅黄也　黄故誤れり → 浅黄《アサギ》也（25ウ・5）

〔箒木〕

① 此段生姓の品を二に分てり心 → 此段生姓の品を二に分てり（35オ・10）

② ひんのかみを耳にかきつくる少 → ひんのかみを耳にかきつくる（39オ・6）

③ 金岡子は → 金岡ハ（44ウ・11）

④ 風俗玉垂哥　件磯在相模國かなとよむ時はふうそく共 → 風俗玉垂哥　件ノ磯在リ二相模國一ニ（60ウ・9）

桐壺①の「ソトシタ事ヲキラタムル心也」や桐壺④の「黄故誤れり」は写本にも存在する注である。なぜ整版本で削除されたのかはわからない。桐壺②は整版本では古活字本の「云歟」という疑問表現を断定した形に改めている。写本でも「四位ノ指合ノ時ト云心也」と断定表現になっている。桐壺③・箒木①②は衍字の削除、箒木③も不必要な「子」の字を削除したものである。箒木④では「かなとよむ時はふうそく共」という注を削除したために、整版本は以下の三行分、文字の位置が古活字本とは異なっている。削除された注は上の「風俗」の語に関する注で、写本にも「かなによむ時はふうそく共」と同様の注が存在する。これもなぜわざわざ行取りをずらせてまで削除したのかは不明である。

【5】　古活字本にない字句を補ったもの

〔桐壺〕

① 褒姒燧火　見　咲 → 褒姒燧火《スイクワ》ヲ見テ咲《ワラヒ》シナリ（8オ・7）
② 世上は皆如此 → 世上は皆如レ此なるへし（11ウ・8）
③ 親王 → 親王ヲミコトヨム（12オ・1）
④ 頑 → 頑カタクナシ（15オ・3）
⑤ 此句躰　相似たり → 此句躰に相似たり（18オ・2）
⑥ 君主不早朝 → 君主不《ズ》二早朝《アサマツリコトシ玉ハ》一　長恨哥（18ウ・4）
⑦ 労 → 労ネキラウトヨム（19ウ・9）

⑧　法師　　　↓　法師　マラウトヽヨメリ（20オ・9）
⑨　女にも給こゝろなり　↓　女にも姓を給ッ心なり（22オ・1）
⑩　内匠寮　↓　内匠寮《タクミレウ》トテアリ（29オ・5）
⑪　朗詠にして見出　↓　朗詠にして見出ス（29オ・7）

〔箒木〕
①　左傳に　治　　　治理世を事也　↓　左傳に　治ヲサ〳〵ト云　治《ヲサムル》二理世一ヲ事也（32ウ・10）
②　位早と書　↓　位早と書テ　クライミシカシトヨム（35オ・7）
③　馬の涯分に　上〻は不及となり　↓　馬の涯分《ガイブン》には上〻は不レ及となり（36ウ・8）
④　佞人　　　口きゝかましき人也　↓　佞人《ネヂケヒト》　口きゝかましき人也（40ウ・3）
⑤　金岡公望　↓　金岡《カナオカ》カ子公望《キンモチ》（44ウ・10）
⑥　蒜　蒜同　↓　蒜也蒜同（57オ・3）
⑦　拍　　　ふけく其様な事をは　↓　拍アバメ　ふけく其様な事をは（57ウ・8）
⑧　愰　　　悵同　↓　愰トバリ　帳同（61ウ・10）
⑨　継母楼上　居　烽　まゝ子に　↓　継母楼上《ケイボロウ》に居て烽《ハチ》をまゝ子に（67オ・7）

文中の脱字と見なされる文字を補ったもの（桐壺⑨・箒木⑤）、文末表現を補ったもの（桐壺①②⑩⑪・箒木⑥）、助詞を補ったもの（桐壺①⑤・箒木③⑨）、出典名を補ったもの（桐壺⑥）などいろいろあるが、最も多いのは漢字の訓（読み方）を明らかにしたものである（桐壺③④⑦⑧・箒木①②④⑦⑧）。これらの訓は、箒木の例④を除いてすべて写本にも存在する。

【6】字間に古活字本にない空白を置いたもの

〔桐壺〕

① 纏不破 → 纏｜不破（9オ・8）

② 不善不能不用 → 不善｜不能不用（9オ・9）

③ さはされはこそと人〻云也 → さは｜されはこそと人〻云也（12オ・10）

④ 一師子二狛犬三帳前四南第三間 → 師子二狛犬二帳前四｜南第三ノ間（24オ・7）

③は「さは」は見出しであり、この下に一字分の空白がない古活字本は不備である。整版本ではその不備を解消している。①②も、まず「纏」「不善」を挙げ、その下に同義語や言い換え語を示したものだから、整版本のように空白がある方がよい。④は「師子二狛犬二帳前四」がひとまとまりであることを整版本は明確にしている。写本ではこの部分を二行割書にしている（写本では「狛犬三」とある）。どれも整版本は文脈を吟味した上で適切な処置をしていると言うことができる。

【7】古活字本にある字間の空白を除いたもの

〔桐壺〕

① 上下略｜川 → 上下略河（11オ・11）

②　寿者｜多辱　→　寿者多辱（14オ・8）

③　注相｜杵｜旧　→　注ニ相ハ杵旧《キネウタ》（17ウ・10）

④　玄僧蕃｜客　→　玄ハ僧蕃ハ客（20オ・10）

⑤　無学行政｜如無灯夜行か云ゝ　→　無学ニメ行レ政ヲ如ニシ無レメ灯夜｜行一ガト云ゝ（21ウ・6）

〔箒木〕

①　各｜競とも如何　→　各競とも如何（33オ・10）

②　楊家有女初長成養在深閨人｜未識　→　楊家ニ有レ女《ムスメ》初テ長成ス　養《ヤシナハレテ》　在ニリ深閨一ニ人未スレタ識《シラ》（34オ・8）

③　美｜麗　調度　→　美麗《ビレイ》　調度《テウド》（44ウ・7）

④　世間乃｜患人の我妹兒尓　→　世間乃《ヨノナカノ》　愚《シレタル》　人乃《ヒトノ》我妹兒尓《ワキモコニ》（53ウ・7）

⑤　知為知｜不知｜為不知　→　知《シラン》ヲハ為レセヨ知レリ不レヲハ知為レセヨ不レト知ラ（59ウ・1）

熟語の間であったり（箒木③）、ひと続きの慣用句や引用文、和歌などの途中であったり（桐壺②⑤・箒木②④⑤）、全十例すべて、古活字本の不必要な字間の空白を整版本では取り除いたと見てよい。ただし、桐壺①についてだけは「河」の字は古活字本のように少し空白を置くか小字で記すかした方がよいところではある。

【8】　古活字本の字句の位置を変更したもの

〔桐壺〕

①　無越　奥入｜　→　無越奥入｜（22ウ・6）

〔箒木〕

① さふらひようして　句御座あり　→　さふらひようして句　御座あり（31ウ・2）

② えんすれは　句怨　→　えんすれは句　怨（33オ・11）

③ 中将まちとりて　句品〱のあらそひの　→　中将まちとりて句　品〱のあらそひの（35ウ・4）

④ 辜　聚分駒　→　辜《ツミ》聚分韵（40オ・1）

⑤ 口出　万　又眉をしはむるをも云也　→　口出《ヒソム》万　又眉をしはむるをも云也（42オ・1）

⑥ 鳥の翥はふくこゝろ成へし　→　鳥の翥ハブク　こゝろ成へし（44オ・6）

典拠の書名を小書きに変更したもの（桐壺①・箒木④⑤）、注釈冒頭の「句」の字を小書きにして項目の後にぶらさげる形に改めたもの（箒木①②③）、漢字の訓を示した部分を片仮名小書きに変えたもの（箒木⑥）の三種である。いずれも表記の形式を統一しようという意識にもとづいて変更が加えられている。

三　古活字本はあらかじめ整版本覆刻を想定していた

以上のように、整版本は、全体にわたって、古活字本に見られる誤字・脱字・衍字などを訂正し、不足な部分を補ったり不要な部分を削ったりし、また表記の形式を整えたりなどして、本文をより完全な形に近づけていることがわかる。すなわち、整版本は古活字本の改訂新版たるにまことにふさわしいと言えるのである。

ところで、古活字本から整版本への本文の変更点を調べていて気が付くのは、古活字本には、あたかも埋められることが予定されているかのように空白が置かれていて、整版本ではそこにそのまま文字が補われていてうまく空白が埋められた形になっている箇所が多いということである。先に検討した中では【5】の「古活字本にない字句を補ったもの」にいくつも見られる。桐壺⑦では、古活字本には「労」の字の後に約五字分の空白があり、整版本ではその位置に「ネキラウトヨム」と訓が小字で注記されている。同⑧では、古活字本には「法師」の後に約八字分の空白があって、整版本にはそこに「マラウトヽヨメリ」とやはり訓の注記がある。また、箒木①では、古活字本には「治」の字の後に約四字分の空白があり、整版本ではその部分に「ヲサ〱ト云」という注が補われている。同④においても、古活字本には「佞人」の後に約五字分の空白があり、整版本ではそこに「ネヂケヒト」という訓が補われているといった具合である。同⑦⑧においても同様である。他にも、たとえば桐壺③でも、古活字本には「親王」の後に約六字分の空白があり、整版本ではそこに「ヲミコトヨム」という注が書かれているのである。

これだけ例が多いと、古活字本は、後で埋めることを予定して意図的に空白を設けていたと考えざるを得なくなる。先に挙げた例の中には略したが、桐壺巻には次のような異同箇所もある。

大公望　懇　→大公望ヲ労ネキラウト云ハ懇ニトアリイカン（19ウ・10）

古活字本の二箇所の空白部分は、整版部分のような注を補うことを想定して置かれたとしか思えないのである。(6)
古活字本はあらかじめ整版本のような付訓を入れることを予定して随所に空白を置いた。それは、木活字組みという技法上の制約から、古活字本では小書きの訓などが表記し難かったためであろう。
古活字本はかように欠字箇所の多い本文で、いわば欠陥だらけの本である。それをあえて刊行したのは、近い将来に整版本として覆刻し、その時には付訓・返り点などとともに、古活字本では表現しきれない細かな注記も書き加えて、より完全な形で刊行することを予定していたからだと考えざるを得ないのである。

はじめに述べたように、川瀬一馬氏によれば、『紹巴抄』の古活字本は「寛永後期の開板」であり、整版本は「寛永末年頃」の覆刻であるとされる。その間、わずかに数年の隔たりしかない。この刊行年次の近さは、最初から古活字本は、近い将来整版本に覆刻することを念頭において作られたものであることを示していると思われるのである。

おわりに

『紹巴抄』が刊行された寛永後期は、古活字版の隆盛期が終わり、主たる出版形態が整版へと移行する時期にあたる。ごく近接した時期に古活字本と整版本が刊行されたのは、そういう時代の趨勢を反映してのことであろう。

古活字版は組版にかかる経費は安いけれども大量出版には向かず、整版は繰り返し刷ることができるので大量出版に向くけれども、手間と経費がかかると言われる。『紹巴抄』がまず古活字本で出されたのは、経費の安い方法で少部数刊行してみて、売れ行きを見た上で改めて整版本に覆刻しようという計画だったからではないだろうか。大部な『源氏物語』の注釈書を刊行するのは相当な冒険で、いきなり経費をかけて整版本で出すことは躊躇されたのであろう。しかし、少部数ながら古活字本として出してみると評判がよかったので、当初の意図通り整版本に覆刻した。その際、版木の量を少なくして経費を押さえるために一面十行から十一行に変更したという事情であろうと考えられる。

『源氏物語』の注釈書の出版としての『紹巴抄』の成功が、明暦三年（一六五七）の『明星抄』刊行へと繋がり、さらには延宝（一六七三〜八一）初年の『湖月抄』へと発展していくことになるわけで、『源氏物語』享受史上、実に意義深い試みだったのである。

注

（1）川瀬一馬著『増補古活字版の研究』（一九六七年　日本古書籍商組合）。

（2）鈴木徳三編『弘文荘待賈古書目総索引』（一九八八年　八木書店）によった。

（3）中野三敏著『書誌学談義　江戸の版本』（一九九五年　岩波書店）等。

（4）注（3）に同じ。

（5）稲賀敬二校「翻刻平安文学資料稿」第二期１『永禄奥書　源氏物語紹巴抄　一、二』（一九七六年　広島平安文学研究会）による。以下、写本本文との比較はすべて同書によって行なった。

（6）他に、【５】に掲げた桐壺①や箒木⑨の例を見ると、古活字本には後に助詞を補うことを念頭に置かれたかと思われる一字分の空白が存在している。

第三章　『源氏物語抄』（『紹巴抄』）の古活字本から整版本へ

——項目異同から見た改訂の様相——

はじめに

二十巻本『源氏物語抄』、いわゆる『紹巴抄』の刊本には古活字本と整版本の二種類があることが知られている。そして、整版本は、古活字本の版面を版下としてかぶせ彫りした覆刻版であり、古活字本の本文をもとにして、新たに漢字の振り仮名や漢文表記部分の返り点・送り仮名などを加えたものであることも明らかである。その際、古活字本の一面十行組みを十一行組みに改めている。

前章では、第一冊目（桐壺～箒木）をサンプルとして、両本の本文の詳しい比較考察を行なった。その結果、整版本は、古活字本にあった誤植や組版上の不備が訂正されている他、項目の立て方や注釈本文の内容にも一部手が加えられていることがわかった。

本章では、対象を全二十冊すべてに広げ、特に見出し項目（見出しとして掲げられた『源氏物語』の本文）の異同に注目して、古活字本から整版本への改訂の様相を明らかにしてみたい。

整版本の本文は、広島大学図書館中央図書館蔵『源氏物語抄』（国文一六六七N）を用い、上田市立図書館蔵花春文庫本および熊本大学国文研究室蔵本を参照した。また、古活字本の本文は、東洋文庫岩崎文庫蔵本を用い、陽明文庫蔵本を参照した。上田市立図書館本以下の四本については、いずれも国文学研究資料館蔵の紙焼写真によった。

項目の所在の掲出に際しては、『源氏物語』の巻名の次に、便宜上、広島平安文学研究会刊「翻刻平安文学資料稿」第二期『永禄奥書　源氏物語紹巴抄』1～10（一九七六～八六年）の項目番号によって掲げ、同書にない項目はその直前の番号にa・b……の記号を付して表わした。番号の下の（　）内には、整版本の所在を丁数・表（オ）裏（ウ）の別・行数で併記した。また、古活字本と整版本の見出しを並べ記す場合には、〈整版本〉―〈古活字本〉の形で示した。

一　古活字本の脱落箇所の補充

古活字本と整版本の間の項目の出入りを調べていて、まず目につくのは、整版本には古活字本にない項目がままあることである。そのうち、古活字本にない項目が整版本に連続して存在する箇所が数箇所あるが、それらは、古活字本作成の際に誤って生じた脱落を補ったものであると推測される。

その例として、まず、次の三箇所が挙げられる。

①　梅枝129（11ウ・9）「しろきあかき」の注釈二行目「ひらは一枚二枚也」（十行目）から、140（12ウ・4）「見給ふ

人の涙さへ」の注釈三行目「獲《エタリ》レ麟ヲ　哀公狩ニ出得レ麟ヲ無道ノ代ニ出タルヨト也」（七行目）まで、整版本で二十行分、古活字本に欠。

② 若菜上715（58ウ・1）「こなたはさま」から、723（59オ・9）「くしいたく」まで、整版本で二十行分、古活字本に欠。

③ 幻47（4ウ・7）「君に」から、57（5ウ・2）「たいのおまへの」まで、整版本で十八行分、古活字本に欠。

このうち、①と②は、それぞれ整版本で二十行分ずつの脱落であるから、古活字本作成時に一丁分の脱落が生じたものと考えられる。これによって、古活字本の親本も一面十行本であったことが推測される。③は、整版本にして十八行分の脱落であるが、おそらく古活字本の親本ではこの部分が二十行あったのであって、ここもやはり一丁分の脱落が生じたのであろう。これら三箇所の脱落部分の本文を整版本では補充しているのである。その際、補充された部分の文字遣いや筆跡が前後に比して全く違和感がないのは、整版本の版下作成時に、改めて活字で組んで印刷し、覆刻版作成と同じ手順で作業を行なったためと考えざるを得ない。手のこんだことをするものであるが、これは、覆刻版の作成が、時間的にも場所的にも古活字本の作成と極めて近いところで行なわれたことを意味しているだろう。

他に、古活字本と整版本の間にまとまった項目の出入りがある箇所として、次の例が挙げられる。

① 澪標71（27ウ・2）「すさひに」・72（27ウ・4）「おもひやりこと」・73（27ウ・6）「ひか心え」・74（27ウ・8）「あはれなりし」・75（27ウ・10）「ほの見し句」の五項目（二行目〜十一行目の十行分）、古活字本に欠。

② 澪標81（28オ・11）「何とかや」・82（28ウ・1）「たれにより哥」・83（28ウ・3）「命こそかなひ」・84（28ウ・6）

「心をかれしとするもたゝ一故とは」・85（28ウ・8）「かのすくれ」・86（28ウ・9）「いかに」の六項目（28オ・11〜28ウ・10の十一行分）、70（27ウ・1）「年比あかす」の次にあり。

すなわち、古活字本には整版本27ウ・2から27ウ・11までの十行分がなく、続く28オ・1「我は又なく」から「思ふとち哥」の末尾の28オ・10までの十行分と、28オ・11「何とかや」から28ウ・9「いかに」の末尾（28ウ10）までの十一行分が入れ替わっているのである。見出し語の『源氏物語』本文中での出現順から整版本の形が正しいことは明らかで、古活字本は何らかの理由で組版時に一面の脱落と二面の順序転倒が生じたようである。整版本に覆刻するにあたってそれらは補正された。ここもやはり脱落部分は新たに活字で組み直して版下を作成したと考えられる。

まとまった項目の出入りがある箇所は以上であるが、次に、古活字本にない項目が整版本に付加されている例を挙げる。次の十二例である。

①　若紫32（4オ・9）　たいく
②　若紫33（4オ・10）　さる心はへ
③　薄雲97（39オ・2）　あかす思事
④　若菜下96（9ウ・11）　神のゐかき
⑤　夕霧20（2オ・11）　さはかりなゝり
⑥　竹川374（61ウ・2）　侍従と
⑦　橋姫215（17ウ・5）　よしさらは

⑧　総角162（51ウ・1）　身をわけて
⑨　総角458（72ウ・8）　いかゝこよひは
⑩　宿木19（12ウ・8）　中納言あそん
⑪　浮舟366（55ウ・10）　のちに又哥
⑫　手習51（30ウ・1）　御ようめい

①と②は連続した二項目（二行分）であるが、他はそれぞれ別個に存在する。⑪以外は写本（前掲「翻刻　平安文学資料稿」の底本。以下、「写本」と言う場合は同書をさす）にもある項目であるから、古活字本の親本とは異なる写本との校合によって付加されたものであろう。

二　注釈の一部を項目化した例、項目を注釈中に収めた例

古活字本と整版本の項目を比べると、古活字本で注釈文中にある記述を整版本では独立させて別項目としたものや、逆に、古活字本で項目を立てている記事を整版本では注釈文の中に取り込んでしまっているものも存在する。古活字本で前項の注釈文に一体化した形になっている記事を整版本で独立した項目としている例には、次のようなものがある（整版本における所在を併記する）。

①　紅葉賀146（14オ・6）　我ひとり

②　紅葉賀147（14オ・7）　人つまは哥
③　賢木12（1ウ・11）　松風すこく
④　賢木55（5オ・6）　長奉送使
⑤　賢木94（8ウ・11）　宮は三条の宮に藤壺の事也……（整版本は見出しと注釈の間に空白なし）
⑥　松風100（25ウ・1）　十四日五日晦日
⑦　乙女249（40ウ・7）　大殿にはことし（古活字本には「是まて一日講尺　大殿にはことし五節を……」とある）
⑧　鈴虫76（40オ・1）　いつとても（古活字本はこの項を前項末に追い込んで一首の歌として記す）
⑨　幻31ａ（3オ・9）　人よりことに
⑩　幻147（13オ・3）　ふりおつる御なみた
⑪　紅梅6（26オ・4）　おなし子なり
⑫　宿木489（49オ・5）　せちぶ

⑨は、写本でも前項「31かたはらいたき」の注釈末尾の記事になっているが、『源氏物語』本文の「人よりも」を項目化したものと考えられる。

一方、これらとは逆に、古活字本で項目としているものを整版本では注釈の中に埋没させている例には、次のようなものがある（整版本における所在を併記する）。

①　葵43（33ウ・4）　榻事

②　澪標89ａ（29オ・７）　何のあやめも
③　薄雲103（39オ・10）　はかくし（整版本では前項下部の余白部分にある）
④　真木柱309（86オ・３）　色めかしう（整版本では前項下部の余白部分にある）
⑤　幻61ａ（５ウ・11）　さらても（前項61「そのことのさらても」の注の一部とする整版本や写本が正しい）
⑥　紅梅98ａ（33オ・３）　北方と
⑦　橋姫67（７オ・１）　人傳にきくことなと
⑧　総角184ａ（53オ・４）　心せはくは
⑨　宿木309ａ（34オ・11）　いてやから

これらは、古活字本の不備を整版本で訂正したということなのだろうが、③・④・⑦は写本でも項目化されており、古活字本のごとく項目として扱うのがよいと思われる。もっとも、③と④は、整版本においても、短い項目である前項下部の余白部分に置かれた項目と見ることもできる。また、整版本・写本ともに項目としていないが、⑧は『源氏物語』本文の「心せばく」に関する注として、⑨は同じく「いでや」に関する注として、それぞれ古活字本のごとく項目化してよいように思われる。やや問題を含んではいるが、これらは整版本に覆刻するにあたって、ある見識をもって古活字本の項目を廃したのであろう。

三　見出しと注釈との間の空白の有無

『紹巴抄』では、各項目は、『源氏物語』本文の一節を見出しとして掲げ、その下に約一字分の空白を置いて注釈が書かれるという形式になっている。ところが、中には組版上の不手際からか空白が置かれていない場合もある。古活字本で空白がないものは多くの場合整版本では空白が置かれて正されているが、中には正されていないものも存する。古活字本では見出しと注釈の間に空白がないが、整版本で正されているものには、次のような諸例がある。―の下が古活字本における表記である。

① 桐壺61（12オ・10）　さは ― さはされはこそと人〳〵云也
② 空蟬53（6オ・8）　さかし ― さかし御領状也
③ 夕顔305（34オ・11）　とりあやまちても ― とりあやまちてもくるしかるましきとなり
④ 若紫110（9ウ・7）　仏は ― 仏はまへの首尾なるへし
⑤ 若紫286（24オ・11）　み帳み屛風なとあたり〳〵 ― み帳み屛風なとあたり〳〵しゝはやすめ字にや
⑥ 花宴17（20オ・7）　源氏の君の御をは ― 源氏の君の御をはてにをは也
⑦ 須磨236（50ウ・11）　あこの ― あこの我子
⑧ 明石84（7ウ・1）　花紅葉の ― 花紅葉の定家卿こゝにて……
⑨ 乙女144（32ウ・1）　さう ― さうしやうとよむへし

⑩　乙女238（40オ・2）　いてや物けなし ― いてや物けなしめのとの詞
⑪　真木柱196（76ウ・3）　中宮 ― 中宮秋好中宮
⑫　藤裏葉153（30オ・3）　御よろこひに ― 御よろこひに群賀諸《ママ》家へ也
⑬　若菜上628（52オ・1）　むかしの世のあたならぬ人 ― むかしの世のあたならぬ人大かたの世の人〳〵の中の……
⑭　横笛139（33オ・4）　みしかく ― みしかく大かたのあはれをみしかくは中〳〵世の（古活字本は頭が一字下がっている）
⑮　鈴虫46（38オ・9）　有はてぬ ― 有はてぬ哀まつまの体斗憂ことしけく思はすもかな（古活字本は頭を一字下げて一首の和歌として記す）
⑯　夕霧17（2オ・8）　今しはし ― 今しはし命也
⑰　夕霧445（35オ・10）　人〳〵いと所せき ― 人々いと所せき御子達也
⑱　御法49（46ウ・2）　さるは ― さるはさうあつて也
⑲　幻84（8ウ・2）　ひろふ ― ひろふこなたかなたへ……
⑳　幻166a（14ウ・4）　若宮 ― 若宮三宮なり（写本はこの項目欠、166「なやらはんに」の末尾に「三宮也」とのみある）
㉑　竹川116（42オ・5）　をもりかに心ふかきけはまさり給へれと ― をもりかに心ふかきけはまさり給へれと此段は……
㉒　竹川214（50オ・7）　おほしとむる ― おほしとむる院
㉓　竹川367（61オ・3）　こ宮 ― こ宮蛍
㉔　橋姫1（2オ・7）　その比 ― その比八宮の事始て書出……

㉕　宿木13（12ウ・1）　宮たちの御かたはらに ― 宮たちの御かたはらに薫宮達の……
㉖　宿木14（12ウ・2）　もとより思ふ人 ― もとよりおもふ人宇治大君……
㉗　宿木244（29ウ・1）　ことさらにしのひ ― ことさらにしのひ別て大君……
㉘　宿木284（32オ・9）　思ひ聞ゆる ― 思ひきこゆる前々位にも……
㉙　宿木430（44ウ・1）　天人の ― 天人のの《（ママ）》ね覚物語に……
㉚　宿木492（49オ・10）　右のおとゝ ― 右のおとゝ夕
㉛　東屋12（2オ・5）　聲なとほとく ― 聲なとほとくほとむとなり
㉜　浮舟135（39オ・5）　さばかれ給はんもいかゝなれ共 ― さはかれ給はんもいかゝなれとも実事に……（整版本は「とも」を「共」に換えることによって見出しの下に空白を作っている）
㉝　浮舟193（43オ・10）　まらうとのぬしさてなみえそや ― まらうとのぬしさてなみえそや宿守かしつく主にて……
㉞　浮舟241（46ウ・6）　宇治に ― 宇治に爰にも
㉟　蜻蛉41（4ウ・4）　かたへ ― かたへ兄弟也……
㊱　蜻蛉293（21ウ・10）　はへなん ― はへなん侍るなり
㊲　蜻蛉299（22オ・7）　宮の ― 宮の匂
㊳　手習293（48オ・2）　いとおしく句 ― いとおしく句なくも

一方、これとは逆に、古活字本には見出しと注釈の間に空白があるのに、整版本の方に空白がない例もある。これらは覆刻の際に生じたミスと考えられる。次のような例である。

①　明石114（9ウ・9）　ひとりねは入道哥　―　ひとりねは　入道哥
②　澪標214（38ウ・2）　よにつゝましよは……　―　よにつゝまし　よは……
③　澪標215（38ウ・3）　下給ひし斎宮の……　―　下給ひし　斎宮の……
④　松風38（19ウ・7）　よるひかりけん史記曰　―　よるひかる　史記曰
⑤　薄雲76（37オ・11）　引すくし青本如レ此すくれたるといはん用か　―　引すくし　青本如此……
⑥　若菜上538（45オ・6）　佛の御てしの仏雖ヘトモ滅ト常在霊山の心を弟子等知リなから　―　佛の御てしの仏雖滅と　為
⑦　鈴虫103（41ウ・8）　きこえつけし付也　―　きこえつけし　付也
⑧　幻16（2オ・10）　雪ふりたりし此段……　―　雪ふりたりし　此段……
⑨　竹川86（40オ・1）　むつひさりし玉は……　―　むつひさり　玉は……
⑩　竹川249（52ウ・7）　さるはかきりなき又自レリ是……　―　さるはかきりなき　自是……

そして、古活字本にも整版本にもともに見出しと注釈の間に空白がない例もある。これらは、整版本に覆刻の際に古活字本の不備を訂正しえなかったものと考えられる。両本に有意の相違がない場合は整版本のみを引用する。

①　若紫149（13オ・5）　僧都きんを琴は禁《キン》也とて……
②　末摘花105（36ウ・11）　心にくゝもてなし命婦の心にくき……
③　紅葉賀110（10オ・8）　平調にをしくたして箏ノ柱《コトヂ》をさけてたつる也

④　紅葉賀109（10オ・9）　ゆしは左の手にて及てをすことをいへり ― ゆし左の手にて及てをすことをいへり

⑤　紅葉賀112（10ウ・4）　一日も詩云一日《モ》…… ― 一日も詩云一日も……

⑥　紅葉賀180（16ウ・8）　七月中宮に成給へる非㆓十月㆒

⑦　紅葉賀181（16ウ・11）　廿よねんとよみ給へり（あるいは見出し脱か）

⑧　葵167（45オ・10）　つれなの御訪やさてもとなり

⑨　葵251（52ウ・5）　中将君といふ誰共なし東の對にて御足さすらせ給ふ也

⑩　賢木86（8オ・11）　わか御世のおなし事にて位をさりて世を政し給ふ

⑪　須磨133（42ウ・8）　出いり給ひし出給ひ……

⑫　関屋8（53ウ・5）　車ともかきおろし牛をはつし轅《ナカエ》をおろすなり

⑬　若菜上701（57ウ・5）　つはいもちい椿葉《ツハキノハ》をへたてにしたる餅《モチイ》也

⑭　若菜上714（58オ・10）　たい〳〵しき退々《タイ〳〵》いかてかさはあるへきと云心也

⑮　若菜下91（9ウ・3）　女御の御めのと此乳母《メノト》……

⑯　若菜下263（22ウ・1）　そのかみのかたはしもなきそと也なま〳〵なれは……

⑰　匂宮73（21ウ・8）　おりなしからなんまさりける薫の折給ふは……

⑱　匂宮107（24オ・6）　をしとゝめさせて夕の子共達なと薫を同道なり

⑲　紅梅7（26オ・5）　をの〳〵御かたの乳母《メノト》なとの当母……

⑳　紅梅32（27ウ・10）　参りくへきを北方留守にはと……

㉑　竹川194（48ウ・5）　さまたけやうにおもふらんはしもめさましきこと句かきりなきにてもなり ― さまたけや

うにおもふらんはしもめさましきこと匂かきりなきにてもなり

㉒　竹川210（49ウ・11）　とりて見給ふ玉と云義いかゝ……

㉓　竹川303（57オ・1）　年比諸-人　望《ノソメトモ》不レ成……

四　見出しの掲げ方の相違

古活字本と整版本との間には、見出しの掲げ方に相違がある場合がかなりある。そのうち、古活字本で見出しと注釈との区切り方を誤っているのを整版本が正しているものには、次のような例がある。

①　夕顔83（16ウ・6）　しをん色のおりにあひたる句　―　しをん色のおりに　あひたる句うす物のあさやかこれ

②　夕顔318（35ウ・4）　くしは　―　くしはとゝこほる　所をとく故

③　若紫35（4ウ・1）　かいりう王　―　かいりう　王　吉祥天女……

④　若紫165（14オ・8）　おもかけは身をも　―　おもかけは　身をも心を……

⑤　明石44（4オ・1）　わたくしにいさゝか　―　わたくしに　いさゝか

⑥　澪標84（28ウ・6）　心をかれしとするもたゝ一故とは　―　心をかれしと　するもたゝ一故とは紫上ゆへ……

⑦　澪標177（36オ・10）　斎宮　―　斎宮御代一度に　たち給へり

⑧　澪標233（39ウ・10）　物の心しる人はさふらはれてもよくやあらんとおもへ　―　物の心　しる人は……

⑨　絵合35（3ウ・7）　その比 ― その比院へ　源

⑩　絵合54（5オ・5）　御心ふかゝらていまみん ― 御心ふかゝらて　いまみん……

⑪　薄雲193（46オ・4）　世を政事は ― 世を政事　は

⑫　朝顔136（12オ・11）　たかならはし ― たかならはしおさあひより

⑬　朝顔150（13ウ・11）　扇 ― 扇冬も女はもてり

⑭　乙女124（31オ・3）　よ所〳〵になりて ― よ所〳〵になりてへたゝりては

⑮　乙女129（31ウ・2）　なにのみこ　くれの源氏 ― なにのみこ　くれの　源氏何くれと……

⑯　篝火19（20ウ・11）　行ゑなき ― 行ゑなき玉の哥

⑰　真木柱253（81ウ・5）　なを〳〵しき心ちして句 ― なを〳〵しき　心ちして句

⑱　梅枝60（6ウ・6）　蔵人所 ― 蔵人頭摂関

⑲　若菜上678（56オ・2）　きやうぎやう ― きやう　きやう

⑳　若菜上687（56ウ・6）　をしおりて ― をしおりて是も心なし

㉑　夕霧14（1オ・4）　松《マツ》か崎《サキ》のを山　さる岩 ― 松か崎のを山しさる山

㉒　夕霧33（3ウ・7）　しかはりて六時にかはれり ― しかはり

㉓　匂宮25（18オ・1）　御そ。ふ所　より所と云…… ― 御そふ所より　所と云……

㉔　匂宮101（23ウ・6）　ことにこそあるへけれ ― ことにこそ　あるへけれ

㉕　匂宮111（24ウ・1）　もとめこまひてかよれる袖 ― もとめこまひて　かよれる袖

㉖　紅梅2（25ウ・7）　さしつき　よ ― さしつきよ

㉗　竹川67（38ウ・9）さらは袖ふれて ― さらは　袖ふれて
㉘　竹川72（39オ・5）おとゝ　夕霧 ― おとゝ夕霧
㉙　竹川174（46ウ・6）このまへ　中立也…… ― このまへ中立也　……
㉚　竹川192（48オ・11）いきしにをといひしさまの句 ― いきしにをと　いひしさまの句

次に、見出しの掲げ方そのものに相違がある場合もある。次のような例である。

①　桐壺77（13ウ・11）内侍の ― 内侍のし
②　箒木30（33オ・11）えんすれは句 ― えんすれは（「句」は注釈冒頭に付く）
③　箒木370（60ウ・5）人ちかゝらん ― 人ちかゝらんし
④　夕顔28（13オ・3）むこの ― むこのー
⑤　夕顔276（32オ・3）おやたち ― おやたちから云出せり　三位
⑥　若紫90（8オ・8）また又も同 ― また又も同
⑦　末摘花165（41ウ・9）いとよう ― いとようかさ　おほせたりと……
⑧　紅葉賀85（8オ・10）見てもおもふ哥 ― 見てもおもふ
⑨　紅葉賀169（16オ・2）中たえは哥 ― 中たえは
⑩　花宴5（19オ・6）宰相の中将春と云 ― 宰相の中将
⑪　花宴46（23オ・6）四位少将右中弁 ― 四位少将

⑫　花宴70(25ウ・5)　我か宿の花し　―　我か宿の花
⑬　花宴74(26オ・6)　桜の唐の綺　―　桜の唐の綺は
⑭　賢木218(19オ・9)　白こう日をつらぬけり太子をちたり　―　白こう
⑮　須磨143(43ウ・9)　ものゝ色句し給へるし給ふ衣装　―　ものゝ色句し給へる
⑯　須磨148(44オ・5)　あけぬ夜の　―　あけぬ夜の夢となり
⑰　須磨191(47オ・5)　とこ世いてゝ哥　―　とこ世いてゝ
⑱　須磨210(48ウ・9)　ことの音に哥　―　ことの音に
⑲　明石119(10オ・5)　遠近のもイ哥　―　遠近の哥
⑳　明石191(16オ・5)　日記の　―　日記の―
㉑　澪標26(24ウ・5)　内句春宮　―　内句春宮
㉒　蓬生7(41ウ・11)　ひたちの宮の　―　ひたちの宮の―
㉓　蓬生120(49オ・5)　尋よりてを句　―　尋よりてを　句うちいてよ
㉔　絵合61(5ウ・6)　やよひの　―　やよひの―
㉕　絵合70(7オ・8)　かくやひめ―　かくやひめ―
㉖　松風38(20ウ・7)　よるひかりけん史記曰　―　よるひかる　史記曰
㉗　朝顔118(11オ・3)　いと―　いとつと　様躰も……
㉘　朝顔130(12オ・3)　むかしよりあまた　―　むかしよりあまた句へ
㉙　初音150(41オ・2)　おほやけ人に　―　おほやけ人

㉚　常夏86（8オ・10）　おやさくるは ― おやさくる
㉛　行幸40（36ウ・4）　しか〱イ ― しかしか
㉜　藤袴10（50オ・9）　さりとてかゝる　あしき ― さりとてかゝるし　あしき
㉝　若菜上19（3オ・10）　古院のうへ ― 古院のうへし
㉞　若菜上211（17オ・1）　小松原哥 ― 小松原
㉟　若菜上237（18ウ・8）　わたくしことの ― わたくしことの賀は
㊱　若菜上341（27オ・2）　花はみな ― 花はみな散過也
㊲　若菜上653（54オ・2）　山住を ― 山住を入道
㊳　若菜下448（35オ・2）　はふきかへし給へとこそ思へと ― はふきかへし給へとこそ思へと省
㊴　若菜下549（41オ・11）　身もしむる ― 身もしつむる　心ちしておそろしくうしろさむき心也
㊵　若菜下635（47オ・6）　すき物は ― すき物は栢也　好色仁は……
㊶　若菜下661（49オ・6）　大将 ― 大将栢と　談合有て……
㊷　夕霧159（13オ・5）　ひたふる心も付也 ― ひたふる心も付也
㊸　夕霧238（19オ・11）　日比おもくイ ― 日比をもく
㊹　夕霧243（19ウ・9）　心つよさ ― 心つよさなれと
㊺　夕霧463（36ウ・10）　けにとも思ひ句 ― けにもと思ひ句
㊻　幻12ａ（2オ・3）　おほそうに ― おほそうにあたりちかく引さけては……（写本は12「中〱よく立たり」の注釈文中に埋没する）

㊼　竹川63（38ウ・2）　おりて見は哥（見出しの下に空白なし）―　おりて見は

㊽　竹川141（44オ・4）　見わきつ句　けに也　―　見わきつ　匂（ママ）けに也

㊾　竹川158（45ウ・1）　うへはこゝに　―　うへはこゝ

㊿　竹川248a（52ウ・6）　くるしとおほして　―　くるしとおほしてぬい（写本にはこの項目なし）

(51)　橋姫51（5ウ・5）　嶺の朝う　―　嶺の朝―

(52)　総角320（62ウ・4）　おもひはてゝ句　―　おもひはてゝ

(53)　総角365（66オ・8）　あきはてゝ哥　―　あきはてゝ哥句

(54)　宿木12（12オ・10）　しはしはいてや世に　―　しはしは

(55)　宿木268（31オ・9）　まねひ物からまて双　―　まねひ

(56)　宿木557（53ウ・2）　これよりはいとよく　―　これよりは

(57)　東屋188（14ウ・5）　けにたゝいまの　―　けにたゝいまの異本

(58)　浮舟21（30オ・3）　年月もあまり昔をへたてゆき　―　年月もあまり

(59)　浮舟29（31オ・1）　宇治の名のりつき〱　―　宇治の名のり

(60)　浮舟36（31オ・9）　こゝにはいとめてたき　―　こゝには

(61)　蜻蛉170（13ウ・5）　つれ《ねイ》なしと哥　―　つれなしと哥

(62)　蜻蛉208（16オ・11）　丁子　―　丁子し

(63)　蜻蛉316（23ウ・5）　にるへきこのかみや侍るへき　―　にるへきこのかみや

(64)　手習197（41ウ・2）　ことなしび《み》　―　ことなしひ

㊅　手習211（42オ・10）　たちはてゝ ― たちはててし
㊆　手習318（49ウ・7）　おもひみたれて句 ― おもひみたれて
㊇　夢浮橋24ａ（54ウ・10）　大やけわたくしは ― 大やけ（写本は24「くらゐなと」の注釈文中に埋没する）

見出しの末尾に時々ある「｜」（④・⑳・㉒・㉔・㉕・㊿）や「し」（③・⑫・㉜・㉝・㊂・㊅）のように見える符号の意味はよくわからない。前者は古活字本のみだが、後者は古活字本にも整版本にも見えている。他に「う」に見える例（㊿）もある。

ところで、見出しの文字遣いに目を向けると、古活字本と整版本の間に文字遣いが異なる例がいくつかある。次のような例である。どうして文字遣いを変更したのか定かでないものが多いが、③は「よ」という語の解釈の相違であろう。

①　乙女391（52ウ・11）　数ならぬ ― かすならぬ（「資料稿」に項目番号341とあるのは誤り）
②　藤裏葉33（20オ・2）　おくしに ― をくしに
③　竹川261（53ウ・11）　過にし夜の ― 過にし世の
④　総角123（48オ・10）　それは（字母「八」）さるへき ― それは（字母「盤」）去へき
⑤　宿木331（36オ・1）　かの御みゝ ― かの御みみ
⑥　浮舟192（43オ・9）　かのみゝとゝめ ― かのみみとゝめ

五　項目の頭の位置の訂正

『紹巴抄』の項目の形式は、見出しを注釈部分より一字分上げて記し、注釈の行頭は見出しより一字下がったところにそろえられているわけだが、古活字本には、見出しの頭が一字分下がったり、逆に注釈部分の行頭が見出しと同じように上がった形になっている箇所がまま見られる。整版本ではそれらレイアウト上のミスはほぼ正されている。分類して示すと、次のような諸例がある。

〔1〕　古活字本で見出しの頭が一字分下がっているのを整版本で正した例

①　箒木142（42オ・3）　にこりにしめる
②　箒木164（44ウ・4）　りんし
③　夕顔313（35オ・6）　なく〳〵も哥
④　若紫125（10ウ・11）　鹿の
⑤　若紫226（19ウ・8）　まゆうど ― まゆうとにんと云人あり誤也
⑥　乙女109（29ウ・5）　兵部卿と聞こえし今は式部卿にて
⑦　胡蝶38（46ウ・8）　こともなき
⑧　胡蝶90（51オ・4）　そをれ
⑨　梅枝59（6ウ・5）　おとゝのあたり

⑩　横笛139（33オ・4）　みしかく（古活字本は見出しの下に空白なし）
⑪　鈴虫46（38オ・9）　有はてぬ（古活字本は一字下げて一続きの和歌として記す）
⑫　御法65（47ウ・8）　宮もかへり給はて（古活字本は一字下がっていて項目としない）
⑬　幻3（1オ・10）　兵部卿
⑭　早蕨87（8オ・7）　弁の尼の
⑮　宿木207（26ウ・3）　御たいやつ（古活字本は約半字分下がっている）
⑯　手習49（30オ・10）　打すてましかは句　―　打すてましかは

〔2〕　古活字本で誤って注釈の一部が一字分下がり過ぎているのを整版本で正した例
①　行幸12（33オ・3）　このゑ青　「赤橡は黄櫨《ハシ》と茜《アカネ》とにて摺《スリ》たるかり衣也」（33オ・9）（古活字本はこの一行が一字分下がり過ぎている）
②　若菜下5（1ウ・8）　三月《ヤヨイ》はた御きつき　「礼記唐には　忌日ありて　忌月なし」（1ウ・9）（古活字本はこの一行が一字分下がり過ぎている）

〔3〕　古活字本で誤って注釈の一部が一字分上がっているのを整版本で正した例
①　空蟬43（5ウ・3）　ねひれて　「軒はの荻は見事なから進退《シンタイ》又温かなくとみえたり」（5ウ・5）（古活字本はこの一行が一字分上がっている）
②　空蟬92（8ウ・6）　うつせみの哥　「うつくしきと云心もありうつくしいとせもしはそへ」（8ウ・9）（古活字

本はこの一行が一字分上がっている）

③ 薄雲138（41ウ・11）　一世《イッセ》の源氏又なうこん（古活字本は注釈の末尾二行が一字分上がっている）

④ 朝顔179（16オ・9）　内にも御心のおに〳〵「薄雲の事をわさとは思召也」（16オ・11）（古活字本はこの一行が一字分上がっている）

⑤ 乙女65（22ウ・11）　おほしかいもとあるし「あるしは主なり爰にても大学衆ならぬ公卿は」（23オ・3）（古活字本はこの一行が一字分上がっている）

⑥ 乙女90（26オ・1）　れうし「擬《ナスラウル》心歟　諸國より上らぬも進士なら」（26オ・11）（古活字本はこの一行が一字分上がっている）

⑦ 乙女105（28ウ・11）　もんにんぎさう「爰迄　一日の講尺也」（古活字本は項目末尾にこの一行があり、一字分上がっている。整版本はこの行を削除し、一行分空白にする）

⑧ 乙女131（31ウ・5）　物の上手の後「糸竹は合器《カツキ》なくては難レ成道となるへし」（31ウ・6）（古活字本はこの一行が一字分上がっている。写本はこれを項目「132糸竹は」とする）

⑨ 乙女249（40ウ・7）　大殿にはことし「をとめとも乙女さひずもからたまをたもとにまきて」（41オ・3）（古活字本はこの一行が一字分上がっている）

⑩ 乙女262（42ウ・4）　あめにます哥「拾遺みてくらはわかにはあらす天にます豊をか姫の神の」（42ウ・10）（古活字本はこの一行が一字分上がっている）

⑪ 乙女272（44オ・3）　あをすりのかみ「臨時祭舞人のは青摺と名付」（44オ・11）「大嘗會《シヤウヱ》の時は小忌《ヲミ》といへり　記《キスルニ》無《キ》レ暇《イトマ》間下略」（44ウ・1）（古活字本はこの二行が一字分上がっている）

⑫　乙女315（47オ・5）　朱雀院行幸　「朝覲《テウキン》朝はまいる也参心歟　覲はまみゆるか」（47オ・7）（古活字本はこの一行が一字分上がっている）

⑬　乙女325（48オ・6）　うくひすの哥　「むつれしは古院の事なり」（48オ・8）（古活字本はこの一行が一字分上がっている）

⑭　玉鬘16（2ウ・7）　舟人も哥　「神無月時雨降日の暮る間は君まつ程になかしとそ思」（2ウ・10）（古活字本はこの一行が一字分上がっている）

⑮　玉鬘129（12ウ・2）　しみつのみてら　「とふさたて足柄《アシカラ》山に舟木きり木にきりよせつゝあたら」（12ウ・3）（古活字本はこの一行が一字分上がっている）

⑯　玉鬘245（21オ・10）　つれなくて人の　「やうにてしらんとの心と源の御すいりやうなり」（21オ・11）（古活字本はこの一行が一字分上がっている）

⑰　玉鬘284（25オ・6）　かへさんとの哥　「いとせめて恋しき時はむは玉の夜の衣を返してそぬる」（25オ・9）（古活字本はこの一行が一字分上がっている）

⑱　蛍78（64オ・2）　身をなけたるてまどはし　「長和二年五月十二日左大臣の上東門院の亭に行‐幸有」（64オ・4）（古活字本はこの一行が一字分上がっている）

⑲　常夏34（3ウ・11）　おなしかさし　「おなしかさしの事おなしかさしをさしこそはせめの」（4オ・2）（古活字本はこの一行が一字分上がっている）

⑳　野分31（25オ・4）　おとゝのかはら　「三昧八句ニ……」（25オ・4）（古活字本はこの一行が一字分上がっている）

㉑　行幸101（41オ・2）　さしもあらんと　「おとゝの御心あやにくなると　双地也」（41オ・3）（古活字本はこの一行

が一字分上がっている）

㉒　藤裏葉155（30オ・5）　浅みとり哥　「紫の色こきまては知さりき御代のはしめの天のは衣」（30オ・9）（古活字本はこの一行が一字分上がっている）

㉓　若菜下699（51ウ・8）　後漢書列傳　「韓　姓康字伯休……」（古活字本はこの一行が一字分上がっている）

㉔　椎本22（21ウ・7）　一こつてうの心に　「桜人は麗《キレイナル》人歟……」（21ウ・11）（古活字本はこの一行が一字分上がっている）

乙女・玉鬘の巻に特に集中し、その前後にも目立つのは、古活字本の版組み作成の作業時、職人がやや注意散漫になっていたのだろうか。

逆に、整版本の方が誤って、注釈の一部が一字上がっている例が一箇所ある。

①　梅枝159（14オ・9）　女子なと　「無器用にてはいかゝまして男はとなり」（14オ・10）（この一行が一字分上がっている）

そして、古活字本も整版本もともに見出しの頭が一字分下がっている例も次の七例ある（整版本における所在も併記する）。これらは、整版本に覆刻する際に訂正しそびれたものであろう。

①　箒木99ａ（38ウ・1）　おほとか

②　箒木181（46オ・11）　きこえさせつる
③　箒木333（57ウ・6）　君達あさまし
④　若紫1（1オ・10）　わらはやみ
⑤　末摘花100（36オ・10）　かゝる事
⑥　末摘花190（44オ・11）　山吹か
⑦　行幸164（45オ・10）　しゞかみ

これらのうち、①のみは写本でも一字下がっていて、前項の注釈文中に埋没した形になっている。

六　見出しの文字の誤りの訂正

項目の異同という視点で古活字本と整版本を比較した場合、最も目につくのは、見出しにおける文字の相違である。それも、ほとんどの場合が、古活字本の文字の誤りを整版本が正した形になっている。次のような諸例が挙げられる。

①　箒木195（47ウ・2）　人なみ〳〵 ― 人みな〳〵
②　箒木202（48オ・1）　手をおりての哥 ― 手をおもての哥
③　箒木272（53オ・7）　あへか ― あへる
④　箒木314（56ウ・4）　したゝかなり ― したゝかなる

⑤　箒木352（59ウ・2）　ひとつ ― ひとつゝ
⑥　夕顔42（13ウ・8）　すほう ― すをう
⑦　夕顔137（21ウ・8）　ぬかつく ― ぬるつく
⑧　夕顔170（24オ・4）　ひかりありとの哥 ― ひかりあるとの哥
⑨　夕顔198ａ（26オ・9）　きけとし ― きけと申（写本は欄外に補記）
⑩　若紫31（4オ・8）　けしうはあらす ― けうはあらす
⑪　若紫198（17オ・10）　御めのとこの弁 ― 御めのと此弁
⑫　若紫246（21オ・7）　そゝろさむけに ― そゝろきさむけに
⑬　若紫253（21ウ・10）　ふたかへり ― ふたりかへり
⑭　若紫274（23ウ・7）　すきかましきこと ― すきかましきへと
⑮　若紫292（24ウ・8）　すゝろ成人は ― すゝろ成へは
⑯　末摘花27（29ウ・6）　まらうと ― まううと
⑰　末摘花38（30ウ・4）　すいしんからこそ ― すいしんかうこそ
⑱　末摘花176（43オ・5）　かいなで ― かいなく
⑲　末摘花184（43ウ・9）　かひねりは ― かねねりは
⑳　末摘花211（46オ・6）　へいちう ― へうちう
㉑　紅葉賀20（3ウ・2）　御后ことは ― 御后ことき
㉒　紅葉賀103（9ウ・3）　あされたる ― あまれたる

㉓　紅葉賀155（15ウ・9）　ほどく　―　はとく
㉔　紅葉賀179（16ウ・7）　うるさくてなんまて　―　うるくてなんまて
㉕　花宴36（22オ・11）　帥宮の北方　―　師宮の北方
㉖　花宴49（23オ・10）　桜の三重かさね　―　桜の三かさね
㉗　花宴60（24ウ・7）　おきなもほどく　―　おきなもはとく
㉘　花宴64（25オ・2）　ましてさかゆく春に　―　ましてさかやく春に
㉙　花宴75（26オ・8）　しりいとなかくひきて　―　しりいとなかくひけて
㉚　葵3（29ウ・2）　御身のやんことなさもそふにや　―　御身のやんことなきもそふにや
㉛　葵45ａ（33ウ・10）　ことなりぬ　―　ことりぬ（写本は一字下げて記す）
㉜　葵88（38ウ・11）　うちとけぬ朝ほらけ　―　うち拝ぬ朝ほらけ
㉝　葵269（34オ・6）　あなかしこあたになといへは　―　あなかしこあなたになといへは
㉞　賢木29（3オ・5）　かはらぬ色を　―　かはらぬ宮を
㉟　賢木50（4ウ・10）　ほとちかく　―　はとちかく
㊱　賢木133（12ウ・6）　しよきやうでん　―　せよきやうてん
㊲　賢木199（17ウ・7）　しばふるい人　―　しはふる人（ただし、写本は「しはふる人」）
㊳　賢木205（18オ・9）　宮のあひた　―　宮のあひこ
㊴　賢木208（18ウ・4）　あたら　―　あたしおもひやり
㊵　賢木230（20ウ・4）　あひ見すて哥　―　あひすすて哥

㊶ 賢木300（27オ・5）兵部卿とも帥とも ― 兵部卿とも咄とも
㊷ 須磨91（39オ・10）いつか又哥 ― いつる又哥
㊸ 須磨168（45オ・11）えねんし（ただし、頭が一字下がる）― こんねんし
㊹ 須磨170（45ウ・2）ちかきほとの ― ちかきはとの
㊺ 須磨192（47オ・6）友まとはしてはいかゝ ― 友まとはしてはいかゝに
㊻ 須磨249（51ウ・10）ゆるし色の黄かちなるに青にひのかりきぬさしぬき ― ゆるし宮の黄かちなるに青にひのかりきぬさしぬき
㊼ 明石8（1ウ・9）みちかひにてたに人の何そ ― みちかひもとに人の何そ
㊽ 明石109（9ウ・2）ほと〳〵につけて ― はと〳〵につけて
㊾ 明石165（14オ・5）ちかき木丁のひも ― ちかきる丁のひも
㊿ 明石203（16ウ・8）ほとさへより ― はとさへより
51 澪標2（22オ・7）み八講 ― 三八講
52 絵合134（14オ・5）をれもの ― をのれもの
53 松風36（19ウ・4）よするなみに ― かへるなみに
54 松風53（20ウ・8）にしきをかくし ― にしきをかへし
55 薄雲53（35ウ・3）まいり給へるまらうと ― まいり給へるまううと
56 薄雲116（40オ・5）こたい ― こたひ
57 薄雲151（42ウ・5）にひ色 ― にひ

㊽ 朝顔135（12オ・10）まろかれ ― まゝろかれ
㊾ 乙女35（20オ・5）をひつかすまじう ― をひつるすましう
㊿ 乙女73（24オ・7）さるかうかましく ― さるからかましく
61 乙女172（35オ・11）おゝしくあさやき ― おかしくあさやき
62 乙女177（35ウ・7）見給へも付す ― 見給へ付す
63 乙女219（38ウ・4）おもふ給へらるゝ事はしかなん ― おもふ給へらるゝ事はしりなん
64 乙女289（45ウ・4）きんち□（一字分空白）は ― きんちうは（整版本は、古活字本の「う」を「ら」に訂正するつもりで削ったまま忘れたか）
65 乙女305（46オ・11）物うくのみ ― 物こくのみ
66 乙女314（47オ・4）いつかしき ― いつかしさ
67 玉鬘30（4オ・7）きゝついつゝ ― きゝついつゝく
68 玉鬘60（6オ・9）君にもし哥 ― 君もしい哥（「霊也　此哥は廣経」ナシ）
69 玉鬘82（8オ・9）このちのせいしをは ― このちのせいしとは
70 初音22（28オ・8）きこへかはし給ふ ― きえかはし給ふ
71 初音49（31オ・11）えしも見過し ― えしも見返し
72 常夏134（12オ・5）くちいれかへさい ― くちいれかへさは
73 行幸11（32ウ・9）たかゝひにかゝつらひ ― たかひにかゝつらひ（写本は「たかにかゝつらひ」）
74 真木柱49（65ウ・9）内にの給はする ― 内この給はする

⑺⑸ 藤裏葉192（33オ・11）れいのみつらにひたいはかり ― れいのみつらにひたいけり
⑺⑹ 若菜上224（18オ・1）すかゝき ― すかくき
⑺⑺ 若菜上227（18オ・5）のほる音の ― のほる昔の
⑺⑻ 若菜上239（19オ・1）時〳〵は老やまさると ― 時〳〵は老やまさるゝ
⑺⑼ 若菜上245（19オ・7）御車よせたる所に ― 御車かせたる
⑻⓪ 若菜上298（23ウ・11）よだけく ― よたふく
⑻⑴ 若菜上485（38ウ・7）世をすてゝ哥 ― 世をすてし哥
⑻⑵ 若菜上523（43ウ・2）むかふるはちす ― むかふるはち
⑻⑶ 若菜上576（47ウ・6）ゆつりきこえ ― ゆつりきにえ
⑻⑷ 若菜上613（50ウ・6）いとつきなし ― いと□□（文字欠損）きなし
⑻⑸ 若菜上690（57オ・3）ひこしろふ ― ひうしろふ
⑻⑹ 若菜上713（58オ・9）中の御おほえの ― 中の御かほえの
⑻⑺ 若菜下360（29オ・4）はやくより ― はや〳〵より
⑻⑻ 若菜下373（30オ・4）こちたく ― こちなたく
⑻⑼ 若菜下606（45オ・5）内わたりなと ― 打わたりなと
⑼⓪ 柏木29（3オ・3）だらにのこゑ ― たしにのこゑ
⑼⑴ 柏木226（15ウ・11）此玉はぬく ― 此玉いぬく
⑼⑵ 横笛142（33オ・9）心とさしすきて ― いとさしすきて

(93) 鈴虫49（38ウ・2）わか御あつかひ ― わか御あそひ
(94) 夕霧242（19ウ・7）ひきへたてめくらし ― ひきへたてめつらし
(95) 御法12（43オ・2）内東宮后宮 ― 内侍宮后宮
(96) 御法75（48ウ・4）おほけなき ― おほせなき
(97) 御法107（51オ・2）露けさは哥 ― 露けきは哥
(98) 御法113（51ウ・9）物おほえぬ御心にも ― 物おほはぬ御心にも
(99) 幻69（6ウ・1）おほしたるさまから ― おほしたかさまから
(100) 幻76（6ウ・9）わろき ― わかつき
(101) 匂宮5（16ウ・2）かたしけなし ― かたけなし
(102) 匂宮24（17ウ・10）ひんかしの院 ― みかしの院
(103) 匂宮54（20ウ・1）世をへても（「世をかへても」が正しい） ― 世をかひへても
(104) 匂宮86（22ウ・6）十九になり給年 ― 十九になる《(ママ)》・給年
(105) 紅梅27（27ウ・2）おなしことゝ ― おなしかとゝ
(106) 紅梅51（29オ・8）しる人そしる ― しり人そしる
(107) 竹川83（39ウ・7）こちしのおとゝの ― こちうのおとゝの
(108) 竹川88（40オ・3）さき草うたふ ― さき草こたふ
(109) 竹川98（40ウ・4）なにそもそ ― なにそもとそ
(110) 竹川265（53ウ・11）よ一夜所〱かきありきて ― よ一夜所〱かさありきて

⑪竹川270（54オ・9）一夜の月影は ― 一夜の月影に
⑫橋姫48（5ウ・1）みし人も哥 ― みしくも哥
⑬橋姫100（9ウ・9）けになへてに ― けになくてに
⑭橋姫217（17ウ・7）ほぐ ― ほゝ
⑮椎本79（26ウ・7）さすらへん契かたしけなく ― さすへらん契かたしけなく
⑯椎本84（27オ・7）三昧けふはてぬらん ― 三味けふはてぬらん
⑰椎本95（28オ・2）又あひみること ― 又あるみること
⑱椎本156（33オ・6）もらしきこえたりけん ― もえしきこえたりけん
⑲椎本195（36ウ・1）雪ふかき汀の小芹哥 ― 雪ふかき汀のふせり哥
⑳総角37（42オ・9）いける世の ― いかける身の（写本も「いける世の」だが、「いける身の」が正しい）
㉑総角178（52ウ・4）霧深き哥 ― 霧ふき哥
㉒総角190（53ウ・3）みとかめん人なけれとも也 ― みとかめん人なれとも也
㉓総角255（58オ・9）かよひたまはさらん ― かよひ給はんさらん
㉔総角371（66ウ・8）人なみく ― 人みなく
㉕総角433（71オ・4）あられふる哥 ― あれれふる哥
㉖総角436（71オ・11）五せちなとゝく ― 五せちなとゝく
㉗総角512（76ウ・6）よもの山鏡を ― よもの山鐘を
㉘早蕨12（1ウ・10）ないえん ― いなえん

⑫⑨　早蕨66（6ウ・3）　ひたいの程 ― ひたいの躰
⑬⑩　早蕨92（8ウ・4）　年比 ― 年比ゝ
⑬①　宿木176（24ウ・1）　わか御身になしても ― わか御身なしても
⑬②　宿木341（36ウ・6）　からうして ― かううして
⑬③　宿木406（42オ・11）　かすまへ給は ― かすまへ行は
⑬④　宿木430（44ウ・1）　天人の ― 天人のの（古活字本は空白なく注釈に続く）
⑬⑤　宿木436（44ウ・9）　その中納言 ― そのわたり
⑬⑥　東屋50（4ウ・6）　まうてこと ― まとてこと
⑬⑦　東屋58（5オ・4）　このほとの心さしに ― このほとて
⑬⑧　東屋76（6オ・9）　日をたにかへで ― 日比たにかへて（写本は「日をたにとりかへて」）
⑬⑨　東屋93（7ウ・8）　こ宮 ― こ宮は宮（古活字本の「は宮」は注釈の「八宮」を誤ったもの）
⑭⑩　東屋112（9オ・1）　あつまきぬ ― あつまきや
⑭①　東屋113（9オ・3）　まらうとの御でゐ ― まうかとの御てゐ
⑭②　東屋175（13ウ・8）　はしたなけなるまじうはこそ ― はしこなけなるましうはこそ
⑭③　東屋274（20ウ・2）　ことやうなりとも ― こゝやうなりとも
⑭④　浮舟34（31オ・6）　御めたてゝ ― 御めたゝてゝ
⑭⑤　浮舟55（33オ・6）　けふあすよも ― けふあそよも
⑭⑥　浮舟129（38ウ・2）　いらへきこえん ― いらへきこらん

⑭⑦　浮舟169（41ウ・2）　すゝろなる―こゝろなる
⑭⑧　蜻蛉25（3オ・11）　きつねめく物―きつねめく物也（写本「きつねめく物や」）
⑭⑨　蜻蛉104（9オ・4）　かゝる事とも―かゝる事とそ
⑮⓪　蜻蛉163（13オ・3）　いたき―いたさ
⑮①　手習16（28オ・9）　しるくや思ふらん―しるやおもふらん
⑮②　手習127（36オ・4）　わつらはしかり―わつらわしに
⑮③　手習192（41オ・6）　さるかたに―さきかたに
⑮④　手習313（49オ・7）　さなの給ひそ―さなの給ひか
⑮⑤　夢浮橋47（56オ・11）　うちおほえ―うちおほみ

見出しにおける文字の相違の中には、少数ではあるが、もともとの古活字本の形が正しく、訂正したはずの整版本の方が誤っているかと思われる例も見出される。だいたい次のようなものが挙げられようか。

①　末摘花192（44ウ・2）　□（一字空白）のに―ものに
②　葵184（46ウ・10）　中将もにひ色のなをし―中将君にひ色のなをし
③　賢木185（16ウ・4）　かけまくも哥―かけまくは哥
④　乙女347（49ウ・5）　いんもくらへ―ゐんもくらへ
⑤　若菜上649（53ウ・5）　さはいへと―さもいと（写本「さもいと」）

⑥　若菜下88（9オ・6）　舞人□□□□□（約五字分空白）たけたち ― 舞人まゆうと　たけたち（整版本は「舞人」の付訓を脱している。片仮名小字で記すつもりで忘れたのだろう）
⑦　夕霧358（28ウ・1）　かの日は ― かの昔は（写本も「日」だが、「昔」が正しい）
⑧　紅梅111（33ウ・10）　おひさきとをき ― おひさきとを〱（写本「おひさき遠く」が正しい）
⑨　椎本161（33ウ・4）　しをさりことなとの ― なをさりことなとの
⑩　早蕨98（9オ・8）　又はとき〲 ― 文はとき〱
⑪　宿木175（24オ・10）　ことえりして ― ことはりして（写本は「ことえりして」。『源氏物語』本文、三条西家本は「ことえり」とあるが、青表紙本諸本は「ことはり」）
⑫　宿木353（38オ・10）　かたみになと ― かたみなと（写本「かたみなと」）
⑬　手習39（29ウ・9）　まへみやられし火は ― よへみやられし火は

依拠した『源氏物語』本文がいかなるものであったかにもよるが、覆刻にあたって訂正したばかりにかえって誤ってしまったものも、このように十数例は存在するのである。

ところで、次の二例は、古活字本の文字の誤りを整版本もそのまま踏襲している例である。整版本に覆刻するにあたって訂正し忘れたのであろう。

①　若菜下570（42ウ・7）　つゐに御ほいのの事（「の」が衍字）
②　椎本191（36オ・2）　出い人に（写本「おい人に」が正しい）

七　覆刻の際に生じたレイアウト上の問題点

何度も言うように、整版本への覆刻に際しては、古活字本の紙面を切り貼りして一面十行から十一行へと変更している。整版本の版面を見ると、ほとんど切り貼りの跡がわからないほど精巧に行なわれているのだが、それでも細かく調べると、切り貼りの際の不手際から行頭の高さに誤差が生じて見出しや注釈部分の位置にずれが生じた箇所が存する。次のような例である。

①　紅葉賀128（11ウ・10）かたつかたにては（見出しの頭が一字分上がっている）
②　須磨53（36ウ・1）夜につゝみて（見出しの頭が約半字分下がっている）
③　蓬生44（44ウ・2）うるはしくそ・45（44ウ・3）斎院（見出しの頭がともに約半字分下がっている）
④　蓬生104（48オ・7）此人も・105（48オ・8）遺言は・106（48オ・9）玉かつら哥（見出しの頭がそれぞれ約半字分上がっている）
⑤　絵合96（10オ・1）左近の中将・97（10オ・2）身こそかくの哥（見出しの頭がともに一字分下がっている）
⑥　朝顔61（6オ・9）さふらふ人〳〵（この項目の二行目と三行目の注釈の頭が約半字分上がっている）
⑦　朝顔169（15ウ・1）わくる御心ち（見出しの頭が約半字分下がっている）
⑧　梅枝161（14ウ・1）上中下・162（14ウ・2）此御はこ（見出しの頭がともに約半字分下がっている）
⑨　若菜上57（5ウ・1）やんことなく（見出しの頭が約半字分下がっている）

⑩　横笛121（31ウ・8）なをしのかきりきて（この項目の二行目から四行目までの三行の注釈の頭がほぼ一字分上がって、見出しと同じような高さになっている）

⑪　竹川33（37オ・1）三条宮と（見出しの頭が約半字分下がっている）

⑫　橋姫105（10オ・7）いる日をかへす（この項目末尾の一行〈10ウ・1〉の頭が一字分上がって、見出しと同じ高さになっている）

これらの例はごく少数存する整版本におけるレイアウト上の不備であり、まさしく玉に瑕というべき微細な欠点ではあるけれども、それがあることは、確かに古活字本から整版本への覆刻が切り貼り作業を介して行なわれたことを我々に教えてくれる徴証であると言える。実際、右に挙げた箇所を古活字本の行配りとつきあわせてみると、確かに一面の行数を変更するためにその箇所で切り貼りが行なわれたと考えられる箇所になっているのである。

最後に、レイアウト上の問題として、『紹巴抄』は、古活字本・整版本ともに巻の切れ目は面を改めているのであるが、古活字本は、唯一、篝火巻の冒頭を前の常夏巻末の丁に追い込んでいることを付け加えておく。何らかの理由で原則が破られていたのだが、整版本では改められている。

おわりに

『紹巴抄』の古活字本から整版本への覆刻の際に行なわれた本文の改訂の様相を、全巻にわたって項目の出入りと見出しの形態・表記の異同を精査することによって明らかにした。整版覆刻本が作られたことによって、古活字本が持っていた不備や欠点が大幅に解消されたことは間違いない。若干の訂正漏れや、まれに新たに生じた誤りもあり、一面の行数を十行から十一行に変更したためにレイアウト上の不都合が生じた箇所も少々あるけれども、総じて見事な覆刻版作成がなされていると言ってよい。古活字本は伝存する本がごく少ないため、整版本に比して稀覯本扱いされているけれども、内容的には、断然整版本のほうがすぐれているわけである。

それにしても、古活字本にある項目の脱落箇所を補うにあたって、覆刻の際にはどうやらもとの古活字版と同じ活字で組んで印刷し、それを覆刻版の版下にするという手のこんだことを行なっているように見えることは、寛永期という古活字本から整版本への移行期における刊本作成の実態を垣間見させて、実に興味深いものがある。

付記

古活字本と整版本との間の項目異同の調査にあたっては、安道百合子（現大分大学）・小川陽子（現岐阜大学）両氏に多大な協力を得た。記して厚く御礼申し上げる。

第四章　講釈聞き書きから注釈書へ

――『源氏物語抄』（『紹巴抄』）の写本、古活字本、そして整版本――

はじめに

『源氏物語抄』、いわゆる『紹巴抄』は、連歌師里村紹巴（大永五年〈一五二五〉～慶長七年〈一六〇二〉）が著した『源氏物語』の注釈書で、全二十冊から成る大部の書である。中世における『源氏物語』のまとまった注釈書は、鎌倉期に書かれた素寂の『紫明抄』『異本紫明抄』に始まり、南北朝期には四辻善成の『河海抄』が、室町期になると一条兼良の『花鳥余情』、三条西実隆の『弄花抄』、その子公条がまとめたとされる『細流抄』、孫の実枝による『明星抄』、九条稙通の『孟津抄』や能登永閑の『万水一露』が作られ、さらに諸注集成の書として意義深い中院通勝の『岷江入楚』などが代表的な著作として挙げられるが、この『紹巴抄』も、五十四帖すべてを扱った注釈書であり、『源氏物語』の注釈史・研究史の中で等閑視することのできない書物である。

そして、もうひとつ重要なのは、『紹巴抄』は近世になって初めて版行された『源氏物語』注釈書であって、書写という形だけでなく、刷り物として広く世に流布した作品であるということである。明暦三年（一六五七）に『明星抄』が刊行されるまで『紹巴抄』は『源氏物語』の注釈書として唯一の刊本であり、延宝二年（一六七四）に『湖月抄』が世に出るまでは、『源氏物語』の読者にとってまことに貴重な読解の手引き書であったのである。

しかも、『紹巴抄』には古活字本と整版本の二種の刊本が存する。

『紹巴抄』の古活字本について、川瀬一馬氏は、(1)「活字印本盛行期に於ける源氏物語注釈書の刻本として最も大部なものである。寛永十七年刊左大将六百番歌合等と同種の小型活字印本で、寛永後期の開版と認められる」と説かれた。そして、整版本については、「世に流伝するものは、寛永末年頃に本書に片仮名附訓を施して覆刻した整版本（割注略）である。原本を極めて精刻してゐる部分が多いので、間々活字印本と誤認せられてゐる」と述べられている。このように、古活字本の刊行は寛永年間（一六二四～四四）後期とされ、整版本も寛永末頃の刊と考えられているので、古活字本が出されてからほとんど時をおかずにそれを覆刻した整版本が出版されたことになるのである。

覆刻と言っても、整版本には古活字本にない漢字の読み仮名や返り点・送り仮名、声点の類が付されていることをはじめ、一面十行であった組みが整版本では十一行になっているので、そのままの覆刻というわけではない。一見すると、十行古活字本を十一行に組み改めて付訓を施したかのように見えるが、そうではなくて、古活字本の印面を切り貼りして、それに付訓を施して版下を作成したものである。

第二章において、第一冊目（桐壺・箒木）をサンプルとして、古活字本と整版本との間の本文異同について調査を行なった。その結果、整版本は古活字本に対して、概ね次のような八種の変更が加えられていることがわかった。

【1】　古活字本の字句の誤りを訂正したもの

【2】古活字本の字句をより適切な形に変更したもの
【3】古活字本の漢字の字体や仮名の種別を変更したもの
【4】古活字本にある字句を削除したもの
【5】古活字本にない字句を補ったもの
【6】字間に古活字本にない空白を置いたもの
【7】古活字本にある字間の空白を除いたもの
【8】古活字本の字句の位置を変更したもの

これらはいずれも古活字本本文の不備を訂正する意図で加えられた変更と考えられる。すなわち、古活字本から整版本への覆刻は、単に木活字組みという技法上の制約からかなわなかった漢字の振り仮名や返り点・送り仮名などを施して読みやすくするというだけではなく、古活字本の本文を実に細かく丹念に校正・点検して、不備を訂正するという作業を行なっているのである。

また、第三章において、注釈項目の見出しに注目して、全冊にわたって古活字本と整版本の間の異同を調査してみたところ、整版本には古活字本にはない項目がいくつも存在することがわかった。特に、梅枝・若菜上・幻巻にはそれぞれ整版本にして二十行・二十行・十八行分の連続した項目が加わっていることが注目される。これらは古活字本が各一丁分脱落したものを整版本に覆刻した際に補ったものと考えられる。補われたとおぼしい部分の字体には前後と全く違和感がなく、よほど精巧に古活字本の字体に似せて版下を作成したか、あるいは、脱落部分を新たに同じ活字で組んで印刷し、それを版下に使用したのではないかと想像され、後者であるならば、覆刻整版本は古活字本と極めて近いところで作成されたものと考えなければならない。

そして、古活字本には整版本に付訓や割書のある箇所が空白になっているところが多数あることから、古活字本ははじめから付訓・付注を施して整版で覆刻することを念頭に置いて組まれたと思わざるを得ないのである。すなわち、寛永後期から末期という近接した時期に古活字本と覆刻整版本が出されたのは、最初から予定されていた出版計画に基づく所為であったと考えられるわけである。

前章までの調査で以上のようなことが明らかになったのだが、本稿では、古活字本から整版本への変更の際に働いたと考えられる意図のひとつについて、新たに若干の考察を加えてみたいと思う。

一　古活字本識語と『紹巴抄』の成立

古活字本と整版本との間の大きな相違のひとつは、古活字本には第二十冊末尾の後見返しに紹巴による識語が存在するのに対して、整版本では削除されていることである。古活字本の識語は次のようにある。(2)

此二十冊者　　　　三条西殿
右府入道殿公條公　　稱名院殿　御講
釈　予　聞書也　武州忍成田総州依御懇
望奉許可畢
可被守御在名而已

于時天正八年仲夏上旬　　　紹巴判

ここには、本書が紹巴の古典学の師である称名院三条西公条（文明十九年〈一四八七〉～永禄六年〈一五六三〉）の講釈を聞き書きしたものであること、「武州忍成田総州」すなわち武蔵国忍城主成田下総守氏長（天文十一年〈一五四二〉～文禄四年〈一五九五〉）の懇望により書写を許可した旨が書かれており、天正八年（一五八〇）五月の年時が記される。藤田徳太郎氏が『源氏物語研究書目要覧』（一九三二年　六合館）および『古刊源氏物語書目』（一九三四年　駿南社）において本書を「天正八年成」としているのは、おそらくこの奥書によったものと思われるが、『紹巴抄』は大津有一氏が(3)「永禄六年の三条西公条の講釈を紹巴が聞書したもので、永禄七年の春から清書に着手し、翌八年の春完成したもののようである」と言われるように、永禄八年（一五六五）春の成立と見られるので、天正八年は成田氏長に付与された年次であって、本書の成立年次ではない。この識語によって、古活字本の底本となったのは、成立後十五年ほど経って成田氏長に贈られた本の系統であるということがわかる（大津氏によれば、これと同じ奥書は、京都大学文学部蔵の二十冊本にもある由である）(4)。この十五年の間に紹巴自身の手によっていくらかの補訂や内容の変更が行なわれたであろうことは想像に難くない。

『紹巴抄』の成立が永禄七年から八年にかけてであることは、「翻刻平安文学資料稿」第二期『永禄奥書　源氏物語紹巴抄』（一九七六～八六年　広島平安文学研究会、二〇一九年復刻　和泉書院）に翻刻された稲賀敬二氏蔵本の夕顔巻以下の各巻末尾にある奥書によって知られる。いま同翻刻により、巻名と奥書を列挙すると次のようになる。奥書は書写に関わる記事以外は省略した。本文に疑問のある箇所は私に推測本文を傍記した。

夕顔　「永禄七卯月廿日終功了」
若紫　「永禄七卯月廿八日終功了」
末摘花　「永禄七端午日中終功了」
紅葉賀　「永禄七五廿日終功了（後略）」
花宴　「永禄七五廿五朝天終功了」
葵　「永禄七五廿九早天終功了」
賢木　「永七林鐘廿五終功了」
花散里　「永禄七六月廿五及黄昏終功了」
須磨　「永禄七〻五日終功」
明石　「永禄七七夕後日終功了」
澪標　「永禄七〻月十終功了」
蓬生　「永禄七七月十六日朝終功了」
関屋　「永禄七〻自恣後日終功了」
薄雲　「永七八三（後略）」
朝顔　「永禄七八六」
少女　「永七八十三（後略）」
玉鬘　「永禄七八月廿八日立筆廿九（小）に晦也今日朔三ケ日間に終功了」
初音　「永禄七重陽前日終功了」

胡蝶　「永禄七重陽後日及黄昏終功了重陽に二枚書之」
蛍　「永禄七九廿二於灯終功了十九日ニ筆立了」
常夏　「永禄七九廿四早天終功了昨朝立筆了」
篝火　「永禄七九廿四午時終功了辰刻ニ床夏終功」
野分　「永七九廿五初夜過終功了時(昨)午時半紙立筆了」
行幸　「永七九晦今朝終功了」
藤袴　「永七神無月朔夜半過於灯下終功了朔礼沈酔故弥覚故也」
真木柱　「永禄七十月四日朝天終功了（後略）」
梅枝　「永禄七十八朝天終功」
藤裏葉　「永禄七日(目)蓮命日終功了」
若菜上　「永禄七霜月八日黄昏終功（後略）」
柏木　「永禄七霜廿七夜終功了一時廿五朝立筆（後略）」
横笛　「永禄七霜廿八未明ニ立筆同廿九日〻出已前終功了」
鈴虫　「永禄七霜廿九日〻出刻立筆未下刻終功了又夕霧ニ取付了肖晦」
御法　「永禄七臘八前日夜半於灯下終功了」
幻　「永禄七臘十日午刻終功了出山日立筆」
紅梅　「永禄七臘二七辰剋終功了」
竹河　「永禄七臘十八未剋終功（後略）」

橋姫　「永禄七臘十九及黄昏鐘半ニ終功了」
総角　「永禄八年正月晦日午時終功了」
早蕨　「永禄八正晦午時立筆今朔日終功了此巻初二月朔比と在之相当奇特也」
宿木　「永禄八二六及黄昏終功了去朔日日暮立筆（後略）」

桐壺・箒木・空蟬・絵合・松風・若菜下・夕霧・匂宮・椎本・東屋・蜻蛉・手習の十二巻には書写に関わる奥書はなく、浮舟・夢浮橋は末尾欠損のため奥書の有無は不明であるという（翻刻には夢浮橋巻末欠損のことは見えないが、注（5）に掲げる稲賀氏の論文に言及がある）。

大津氏によれば、徳島光慶図書館旧蔵本および青谿書屋旧蔵一本にも同様の奥書がある由である。これによって本書の成立が永禄八年春頃であることが確認できるのみならず、紹巴による整理浄書作業の進行状況がつぶさに判明して実に興味深い。稲賀氏もこれらの奥書を紹介しつつ逐一コメントを加えておられる。(5)

また、稲賀氏は、同本第一冊巻頭の「総論」中の「時代」の項に流布版本にない「永禄七ヨリ天正六マデ十六年也」という一文があることから、『紹巴抄』の成立を永禄八年と認められた上で、「この当時できた初稿本に紹巴が更に手を加え、「永禄七ヨリ天正六マデ十六年也」と「時代」の条にも手を加え、再稿本が成ったのが天正六、七年となる。天正八年（一五八〇）武蔵国忍の城主成田下総守氏長に贈ったのはこの再稿本の転写本ということになるだろう」と述べておられる。同本は猪苗代兼如筆本と見なされ、多くの付箋が貼られている他、兼如によるとおぼしき追注や書写奥書（紅葉賀・花宴・夕霧巻末に朱書される）も記されているから、本文にも兼如の手が加わっている可能性があり、どこまで紹巴のオリジナルを守っているかやや不安はある。しかしながら、刊本にはないこれら各巻末の奥書を有していることから見て、むしろ刊本よりも永禄八年成立段階の本文形態をとどめているのではないかと考えられる。古活字本のもとになった本にはこれらの奥書はなく、永禄八年春成立の本とは異なる、補訂の加えられた本が用いられたと見てよいのではなかろうか。つまり、単純に考えれば、稲賀氏蔵本(兼如書写本)と古活字本との間の項目異同や本文の相違は、永禄八年(一五六五)春成立本と、その後補訂が加えられた天正八年(一五八〇)成田氏長付与本との相違に由来するということになるのではないかと思うのである。

この問題に関して、小川陽子氏(6)は、稲賀氏が架蔵本に見える兼如の書き入れの一部が刊本に混入していることについて「古活字刊本の奥書が他本から単に転載されたものであって、本来は刊本の原拠本は兼如所持本だったことを意味するのであろうか」と推測されたことに対し、「天正六年頃に再稿本を作成したのならば、その完成からさほど時を隔てぬ天正八年に転写するにあたり、なぜ初稿本を用いねばならないのか」と疑問を呈され、両系統本の注記内容を比較してその相違からいくつかの徴証を挙げた上で、「初稿本・再稿本という見方をするならば、兼如系統本が初稿本に、版本その他の諸本が再稿本に、それぞれ近い注記内容を持っていると考えられるのである」と述べられた。従うべき見解であろう。

二　講釈関連記事数の変遷

さて、古活字本から整版本に覆刻する際に紹巴の識語を削った理由は不明であるが、削除によって公条による講釈の聞き書きであることと成田総州への付与本であるという情報が消去されるわけで、そこにはこの識語の内容を不要とする何らかの意図が働いたと考えるべきであろうと思う。

稲賀氏は、架蔵本匂宮巻の冒頭記事中に「先二行ほどよみて雲かくれの事講尺あり」云々とあることについて、「「講尺」とは公条のそれであろう。巻によっては「是まで一度の講尺」「是迄御講尺一日」などと注する所がある」と指摘されている。確かに、稲賀氏蔵本には公条の講釈のさまを示すと見られる注記があちこちに存する。「翻刻平安文学資料稿」の翻刻本文によって拾ってみると、次のようである。巻名・項目番号・見出し・該当記事の順に掲げる。

・夕顔119　八月—(見出しの行間に)「一日」
・夕顔176　ゆつり聞えて—(欄外に)「此辺迄両度の時は」
・末摘花109　この御いそき—(見出しの右行間に小字で)「一日」
・紅葉賀101　〽袖ぬるゝ哥—(見出しの右行間に小字で)「一日」
・葵197　今も見て中。《く》哥—「是迄一日講尺也」
・須磨58　たゝしらぬ—「是まて花散里と一日講尺也」
・須磨101　世ゆする—(行間に)「△仍是迄一日御講釈」
・明石134　良清か—「〽是迄　仍一度」
・澪標136　其秋住吉に—(見出しの右行間に小字で)「是から一日」
・絵合103　その日と定て—(見出しの右行間に)「△私是まで一度」
・薄雲109　ことし計は—(見出しの右行間に小字で)「△一日」
・乙女105　もんにんきさう—「爰まて一日講尺」
・乙女248　霜氷の歌—「〽是迄一日講尺」

・若菜上182　人わらはれならん ―（行間に）「〽是まで一度の講尺」
・若菜上579　御ひたひかみ ―「是まで一日ノ御講釈」
・若菜下174　廿一二はかり ―（割書で）「〽人々も見奉る迄一日ノ御講也」
・若菜下353　御心のいとまもなけ也迄 ―（割書で）「又一日の御講尺」
・竹川110　やよひ ―「〽是より一日講と也」
・橋姫86　秋の末つかた ―（見出しの右行間に小字で）「是迄一度講尺」
・椎本103　中納言には ―（見出しの肩に）「一日講」
・総角93　ちかおとり ―（次項目との行間に）「〽是迄一日」
・総角270　おほしけるまゝと ―（次行行間に）「是まて一日講」
・総角291　かしこには ―（見出しの右行間に小字で）「二日哢」
・総角405　所さり給 ―（次行行間に）「〽是まて一日也」
・宿木123　猶このけはひ ―（見出しの右行間に）「是迄一日」
・宿木246　名残との給はせ ―（行間に）「〽是まて一日講」
・宿木440　御みつから ―（行間に）「〽一日是迄」
・東屋132　なをしきて ―（見出しの右行間に小字で）「〽一日」

多くは行間に小字で書かれているが、一日分の講釈の区切りを示すと見られる注記がさまざまな形で施されている。

稲賀氏蔵本からはこの二十八箇所が拾えたのだが、同本と同系統と見なされる鶴見大学蔵本(7)では、この他にもう一箇

所、

・夕顔234　日暮 ― これまて一日かうしやく

があるという（小川陽子氏の御教示による）。稲賀氏蔵本ではここは見出しのみで注釈文がない形になっているが、それはこの注記を脱したものと推測される。これを含めると二十九箇所ということになるが、これらが公条による一日分の講釈の区切りのすべてを注したものだとはとうてい思えず、ごく一部をとどめているに過ぎないはずである。しかしながら、これだけ多数の講釈関係の記事があることは、古活字本の識語に記されたごとく『紹巴抄』が公条による講釈の聞き書きであるという性格が鮮明に表われていると言うことができるであろう。

ところが、その古活字本には、これらの講釈に関わる記事がほとんど存しないのである。わずかに次の三例があるのみである。項目番号は稲賀氏蔵本の翻刻による。

・須磨58　たゝしらぬ ― 「是まて花散里と」
・乙女105　もんにんきさう ― （前項目末尾に）「爰迄　一日の講尺也」
・乙女248　霜氷の歌 ― （見出しの前に）「是まて一日講尺」

須磨巻の例は稲賀氏蔵本にある「一日講尺也」の文字を欠くので講釈関係の記事かどうかわからなくなっている（もともとは、短い花散里巻と須磨巻のここまでとを一日に講釈したとの意）。

思うに、この古活字本における講釈記事のありさまは稲賀氏蔵本のような本文から意図的に講釈関係の記事を除こうとした結果なのではなかろうか。二十九例のうち二十六例までは削除したが、乙女巻の二例を削除し落とし、須磨巻の一例は不十分な形で削除したために その一部が残ってしまったのであろう。このように講釈に関わる記事を意識して削除したのは、本書に講釈の聞き書きではなく、注釈書としての性格を強くしたいと意図したためではないかと考えられる。もっとも、講釈に関わる記事が二十冊全体にくまなく存在するわけではないので、中途半端な情報をとどめるよりは削除してしまおうとしたのかも知れないが、仮にそうであったとしても、結果的には削除によって講釈の聞き書きという性格が薄くなり、注釈書としての性格が強まったことに変わりがない。

そして、整版本では、古活字本に残っていた三箇所のうち、乙女巻の二例は削除されている。そのうち、乙女105の例は、かぶせ彫りによる覆刻のため「爰迄　一日の講尺也」とあった部分が一行分空白になっている。須磨58の例は整版本でも古活字本と同じ「是まて花散里と」という途切れた形のまま残っているが、これは講釈関係の記事の名残であることに気づかず削除しそびれたものと推測される。このように、古活字本から整版本への覆刻に際しては、講釈関係の記事をすべて除こうとする明確な意図が働いていると考えられるのである。講釈の聞き書きから注釈書への転換は、整版本に至ってほぼ達成されたと言ってよい。

もっとも、講釈関係の記事を二十九箇所から三箇所にまで削除したのは、古活字本作成時になされた独自の所為というわけではない。桃園文庫蔵十七冊本、神習文庫蔵十九冊本、東京大学国語研究室蔵本などが古活字本と同じく三箇所の講釈関係記事のみを持つ形になっているからである（小川陽子氏の御教示による。桃園文庫蔵本は須磨58の項目を欠く。また東京大学蔵本には薄雲109の「一日」という注も頭注の形で存在する）。古活字本作成の際に親本として用いられたのが講釈関係の記事をほとんど削除した系統の本であったということである。あるいはそれはたまたまであったのかも知れない。しかしながら、間もなく行なわれた整版本への覆刻に際しては、明らかに講釈関係の記事を完全に削除しようという意志が働いていることは確かなのである。『紹巴抄』の版行にあたっては、もともと企画者に講釈の聞き書きという形ではなく注釈書としての形態で世に出したいという意図があったのではないかと想像したくなるところである。

おわりに

このように考えると、整版本が巻末の識語を削除したのも、『紹巴抄』から講釈に関わる記事を完全に排除しようとしたことと関係があるように思えてくる。すなわち、紹巴が三条西公条の講釈を聞き書きしたものがもとになったことを記す識語を省くことによって、講釈の聞き書きから脱皮した注釈書としての体裁を整えようとしたのである。源氏学において権威ある公条や紹巴の名を記す識語が消えてしまうのを惜しむ気持ちよりも、本書を講釈の聞き書きではなく『源氏物語』を読む際に座右に置く注釈書として出版したいという思いの方が、古活字本を覆刻して広く世に広めることを企図した人物には強かったということである。

明暦三年（一六五七）に『紹巴抄』と同じく二十冊の整版本として刊行された『明星抄』には、初音巻頭に「永正十一年二月十二日」、胡蝶巻頭に「十七日」、幻巻末に「大永七臘五」と、公条が父実隆の講釈を聴聞した時の覚えと見られる日付が記されており、また槿巻に「天文三九月講也云々」、柏木巻に「天文二九十日如此御講也」とあるのは、公条の講釈を息実枝が聴いた時のメモと考えられることを中野幸一氏(8)が指摘されている。『明星抄』の出版に際しては講釈の聞き書きであることを示す記事を排除しようという意志は特に強く働いていなかったようである。そういう意味で、『紹巴抄』の覆刻整版本の刊行は、企画者の明確な意図に基づいて行なわれたものとして、まことに興味深いものがあるのである。

注

（1）川瀬一馬著『増補古活字本の研究』（一九六七年　日本古書籍商組合）。
（2）国文学研究資料館所蔵の紙焼写真により、東洋文庫岩崎文庫蔵本から引用。
（3）池田亀鑑編『源氏物語事典』下巻（一九六〇年　東京堂出版）所収「注釈書解題」。以下、大津氏の説はすべて同解題による。
（4）他に、天理図書館蔵『源氏物語称名院抄』にも「此本二十冊者三条西殿右府入道公条公称名院殿御講釈本申出、依二御懇望一奉二許可一畢。天正八年仲夏上旬、平常縁」との類似した識語がある由が紹介されている。東常縁（応永八年〈一四〇一〉〜明応三年〈一四九四〉）が天正八年（一五八〇）の識語を記すことはありえない。小川陽子氏によれば、「その元となったのは紹巴の天正八年奥書と見てよいであろう。（中略）注記の様相から天理本は古活字本の親本ないしそれに近い伝本と関わりの深い本と考えられる」と述べておられる（後掲注（6）論文）。
（5）稲賀敬二氏「『源氏物語紹巴抄』と兼如――永禄奥書本資料――」（金子金治郎博士古稀記念論集『連歌と中世文芸』一九七七年　角川書店）。のち、『源氏物語注釈史と享受史の世界』（二〇〇二年　新典社）所収。以下、稲賀氏の説はすべて同論文による。
（6）小川陽子氏「『源氏物語抄（紹巴抄）』の展開と享受――猪苗代家の関与を中心に――」『国語と国文学』二〇〇七年四月。
（7）この本は、小川陽子氏注（6）掲出論文に記されているように、かつて稲賀氏が架蔵本と同系統の本として紹介された（「猪苗代兼如書写・書き入れ本『源氏物語紹巴抄』――卜部吉田家旧蔵本と架蔵本と――」『古代中世国文学』第四号〈一九八四年八月〉。注（5）掲出書所収）『一誠堂古書目録』第五十九号（一九八三年十二月）に所掲の本である。
（8）中野幸一編「源氏物語古註釈叢刊」第四巻『明星抄・種玉編次抄・雨夜談抄』（一九八〇年　武蔵野書院）解題。

第五章　宮城県図書館蔵猪苗代兼如増注『源氏物語抄』(『紹巴抄』)について

はじめに

連歌師里村紹巴が称名院三条西公条の『源氏物語』講釈を聴聞して著した『源氏物語抄』(『紹巴抄』とも)二十巻は、早く古活字本が出版され、後にその版面を覆刻利用しつつ、一面十行を十一行に改編して漢字の読みや漢文の訓点を付した整版本が作られたことが知られる。最も流布したのは整版本であるが、同系統の本文を持つ写本もある。

一方、この流布本系統とは別に、紹巴に師事した猪苗代兼如が注釈を増補した写本が存在することも報告されている。最初に報告されたのは稲賀敬二氏所蔵の写本(横本二十冊。現在は安田女子大学図書館「稲賀文庫」所蔵。[1] 以下、「稲賀文庫本」と称す)で、同本は「翻刻平安文学資料稿」第二期に全十冊で翻刻されている。[2] 兼如による注の書き入れや巻末への注の追加が見られるほか、ほとんどの巻の末尾に永禄七年(一五六四)四月から翌八年(一五六五)三月までの書写奥書を有することが特徴である。

その後、この本と同類の兼如増注本がほかにも存することがわかってきた。小川陽子氏[3]は、①稲賀文庫本の他に、②鶴見大学附属図書館本と③宮城県図書館伊達文庫本の二本の存在を紹介され、各本の本文や書き入れ注の相違などを検討されて、流布本との関係も視野に入れ、『紹巴抄』の初稿本から再稿本への展開とその背景、兼如増注本作成の実態などについて詳細な考察を加えられた。その結果、従来の説とは異なり、増注された兼如本の方が初稿本をもととしており、版行された流布本は紹巴による再稿本が祖となって成立したと考えられると言われた。兼如増注本のもとになった本は、彼が奥州に下った天正七年（一五七九）四月以前に紹巴から得たものであるが、その直後の同年六月から紹巴は新たに『源氏物語』の講釈を開始し、それと並行して『紹巴抄』の増補も行なったのだろうと小川氏は考えられた。そして、文禄初年頃までの間に、奥州仙台において兼如は、弟の正益の説も取り入れながら独自に『紹巴抄』の増注を行なったと推測されたのである。複雑な各本の奥書や注釈の出入りを慎重に吟味しながらの考証には説得力があり、首肯できる見解であろうと思う。

①稲賀文庫本は兼如自筆と見られるという[4]。もともと奥州の某寺旧蔵だった由なので、伊達家から流れ出た本である可能性がある。②鶴見大学本は『一誠堂古書目録』第59号（一九八三年十二月）に掲載された「江戸初期承応明暦頃写、卜部吉田家旧蔵」とある本である。③伊達文庫本について、小川氏は、『補訂版 国書総目録』『古典籍総合目録』に記載がなく、未紹介の一本である。全十八冊で、第三・四冊（末摘花〜花散里）を欠く。兼如の巻末追加注を一部に有することから、右二本と同系統に属するといえる。「伊達伯観瀾閣圖書印」があり、遅くとも明治十〜二十年以前より伊達家に伝えられた一書と知れる」と解説する。『宮城県図書館蔵 伊達文庫目録』（一九八七年 宮城県図書館）に掲載されているから、存在が知られていなかった本ではない。同目録には次のような記載がある（原文横書き）。

2805　源氏物語抄　20巻　D913.36-ケ4
里村紹巴著
（巻3、4缺）
寫本
18冊　15.5×22.5cm
印記：伊達伯観瀾閣圖書印

本来二十冊本だったはずの第三・四冊を欠く零本である。兼如の増注は彼が仕えた仙台伊達家においてなされたと考えられるので、主家に伝来した本であることを思えば兼如増注『紹巴抄』の正本とも言うべき貴重な本である可能性もある。実見すると、保存状態もよく、きちんと清書された美本という印象がある。

早く大津有一氏が、池田亀鑑編『源氏物語事典』下巻（一九六〇年　東京堂出版）所収「注釈書解題」の「紹巴抄」の項目において、徳島光慶図書館旧蔵本と青谿書屋蔵『源氏物語之抄』には稲賀文庫本と同様の巻末書写奥書がある旨記している。「徳島光慶図書館旧蔵本は空蟬、夕顔、若紫の三巻だけであったが、戦災で焼失したかと思われる」というが、戦災か昭和二十五年（一九五〇）の失火かのどちらかで失われたのだろう。青谿書屋本も所在不明だという。あるいはそれらも兼如増注本であったかも知れない。光慶図書館本の巻区分は、兼如増注本の第二冊に等しい（流布本の第二冊は空蟬・夕顔。小川氏論考に巻区分の相違について指摘がある）。小川氏が、「東海大学付属図書館桃園文庫に、大島本から奥書や巻末注など一部特徴的な部分のみを転写した新写本が所蔵されている。それによれば紹巴奥書ならびに兼如の巻末追加注が見えることから右二本と同系統の一本と目されるが、詳細は不明である」と言われる桃園文庫本は、この青谿書屋旧蔵本（すなわち大島本）からの抜書の可能性が高いと思われる。これら二本は残念ながら現在見ることができない。兼如増注本の伝本は①～③の三本のみということになるのだろうか。

　ところが、実は、宮城県図書館には『源氏物語抄』がもう一本所蔵されており、これが明らかに兼如増注本『紹巴抄』なのである。ただし、残念なことに桐壺・箒木巻の一冊のみの零本である。

　同本は、先に掲げた『伊達文庫目録』ではなく、平成三年（一九九一）に同図書館が刊行した『宮城県図書館和古書目録』に掲載されている。次のようにある（原文横書き）。

4798　〔源氏物語抄〕　残巻　　M913.3-ケ1
（存桐壺、箒木）
里村紹巴著
寫本
1冊　15.8×21.8cm

　書名が〔　〕に入れられているのは、外題・内題ともになく、内容によって判断された書名ということである。『伊達文庫目録』に納められていないので、一見伊達家伝来の本ではないようだが、巻首に「宮城県図書館／伊達文庫」の朱印があるから、やはり本来は伊達文庫に属する本らしい。ただし、「伊達伯観瀾閣圖書印」の印記はない。宮城県図書館のホームページ上にあるデジタルアーカイブ「叡智の森Ｗｅｂ」内で画像公開されているので、容易に見ることができる。冒頭の一冊のみではあるがこの本には奥書もあって興味深い情報が得られるので、本章では、この本の紹介を中心に、他の兼如増注本との本文異同について報告したいと思う。

一　伊達文庫本『源氏物語抄』二本の書誌

『伊達文庫目録』に載る十八冊本を仮に伊達文庫A本、『宮城県図書館和古書目録』に載る一冊本を伊達文庫B本と呼ぶことにする。最初に、A・B両本の書誌を記す。

○A本

写本十八冊。楮紙袋綴。縦十五・七㎝×横二十二・八㎝の横本。表紙は薄藍色無地の紙表紙。保存状態は良好である。一面十行書き。本来全二十冊のうち、第三・第四冊（末摘花～花散里）の二冊を欠く。巻首に「伊達伯観瀾閣圖書印」と「宮城県図書館伊達文庫」の朱印を捺す。外題・内題ともなし。表紙には冊番号と所収の巻名を記した目録題簽を貼る。題簽による各冊の巻名は次の通り。

第一冊　桐壺・箒木
第二冊　うつ蟬　ゆふかほ　若紫
（第三冊・第四冊　欠）
第五冊　須磨・明石・みをつくし
第六冊　蓬生・関や・繪合

第七冊　薄雲・朝かほ・乙女
第八冊　玉かつら・はつね・こてふ
第九冊　ほたる・とこ夏・かゝり火
第十冊　野分・みゆき・藤はかま・まき柱
第十一冊　梅かえ・藤のうらは
第十二冊　若菜上　（※巻末に「若菜上終」とあり）
第十三冊　わかな下
第十四冊　柏木・横笛・鈴むし・夕霧　（※巻末に「夕霧ノ注終也」とあり）
第十五冊　御法・まほろし・匂宮・紅梅・竹河　（※巻末に「竹河ノ注是迄也」とあり）
第十六冊　橋ひめ・しゐかもと　（※巻末に「此注終也」とあり）
第十七冊　あけまき・さわらひ　（※巻末に「早蕨ノ注是迄也」とあり）
第十八冊　寄木
第十九冊　あつまや・うき舟　（※巻末に「東屋ノ終也」とあり）
第二十冊　蜻蛉・手ならひ・夢浮橋　（※巻末に「此注終也」とあり）

○B本

写本一冊。楮紙袋綴。縦十五・九㎝×横二十一・九㎝の横本。表紙は藍地に金泥で水草模様を描く。保存状態は悪くないが、やや疲れが見られる。外題・内題ともなし。一面十四行書き。墨付六十六丁。本来全二十冊のうちの第一冊（桐壺・箒木巻）のみ存。巻首に「宮城県図書館伊達文庫」の朱印を捺す。桐壺巻末に「天正十五霜廿七一校之」、箒木巻末に「天正十五霜廿九暁一校―本□（抹消カ）／臨江斎紹巴法眼／是斎兼如法橋」（「／」は改行を示す）との奥書あり。

　二本ともほぼ同じ大きさの横本である。A本には（　）内に記したように巻末に簡略な識語のある冊がある。一方、B本で注目されるのは、巻末の奥書である。

　桐壺巻の巻末（28丁裏）に、

　　天正十五霜廿七一校之

とあり、箒木巻の巻末には、

　　天正十五霜廿九暁一校―本

と書き、二行分ほどの空白を置いて、

　　臨江斎
　　　紹巴法眼
是斎

兼如法橋

と署名がある。すべて本文と同筆である。天正十五年（一五八七）十一月二十七日に桐壺巻の校合を済ませたこと、翌々日の二十九日に箒木巻の校合を終えたことを記す。「一本」とあるのは、それが本奥書だというのであろう。「本」の字の下には二字分くらい擦り消して抹消した形跡があるが、書かれていた字は判読できない。

紹巴と兼如の名が並んで一筆で記されているが、これはもちろん本来は別筆で別個に書かれたものであるはずである。紹巴の署名があった本におそらくは増注を施した後に兼如が署名を添えたのだろう。それは天正十五年十一月のことかも知れないし、もっと前かも知れない。校合の日を記す奥書は、両者の署名がある本を書写した人物が記した可能性もあろう。ただし、天正十五年は、兼如が奥州に滞在していたと見られる時期に重なる。天正十五年の十一月から兼如は仙台において自らが増注した『紹巴抄』を書写し校合する作業を始めたと考えてよいのではないかと思う。それは主君である伊達政宗の命であったかも知れない。

稲賀文庫本には、前述の通り、永禄七年四月（夕顔巻）から同八年三月（夢浮橋巻）までの書写奥書がほぼ各巻末に存在するのだが、それに加えて、紅葉賀巻の末尾には、

天正十六年正月九日一類礼ニつどふ日幽々終功了

という朱筆の奥書があり、次の花宴巻末にも、年次はないが、

三月二日功了

というやはり朱筆の奥書がある。これもおそらく天正十六年（一五八八）の三月だろう。そして、夕霧巻末尾には、

兼如私ニ云、文禄二年正月廿六日一部之書写此巻ニテ終功

という奥書を記している。文禄二年（一五九三）は、天正十六年の五年後にあたる。このことについて稲賀氏は、「朱書された天正十六年の方は兼如の書写に関するものか」と推測され、「兼如は天正七年下国の時、再稿本の全部を書写し終えることができず（天正十六年にも「紅葉賀」などを写して）、文禄二年（一五九三）正月、機会を得て残りを書写し終えたと見てよい」と言われた。これに対し、小川氏は、兼如が奥州下向にあたって紹巴から得たのは再稿本ではなく初稿本であったはずであり、「天正十六年、文禄二年とは、兼如がすでに書写していた『紹巴抄』を再度奥州の地で転写した年次と考えられないだろうか」と言われ、「やはり料簡にあるごとく天正六年に兼如がまず書写し、それを天正十六年から文禄二年頃に自身の手で転写したと見るべきではないか」「稲賀氏によれば、御架蔵本には付箋がさまざま貼られており、それが本文化した注記もあるという。それは、兼如が折に触れて新たな注を付箋に記していたのを、ある時点で本文に還元したことを意味していよう。兼如が再度転写した理由は定かでないが、その本文化の作業こそが天正十六年、文禄二年の書写に連動するものであったかもしれない」と考察されている。兼如は天正七年（一五七九）四月頃に仙台へ下り約三年間滞在、いったん上京するが、その後天正十二年（一五八四）頃から同十九年（一五九一）春あたりまでまた奥州に滞在していたと考えられているので[5]、稲賀氏の推定のように、京都出立時に

書写し残した『紹巴抄』を何らかの機会を得て天正十六年に紅葉賀巻などの追加書写ができたという状況は考えにくいと思われる。おそらく稲賀文庫本紅葉賀巻末にある天正十六年正月九日と花宴巻尾の三月二日の朱筆奥書は奥州における兼如の書写に関わる年次を示しているのだろう。そして、年次の近接具合から見て、伊達文庫B本にある桐壺・箒木両巻末尾の天正十五年十一月下旬の奥書もそれと一連の書写作業の進行を表わすものではないかと考えられる。天正十五年十一月二十七日に桐壺巻、同月二十九日に箒木巻、翌年正月九日に紅葉賀巻、三月二日に花宴巻の書写を終えるという進行状況であったのだろう。稲賀文庫本夕霧巻末にある文禄二年正月二十六日の奥書は紅葉賀・花宴両巻の朱筆奥書とは異なり墨書のようなので、これとは別次元の書写に関わる年次なのではないかと思う。伊達文庫A本の奥書が、天正十五年から十六年にかけて仙台伊達家において『紹巴抄』の書写校合が行なわれていたことを示すならば、政宗の時代の伊達家において猪苗代家の人々が担った文事の一端が明らかになるわけで、実に興味深いものがある。

なお、小川氏は、兼如増注本系統の『紹巴抄』に、兼如の説を示すと見られる「兼私」注の他に、「正私」とある注が散見することに注目され、「正」とは兼如の弟の猪苗代正益のことであり、「兼如被注本を正益が写して注を加えること、さらにその正益注を兼如が参看して自身の本に手を加える」ことがあったことを物語っているのだろうと推定された。

稲賀文庫本では、桐壺・箒木両巻に「正私」注はないようだが、小川氏によれば、稲賀文庫本で単に「私」とある注が鶴見大学本では「正私」となっている例があるそうだ。小川氏の引用をそのまま引かせていただく。

▽稲賀　私順徳院の御代ヨリ此事無ト也〔桐壺129、注末尾割り注（伊達本は紹巴注のみ）〕

鶴見　正私しゆんとくゐんのみよより此事なきと也〔注末尾小書き〕

この箇所の注は、伊達文庫B本ではA本（小川氏の言われる「伊達本」）と同様紹巴の注のみで、「私」注も「正私」注もない。ここだけ見るとB本はA本と比較的近い本文を持っているようであるが、B本は桐壺・箒木巻の一冊だけしかないので、以後の巻で「私」注・「正私」注の実態がどのようになっているかは知るすべがない。

二　稲賀文庫本・伊達文庫A本とB本との間の項目異同

ここで、伊達文庫B本と稲賀文庫本・伊達文庫A本との間の項目異同を掲げる。稲賀文庫本は「翻刻平安文学資料稿」第二期（一九七六〜八六年　広島平安文学研究会）に項目番号を付して翻刻されているので、その翻刻本文を利用して、稲賀文庫本を基準にして伊達文庫A本・B本の異同を掲げるという形式にする。

〔桐壺巻〕

○12めをそはめ（欄外ニ「みもてなし、みおぼえ、み心はへ、みうろしみ」ト）

↓A本・B本　12「目をそはめ」項目の次に、「みもてなし」「みおほえ」「み心かへ」「みうしろみ」の項目を立てるが、注釈文はなし。

○20みかたち也

↓A本・B本　この項目なし。

○26見えし・27あらさりき
↓Ａ本・Ｂ本　項目逆順。
○37まさなき・38をくりむかへ
↓Ａ本・Ｂ本　項目逆順。
○41さうし
↓Ａ本・Ｂ本　この項目なし。
○59むなしき御から
↓Ａ本・Ｂ本　項目見出しを「むなし御から」とする。
○65給ひしか・66さまあしき・67心はせ・68すけなふ
↓Ａ本・Ｂ本　項目順「さまあしき・すけなふ・給ひしか・心はせ」。
○81ためらふ
↓Ａ本・Ｂ本　この項目「77内侍の」の次にあり。
○95かたくなに
↓Ａ本・Ｂ本　項目見出し「かたなに」とする。
○118大液の――
↓Ａ本・Ｂ本　この項目注釈文なし。
○145人の御さま也
↓Ａ本・Ｂ本　項目見出し「人の御」とする。

○191いしたてゝ
↓A本・B本　注釈文中の「清涼殿東廂也」を項目のごとく一字分高く記す。
○196御そたてまつりかへて
↓A本・B本　注釈文中の「権記ノ心ハ」を項目のごとく一字文高く記す。
○224こゝら
↓A本・B本　前項目「223五六日」の注釈文に続けて記す。そして、次に「おほな〳〵」の項目あり。

〔篝火巻〕

○冒頭
↓A本・B本　文中の「あるとみえて」を項目のごとく一字分高く記す。
○23かしこまりもえをかす
↓A本・B本　前項注釈文の末尾に続けて記し、項目としない。
○74宮つかへに・75はふかす
↓A本・B本　項目逆順（75項目「はふかる」とする）。
○237あへましは
↓A本・B本　前項注釈文の末尾に続けて記し、項目としない（ただし、B本は「あへましは」の右方に小さな丸印を記す）。
○273七とせ
↓A本・B本　注釈文中の「橡樟七年而……」を項目のごとく一字分高く記す。

○303ほうけつき

↓A本・B本　この項目の次に「くすしからん　くすみたる心也」の項目あり。

○333君達あさまし

↓A本・B本　前項注釈文の末尾に続けて記し、項目としない。

○389何よけん・390わらはなる

↓B本はこの二項目を一字下げて注釈文の高さに記し、一字上げる指示をする（390はA本・B本とも「わらはなる殿上の」を項目とする）。

○473さるへき事は

↓A本・B本　この項目なし。

○488又も給へり

↓A本・B本　この項目なし。

○510いと〳〵おし

↓A本・B本　項目見出しを「いとおし」とする。

以上の通りで、項目の出入りや配列の違いを見ると、稲賀文庫本に対して伊達文庫A本・B本が共通して対立する例がきわめて多いことがわかる。基本的にB本はA本に近く、稲賀文庫本には遠い関係にあると言える。では、A本とB本の間にはどのような違いがあるのだろうか。もう少し詳しく本文の違いを見ていく。

三　伊達文庫Ａ本とＢ本の本文の違い

伊達文庫Ａ本とＢ本の間に見られる特徴的な本文異同として、Ｂ本にない注がＡ本には行間に補入した形で書かれていることがある。箒木巻の注釈に顕著である。次のような例がある。稲賀文庫本の項目番号とともにＡ本の本文状況を記す。

○222えんなる
　項目の後の行間に「私すこきことのはあはれなる哥をよみ置の首尾也」と小書きされている。Ｂ本にはなく、稲賀文庫本にもない。

○260ことの音も哥
　末尾に、「一葉抄ニ芦間になつむ舟そえならぬはたゝならぬ心也えならぬ花はいはれすおもしろき也又縁ならぬはよせもなき心也」と行間小字書き入れがある。Ｂ本にはなく、稲賀文庫本にもない。

○265さうのこと
　見出しの左脇に引き出し符号を付け、「一葉しやうとよむへし」と行間書き入れがある。やはりＢ本にも稲賀文庫本にもない。この二例は、ともに『一葉抄』を引いている点で共通性がある。

一方、Ｂ本で補入本文になっている箇所がＡ本では正行の本文になっている例もある。

〔桐壺巻〕
○料簡
《B本》上部欄外に横向きに「黄表紙ハ俊成卿ノ本ト云也」と記す。
《A本》本行に「黄表紙ハ俊成卿の本と云也」とある。
（※稲賀文庫本にも欄外に「〽黄表紙は俊成の本云々」とある）
〔箒木巻〕
○202手をおりて哥
《B本》「故伊勢物語」と行間補入。
《A本》本行に「作物語故伊勢物語上句其儘をけり」とある。
○413いもうと
《B本》「弟ヲモ兄ト」と行間補入。
《A本》本行に「男子をは弟をも兄と系圖にはいもうとゝあねをもかけり」とある。
（※このB本の補入部分、稲賀文庫本にはなく、文脈が整わない）

これらを見ると、B本は本文上の不備を欄外に補入し、それを本文に取り込んでA本が書写しているように見える。
もっとも、B本の箒木169「すみがき」の項には、上部欄外に「金岡ハ山十五重ヲタヽム広高ハ」とあるらしい（裁断のためか上部が欠損していて判読できない）補入書き入れがあるが、A本はこの補入を取り込んでいない（稲賀文庫本には補入部分の本文がある）から、すべてをきちんと取り込んでいるわけではない。

もしA本とB本の間に直接的な関係があるならば、A本の方が清書本ということになるが、両本間には巻末識語の有無をはじめ細かな本文異同がかなりあるので、直接の書承関係はなさそうだ。しかしながら、A本の体裁からは清書本らしい感じがすることは先述の通りである。A本はB本に近い本文を持った本をもとに書写された清書本であろう。ただし、清書後、A本は『一葉抄』を参照して注を追加しているということになる。

おわりに

本章では、これまでに紹介されていない宮城県図書館蔵『源氏物語抄』残巻一冊本を紹介し、それが兼如増注本系『紹巴抄』の展開を知るための貴重な資料である可能性を指摘した。兼如は天正六年（一五七八）の奥州下向に際し、師紹巴から『紹巴抄』の初稿本を与えられた。仙台においてそれに注を付加するとともに何度にもわたって書写・校合を行なった。天正十五年（一五八七）十一月下旬からはじめた校合作業もその一環であったことが当該本の奥書から推測される。全二十巻のうちの首巻一冊のみという零本なので情報は限られている。連れの十九冊がどこかから発見されることを期待したいものである。

注

（1）稲賀敬二氏「『源氏物語紹巴抄』と兼如――永禄奥書本資料――」（金子金治郎博士古稀記念論集『連歌と中世文芸』〈一九七七年　角川書店〉。後、『源氏物語注釈史と享受史の世界』〈「源氏物語研究叢書」4、二〇〇二年　新典社〉所収）。以

下、特記なき場合、稲賀氏の説はこの論考による。

（2）稲賀敬二他校『永禄奥書　源氏物語紹巴抄』一、二～十九、二十（一九七六～八六年　広島平安文学研究会、二〇一九年復刻　和泉書院）。

（3）小川陽子氏「『源氏物語抄（紹巴抄）』の展開と享受――猪苗代家の関与を中心に――」（『国語と国文学』二〇〇七年四月）。以下、小川氏の説はすべてこの論考による。

（4）稲賀敬二氏「猪苗代兼如書写・書き入れ本『源氏物語紹巴抄』――卜部吉田家旧蔵本と架蔵本と――」（『古代中世国文学』第四号〈一九八四年八月　広島平安文学研究会〉。後、注（1）掲出書所収）。

（5）綿抜豊昭著『近世前期　猪苗代家の研究』（一九九八年　新典社）「第二章　是斎兼如」による。

第三部　近世期享受資料の成立と伝本

第一章　『源氏栄鑑抄』の基礎的研究

はじめに

中世後期から近世にかけて、さまざまな『源氏物語』の梗概書が作られた。中でも『源氏小鏡』や『源氏大鏡』は広く読者に迎えられ、形態や名称を変えながら世に流布した。そんな中で、それらとは別に個性的な梗概書もいろいろ作られたのは、『小鏡』や『大鏡』に飽き足りない『源氏物語』享受者が存在したからだろう。成立事情が定かでないものが多いが、大抵は特定の個人や集団を読者に想定して作られたようである。したがって享受圏が限られ、広く世に知られることはない。今回取り上げる『源氏栄鑑抄』も作者と成立の場が明白ながら、あまり知られていない梗概書のひとつである。

一　『源氏栄鑑抄』の研究史

『源氏栄鑑抄』（「営鑑抄」とも書く）という梗概書の存在は戦前から知られていた。最も早く本書に言及したのは、藤田徳太郎著『源氏物語研究書目要覧』（一九三二年　六文館）であるようだ。同書には、「五、梗概摘要」の章に五十四件の書目を掲げる（うち十五件は近代の刊行）が、その中に、

　源氏営鑑抄　一巻（写本）
篝火まで。源氏大鏡に似て更に簡単なり。（阿）

と記す。末尾の（阿）は、該本が徳島光慶図書館阿波国文庫に所蔵されていることを示す。藤田氏はおそらく同本を見てこの項目を記されたのであろう。それによれば、書名は「源氏営鑑抄」、一冊の写本で、篝火巻まで終わっている本である。「源氏大鏡に似て」とあるのは、冒頭に「物語のおこり」に該当する記事があるからだろうと思われる。作者や成立に関する記載は一切ない。

次に、池田亀鑑編『源氏物語事典』下巻（一九六〇年　東京堂出版）所収の「注釈書解題」（大津有一氏執筆）には次のようにある。

げんじえいかんしょう　源氏栄鑑抄　梗概書。

〔著者〕不詳。〔名称〕『源氏栄鑑抄』は『源氏宮鑑抄』（徳島光慶図書館蔵）とも書く。しかし原題か、それとも後人の命名か明らかでない。〔巻冊〕一冊。〔成立〕不詳。〔諸本〕徳島光慶図書館蔵本が知られていたが、焼失したと思われるから、今では桃園文庫蔵本が唯一のものとなった。〔内容〕最初に『源氏大鏡』のように、この物語の起りを述べ、次に桐壺から篝火までの梗概を記している。行文は『源氏小鏡』に似て簡単である。〔価値〕『源氏大鏡』『源氏小鏡』などに比して簡単であり、かつ篝火までしかないので、あまり行われなかったらしい。伝本も少ない。〔参考〕藤田徳太郎『源氏物語研究書目要覧』六七・六八頁。

ここでは、徳島光慶図書館本が戦後まもなく起きた火災で焼失したと見られること、他に桃園文庫に一本が存在することが記される。書名が『源氏栄鑑抄』になっているのは桃園文庫本がそうある故と考えられる。冒頭に「源氏物語のおこり」があるというのも桃園文庫本によるとおぼしく、篝火巻までの一冊本であることも桃園文庫本と『源氏物語研究書目要覧』に記す光慶図書館本の形態が一致していることを示していよう。そのため、『源氏栄鑑抄』は、桐壺巻から篝火巻までの梗概を記すのみの零本または未完成の本と見なされ、それゆえ重要視されず世に用いられなかったと説く。「行文は『源氏小鏡』に似て簡単である」というのは、梗概の記述が簡略であることと、作中和歌は主なものしか載せていないことを根拠にする説明であろう。しかし、『栄鑑抄』には『小鏡』の最大の特徴である連歌寄合の語はまったく載せないから、『小鏡』とは似て非なる梗概書である。

桃園文庫本は言うまでもなく池田亀鑑旧蔵本で、現東海大学所蔵。『桃園文庫目録』上巻（一九八六年　東海大学附属図書館）に、(1)

源氏栄鑑抄　写本　一冊　　桃八　五八
袋綴　紙表紙　一九×一二・六糎　七十一丁
（内容　桐壺～篝火巻）

とある本である。

さて、光慶図書館本の焼失により「桃園文庫蔵本が唯一のもの」とされた『源氏栄鑑抄』であるが、『国書総目録』第三巻（一九六五年　岩波書店）には、

源氏宮鑑抄《げんじえいかんしょう》　二冊　㊞源氏栄鑑抄　㊜物語　㊟猪苗代正益　㊢早大・宮城伊達・桃園（一冊）・旧徳島光慶（二冊）＊梗概書

とあって、新たに早稲田大学蔵本と宮城県図書館伊達文庫蔵本の二本が掲載されている。桃園文庫本・旧徳島光慶図書館本は記されている通り一冊本なので、巻冊が「二冊」とあるのも、この新たな二本による情報なのであろう。そして、注目されるのは、著者を「猪苗代正益」としていることである。先の『源氏物語事典』では著者不詳となっていたので、これも新たな二本による情報に違いない。

そこで、宮城県図書館が出している『宮城県図書館蔵　伊達文庫目録』（一九八七年）を見ると、次のように二本が掲載されているのであった（原文横書き）。

2798 栄鑑集 D913.36-ヱ1
〔猪苗代正益〕著
写本
1冊 30.2cm
一名：源氏栄鑑抄
印記：伊達伯観瀾閣図書印

2799 栄鑑集 2巻 D913.36-ヱ1-2
〔猪苗代正益〕著
写本
2冊 26.1cm
印記：伊達伯観瀾閣図書印

これによれば、伊達文庫には「栄鑑集」なる書名の本が一冊本と二冊本の二本所蔵されていることになる。『国書総目録』はこのうちの一本を掲載していることになるが、一冊本との注記はないので、後者の二冊本のみ載せていることになる。それにしても、「栄鑑集」という別名を『国書総目録』が記していないのは不審である。『伊達文庫目録』で著者名「猪苗代正益」を〔 〕に入れているのは、該本そのものによる情報ではなく、外部資料による情報ということであろう。もしその典拠が『国書総目録』であれば、猪苗代正益説の出所は早稲田大学蔵本ということになる。

この早大本の内容について初めて言及された論考が、久下晴康（裕利）氏の「猪苗代家と源氏物語」（『中古文学論攷』

第三号（一九八二年十月　早稲田大学大学院中古文学研究会）である。久下氏は、「猪苗代正益の源氏物語梗概書である『源氏営鑑抄』」を猪苗代家と源氏物語の関わりを示す重要な作品と捉えてその内容を検討された。『源氏営鑑抄』を取り上げた最初の学術論文である。論述に際して、「ここに直接用いるのは早稲田大学図書館本と『国書』には記されていない九曜文庫蔵本の二伝本で、それに未見の宮城県図書館蔵本を加えることもある」と述べられ、早大本・伊達文庫本の他に、九曜文庫本の存在を報告された。そして、

三伝本はともに夢浮橋まである二冊の完本だが、九曜本は下巻の宇治十帖が天保十一年（一八四〇）の保田光則の補写となっていて、それ以前の寛政頃の写とは異なっている。

と言われ、かつて知られていた旧光慶図書館本と桃園文庫本がともに篝火巻までの一冊本であったのに対して、それら三伝本はいずれも夢浮橋巻までを備えた完本の二冊本であることを指摘された。

久下氏は早大本に、

此営鑑抄二冊猪苗代正益承貞山公命所撰述也

という奥書があることを紹介され、

『営鑑抄』の成立は、前掲奥書（貞山公が九曜本では仙台中納言、また宮城本には奥書はない）によって伊達政宗の命

により猪苗代正益が撰述したことが明らかであり、その時期は十六世紀末か十七世紀初頭頃と推定される。と述べておられる。やはり『国書総目録』の著者名記載はこの早大本の奥書によるものだったわけである。

九曜文庫本は周知のごとく中野幸一氏の旧蔵本で、現在は早稲田大学図書館の所蔵。『九曜文庫目録』（二〇一二年早稲田大学図書館）には、次のように記載されている。

60　源氏営鑑抄　上、下　　A四三（一－二）
猪苗代正益［著］
写、［江戸末期］
二冊　二五・七×一八・三cm
桐壺―竹河（江戸中期写）に宇治十帖（天保一一年保田光則写）を後補したもの　〈印記〉岡澤蔵書、岡澤寄附、遊佐姓蔵書、鈴□□印、九曜文庫A
（上）桐壺―篝火　（下）野分―竹河、宇治十帖

九曜文庫本が早稲田大学へ移管されたのは平成二十一年（二〇〇九）のことだそうだが、それに先立って中野氏は、本書を「九曜文庫蔵源氏物語享受資料影印叢書」９『源氏営鑑抄・雲がくれ・源氏雲隠抄』（二〇〇九年　勉誠出版）に収めて影印刊行されている。その解題によれば、九曜本は天・地二巻から成るが、「地巻のうち三十九丁以降は「宇治十帖」で別筆、料紙もやや新しく後人の後補」であり、「書写年代は江戸前期、補写は奥書により天保十一年で

ある」と言う（「宇治十帖」以外の部分の書写は目録の記載よりも古いとされる）。ここに言う「奥書」とは、地巻末尾に、

右此営鑑抄二巻則猪苗代氏正益承仙台中納言之命所撰述也　詞簡而不遺本書大義実得源氏要領者乎　童蒙之輩欲読源氏者須先読此抄　読了而後読源氏則若披雲而観青天後学其勿外此抄

天保十一年十一月写終　　保田光則

とあるのを指し、中野氏は、「右の識語によれば、この『源氏営鑑抄』は、猪苗代正益が仙台中納言伊達政宗の命により選述したことが知られる」と述べられているが、最初の一文と同内容の奥書が早稲田大学蔵本にもあることには特に触れられていない。

ところで、九曜文庫本の刊行よりも早く、平成十三年（二〇〇一）に出版された伊井春樹編『源氏物語　注釈書・享受史　事典』（東京堂出版）にも『源氏営鑑抄』は立項されており、次のように解説されている。

源氏営鑑抄　げんじえいかんしょう

〔書名〕外題、内題ともに「源氏営鑑抄」とし、巻末識語にも「此営鑑抄二巻」とするのによる。

〔著者〕猪苗代正益

〔書誌〕斎藤報恩会本は三冊、東海大学桃園文庫本は篝火巻までの残欠本一冊。第一冊目には「源氏営鑑抄上」とし、「此物語の起り村上天皇の女御十宮大斎院より上東門院へ云々」とする起筆伝説、「紫式部」「時代」等の料簡が付され、「きりつほ」以下篝火までの梗概が記される。第二冊目の内題は「源氏営鑑抄下」として野分巻

から竹河巻まで、第三冊目は「源氏営鑑抄」とあり、「宇治十帖」が展開する。巻末には、次のような識語が付される。

此営鑑抄二巻則猪苗代氏正益承仙台中納言之命所撰述也詞簡而不遺本書大義実得源氏要領者乎童蒙之輩欲読源氏者須先読此抄読了而後読源氏則若披雲而観青天後学其勿外此抄

天保十一年十一月写　保田光則

とある。

〔成立〕江戸後期

〔内容〕斎藤報恩会本は巻末に「二巻」とありながら、現存の姿は三冊本と成っているのは、宇治十帖だけを別冊に仕立てたためなのか、そのあたりの事情は明らかではない。巻末の識語に記すように、前後の巻との関連や年齢、人物などを説明しながらの簡要な梗概書といえる。（以下略）

ここでは、主に斎藤報恩会蔵の三冊本に基づいて解説されているのだが、同本は第三冊末尾に九曜文庫本と同じ天保十一年（一八四〇）十一月の保田光則による奥書を有している。九曜文庫本は宇治十帖の部分のみが別筆で後の補写とされていて、本来正編部分とは異なる本と見られるので、斎藤報恩会本は九曜文庫本に補写された本の完全な姿を伝えるものと考えられる。中野氏は九曜文庫本の「宇治十帖」部分を「保田光則の筆である」とされるが、もしそうであれば斎藤報恩会本は光則筆本が全巻揃っていたときの転写本ということになるが、九曜文庫本が光則筆であるという根拠は示されていない。斎藤報恩会本は国文学研究資料館にマイクロフィルムが所蔵されており、それを見るとやはり本文的には九曜文庫本の「宇治十帖」部分と極めて近いことが明らかである。

以上、現在知られている伝本は、焼失したと見られる旧徳島光慶図書館蔵本（篝火巻まで、一冊）を除いて、東海大学附属図書館桃園文庫蔵本（篝火巻まで、一冊）、早稲田大学図書館蔵本（二冊）、同九曜文庫蔵本（二冊）、宮城県図書館伊達文庫蔵本（一冊本と二冊本の二本）、斎藤報恩会蔵本（三冊）の六本ということになる。次節では、改めて各伝本について書誌的解説を加える。

二　『源氏栄鑑抄』の伝本書誌

現在知られている『源氏栄鑑抄』の六伝本を一通り閲覧調査することができたので、以下に各本の書誌事項をやや詳しく記す。便宜上、所蔵機関の所在地により北から順に並べて伝本番号を付す。各伝本名の下の括弧内は、私に付けた略称で、以下本章では伝本番号を冠してこの略称を用いる。

①宮城県図書館伊達文庫蔵一冊本（伊達一冊本）

《形態》縦三〇・一㎝、横二〇・五㎝の大本袋綴装一冊。表紙は本文共紙で、四ツ目綴だが仮綴に近い。外題は表紙左上に「栄鑑集　全」と打ち付け書き。筆跡は本文と似通っている。内題はない。第一丁表一行目より、「此物かたりのおこりは」云々と『源氏物語』の起筆伝説から記される。墨付き百七十六丁。一面十一行、一行二十五字前後。

《内容》物語のおこり、桐壺～夢浮橋から成る。奥書はない。和歌は改行して三～四字下げ。和歌が二行に渡る場合、歌の末は本文に続く。巻々の記事の間は基本的に一行空けられるが、桐壺・箒木・若紫・末摘花・澪標・蓬生・関屋・松風・蛍・篝火・野分の十一巻は面を改めて記事が始まる。前の巻の末尾が面の三分の二を越えて終わる場合は、次の面から新たに巻を始めているようである（ただし桐壺巻は、「物語のおこり」が第三丁表の二行目で終わり、第三丁裏は白紙、第四丁表から書き始められている）。

《印記》「伊達文庫」「伊達伯観瀾閣図書印」(2)（巻首）

《特記事項》漢字の多くに読み仮名が振られていることが伊達一冊本の特徴と言える。他本にも振り仮名はあるが、伊達一冊本ほど多くはない。冒頭に置かれる「物語のおこり」における振り仮名の例をあげると、「女十宮大斎院《によじうのみやおほさいゐん》」「述作《しゆつさく》」「河海《かかひ》」「説《せつ》」「八月《はつき》」等である。「物語のおこり」の叙述には多くの熟語や人名等が出てくるので、いきおい振り仮名も多くなっている。丹念に振り仮名を施すのは、この本の使用者を意識してのことか、あるいは単に親本が振り仮名の多い本であったためかは定かでないが、いずれにしろ、振り仮名を多く必要とするやや低知識層の人々や若年層にもこの本が読まれたことが想像される。なお、厳密に計算したわけではないが、他伝本に比べ、全体を通して仮名書きの割合が多いように見受けられる。

②宮城県図書館伊達文庫蔵二冊本（伊達二冊本）

《形態》縦二六・五cm、横一八・二cmの大本袋綴装二冊。表紙は、無地薄桃色。見返しは白紙。表紙左上の短冊形双辺題簽に「源氏栄鑑抄　上（下）」とある。外題の筆跡は本文と同筆である。巻首に内題はないが、巻尾題を有し、「栄鑑集　上終」（上巻第五十五丁裏）、「栄鑑集　下終」（下巻第五十四丁裏）とある。また、下小口に、上巻は「源　栄　上」、下巻は「源　栄　下」と墨書がある。墨付き上巻五十五丁、下巻五十四丁。一面十三行、一行三十字前後。

《内容》上巻（物語のおこり、桐壺～藤裏葉）、下巻（若菜～夢浮橋）。和歌は改行して一～二字下げ、一行書き。本文の上部欄外に朱筆で書き入れがある。本文の右傍に朱で圏点を施し、その言葉を上部欄外に抜き出している。抜き出されている言葉は「あるゝとも」「ねちのさふやく」「ひるま」「まし」「いまよ」「ひめもそ」の六例のみ。これらの抜き出しは箒木・夕顔両巻にのみ見られる。また、墨と朱二種の傍書がある。

《印記》「伊達文庫」（上・下巻とも第一丁表）、「伊達伯観瀾閣図書印」（上巻第一丁表、下巻第一丁裏）。

③斎藤報恩会蔵本（斎藤本）

《形態》縦二五・九㎝、横一七・三㎝の大本袋綴装三冊。表紙は無地濃茶色。外題は、表紙左上に「源氏営鑑抄　上」「源氏営鑑抄　下」「宇治十帖　源氏営鑑抄」とそれぞれ打ち付け書き。内題は、巻首に「源氏営鑑抄　上」「源氏営鑑抄　下」「源氏営鑑抄／宇治十帖」（／は改行）とある。外題につく「上（下）」は表紙左上の「源氏営鑑抄」とある文字からかなり下方に離れて小さく書かれている。第三冊の外題は「宇治十帖」という文字をやや小さめに書き、「源氏営鑑抄」の文字の右肩に置く。第三冊の内題は、まず第一行目に「源氏営鑑抄」とあって、次の行に「宇治十帖」とあり、さらに行を改めて「橋姫　年二十より廿二迠」と、巻名と薫の年齢を記して「宇治十帖」が始まる。外題の筆跡は本文のそれと一致する。なお第三冊表紙には、右下に朱で「第八函」とある。墨付き上巻六十六丁、下巻四十五丁、宇治十帖巻（第三冊）四十八丁。一面九行、一行二十五字前後。

《内容》上巻（物語のおこり、桐壺～篝火）、下巻（野分～竹河）、宇治十帖巻（橋姫～夢浮橋、奥書）。巻名の下には、幻巻までは光源氏の官位と年齢、またはそのどちらかを、以降の巻は薫の年齢を記す。和歌は改行して一～二字下げ、一行書き。なお、下巻には「六条院　四町図」が挟み込まれている。[3]

《印記》「斎藤報恩會圖書印」（各冊前見返し）、「□□堂図書印」（各冊巻首、□は未判読文字）、「桑原蔵書」（各冊巻尾）。

④早稲田大学図書館蔵本（早大本）

《形態》縦二五・七㎝、横一八・三㎝の大本袋綴装二冊。表紙は紺地に唐草文様。見返しは白紙。表紙左上の無枠の題簽に「源氏営鑑抄　上（下）」とあり、内題は巻首に「源氏營鑑抄上（下）」とある。また、下巻第百六丁表最終行で夢浮橋巻が「行へのしれぬこそ面白けれ」と締められ、次の第百六丁裏一行目に「源氏営鑑抄終」とある。その後、一行空けて奥書が記される。上巻の題簽には、白地に紺の打ち曇りがある。外題は本文と同筆と思われる。墨付き上巻七十七丁、下巻百六丁。一面十行、一行二十字前後。

《内容》上巻（目録、物語のおこり、桐壺～篝火）、下巻（目録、野分～夢浮橋、奥書）。和歌は改行して二字下げ、二行に渡る場合は歌の末が本文に続く。巻名の下には、幻巻までは光源氏の官位と年齢注記が付される。雲隠巻以降には注記はない。

《印記》「石澤謹吾」（各冊巻首）、「早稲田大学圖書」（各冊巻首）、「昭和十六年三月五日石澤介吉氏寄贈」（各冊巻首）。

《特記事項》六伝本のうち唯一目録を有するのが本書である。本文中の巻名と目録の巻名の表記は一致しない。たとえば、目録で「桐壺」とあっても本文は「きりつほ」と仮名表記である。

⑤早稲田大学図書館九曜文庫蔵本（九曜本）

九曜本については、影印刊行にあたって中野幸一氏が解題で書誌について述べられている。さらに、早稲田大学図書館のウェブサイトにある「早稲田大学古典籍総合データベース」[4]に『栄鑑抄』の早大本と九曜本が掲載されており、カラー画像を閲覧することができる。そこでも書誌情報が公開されているので、それらを参考にしつつ、若干の補足をしたいと思う。

中野氏は解題で九曜本を以下のように紹介されている。

本書は、縦二十五・八センチ、横十八・二センチの大本袋綴装二冊、表紙は、焦茶色の野毛を散らした薄茶地に大小の水玉模様の斐紙、見返しは白紙、表紙左上の短冊形題簽に本文と同筆で「源氏営鑑抄　天（地）」とある。内題は「源氏営鑑抄上（下）」、各冊巻頭の右下に「遊佐姓蔵書」の長方黒印と「九曜文庫」の長方朱印がある。また上方に「鈴木蔵書」の陰刻朱方印、その横にも長方印があるが朱で抹消されている。

本文料紙は楮紙、墨付は天巻四十五丁、地巻七十丁、地巻のうち三十九丁以降は「宇治十帖」で別筆、料紙もやや新しく、後人の後補である。一面十三行、一行三十字前後、別筆の「宇治十帖」（三十九丁〜七十丁）は一面十二行、一行十八〜二十二字、歌は二、三字下げて一行書き、補筆部分の歌は二字下げで末は本文に続く。（以下略）

印記について少々付言すれば、「鈴木蔵書」の印は上巻にしかなく、「遊佐姓蔵書」印のすぐ上にある。巻首上方にある朱で抹消されている印は横に二種並べて捺されているが、かろうじて右は「岡澤蔵書」、左は「岡澤寄附」と読める。

上巻（物語のおこり、桐壺〜篝火）、下巻（野分〜夢浮橋、奥書）。和歌の頭には朱の合点、和歌の末にも朱点が施されている。

天・地二冊の外題の筆跡は、宇治十帖部の筆跡と同じである。宇治十帖部が後補された際に、天・地両冊の装丁を改め整えたことが推測される。九曜本の宇治十帖部（地巻第三十九丁以降）はそれ以前とは明らかに別筆で、補写合綴本もしくは取り合わせ本と考えられる。

⑥東海大学附属図書館桃園文庫蔵本（桃園本）

《形態》縦一九・〇㎝、横一二・五㎝のやや縦長の中本袋綴装一冊。表紙は無地薄茶色。見返しは白紙。外題はなく、内題は巻首に「源氏栄鑑抄」とある。一面十五行、一行十九字前後。墨付き六十九丁で、澪標巻と蓬生巻の間に遊紙が一丁存する。

《内容》物語のおこり、桐壺〜篝火。野分以下はない。和歌は改行して二〜三字下げ。二行に渡る場合も二字下げで、本文は次の行から始まる。各巻名の上に源氏香図が記される。巻名の下に、二箇所、次のような注記がある。

・箒木「源氏十六歳桐壺と此巻の間三年あり其間藤つほと密通ありたりと思ふへし」

・空蟬「源氏十六歳」

《印記》「岡澤蔵書」「岡澤寄附」「仙臺市大□□□物□□□取賣舎奥田商店」（すべて巻首。□は未判読文字）

《特記事項》巻首にある「岡澤蔵書」「岡澤寄附」の印は九曜本に捺されていたものと同じで、両本はかつて「岡澤」なる人物の所蔵になり、それがどこかに寄付されたという経緯があったようだ。この「岡澤」が誰なのか特定することは今のところできていない。(5)

以上、各本の書誌事項について述べた。

三　各伝本の伝来について

さて、前章に記した各伝本にある印記から知られるのは、どの本も宮城県または仙台伊達藩と関わりのある本だということである。これは、『源氏栄鑑抄』が仙台藩主伊達政宗の命によって作られたものであり、伊達家また伊達藩内で享受された作品であることから当然と言えば当然なのだが、現在は関東地方に所在する本も含めてすべての本がかつて仙台に存在していたというのは、本書の伝播範囲が極めて狭かったことの証左であろう。

伊達文庫所蔵の二本は、もともと伊達家の所蔵本であるから、伊達藩との繫がりは言うまでもない。ここでは、その他の本が有する印記に関して、その由来を可能な限り追究して報告する。

③斎藤本にある印記「□□堂図書印」「桑原蔵書」はともに蔵書主が不明であり、伝来を示す手がかりはない。しかしながら、現所蔵者の斎藤報恩会は仙台にあり、もともとは桃生《ものう》郡前谷地村（現石巻市）の大地主斎藤善右衛門氏が大正十二年（一九二三）に設立した財団法人である。主な事業は大学に対する学術研究助成と博物館の経営だが、当初に比べて現在は規模が縮小されているという。もともと文庫や図書館ではないが、博物館の収蔵品の一つに『源氏営鑑抄』があったようだ。(6)仙台周辺に伝来した資料である可能性が高いと思われる。

次に、④早大本の印記にある「石澤謹吾」という人物は、相当な著名人である。『三百藩家臣人名事典』3（一九八八年　新人物往来社）に、

天保元年～大正六年（一八三〇～一九一七）飯田藩家老、のち典獄。（中略）幼い頃より読書を藩儒加藤一什に受

け、成長して井上頤堂、大卿浩斎、昌谷精渓、藤森大雅らに学び、また洋学も修めた。安政四年父信方が没するとその家督を継ぎ、禄百石を受け、側頭取締役となり（中略）常に尊王愛国の志を抱き、開国の説を主張し、「開国即ち是勤王の道なり」と信じて疑わなかった。（中略）明治二年十月飯田藩の大参事に任ぜられ、明治八年一月警視庁十三等出仕を振り出しに官界に入り、明治三十四年十月監獄事務官に任ぜられ、高等官三等一級棒に叙せられ、同三十五年辞職。（中略）明治の有名な典獄である。（以下略）

のごとく記されている。信州飯田の一藩士から家老にまで昇り、後に明治新政府の中央官僚になった人物である。典獄として名を挙げたこの人が『源氏物語』や日本の古典文学に特に関心があったかどうかはわからない。『栄鑑抄』そのものに興味があって所持していたというよりは、古書蒐集の趣味があって、偶然入手した書籍群の中にあったのでもあろうか。彼は、重松一義著『図鑑　日本の監獄史』（一九八五年　雄山閣出版）の「宮城集治監」の章にも登場する。宮城集治監の用地は「仙台東郊、独眼竜伊達政宗隠居所若林城址南小泉村の広大な用地で用地内には政宗が朝鮮の役で持ち帰った〝臥竜梅〟もある名所である。この建築指導には警視監獄署長小野田元凞が権大警部石沢謹吾を伴って出張している」云々と書かれており、石澤は宮城集治監の建築委員にも名を連ねた。その後集治監建設の実質的責任者となり、明治十二年（一八七九）に落成すると初代典獄に就任したという。彼が『栄鑑抄』を手に入れたのが宮城集治監に関わって仙台との繋がりができた後なのかどうかは定かでないが、この本が仙台周辺に存在していた可能性は低くない。石澤もまた仙台という地と関わりの深い人物なのであった。(7)

そして、⑤九曜本の印記にある「遊佐姓」は伊達藩に仕えた遊佐氏の蔵書であったことを示すものであろう。遊佐氏とは、『国史大辞典』（吉川弘文館）によれば、元々は畠山氏の被官であったようだ。被官になった経緯は未詳だが、

「奥州管領畠山氏の被官にも遊佐氏がおり、奥羽の遊佐氏は、のち二本松藩や仙台藩に仕えている」ということである。

また、⑥桃園本は、仙台市にあった「奥田商店」なる店が所持していたことを印記が示している。

このように、現在でも六伝本のうち半分は宮城県内にあり、関東所在の他の三本にもかつて宮城県に存在した形跡が認められるのである。このことは、『源氏栄鑑抄』が仙台で作られ、仙台とその周辺、旧伊達藩内において享受されたものであって、広く伝播することのない作品であったことを示していると思われるのである。

四　奥書の有無とその内容

ここで、伝本間における奥書の異同について考察しておく。六伝本のうち、③斎藤本・④早大本・⑤九曜本の三本は奥書を持つ。すでに先行研究から引用したものでもあるが、ここで改めて三伝本の奥書を引用する（引用文の改行は各本の通りとした）。論述の都合上、④早大本・⑤九曜本・③斎藤本の順に掲げる。

④早大本

此営鑑抄二冊猪苗代正益承
貞山公命所撰述也

⑤九曜本

右此営鑑抄二巻則猪苗代氏正益承

仙臺中納言之命所撰述也詞簡而不遺本書大
義実得源氏要領者乎童蒙之輩欲讀源
氏者須先讀此抄讀了而後讀源氏則若披雲
而観青天後学其勿外此抄
　天保十一年十一月写終　　保田光則

③斎藤本

此営鑑抄二巻則猪苗代氏正益承仙臺中納言
之命所撰述也詞簡而不遣《ママ》本書大義實得源氏
要領者乎童蒙之輩欲讀源氏者須先讀此抄讀
了而後讀源氏則若披雲而観青天後學其勿外
此抄
　天保十一年十一月写　　保田光則

三本とも奥書は本文の筆跡（⑤九曜本にあっては「宇治十帖」部分の筆跡）と同じである。③斎藤本では、⑤九曜本のごとく「不遺」とあるべきところを「不遣」と誤写していることから、明らかに転写された奥書である。奥書に限らず、斎藤本の本文には誤写と見られる異同が目立つ。それはともかく、これらの奥書があることによって『源氏栄鑑抄』の作者が猪苗代正益であることや、伊達政宗（仙台中納言・貞山公）の命によって作られたという成立事情が知られることについては、すでに述べた通りである。

ただし、④早大本と⑤九曜本・③斎藤本の奥書の間には明らかに分量の差がある。④早大本は、『栄鑑抄』の成立事情に関する記事のみであり、⑤九曜本・③斎藤本は『栄鑑抄』の成立事情に加えて『栄鑑抄』の意義についても述べている。そして天保十一年十一月に保田光則が書写したとする年時記載と署名がある。奥書の量に差があることには、増補されたか削除されたかの二方向の可能性があるわけだが、すでにあった奥書の記載を書写者が削除または省略するという可能性は低いように思われる。したがって、保田光則は④早大本のごとく成立事情のみが簡潔に記された奥書を持つ『源氏営鑑抄』を見る機会を得て、その本を親本として天保十一年十一月に書写した際に、この作品の意義についての自らの見解を奥書に加筆したのであろうと思う。もっとも、光則が見た本にすでに⑤九曜本・③斎藤本のような量の多い奥書があり、それを写した後に書写年時と署名を加えたと考えられなくもないが、おそらくその可能性は低いであろう。

ところで、奥書を持つのはこの三本だけである。作品の成立事情を伝える奥書のない伝本があり、しかもそれが成立に深く関わった伊達家の蔵書だということから考えると、正益自筆の原本には奥書はなかったのであろう。転写にあたって成立事情に関する奥書をわざわざ削除するというのは不自然だからである。

そして、⑤九曜本・③斎藤本では「二巻」、④早大本では「二冊」とあるように、『栄鑑抄』は二巻二冊の形態であったようだ。ただし、これは最初に奥書を書いた書写者が見たのが二冊本であったということで、作者正益が『栄鑑抄』を何冊仕立てで書いたのかは別問題である。実は、現存伝本を子細に調べてみると、現存本以前におそらくは七冊本の形態であったのではないかと推測される節があるのである。

現存本のうち二冊本の形態を持つのは②伊達二冊本・⑤九曜本・④早大本の三本である。分冊にしない①伊達一冊本を除いた五本のうち四本は、第一冊に篝火巻までが収められている（焼失したとされる徳島光慶図書館蔵本も篝火巻までの一冊本であったようだ）。しかし②伊達二冊本だけは第一冊に藤裏葉巻までを収める。②伊達二冊本には篝火巻の後に野分・行幸・藤袴・真木柱・梅枝・藤裏葉の六巻が収められていることになる。②伊達二冊本は上巻五十五丁、下巻五十四丁と上・下巻の分量がほぼ等しい。それに比べて、篝火巻を第一冊の巻末にする伝本では、上・下巻の丁数の差は、⑤九曜本では二十九丁、④早大本では二十五丁である。三冊本である③斎藤本も第一冊は篝火巻までとなっている。上巻と下巻の差は二十一丁、上巻と第三冊目の宇治十帖巻の差は十八丁である。二冊本ならば上・下巻で量的にもバランスの取れた②伊達二冊本のような形がふさわしいように思う。たかが二十丁そこそこのこととはいえ、藩主であり庇護者である伊達政宗に献上するものであれば、正益は体裁にも細かく心を配って作ったはずだ。物語の構成を考えた上での分冊なら、なおさら光源氏が准太上天皇になって栄華を極める藤裏葉巻を一冊の句切りとした方がよかったはずである。ではなぜ、現存伝本の多くが篝火巻を第一冊の末尾に置いて、上・下巻のバランスを失った形になっているのだろうか。以下はその理由の臆測である。

篝火巻が分冊の区切れになっているのは、もともとの形態の名残を留めたものなのではないか。すなわち、本来七冊に分冊されていた親本を、上・下二冊本に仕立て直したために生じた不均衡ではないかと思うのである。親本の段階では一冊一冊の分量が同じ程度であっても、奇数の冊数の本を二冊にまとめた場合、どうしても上・下巻で差が出てしまう。上・下冊に二十五〜三十丁の差があるということは、もとの一冊分もそのくらいの分量だったということではないだろうか。

このような推測のもと、『源氏栄鑑抄』の七冊本を想定してみる。第一冊が桐壺〜紅葉賀巻、第二冊が花宴〜関屋巻、第三冊が絵合〜篝火巻、第四冊が野分〜若菜下巻、第五冊が柏木〜竹河巻、第六冊が橋姫〜東屋巻、第七冊が浮舟～夢浮橋巻。このように分冊されていたと仮定すれば、篝火巻が現存伝本の第一冊の最後になっているのも、冊数が多かったころの名残で、七冊本のうち前三冊と後四冊がまとめられたために、上・下巻で分量的にアンバランスな本となったと推測されるのである。この場合、一冊の分量が二十五丁～二十七丁（便宜上、④早大本の丁数をもとに計算した）になる。だから正益が政宗に献上した本は七冊本だったと結論づけることまではできないが、『栄鑑抄』は伝来過程のある段階で七冊本であったのではないかという推測は成り立つと思うのである。

それでは、伊達文庫に残る二つの伝本が、一冊本と、上・下巻で量的に均衡の取れた二冊本であることはどのように説明されるだろうか。書写者はおそらくもとの本をできるだけそのままの形態で写そうとするであろうが、著者である正益ならばどうだろうか。正益であれば、増補・改変を加え、用途に合わせて改編するにあたって、もともとの巻の切れ目などはあまり気にせず、上・下巻で分量的にバランスの取れた形に改めることもなし得よう。その際、藤裏葉巻を分冊の区切れとする方が物語の構造上ふさわしいと考え直したかもしれない。伊達文庫に収められている本だけがこのような分冊形態になっているということは、正益自身の手か、もしくはその助言によって誰かが二冊本に仕立て直したというような事情があって、現存の②伊達二冊本はそれを継承した形態なのかも知れないと思う。

ところで、⑤九曜本と③斎藤本の奥書に署名している保田光則という人物について述べておく必要があるだろう。保田光則の経歴に関しては青山英正氏「仙台の和学者・保田光則の文業――和歌と教化活動を中心に」（『言語情報科学』第五号　二〇〇七年）に詳しい。以下は同論文を参考にしつつ記述する。

保田光則は、寛政九年（一七九七）に仙台藩の中堅藩士保田光利の次男として生まれた。彼は『雅言集覧増補并続編』の著者として今に名を残すが、藩士として藩の文教政策に力を尽くしたようで、文政三年（一八二〇）三月には藩の学び舎である養賢堂の権諸生主立、同九月に権諸生扱に昇進し、一教員の職についている。文政十年（一八二七）

には『訓戒和歌集』と題する歌集を編纂している。この集は「『万葉集』や勅撰集の古歌から当代の道歌までを七〇〇首以上集め、教訓のために用いた歌集」であるという。その特徴は「読者像が男性に設定されていた」点であるとされる。光則の孫の孝太郎氏によれば「藩学指南役兼藩主慶邦公の師範役に挙られたり」ということもあったようである。[8]また、星加宗一氏は、光則は猪苗代謙道ともよく交流があったであろうと言われている。[9]謙道は甥兼与の養子となって猪苗代家嫡流を嗣いだ正益の子兼説の八代目の子孫である。光則が『栄鑑抄』を目にしてその意義を強調して書写したのも、猪苗代家の人物と繋がりがあったからかも知れない。

それにしても、中堅藩士である光則が目にすることができたということは、『栄鑑抄』は政宗の命を受け撰述された後、伊達家の筐底に秘め置かれていたわけではなく、藩内に広がることを許された書物であったようだ。和歌が教育的有用性を持つと主張する光則にとって『栄鑑抄』はいかなる価値があったのだろうか。朱子学中心の養賢堂で、国学者として和歌や和文の有用性を主張しなければならない彼にとって、『源氏物語』の教訓的要素を直接指摘している『栄鑑抄』はなかなか有用だったことと思われる。

光則が書写年時と署名に留まらず、自らの見解を述べた奥書を加えたのにはどのような背景があったのだろうか。奥書の文言を見る限り、『栄鑑抄』を高く評価し、この書がより多くの人に読まれることを推奨している。それは光則が藩校で指導者的立場にあったことと関係があるのではなかろうか。彼が奥書の中で本書の有用性を強く主張したのは、養賢堂で講読することを想定してのことと考えるのもあながち無理ではないだろう。養賢堂の中で奥書に言うような「童蒙之輩欲讀源氏」ということが実際にあったからこそ、光則はこの書に着目し、自ら書写したのではなかろうか。

前述のごとく、伊達家伝来本には奥書がないことから、作者正益は『栄鑑抄』に自らの奥書や識語を付さなかったようだが、伊達政宗の周辺からこの作品が転写されて地道に広がっていく中で、まず本書の成立事情が記され（④早大本奥書）、後に保田光則によって本書の有用性について述べた文章が追加されたという奥書成長の経緯が推測されるのである。

正益が奥書を付さなかったのは、この書が世間に広く流布して不特定多数の読者に読まれるということを想定していなかったためかも知れない。政宗がどのような目的で正益に『源氏物語』梗概書の製作を所望したのか定かではないが、正益は伊達家内のごく少数の人々に読まれることを念頭に執筆したのではないかと思う。つまり政宗をはじめ『栄鑑抄』の成立事情をよく知る人々を読者に想定していたからこそ、奥書を付す必要性を感じなかったのだと考えられるのである。

『栄鑑抄』は写本のみで伝わり、現存伝本の数も多くはないが、それは梗概書としての価値が高く評価されなかったからというわけではなく、もともと伊達家とその周辺において享受することを目的に作られたので、多くの人にその存在が認知されなかったためであると考えられる。成立から二百年ほど経った江戸後期に、藩内で和歌の指南役として活躍していた保田光則によってその価値が見出され書写されたことにより、伝本は多少増えたけれども、広く流布することはなく今日に至っている。光則が強調した通りの価値を有する作品であるかどうかは、今後の研究にゆだねられることになるだろう。

五　諸伝本における和歌注の異同について

『源氏栄鑑抄』の現存六伝本には、奥書の有無や分冊形態の相違のみならず、本文に関しても相互に大小の異同がある。それらのいちいちを細かく検討することは別の機会に譲り、ここでは和歌注、すなわち作中に引用された和歌に対する読解注の有無に観点をしぼって略述することにする。

『栄鑑抄』には『源氏物語』原典に存する七百九十五首のうち二百六首の和歌が引用される。これは一部の脱落と見られる箇所を除き、基本的に諸本間に異同はない。

最も和歌注の多い①伊達一冊本は、二百六首の引用歌のうち百九十八首に、長短はあれ何かしらの和歌注を付している。

②伊達二冊本では、箒木巻で、「はゝ木きの……」[10]歌を落とす。本来は和歌注として、「はゝ木きの……」歌の後に「そのはらや……」歌が本歌として紹介されるのだが、同本は光源氏詠として「そのはらや……」歌を挙げる。「はゝ木きの……」歌を落とすと同時に、和歌注の一文「あひかたき人は心をはしらてあやなくたつねまとふといふ心か」も②伊達二冊本には見られない。「はゝ木きの……」歌は誤って脱落したと見るのが自然だが、その後の和歌注の一文がないのはいかなる理由だろうか。おそらく親本にはこの一文がなく、本歌「そのはらや……」を指摘するだけだったのだろう。すると、この和歌注部分には現存伝本で三様の本文があることになる。和歌注のない③斎藤本・④早大本、本歌指摘のみの②伊達二冊本、本歌指摘と和歌注一文を持つ①伊達一冊本・⑤九曜本・⑥桃園本の三種である。これは、段階的に和歌注が増えていった状況を反映しているのであろう。

さらに②伊達二冊本には夕霧巻に和歌を含む脱落がある。「山さとの……」歌が落ちているのであるが、和歌注があったかどうかは確かめられない。これら二箇所の脱落箇所を除けば、①伊達一冊本と②伊達二冊本で和歌注の量は一致している。

④早大本において和歌注があるのは、二百六首のうち百二十三首である。④早大本と①伊達一冊本の和歌注を比較

すると、百二十三首のうち二十七首の和歌注で④早大本の方が記述量が少なくなっている。

③斎藤本は、須磨巻に大きな脱落が見られ、「うら人の……」「うきめかる……」「恋わひて……」の三首と「山かつの……」歌の第三句目までを含む本文を落とす。それ以外の和歌注の有無に関しては④早大本と一致するが、④早大本よりも和歌注の分量が多い例が一箇所ある。伊達文庫二本で竹河巻の「竹河の……」歌には二文の和歌注があり、③斎藤本には二文ともあるが、④早大本ではうち一文がないのである。

⑥桃園本は上巻のみしか存しないが、上巻（桐壺〜篝火巻）の引用和歌九十七首のうちすべてに和歌注がある。これは①伊達一冊本と一致している上、注の分量も等しい。

⑤九曜本は宇治十帖部が正編部とは別筆であることをすでに述べた。桐壺〜竹河巻については、引用和歌百五十九首のうち百五十三首に和歌注があり、これは①伊達一冊本と一致している。しかし和歌注の量に関しては一箇所相違がある。箒木巻の「数ならぬ……」歌の和歌注の中の一文が⑤九曜本には見られないのである。

宇治十帖部における和歌注を諸本比較してみると、③斎藤本・④早大本には①伊達一冊本に比して和歌注の量が少ない例がいくつもある。注目すべきは、宇治十帖部における⑤九曜本の和歌注の量が③斎藤本・④早大本と一致することである。⑤九曜本は正編部においては①伊達一冊本と和歌注の量がほぼ等しいのに、宇治十帖部では和歌注の少ない③斎藤本・④早大本に一致するのである。

『源氏栄鑑抄』の現存伝本には、和歌注の多い伝本＝①伊達一冊本・②伊達二冊本・⑤九曜本（桐壺〜竹河巻）・⑥桃園本と、和歌注の少ない伝本＝③斎藤本・④早大本・⑤九曜本（宇治十帖部）との二類があることになる。細かく見れば各類の中にも和歌注の量に異同が見られるのだが、それも含めて、やはり和歌注が段階的に増補されていった状況を示しているのではないかと思われる。

伊達文庫の二本はとりわけ和歌注を付けることにこだわっている。それはこの二伝本にのみ「聞こえたるまま也」というような、歌意明快で注が不要であることを示す注が見られることからもわかる。それ自体が不要に見える注であるが、和歌について何かしら言わねばならぬという意識の表れであろうか。

⑤九曜本は桐壺〜竹河巻が和歌注の多い本に拠り、宇治十帖部は和歌注の少ない本に拠っている。このように性格の違う二類の本から成る⑤九曜本は、やはり補写合綴本もしくは取り合わせ本と考えられよう。宇治十帖部の本文と上・下二冊の外題の筆跡が同じであることから、和歌注の多い正編部（桐壺〜竹河巻）のみで宇治十帖部を欠いた本の所持者に、宇治十帖部を備えた本（それは和歌注の少ない本であった）を見る機会が巡ってきたので、宇治十帖部を書写して補い、同時に全体の装丁を改めて二冊本に整えたのであろうか。あるいは、はじめ和歌注の少ない完本を所持していたが、何らかの理由で正編部を失い、後に入手した正編部（和歌注の多い本）でその欠損を補ったとも考えられよう。前者であれば補写合綴本、後者ならば取り合わせ本ということになるが、どちらかは不明である。

和歌注の多寡が生じた理由については、不要な注が削減されたと考えるよりも、必要に応じて和歌注が増補されたと考えるのが妥当だろう。そして、その和歌注の増補は誰によってなされたのかと言えば、作者正益自身がなしたのではないかと思う。

もし書写されていく過程で和歌注が増やされていったのならば、伊達文庫に収められている二伝本に和歌注が多いことに違和感を覚える。たとえ書写者が和歌に造詣が深かったにしても、安易に他人の著書に手を加えるということはしないであろう。伊達家に献じられた正益作の『栄鑑抄』が藩内の人々の手で転写中に増補され、その増補された二本が伊達文庫に収められたというよりも、一旦の完成を見て献上された後も、正益は和歌注を増補した改訂版を作り続け、その改訂本が伊達家に残されたと考える方が自然ではなかろうか。和歌注の多い増補改訂版だけが伊達文庫に収められていることから、あるいは和歌注の少ない本は『栄鑑抄』の草稿本とも呼ぶことができるかも知れない。和歌注の増補が伊達政宗からの指示であったのか、正益自身がより有用な書を目指して行なったのかは定かでないが、和歌注の増補は『源氏物語』の作中歌の内容をも読者に理解させようとする点で『栄鑑抄』の梗概書としての性格付けを強化するものである。この増補は、『源氏小鏡』などが世に流布する中、新たに作られた梗概書として『栄鑑抄』の付加価値をより高めるためになされた行為であろうと思うのである。

おわりに ―― 二つの書名『栄鑑抄』と『営鑑抄』

和歌注の増補という観点から、現存六伝本を和歌注の少ない第一次本と和歌注の多い第二次本の二類に分けることができることを前節で確認した。すなわち、六伝本は次のように分けられる。

・第一次本―③斎藤本・④早大本・⑤九曜本（宇治十帖部）
・第二次本―①伊達一冊本・②伊達二冊本・⑤九曜本（桐壺～竹河巻）・⑥桃園本

ここで気がつくのは、第一次本のうち③斎藤本・④早大本は外題・内題とも「源氏営鑑抄」とあり、第二次本は、①伊達一冊本は外題「栄鑑集」、②伊達二冊本は外題「源氏栄鑑抄」・巻尾題「栄鑑集」、⑥桃園本は外題「源氏栄鑑抄」（内題なし）とあることである。これだけ見ると、第一次本の書名は「源氏営鑑抄」、第二次本は「源氏栄鑑抄」あるいは「栄鑑集」と区別されるように思われる。ところが、⑤九曜本は、上・下巻いずれも外題・内題とも「源氏営鑑抄」とある。前述の通り上・下巻の外題は宇治十帖の本文・奥書の筆跡に酷似するので、外題は第一次本である宇治十帖部の書名表記に倣ったとも考えられるのだが、上・下巻の巻首にある内題は第二次本である正編部の筆跡に等しいので、正編部も「源氏営鑑抄」の書名を有していたとおぼしい。⑤九曜本正編部は第二次本で唯一「営鑑抄」と表記する本ということになる。それにしても、どうやら、「栄鑑抄」「営鑑抄」二通りの書名表記を持つ本書は、基本的に第一次本は「栄鑑抄」、増補本の第二次本は「営鑑抄」の書名表記であったと考えられそうなのである。⑤九曜本は、「営鑑抄」から「栄鑑抄」（あるいは「栄鑑集」）へと書名表記が変わる過渡期に書写された本と言うべきであろうか。

ところで、「営鑑抄」であれ「栄鑑抄」であれ、「営鑑」「栄鑑」とはいかなる意味の語なのだろうか。両語は『日本国語大辞典』〔第二版〕や『大漢和辞典』語彙索引などにも見えず、特に由緒由来のある一般名詞ではなさそうだ。とすると固有名詞としか思えず、そうなると第一に考えられるのは著者猪苗代正益の号ではないかということである。正益についてはほとんど伝記が明らかになっておらず、連歌師・文人としての号もよく知られていない[11]。しかしながら、兄の兼如についてはやや研究が進んでいて、是斎・意伯などの他に「重鑑」とも号したことが知られている（金子金治郎著『連歌師と紀行』〈一九九〇年　桜楓社〉、綿抜豊昭著『近世前期猪苗代家の研究』〈一九九八年　新典社〉）。兄兼如の号「重鑑」に倣い、その一字「鑑」を取って正益が「営鑑」また「栄鑑」と号したとしても不思議はない。ことによると、第一次本を著した頃は「営鑑」と号し、第二次本に改訂する頃には「栄鑑」と号していたため、二様の書名がほぼ使い分けられているのかも知れないと思う。まったくの臆測ではあるが、ひとつの仮説として提示しておく。

注

（1）池田亀鑑氏がこの本をいつ誰から入手したかは明らかでない。昭和七年（一九三二）十一月に東京大学で開催された『源氏物語』に関する大規模な展覧会には、池田氏が蒐集された多数の書物が展示されたが、その目録『源氏物語に関する展観書目録』（東京帝国大学文学部　国文学研究室編）には、「梗概書」の項目下に五十六点の書目が並ぶものの『源氏栄鑑抄』の名は見えない（伊藤鉄也編『もっと知りたい　池田亀鑑と「源氏物語」～第2集～』〈二〇一三年　新典社〉所収の復刻による）。この時以後に入手されたものか。

（2）『宮城県図書館だより「ことばのうみ」』第26号によれば、伊達文庫は、歴代仙台藩主であった伊達家の蔵書や藩政史料で構成されており、昭和二十四年（一九四九）、宮城県図書館が伊達家の旧蔵書を購入し、「伊達文庫」という名を冠して収蔵し、現在に至るそうだ。印記の「伊達文庫」印もその際に捺されたものであろう。また、「伊達伯観瀾閣図書印」について、同誌の記述を以下に引用する。

　伊達文庫の資料には数種類の蔵書印が押印されており、収蔵時期や所蔵者を探る手掛かりとなります。伊達文庫蔵書の多くには、「伊達伯観瀾閣図書印」という正方形の朱印があります。「伊達伯」とは伊達家の総本家の意、また「観瀾閣」とは伊達家の堂号のことで、伊達家から仙台文庫会への《（ママ）》寄託した際の伊達家の所蔵を示すための押印だったようです。他には、第5代藩主吉村の蔵書印「璧」、漢籍の一部にみられる「伊達氏伯家蔵宝書」、仙台文庫会に寄託した際に、仙台文庫会が押印した「仙台文庫」があります。

よって『栄鑑抄』は伊達家から一度仙台文庫会へ寄託された経歴を持つ本であることがわかる。

（3）「六条院　四町図」には、「をさな源氏ニ出」との注記が見られる。『おさな源氏』の巻三十四にある六条院図をもとにした図なのであろう。

（4）「早稲田大学古典籍総合データベース」（http://www.wul.waseda.ac.jp/kotenseki/）なお、本書は「源氏営鑑抄」という書名で登録されている。

（5）渡辺守邦・後藤謙二編「日本書誌学大系」79『新編蔵書印譜』（二〇〇一年　青裳堂書店）には、岡沢稲里の蔵書印として「岡澤蔵書」印を掲載するが、印影は全く異なっている。

（6）国文学研究資料館は斎藤報恩会所蔵の古典籍を約三百点調査し、マイクロフィルム化して閲覧に供している。

（7）昭和十六年（一九四一）に早稲田大学へ『源氏営鑑抄』を寄贈した石澤介吉なる人物は、謹吾の子孫であろう。介吉氏は石澤謹吾旧蔵書を多数寄贈しており、「早稲田大学古典籍総合データベース」には『源氏営鑑抄』を含め三十点が掲載されている。その中には、『源三位頼政家集』『清輔袋草紙』『徒然草』などの文学書も含まれており、仙台や東北関係の書も目につく。

（8）「保田光則伝記資料」（『言語学雑誌』第一巻第七号　一九〇〇年八月）に孫の孝太郎氏が文章を寄稿しているが、他は編者が光則についての聞書を「保田光則伝記資料」としてまとめている。

（9）星加宗一氏「仙台に於ける国学の大家　保田光則につきて」（『宮城教育』385号　一九三一年七月）。星加氏は、光則と同じく河田了我に師事した斎藤永配《ながとも》という人物が猪苗代謙道と交流が深かったことから、保田光則と謙道の間にも交流があっただろうと推測されている。永配の著した『梅翁日記』に、謙道と永配との交流が度々記されているということである。

（10）以下、『栄鑑抄』本文の引用は①伊達一冊本による。

（11）東山御文庫蔵『伊勢物語聞書』の奥書に「栗種斎　正益」と署名があることから、「栗種斎」の号が知られている。同じ奥書は、架蔵『伊勢物語抄』にも存する。拙稿「猪苗代正益奥書『伊勢物語抄（紹巴抄）』の一伝本について」（『広島大学大学院文学研究科論集』第七十四巻　二〇一四年十二月）参照。

付記

本章は、白石理穂子（広島大学大学院文学研究科博士課程前期二〇一二年度修了）と連名で発表した論文をもとにしている（本書巻末「初出一覧」参照）。とりわけ第二節・第三節・第四節・第五節は、白石による礎稿に妹尾が加筆・修正して成稿としたものであることをお断りしておく。

第二章　『源氏外伝』諸本考・序説

はじめに

『源氏外伝』は、江戸前期の儒学者熊沢蕃山（元和五年〈一六一九〉～元禄四年〈一六九一〉）の著になる『源氏物語』の読解・評論の書である。その儒教的経学思想に基づいた物語の論評は、客観的・実証的な文学研究からはほど遠いが、中世以来の師資相承による伝統的な源氏学や国学者の古典研究とは大きく異なる個性的なもので、近世における『源氏物語』享受史上異彩を放っている。後世に大きな影響を与えることはなかったが、蕃山の門人であった中院通茂の『源氏註』には直接的な影響を与え、安藤為章の画期的な源氏評論『紫家七論』にも影響を及ぼすなど、その意義は小さくない。

現存する伝本は多いが、近代になって活字刊行されるまで版行はされず、すべて写本で伝わっている。大きく流布本系と、それより分量の多い異本系の二系統に分けられることが知られているけれども、これまであまり詳しい伝本調査は報告されていない。

筆者は、かつて、『源氏外伝』に注解を加える作業に関わってきた（牛尾弘孝氏との共同作業。「略注『源氏外伝』（その一）～（その十四）」『大分大学教育学部研究紀要』第12巻第1号〈一九九〇年三月〉～『大分大学教育福祉科学部研究紀要』第24巻第2号〈二〇〇二年十月〉）。その過程で、同書の諸本や伝来について関心を持ったので、諸伝本の調査と整理を試みることにした。いまだ多くの伝本のうち一部しか調査しえていないのだが、本章では、ひとまず諸本の伝存状況の概観と、奥書・識語の種類による大まかな分類・整理を行なうこととした。

一　諸伝本の概観

『源氏外伝』の伝存状況を概観するために、まず、『国書総目録』第三巻（一九六五年　岩波書店）の記載を見ると、次のようにある（補訂版に追加・削除なし）。

源氏外伝《げんじがいでん》　四巻四冊　（別）源語外伝・源語評・源氏物語抜書　（類）物語・評論　（著）熊沢蕃山　（成）延宝初年
（写）国会（三十幅七）（三十幅一五・一六）（二冊）・内閣（四冊）（「源氏物語抜書」、三冊）（下、三十幅二）・静嘉（享保五写一冊）（二冊本二部）・宮書（片玉集後集四三―四五）・岡山大池田（二冊）・京大（寛政元写）・京大谷村（寛政二写二巻二冊）・教大（天明四写二冊）（三十幅一五・一六）・実践・清心女大・東大（二冊本二部）（享和・文化頃写一冊）（一冊）・東北大（五巻二冊）・阪大（五冊）・秋田・大阪府石崎（五冊）・岡山県（二冊）・日比谷東京（二冊）・宮城伊達（二冊）・岡山市（延享五写）・刈谷（一冊）・豊橋・尊経（「源語評」、三冊）・正宗（五冊）・無窮神習（「源語外伝」、穂積保佑写二冊）（玉簏二二五）・祐徳（一冊）・陽明（五巻三冊）・旧彰考（二冊）・延岡内藤家（「源語評」、天明八写三冊）(活)国文学註釈叢書一四・国文註釈全書一五・蕃山全集二・三十幅一・源氏物語蕃山抄（昭和一〇）

全部で三十九点の写本が記載されている。次に、『国書総目録』の続編である『古典籍総合目録』第一巻（一九九〇年　岩波書店）を見ると、五点の写本が追加される（ただし、一点は昭和の新写本）。

源氏外伝《げんじがいでん》　四巻四冊　(別)源語外伝・源語評・源氏物語抜書　(類)物語・評論　(著)熊沢蕃山　(成)延宝初年

(写)国文研初雁（「源氏外傳」、昭和四西下經一写　二冊　岡山市立図書館蔵本の写）・新潟大佐野（「源語外傳」上下　二冊）・今治河野美術館（天明四高昶写　一冊）・弘前（乾存　一冊）・黒羽町作新館（「源語評」天地人　天明八小竹居士写　三冊）

さらに、国文学研究資料館の「日本古典籍総合データベース」により検索すると、二〇一八年九月現在、『国書総目録』『古典籍総合目録』に掲出されたもの以外に、次の十三点が掲げられている（仮に通し番号を付した）。

①源氏外傳、東海大桃園、桃一〇―一〇、写、二冊、二六・四×一八・七㎝
②源氏外傳、東海大桃園、桃一〇―一一、写、一二三丁、一冊、二三・一×一六・三㎝
③源氏外傳、東海大桃園、桃一〇―一二、写、二冊、二六×一八・八㎝
④源氏外傳、東海大桃園、桃一〇―一三、写、二冊、二三・八×一六㎝
⑤源氏外傳、東海大桃園、桃一〇―一四、写、二冊、二七・二×二〇㎝

⑥源氏外傳、東海大桃園、桃一〇―一五、写、三冊、二七・三×一八・八㎝
⑦源氏外伝、早大服部、イ一七―六八五、写、一冊、大
⑧源氏外傳、龍谷大写字台、九一三・三六―一四三―二、写、〔江戸〕、二冊
⑨源氏外伝、安田女大稲賀、イナガ／A―〇〇六五、稲賀文庫、写、二冊、二三・四×一七・〇㎝
⑩源氏外伝、安田女大稲賀、イナガ／A―〇〇六六、稲賀文庫、写、二冊、二六・八×一九・七㎝
⑪源氏外伝、高知大小島、九一三・三六―〇一―一～四、写、四冊
⑫源氏外傳、山形短大貴重図書、三六九―六―四、写、五冊
⑬源氏外傳、相愛大春曙、九一三・三六―K一　春一七五、写、三冊、二六・七×一八・五糎、五一、四三、四七丁

①～⑥の六点は池田亀鑑氏旧蔵本で、『桃園文庫目録』上巻（一九八六年　東海大学附属図書館）に記載がある。⑦は服部南郭の子孫元文氏の寄贈本で、早稲田大学図書館蔵の特殊コレクションのひとつ。⑨・⑩は稲賀敬二氏旧蔵本で、『安田女子大学図書館所蔵　稲賀文庫図録』（二〇一六年　安田女子大学図書館）に掲載されている。⑪は高知大学附属図書館所蔵の小島祐馬旧蔵本で、『小島文庫目録』（一九八七年　高知大学図書館）に載る。⑬は田中重太郎氏旧蔵本で、『春曙文庫目録（和装本編）』（一九九三年　相愛大学・相愛女子短期大学図書館）に収載されている。
「日本古典籍データベース」には見えないが、早稲田大学図書館が所蔵する中野幸一氏旧蔵の「九曜文庫」に四本存在することが「早稲田大学図書館文庫目録」第二〇輯『九曜文庫目録』（二〇一二年　早稲田大学図書館）から知られる。記載情報を略記して示す。

133　源氏外傳　　　　　　　　　Ａ一二四
　　平勝堂（写）、寛政二年〔一七九〇〕　一冊　二六・五×一八・四㎝
　　桐壺—藤裏葉

134　源氏外傳　　　　　　　　　Ａ一二一
　　守田元興（写）、文政五年〔一八二二〕　一冊　二四・三×一六・四㎝
　　識語書名「源氏物語抄」
　　〈奥書〉享保五年堯臣、延享元年湯元禎、寛政六年今井美政　横地石太郎旧蔵

135　源氏外傳　巻之一—五　　　Ａ一二二（一—五）
　　写、［江戸中期］　五冊　二六・八×一八・六㎝　桐壺—藤裏葉

136　源氏外傳　上、下　　　　　Ａ一二三（一—二）
　　写、［江戸中期］　二冊　二五・二×一七・一㎝
　　識語書名「源氏物語抄」　桐壺—藤裏葉

これに加えて、架蔵の一本も紹介する。

写本一冊。外題「源氏外傳　全」。内題「源氏外傳」。薄茶色無地紙表紙。楮紙袋綴。縦二三・六㎝×横一六・七㎝。一面十二行書き。巻首に、寛政二年（一七九〇）七月二十五日の平勝定による識語あり。「高橋氏圖書印」

印。

これらをもとに、各文庫・図書館の目録記載の情報も加えて、諸伝本を列挙してみる（〈　〉内は所蔵者の整理番号）。

1　国会図書館蔵本Ａ（「三十幅」第七冊）一冊〈一二三―一二三〉
2　国会図書館蔵本Ｂ（「三十幅」第一五・一六冊）二冊
3　国会図書館蔵本Ｃ　二冊〈一四五―一五七〉
4　国立公文書館内閣文庫蔵本Ａ（校正本）四冊〈二〇三―四四〉
5　国立公文書館内閣文庫蔵本Ｂ（外題「源氏物語抜書」）三冊〈二〇三―一九〉
6　国立公文書館内閣文庫蔵本Ｃ（下巻のみ。「三十幅」第二冊、伊東祐膺写）一冊〈二一七―一九〉
7　静嘉堂文庫蔵本Ａ（享保五年写）一冊〈五一三・一〇・二二一六九〉
8　静嘉堂文庫蔵本Ｂ　二冊
9　静嘉堂文庫蔵本Ｃ　二冊
10　宮内庁書陵部蔵本（藍川員正恭輯「片玉集」後集・第四三～四五冊、外題「熊澤先生源語評」）三冊〈四五八―一〉
11　岡山大学付属図書館池田家文庫蔵本　二冊〈九一三・三・一三〉
12　京都大学蔵本Ａ（寛政元年写）一冊
13　京都大学谷村文庫蔵本（寛政二年写）二巻二冊
14　筑波大学付属図書館蔵本Ａ（天明四年写）二冊〈ル―一二〇―六一〉

15　筑波大学付属図書館蔵本B（「三十幅」第一五・一六冊）二冊
16　実践女子大学黒川文庫蔵本　四冊（文政十一年花雁園奥書、明治三十七年黒川真道奥書）〈八六（旧番号八五）〉
17　ノートルダム清心女子大学黒川文庫蔵本　四冊〈黒G二〇一〉
18　東京大学蔵本A　二冊（国文研究室蔵、寛政二年平勝定序）〈中古三二・八・二九〉
19　東京大学蔵本B　二冊
20　東京大学蔵本C（享和・文化頃写）一冊
21　東京大学蔵本D　一冊
22　東北大学蔵本　五巻二冊
23　大阪大学蔵本　五冊〈五〇五〉
24　秋田県立秋田図書館蔵本　四冊（外題「熊澤氏源語評」）〈七—一九五〉
25　大阪府立中之島図書館石崎文庫蔵本　五冊
26　岡山県立図書館蔵本　二冊〈特九一四—一二〉
27　東京都立中央図書館東京誌料蔵本　二冊〈四五七四—五〉
28　宮城県図書館伊達文庫蔵本　二冊〈三六—ケ六〉
29　岡山市立中央図書館蔵本　二冊（もと三冊本の中巻を欠くもの）〈〇九九・一三・Y〉
30　刈谷市立図書館村上文庫蔵本　一冊〈一〇三六〉
31　豊橋市立図書館蔵本　四冊〈和九一三・三六—一三〉
32　尊経閣文庫蔵本（外題「源語評」）三冊〈三四五—一二〉

33　正宗文庫蔵本（外題「源語外傳」。天明四年奥書）　二巻五冊〈上西・ウ四―一〇七八〉
34　無窮会神習文庫蔵本Ａ（外題「源語外伝」、穂積保佑写）　二冊
35　無窮会神習文庫蔵本Ｂ（「玉篋」第二二五冊）　一冊
36　祐徳稲荷神社中川文庫蔵本　一冊〈六―二一―一―一二七〉
37　陽明文庫蔵本（外題なし）　五巻三冊〈近ケ―一二〉
38　旧彰考館文庫蔵本　二冊（ただし、戦災で焼失した本の由）
39　延岡内藤家蔵本（外題「源語評」、天明八年写）　三冊
40　国文学研究資料館初雁文庫蔵本（外題「源氏外傳」、昭和四年西下経一写、29岡山市立中央図書館蔵本の写し）　二冊
（もと三冊本の中巻を欠くもの）〈一二・五六一・一・二〉
41　新潟大学付属図書館佐野文庫蔵本（外題「源語外傳」）　二冊〈三一―二四〉
42　今治市河野美術館蔵本（天明四年高昶写）　一冊〈二四一―二三五〉
43　弘前市立弘前図書館蔵本（乾のみ、坤欠）　一冊〈Ｗ九一三・三・二七〉
44　大田原市（旧黒羽町）作新館蔵本（外題「源語評」、天明八年小竹居士写）　三冊〈Ａ―九〉
45　酒田市立光丘文庫蔵本　三冊〈七五八〉
46　永井義憲蔵本　一冊
47　盛岡市中央公民館蔵本　一冊〈六一四〉
48　佐賀県立図書館鍋島文庫蔵本Ａ　一冊（寛保四年維国奥書、文化六年志賀親信奥書）〈鍋九九一・二一六五〉
49　佐賀県立図書館鍋島文庫蔵本Ｂ　五冊〈鍋九九一・二一五〇〉

50　東海大学付属図書館桃園文庫蔵本A　二巻二冊（寛政二年平勝定奥書）〈桃一〇・一〇〉
51　東海大学付属図書館桃園文庫蔵本B　二巻一冊（享保五年堯臣奥書、延享元年湯元禎奥書他）〈桃一〇・一一〉
52　東海大学付属図書館桃園文庫蔵本C（外題・内題ともなし。寛保四年石維国奥書、文化六年志賀親信奥書他）二冊〈桃一〇・一二〉
53　東海大学付属図書館桃園文庫蔵本D（外題なし、扉題「源語外傳」。寛政二年平勝定奥書）二巻二冊〈桃一〇・一三〉
54　東海大学付属図書館桃園文庫蔵本E　二巻二冊〈桃一〇・一四〉
55　東海大学付属図書館桃園文庫蔵本F　三巻三冊〈桃一〇・一五〉
56　早稲田大学図書館服部文庫蔵本　一冊〈イ一七―六八五〉
57　龍谷大学写字台文庫蔵本　二冊〈九一三・三六―一四三―二〉
58　安田女子大学図書館稲賀文庫蔵本A　二冊〈イナガ／A―〇〇六五〉「夢庵文庫」旧蔵
59　安田女子大学図書館稲賀文庫蔵本B　二冊（もと四冊のうちの第一・三冊）〈イナガ／A―〇〇六六〉「本山文庫」旧蔵
60　高知大学附属図書館小島文庫蔵本　四冊〈九一三・三六―〇一―一～四〉
61　山形短期大学附属図書館（貴重図書）蔵本　五冊〈三六九―六―四〉
62　相愛大学図書館春曙文庫蔵本　三冊〈九一三・三六一K1〉
63　早稲田大学図書館九曜文庫蔵本A　一冊〈A一二四〉
64　早稲田大学図書館九曜文庫蔵本B　一冊〈A一二一〉

65　早稲田大学図書館九曜文庫蔵本C　五冊〈A一二二〉
66　早稲田大学図書館九曜文庫蔵本D　二冊〈A一二三〉
67　架蔵本　一冊

これらの他にも、池田亀鑑編『源氏物語事典』（一九六〇年　東京堂出版）下巻所収「註釈書解題」（大津有一執筆）によれば、徳島光慶図書館蔵本（戦後焼失か。「阿波国文庫」印のある50桃園文庫B本に該当か）・久松潜一博士蔵本・上野図書館蔵本（3国会図書館C本が該当か）などの存在が記されており、さらに公私の文庫や個人の所蔵になる伝本も少なからず存することと思われる。

以上のように、現在管見に入るだけで六十数点の写本の伝存が知られるのである。以下、各伝本に言及する際には、通し番号を付して略称で呼ぶことにする。

二　冊数と巻の編成

『国書総目録』や『古典籍総合目録』などは『源氏外伝』の巻冊を「四巻四冊」としているが、実際の諸伝本の状況は、一冊本・二冊本・三冊本・四冊本・五冊本とまちまちである。その中では上・下二冊本の形態がもっとも多く、後述のごとく一冊本の中にも明らかに二冊本を合冊したと見られるものがいくつもある。四巻四冊で代表させているのは、近代になって流布した「国文註釈全書」本（一九一〇年　國學院大學出版部）と「国文学註釈叢書」本（一九三〇年　名著刊行会）がともに春・夏・秋・冬四巻の形態を取っているためであろうか。「国文註釈全書」本は、その「緒言」によれば、「内閣文庫本ニヨリ松井簡治氏所蔵写本ヲ以テ校合セリ」とあるので、四冊本の4内閣文庫A本を底本とし、7静嘉堂文庫A本で校合したものと知られる。「国文学註釈叢書」本の底本は不明だが、「国文註釈全書」本と全く同じ形態であり、本文もほとんど異なるところがない（奥書も完全に一致する）。また、詳しくは後述するが、「各本の識語を総合すると、蕃山が執筆した五十四巻を中院通茂が整理して五巻とし、さらにそれを四巻にしたのが現在流布するにいたったとする」（伊井春樹編『源氏物語　注釈書・享受史 事典』〈二〇〇一年　東京堂出版〉）というような流布本成立の経緯が考えられていることから、四巻四冊を本来の形態と認めたのかも知れない。

しかしながら、現存の諸伝本で四冊本の形態を有するのはむしろまれで、先に掲げた六十七本の中では、4内閣文庫A本の他に、16実践女子大黒川文庫本（4内閣文庫本A本を写したものかという）、17清心女子大本、24秋田図書館本、31豊橋市立図書館本の四本があるだけである。「国文註釈全書」本によれば、4内閣文庫A本は、春（序・桐壺～夕顔）・夏（若紫～花宴）・秋（葵～須磨㈠）・冬（明石㈠～明石㈡）という巻編成である（須磨・明石両巻は、通常二度にわたって扱われているので、仮に前のを「須磨㈠」「明石㈠」、後のを「須磨㈡」「明石㈡」と呼んで区別することにする）。ところが、24秋田図書館本は同じ春・夏・秋・冬の四冊から成るものの、春（序・桐壺～帚木途中）・夏（帚木途中～末摘花）・秋（紅葉賀～須磨㈠途中）・冬（須磨㈠途中～藤裏葉）という変則的な編成で、須磨㈡・明石㈡を欠く。これは、この編成が本来のものではなく、二冊本か三冊本かを便宜的に四分冊に仕立て直したものであることを示すであろう。なお、同本は、冬巻の冒頭に須磨㈡の最終項目にあたる記事を二項目に分ける形で載せている。他本からの混入または増補であろう。他の三本については、今のところ各冊の編成等は未見である。

三冊本は、5内閣文庫B本・10書陵部本・32尊経閣本・37陽明文庫本・39内藤家本・44作新館本・45光丘文庫本・55桃園文庫F本がそれにあたる。このうち、32尊経閣本・39内藤家本・44作新館本の三本はいずれも外題が「源語評」

とある。これら三本は未見だが、おそらく同類の本であろう。10書陵部本も外題が「熊澤先生源語評」とあるから、やはり同類の本と見なせそうである。この本は津村淙庵（藍川）の編纂した一大叢書「片玉集」の後集に所収されたもので、巻四十三（序・桐壺〜夕顔）・巻四十四（若紫〜榊）・巻四十五（須磨㈠〜明石㈠）という三巻の編成である。須磨㈡・明石㈡を欠く。そして、第三冊の須磨巻末尾に、「或云源氏は朧月夜内侍かみの事によせてかくなり給へは罪なしともいひかたかるへきか…（中略）…いんきんに下らうほと無礼おほし是時代のかはり故か」という約三丁半にわたる独自本文がある。実は、これと同じ記事が四冊本の24秋田図書館本にもあり、須磨㈡・明石㈡両巻の記事を欠くこととあわせて共通点が多く、同類の本と見られる。55桃園文庫F本は、外題・巻首の内題とも「源氏外傳」とあるが、内題の脇に「舊名源語評熊澤子著編」とあって、ここにも「源語評」の名が見える。巻構成は、天（序・桐壺〜若紫）・地（末摘花〜須磨㈠）・人（明石㈠〜藤裏葉）で、これも須磨㈡・明石㈡の記事を欠く。巻構成は異なるけれども、10書陵部本に近い形態の本である。

6内閣文庫C本は外題が「源氏物語抜書」とあり、特殊な異称を付された三冊本である。巻の構成は、第一冊（序・桐壺〜夕顔）・第二冊（若紫〜葵）・第三冊（澪標〜明石㈡）で、第二冊と第三冊の間に榊〜明石㈠の記事を欠くので、もと四冊本のうち第三冊を欠いたものと考えられる。同本には須磨㈡・明石㈡に独自本文が見られる。37陽明文庫本は、外題がなく、巻首に「源氏外傳巻之上（中・下）」とある。構成は、上巻（序・桐壺〜夕顔）・中巻（若紫〜葵）・下巻（榊〜明石㈡）となっている。

なお、29岡山市立中央図書館本は、二冊本ではあるが、上巻（序・桐壺〜夕顔）・下巻（須磨㈠〜明石㈡）という構成で、若紫〜榊を欠く。おそらく、本来は10書陵部本と近い巻編成になる三冊本であったもののうち中巻一冊を欠く零本であろう。この本は中国銀行頭取であった公森《きみもり》太郎氏の旧蔵書で、「山田文庫」「麗藻圃」の印と「三門文庫」のラベルを有する。もとは漢詩人として知られる山田方谷（文化二年〈一八〇五〉～明治十年〈一八七七〉）の手沢本と見られる。『国書総目録』には「延享五写」とあるが、延享五年（一七四八）の書写を示す奥書はなく、末尾に延享元年（一七四四）の湯元禎（湯浅常山）の奥書のある本である。40初雁文庫本は、西下経一氏がこの本を昭和四年（一九二九）に写した新写本である。巻末に付された西下氏の識語には、「この本と同じ奥書のある写本を山陽新聞の野田氏蔵する由」「廣島高師本は湯元禎の奥書あり」云々とあって、他の二伝本の存在にも言及している。しかし、目下両本とも所在が知られない。広島高師本は戦災で焼失したのであろう。三冊本のひとつである45光丘文庫本については、次節で述べる。

次に、五冊本は、23大阪大学本・25石崎文庫本・33正宗文庫本・49鍋島文庫B本の四本がこれにあたる。49鍋島文庫B本の巻編成を記すと、第一冊（序・桐壺～帚木）・第二冊（空蟬～末摘花）・第三冊（紅葉賀～葵）・第四冊（榊～明石㈠）・第五冊（澪標～明石㈡）である。33正宗文庫本は『蕃山全集』本の底本とされたものだが、二巻五冊の編成で、上天（序・桐壺～夕顔途中）・上地（夕顔途中～若紫）・上人（末摘花～葵）・下乾（榊～明石㈠途中）・下坤（明石㈠途中～明石㈡）となっており、もともとは葵までを「巻之上」、榊以降を「巻之下」とする（第一・第四冊冒頭に内題がある）二巻構成で、便宜上、上巻を三冊、下巻を二冊に分冊したものと見られる。なお、第一冊には、空蟬・夕顔巻に親本以前からのものと見られる錯簡と一部本文の重複が存する。23大阪大学本・25石崎文庫本の二本は未調査である。

さて、最も一般的な二冊本の場合も、どこで分けられているかによって、いくつかの種別がある。たとえば、11池田家文庫本と58稲賀文庫A本は、上（序・桐壺～末摘花）・下（紅葉賀～明石㈡）、14筑波大学A本は、上（序・桐壺～若紫）・下（紅葉賀～明石㈡）、26の岡山県立図書館本・50桃園文庫A本・53桃園文庫D本は、上（序・桐壺～紅葉賀）・下（花宴～須磨㈡）、41佐野文庫本・52桃園文庫C本・54桃園文庫E本は、上（序・桐壺～葵）・下（榊～明石㈡）というように、かなりまちまちである。一冊本であっても、42河野美術館本は、巻首・巻尾題があって、上（序・桐壺〜葵）・下（榊〜明石㈡）の二冊本を合冊したものと知られ、51桃園文庫B本も冒頭に桐壺〜葵、榊〜明石㈡と分けた目録を置くので、同様の二冊本を合冊したものであること明らかである。48鍋島文庫A本も、葵巻の後に奥書を有しており、やはり同じ編成の二冊本の合冊である。7静嘉堂文庫A本にも、葵巻のあとに白紙が一丁あって、そこがもとは巻の切れ目であったことがわかる。また、46永井本と47盛岡公民館本、そして67架蔵本は、紅葉賀末尾で改丁（47は遊紙二丁をはさむ）していて、そこが本来上下二巻の分かれ目であったことがわかる。なお、43弘前図書館本は葵巻までの零本であるから、二冊本の上巻である。これまで調査しえた一冊本で、合冊の形跡が見られないのは、30村上文庫本のみと言ってよく、ほとんどが本来二冊本の合冊本なのである。

以上のような状況であるから、『源氏外伝』の巻数を代表させるなら二巻とすべきで、冊数は不定だが、あえて言うなら、最も一般的な二冊本で代表すべきだろう。したがって、『国書総目録』などに「四巻四冊」とあるのは、「二巻二冊」とするのがよかろうと思われる。

ところで、ここで、「三十幅《みそのや》」本について触れておく。1国会図書館A本・2国会図書館B本・6内閣文庫C本・15筑波大B本がこれに属する写本である。「三十幅」は、大田覃（南畝）が編纂した叢書である（享和三年〈一八〇三〉序）。大正六年（一九一七）に国書刊行会から四冊本として活字刊行されるまで版行されず、いくつかの写本が伝わっている。その巻十五・十六の二巻が「源氏外傳上（下）」にあてられているのである。上巻（序・桐壺〜葵）・下巻（榊〜明石㈡）の巻構成である。寛政四年（一七九二）の大田覃の奥書がある。2国会図書館B本と15筑波大B本が二冊本の写本であり、1国会図書館A本はその合冊本、6内閣文庫C本は下巻のみの零本ということになる。なお、活字本「三十幅」は、昭和十四年（一九三九）に大東出版社から覆刻されている。

三　流布本系と異本系

『源氏外伝』に、通常の流布本の他に、それよりもかなり分量の多い異本系統の本が存在することが、早くに報告されている。すなわち、石崎又造氏が、神山閏次氏蔵本を翻刻して解説を加えた『源氏物語蕃山抄』（一九三五年　巧藝社）の刊行と、『文学』第四巻・第七号（一九三六年七月）に発表された論文「異本源氏外傳の發見と流布本外傳の識語に就いて」である。前者の解説によれば、神山本は、上・下二冊の写本で、題簽は剝落して判読不能。小口に「源氏抄」とある由で、『源氏物語蕃山抄』というのは石崎氏が仮に付けられた書名である。この本は、流布本に比して項目数が二十数条多く、引用された『源氏物語』本文や評語の文章も、流布本より分量が多くなっている。流布本にない胡蝶巻の記事があるのも特色である。また、榊巻の第一項目の評語の途中から第二項目の見出しまでを脱落し、多くの本でその第二項目の見出しを直前の葵巻の末尾に混入するという、流布本に共通する混乱が存在しないという特色がある。上巻（序・桐壺～葵）、下巻（榊～藤裏葉）という巻構成で、須磨㈡・明石㈡を明石㈠の後に置き、下巻冒頭の榊の後が、須磨㈠・明石㈠・須磨㈡・明石㈡という順になっているのも大きな特徴である。この異本は、流布本の形態を増補・改訂したものと考えることもできそうだが、石崎氏は、そうではなく、流布本はこの異本を簡約・校訂したものと考えておられる。

この神山本と同系統の本に、京都大学図書館所蔵の『源氏御抄』（中院家旧蔵）があることを石崎氏は指摘され、校合に用いておられる。同書については、それより少し早く重松信弘氏が論文「中院家と蕃山との源氏学」（『文学』第二巻・第九号（一九三四年九月））で紹介しておられ、流布本『源氏外伝』との関係については、やはり「明かに外傳に誤脱又は簡約の手を加えたと思われるものがあって、御抄が外傳に増補したものではないらしい」と述べておられる。この本は、明石㈠で終わっていて澪標以下の記事がなく、後半約五分の二を欠く零本である。

前掲大津有一氏の「注釈書解題」(『源氏物語事典』下巻所収)によれば、「神山氏蔵本は、今は東京大学図書館へ入った」とあるので、神山本は東京大学附属図書館現蔵であるようだ。これと京都大学附属図書館中院文庫蔵『源氏御抄』の二点が異本系統の『源氏外伝』とされているのであるが、先に掲げた『国書総目録』にはどちらの本も載せられていないようである。この二点は、いまだ実見の機会を得ていないが、ともに重要な伝本としてリストに加える必要がある。

ところが、実は、異本系統の『源氏外伝』はこの二本だけではなく、先に列挙した諸伝本の中にも存在するのである。

ひとつは、45光丘文庫本である。同本は、三冊本で、上(序・桐壺)・中(末摘花~須磨㈠)・下(明石㈠~藤裏葉)の構成であり、須磨㈡・明石㈡は明石㈠の後に置かれている。『源氏物語蕃山抄』の本文と比較するに、巻序の一致のみならず、流布本にない独自項目はすべて備えており、榊巻冒頭の項目における脱落もない。明らかに同系統の本である。各冊とも、外題・見返し題に「源氏外傳　上(中・下)」とあって、流布本系で最も一般的な書名と同じである。

もうひとつは、59稲賀文庫B本である。同本は、外題に「源語外傳　上(下)」とある二冊本で、巻首に「本山文庫」の朱印がある。上(序・桐壺~夕顔)・下(榊~明石㈠)の構成で、若紫~葵と澪標以下を欠く。背小口に「源氏外伝　二冊ノ上(下)」とあるので、早くから二冊本として扱われてきたようだが、おそらく本来四冊本の第一冊と第三冊にあたる零本と思われる。この本も、下巻冒頭の榊巻の第一項目には流布本に共通してみられる脱落を持たない他、『源氏物語蓍山抄』の独自項目をすべて有している。明らかに異本系統の本である。第二冊（若紫～葵）と第四冊（須磨㈡～藤裏葉）の二冊は早くに失われたものと見られるが、場合によっては親本段階ですでにこの形になっていたのかも知れない。

この二本を加えて、現段階で、異本系統と認められる本は、

〔1〕東京大学附属図書館蔵神山閏次旧蔵本
（二巻二冊・小口書「源氏抄」）

〔2〕京都大学附属図書館蔵中院文庫本
（一巻一冊・外題「源氏御抄」）

〔3〕酒田市立光丘文庫蔵本
（三巻三冊・外題「源氏外傳」）

〔4〕安田女子大学図書館稲賀文庫蔵本B
（二巻二冊・外題「源語外傳」）

の四本ということになる。〔4〕の稲賀文庫B本はもと四冊本の第一冊・第三冊と見られるから、異本系の本も、一冊本・二冊本・三冊本・四冊本と、冊数はさまざまであることがわかる。ただし、〔2〕の中院本は明石㈠までで須磨㈡・明石㈡と澪標以下を欠いているから、完全な本ではない。中院本は、想定される稲賀文庫B本の原形である四冊本の第三冊までに一致する。したがって、中院本は四冊本のうち第四冊を失ったものを写して一冊としたものかと

考えられる。あるいは稲賀文庫B本（またはその親本以前の本）は、中院本と同一形態の本を三冊本として書写し、その第二冊が失われたものである可能性もあるであろう。

従来二点とされてきた異本系統の本が、二点加わって四本存在することが明らかになった。これら各本の本文を詳しく比較調査して、より原形に近い本文を持つ本がどの本であるかを検討する必要があるが、流布本系統の本文との関係の考察も含めて、今後の課題としたい。

四　諸伝本の奥書（一）――内閣文庫本の奥書――

さて、『源氏外伝』の流布本系諸伝本は、多く何段階にもわたる奥書ないし識語を有しており、その伝来の経緯を知る手がかりになる（異本系統の本には奥書・識語は存しない）。以下、代表的な奥書・識語を掲げてその内容を考察し、あわせて伝本の分類を試みる。

まず、多段階の奥書・識語を有する例として、4内閣文庫A本のものを掲げる（私に句読点を付し、番号と墨・朱の別を示した）。

源氏物語抄五巻、熊沢氏作也。全部五十四巻各抄出也。
○中院前内府通茂撰之五巻となせり。全部抄は今出納大蔵方に存也。
○五巻を今合して四巻とす。（Ⅰ・墨）

源氏物語抄五巻、熊沢氏所作也。曽聞、全部五十四巻各抄出之。中院前内相公通茂潤色之。且擇切於時事者、為五冊也。全部抄者今出納大蔵函蔵之。乃各冊内相自以朱批校之本云。以執斎之本敬写畢。

享保庚子夷則初九　　　　　　　　　　　　堯　　臣（Ⅱ・朱）

右源氏外伝、得諸丹波国篠山松崎神童之所。

延享元年甲子夏五月廿七日　　　　　　　　湯　元　禎（Ⅲ・朱）

天明戊申仲秋七　　　　　　　　　　　　小竹居士収焉（Ⅳ・朱）

余聞熊沢子源氏外伝久矣。偶見根公詢許、処々借而謄写。徂徠嘗推古今人才焉。今読之愈滋嘆。其識高出人意表。若玩源語者、読之、其益非浅小也。但体裁非外伝。考之、跋中乃非旧称。欲更名曰源語評。

于時天明戊申杪冬　　　　　　　　　　　兎道山樵愷識（Ⅴ・朱）

右源氏外伝、はしめよりわかなの下にいたる。大関括嚢翁蔵本をもて、かたはら朱書の校合并朱跋うつし畢ぬ。且あかしより末紙の墨跋ともに括翁の蔵本にもれ侍りぬ。

于時文政十一のとし卯月初八日　　　　　　花　鴈　園（Ⅵ・墨）

すなわち、次のような六段階の奥書（以下、奥書・識語の類を原則として「奥書」と呼ぶ）が存する。

（Ⅰ）年時不記・無署名奥書
（Ⅱ）享保五年（一七二〇）七月九日・堯臣奥書
（Ⅲ）延享元年（一七四四）五月二十七日・湯元禎（湯浅常山）奥書
（Ⅳ）天明八年（一七八八）八月七日・小竹居士奥書
（Ⅴ）天明八年（一七八八）十二月・兎道山樵愷奥書
（Ⅵ）文政十一年（一八二八）四月八日・花雁園奥書

（Ⅱ）～（Ⅴ）は朱書で、（Ⅵ）によれば「大関括囊翁蔵本」にあった奥書を写したものである。（Ⅰ）には年時も署名もないが、内容的には（Ⅱ）とほぼ同じことを記している。

（Ⅰ）と同内容の奥書を持つ本に、14筑波大Ａ本がある。同本には、

源氏物語抄五巻、熊澤氏作也。全部五十四巻各抄出之。
中院前内府道茂撰之五巻となせり。全部抄ハ今出納大蔵方に有之。
五巻を今合して二巻とす。
天明四年歳次甲辰
秋八月上浣

窓邨龍翁寫之

とある。（Ｉ）の奥書の末尾「五巻を今合して四巻とす」の「四」を「二」に替えて、天明四年（一七八四）八月の年時と「窓邨龍翁」という署名をしている。他に、37陽明文庫本にも（Ｉ）に近い奥書がある。「全部抄は今出納大蔵方に有之」に続けて「各冊内相朱にて校批之本也。○右五巻今合して三巻となせり。則熊澤家の書を以写し故、仍而書写の誤り他本よりすくなく、秘書たるへし」とある。「熊澤家の書」には、年時・署名のない（Ｉ）の奥書に、後に触れる堯臣の奥書の一部がまじった形の奥書があったことになる。さらに、43弘前図書館本には、「小橋藤三衛所蔵本奥書抄出左の如し」として年時・署名のない（Ｉ）の奥書（末尾の「五巻を今合して四巻とす」を除く）を記している。58稲賀文庫Ａ本にも同じ奥書があり、続けて「○五巻を今合して二巻とす」とある。そして、11池田家文庫本には、同じ奥書に続けて「各冊内相朱にて校批之本也○五巻を今合して二巻とす」とあり、丁を改めて「明和七寅春謄写之　土經平」とあって、五巻を合わせて二分冊としたことを記して、明和七年（一七七〇）春の年時と「土經平」の署名がある。「土經平」は、岡山藩士で歴史学者の土肥経平（宝永四年〈一七〇七〉～天明二年〈一七八二〉）で、『源氏花鳥芳囀』などの著書がある。同本の表紙には「土肥遺書」のラベルがあり、経平書写本そのものと見られる。

このように、（Ｉ）と同じ形の奥書のみを有する本もかなり存するようであるが、末尾の一文「五巻を今合して四巻とす」の「四巻」の部分は、書写本の冊数に応じて自在に変えられている。したがって、４内閣文庫Ａ本の奥書を根拠に四冊本を『源氏外伝』の本来の形態と見なすのには無理があろう。

（Ⅱ）の堯臣の奥書は最も一般的な奥書であり、多くの本が有している（7静嘉堂Ａ本と17清心女子大本は、この堯臣の奥書のみを持つ。55桃園文庫Ｆ本もこの奥書のみだが、年時と署名を欠く）。これは、『源氏外伝』成立の経緯を語っているため重要な資料とされる奥書である。「堯臣」は、丹波篠山の藩儒であった松崎観瀾（天和二年〈一六八二〉～宝暦三年〈一七五三〉）。享保五年（一七二〇）は三十九歳。記されている内容は、「源氏物語抄」五巻は熊沢氏（蕃山）の著作であること、もとは五十四巻すべての抄出であったが、中院前内大臣通茂が潤色し、時事に切なるものを選んで五冊としたこと、全部の抄は現在出納大蔵のもとに保管されていること、それは全冊とも通茂が自ら朱で校合した本であること、（（Ⅰ）によれば、五巻を合わせて四巻に編集したこと、）執斎の本をもって書写したこと、である。中院通茂（寛永八年〈一六三一〉～宝永七年〈一七一〇〉）は、『岷江入楚』の著者中院通勝の曾孫で、蕃山を道の師とした。『源氏註』五十三冊（京都大学中院文庫蔵）・『源氏物語講釈』五十四冊（宮内庁書陵部蔵）の著書がある。「出納大蔵」は、蕃山の五女さきの夫になった平田職直《もとなお》（慶安二年〈一六四九〉～寛保二年〈一七四二〉）。「執斎」は、江戸（明倫堂）の儒者三輪希賢（寛文九年〈一六六九〉～寛保四年〈一七四四〉）。通茂について和歌を学んだ。享保五年（一七二〇）は五十二歳。蕃山が『源氏物語』五十四帖すべてに注を付け、それを通茂が潤色したという記事については、これを疑う重松信弘氏（「中院家と蕃山との源氏学」『文学』第二巻・第九号〈一九三四年九月〉、「源氏外伝と中院通茂の源氏註に就いて」『国語・国文』第七巻第九号〈一九三七年九月〉）と、石崎又造氏（「異本源氏外伝の発見と流布本外伝の識語に就いて」『文学』第四巻・第七号〈一九三六年七月〉）との間で論争が展開された。

（Ⅲ）の湯元禎（湯浅常山）の署名のある奥書を持つ本も多い。湯浅常山（宝永五年〈一七〇八〉～天明元年〈一七八一〉）は、岡山藩の儒学者。服部南郭・太宰春台門。延享元年（一七四四）は三十七歳。常山は、『源氏外伝』を「丹波国篠山松崎神童之所」から得たという。「松崎神童」とは、堯臣の子松崎観海（享保十年〈一七二五〉～安永四年〈一七七五〉）のこと。太宰春台・高野蘭亭門。延享元年（一七四四）には二十歳。十三歳で父に従い江戸に出て春台に入門したというから、丹波篠山では神童の名をほしいままにしていたのであろう。観海のもとから得た本というのはおそらく父堯臣書写本であろうから、(Ⅵ) の奥書にある「大関括囊翁蔵本」がそうであるように、この常山の奥書を持つ本は本奥書として堯臣の奥書も持つはずである(29岡山市立中央図書館本などが両奥書のみを持つ本である)。

(Ⅳ) の天明八年(一七八八)八月「小竹居士」の奥書と(Ⅴ) の同年十二月「兎道山樵愷」の奥書とは、ほぼ同時期に記されたものである。「小竹居士」とは誰か。「小竹」と言えば、大坂の儒者篠崎小竹(天明元年〈一七八一〉~嘉永四年〈一八五一〉)が著名だが、天明八年(一七八八)にはまだ八歳なので、時代が合わない。「兎道山樵愷」は、宇治の出身で江戸で儒学を講じた平澤旭山(享保十八年〈一七三三〉~寛政三年〈一七九一〉)のこと。この年五十六歳。名を元愷という。(Ⅳ) は『源氏外伝』収蔵の日を記したものであり、(Ⅴ) は読後の感想であるから、同一人物が記したもののようにも思える。(Ⅴ) によれば、元愷は、早くに聞いていた『源氏外伝』をたまたま「根公询」のもとで見出して借りて写したという。『源氏物語』を愛好する者にとって益するところ少なくない書だと讃えた上で、この書は「外伝」の名に合った体裁になっていないので「源語評」と書名を改めたいという。現存本で「源語評」の書名を持つのは、前述のごとく、10書陵部本・32尊経閣本・39内藤家本・44作新館本である。10書陵部本は、確かに(Ⅱ) ~(Ⅴ) の奥書を有しており、この「兎道山樵愷」の奥書も存在している。これらの本は、この奥書のある本の書名を継承したものと言えるであろう。

(Ⅵ) の文政十一年(一八二八)の奥書を記した「花雁園」は、内閣文庫本の書写者と考えられるが、未詳である。「大関括囊翁蔵本」をもって校合して朱で傍書し、朱の跋も写したという。「大関括囊翁」とは、下野黒羽藩主大関増《ます》業《なり》(天明二年〈一七八二〉~弘化二年〈一八四五〉)のことという(正宗敦夫氏「源氏外伝解題」『蕃山全集』第二冊)から、おそらく校合に用いたのは44作新館本であろうと思う。未調査の本だが、『古典籍総合目録』には「天明八小竹居士写」とあり、朱書された(Ⅱ) ~(Ⅴ) の奥書を有していると見られるのである。ただし、(Ⅵ) の奥書に「はしめよりわかなの下にいたる」とあるのは不審であり、「あかしより末紙の墨跋」は（Ⅰ）の奥書を指すかと思われるが、確認できていない。（Ⅳ）の奥書は、16実践女子大学黒川文庫蔵本にもある。

五　諸伝本の奥書（二）――堯臣奥書系統本――

内閣文庫本の奥書のうち、（Ⅱ）の堯臣の奥書と（Ⅲ）の湯元禎の奥書を持つ本が流布本において最も普通に見られることを先に述べた。これに加えて、（Ⅳ）・（Ⅴ）天明八年（一七八八）の「小竹居士」と「兎道山樵愷」の奥書を持つ本が、内閣文庫本の校合に用いられた大関増業蔵本であり、10書陵部本が同じ形態であることも前述した。その10書陵部本は、（Ⅱ）～（Ⅴ）の奥書を記した後に、次のような奥書を置く（私に句読点を付す）。

旭翁恵借了介先生源語評。其言曰、読之令人増顔采矣、余受読一再、不唯令心地清爽、将手舞之足踏之。旭翁之言信矣。輙便手親騰写、以蔵于篋笥。但憾原本多錯、脱字極魚魯。即就本書、粗修其條、傍指摘疑者、以竢善本於他日云。

寛政改元己酉孟夏　　　　吉田桃樹識

寛政元年（一七八九）四月、吉田桃樹の奥書である。桃樹は、吉田雨岡（元文二年〈一七三七〉～享和二年〈一八〇二〉）。江戸の人、幕臣、号時雨園。「旭翁」なる人物から借りた「源語評」を写したものという。「源氏外伝」の書名をふさわしくないとして「源語評」と改めたいと記した「兎道山樵愷」の奥書を持つ本の書写本として、この奥書に「源語評」と記し、外題を「熊澤先生源語評」とするのは実につじつまがあっている。『源氏外伝』を読んで大いに感動した由を記す（Ⅴ）の奥書と、ここに記された「旭翁」の言とはよく似ているので、「旭翁」とは「兎道山樵愷」すなわち平澤旭山を指すことは疑いない。

10書陵部本と同じ奥書を持つ本に、24秋田図書館本がある。外題は「源氏外伝」とあり（目録題には「熊澤子源語評」とある）、四冊本であることなど、10書陵部本と形態は異なるが、前述した本文上の類似に加えて、奥書からも同類の本であることは確かである。なお、10書陵部本には、桃樹の奥書の後に、「片玉集」の編者藍川正恭の長い奥書が存する。引用は略すが、年時は寛政四年（一七九二）八月である。

次に、大田南畝編の「三十幅」本の奥書を見る。昭和十四年（一九三九）大東出版社刊の活字本によって見るに、（Ⅱ）堯臣・（Ⅲ）湯元禎の奥書を記した後に、次のような南畝の奥書を載せる。

源氏外伝二巻、備前井仲籠潜所レ蔵也、上巻倩二義空法師筆一、而下巻則自書、以蔵二于家一、湯之祥元禎所レ謂松崎神童者、吾師観海先生松崎君脩惟時也、時先生歳十二、

寛政四年壬子暮春十一日　大　田　覃識

一覧之余、叨加二朱批一耳、　覃　又識

寛政四年（一七九二）三月十一日付の奥書と、校合終了時の奥書とが記されている。正宗敦夫氏によれば、「井仲籠」は「井仲龍」の誤で、井上四明のことという（前掲「源語外伝解題」）。井上潜四明（享保八年〈一七二三〉～文政二年〈一八一九〉）は、越後の人だが、岡山藩儒井上蘭台の養子となり、岡山藩に仕えた。「義空法師」は伝未詳。南畝は若く

して江戸で松崎観海に入門している。湯浅常山の奥書にいう「松崎神童」とは我が師観海であると誇らしげに言っているが、「時先生歳十二」とあるのは、何を基準に言っているのであろうか。観海十二歳の年は、元文元年（一七三六）である。

堯臣・元禎の奥書に続けて南畝の奥書を持つ本は、「三十幅」の書写本の他に、東京大学附属図書館本があることが報告されている（大津有一氏「注釈書解題」、伊井春樹編『源氏物語　注釈書・享受史　事典』。ともに前掲。ただし、未調査のためA～Dのどの本かは不明）。また、51桃園文庫B本にも同様に堯臣・元禎・南畝の奥書があり、続けて、

右源氏外伝二巻太田氏所蔵也。手自謄写以蔵于家
寛政十有一年己未夏鶉月良辰真崎保長

という、寛政十一年（一七九九）六月の「真崎保長」なる人物の奥書を記す。この本は、扉題の肩に「篤斎叢書」とあり、「阿波国文庫」「不忍文庫」等の印がある二巻一冊の本である（これが徳島光慶図書館旧蔵本かも知れないことは前述した通り）。

次に、『蕃山全集』の底本となった33正宗文庫本の奥書を検討する。同本には、（Ⅱ）の享保五年（一七二〇）堯臣の奥書と、次のような奥書が存する（私に句読点を付す）。

余嘗聞、蕃山先生罷仕在京之日、始采国読之、而至源語。喟然歎曰、本邦王朝之盛、其礼楽之可観者頼有此書。乃為之解、以授亜槐源公通茂云。余心久願得其本頃、偶捜某氏所蔵、見有源公所抄其解之本、而乞得借帰。則家

大人乃為手写以賜余。然所恨、原本校讐未精差、謬頗多。余暇日一過之次、姑（始カ）以愚意訂改。而尚俟它日遇好本考正矣。余雅（雖カ）源語、而又欽先生之為人矧此本出於家大人手謄之賜者乎。謹以珍襲蔵于筐中。家大人時年七十、健実猶能作蠅頭字。

天明四年甲辰冬十月　　高昶拝識

天明四年（一七八四）十月の「高昶」の奥書である。「高昶」は、漢学者で書家としても知られる高安蘆屋（生没年未詳。寛政年間〈一七八九～一八〇一〉没）と考えられる。菅甘谷・中井竹山門。版本の版下の筆を執ることが多かった。蘆屋が某氏のもとで見出した『源氏外伝』は、堯臣の奥書のみを有する本であった。この33正宗文庫本と同様、堯臣と高昶の奥書を有する本に、41佐野文庫本と42河野美術館本がある。42河野美術館本には、高昶の奥書の後に一丁遊紙をはさんで、

此ひとゝちは天保の八とせ長月はかりにうつしをへぬ。よみときかたき處ゝいとさはにて、これはかゝらむなとおもひよれるもあれと、さかしらにあらためむもをこなれは、さて□（虫損）ぬ。後によきを見出たらんとき、ふたゝひ物しつへくなむ。

松隈處

という、天保八年（一八三七）の書写を示す松隈某の奥書がある。したがって、『古典籍総合目録』や『今治市河野信一記念文化館図書分類目録』（一九七四年）にこの本を「天明四高昶写」とするのは、誤りとは言えないが正確でない。

六　諸伝本の奥書（三）――非堯臣奥書系統本――

これまで検討した伝本は、いずれも享保五年（一七二〇）堯臣の奥書またはそれを写した湯元禎の奥書を有する系統の諸本であったが、他に、これらの奥書を持たず、別の奥書を載せる伝本が存在する。次には、それらを検討する。まず、52桃園文庫C本の奥書を見る。

源氏物語抄五巻、熊澤氏之作也。全部五十巻各抄出也。中院前内相通茂撰之て五冊となせり。全部抄は今出納大蔵方に有之。各冊内相朱にて校批之本也。
寛保四年丁卯二月二十五日　　石維国手写（A）

右以備前侯儲君新之允君伝石田鶴右衛門維国蔵書令謄写畢。
文化六年己巳孟秋　　志賀親信（B）

本文と伝と所を失ひ、転雑甚し。欠文あるひは文字の相違一段ごとに多ふして、文義不一貫。故に不可弁知。転写の誤なるへし。依之大略本文と伝とをわかつて、余は本のまゝ写置也。追而源氏の本々を以て可推考のみ。
文化十二十二月廿七日　　佐藤（C）

ふみかつせるとふまりみつのとし写之　　　　　　　　　　　永田　（D）

辰三月十四日、石維国写。禁楽中之歴々手写せし者也。　　　　　（E）

私に（A）～（E）の記号を付したように、五段階から成る奥書である。

（A）は、先に検討した（I）の奥書と酷似しているが、寛保四年（一七四四）二月二十五日の年時と「石維国」の署名がある点が異なる。「石維国」は（B）の奥書に見える「石田鶴右衛門維国」と同じで、石田維国《つなくに》（正徳四年〈一七一四〉～安永三年〈一七七四〉）のこと。岡山藩士。太宰春台門。寛保四年（一七四四）は三十一歳。おそらく、親本にあった奥書を写し、書写年時を記して署名したものであろう。

（B）の文化六年（一八〇九）七月の奥書を記した「志賀親信」は伝未詳である。「備前侯」は岡山藩主池田斉政（安永二年〈一七七三〉～天保四年〈一八三三〉）、その「儲君」の「新之允君」は、池田斉輝（寛政九年〈一七九七〉～文政二年〈一八一九〉）である。池田家の嫡子であり、将軍家斉に認められていたが、家督を継ぐ前に二十三歳で夭折した。文化六年（一八〇九）はまだ十三歳であった。この本は、備前侯儲君が石田維国に伝えた本を写したものであると言っているのであろう。維国は、おそらく斉政が嫡子斉輝に与えた『源氏外伝』の本を賜わって書写したのであり、それを親信が借り出して写したというのである。維国は「奇書あるを聞けば百方求めて手写し、国稗史より家集に至る迄悉く記録す」（田中誠一編著『備作人名大辞典』〈一九七四年　臨川書店覆刻〉）という人であったという。

（C）は、文化十二年（一八一五）十二月二十七日付の「佐藤」なる人物の書写奥書で、文章の乱れや誤写の多いことを嘆いている。続く（D）は、翌文化十三年（一八一六）の「永田」なる人物の書写奥書である。「佐藤」も「永田」

も誰のことかわからない。

そして、（E）は、（A）と同じ石田維国の奥書であるが、（A）の翌年と見られる辰年三月十四日の日付がある。親本は、宮中の歴々、すなわち有力公家たちの筆になる寄合書の本だと言っている。この日付の約一年のずれがいかなる事情を示すものかはわからない。

これらと同じ奥書を有する本に、48佐賀県立図書館A本がある。ただし、同本には（E）の奥書がこの位置にはなく、葵巻の末尾にある。葵巻は、二冊本である52桃園文庫C本の上巻末にあたる。一冊本である48佐賀県立図書館A本も二冊本を合冊したものと見られるから、本来は上巻末に書かれていた奥書なのであろう。それにしても、下巻末の奥書よりも一年余り後の日付になっていることには疑問が残る。

この石田維国書写本は、普通の流布本系の本とはやや異なる本文を持つ。52桃園文庫C本に添えられた池田亀鑑氏のメモには、「本文ハ大體流布本ナレドモ、所謂御抄本トモ全ク異レリ、第三異本トシテ源氏外傳研究ノ有力ナル資料タルベシ」とある。あえて48佐賀県立図書館A本を「略注『源氏外伝』（前掲）の底本に選んだ所以である。

さて、もうひとつ別種の奥書を持つ伝本群がある。次のようなものである。47盛岡市中央公民館本の巻頭にある奥書を引用する。

こは蕃山氏のおもひをのはへつゝ、中院故内大臣の君につたへ奉りしを、ひめおかせたまひぬれは、世人しらすなむありける。やつかりかいにしへこのめるこゝろさしをめつとて、或人の得させぬるを、あやまれりとおほしき文字たゝしはへるそおほけなかりけり。もとつふみ見す、さてたゝ心のまに〳〵かうかへ侍るなれは、かさねてあけつろひさたむへきにこそ。

ゆたけきまつりことた《(てカ)》ふこ《(ニカ)》とせ
　ふつきはつかまりいつかの日
　　　　　　　　　　　　　　平勝定しるす

寛政二年（一七九〇）七月二十五日の「平勝定」の奥書である。仮名書きの奥書から見て、「平勝定」は儒学者ではなく、国学系の学者らしいが、伝未詳である。これと同じ奥書を有する本は、他に、18東京大学Ａ本・26岡山県立図書館本・46永井義憲本・50桃園文庫Ａ本・53桃園文庫Ｄ本・63九曜文庫Ａ本・67架蔵本がある。静嘉堂文庫蔵の一本も同じ奥書を有するという（大津有一氏「注釈書解題」『源氏物語事典』所収）。この奥書は巻末ではなく、巻頭に置かれていることもひとつの特色である。

おわりに

『源氏外伝』は、『源氏物語』享受資料として非常にユニークな書でありながら、これまで国文学者にはあまり注目されることがなく、いまだほとんど研究らしい研究は行なわれていない。本章では、『源氏外伝』研究のための基礎作業として、現存諸伝本の大まかな分類・整理を試みたわけであるが、まだ未調査の本が多く、詳しい検討はなお今後の課題とせねばならない。しかしながら、約六十本の伝本のうち、従来二本しか知られていなかった異本系の伝本に、新たに二本を加えることができたことはこれまでの調査で得られた大きな成果であった。流布本系諸本の伝来に関しては、享保五年（一七二〇）の堯臣の奥書と、それを写した延享元年（一七四四）の湯元禎の奥書を持つ本が最も一般的で、この系統の本（堯臣奥書系統本）とそれらの奥書を持たない系統の本（非堯臣奥書系統本）とに大別されることがわかった。異本系の本も含めて、各系統本文の特色を考察するのも、また今後の課題である。

なお、奥書に見える学者の伝記に関しては、長澤規矩也監修・長澤孝三編『改訂増補 漢文学者総覧』（二〇一一年　汲古書院）と國學院大學日本文化研究所編『和学者総覧』（一九九〇年　汲古書院）を参考にするところが多かったことを記しておく。

第三章　堀内昌郷『葵の二葉』の成立過程管見

はじめに

伊予国和気郡興居島《ごご》に住した国学者堀内昌郷《まさくに》（寛政三年〈一七九一〉～弘化三年〈一八四六〉）は、『葵の二葉』と『底の玉藻』という二つの大部な『源氏物語』評論の書を書いた。ごく大まかに言えば、前者は対照比較による登場人物優劣論が主であり、後者は物語内の出来事と史実との類似を挙げて準拠論を展開したものである。近世的な倫理観に基づく教誡説を基本としているため、今日的にはあまり評価が高くないが、従来の勧善懲悪説や、当時大きな影響力を持っていた本居宣長の「もののあはれ」論にも批判的な立場に立った論として興味深く、何よりも、江戸や京・大坂から遠く離れた伊予国の離れ島にあって、『源氏物語』に魅せられ生涯をかけて深く吟味探究した昌郷の努力と執心は特筆に値するものがある。

従来、両書はともに京都大学文学部研究室蔵の写本が唯一の伝本とされてきた。ところが、昭和六十一年（一九八六）末に堀内家から愛媛大学附属図書館に寄託された同家の蔵書の中にこの二書が含まれていることがわかって、大いに注目されたのであった（福田安典氏「新出『葵の二葉』『底の玉藻』及びその周辺資料について」『詞林』第二十六号　一九九九年十月）。そのうち、『葵の二葉』については、福田氏を中心とする愛媛近世文学研究会の手で全文が翻刻刊行された（『源氏物語評釈『葵の二葉』翻刻』二〇〇四年一月、風間書房刊。以下、『翻刻』と称する）。これによって、それまで一般的には昌郷の息匡平《まさひら》の手で刊行された簡略版である『源氏物語紐鏡《ひもかがみ》』でその要点を知ることしかできなかった『葵の二葉』の全貌を容易に目にすることができるようになったのであり、まことに意義深いことである。

福田氏は、先の論考ならびに『翻刻』付載の「解題」において、『葵の二葉』の成立について詳しく考証されている。その結果、次のような九段階にわたる成立過程を想定された（項目の頭に付した番号は稿者による）。

①　草稿・メモ段階
　　↓
②　昌郷、【源氏物語評論書三十巻】成立
　　（或いは『秋の雨夜』十八巻と愛大本『底の玉藻』十一巻をあわせた二十九冊をおおまかに三十巻としたか）
　　↓
③　天保十一年（一八四〇）四月以前に藤井高尚に提出。二つに分けられ、『葵の二葉』『底の玉藻』と命名
　　↓
④　天保十一年（一八四〇）四月、『秋の雨夜』を訂正
　　↓

⑤　天保十一年（一八四〇）八月、訂正版『秋の雨夜』を浄書して京大本『葵の二葉』成立。同時に京大本『底の玉藻』成る

↓

⑥　天保十四年（一八四三）九月、【『葵の二葉』】完成（刊本『源氏物語紐鏡』底本）

↓

⑦　安政四年（一八五七）九月、匡平、愛大本『葵の二葉』浄書

↓

⑧　安政五年（一八五八）十月、『紐鏡』草稿成る

↓

⑨　安政六年（一八五九）秋、『紐鏡』刊行

福田氏の考証は、新出の愛媛大学本『葵の二葉』をはじめ、堀内家寄託の蔵書中の資料類を駆使し、あわせて従来知られていた京都大学本『葵の二葉』ならびに刊本『源氏物語紐鏡』の序文や本文中の記事の丹念な解読を通してなされたもので、複雑な成立過程を箇条書きに整理して明快に提示された。これによって『葵の二葉』の成立事情に関してはほぼ解明されたと言ってよいが、なお少しばかりの修正が必要なようにも思われるので、本章では、福田氏の研究の驥尾に付しつつ、若干の私見を提出してみようとするものである。

一　京都大学本と愛媛大学本の関係

福田氏の「解題」によれば、既存の京都大学本は「堀内昌郷筆　天保十一年写」であるのに対し、新出の愛媛大学本は「堀内匡平筆　安政四年写」であるとされる。まず重要なのは、京都大学本は十八巻十八冊（巻一のみ上・下に分かつ）で巻十一を欠いているが、愛媛大学本は十八巻十九冊の完本なので、京都大学本の欠を補うことができることであるという。

京都大学本が昌郷の自筆であると福田氏が認定されたのは、柱に「松蔭書窓」（「松蔭」は昌郷の号）と刷られた料紙が昌郷の専用用紙であることと、「巻」の字の書き癖など筆蹟の特徴によるとされ、これは従うべきであろう。天保十一年（一八四〇）写というのは、最終巻十八の末尾に、「かくざまにものせし説どもを人々はいかに思ふらん、そはしられねど一わたりはとて、天保の十とせあまり一とせといふ年の卯月の頃ふでとりてかきけるものは、梓ゆみ伊予国としのはにもゝえさしそふ松やまの千代のみかげにかくれすむ堀内昌郷」（読点・濁点は私に付した）との識語があって、そこに年時の記載があることによる。すなわち、京都大学本は、著者堀内昌郷自筆のオリジナル原本ということになる。同本には「朱による補入、ミセケチなど多数見られる」（伊井春樹編『源氏物語　注釈書・享受史　事典』〈二〇〇一年　東京堂出版〉「葵乃二葉」の項）というが、それは成立後に推敲・訂正が加えられた跡であろう。

これに対し、愛媛大学本は、第一冊（巻一上）巻頭に置かれた京都大学本にはない長い序文の末尾に、「安政の四とせといふ年の長月ばかり後の松蔭のあるし　堀内雅郷」とあることから、安政四年（一八五七）九月に昌郷の息匡平（＝「雅郷」はおそらく匡平の別称であろう）によって書写された本と認められるのである。ただし、匡平が書写したのは父昌郷筆の京都大学本によってではない。福田氏は、愛媛大学本は「京大本と比較すると、記事や文辞に異同と出入りがある」こと、そして、「愛大本は完成形態に近い本文であることが推測できる」と指摘しておられるが、愛媛大学本の巻十八末尾には京都大学本にある先に引いた識語がなく、「天保十一年八月　伊予国人　堀内昌郷」と、年時と署名のみ記されているのである。そして、その年時は、京都大学本の「天保の十とせあまり一とせといふ年の卯月の頃」から約四ヶ月後なのである。この違いは何を意味するのだろうか。

おそらく昌郷は、四月頃に「一わたりはとて」書き上げた『葵の二葉』（すなわち京都大学本）に引き続き手を加え推敲して、八月までに修訂版『葵の二葉』を完成させたのであろう（この本は伝存が知られていない）。匡平はその修訂版を底本として、自らの序文を加えた校訂本を、父昌郷の没後十一年を経た安政四年（一八五七）に作成したわけである（すなわち愛媛大学本）。京都大学本にある補入やミセケチ訂正が愛媛大学本の本文にどのように活かされているかを詳しく調査してみないと確かなことは言えないが、京都大学本と愛媛大学本との関係は、おそらくそういうことだと考えられる。

匡平は父昌郷の遺著『葵の二葉』の定本を作成するべく、安政初年頃からその校正作業に従事していた。そのことは、匡平が刊行した『源氏物語紐鏡』末尾に置かれた安政五年（一八五八）十月の奥書に「さいつごろよりかの本書（稿者注―『葵の二葉』のこと）を校正せるついでに」云々とあることによっても明らかである。この「校正」作業によって成ったのが匡平校訂本『葵の二葉』であり、すなわち愛媛大学本なのである。

二　匡平校訂本『葵の二葉』の製作意図

さて、匡平が亡父昌郷の遺著『葵の二葉』の校正を行なった動機やいきさつについては、愛媛大学本の序文にやや詳しく記されている。『翻刻』により、序文最終段の記述を引く。句読点・濁点を私に改め、引用符を加えた。

此書ども一わたりかきとぢめて藤井翁に見せまゐらせしに、「いとめづらかに考へ出たり」とて、いたくめでられしが、やがて『葵の二葉』『底の玉藻』と名づけられたり。さて後、猶いかにぞやあかず思ふふしぐ〳〵あるをひきなほさむと思ふく〳〵年月を経るまにく〳〵、いつとなく身をいたづきがちになりて、つひに其事しはてずなりぬ。

この部分は、昌郷の述懐を記したものと思われる。「此書ども」というのは昌郷が『源氏物語』に関して自らの見解を詳しく書き綴った書冊で、『源氏物語紐鏡』に記す昌郷自身の言によれば「三十巻ばかり」あったという。これを「藤井翁」すなわち藤井高尚に見せて批評を乞うたところ、絶賛されて、全体を二つに分けて「葵の二葉」「底の玉藻」と名付けてくれたと言っている。(1) このことは『源氏物語紐鏡』にも記されていて、高尚は「其よしをまろはしがきにものせむ」と、序文を寄せようとまで言ってくれたようだが、高尚の死去（天保十一年〈一八四〇〉八月十五日没）によりそのままになったという。その後も昌郷は『葵の二葉』の改訂を行なおうと思い続けていたが、病気がちになってとうとうそのことをし遂げずじまいになったという。以下は、匡平の思いを記した箇所である。

思へばいと口をしのわざや。などて委しくおのれにいひおかざりけむ、己れも父にとひおかざりけむと、すぎし昔の今さらにとりかへさまほしきも、せむすべなし。さるを、いかなるたよりもてか、かたはし聞伝へて見まほしくする人のこれかれいで来て、こひにおこせなどもするを、さうじ身のいかにぞや思ひしことのあるまゝならむはあかぬわざと、なき人のためつゝましくて、此程までは、かにかくいひ、すまひつゝすぐし来ぬれど、中にはせちにとそゝのかすかたもありて、今はいといなびがたく、いでさらばとて、己れおほけなくも思ひおこして、父が今はの際にいさゝかいひのこしゝ事などあるを、さる限りは皆こたび巻々をあらためて、大かた其いひし意に糺しゝかど、猶え聞ざりし事のあまたならむを、今は忘《しカ》るべきよしなければ、さてやみぬ。いとあたらしきわざなりや。あはれ、ものよくしれらむ人の、此父が考へをうべなふ心のあらむには、猶よくとひはかりてつぎくものせむとは思ふものから、今しばしかくてあらむとするにつきては、其よし巻の初めにいさゝかかくなむ。

（以下略）

父の遺志を継ぎたいという思いを強くした匡平は、生前父に『源氏物語』のことを十分に問い聞かなかったことを悔やんでいたが、どこから聞いたのか『葵の二葉』のことを耳にして見たいという人が時々現れ、貸与を申し出る人もある。著者である父自身がまだ不十分だと思っていた箇所のあるままで人に見せるのは不満だろうと、亡き父に遠慮して断ってきたが、熱心に乞う人もいるので断り切れず、それではというので一念発起して、亡父が今わの際に言い残したこともあるのを、(2) だいたいそれに合わせて記述を正した。それにしてもまだ父から聞かなかったことも多々あろうけれども、それはどうしようもないのでそのままにした。惜しいことである。と、そういう内容が書かれている。

これからわかるのは、この愛媛大学本『葵の二葉』は定本をめざしたものではあるが、かなり匡平によって増補の筆が加えられているらしいことである。これに関しても、今後、京都大学本との詳しい比較研究をすることによってその増補の実態が解明されるであろうと思う。

そして、もうひとつ想像されるのは、匡平はこの定本『葵の二葉』をそのまま出版したいという望みを抱いていたのではないかということである。多くの人が父の遺著に関心を持ってくれているとか、父の考えに賛同する人に相談して続編を作りたいとか、この書が広く読まれることを望んでいる様子が記述のはしばしにうかがわれる。

生前、昌郷は藤井高尚の序文を得て、おそらくその口利きで『葵の二葉』が出版されることを期待していたのではなかったろうか。それは高尚の死去によって実現せず、やがて昌郷自身も亡くなってしまったのだけれども、匡平は父の思いを自分の手でかなえたいと願ったのではないかと思う。それは、安政六年（一八五九）に『源氏物語紐鏡』を出版していることとも関連していると考えられる。愛媛大学本『葵の二葉』は、匡平の特徴的な筆蹟で見事に浄書されている。この筆蹟は『源氏物語紐鏡』のそれと同じものである。『源氏物語紐鏡』が一面十行書きであるのに対し、愛媛大学本『葵の二葉』は十二行書きという相違はあるが、ともに匡郭を備えた同様の書式である。おそらく匡平は、いずれそのまま版下とするつもりでこの校訂本『葵の二葉』を丁寧に浄書したものと思われるのである。

三　簡略版『葵の二葉』と『源氏物語紐鏡』

『源氏物語紐鏡』は、大部の書である『葵の二葉』と『底の玉藻』を大幅に簡約して、わずか三十七丁の一冊本にまとめたものである。著者は匡平であり、「匡平は、父昌郷が著した『葵の二葉』『底の玉藻』の二書をもとに、それを縮約したもの」（『国語国文学研究史大成』4『源氏物語』下〈一九六一年、増補版一九七七年　三省堂〉）というように、匡平が縮約作業を行なったと理解する説もあるが、「昌郷が葵の二葉の要領を記したものに、その子匡平が解説を加へたものである」（重松信弘氏『増補新攷源氏物語研究史』〈一九六一年、増補版一九八〇年　風間書房〉）というのが正しい。そのあたりの事情は、同書末尾の匡平の跋文に詳しい。少々長くなるが、以下に、私に句読点・濁点・引用符を付して引用する。

こは、今よりはたとせばかりあなたに、父のものせし『葵の二葉』といふ書ありて、其後またことにかきおきしものなるを、いとあまりにことずくなにて、ことのさまによりてはその意のふとさとりぐるしき所もあれど、そは本書あればさてありぬべしとて打やりたるに、其本書のかたは巻数もいと多くて、一わたりよみわたさむにさへいとまいれば、其説のあるやうを大よそに見むには、かくかいつまみに短くかきとりたるかたぞよろしかるべきと思ひて、をり〳〵其本書を見まほしといふ人のあるに、まづこれをものせむとするにあはせて、このごろまたある人のもとより、「いかでかの葵をすこしづゝだにつみ出て、ひろく人にも見せばや」といひおこせければ、やがてこれを見せたるに、「かうやうのものゝありしこそいとうれしけれ。しかはあれど、かくてはあまりにあらくて、見む人のたど〳〵しからむと見ゆるふしもあれば、今すこし委しきかたにとりなほして」といふに、なき後のさかしらはいとあるまじきわざなりとは思ふものから、かの人のいへることもいなびがたさに、しひて思ひおこして、さいつごろよりかの本書を校正せるついでに、そをひき合せて、所によりては其文をさながらつみいで、或はあまりにこと長きはよき程にとりちゞめなどして、ことの意の聞えやすからむやうにと、こゝかしこ

にかきいれたるになむ。かくいふは、安政の五とせといふ年の神無月ばかり、昌郷がまな子、後の松陰のあるじ、
源匡平。

冒頭にある「今よりはたとせばかりあなたに」は『葵の二葉』の成立時を言っており、天保十一年（一八四〇）のことだから、安政五年（一八五八）から数えると、正確には足掛け十九年前ということになる。その『葵の二葉』を「其後またことにかきおきしもの」があって、それが『源氏物語紐鏡』のもとになっているという。すなわち、昌郷は、『葵の二葉』とは別にその簡略版を自ら作っていたのである。それはいつのことかというと、この跋文の直前にある、

伊豫國
堀内昌郷
天保十四年九月

という年時と署名がそれを示していると思われ、天保十四年（一八四三）九月のことだと考えられる。[3] この昌郷編の簡略版をもとに、匡平が、原典『葵の二葉』を引き合わせて、「所によりては其文をさながらつみいで、或はあまりにこと長きはよき程にとりちゞめなどして、ことの意の聞えやすからむやうにと、こゝかしこにかきいれたる」ものが『源氏物語紐鏡』なのである。具体的には、匡平が書き加えた記事は本文中の一字下げになった部分であるようである。

匡平がこの簡略版『葵の二葉』の増補改訂版作成を行なったのは、「ある人」が「いかでかの葵をすこしづゝだにつみ出て、ひろく人にも見せばや」と言ってきたことがきっかけだと言う。すなわち、『葵の二葉』の出版話を持ち

かけてきた人がいて、その人に簡略版を見せたところ、これでは簡略に過ぎてわかりにくいので、もう少し詳しく書き直してほしいとの要請を受けたためなのである。

そもそもは『葵の二葉』を少しずつでも出版したいという話であったが、簡略版の補訂版を作ってそれを出版することになったといういきさつがわかる。しかしながら、前述した通り、この跋文に見えるごとく匡平はこの頃『葵の二葉』の校正作業を進めており、おそらくはそれを出版したいという思いも、匡平の心中にはあったと考えるべきだと思うのである。

四　『源氏物語紐鏡』刊行前後の匡平

以下は、すべて福田安典氏の教示による資料[4]なのだが、『源氏物語紐鏡』刊行の年である安政六年（一八五九）の四月から七月の頃、匡平は上京しており、その間の日記が愛媛大学寄託の堀内文庫に所収の『堀内匡平日記』の中に残っている。それを見れば、まさに『源氏物語紐鏡』の刊行前後の匡平の動向がよくわかって非常に興味深いものがある。

上京の目的の第一は、『源氏物語紐鏡』出版の最終校正と出来を見届けることであったらしく、跋文の校合を行なったという記事（五月十二日、十三日条）も見える。在京中、匡平は精力的に人と会って、典籍や文献資料類を見たり、書肆から購入したり、また借り受けて校合したりしている。谷森善臣（伴信友門）、河喜多真彦、城戸千楯（本居宣長門、書肆恵比寿屋主人）、権田直助（平田篤胤門）、近藤芳樹（村田春門・本居大平・山田以文門）らの国学者たちと交流し、歌人の太田垣蓮月などとも会っている。忙しくも充実した京都滞在であったようだ。福田氏は、河喜多真彦が『源氏物語紐鏡』を出版するに際し労を執った」とされ、「近江屋佐太郎」という書肆（書林、弘文堂）に出入りしていることから、「『源氏物語紐鏡』の出版もあるいはこの書肆もしくは（略）城戸千楯に依頼したか」と言われている。

六月になると、『源氏物語紐鏡』の初刷りが出来たようで、「谷森へ紐鏡を贈」（六月十六日条）、「真彦を訪ひ紐鏡を贈」（同）、「紐鏡を城戸へ送」（六月二十三日条）、「近藤芳樹を訪。紐鏡持参」（七月十三日条）などとあって、あちこちに送ったり持参したりしていることがわかる（「城戸へ送」とあるのだから、千楯が版元というのではないようだ）。待望の出版が実現して嬉しくてたまらない匡平の様子が目に浮かぶようだが、こうして刻成ったばかりの『源氏物語紐鏡』を配りながら、匡平は、次にはその親本である『葵の二葉』の出版のことも意識していたのではなかろうか。前述のように、『源氏物語紐鏡』出版話のきっかけは『葵の二葉』に関心を抱いた人がすこしずつでも世に出さないかと勧めてくれたことにあったわけで、やはり匡平は亡き父が全身全霊を込めて取り組んだ『源氏物語』研究の一大成果である『葵の二葉』を最もあるべき形で出版することを願わないはずがない。この上京中に、錚々たる文化人たちに会って交誼を結ぶことに努め、彼らに『源氏物語紐鏡』を贈ったのも、まずは父の『源氏物語』研究の簡要を見てもらってその意義を理解してもらうことで『葵の二葉』の刊行に関して力添えを得たいという思惑があったからだろうと勘ぐられるのである。ことによると匡平は、前々年九月に浄書完成した増補改訂版『葵の二葉』の原稿をもひそかに携えて上京していたのではないかとも想像される。

あまりに大部なので多くの読者を得ることは難しいとは承知の上で、匡平は亡き父が今わの際まで考え続けた『源氏物語』研究の成果である『葵の二葉』と『底の玉藻』の二書を自らの手で校訂して世に送り出すことを息子である自分のつとめだと考えていたのではないだろうか。

しかし、残念ながら、『葵の二葉』はついに匡平の生前に刊行されることがなかった。膨大な分量ゆえ書肆が刊行に二の足を踏んだのだろうと思われるが、それに加えて、実は匡平は安政四年（一八五七）九月浄書の校訂本も定本として満足していなかったということも出版を見送った理由ではないかと考えられる。これも福田氏が紹介された資料[5]だが、元治元年（一八六四）に松山藩を批判して牢に繋がれた折に記した『匡平獄中日記』によれば、「父の志をつぎて其遺言のまゝにせんとおほけなく思ひおこして、此年頃は万のわざを打すてゝ其事のみに打かゝりてあるに、巻の数もいと多く、はた見合すべき書も種々にてはたやすからぬまゝに、思はずも年月をかさぬれど、『いかで己が命の限は露たやまず』とをゝしく思ひはげみて、唐人の寸陰を惜むとの（ママ）いへる如く、夜ひるとりまかなひてありつるに」云々とあって、安政六年（一八五九）以後も匡平は生涯の仕事として父の遺著の校訂整備に取り組んでいたことが知られる。その執念には畏るべきものがあるが、完璧性を追求する性格ゆえ、とうとう二著ともに刊行を見ることができずじまいになってしまったのではないかと思う。

おわりに

以上、堀内昌郷著『葵の二葉』の第一次成立から、子息匡平による増補校訂作業のあとをたどってみた。その結果、私見によれば、最初に掲げた福田氏が示された成立過程の流れを次のように改めることができるのではないかと考えるのだが、いかがであろうか。福田氏のご研究から得た学恩に感謝するとともに、大方のご批正を乞いたい。

①　草稿・メモ段階

↓↓

②　昌郷、『源氏物語』評論書「三十巻ばかり」を作る（おそらく登場人物対比論『秋の雨夜』十八巻と続編の準拠論

〈愛媛大学本『底の玉藻』十一巻を併せた全二十九巻の書〉。

↓

③　天保十一年（一八四〇）、昌郷、先の「三十巻ばかり」の書を藤井高尚に見せる（堀内文庫本『源氏物語秋の雨夜』）。その内容を賞賛され、二つに分けて『葵の二葉』『底の玉藻』と命名される。

↓

④　天保十一年（一八四〇）四月、昌郷、藤井高尚閲覧の本を基に第一次『葵の二葉』を作る（京都大学本）。この頃、『底の玉藻』（京都大学本）も成立か。

↓

⑤　天保十一年（一八四〇）八月、昌郷、第一次本を推敲・訂正して修訂版『葵の二葉』を完成。この本が後に匡平校訂本の底本となる。

↓

⑥　天保十四年（一八四三）九月、昌郷、簡略版『葵の二葉』（おそらく『底の玉藻』も併せて）を作成（刊本『源氏物語紐鏡』の基となる）。

↓

⑦　安政四年（一八五七）九月、匡平、増補校訂本『葵の二葉』（愛媛大学本）を完成、浄書。

↓

⑧　安政五年（一八五八）十月、『源氏物語紐鏡』成立（跋文）。

↓

⑨　安政六年（一八五九）正月、『源氏物語紐鏡』序文（菅原長好・鳥谷美教）、同年六月刊行（『堀内匡平日記』）。

注

（1）『翻刻』の福田安典氏による「解題」に記されるところによれば、堀内文庫には天保十一年（一八四〇）の跋文を持ち『源氏物語秋の雨夜』と題する昌郷筆の写本があり、跋文には「ゆかりまがはぬふぢ井翁に」とあるので、これは昌郷が藤井高尚に閲覧を乞うた時の本であることが知られる。後に昌郷は跋文に朱を入れ、「ゆかりまがはぬふぢ井翁に」の部分を「人の定めてんとて、天保十とせあまり一とせといふ年の卯月の頃」と訂正、さらに貼り紙で訂正を加えて、京都大学本『葵の二葉』の跋文と同じ形に直されているという。福田氏は、「原形態『秋の雨夜』は恐らくは天保十一年以前の秋日に成り、京大本『葵の二葉』は天保十一年の四月から起筆され、その数ヶ月後に成立したのであろう」と考えられている。稿者は、天保十一年（一八四〇）四月は第一次『葵の二葉』（京都大学本）の成立時を指すと考えている。また、『秋の雨夜』という書名が付けられたからと言って、秋に成立したとは限らないであろうと思う。

（2）昌郷は弘化三年（一八四六）正月十五日に没するが、臨終間際、枕元に鳥谷美教を呼び、自らの『源氏物語』研究を回顧してその志半ばであることを悔やみ、遺言として『源氏物語』に関する見解を四項目にわたって述べたという。美教はそれを書き留め、『源註遺言』としてまとめている。福田安典・山中雅代氏「堀内昌郷『源註遺言』について――天保期の源氏物語研究者の一動向――」（『詞林』第三十八号　二〇〇五年十月）に翻刻がある。

（3）福田氏は『翻刻』の「解題」において、天保十四年（一八四三）九月は、昌郷による改訂版『葵の二葉』の成立時期だとされ、「安政五年十月に『紐鏡』を編む際に定本に採用したのは、天保十一年八月に完成した京大本でも愛大本でもなく、天保十四年九月に完成したB系統の跋文（稿者注―刊本『紐鏡』に付された跋文）を持つ散逸した『葵の二葉』であった」と説かれるが、稿者はこれを昌郷が作成した簡略版『葵の二葉』（＋『底の玉藻』）の跋文だと考えるのである。

（4）シンポジウム「鄙なる地の源氏物語研究――この物語はいかに愛されたのか――」（二〇〇四年二月二十八日　於愛媛大学）における発表「堀内家および伊予の源氏物語研究について」のレジュメによる。

（5）　注（2）掲出の福田・山中論文に、「昭和十一年景浦直孝「堀内匡平伝」より」として引用されている。

付記

本稿は、二〇〇四年二月二十八日に開催されたシンポジウム「鄙なる地の源氏物語研究——この物語はいかに愛されたのか——」（於愛媛大学教育学部）において、コメンテーターとして発言した内容をもとに大幅に手を加えて成稿としたものである。

第四章　架蔵『小源氏』考

――梗概書と「源氏物語歌集」とのあわい――

はじめに

中世から近世にかけて、『源氏物語』のダイジェスト版である梗概書が数多く作られた。『源氏物語』が教養として欠くことのできないものでありながら、長大かつ難解な作品であるため、なかなか全文を読破することが難しい状況の中で、容易にその全体像や要点を知ることができる手引き書が求められたのである。単に物語のあらすじを知る目的だけではなく、連歌愛好の士には、連歌に詠み込むにふさわしい付合の語に注目して記述された『源氏小鏡』の類が、また『源氏物語』を通じて和歌を学ぼうとする者には、作中の全ての和歌を載せた『源氏大鏡』や、さらに全歌を読解した『源氏物語提要』のような梗概書が提供され、大いにもてはやされた。『源氏物語』の享受層が公家から武家へ、さらに庶民へと広がっていくにつれて、梗概書の需要もまた拡大した。近世になると、『源氏小鏡』をはじめとして刊行された梗概書も少なくないが、多くは写本として世に流布し、さまざまに書名を変え、形態を変えてバリエーション豊かになっていった。

ここに紹介するのも、近世前期に作られたとおぼしき梗概書の一つで、『小源氏』と外題する写本である。二冊本であるが、梗概書としても容量は小さく、コンパクトな書である。一見して和歌が多いことが目立ち、全歌収録型の梗概書であることがわかる。しかしながら、『源氏大鏡』の類とは明らかに異なり、むろん『源氏物語提要』ほどの分量はない。今のところ、同じ書名であったり、同内容と思われる梗概書の存在を聞かないので、やや珍しい特異な伝本である可能性があり、ここに内容を紹介し、その特徴についていささか考察を加えることにした次第である。

一　書誌

まず、本書の書誌を記す。

写本二冊。縦二三・六㎝×横一六・二㎝のやや小ぶりな大本。楮紙袋綴。原装と見られる藍色無地の紙表紙の中央に、縦一四・三㎝×横二・九㎝の無地題簽を貼り、「小源氏　乾（坤）」と外題。見返しは本文共紙。一面八行書き。和歌は本文より一字半ほど下げて、上の句と下の句に分けて二行に記す。字高は、縦約一八㎝×横約一二㎝。墨付き、乾冊百二十三丁、坤冊九十八丁。全冊同筆で、江戸中期の書写と思われる。虫損などの痛みはなく、保存状態は良好である。

各冊巻首に、「片桐」（朱丸小印）、「博集堂」（方形墨印）、「公邨堂」（方形朱印）、「英斉」（方形朱印）、「尚應」（鼎型朱印）があり、巻尾に、「公邨堂」（方形朱印、陽刻と陰刻の二種）、「英斉」（同前）の蔵書印が捺されている。多くの人の手を渡ってきた本のようだ。

本文は漢字平仮名まじり文で、漢字には多く同筆で振り仮名が振られている。また、朱筆で読点と合点等の記号を付す。書写は極めて丁寧で、誤写と思われる箇所はほとんどなく、誤字訂正の跡もない。基本的に欄外や行間に注記などの書き入れはないが、乾冊に三箇所異文注記が朱筆でなされている（詳しくは後述）。これは本文とは別筆で、朱の合点や読点とも色合いがやや異なっている。

二　全体の構成と朱の合点について

乾冊は桐壺巻から藤裏葉巻まで、坤冊は若菜上巻から夢浮橋巻までを収めており、いわゆる第一部三十三巻と第二部・第三部の二十一巻という分け方になっている。乾冊が坤冊よりも二十五丁多くて分厚くなっているのは、分量の均等よりも物語の内容上の切れ目を重視したためと思われる。内題や目録はない。

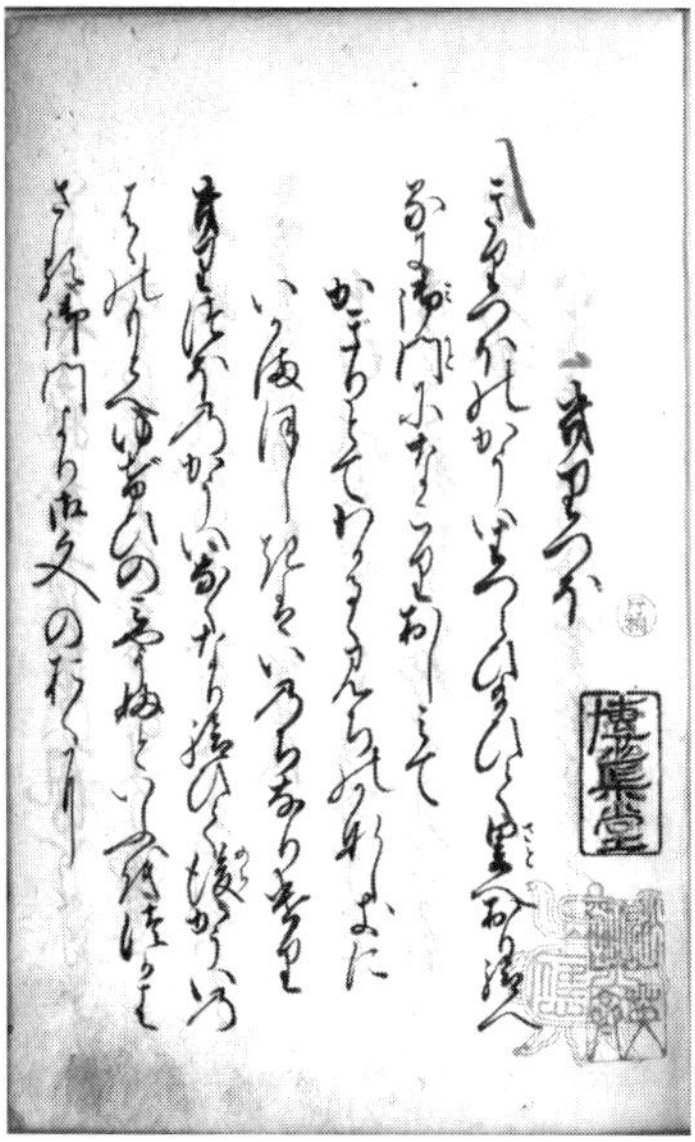

乾冊巻首（桐壺巻頭）

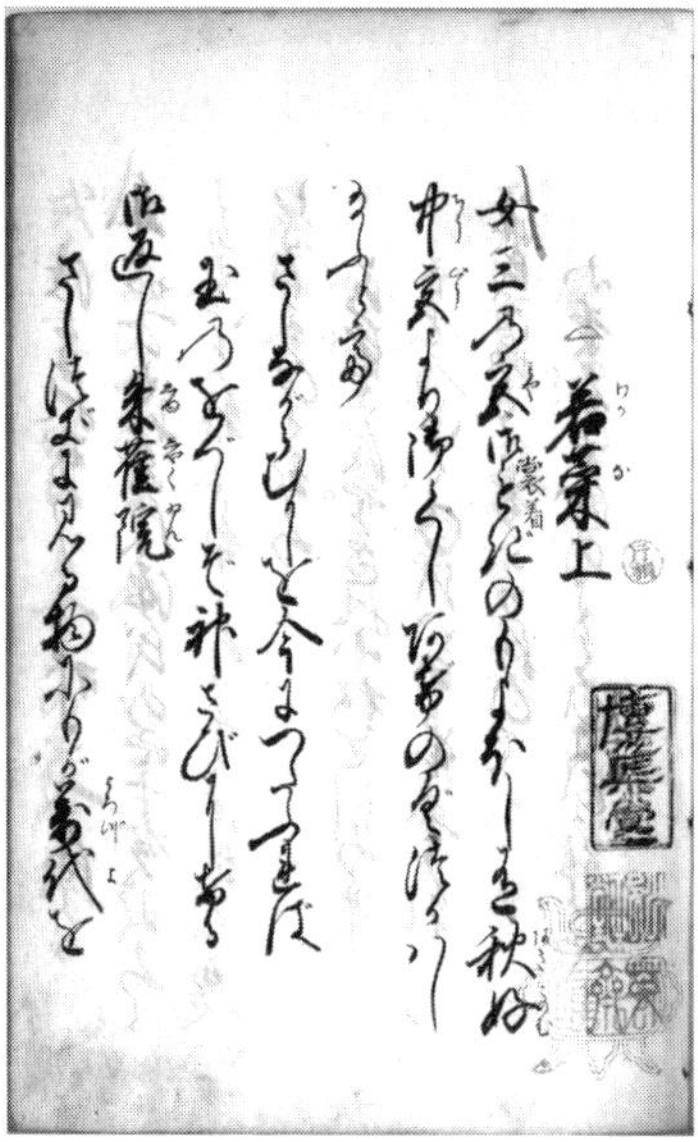

坤冊巻首（若菜上巻頭）

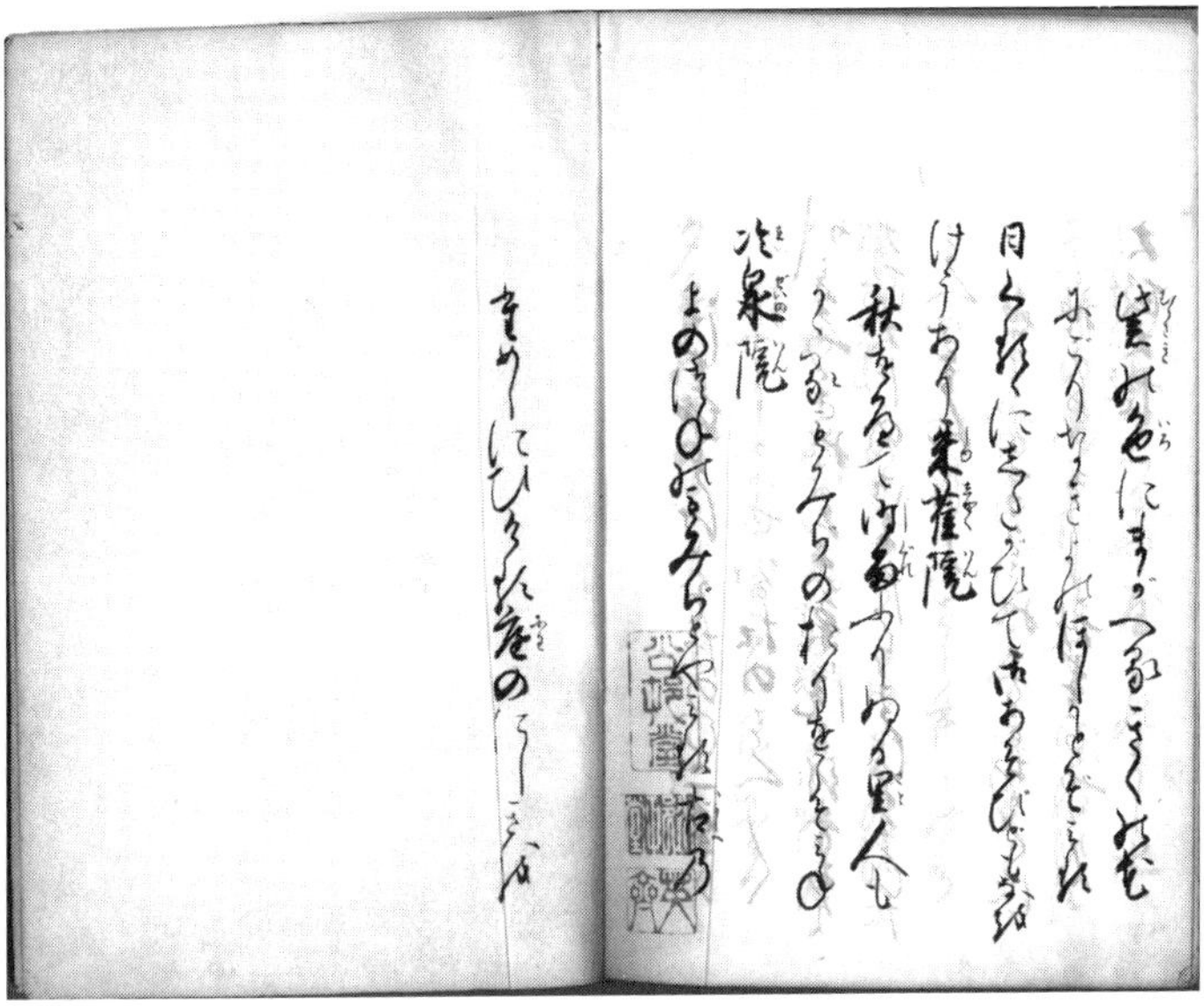

乾冊巻尾（藤裏葉巻末）

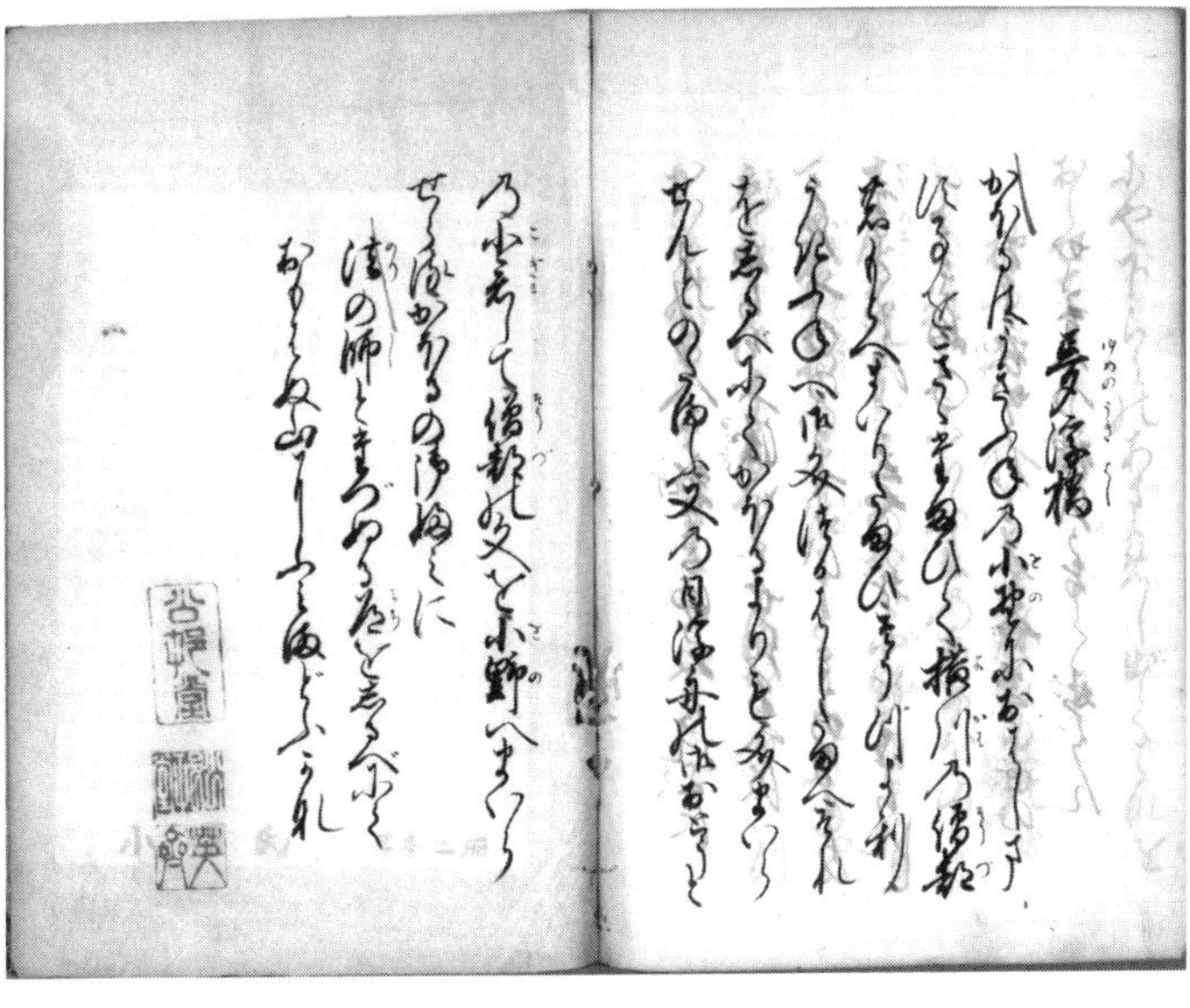

坤冊巻尾（夢浮橋巻全文）

もともとが二分冊であったかどうかはわからない。各巻の終わりには基本的に一行の空白を置いて、次の巻の巻名が書かれている。一面八行のうち六行目で終わった場合は二行の空白を置き、面を改めて次の巻名が書かれている。ところが、そうなっていない箇所もある。乾冊では、朝顔巻が86丁表五行目で終わるが、その後三行は空白、次の86

丁裏も空白で、丁を改めて次の乙女巻が始まっている。ここには大きな区切れの意識があるようだ。もとの本では、ここで冊が分かれていたのかも知れない。他に、花宴巻も32丁表四行目で終わり、残り四行を空白にして、32丁裏から葵巻を始めている。ここにも何らかの区切れ意識があるように見える。

一方、坤冊では、幻巻が39丁裏五行目で終わり、三行空白を置いて、丁を改めて40丁表から匂宮巻を始めている。これは明らかに正編と続編の切れ目を意識したものと思われ、もとはここで冊が分かれていた可能性もあろう。橋姫巻は、竹河巻が48丁裏二行目で終わった後、二行の空白を置いて五行目に巻名が書かれている。宇治十帖の冒頭を意識した切れ目のように見えるが、総角巻は、椎本巻が58丁裏五行目で終わった後三行空白にして、丁を改めて59丁表から始まるという、やや不自然な形になっている。ことによると、ここにも本来冊の切れ目があったのか。その他、坤冊には、若菜下巻と柏木巻の間に二行の空白があり（11丁裏）、次の横笛巻の冒頭には丁の始めに二行の空白を置いて巻名が記されている（15丁表）とか、紅梅巻の冒頭が最終行から始まっている（40丁表）とか、基本的な方針からはずれる箇所が見受けられる。これらは、本書とは異なる編成や書写方針であった本を写したために起きた現象ではないかと思われる。なお、本書には、並びの巻や雲隠巻に関する言及はない。

巻名の上には、朱の△印がある。若紫・玉鬘両巻にはこの印がないが、記し忘れたのであろう。空蟬巻の終わり近く、「せみの羽も……」歌の詠者を示す「空蟬」の語の上に△印がある（乾・12丁裏八行目）が、これはこの二文字を巻名と見誤ったものと考えられる。

各巻の冒頭をはじめ、所々の行頭に朱の合点が付されているが、これはおそらくまとまった記事内容の切れ目で、新たに話題が転換する箇所の頭に付されているものとおぼしい。また、和歌の頭にも所々朱の合点があるのは、巻名歌やそれに準じる和歌、またはその巻を代表する和歌に付けられているように見受けられる。

はじめの数巻の状況を見る。桐壺巻には巻名歌がなく、代表する和歌がないためか、合点のある和歌がない。箒木巻では「数ならぬふせ屋におふる名のうさに／有にもあらずきゆるはゝき木」、空蟬巻では「うつせみの身をかへてげる木の下に／なを人がらのなつかしきかな」、夕顔巻では「よりてこそそれかとも見めたそかれに／ほのぐみつる花のゆふがほ」で、それぞれ巻名歌。若紫巻では「はつ草のおひ行すへもしらぬまに／いかでか露のきえむとすらん」（誤って下の句の頭に合点がある）と「手につみていつしかもみん紫の／ねにかよひける野邊のわか草」の二首に合点が付されている。両首とも巻名歌ではないが、少女時代の紫の上を初草や若草にたとえたもので、巻名歌に準じる歌であり、若紫巻を代表する歌という認識だろう。末摘花巻では「なつかしき色ともなしになにゝこの／すへつむ花を袖にふれけん」が巻名歌であるが、合点はない。他に合点のある歌はないので、記し落としたのであろう。紅葉賀巻は「物思ふにたちまふべくもあらぬ身の／袖うちふりしこゝろしりきや」、花宴巻では「いづれぞと露のやどりをわかむまに／小ざゝがはらに風もこそふけ」に合点がある。ともに巻名歌のない巻だが、この両首は巻を代表する和歌と見なしたのであろう。以下は略する。

朱の合点を付したのは『小源氏』の作者とは別人である可能性が高いが、和歌への合点の付け方は、作中の和歌をすべて載せる本書が和歌に着目して享受されていたことを示すものと思われる。

また、本書には、乾冊に三箇所、朱筆による傍書がある。花散里巻と藤裏葉巻二箇所である。花散里巻では「たちばなの香をなつかしみほとゝぎす／花ちるさとをたづねてぞとふ」（48丁表）の歌の末句「とふ」の右に「イなく」と傍書がある。藤裏葉巻の一つは、「なき人のかげだにみへずつれなくて／心をやれるいさら井の水」（121丁裏）の歌で、初句「なき人の」の「の」の字の右に「は」と傍書する。もう一つは、その三首後の和歌「色まさるまがきのきくもおりぐに／袖うちかけし秋をこふらん」（122丁表）で、末句「こふらん」の「ん」の右に「し湖月」と傍注があり、「こふらし」の異文が『湖月抄』にあると注する。確かに『湖月抄』には「こふらし」とあり、先の「なき人の」も『湖月抄』には「なき人は」とある。ともに『湖月抄』による異文注記なのだろう。ただし、花散里巻の歌は『湖月抄』も「とふ」で、何に拠ったか不明である。この三箇所の傍注は読点や合点よりも明るい朱で、別人による書き入れと見られ、本文とも別筆である。

三　和歌の脱落と歌順の相違について

本書の最大の特色は、『源氏物語』の作中歌全七百九十五首をすべて載せる方針をとっていることである。ただし、一首だけ不足している。胡蝶巻にある「思ふとも君は知らじなわきかへり岩漏る水に色し見えねば」[1]（三六六）が本書には見えないのである。この歌は、柏木が実の姉とも知らずに玉鬘に贈った懸想文で、この歌ゆえに柏木は「岩漏る中将」の異名を持つ。ここは和歌だけを書き落としたわけではなく、この和歌を載せる場面そのものが脱落したと考えられる。それが『小源氏』の作者のミスなのか、転写上の不手際なのかはわからない。

この他、和歌に関しては、現行の『源氏物語』本文とは歌順が異なる所が二箇所ある。一つは葵巻で、葵祭の日に源氏が紫の上の髪を削ぐ場面と、源典侍と和歌の応酬をする場面とが前後入れ替わっているために、「はかりなき……」（一一〇）と「ちひろとも……」（一一一）の二首が、「はかなしや……」（一一二）・「かざしける……」（一一三）・「くやしくも……」（一一四）の三首の後になっている。また賢木巻の「月のすむ雲井をかけてしたふとも／此世のやみになをやまどはん」（一六〇、乾・46丁表）と「大かたのうきにつけてはいとへども／いつか此世をそむきはつべき」（一六一、乾・45丁裏）が逆になっている。しかも本来、源氏と藤壺との贈答であるはずの二首が、「大かたの……」は藤壺が内裏（朱雀帝）の見舞いへの返事として詠んだ歌、「月のすむ……」はそのついでに源氏が帝に言伝てた歌となっている。前者は単純な場面の入れ替わりであるが、後者は現行の『源氏物語』本文とは異なる場面展開になっていて、いかなる本文に基づいているのか興味深いところである。

四　物語歌集的側面

さて、本書の『源氏物語』梗概書としての第一の特色は、先にも述べた通り、一首の脱落はあるものの、基本的にすべての作中和歌を載せているということである。梗概書には二通りあって、『源氏小鏡』のように和歌の数を百数十首程度にしぼって筋を中心に載せるものと、『源氏大鏡』のごとく全歌を載せることにこだわったものとが存在する。筋主体の梗概書と和歌主体の梗概書の二つに分かれると言ってよい。本書は明らかに和歌主体の梗概書である。

和歌主体の梗概書の代表と言える『源氏大鏡』は普通上・中・下三冊から成るのに対して、本書は乾・坤二冊本であり、一面八行書きで和歌を二行に書く書式だから、文字数は『源氏大鏡』に比べてかなり少ない。『源氏大鏡』に比して本書は和歌の比重が相当大きいことになる。

桐壺巻の書き出し部分の記事を他の梗概書と比べてみよう。『源氏大鏡』(2)（一類本）では、

桐壺は、大内四十八殿の其ひとつ也。しげいしやう《(ママ)》と云も桐壺のから名とみゆ。太上天皇をも、いづれの御時にかと本にあり。此御門に女御更衣あまたさぶらひ給ふ中に、やんごとなききはにはあらぬが、すぐれて時めき給ふ有けりと云は、光源氏の御母なり。此更衣、桐壺に住給ふ。一の巻には此人の事をのみさたしたれば、桐壺と

名付。太上天皇をも桐壺の御門と申也。

とあって、『源氏物語』桐壺巻の冒頭表現に即しつつ、登場人物を紹介し、巻名の由来を説くことからはじめている。『源氏大鏡』と同様に作中和歌全首を載せる梗概書である広島大学蔵『佚名 源氏物語梗概書』(3)も、

女御更衣あまたさふらひ給ける中に、いとやむことなききはにはあらぬか、すくれてときめき給ありけり。

と、物語冒頭表現をそのまま用いた書き出しになっている。また、『源氏小鏡』(4)でも、

きりつほといふまきのこと、大内にある御殿のなゝり。しけいしやといふはきりつほの事なり、このきりつほにひかる源氏のおんはゝ、さふらはせたまふ。さてこそ、きりつほのかうゐとは申けれ。

と巻名の由来から光源氏の母更衣の紹介へと進んでいく。

ところが、本書『小源氏』では、

きりつほのかうい、わつらひ給ひて、里《さと》へおり給へるに、御門《みかと》になこりおしみて

かぎりとてわかるゝみちのかなしきにいかまほしきはいのちなりけり　（乾・1丁表）

と、いきなり桐壺更衣が内裏退出に際して和歌を詠むところから始まるのである。巻名の由来の説明も桐壺更衣の紹介も、光源氏の誕生についての記述も、何もない。その後、「きりつほのかうい、なくなり給ひて後《のち》、かういのはゝのもとへ、ゆけひのみやうふといふを、つかはさる」（同）とあって、帝の歌、靫負命婦の歌、桐壺更衣の母の歌が記される。光源氏の名が初めて記されるのは、

源氏の君《きみ》、げんぶくし給ひけるおりに、しうとの左大臣《さだいじん》に、御門よりよみて下されける
いときなき初《はつ》もとゆひにながき世をちぎるこゝろはむすびこめつや　（乾・2丁裏）

と、元服時に父帝が舅となった左大臣に和歌を贈ったところである。これより先、

御門より御文のおくに
みやきのゝ露ふきむすふ風のをとにこはきかもとをおもひこそやれ　（乾・1丁表〜1丁裏）

とあって、この歌の「こはき」（小萩）は光源氏をさすわけだが何の説明もない。本書は、ただ和歌が詠まれた状況と詠者名をごく簡略に記すだけで、淡々と、そっけなく記述されているのである。本書の記述は、物語の筋を簡単明瞭に理解するための梗概書としてはほとんど機能していないように見え、それはあたかも歌集の詞書のような記載でしかない。『源氏物語』の筋や登場人物についての基礎知識を持たない読者には本書を読んでも物語を理解することは難しいであろう。しかし、ある程度『源氏物語』のことを知っている読者には、詠歌場面を通して『源氏物語』を

鑑賞する手引きにはなると思われる。

中世以降、『源氏物語』から作中の和歌のみを抜き出して配列した「源氏物語歌集」の類が作られている。古くは、花山院師賢編かという小御門神社蔵の『源氏物語歌集』若紫巻一巻が知られるが、これは「源氏物語の歌を引き、そのための詞書としての本文と作者を引く」もので、「詞書によって場面を説明し、その後に歌が引かれる」(5)という形態は、本書にかなり近いところがある。本書はそのような詞書付きの「源氏物語歌集」の影響を受けて作られたのであるかも知れない。

本書の記述が歌集の趣を備えていることの顕著な現れとして、若紫巻に次のような記事がある。

げんじ、むらさきのうへのかたに、一夜《よ》とまりたまひて、かへりたまふ道《みち》に、としごろしのびて、かよひたまふ女の、やど有ければ、過行《すぎゆき》給ふとて、

あさぼらけ霧《きり》たつ空《そら》のまよひにもゆきすぎがたきいもがかど哉

と、いひ入ければ、内よりつかひを出して、よみ人しらず

たちとまり霧《きり》のまがきの過《すぎ》うくは草《くさ》のとざしにさはりしもせじ

(乾・19丁表〜20丁表)

極力和歌の直前に詠者名を記す本書の方針がすでに歌集的であるわけだが、ここでは私に傍線を付したように「たちとまり……」歌の詠者を「よみ人しらず」と記している。先に「としごろしのびて、かよひたまふ女」とあるので詠者名は不要なわけだが、あえて「よみ人しらず」と、まさに歌集の作者名表記をまねた記述をしているところが、いかにも本書が歌集を意識していることを表している。ただし、このような表記はここ一箇所のみである。

五　場面の詳細な描写箇所

さて、本書の記述が「源氏物語歌集」の類を意識していることを指摘したが、実は、本書は終始淡々と詠歌状況の簡潔な説明と詠者名の記述ばかりをしているわけではない。時として、なかなか詳細な場面の描写が見られることもあるのである。

一例を挙げる。若紫巻の冒頭に次のような記事がある。

げんじおこりをわづらひ給ひて、北山《きた》に、ひじりの住《すみ》けるかたへ、おはしたり、御ふうを奉り、かぢしけり、おこりの心まぎらはし給はんとて、立出て、こゝかしこ見わたし給へは、僧坊《そうばう》おほき中に、こしばがきのうちに、女わらはべ、わかき人などみゆるを、惟光《これみつ》ばかり御ともにて、のぞき給へば、西《にし》おもてに、持仏堂《ぢぶつだう》あり、四十あまりのあま君、きやうよみゐたり、きよげなるおとな二人、わらはべ出入遊《いでいりあそ》ぶ中に、十《とを》ばかりにやあらんと見えて、白《しろ》ききぬ着《き》て、はしり來《きた》るむすめ、あまた見へつるわらわへに、似《に》るへくもなく、うつくしきかたちなり、これなんむらさきのうへにておはしけり、（乾・13丁表～14丁表）

ここには北山での若紫垣間見場面がかなり詳細に記述されている。これは、たとえば『源氏小鏡』（前掲第一類本）に、源氏十七のとし、わらはやみをして、きたやまにたつときひしりありとて、めしけれとも、京へはいてぬ事とてまいらす。さらはとて、きた山へおはします。かのひしり、かちしたてまつりたれは、おこらせたまはす。なをのこりおそろしとて、その日とゝまりて、御かちなとにまいりたまふ。つれ〴〵なれは、たちいてゝ、こゝかしこのそきて御らんすれは、女のすめるところあり。なに事にかはとおほして、のそきたまへは、かのひめきみのうはは、このおこりおとしたる、ひしりの御てし、そうつの御あねなり。此うはきみ、こゝちなやみたまふほとに、いのりなむとせんとて、この山におはしましに、ひめきみをもつれておはしましたるを、のそきて御らんしはしめさせたまふ。

とある記事と分量的に遜色ない。それどころか、『源氏小鏡』が若紫の祖母尼君の素姓に関心を示した書き方をしているのに対し、『小源氏』の方が若紫の可憐な様子に注目していて印象鮮明である。引用末尾の「これなんむらさきのうへにておはしけり」という一文も、本書には珍しい登場人物紹介の言葉だが、そこには物語のヒロイン紫の上に対する作者の思い入れが窺える。

この記事にあたかも呼応するかのように詳細に描かれているのが、御法巻における紫の上臨終場面である。

紫の上、心ちいと苦《くる》しくなり侍りぬとて、御木丁《みきてう》引よせて、ふしたまへるさまの、常《つね》よりもたのもしげなく見え給へば、御祈《いのり（ママ）》りの使《つかひ》ども、数《かず》もしらず立さはぎ、夜《よ》一夜、さま〴〵の事、せさせたまへど、甲斐《かひ》なく、明《あけ》はつるほどに、きえ果《はて》給ひぬ、殿《との》のうち、さらに物おぼえたるはなし、げんじは、ましておぼししづめんかたなし、夕霧の大将、参りたまひて、よろづとりおこなひ給ふ、空《むな》しき御からにても、今一たび見奉らんとて、御木丁引

あげて見たまふ、過《すぎ》しころ、野分《のわき》のあした、見奉り給ひしことなど、おぼし出《いで》て、夕霧

いにしへの秋のゆふべの恋《こひ》しきに今はと見えしあけぐれの夢《ゆめ》　（坤・30丁裏～31丁裏）

紫の上の臨終のさまと源氏の放心、亡骸に対面する夕霧の心中などが、簡潔ながら迫真的に描かれている。『源氏小鏡』（同前）には、

かくて日をへて（つゝカ）、おもりて、八月中はの程に、かくれさせ給ふ。いんの御心のうち、おもひやるべし。もやにいり給へとも、かきりのさまは、しるかりけれは、御くしおろさむとて、そのさほうするに、ふりわけかみのむかしより、てなれ給ひて、いまはと、そきおろしけん、あけくれの心まよひ、ゆめうつゝ、わきまへたまはす。日ころ、なれつかうまつりし人々、さらにおもひわくかたもなくて、ものおぼえたる物、一にんもなし。なか〳〵ゐんそ、心つよくもてなし給ひて、大しやうのきみに、のたまひあはせて、ことゝも、おこなはせたまふ。この大しやう、むかし、のわきのあさかとよ、かせのまきれに、のそきて見たてまつりし御あさかほは、いかならむよにも、おほけなくおもふまては、なかりしかとも、わすれかたく、おもひたてまつりしかは、いまならて（とカ）、おほして、なに心なく、うちふし給へる御かほを、つく〳〵と、まほりたてまつりたまふに、いとゝひかりさしそふ心ちして、むなしき御からを、わかたましゐの、しみいる心ちせしそ、わりなかりし。

とあって、本書よりも詳細に記述されているが、「なか〳〵ゐんそ、心つよくもてなし給ひて、大しやうのきみに、のたまひあはせて、ことゝも、おこなはせたまふ」云々にはやや脚色があり、本書の「げんじは、ましておぼししづ

めんかたなし、夕霧の大将、参りたまひて、よろづとりおこなひ給ふ」の方が『源氏物語』本文に近いようだ。

紫の上に関わる場面と言えば、葵巻の髪削ぎの場面も、本書では、

むらさきのうへの御ぐし、つねよりもきよらに見ゆるを、かきなでたまひて、けふはよき日なり、御ぐしそぎたまへとて、みづからたちよりて、いかにおひやらんとすらんと、そぎわづらひたまふ、海松《みる》など、かみにはさみて、(6)千尋《ちひろ》といはひきこへたまふ、げんじ

はかりなきちひろのそこのみるぶさのおひゆくすゑはわれのみぞみん

むらさきのうへ

ちひろともいかでかしらんさだめなくみちひるしほののどけからぬに

（乾・34丁表〜34丁裏）

とあって、会話文を用いなどしてやや詳しく書かれている。このように、作者はかなり紫の上に思い入れの深い人物であったらしい。

ただし、明石巻に、

明石《あかし》の上へ、かよひ給ふ事、紫《むらさき》の上聞《うへきゝ》たまひて、うらみたまへる御文あり、源氏のかたより、かさねて

しほぐ〳〵とまづぞなかるゝかりそめのみるめはあまのすさみなれども

（乾・63丁表）

とあるのは誤解で、源氏は、風の便りに紫の上の耳に入ることを恐れて自ら明石の君とのことを告白したのである。

紫の上贔屓ゆえの思い違いであろうか。

他に、本書で目立った詳しい描写としては、胡蝶巻冒頭の、

やよひ、はつかあまりのころほひ、紫《むらさき》の上の御まへのありさま、つねよりことに、花《はな》の色《いろ》、鳥《とり》の声《こゑ》、めづらしう、見へきこゆ、ほかは、さかり過《すぎ》たる桜《さくら》も、今さかりに、ほゝゑみ、らうをめぐれる、藤《ふぢ》の色《いろ》も、こまやかに、池《いけ》の水に、かげをうつしたる、やまぶき、峯《みね》よりこぼれて、いみじき盛《さかり》なり、龍頭鷁首《りやうどうげきしゆ》の舟《ふね》つくらせ、池《いけ》にうかへさせ給ふ、女房《にようばう》たちは、中嶋《なかじま》の入江《いりえ》に、舟《ふね》さしよせて見給ふ　（乾・96丁裏〜97丁表）

とある『源氏物語』本文を巧みに写した六条院の春の御殿の庭の描写や、真木柱巻の、

ひげ黒《ぐろ》の大将《だいしやう》の、もとのきたのかた、父《ちゝ》のかたへ、かへり給ふとて、出たち給へは、姫《ひめ》君もおなじく出たまふとて、つねによりゐたまふ、ひんがしおもてのはしらを、人にゆづる心地《こゝち》したまふもあはれにて、姫《ひめ》君ひはだ色《いろ》の紙《かみ》に、哥を書《かき》て、はしらのひわれたるはざまに、かうがいのさきにて、をしいれたまふ

今はとてやどかれぬともなれきつるまきのはしらは我をわするな　（乾・111丁裏〜112丁表）

という、真木柱の姫君が家を出る場面の記事などが挙げられよう。

このように、『小源氏』は、基本的には物語歌集に近い和歌中心の簡略な記述を旨としつつも、所々に『源氏物語』の本文を要領よくまとめたやや詳細な記述もする、梗概書と物語歌集とのあわいにある個性的なダイジェスト版であ

ると言うことができるのである。

六　作中人物の呼称等について

本書では、作中人物の呼称は、概ね『源氏物語』の登場人物として穏当な呼称が用いられていると言ってよい。光源氏は、身分・立場は変わっても最後まで「源氏」、紫の上は若紫巻からずっと「紫の上」である。呼称が変わるのは、正編では、「斎宮」から「秋好中宮」に変わる六条御息所の娘くらいであろうか。女三の宮は出家後も「女三の宮」ないし「女三」、その姉は「女二の宮」ないし「女二」で、一般的な「落葉の宮」の呼称は用いられない。

続編の宇治十帖では、登場人物の呼称が通常とは異なることが多い。「薫」「匂宮」「八の宮」などは終始その呼称で変わることはない。特徴的なのは、八の宮の娘たちである。普通、八の宮の三人の娘は、「大君」「中の君」「浮舟」と呼ばれる。ところが、本書では、「大君」「中の君」と呼ばれることはない。大君は「姉君」、中の君は「妹の君」ないし「姫君」と呼ばれる。そして浮舟は、最初に登場する寄生巻から次の東屋巻までは「東屋の君」と呼ばれ、浮舟巻から「浮舟」の呼称に変わる。「東屋の君」という呼称は『源氏物語古系図』（九条家本・為氏本・正嘉本）に「手習三君」（浮舟）の別称として見え、『源氏大鏡』（古典文庫508）・『光源氏一部謌《并》詞』（九曜文庫）・祐倫著『光源氏一部歌』（島原松平文庫）などでは東屋巻から浮舟巻にかけて浮舟の呼称として用いられているが、必ずしも一般的な呼称とは言えない。(7)

人物の呼称とは別に、宇治十帖には、もうひとつ珍しい固有名詞が出てくる。宇治の平等院である。椎本巻の冒頭に、

きさらぎ廿日のほど、匂宮初瀬《にほふみやはつせ》にまふでたまふ、御かへりに、平等院《びやうどうゐん》に立寄《より》給ふ、（坤・53丁表）

とあり、手習巻の冒頭にも、

浮舟《うきふね》は、平等院《びやうどうゐん》のうしろの木《こ》の下《もと》に、いきもたえぐにて、ふしておはしけるを、横川《よかは》の僧都《そうづ》、車《くるま》にのせて、小野《をの》といふ所《ところ》へ、いざなひ、かぢなどし給ひて、やうくいき出《いで》たまふ、（坤・89丁裏〜90丁表）

とある。平等院は道長の別荘宇治殿を継承した頼通が永承七年（一〇五二）に寺として創建されたものであるから、もちろん『源氏物語』にその名は見えない。『源氏物語』本文では、椎本巻には「六条院より伝はりて、右大殿しりたまふ所」とあって光源氏から受け継いで夕霧が領有している所と言い、手習巻には「故朱雀院の御領にて宇治院といひし所」とあって、両者は別の建物であるはずだが、本書ではどちらも「平等院」とする。明らかに錯誤ではあるが、おそらくこれは『源氏物語』研究史における准拠論と関係があろう。

『花鳥余情』(8)には、椎本巻の記事に関して、この邸はもと河原左大臣源融の別業で、後に六条左大臣源雅信の所領となったのを道長が買い取って別荘にしたもので、それを「宇治関白の代になりて永承七年に寺になされて法華三昧を修せられ平等院となつけ侍り」と言い、「六条左大臣より御堂関白につたはりたるを六条院よりつたはりてとはかきなし侍るなり」とある。また、手習巻の記事に関しては、『河海抄』(9)に、「平等院建立以前有宇治院号歟可引勘」とあり、『花鳥余情』は天暦元年（九四七）に陽成天皇が宇治院で遊猟したという『吏部王記』の記事と、天慶八年（九四五）に朱雀院（宇多法皇）が宇治院萱原庄の後院に逗留したことを記す文書を引用して、「今案朱雀院は寛平法皇を申也それを此物かたりの朱雀院にかきなせるなり」と書いている。これらの考証により、椎本巻の別荘も手習巻の故朱雀院の御領である宇治院も同一であるとして、ともに平等院のことだという理解が生じたのであろう。『小源氏』は『源氏物語』の成立年代を無視したか、「今の平等院」のつもりで「平等院」と記したかのどちらかであろう。なお、『源氏大鏡』（前掲第一類本）には、手習巻に「宇治院といふ所に中宿したり」とある箇所に「平等院なり」と割注がある。本書の記述に影響を与えているかも知れない。

おわりに

以上に述べたごとく、本書『小源氏』は、梗概書ではありながら、基本的に詠歌場面に限定して取り上げ、和歌の詠作状況の簡潔な説明と詠作者の明示を重視しており、かなり「源氏物語歌集」に近い趣を有している。そういう意味で、梗概書と「源氏物語歌集」とのあわいにある作品と言える。ただし、登場人物の紹介はほとんどなく、重要な事件についてさえ取り立てて言及しないこともあるので、『源氏物語』についての基本的な知識がない読者には理解しがたい面があることは否めない。それでいて、妙に詳しい場面描写を行なうこともあり、そこには作者の興味や嗜好が窺われる、かなり特異な個性を持つ梗概書であると言えそうである。伝来や享受の実態を知るためにも、類似伝本の発見が望まれるところである。

注

（1）本章における『源氏物語』本文の引用は、「新編日本古典文学全集」『源氏物語』①〜⑥（小学館）による。和歌の後の三桁の番号は『新編国歌大観』の歌番号である。

（2）引用は、「古典文庫」508、石田穣二・茅場康雄編『源氏大鏡〔訂正版〕』（一九八九年　古典文庫）による。句読点を一部改変した。以下、同じ。

（3）引用は、「翻刻平安文学資料稿」第三期別巻一、稲賀敬二・妹尾好信校『佚名　源氏物語梗概書（広島大学蔵）』上（一九九九年　広島平安文学研究会）による。

（4）引用は、岩坪健編『『源氏小鏡』諸本集成』（二〇〇五年　和泉書院）に翻刻された第一類・京都大学本（伝持明院基春筆）による。以下、同じ。

（5）伊井春樹編『源氏物語　注釈書・享受史　事典』（二〇〇一年　東京堂出版）。

（6）「海松《みる》など、かみにはさみて」という描写は『源氏物語』本文にはない。『河海抄』に「かみそきの具足に海松を用也」とあるような古注の理解に影響を受けた表現かも知れない。

（7）「東屋の君」の呼称の古系図・古注釈類における出現状況に関しては、小林理正氏から教示を得た。

（8）引用は、伊井春樹編「源氏物語古注集成」1『松永本　花鳥余情』（一九七八年　桜楓社）による。以下、同じ。

（9）引用は、玉上琢彌編、山本利達・石田穣二校『紫明抄　河海抄』（一九六八年　角川書店）による。注（6）の引用も同じ。

《付説》　梗概書（中世における）

一　梗概書の出現とその意義

治安元年（一〇二一）、田舎から上京してきたおばから「源氏の五十余巻《よまき》」を「櫃《ひつ》に入りながら」貰った菅原孝標女は、欣喜雀躍して耽読する。『更級日記』にそのありさまを、「一の巻よりして、人もまじらず、几帳のうちにうち臥して引き出でつつ見る心地、后の位も何にかはせむ。昼は日ぐらし、夜は目のさめたるかぎり、灯《ひ》を近くともして、これを見るよりほかのことなければ、おのづからなどは、そらにおぼえ浮かぶを」云々と記している（引用は小学館「新編日本古典文学全集」による）。『源氏物語』五十四帖がまとまった形で読まれたことを伝える最も早い記録である。

この十四歳の少女は、昼と言わず夜と言わず『源氏物語』の各巻を櫃から出しては読み出しては読みして、文章をそらんじるまで没頭した。彼女にとって『源氏物語』は同時代の文学であって、読んで理解するには何の支障もなく、またこの大長編を読破するに十分な時間もあったのである。

ところが、時が移って『源氏物語』が古典と呼ばれるようになると、孝標女のように自在に物語を読み通すことはなかなか困難になる。用語や文章が古くて読み難くなるとともに、王朝貴族の生活や風俗も身近なものでなくなって理解を妨げる。さらに、書写による享受しかなかった時代には、おのずと転写上の本文の乱れも加わる。かくして次第に『源氏物語』は大部にして難解な書物となっていったのであった。

しかしながら、『源氏物語』が描き出した豊饒な文学世界は、時代は変わっても人々の憧憬の的であり、多くの読者がその華麗な王朝絵巻の世界に踏み入ることを欲した。また、鎌倉時代初頭の建久四年（一一九三）に催された『六百番歌合』の判詞に、藤原俊成が「源氏見ざらん歌よみは遺恨の事なり」と記して以来、『源氏物語』は歌よみたちの必読の書とされた。にもかかわらず、それはすでに容易には読めない難解な作品になっていた。そこで、鎌倉時代になると『源氏物語』を読みやすくするために、本文の校訂と注釈の作業が行なわれるようになったのである。『源氏物語』享受史における最も古い注釈書は世尊寺伊行の『源氏釈』と藤原定家の『奥入』であるが、これらはほぼ引歌や引詩の指摘に尽きる簡略なものである。全巻にわたって用語や文脈、史的背景などについて詳細な注釈がなされるようになるのは、鎌倉後期における素寂の『紫明抄』や南北朝期における四辻善成の『河海抄』の出現を待たなければならない。その後、室町時代には一条兼良の『花鳥余情』や三条西実隆の『弄花抄』、その子公条による『細流抄』などといった本格的な注釈書が次々と作られ、安土桃山時代になると、能登永閑の『万水一露』や中院通勝の『岷江入楚』のような諸注集成的な注釈書も作られるようになる。

しかしながら、これら重厚な注釈書は『源氏物語』を研究的に読解しようとする者には大いに助けになるが、それ自体が膨大な分量であり、読者はもともと大部な原典に加えてさらに大部な注釈書を読まねばならないことになる。これはある意味、原典だけを読むよりもずっと大変な仕事である。量的な膨張・拡大を続ける注釈は『源氏物語』の世界に手っ取り早く触れたい読者にはわずらわしい余計な情報・知識でしかなく、和歌詠作のための手引き書・参考書として『源氏物語』を読みたい向きにも、注釈書を利用しての『源氏物語』通読というのはあまりに迂遠に感じられたであろう。だいいち、研究を生業《なりわい》にする身でもなければ、それほど多くの時間をかけることは不可能だったに違いない。そのような時代の要請によって作られたのが梗概書である。ここでいう「梗概書」とは、膨大な『源氏物語』の内容をコンパクトにまとめ、手早くその世界を読者に知らしめるために作られた書物のことである。

『源氏物語』享受資料としての梗概書の基本的性格と意義については、梗概書を最初に研究の対象として取り上げられた稲賀敬二氏の次のような記述に最も明確に示されているので、少々長くなるが引用させていただく。

註釈書の尨大化・拡大化・膨張の方向とは逆の動きが、中世の源氏物語享受の世界に指摘できる。私が便宜上、源氏物語梗概書と名づけている一群がそれである。註釈がプラス・アルファであらわされるとすれば、梗概書は総体的に原典が圧縮ダイジェストされる意味で、量的にも質的にも、原典マイナス・アルファの形を持っている。現代風に考えるならば、ダイジェスト・梗概、即、入門書と云う印象を受けやすいが、中世のそれは必ずしもそういう図式を受け入れない。現代の入門書は、初歩の読者にまず物語の梗概・輪郭を示し、そこからこれに刺戟されて、読者はいずれ原典へ立向って行くであろう事を予想している。少くとも理想的にはそうあって欲しいと云う善意と期待がそこにはある。しかし中世の梗概書は、入門書ではあるかもしれないが、梗概書・概説書として、それだけで完結した実用性をめざしているようである。原典に当るいとまのない人々のために、原典の俤とか輪郭とかの一部を伝えうればそれでよい―と云う性格は、今日のダイジェストにもありはするが、中世のそれは、たとえば「源氏小鑑」の類のように連歌の手引き書としての実用的役割が大きく全面におし出され、小鑑の作者は、小鑑の読者が、この小鑑を読む事によって、将来はあっぱれ一人前の源氏学のエキスパートにまで成長してくれる事など、殆ど期待はしていない。「源氏大鏡」の類、「源氏物語提要」の類なども、目的こそ若干のずれはあっても、この基本的な性格では相似たものと見てよい。梗概書は、原典へ向って窓が開かれているていのものではなく、それ自体完結した、閉ざされた世界であった。

源氏学者、物語の博士とよばれる人々の数よりは、歌人・連歌師のはしくれと自任する人口の方がはるかに多かった中世において、「源氏見ざらん歌よみは」と他人からうしろ指をさされる事をいさぎよしとしない連中は、源氏物語を一応は必読書のリストに加える。自分が読んでもいないのに、他人には読めと推薦する例は現代にも多い。だが、一度や二度読んでみたとて、すなおに頭におさまりそうにもないあの五十四帖の尨大な量である。そんな時、手軽にマスターできる便利な抜け道があるとなれば、人競ってこれを利用し、梗概書からかじった知識をフルに活用して、〝私は源氏を知っている〟かのように偽装したであろう。歌人や連歌師の源氏の読みは底の浅いものであっても、そこは短詩型のありがたさで、鑑賞・批評する方の側から、〝この作は源氏の何某の場面をうまく使いこなしている〟とか何とか、作った当人も気づかなかったイメージが第三者から付与され、五十四帖の現物を読み通した事のない男まで、いつのまにか、あっぱれ一っぱしの源氏学者の風貌を備えてくる――そんな事情が皆無とは云えないと思う。源氏を読みこなして巧みに利用している作品もあるにはある。だがそれはピラミッドの頂点、底辺の方には相当いかがわしいのが多かったはずだ。梗概書はそんな風土に守られて、多種多様に生産され、再生産すらもされながら、流布して行ったと思われる。

（『源氏物語の研究―成立と伝流―〔補訂版〕』〈一九八三年　笠間書院〉一四～一六頁。以下、稲賀氏の論は特に断らない限り同書による。）

軽妙な筆致で綴られた文章だが、梗概書には『源氏物語』の原典に触れる前段階としての入門書の役割というよりも、『源氏物語』の世界を踏まえた和歌や連歌を作る際の手軽な手引き書としての実用的な機能が強いことを強調しておられる。言われる通り、確かに中世に数多く生産された梗概書は、歌よみや連歌師のためのアンチョコとして作られたとおぼしく、それをきっかけに『源氏物語』原典の通読へと発展することを読者に期待したものではないであろう。ただし、それは単に世の省エネ・怠惰の気風に従ったというだけではなく、一面では、中世においては『源氏物語』原典の写本を五十四帖揃いで手に入れることは非常に難しく、全文を読みたくても容易には読めない状況であったことも考慮に入れる必要があろう。写本で伝えるしかなかった時代には、誰もが『源氏物語』の原典を目にする機会があったわけではない。孝標女は上総から上京してもなかなか『源氏物語』を見ることができずに嘆いていたところ、偶然おばから揃いの写本を貰って大喜びしたのであったが、まさにそれは稀有な僥倖と言うべきかも知れない。こういう状況は多くの梗概書が作られた中世においてもさほど変わらなかったはずである。そしてまた『源氏物語』原典を読み解くための注釈書の写本も同じく入手困難であったことだろう。

しかしながら、木版印刷による出版文化が盛んになる近世においては事情が異なる。読者の間には梗概書を契機としていずれは『源氏物語』五十四帖の全文を読もうという気運も生じたであろうし、書肆もそれを期待して梗概書を出版したであろう。近世期に新たに作られたさまざまな『源氏物語』梗概書の類は、明らかに特定の実用的機能が込められた中世の梗概書とは性格を異にしており、現代の『源氏物語』入門書としてあらすじを紹介した出版物にかなり近い。近世に絵入り版本として繰り返し出版されて世に広く流布した『源氏小鏡』も、成立当初の連歌作りの参考書としての機能が薄められ、『源氏物語』の内容を簡便に知るための入門書としての役割に傾斜していったのである。

本章では、近世期の梗概書類はさておき、中世期、十四〜十五世紀にあいついで作られた梗概書の主なものについてその特質を記す。稲賀氏の前掲著書『源氏物語の研究―成立と伝流―』の構成に従って、「『源氏大鏡』の類」「『源氏小鏡』の類」「『源氏物語提要』の類」とその他の梗概書（『源氏最要抄』と『佚名 源氏物語梗概書』）に分けて記述することにする。

二 『源氏大鏡』の類

『源氏物語』梗概書の中でも古いものであり、代表的な作品のひとつとされるものに『源氏大鏡』がある。著者は未詳で、諸本の中には一条兼良作（矢野春重氏蔵本）とか北野梅松院撰（北岡文庫本）などと記すものもあるが、信じられていない。成立年代については、稲賀氏は十四世紀の南北朝期と考えられるが、室町中期とする説もある（伊井春樹編『源氏物語 注釈書・享受史 事典』〈二〇〇一年 東京堂出版〉）。

書名には、『源氏大鏡』の他、『光源氏一部之歌并詞』『源氏秘抄』『源氏歌詞』『三帖源氏』『袖鏡』『浅聞抄』『源氏無外題抄』『源氏物語抜書抄』などがあってバラエティーに富む。『源氏小鏡』にも極めて異称が多いが、伝本によって書名が多様なのは、本文異同の大きさとともに梗概書の特色のひとつと言ってよい。

伝本の系統は、大きく三類ないし四類に分けられることが早く稲賀氏によって明らかにされていて、現在も変わらない。それによれば、次のように分類される。

第一類本は、『源氏大鏡』と題する書の大部分のほか、『三帖源氏』と題するもの、『浅聞抄』と題する書の一部を含める」という。松浦史料博物館蔵本や島原図書館松平文庫蔵『浅聞抄』がこれにあたる。「ノートルダム清心女子大学古典叢書」第二期11～13『源氏大鏡』上・中・下（一九七八年　福武書店）に影印刊行された同大学蔵黒川文庫本（無外題）や、石田穣二・茅場康雄氏編で古典文庫508『源氏大鏡〔訂正版〕』（一九八九年　古典文庫）に翻刻された石田氏蔵寛文元年書写本（同系統の松浦史料博物館本と石田氏蔵『三帖源氏』を校合している）もこの系統である。また、「源氏物語資料影印集成」4『光源氏一部歌并詞』（一九九〇年　早稲田大学出版部）に影印刊行された正保四年（一六四七）の奥書を持つ中野幸一氏蔵の九曜文庫本『源氏物語』（現在は早稲田大学図書館蔵）も第一類本であることが知られている。

第二類本は、『浅聞抄』と題する書の多くを含める」という。宮内庁書陵部蔵『浅聞抄』、刈谷図書館蔵『源氏物語浅聞抄』、北岡文庫蔵『源氏浅聞抄』、九州大学付属図書館細川文庫蔵『袖かゞみ』（五冊）などがこれに当たる。細川文庫本は「在九州国文資料影印叢書〔第二期〕」2・3に『細川文庫本　袖鏡』上・下（一九八一年　在九州国文資料影印叢書刊行会）として影印刊行されている（田坂憲二氏編・解説）。なお、稲賀敬二氏の編・解説になる古典文庫404『源氏物語抜書抄』（一九八〇年　古典文庫）は、吉田幸一氏所蔵の慶長頃古写本四冊を翻刻したものだが、これは『源氏大鏡』第二類本に属するもので、「第二類本の中では最も古い写本の一つであり、誤脱も少ない善本と認められる」（同書「解説」）という。

第三類本は、『源氏大鏡』『無外題』などと題する一部の本を含める」という。東北大学付属図書館蔵『源氏無外題』、天理図書館蔵の宝玲文庫旧蔵『源氏大鏡』・『源氏物語無外題』などがこれに該当する。この類に属する伝本の全文翻刻としては、本田義則氏「『左源氏』翻刻―（『源氏大鏡』三類本）」（一）～（六）『九州女子大学紀要（人文・社会）』第24巻第1号～第29巻（一九八九年三月～一九九三年十二月）、土田節子氏「今治市河野美術館蔵『源氏無外題抄』翻刻」（一）～（四）明治大学『日本文学』第23号～第26号（一九九五年六月～一九九八年六月）がある。なお、慶安四年（一六五二）中野道也刊行の『源氏大略』十二冊も第三類本に近いとされる。

第四類本は、「これは便宜上、以上の三類以外の諸本でありながら密接な関係を持つものを含めた」という。『源氏大鏡』と密接な関係があるものの先の三類の『源氏大鏡』とは別のものということなので、この類は『源氏大鏡』そのものとは一応区別して考えることができる。

稲賀氏は、第一類から第三類までの三系統の関係を考察されて、

1、第一類本、第三類本は、第二類本より古形を存する。

2、第一類本は第三類本よりも古形を存する。

と結論づけられた。これはその後の諸氏の再検討を経ても覆らず、定説として認められていると言ってよい。したがって、梗概書としての『源氏大鏡』の特質を論じるにあたっては、まず第一類本を対象とするのが適当と考えられる。その第一類本の作者について、稲賀氏は『山頂湖面抄』の著者で島原松平文庫本『光源氏一部歌』の編者の祐倫ではないかと推測されたが、大方の指示を得るには至っていない。

さて、『三帖源氏』の異名があるように、『源氏大鏡』は上・中・下の三巻三冊から成る。多くの本は、上巻（桐壺―花散里）、中巻（須磨―藤裏葉）、下巻（若菜上―夢浮橋）という構成であるが、松浦史料博物館蔵本や石田穣二氏蔵寛文元年書写本のように、上巻（桐壺―明石）、中巻（澪標―若菜上）、下巻（若菜下―夢浮橋）となっている本もある。石田氏は後者が「案外、素朴なもとの形だったのではあるまいか」と言われる（古典文庫508『源氏大鏡〔訂正版〕』「解説」）が、寛文元年本でも花散里巻の末尾に「桐壺より花散里迄十一帖分此内ニ有」とあり、同じく竹河巻の末尾に「若菜の上

下より竹川迄十一帖分此内にあり」とあることから、やはり本来の編成は通常の形であって、第一部のうち光源氏が人生の大きな転機を迎える須磨巻からを中巻とし、第二部と宇治十帖を併せて下巻とする、物語の構成に配慮した巧みな三分冊と言うべきであろうと思う。分量的には、寛文元年本は、上巻百八丁、中巻八十七丁、下巻八十八丁と、上巻がやや分厚いのに比べて、通常本は、黒川文庫本で見ると、上巻九十七丁、中巻百十五丁、下巻百十一丁と、上巻がやや薄いが、より均等に近くはなっている。

ただ、『源氏物語』本文の分量との対比で言えば、『源氏物語大成』校異篇の頁数で桐壺―花散里は三八六頁、須磨―藤裏葉は六二六頁、若菜上―夢浮橋は一〇四六頁と著しく均衡を欠いている。すなわち、巻序が進むにつれて梗概化が簡略になっているのである。上巻十一帖、中巻二十二帖、下巻二十一帖という巻構成からもそれは明らかである。上巻は比較的詳しい梗概化がなされているのだが、それでも帖によってかなり長短がある。ちなみに黒川本によって各帖の丁数を掲げると、

序	三・五丁	桐壺	七・〇丁	箒木	十八・五丁
空蟬	四・五丁	夕顔	十三・〇丁	若紫	九・五丁
末摘花	五・〇丁	紅葉賀	六・五丁	花宴	三・〇丁
葵	九・五丁	榊	十一・五丁	花散里	二・〇丁

となる。原典の分量に比べて箒木巻と夕顔巻の丁数が多いのがわかる。とりわけ箒木巻の十八・五丁は、上巻全体の十九％に及ぶ。しかもそのうちの前半十二・五丁は雨夜の品定め、特にその体験談の部分に割かれているのである。

雨夜の品定めが箒木巻における重要な記事であるにしても、少し重視し過ぎと言わねばならないだろう。

冒頭の「序」は、「光げんじの物語のおこりは」云々で始まり、大斎院選子内親王から上東門院彰子のところへしかるべき物語の注文があり、紫式部がそれを受けて石山寺に参籠して起筆したという物語の執筆契機に関する伝説を記し、光源氏のモデルとして在原業平や源高明説を挙げ、石山観音の利生を讃える文章である。多く上巻冒頭に置かれるが、寛文元年書写本など一部の本には下巻末尾に置かれている。この序の内容が、前田家本『源氏古系図』、いわゆる為氏本古系図の冒頭にある序文とほぼ一致することが知られており、『源氏大鏡』と古系図との密接な関係が想定されている。桐壺巻の末尾に「この御そひ臥の姫君葵の巻にかくれたまへば後にあふひのうへと系図有」（黒川本）とか、葵巻に「源氏の御ちやくし夕霧の大臣とけいづに有は此若君なり」（同）などとあること、また箒木巻末に「女をも箒木の君といふなり」とある記述が為氏本古系図の空蝉尼の説明に「はゝきゝとも」とあるのと一致することなどから、石田氏の指摘された通り、作者が古系図を座右に置いていたことは間違いない。なお、石田氏は、寛文元年書写本のように下巻末尾に序が置かれる形式について、「分冊の問題と同様に、これが元来の素朴な形であったであろう」と言われている。

さて、『源氏大鏡』は梗概書ではあるけれども、単に『源氏物語』原典の筋を圧縮して記すだけではなく、「梗概を述べる途中で随時、語釈・有職故実・和漢の故事・引歌・人物の系図関係などが記される」（『日本古典文学大辞典』第二巻〈一九八二年　岩波書店〉の「源氏大鏡」の項。稲賀氏執筆）という特色がある。本書が、梗概書であると同時に注釈書の側面も持つと言われるゆえんである。

他に、『源氏大鏡』の重要な特徴として、『源氏物語』中の和歌をすべて取り込んでいることがある。わずか三巻に圧縮した梗概の中に八百首近い作中歌をすべて載せるというのは、いかに作者が和歌を重視してこの梗概書を作ったかを示していよう。

稲賀氏は、このことに関して、「和歌を中心にしてその前後の原文の要を採る梗概化の方法を、より積極的におし進めたものと見られる。これに似た物語の梗概書に今川範政の『源氏物語提要』があるが、『源氏大鏡』では和歌に注をつける方法を採っていない」と言われた（前掲『日本古典文学大辞典』「源氏大鏡」の項）。同じく作中の全歌を載せる『源氏物語提要』と似ているけれども、それらの和歌に比較的詳しい鑑賞・批評・注釈を付す『源氏物語提要』に対して、『源氏大鏡』にはそれがないのが特徴だというのである。第一類本の中にも、たとえば黒川本のように傍書や割書で和歌注を記した本が相当数あることが報告されている（土田節子・辻本裕成・倉田実・渡辺久寿氏「『源氏大鏡』一類本諸本の分類について」『国文学研究資料館紀要』第23号　一九九七年三月）が、それらの歌注は書写の過程である一本に付けられたものがもとになっていると考えられているので、『源氏大鏡』が本来的に歌注を持たない形態であったことは間違いない。その他、稲賀氏は、引歌の提示の仕方についても『源氏大鏡』と『源氏物語提要』では大きな相違があることを指摘され、「引歌の数では提要の方が少ない」という特色を述べておられる。森岡常夫氏が、「本書の眼目は、源氏物語の和歌を漏れなく取り入れることにあったと思われる。本書は源氏物語の梗概書、注釈書という面もあるが、それ以上に源氏物語の和歌の手引き書なのである」と述べられた（前掲「ノートルダム清心女子大学古典叢書第二期11『源氏大鏡』上「黒川本『源氏物語大鏡』解題」）通り、歌よみに対して『源氏物語』の作中和歌や引歌に関して簡便に知識を与えるという機能が『源氏大鏡』にあることは疑いないであろう。

なお、稲賀氏は、主に作中和歌の歌句の特色を検討することによって、第一類本は別本・河内本系統の本によって『源氏物語』原典を引用しつつ梗概化していることがわかるが、第三類本、第二類本と異本が派生するにつれて、次第に青表紙本的な本文を参照して改訂するようになっていく傾向があることを明らかにされ、それは中世における

『源氏物語』本文諸系統の流布状況の変化に関してひとつの見通しを与えるであろうと述べられた。依拠した本文が河内本や別本であった時代から青表紙本へと移っていく過渡期に『源氏大鏡』三類の変遷もあったということである。

その他、『源氏大鏡』各類の梗概化の方法の特徴については、田坂憲二氏「『源氏大鏡』の形態」（『古代文学論叢』第十二輯『源氏物語と日記文学　研究と資料』〈一九九二年　武蔵野書院〉）に詳しい。田坂氏は、三類の先後関係について稲賀氏とやや異なり、「一類本が最も古く、二・三類本は一類本を基としてそれぞれ独自に改変して出来上ったものである」と言われている。

三　『源氏小鏡』の類

中世に成立した『源氏物語』梗概書の中で、最も世に流布したのが『源氏小鏡』である。したがって、伝本が極めて多く、さまざまな異本が存在する。書名にも多彩な異称があり、列挙すると、『歌伝抄』『源海集』『源概抄』『源氏一部大綱集』『源氏聞書』『源氏桐火桶』『源氏小巻』『源氏抄』『源氏大意』『源氏大概』『源氏の抄』『源氏の注小鏡』『源氏目録』『源氏之目録次第』『源氏秘伝書』『源氏物語宇治十帖解題』『源氏物語聞書』『源氏物語抄』『源氏物語注釈』『源氏物語抜書』『源氏ゆかりの要』『源氏要文抄』『源氏略章』『源氏類鈔』『こかゞみ』『新撰増注光源氏小鏡』『光源氏一部連歌寄合之事』『光源氏之許可紙』『源氏物語抄解』『木芙蓉』など、枚挙に遑《いとま》がないほどである。

近世期に何度も版行されたことも『源氏小鏡』の特色で、嵯峨本、慶長元和、元和、寛永の四種の古活字本をはじめ、慶安四年（一六五一）秋田屋版、明暦三年（一六五七）安田十兵衛版（絵入り）、同年浅見版（絵入り）、寛文六年（一六六六）版、同年版（絵入り）、延宝三年（一六七五）鶴屋版（絵入り）、寛延四年（一七五一）吉田屋版（絵入り）、文政六年（一八二三）加賀屋版（絵入り）、刊年不明須原屋版（絵入り）、無刊記版など、ほぼ江戸時代を通して十種に及ぶ整版本が刊行されている。絵入り本が多いのも特色のひとつで、かなり通俗的な読み物として巷間に流布していたことが知られる。写本の中にも絵入り本があって、奈良絵本が三点（堤康夫氏蔵本・桃園文庫蔵本・バイエルン州立図書館蔵本。うち桃園文庫本は目録と巻首・巻尾のみの新写本）存在することが報告されている（岩坪健編『源氏小鏡』諸本集成』〈二〇〇五年　和泉書院〉）。

冊数も一冊本、二冊本、三冊本とあって一定しない。版本は合冊されたものを除いて三冊本が普通のようである。

作者説もさまざまで、紫式部自作説（『源概集』）、藤原俊成説（阿波国文庫旧蔵『源氏秘伝書』、書陵部蔵『源概抄』）、同定家説（内閣文庫本、広島大学蔵『木芙蓉』奥書）などは信じ難いが、耕雲（花山院長親）が勝定院（足利義持）に献上したという「勝定院殿　耕雲進上之」の記事を持つ伝本の説はかつてかなり有力視されていた。しかしながら、寺本直彦氏は『源氏小鏡』の本文が耕雲本『源氏物語』の本文に合致しないことなどから耕雲作者説を否定し、耕雲は書写者に過ぎないとされ（『源氏物語受容史論考』〈一九七〇年　風間書房〉）、耕雲作者説は退けられた。他に、一条兼良の弟の南禅寺長老説（京都大学蔵『源氏小鏡』、桃園文庫蔵『源氏小鏡』等）や、連歌師の宗祇（大阪市立大学蔵『源氏抜書』識語）、宗牧（祐徳稲荷神社蔵『源氏之目録次第』奥書）、紹巴（寛延四年版本）などの説があるが、これらの人物は『源氏小鏡』の書写者や増補者であった可能性はあるものの、作者とは考えられないというのが現在の共通認識である。そして今日では、その内容から『源氏小鏡』の原形は十四世紀の中頃に二条良基かその周辺で作られたと推定する説（稲賀敬二氏・伊井春樹氏）が有力である。

作者説に宗祇や紹巴と言った連歌師の名が出てくるのも、『源氏小鏡』が各巻に連歌寄合《よりあい》の詞として『源氏物語』中の語句を列挙しているという特色を持つことと関連するのであろう。寄合とは、連歌において、前句の詞に関係のある特別な詞で、一座の誰にもすぐにそれと判断できるようなものをいう。『源氏小鏡』の有力な作者に擬されているニ条良基は、連歌学書『九州問答』に「源氏寄合ハ第一事也」と書いている。連歌の付合において『源氏物語』中の肝要な詞は何より大事だというのである。連歌師にとって『源氏物語』はまさに必読の書とされていたわけで、そのため源氏寄合の詞のみならず『源氏物語』の筋や内容を簡便に知ることのできる書が求められ、『源氏小鏡』はそれに応えてくれる便利な書として重宝されたのであろう。

さて、書名も形態も多種多様で、極めて多く伝存する諸本の分類・整理は至難のわざであるが、いち早く諸本の系統分類をされたのは稲賀氏である。氏は、『源氏小鏡』諸本をその中に含まれる和歌の数によって三系統に分類された。『源氏小鏡』は『源氏大鏡』や『源氏物語提要』とは異なり、『源氏物語』中の全歌を載せるという方式を取っていないため、和歌の数が諸本分類の目安となると考えられたのである。すなわち、次の三系統である。

1、百十首本系統 ┐
2、百三十首本系統 ┘ 通行本
3、異本系統

「百十首本系統」とは、物語中の和歌百十首前後を含む伝本で、本によって数首の増減がある。『源氏物語』原典と歌順が異なることもあり、記される巻名が原典と相違するものもあるが、この系統の伝本はすべて和歌の配列が等しいという。

「百三十首本系統」は、百十首本系統にある和歌のうちの数首を欠き、別に二十数首が増補されたもので、江戸時代に刊行された整版本はいずれもこの系統に属するという。末尾に、「夫生死無常の雲あつく、本覚真如の月出がたし。無明の酒にゑひて衣の裏の玉をしらず、おく〳〵万胡にもうけがたき人界にむまるゝ事、ほんてうより糸をおろして大海のそこの針のあなをつらぬくよりもうけがたし」云々という、極めて仏教色の強い跋文が置かれているのもこの系統である。

稲賀氏は、百十首本系統の本に増補改訂を加えたものが百三十首本系統であると考えられ、百十首本系統の方が原形に近いのでこれを古本系統と呼ぶこともでき、また『源氏小鏡』の現存諸本のほとんどがこの二系統に属することから、一括して「通行本」と呼び、その他の異本系統と区別するのがよいとされる。

「異本系統」は、「通行本」である百十首本系統と百三十首本系統とは性格の異なる本の総称で、大別して、増補の方向に向かうものと省略の方向に向かうものとがあるとされる。前者には、三井寺聖護院秘蔵の本を写したとの奥書があることから「聖護院秘本系」と仮称される一群があり、桐壺巻の冒頭部分に天竺の桐楊舎の故事を引くなど記事の増補が顕著で、和歌数も百四十五首と多い。片桐洋一編『異本　源氏こかゞみ』（一九七八年　和泉書院）に影印刊行されたのがこの類の伝本である。後者には、桃園文庫蔵『光源氏抜書』のように文字通りの「抜書」と言うべき極度に省略された本などが含まれる。

このように稲賀氏の三系統区分は、和歌の数に注目して通行本を百十首本系と百三十首本系の二類に分け、それ以外のさまざまな形態の本を異本系と一括したもので、かなり大括りなものであった。

これに対して、伊井春樹氏は、稲賀氏の区分を発展させる形で、諸本を次の六系統に分類された（『源氏物語注釈史の研究　室町前期』〈一九八〇年　桜楓社〉。以下、伊井氏の論は特に断らない限り同書による）。

・第一系統本（古本系小鏡）
・第二系統本（改訂本系小鏡）
・第三系統本（増補本）
・第四系統本（簡略本）
・第五系統本（梗概中心本）
・第六系統本（和歌中心本）

伊井氏によれば、『源氏小鏡』原形本の作者が所持していた本は別本であり、それによって梗概化したことが第一系統本に引用された和歌が別本の異文を持っていたことから知られる。ところが、後世何人かによって、別本の異文はことごとく青表紙本によって訂正され、それとともに和歌も増補されて、本文にも一部改訂が加えられた。そして、多くの本には跋文も添えられた。それで第一系統本を「古本系小鏡」とも称するという。稲賀氏の言われる「百十首本系」が第一系統本（古本系）にあたり、「百三十首本系」が第二系統本（改訂本系）にあたるわけである。伊井氏は、改訂本の中で跋文を持たない本を第一類とし、跋文を持つ本のうち河内本や別本の異文が残るものを第二類、残らないものを第三類に下位分類されている。

第三系統本以下が稲賀氏が「異本系統」に分類された本である。第三系統本（増補本）は、稲賀氏の言う増補の方向に向かうもので、伊井氏はそれらをさらに第一類から第三類までに下位分類される。片桐氏蔵の前出『異本 源氏こかゞみ』はこの第三系統本の第二類に属する。第四系統本（簡略本）は稲賀氏の言われる省略の方向に向かうものに該当すると思われる。

以上の四系統は、『源氏小鏡』の最大の特徴とも言うべき連歌寄合を有する本であり、第五・第六系統はそれを有さない本である。連歌寄合を省いてしまうともはや『源氏小鏡』ではないと言えそうなのだが、このような本があるということは、『源氏物語』を踏まえた連歌詠作のための手引き書という本来の目的が忘れられ、物語の梗概がわかればよいという立場での改変（第五系統本〈梗概中心本〉）や、『源氏大鏡』などに近い作中の和歌を重視する立場での改変（第六系統本〈和歌中心本〉）などが行なわれたということである。すなわち、伊井氏が言われるように、『小鏡』は秘伝書とか学統のもとに作成された注釈書とかいった類ではなく、いわば和歌・連歌における源氏物語のハンドブックであった。それだけに所持者は自分の便利の良いように、増補・削除といった改訂作業を容易に施すことができた。その結果今日見るように、入り乱れた諸本の出現ということにもなった」ということなのである。

さて、各巻に列挙する連歌寄合の詞であるが、伊井氏によれば第一系統本（古本系）の伝持明院基春筆本（京都大学蔵）では三一二語あるという。また、増田京子氏の調査によると、第二系統本（訂正本系）に属する流布版本のひとつ刊年不明の須原屋版では三四〇語が数えられ、そのうち五九・一％の二〇一語までが、桐壺から明石までの早い巻に集中していると指摘された（「『源氏小鏡』に関する一考察――その梗概化をめぐって――」『岡大国文論稿』第21号　一九九三年三月）。また、伊井氏によれば、第一系統本のうち宮内庁書陵部蔵の『けんしのちう小かゝみ』は寄合の数が三三九語だが、そのうち基春本と共通するものは二三九語（七〇・五％）にとどまり、一〇〇語は独自のものという特異な本なので、これを第二類本とし、他の本を第一類本と称しておられる。梗概本文や和歌だけではなく、連歌寄合の詞についても改訂・増補の行なわれた本があるということである。

なお、この伊井氏の六系統の分類にしたがい、主要な十三点の伝本を全文翻刻した岩坪健編『源氏小鏡』諸本集成』（前掲）が刊行されている。伝本が多いわりにはこれまで本文の翻刻紹介が少なかったので、体系化された本文集成が出版されたことは意義深い。

四　『源氏物語提要』の類

『源氏物語提要』は、今川範政（貞治三年・正平十九年〈一三六四〉～永享五年〈一四三三〉）の著作である。流布本には永享四年（一四三二）八月十五日の自跋があることから、この年の成立と見られる。その自跋には、次のようにある。

われと性《（ママ）》おなじき人のむすめを、むつきのうちよりやしなひて、老のかたらひとしけるに、ある時我にいへる事有。源氏物語抄物世におほし。しかれ共、事しげくして、或は耳どをなるあり、又事かけたるあり。ねがはくはこと葉のおもしろき巻〳〵歌のかず〳〵、また其人の名どもしらしめよといたくこふゆへに、のぞみにまかせ、こと葉を常にし、事をあつめてかきつくり、源氏物語提要と名付て、六十帖の名をかり、六帖にして是を送る。見る人あざけりあらむかし。他見あるまじき也。

永享四年八月十五日　上総介範政　在判

（稲賀敬二編「源氏物語古注集成」2『今川範政　源氏物語提要』〈一九七八年　桜楓社〉により、清濁・句読点などを適宜改めた。）

これによれば、範政は同じ今川姓の人の娘を養女にして育てており、その娘に請われたため『源氏物語提要』六帖を作って贈ったという。ところが、天理図書館蔵十冊本には、われにむつまじき友の、あるときにいへる事あり。光源氏物語は詞花言葉をつくすといへども、おろかにしてわきまへがたし。諸抄世におほしといへども、或は事しげくして耳どをなるあり、あるひは事かけたるあり、又一句〳〵はたゞしけれ共、すべてみわけがたき有。ねがはくはおもしろきまき〳〵、歌の数〳〵、人のしなかたちまでしらしめよとこふ。さらばいふてもみんとちぎりて、さびしきつれ〴〵、ねられぬ折〳〵は、ともし火にむかひて心にうかびける事を筆にまかせてかきあつめければ、ほどなく十まきにみちぬ。もとより愚なる意を人にもらすべきにはあらねども、或かくの事までしれるやんごとなきかたへ物とひけるつゐでに見せ申ければ、をかしくも書あつめ侍る物かなとくり返し給ひて、（中略）されば人により、たからともせんには、是を源氏物語提要といひつべしとみづから筆をそへ給ふ。ゆへにわれ心奢して、終に清書して提要愚用集と名付て彼友にあたへ侍りぬ。かなづかひ、事の前後、見る人ゆるしたまへかし。

（稲賀敬二著『源氏物語の研究―成立と伝流―〔補訂版〕』〈一九八三年　笠間書院〉に引用された本文により、句読点を改めた。）

こちらでは、親しい友人に請われて執筆し、十巻になったものをある貴人に見せたところ賞賛されて『源氏物語提要』と命名してくれたので意を強くし、清書して『提要愚用集』と名付けて例の友人に与えたとあり、年時の記載と署名はない。この二つの跋文間の齟齬に関して稲賀氏は、「異本跋文も範政の所為と認めてよいならば、天理図書館十冊本に云うような友人に与えた十冊本が先に成り、後に源氏六十巻にならって六冊の流布本が纏められた可能性の方が多い」と言われた（前掲書）が、後に、注記や引歌など内容の検討から、「異本系提要は、流布本系提要の不備を正し、説明不足の註に加筆を加え、（中略）流布本系では大幅に略されていた物語の梗概部分をも増補して、完成されたものと、私は考える」と考えを改められた。そして、範政が流布本系跋文の日付である永享四年（一四三二）の翌年に没している（永享五年〈一四三三〉五月二十七日没）ことから、その間に流布本系を増補して決定稿である異本系を完成することは難しいとして、「異本系提要は、流布本系提要の跋文年時に偽がない限り、範政没後、彼に極めて近い人物の手によって、範政の使ったのとほぼ同じ資料に基き増補改訂されたものと私は考える」と述べられた（前掲「源氏物語古注集成」2『今川範政 源氏物語提要』「研究編」）。おそらく流布本系六巻本を増補改訂したものが異本系十巻本であることは間違いないであろう。しかしながら、二種の跋文は、養女と友人と主体が異なるのに、「事しげくして、或は耳どをなるあり、又事かけたるあり」とか、「ねがはくはこと葉のおもしろき巻〳〵歌のかず〳〵、また其人の名どもしらしめよ」など、発言の内容がほぼ一致する。これは一方をもとにして書き換えたものと思われ、跋文の内容の史実としての信憑性はどちらもはなはだ疑わしいと言うべきであろう。たとえば、永享四年（一四三二）八月時点ですでに流布本系とそれを増補した異本系の両様の本が完成しており、範政はそれぞれにそれらしい跋文を記したというような事情も想定可能であろうと思う。

さて、『源氏物語提要』は、物語の梗概を記しながら、随時原典の言葉の語釈、故事や引歌の指摘などをはさんでいるが、特筆すべきは、原典の和歌をすべて掲出し、それぞれに解釈的・鑑賞的な注釈を記している点である。『源氏大鏡』も全歌を載せるが、歌注はない。『源氏物語提要』には『源氏物語』作中歌の全注釈という性格があるのである。たとえば、物語中最初の歌である桐壺更衣の歌には、

かぎりとてわかるゝ道のかなしきにいかまほしきは命なりけり

時にのぞみて心のまゝの御歌なり。哀ふかし。いかまほしきとは、たゞいきたきと云ことばなり。みかどの御こゝろふかくおはしますをいとをしみ奉りて、わか身のきえゆくよりも君の御こゝろの切なるをおもひたてまつれば、みかどの御為にいきたきとの御歌也。

という注が付されている。多くは「心は」とか「此歌の心は」などと記して歌注が示される。『源氏小鏡』や『源氏大鏡』よりもはるかに分量が多いのは、この全歌に注を付すという方針のせいもありそうである。稲賀氏は、両跋文の記事から『源氏物語提要』の梗概化が耳遠い原典の雅語を当時の日常語でくだいて書くという叙述態度をとっていることを指摘し、「このような基本的な態度をとるから、云いかえのできない和歌については註釈的辞句を加えるという方法によったのであろう」と言われている。

また、稲賀氏は、『源氏物語提要』が『河海抄』など先行の古注を忠実に踏襲していることを指摘され、『花鳥余情』と一致する注に関しては、「提要と花鳥余情とに先行する、今日見る事のできぬ古註を、提要も花鳥余情も、ほとんど表現まで変える事なく引用して自己の歌註を成したものと見るべきである」と言われ、共通の散逸古注の存在が推定できることから、その意味でも研究史の重要な資料になると主張された（前掲「源氏物語古注集成」2『今川範政　源氏物語提要』「研究編」）。

『源氏物語提要』の伝本は十数本が知られるが、異本系は白川雅喬王筆の天理図書館蔵十冊本のみで、後はすべて流布本系である。六冊本の他、四冊本（吉永登氏蔵本）や十二冊本（東京大学国文研究室蔵本）、また八冊本（稲賀氏蔵文化八年奥書本、現在は安田女子大学図書館稲賀文庫蔵）もある。刊行されたことはなく、すべて写本で伝わるが、範政の序文のみは徳川光圀編の『扶桑拾葉集』巻十六に収められ、版行されて世に流布した。

また、それらとは別に、流布本系からの抄出に加筆したものと考えられる『源氏大綱《おおつな》』とか『源氏大概真秘抄』などと題する本も存する。稲賀氏によれば、「今川範政の『源氏物語提要』の、和歌の解釈などにかかわる部分を削り、要を集めたものが骨子となって源氏大綱が成立したものと思われる」と言われ、『源氏大綱』の類の諸本はA・B二つのグループに分けられるが、Aグループ祖本はBグループに書き入れ増補を行なったものであるとされた。すなわち、Bグループ祖本の若紫巻の記述を大幅に改訂し、同時に説話的説明をも増補したのがAグループであるという。そして、その成立時期については、「私は大綱Aグループの成立を十六世紀後半の頃と見て、Aグループにおいて増補された部分にあらわれる説話的要素を、主として十五世紀後半から十六世紀頃の源氏物語享受の性格を反映するものと考える」と言われ、「Bグループの祖本の成立もそれにみあうだけの古さを持っていると見てよいであろう」と述べておられる。稲賀敬二編「中世文芸叢書」2『中世源氏物語梗概書』（一九六五年　広島中世文芸研究会）には、Bグループの代表的本文である『源氏大概真秘抄』（稲賀氏架蔵）を全文翻刻し、それにAグループの本文である一冊本『源氏物語大綱』（同）を対校している。対校本文が入り組んでいてやや読みにくいが、『源氏大綱』の類の中身に具体的に触れることのできる現在唯一の活字本である。

なお、稲賀氏の著書では未見とされ触れられていないが、東海大学附属図書館桃園文庫に所蔵される一本（桃八―八〇。内題・外題とも欠くが、整理書名は『源氏大縄』）には、巻末に「元禄七戌年初冬　羽石氏剛岩」の識語と「不応軒夢楽」による長文の「加詞」を持っている。識語によると、六十八歳の剛岩がある貴人から拝領した「大縄」なる本を末娘のために書写したものだとあり、「加詞」では剛岩の友人である夢楽が本書の成立事情をさらに詳しく述べている。すなわち、剛岩は五十歳の頃主君のもとを離れて上野国伊勢崎に隠棲し、幼い娘のために「源氏物かたりの密しをかきたるものとて一百六十丁にこみたるもの」を著作したのだと言う。伊井春樹氏は、「このような叙述からすると、たんに転写したのではなく、剛岩は手を加えて増補ないし改訂もしていたはずだが、あるいは著者自身でもあったのを、このように韜誨して表現したのかも知れない」と言われている（『源氏物語 注釈書・享受史 事典』。識語・加詞の引用も同書所掲のものによる）。本文の詳しい検討が必要ではあるが、近世になってのこととは言え、『源氏大綱』の類の増補・改訂の当事者の様子が具体的に知られるとすればすこぶる興味深いことである。

五　『源氏最要抄』と『佚名 源氏物語梗概書』

さて、他の二種の梗概書について簡単に触れておく。

『源氏最要抄』は、長く宮内庁書陵部蔵の一本のみとされていたが、片桐洋一氏蔵本と梁瀬一雄氏蔵本が紹介されて伝存三本ということになった（ただし、片桐本は「宇治十帖」を欠く二冊本であり、梁瀬本も若菜下巻までの残欠二冊本の由）。書陵部本は、中野幸一編「源氏物語古注釈叢刊」第五巻（一九八二年　武蔵野書院）に全文翻刻されている。伊井春樹氏によれば、梁瀬本第一冊末には、

是者、応永廿三年四月十五日、自勝定院殿後小松拂雲被尋申源氏之抜書也

という識語があるとのことで、それによると、この本は、応永二十三年（一四一六）四月十五日に「拂雲」が勝定院（足利義持）の求めに応じて作った『源氏物語』の抜書であるということになる。伊井氏は、「後小松拂雲」というのは後小松院時代の「拂雲」の意で、これは「耕雲」（花山院長親）の誤写であろうと言われる。そして、「彼が『源氏

小鏡』を大幅に改作して『源氏最要抄』を作成したことが、いつの間にか『源氏小鏡』そのものの著者と誤られるようになったのではないだろうか」と推測された（『源氏物語 注釈書・享受史 事典』）。『源氏最要抄』と『源氏小鏡』の近似性は明らかで、稲賀氏も、「最要抄が源氏小鑑の類の一本によった事は疑いない」と言われている。梗概の文章については、「梗概は『小鏡』よりも整理され、叙述は平明である」と言われる（大津有一氏「注釈書解題」、池田亀鑑編『源氏物語事典』下巻〈一九六〇年　東京堂出版〉）ように、読み物として楽しめる平易な文章で綴られている。

しかしながら、その内容は、稲賀氏が「最要抄は、梗概書というよりは原典の改作本と云うのがふさわしい」と言われた通り、『源氏物語』原典に忠実な梗概とはとても言えず、原典にない記事を多く盛りこみ、和歌さえも新作したものがあるという有様である。

たとえば桐壺巻冒頭の一節は、

きりつぼのかういとはひかる源氏の御はゝなり。ちゝは大なごんにてすぎさせ給ふ。はゝのきたのかたはあまになりて、むすめのきりつぼの御かいしやくにつきそひ給ふ。

（前掲「源氏物語古注釈叢刊」第五巻により適宜濁点を付し、一部句読点を改めた。以下同じ。）

と始まるが、桐壺更衣の母北の方が尼になった事実も、更衣の介錯（世話役）として付き添っていたということも原典にはない。また、蓬生巻では、荒れ果てた末摘花邸を源氏が訪れた場面に、

きみさしいりて見給へば、ひめぎみ雨のもらぬかたにきちやうたてさせ、御なみだぐみておはします。もりにぬ

れたるふみそうしなどえんにほしちらしたるを御らんじて、

云々と、原典にない末摘花の様子が迫真的に描写されている。和歌は、書陵部本で二二九首が載るが、うち十五首は作中和歌ではない（ただし、引歌として指摘された歌も含む）。かように自由奔放とも言える梗概化がなされた『源氏最要抄』は、やはり読み物として読者を楽しませる目的で作られたものとおぼしい。

最後に、広島大学図書館蔵の『佚名 源氏物語梗概書』について記す。同書は「翻刻平安文学資料稿」第三期別巻一〜三（一九九九年〜二〇〇〇年　広島平安文学研究会）に全文翻刻した（稲賀敬二・妹尾好信校）。この本は上巻（桐壺〜朝顔）、中巻（少女〜竹川）、下巻（橋姫〜夢浮橋）の三冊本であるが、もとは十冊本を合綴して三分冊としたものと見られる。作中和歌は基本的に全部採録しており（数首の遺漏があるが、その場合は行間や欄外に補記されている）、その点は『源氏大鏡』や『源氏物語提要』と似ているが、『源氏大鏡』とは全く別種の梗概書であり、『源氏物語提要』のような歌注もない。詳しくは、翻刻に付した解題および稲賀氏の『源氏物語注釈史と享受史の世界』（二〇〇二年　新典社）所収論文を参照されたいが、稲賀氏によれば、梗概化に際して依拠した本文は陽明文庫本に近い別本で、『源氏釈』と性格を同じくしていること、また傍書されている注記の部分などにも『源氏釈』の影響が見られることから、『伊行釈』の初期の一形態として、今日見られる書陵部本や前田家本よりも物語原典を長く引用し、そこへ引歌等を書き入れたものがあったのではないか。（中略）広大本はそういう形態を踏まえて、これを梗概書に近づけようと意図した」ものと捉えられ、『源氏釈』の当初の形を伝えたものであろうとされた（翻刻の解題）。そうであれば、広大本の祖本は鎌倉期に成立したものであり、初期の梗概書として極めて注目される書だということになる。

なお、書陵部本『源氏最要抄』の下巻末尾には「ふみつくる物の事」として、「松」「さくら」「むめ」以下、「あさぢう」「まきばしら」「すだれ」まで二十五の植物や調度などが列挙されており、これは『源氏小鏡』の一種『源概抄』にあるものと一致することが指摘されている（大津有一氏、前掲「注釈書解題」）が、広大本『仮名 源氏物語梗概書』にも、明石巻末尾に「なでしこに文」以下八条が、夢浮橋巻末尾に「桜に文」以下五条が存していて、それとも類似していることを稲賀氏が指摘しておられる。

六 おわりに —— 中世物語と梗概書の関係など

十四、五世紀頃から『源氏物語』の梗概書がいくつも作られ、書写を重ねる中で増補・訂正の手が加えられつつ、広く読まれていたことはこれまでに見てきた通りである。それは『源氏物語』の用語や場面を踏まえた和歌や連歌を作る際の手引き書、虎の巻としての用途が主であったはずだが、歌よみや連歌師のみならず、中世の物語作者も梗概書を読んでおり、作品中に梗概書の影響が見られる例があることが指摘されている。

辛島正雄氏は、中世王朝物語のひとつである『木幡の時雨』の表現に『源氏小鏡』の影響があることを論じられた（『中世王朝物語史論』下巻〈二〇〇一年 笠間書院〉）。室町時代に成立したとおぼしきこの物語の作者は、原典ではなく、梗概書を通じて『源氏物語』を理解しており、その一端が「かの女三の宮の立ち姿」などの表現となって作中に表われていると説かれたのである。このような例はいわゆる御伽草子の類にまで広げればいくらも見出すことができるであろう。

また、梗概書のスタイルそのものが影響したと見られる物語もある。『源氏物語』の続編として作られた『雲隠六帖』がそれである。「雲隠」「巣守」「桜人」「法の師」「雲雀子」「八橋」の六巻から成る『雲隠六帖』は、『源氏物語』

の幻巻の後と夢浮橋巻の後とを補う目的で作られたものだが、筋中心の簡略な行文で、『源氏物語』本編の文章とは比較にならない粗いものである（本書第一部第四章参照）。それはあたかも中世に作られた梗概書の文章を見ているようである。平成十七年（二〇〇五）四月発行の『源氏研究』第10号（翰林書房）に掲載された座談会で、河添房江氏が『雲隠六帖』は非常に梗概的で、各帖はまったく一つの巻とは言えないですよね」と発言され、それを受けて今西祐一郎氏が「ある意味で、書かれなかった部分の梗概書みたいな感じです」と応えられ、さらに河添氏が「そうなんですよね。まさに梗概書なんですね」と続けられるくだりがあるが、同感である。『雲隠六帖』という物語は、『源氏物語』原典ではなく、梗概書のスタイルを模して作られた続編だと考えられる。『雲隠六帖』は江戸期に絵入り本として何度も版行されているが、それは『源氏小鏡』が同じように絵入り版本として刊行され続けたことと類似している。おそらく『源氏小鏡』の体裁を真似て『雲隠六帖』は刊行されたのであろう。なお、『雲隠六帖』と『源氏物語』梗概書との類似・影響関係については、小川陽子著『『源氏物語』享受史の研究　付『山路の露』『雲隠六帖』校本』（二〇〇九年　笠間書院）において詳しく論じられている。

『雲隠六帖』ほど梗概的ではないものの、中世王朝物語の中では、五巻十八章から成る『松陰中納言物語』などの文章も多分に梗概書的な性格があると言ってよいのではないかと思う。また、『いはでしのぶ』の抜書本（三条西家蔵）は、全八巻と推定される物語全体から和歌と叙情的な場面、巻頭・巻尾の文を抜き書きしたものとされているが、これも『源氏物語』の全歌を抜き出して梗概化する方法をとる『源氏大鏡』や広大本『佚名　源氏物語梗概書』などの形態に学んだものと考えることも可能であろう。

このように、梗概書は、物語史の視点に限定して眺めても、ひとり『源氏物語』の享受にとどまらず、中世においては、存外多くの物語の創作や受容に影響を与えていると考えられるのである。

《資料翻刻》 架蔵『小源氏』(乾・坤)

〔凡 例〕

一 架蔵の写本『小源氏』(乾・坤)二冊の全文を翻刻した。

一 底本の書誌および内容の特色については、本書第三部・第四章「架蔵『小源氏』考――梗概書と「源氏物語歌集」のあわい――」を参照されたい。

一 翻刻にあたっては、底本に忠実であることを旨としつつ、次のような方針に従った。

1 底本の仮名はすべて現行の字体に改めた。漢字については底本の字体を尊重したが、現行の字体に改めた場合もある。

2 底本にある朱点はすべて読点として残した。朱の合点(カギ点)は「ヘ」で表記した。

3 振り仮名を含めて、仮名の清濁はすべて底本のままとした。「人」「所」「川」「河」などの漢字や「ゝ」にも清濁を示すため濁点が付されている場合があるが、それもそのまま再現した。

4 改行はすべて底本のままとした。改丁による空白も底本の通りである。

5 巻名はゴシック体で強調した。若紫・玉鬘を除く巻名の上にある朱の三角印も「△」で表記した。

6 底本の丁番号を各面の冒頭に【1オ】(第1丁表)・【1ウ】(第1丁裏)のように示した。

7 和歌には、通し番号を( )内に示した。この番号は『新編国歌大観』の歌番号に一致する。

8 底本の表記に疑問がある場合は、右傍に「(ママ)」と注記した。

小源氏

乾」（外題）

【1オ】

△きりつほ

きりつほのかうい、わつらひ給ひて、里《さと》へおり給へ
るに、御門《みかと》になこりおしみて
かぎりとてわかるゝみちのかなしきに
いかまほしきはいのちなりけり（1
きりつほのかうい、なくなり給ひて後《のち》、かういの
はゝのもとへ、ゆげひのみやうふといふを、つかは
さる、御門より御文のおくに

【1ウ】

みやきのゝ露ふきむすふ風のをとに
こはきかもとをおもひこそやれ（2
みやうふ、かういの母《はゝ》のもとへ行て、よろつ物あはれ
に、なみたをもよほしけれは
すゞむしのこゑのかぎりをつくしても
ながき夜あかずふるなみたかな（3
かういの母
いとゞしく虫《むし》のねしげきあさぢふに

【2オ】

つゆおきそふる雲《くも》のうへ人（4）

御門《みかど》へ、たてまつりける哥

あらき風ふせぎしかげのかれしより
こはぎかもとぞしづこゝろなき（5）

みかど、かういをしたひ給ひて

たづね行まぼろしもがなつてにても
玉のありかをそことしるべく（6）

かういのはゝのなけきを、御門おぼしやりて

【2ウ】

雲のうへもなみだにくるゝ秋の月
いかですむらんあさぢふのやと（7）

源氏の君《きみ》、げんぷくし給ひけるおりに、しうとの左大臣《さだいじん》に、御門よりよみて下されける

いときなき初《はつ》もとゆひにながき世を
ちぎるこゝろはむすびこめつや（8）

左大しん

むすびつる心もふかきもとゆひに

【3オ】

こきむらさきのいろしあせすは（9）

△はゝき木《ぎ》

右馬頭《むまのかみ》としごろ心かはせし女の、ねたましき心ふかゝりけれは、こらさんと思ひて、わざとつれなきさまをみせしに、かの女いよ〳〵ねたましき心まさりて、家《いへ》を出てゆくとて、むまのかみがこゆびに、くひつきけれは

【3ウ】

手をおりてあひ見しことをかぞふれば
これひとつやはきみかうきふし（10）

女かへし

うきふしを心ひとつにかぞへきて
こや君が手をわかるべきおり（11）

月のあかゝりける夜、ある殿上人《てんじやうびと》、女のもとへかよひけるに、琴《こと》ひくをとのきこへければ、ふところより、笛《ふえ》とり出て、ふきあはせてよめる

【4オ】

琴《こと》の音《ね》も月もえならぬ宿《やど》ながら
　つれなき人をひきやとめける（12）
女かへし
　こがらしにふきあはすめるふえのねを
　ひきとゞむべきことの葉ぞなき（13）
頭中将年《とうのちうじやうとし》ごろかよひける女の、むすめをまふけてのち、中たえんとしけるに、女のもとより、なでしこの花に、文をそへてをくるとて

【4ウ】

　山がつのかきほあるともおり〳〵に
　あはれはかけよなでしこの露（14）
そのゝち、頭中将《とうのちうじやう》、かの女のもとへ行て、よめる
　さきまじる色はいづれとわかねども
　なをとこなつにしくものぞなき（15）
女かへし
　うちはらふ袖《そで》もつゆけきとこなつに
　あらしふきそふ秋《あき》も來《き》にけり（16）

【5オ】

藤式部《たうしきぶ》、心かはせし女あり、有時行けるに、おんなわづらふことありて、ひるといふ物、くすりなりとて、くひけるに、匂ひなどしければ、此香《このか》うせなんのちといひて、あはざりければ、藤式部《たうしきぶ》
　さゝがにのふるまひしるき夕ぐれに
　ひるますぐせといふがあやなさ（17）
をんなかへし
　あふ事のよをしへだてぬ中ならば

【5ウ】

　ひるまもなにかまばゆからまし（18）
げんじ、うつせみに、はじめて逢給《あひ》ひけるに、鳥《とり》もなきて、わかれ給ふとて
　つれなさをうらみもはてぬしのゝめに
　とりあへぬまで《ま》おどろかすらん（19）
うつせみ
　身のうさをなげくにあかで明る夜は
　とりかさねてぞねもなかれける（20）

【6オ】
うつせみに、あはんとし給ひしに、たび〱つれなかりければ、おとうとの小君《こぎみ》して、文つかはしたまふとて

見し夢《ゆめ》をあふ夜有やとなげくまに
目さへあはでぞころもへにける (21)

源氏ある夜、うつせみのもとへ、小君をつれて、行《ゆき》たまふに、あはざりければ

はゝきゞの心をしらでそのはらや

【6ウ】
みちにあやなくまどひぬるかな (22)

空蟬《うつせみ》あはじとはいひけれど、心にかゝりて、さすがにまどろまざりけれは

数《かず》ならぬふせ屋におふる名のうさに
有《ある》にもあらずきゆるはゝき木 (23)

△うつせみ

ある夜、げんじうつせみのもとに忍《しのび》ひ給ふに、

【7オ】
うつせみ心なくて、にげかくれて、床《とこ》のうちにもあらざりければ、むなしくかへり給ふとて、うつせみの、ぬぎおけるきぬを、とりて出給ひ、日をへてのち、御文つかはしたまふとて

うつせみの身をかへてげる木《こ》の下《もと》に
なを人がらのなつかしきかな (24)

うつせみかへし

うつせみのはにをく露《つゆ》のこがくれて

【7ウ】
しのび〱にぬるゝ袖かな (25)

△夕かほ

五条《でう》にすみけるめのとの、わづらひけるを、源氏とふらひ給ふとて、車《くるま》のうちより見たまへは、此家《いへ》のとなりに、ゆふがほのさけるあり、めしつれ給へるずいじんを入て、此はなをおらせ給へば、内よりちいさき女の、あふぎをもち出て、これに

【8オ】

すえてまいらせよとて、ずいじんにつかはす、
この扇《あふぎ》をとりよせて見給へば、哥あり

　心あてにそれかとぞ見るしら露《つゆ》の
　ひかりそへたるゆふがほのはな（26）

げんし此哥を見給ひてのち、かの夕顔《ゆふがほ》の
さけるやとへ、よみてつかはしたまふ

　よりてこそそれかとも見めたそかれに
　ほの〴〵みつる花《はな》のゆふがほ（27）

【8ウ】

六条《でう》のみやす所へかよひ給ひて、夜も明《あけ》けれ
ば、かへり給ふ、中将《じやう》といふ女、おくりて出ける、
せんざいの草花など、さかりなるをながめ給ひ
て、やすらひ給ふ、中将も御ともにまいられける
に、げんしたはふれ給ひて

　さく花にうつるてふ名はつゝめども
　おらで過うきけさのあさがほ（28）

中将かへし

【9オ】

　あさぎりのはれまもまたぬけしきにて
　はなに心をとめぬとぞ見る（29）

源氏夕がほのやとへかよひ給ひて、八月十五夜の、
あかつきかたに、あたりなるひじりの、南無《なむ》たう
らいだうしと、おがむこゑをきゝ給ひて、かれ
を聞たまへ、此世とのみはおもはず、のちの世
までをたのめり、わりなき中《なか》もかくぞとて、

　うばそくがおこなふ道《みち》をしるべにて

【9ウ】

　こん世もふかきちぎりたがふな（30）

ゆふがほ

　さきの世のちぎりしらるゝ身のうさに
　ゆくすゑかねてたのみがたさよ（31）

あたりちかき所にて、心やすく明さんとて、
右近《うこん》といふ女房《にようばう》をめして、御車《くるま》にのせま
いらす、あかつきがたに、六条院《ろくでうのいん》に、おはしましつ
きたるに、あれたるかどのしのぶ草しげり、霧《きり》

【10オ】
もふかく露《つゆ》けきに、御袖《そで》もいたくぬれけれは、げんじ

いにしへもかくやは人のまどひけん
わがまたしらぬしのゝめのみち (32)

夕がほ

山の端《は》の心もしらでゆく月は
うはの空《そら》にて影《かげ》やたえなん (33)

六条院《の》は、人めもなく、あれはてゝ、草《くさ》も木も見所なく、池《いけ》はみくさにうづもれ、

【10ウ】
みな秋の野《の》と成し所へ、いざなひたまへり、源氏是まては顔《かほ》をもかくし給へど、女のうらみんことをおぼして

夕露《つゆ》にひもとく花は玉ぼこの
たよりに見へしえにこそ有けれ (34)

夕がほ

ひかりありとみし夕㒵《ゆふがほ》のうは露《つゆ》は
たそかれときのそらめなりけり (35)

【11オ】
夕かほむなしくなりたまひて、げんしなけきのあまりに

見し人のけふりを雲《くも》と詠《なが》むれは
ゆふべのそらもむつましきかな (36)

うつせみの君は、げんじのわすれたまふやと、こゝろ見に

とはぬをもなどかととはで程ふるに
いかばかりかはおもひみだるゝ (37)

【11ウ】
げんじ

うつせみの世《よ》はうき物としりにしを
またことの葉《は》にかゝるいのちよ (38)

源氏、のきばの荻《おぎ》といふ女のもとへ、小君《こぎみ》して

ほのかにも軒端《のきば》の荻《おぎ》をむすばすは
露《つゆ》のかごとをなにゝかけまし (39)

【12オ】
軒端《のきば》の荻《おぎ》かへし
　　ほのめかす風につけても下おぎの
　　なかばは霜《しも》にむすぼゝれつゝ（40）
夕がほのうへの四十九日《なゝなぬか》、ひえの山にて、とふら
ひせさせ給ふ、ふせにつかはし給ふはかま
に、げんじ
　　なく〳〵もけふは我《わか》ゆふ下ひもを
　　いづれの世《よ》にかとけて見るべき（41）

【12ウ】
空蟬《うつせみ》は、おつとの伊与介《いよのすけ》につけら《れ》れて、神無月《かみなづき》
の比《ころ》、ひたちの国《くに》へ、下るべきに、さだまりけれ
ば、げんじの君《きみ》より、くしあふぎなど、お
くり給ひ、過しころ、うつせみのもとより、
とりてかへり給ひし衣《ころも》も、かへし給ふとて
　　あふまでのかた見ばかりとみしほどに
　　ひたすら袖《そで》のくちにけるかな（42）
△空蟬《うつせみ》

【13オ】
　　せみの羽《は》もたちかへてげる夏《なつ》ごろも
　　かへすを見てもねはなかれけり（43）
冬《ふゆ》たつ日、時雨《しぐれ》の空《そら》を、詠《なが》め暮《くら》し給ひて
　　過《すぎ》にしもけふわかるるもふた道《みち》に
　　ゆくかたしらぬ秋のくれかな（44）

わかむらさき

げんじおこりをわづらひ給ひて、北山《きた》に、

【13ウ】
ひじりの住《すみ》けるかたへ、おはしたり、御ふうを
奉り、かぢしけり、おこりの心まぎらはし
給はんとて、立出て、こゝかしこ見わたし給へは、
僧坊《そうばう》おほき中に、こしばがきのうちに、女
わらはべ、わかき人などみゆるを、惟光《これみつ》ばかり
御ともにて、のぞき給へば、西《にし》おもてに、持仏堂《ぢぶつだう》
あり、四十あまりのあま君、きやうよみゐた
り、きよげなるおとな二人、わらはべ出入遊《いでいりあそ》ぶ中に、

【14オ】
十《とを》ばかりにやあらんと見えて、白《しろ》ききぬ着《き》
て、はしり來《きた》るむすめ、あまた見へつるわら
わへに、似《に》るへくもなく、うつくしきかたちなり、
これなんむらさきのうへにておはしけり、
姫君《ひめぎみ》の事をあま君
　おひたゝむ有かもしらぬわか草を
　をくらす露《つゆ》ぞきえん空《そら》なき（45）
ひめ君のめのと、少納言

【14ウ】
　はつ草のおひ行《ゆく》すへもしらぬまに
　いかでか露《つゆ》のきえむとすらん（46）
僧都《そうづ》のかたへ、げんじおはしまして、物語《ものがたり》
などし給ふに、ひるのおさなき面影《おもかげ》、心にかゝ
りて、たづねたまへば、僧都《そうづ》のいもうとの
あまのまごなり、ちゝは兵部卿《きやう》の宮なりと
かたり給ふ、夜ふけて、此ひめ君のめのと
少納言《せうなごん》に逢《あひ》給ひて、源氏

【15オ】
　はつ草のわか葉《ば》のうへを見つるより
　たびねの袖《そで》も露《つゆ》そかはかぬ
かくて、あま君にかたりけれは、あまぎみ
　まくらゆふこよひばかりの露《つゆ》けさを
　みやまのこけにくらべざらなむ（48）
おさなきほどの御うしろみと、ゆくすゑの事
までちぎりのたまふ、あかつきがた、せんぼうの
こゑ、山おろし瀧《たき》のをと、ひゞきあひて、めづら

【15ウ】
しくきゝ給ふ、げんじ
　ふきまよふみ山おろしに夢《ゆめ》さめて
　なみだもよほすたきのをとかな（49）
僧都《そうづ》
　さしぐみに袖《そで》ぬらしける山水《やまみず》に
　すめるこゝろはさはぎやはする（50）
京《きやう》より御むかへの人〳〵まいりて、おこりの
御こゝち、なをり給ふを、よろこび申、だいりよ

【16オ】
りも、御つかひあり、京へかへり給ふとて、源氏
　みや人にゆきてかたらん山ざくら
　風よりさきにきても見るべく（51）
そうづ
　うどんげの花まちえたる心地して
　み山ざくらにめこそうつらね（52）
ひじり
　おく山の松のとぼそをまれに明《あけ》て

【16ウ】
　まだみぬ花のかほを見るかな（53）
あま君のかたへ、げんじより
　夕ま暮《ぐれ》ほのかに花《はな》の色を見て
　けさはかすみのたちぞわづらふ（54）
あま君かへし
　まことにや花のあたりは立うきと
　かすむる空《そら》のけしきをも見むゞ（55）
京へかへり給ひて、又の日、あま君のもとへ、御

【17オ】
文《ふみ》つかはす、中にちいさく引むすびて
　おもかげは身《み》をもはなれず山ざくら
　こゝろのかぎりとめてこしかど（56）
あま君返し
　あらしふくおのへの桜《さくら》ちらぬまを
　心とめけるほどのはかなさ（57）
二三日ありて、これみつを御つかひ
にて、あま君のもとへ、御文つかはし

【17ウ】
たまふ、その中に
　あさか山あさくも人を思《おも》はぬに
　など山の井のかけはなるらん（58）
あま君返し
　くみそめてくやしと聞《きゝ》し山の井の
　あさきながらやかげを見すべき（59）
藤《ふぢ》つぼのみやへげんし
　見ても又あふ夜まれなる夢《ゆめ》の中に

【18オ】
やがてまぎるゝわが身とも哉(60)
藤つぼかへし
世《よ》がたりに人やつたへんたぐひなく
うき身をさめぬ夢《ゆめ》になしても(61)
あま君、京へかへりたまへば、げんじ
かしこへおはしたり、むらさきのうへ
の御こゝろ、きこへければ、
またの日

【18ウ】
いはけなきたづの一声聞《ひとこへきゝ》しより
あしまになづむ舟《ふね》ぞえならぬ(62)
げんじむらさきのうへを、いつか、わが
ものになさんとおぼすこゝろを
手《て》につみていつしかもみん紫《むらさき》の
ねにかよひける野邊《のべ》のわか草(63)
あま君、九月《ながづき》廿日の程、北《きた》山にてうせ
たまふ、むらさきのうへ、めのとの少納言《せうなごん》、

【19オ】
京《きやう》へかへりこもりおはせるを、源氏
とふらひたまひて
あしわかの浦《うら》にみるめはかたくとも
こは立ながらかへるなみかは(64)
少納言《せうなごん》
よる波《なみ》の心もしらでわかの浦《うら》に
たまもなびかんほどぞうきたる(65)
げんじ、むらさきのうへのかたに、

【19ウ】
一夜《よ》とまりたまひて、かへりたまふ道《みち》に、
としごろしのびて、かよひたまふ女の、
やど有ければ、過行《すぎゆき》給ふとて、
あさぼらけ霧《きり》たつ空《そら》のまよひにも
ゆきすぎがたきいもがかど哉(66)
と、いひ入ければ、内よりつかひを出し
て、よみ人しらず
たちとまり霧《きり》のまがきの過《すぎ》うくは

【20オ】
草《くさ》のとざしにさはりしもせじ（67）
むらさきのうへ、ちゝのもとへむかへた
まはぬさきに、とり給はんとて、夜ふかく
わたらせたまひ、むらさきのうへを、
いだきおこし、御くるまにのせた
まひて、二条院《にでうのいん》へいざなひ、むらさき
のうへの、あそびの友《とも》に、わらはべども、
まいらせて、こゝろをなぐさめたまふ、

【20ウ】
けんし
ねはみねとあはれとぞ思ふむさしのゝ
つゆわけわぶる草のゆかりを（68）
むらさきのうへ
かこつべきゆへをしらねばおぼつかな
いかなる草のゆかりなるらん（69）

【21オ】
△末《すへ》つむ花《はな》
源氏頭中将《とうのちうじやう》と、もろともに、内裏《だいり》より
いでたまひけるが、道《みち》のほどにて、中将と
引《ひき》わかれ給ひて、いざよひの月の、おも
しろきに、すへつむ花といふ姫君《ひめきみ》の
もとへ、おはしまして、ことのねをきゝ
たまふに、かきのほとりにおとこゐたり、
たれならんと思《おぼ》したれば、頭《とう》の中将《ちうしやう》

【21ウ】
なり、源氏は、たれとも見しり給《たま》はて、
われとしられしと、あゆみのき給へは、
頭中将《とうの》
もろともに大うち山は出つれと
いるかた見せぬいさよひの月（70）
源氏返し
さとわかぬかげをはみれど行月《ゆく》の
いるさの山をたれかたづぬる（71）

【22オ】
此姫君《ひめきみ》、あひたまひても、ものいふ事
したまはねは、源氏
　いくぞたび君がじゝ《（ママ）》まにまけぬらん
　ものないひそといはぬたのみに（72）
姫君の御めのと、小侍従《こじじう》さしよりて
　かねつきてとぢめん事はさすがにて
　こたへまうきぞかつはあやなき（73）
けんし

【22ウ】
　いはぬをもいふにまさるとしりながら
　をしこめたるはくるしかりけり（74）
かへり給《たまひ》て、夕つかた、御文《ふみ》つかはし給ふ、
夕霧《ぎり》のはるゝけしきもまだみぬに
　いぶせさそふるよひの雨《あめ》哉（75）
姫君《ひめきみ》、御返しえしたまはねば、侍従《じじう》をしへ
きこゆる
　はれぬ夜《よ》の月まつ里《さと》を思ひやれ

【23オ】
　おなじこゝろに詠《なが》めせずとも（76）
姫君の、うちとけたまはぬ、御けしきなれは、
　朝日《あさひ》さすのきのたるひはとけながら
　などかつらゝのむすぼゝるらん（77）
雪《ゆき》のあした、姫君のもとより、帰《かへ》り
給ふに、おきなかどをえあけやらねは、
　ふりにけるかしらの雪《ゆき》を見る人も
　をとらずぬらすあさの袖哉（78）

【23ウ】
姫君《ひめぎみ》のもとより、源氏へきぬをお
くり給ふ、御ふみのうちに
　から衣きみが心のつらければ
　たもとはかくぞそぼちつゝのみ（79）
げんじ此ふみのはしに
　なつかしき色《いろ》ともなしになにゝこの
　すへつむ花を袖にふれけん（80）
中だちしける、みやうぶ

【24オ】

紅《くれな井》のひとはなごろもうすくとも
ひたすらくたすなをしたてずは（81）

またの日、源氏

あはぬよをへだつる中の衣手《ころもで》に
かさねていとゞ見もしみよとや（82）

末《すへ》つむは、かみながく、はなのあかゝりければ、紫《むらさき》のうへの御かたにて、ひいなあそび、繪《ゑ》などかきて、かみのながき女を

【24ウ】

かきて、はなにべにをつけて、見給ふ、繪《ゑ》にかきても、見にくきさまとおぼす、御まへの紅梅《こうばい》、色《いろ》づきければ、

くれな井のはなぞあやなくうとまるゝ
梅のたちえはなつかしけれど（83）

△紅葉賀《もみぢのが》

みかどの御前《まへ》にて、源氏の君と、頭中将《とうのちうじやう》、

【25オ】

せいがいはといふがくを、まひ給ふ、つぎの日、藤《ふぢ》つぼのもとへ、源氏

物思ふにたちまふべくもあらぬ身の
袖うちふりしこゝろしりきや（84）

藤《ふぢ》つぼ返し

から人《ひと》の袖ふることはとをけれど
たちゐにつけてあはれとは見き（85）

藤つぼ、御子《こ》もふけ給ふ、源氏まいり

【25ウ】

たまへど、この御子の、源氏によくにたまへるを、はづかしく思して、見せ奉り給はねば、源氏

いかさまにむかしむすべる契《ちぎり》にて
この世にかゝる中のへだてぞ（86）

みやうぶ

見ても思ふみぬはたいかになげくらん
こや世の人のまどふてふやみ（87）

【26オ】
源氏、此わか君を、見給てのち、せんざい
の、とこなつの花《はな》を、おらせ給ひて、みやうぶ
がもとへ、おくり給ふとて
　よそへつゝみるに心はなぐさまで
　露《つゆ》けさまさるなでしこの花（88）
藤つぼ
　袖ぬるゝ露のゆかりと思ふにも
　なをうとまれぬやまとなでしこ（89）

【26ウ】
源内侍《げんないし》のすけとて、年おひたる女房《にようばう》
あり、源氏心みんとて、もすそをひき
たまへは、内侍《ないし》
　君しこばたなれのこまにかりかはん
　さかり過たる下葉《したば》なりとも（90）
源氏返し
　さゝわけば人やとがめんいつとなく
　こまなづくめるもりの木《こ》がくれ（91）

【27オ】
ゆふだちして、すゞしき宵《よひ》のまぎ
れに、うんめいでんのわたりを、たゝずみ
ありきたまへば、内侍《ないし》、琵琶《びは》を、いとおも
しろく、ひきゐたり、源氏あづまやを
うたひて、よりたまへば、ないし
　立ぬるゝ人しもあらじあづまやに
　うたてもかゝる雨《あま》ぞゝきかな（92）
源氏

【27ウ】
　人づまはあなわづらはしあづまやの
　まやのあまりもなれじとぞ思ふ（93）
頭《とうの》中将、げんじの、しのびありきを、見
つけんと、あとをしたひて、内《うち》へいりぬ、源氏
なをしきんとしたまへど、ゆるさゞりけ
れば、頭《とうの》中将のおびをとき給ふ、ぬがし（ママ）
としけるほどに、ころも、ほころびたり、
頭中将

【28オ】
　つゝむめる名《な》やもり出んひきかはし
　かくほころぶる中《なか》のころもに（94）
源氏
　かくれなき物としる〳〵夏衣《なつごろも》
　きたるをうすき心とぞ見る（95）
源氏頭中将、ともに帰《かへ》り給ひてのち、
あとにおちとまりたる、さしぬき、おび
など、源氏へ奉るとて、ないし

【28ウ】
　うらみてもいふかひぞなきたちかさね
　ひきてかへりし波《なみ》のなごりに（96）
げんじ
　あらだちし波《なみ》に心はさはがねど
　よせけんいそをいかゞうらみぬ（97）
源氏のなをしの袖を、頭中将《とうのちうじやう》、引はなち
とりて、これとぢつけさせ給へとて、おこ
せたり、源氏のかたより、頭中将のおび

【29オ】
をつかはし給ふ、源氏
　中たへばかごとやおふとあやうさに
　はなだの帯《おび》はとりてだにみず（98）
頭中将返し
　君にかく引とられぬる帯《おび》なれば
　かくてたえぬるなかとかこたん（99）
みかど、藤《ふぢ》つほのはらのわか君を、春宮《とうぐう》
にたて給はんと思して、まつ藤《ふぢ》つぼを、

【29ウ】
中宮《ちうぐう》にたてたまふ、内裏《だいり》へまいり給ふ
夜《よ》の御供《とも》に、源氏のきみもおはしたり、
わりなき御心には、御こしのうちも
おぼしやられて、源氏
　つきもせぬ心のやみにくるゝ哉
　雲井《くもゐ》に人を見るにつけても（100）

△花の宴《ゑん》

【30オ】

源氏しゆんわうでんといふまひを、おもしろくまひたまふ、藤《ふぢ》つぼ、御めとまりて

　大かたに花のすがたを見ましかば
　つゆもこゝろのをかれましやは（101）

弘徽殿《こうきでん》のほそどのにて、朧月夜《おぼろづきよ》の内侍《ないし》に、はじめてあひ給て、源氏

　ふかき夜のあはれをしるも入月《いるつき》の

【30ウ】

　おぼろけならぬ契《ちぎり》とぞ思ふ（102）

こよひばかりにては、えやみ給はじ、なのりたまへとあれば、朧月《おぼろづき》

　うき身世《み》にやがてきへなば尋《たづね》ても
　草《くさ》の原《はら》をばとはじとや思ふ（103）

源氏

　いづれぞと露《つゆ》のやどりをわかむまに
　小《を》ざゝがはらに風もこそふけ（104）

【31オ】

夜もあけゆけば、人〻おきさはぐ、あふぎばかりを、しるしにとりかはして、出たまふ、かの扇《あふぎ》に源氏

　世にしらぬこゝちこそすれ有明《ありあけ》の
　月の行衛《ゆくゑ》を空《そら》にまがへて（105）

とかきつけおきたまふ、

やよひの、廿日《はつか》あまりに、右大臣殿《うだいしんとの》にて、藤《ふぢ》の花のえんしたまふ、をくれて

【31ウ】

さく、桜二木《さくらふたき》、おもしろくさけり、源氏のきみ、おはしたまはねば、御子《こ》の四位《しい》の少将《せうしやう》を、御むかひに奉り給ふ、右大臣《うだいしん》

　わがやどの花しなべての色《いろ》ならば
　なにかはさらに君をまたまし（106）

木丁《きちやう》ごしに、おぼろの内侍《ないし》の手《て》をとりて、源氏

　あづさ弓いるさのやまにまどふ哉

【32オ】

ほのみし月のかげやみゆると（107）

朧《おぼろ》月返し

心いるかたならませば弓《ゆみ》はりの
月なき空《そら》にまよはましやは（108）

【32ウ】

△葵《あふひ》

かものまつりに、源氏勅使《ちよくし》にまいりたまふ、人〻まつり見んとて、出る中に、六条《ろくでう》の御息所《みやすところ》も出《いで》給ふ、車《くるま》どもおほく立ならひて、すきまもなし、あふひのうへは、いせいつよくて、みやす所の車《くるま》を、さしのけさせんとすれば、たがひにあらそひて、人〻たちさはぐ、ついにみやす所

【33オ】

のくるまを、おくのかたへ、をしいれければ、御息所《みやすところ》

かげをのみみたらし川のつれなきに
身《み》のうきほどぞいとゞしらるゝ（109）

まつりみる人の中に、源氏のかたを、まねく車《くるま》あり、いかなる人ならんとおもへは、源内侍《げんないし》なり、源内侍よりの哥に

【33ウ】

はかなしや人のかざせるあふひゆへ
神《かみ》のし（ゆカ）るしのけふをまちける（112）

げんじ

かざしける心ぞあだにおもほゆる
八十氏《やそうぢ》人になべてあふひを（113）

源内侍《げんないし》

くやしくもかざしけるかな名のみして
人だのめなる草葉《くさば》ばかりを（114）

【34オ】
むらさきのうへの御ぐし、つねよりも
きよらに見ゆるを、かきなで
たまひて、けふはよき日なり、御ぐし
そぎたまへとて、みづからたちより
て、いかにおひやらんとすらんと、そぎ
わづらひたまふ、海松《みる》など、かみに
はさみて、千尋《ちひろ》といはひきこへたまふ、
げんじ

【34ウ】
はかりなきちひろのそこのみるぶさの
おひゆくすゑはわれのみぞみん(110)
むらさきのうへ
ちひろともいかでかしらんさだめなく
みちひるしほののどけからぬに(111)
あふひのうへ、わづらひたまへば、げんじ
御息所《みやすところ》へひさしくおとづれたまはず、
みやす所は、源氏をこひしくおほし

【35オ】
たまふ折《おり》から、御文《ふみ》あり、御返事し
たまふとて
袖ぬるゝ恋路《こひぢ》とかつはしりながら
おりたつたごのみづからぞうき(115)
とあるを、源氏見給ひて
あさみにや人はおりたつわがかたは
身もそぼつまでふかき恋路《こひぢ》を(116)
あふひのうへ、ものゝけにわづらひたまふ

【35ウ】
ゆへ、さま〴〵いのりなどせしに
なげきわび空にみだるゝわがたまを
むすびとゞめよ下《した》がひのつま(117)
これは、をんりやうのよめる哥也
あふひのうへ、ついにはかなくなり給ひて
のち、空《そら》のけしきを、詠《なが》め給ひて、源氏
のぼりぬるけふりはそれとわかねども
なべて雲井《くもゐ》のあはれなる哉(118)

【36オ】
げんじ、葵《あふひ》のうへのために、ぶくいをき
たまひて
　かぎりあればうすゞみ衣《ころも》あさけれど
なみだぞ袖をふちとなしける（119）
源氏なげきくらし給ふに、御息所《みやすどころ》より、
菊《きく》の花にそへて、御文あ梨《り》
　ひとの世をあはれときくも露《つゆ》けきに
おくるゝ袖を思ひこそやれ（120）

【36ウ】
源氏返し
　とまる身《み》もきへしもおなじ露の世に
心おくらんほどぞはかなき（121）
ある夕暮《ゆふぐれ》、時雨《しぐれ》しけるに、頭中将《とうのちうじやう》
まいりたまひて
　雨《あめ》となりしぐるゝ空《そら》のうき雲《くも》を
いづれのかたとわきてながめん（122）
けんしかへし

【37オ】
　見し人の雨となりにし雲井《くもゐ》さへ
いとゞしぐれにかきくらすころ（123）
あふひのうへのはゝ君、なげき給ふを、
思ひやりて、御つかひつかはしたまふに、
なでしこの花を、おくり給ひて、源氏
　草《くさ》がれのまがきにのこるなでしこを
わかれし秋のかたみとぞ見る（124）
返し

【37ウ】
　今もみて中〱袖をくたすかな
かきほあれにしやまとなでしこ（125）
あふひのうへのことを、思しなげきて、
ものあはれなる比《ころ》、あさがほの姫《ひめ》君の
かたへ、源氏
　わきてこのくれこそ袖は露けゝれ
物おもふ秋はあまたへぬれど（126）
返し

【38オ】
秋霧《ぎり》に立をくれぬときゝしより
　しくるゝ空《そら》もいかゞとぞ思ふ（127）
ゆふぐれのあはれなるに、ひとりすさみ
かきたまふ、源氏
　なきたまぞいとゞかなしきねしとこの
　あくがれがたきこゝろならひに（128）
おなじく
　君なくてちりつもりぬるとこなつの

【38ウ】
　つゆうちはらひいくよねぬらん（129）
けんし、むらさきのうへに、新枕《にいまくら》した
まひて、あくるあした
　あやなくもへだてけるかな夜をかさね
　さすがになれしよるの衣を（130）
あふひのうへ、はかなくなり給ひし次《つぎ》の
としの元日《ぐはんにち》、はゝ君より、しやうぞく
したてゝ、源氏へつかはしたまふを、きた

【39オ】
まひて
　あまた年《とし》けふあらためし色衣《いろころも》
　きてはなみだぞふるこゝちする（131）
母君《はゝきみ》
　あたらしき年ともいはずふるものは
　ふりぬる人のなみだなりけり（132）

【39ウ】
　△賢《さか》木《き》
六条の御息所《みやすどころ》、のゝみやにおはしける、
源氏かしこにわたり給ひて、みすごしに
ものなどのたまひて、さかきの枝《えだ》を折《おり》て、
うちへいれ給へば、御息所
　神がきはしるしの杦《すぎ》もなき物を
　いかにまがへておれるさか木そ（133）
源氏かへし

【40オ】
おとめ子があたりと思へばさかき葉《ば》の
かをなつかしみとめてこそおれ（134）
あかつきがたに、かへりたまふとて
あかつきのわかれはいつも露けきを
こは世にしらぬ秋の空哉（135）
御息所《みやす》返し
大かたの秋のわかれもかなしきに
なくねなそへそ野邊《のべ》の松虫《むし》（136）

【40ウ】
御息所《みやすところ》の御むすめ、さいくう、伊勢《いせ》へ
くたりたまへるに、けんし
やしまもるくにのみかみも心あらば
あかぬわかれの中をことはれ（137）
さいくう返し
くにつ神空《そら》にことはる中ならば
なをざりごとをまづやたゞさん（138）
みやす所も、ともにいせへくだり給へは、

【41オ】
心ぼそくて、みやす所
そのかみをけふはかけじと忍《しの》ぶれど
こゝろのうちに物ぞかなしき（139）
さいくうくだりたまふ日、源氏より御文
あり
ふりすてゝけふは行ともすゞか川
やそせの波《なみ》に袖はぬれじや（140）
さいくうかへし

【41ウ】
すゞか川八十瀬《やそせ》の波《なみ》にぬれ〳〵ず
いせまでたれか思ひおこせん（141）
みやす所くだりたまへは、なごりおぼし
出て、げんじ
行かたをながめもやらん此秋は
あふさか山をきりなへだてそ（142）
桐《きり》つぼの帝《みかど》、かみな月にかくれたまふ、
その年のしはす、三条《さんでう》の宮へ、兵部卿《きやう》の

【42オ】

宮まいりたまへるに、庭《には》の松に、雪の
つもれるを、見給ひて

かげひろみたのみし松やかれにけん
下葉《したば》ちりゆく年のくれ哉（143）

げんじ

さへわたる池《いけ》のかゞみのさやけきに
みなれしかげをみぬぞかなしき（144）

王命婦《わうみやうぶ》

【42ウ】

年くれていは井の水も氷《こほり》とぢ
見し人かげのあせもゆく哉（145）

おぼろ月夜の内侍《ないし》に、しのびてあひ
たまふに、あかつきがたの、とのい申の声《こへ》、
きこへければ、朧《おぼろ》月夜

心からかた〴〵袖《そで》をぬらす哉
あくとおしふる声《こへ》につけても（146）

源氏かへし

【43オ】

なげきつゝ我世《わがよ》はかくてすぐせとや
むねのあくべき時《とき》ぞともなく（147）

源氏藤つぼへ、忍《しの》びたまひて

あふ事のかたきをけふにかぎらずは
いまいく世をかなげきつゝへん（148）

藤つぼ返し

ながき世の恨《うらみ》を人にのこしても
かつはこゝろをあたとしらなん（149）

【43ウ】

げんじ雲林院《うんりんいん》にこもりたまふ比《ころ》、紫《むらさき》の
うへのかたへ、御ふみつかはし給ふとて、

あさぢふの露のやどりに君を置《おき》て
よものあらしぞしづこゝろなき（150）

紫《むらさき》のうへ返し

風ふけばまづぞみだるゝ色《いろ》かはる
あさぢが露にかゝるさゝがに（151）

雲林院《うんりんいん》より、かものさいゐんへは、ほど

【44オ】

ちかければ、源氏より御文つかはし給ふ
　かけまくもかしこけれどもそのかみの
　あきおもほゆるゆふだすき哉（152）
さいゐん
　そのかみやいかゞは有しゆふだすき
　心にかけてしのぶらんゆへ（153）
げんじ藤つぼへまいり給へは、藤つぼ
　九重《こゝのへ》に霧《きり》やへだつる雲《くも》の上《うへ》の

【44ウ】

　月をはるかに思ひやる哉（154）
源氏返し
　月かげは見し世の秋にかはらぬを
　へだつるきりのつらくも有哉（155）
はつ時雨《しぐれ》せし比《ころ》、源氏のもとへ、朧《おぼろ》月
　木《こ》がらしの吹《ふく》につけつゝ待《まち》しまに
　おぼつかなさのころもへにけり（156）
源氏返し

【45オ】

　あひみずて忍《しの》ぶる比《ころ》の泪《なみだ》をも
　なべての秋の時雨《しぐれ》とや見る（157）
桐《きり》つぼのみかど、こぞはてたまひし
比《ころ》も、めぐりくれば、藤つぼのもとへ、
げんじ
　わかれにしけふはくれどもなき人に
　ゆきあふほどをいつと頼《たの》まん（158）
藤つぼ返し

【45ウ】

　ながらふる程はうけれど行《ゆき》めぐり
　けふはその世にあふこゝちして（159）
藤つぼ、出家《しゆつけ》したまはんと、聞《きゝ》給ひて、
内裏《だいり》より、藤つぼへ御つかひあり、
御返事したまふとて
　大かたのうきにつけてはいとへども
　いつか此世をそむきはつべき（161）
げんじも、藤つぼに居《い》給ひて、御つ

【46オ】
いてながら、内裏《だいり》へことづてたまふ
　月のすむ雲井《くもゐ》をかけてしたふとも
　此世のやみになをやまどはん（160）
藤つぼ出家《しゆつけ》したまひてのち、源氏
まいりたまひて
　ながめかるあまのすみかとみるからに
　まづしほたるゝ松がうら嶋《しま》（162）
藤つぼ

【46ウ】
　ありし世のなごりだになきうら嶋に
　たちよる波《なみ》のめづらしき哉（163）
夏《なつ》の比雨《ころあめ》ふりて、つれ〴〵なる比、
三位《さんみ》の中将《ちうじやう》、源氏へおはしたるに、
庭《にわ》のしやうび咲《さき》けるを、見給ひて、
三位の中将
　それもかとけさひらけたる初花《はつはな》に
　おとらぬ君がにほひをぞみる（164）

【47オ】
源氏返し
　時ならでけささく花はなつの雨に
　しほれにけらしにほふ程なく（165）

△花ちる里

京極中川《きやうごくなかがは》わたり、年比《としごろ》かよひたまふ
所あり、あるとき、かしこを過《すぎ》たまひて、
げんじ

【47ウ】
　をちかへりえぞ忍《しの》ばれぬほとゝぎす
　ほのかたらひしやどのかきねに（166）
内《うち》より女返し
　時鳥《ほとゝぎす》かたらふこゑはそれなれど
　あなおぼつかなさみだれの空《そら》（167）
源氏れいけいでんの女御《にようご》のもとへ、お
はしけるに、時鳥《ほとゝきす》のなきければ、
たちばなの香《か》をなつかしみほとゝぎす

【48オ】
花ちるさとをたつねてぞとふ《イなく(朱)》（168）
女御《にようご》
人めなくあれたるやどはたちばなの
花こそのきのつまとなりけれ（169）
△須《す》磨《ま》
源氏すまへおはしますとて、わかぎみの
もとへまいり給ふ、大みやより御つかひ有

【48ウ】
ければ、げんじ
とりべ山もえし煙《けぶり》もまがふやと
あまの塩《しほ》やくうらみにぞゆく（170）
大みや返し
なき人のわかれやいとゞへだゝらん
けふりとなりし雲井ならでは（171）
二条院《でうのいん》へかへりたまふ、西《にし》のたいにて、
かゞみにむかひ給ひて

【49オ】
身《み》はかくてさすらへぬとも君があたり
さらぬかゞみのかげははなれじ（172）
むらさきのうへ
わかれてもかげだにとまる物ならば
かゞみを見てもなぐさめてまし（173）
花ちる里のもとへ、おはしければ
月かげのやどれる袖はせばくとも
とめても見ばやあかぬひかりを（174）

【49ウ】
源氏返し
行《ゆき》めぐりついにすむべき月影《かげ》の
しばしくもらん空《そら》ながめそ（175）
朧《おぼろ》月夜の内侍《ないし》へ、御文つかはし
たまふとて、源氏
あふせなき涙《なみだ》の川にしづみしや
ながるゝみおのはじめ成らん（176）
朧《おぼろ》月夜返し

【50オ】

なみだ川うかぶみなはも消《きへ》ぬべし
ながれてのちの瀬《せ》をもまたずて (177)
藤つぼのもとへ、おはしければ
見しはなくあるはかなしき世のはてを
そむきしかいもなく〳〵ぞふる (178)
源氏返し
わかれしにかなしきことはつきにしを
またぞ此世のうさはまされる (179)

【50ウ】

かもの、しもの御やしろを、通《とを》り給ふに、
右近将監《うこんのしやうげん》
ひきつれてあふひかざしゝそのかみを
思へばつらしかものみづがき (180)
源氏御やしろのかたを、おがみ給ひて、
うき世をば今ぞわかるゝとゞまらん
名《な》をばたゞすの神《かみ》にまかせて (181)
父帝《ちゝみかと》の御墓《みはか》へ、まいり給ひて、よろづ

【51オ】

心ぼそく、おがみ給ふに、御おもかげ、
まぼろしのごとく、見えさせ給へは
なきかげやいかゞ見るらんよそへつゝ
ながむる月も雲《くも》がくれぬる (182)
源氏都《みやこ》を出たまふ日、春宮《とうぐう》の御かた
へも、えまいりたまはねば、王命婦《わうみやうぶ》のもと
まで、御ふみあり、哥はさくらの枝《えだ》の、散《ちり》
のこりたるにつけて、つかはし給へり、

【51ウ】

いつかまた春の都《みやこ》の花を見ん
時うしなへる山がつにして (183)
王命婦《わうみやうぶ》返し
さきてとくちるはうけれど行《ゆく》春は
花のみやこをたちかへり見よ (184)
紫《むらさき》のうへに、なごりおしみ給ひて
いける世《よ》のわかれをしらでちぎりつゝ
命《いのち》を人にかぎりける哉 (185)

【52オ】
紫のうへ返し
おしからぬ命《いのち》にかへて目《め》のまへの
わかれをしばしとゞめてし哉（186）
すまのうらへ、おもむき給ふとて
から国《くに》に名《な》をのこしける人よりも
ゆくゑしられぬ家ゐ《いへい》をやせん（187）
こしかたの山は、かすみはるかにて、まことに三千里《さんぜんり》の外《ほか》の、心《こゝ》ちしたまふ、

【52ウ】
ふるさとをみねの霞《かすみ》はへだつれど
ながむるそらはおなじ雲井か（188）
源氏須广《すま》の浦《うら》につき給ひて、京へ人つかはし給ふ、紫《むらさき》のうへ、藤つぼの御かたへ、御文あり
松しまのあまのとまやもいかならん
すまのうら人しほたるゝ比《ころ》（189）
朧月夜《おぼろつきよ》のもとへ、げんじ

【53オ】
こりずまの浦《うら》のみるめもゆかしきを
塩《しほ》やくあまやいかゞおもはん（190）
藤つぼより、御返事あり
塩《しほ》たるゝことをやくにて松嶋《しま》に
東《と》しふるあまもなげきをぞつむ（191）
朧《おぼろ》月夜の、御返事には
浦《うら》にたくあまたにつゝむ恋《こひ》なれば
くゆるけふりよ行《ゆく》かたぞなき（192）

【53ウ】
紫《むらさき》のうへより、御なをし、さしぬきなど、まいらせたまふ、御返事は、ことにこまやかに、あはれなることおほくて
浦《うら》人の塩《しほ》くむ袖《そで》にくらべ見よ
浪路《なみぢ》へだつるよるの衣《ころも》を（193）
いせにおはします、御息所《みやすどころ》より、須广《すま》へ御つかひあり、御文《ふみ》こまやかに、あさからぬことども、かき給ひて

【54オ】
うきめかるいせをのあまを思ひやれ
もしほたるてふすまの浦《うら》にて（194）
また
いせ嶋《じま》やしほひのかたにあさりても
いふかひなきは我身なりけり（195）
源氏返し
いせ人の波《なみ》のうへこぐをぶねにも
うきめはからでのらましものを（196）

【54ウ】
また
あまがつむなげきの中にしほたれて
いつまですまのうらと詠《なが》めん（197）
花ちるさとよりも、御文あり
あれまさるのきのしのぶを詠《ながめ》めつゝ
しげくも露《つゆ》のかゝる袖哉（198）
須广《すま》には、やう〱秋にも成《なり》て、いとゞ
御心ぼそく、物あはれなり、源氏

【55オ】
恋《こひ》わびてなくねにまがふ浦波《うらなみ》は
思ふかたより風やふくらん（199）
鴈《かり》のつらねてなく聲《こへ》、かぢの音《おと》に
まがへるを、うち詠《なが》め給ひて、源氏
はつかりは恋《こひ》しき人のつらなれや
たびの空《そら》とふこゑのかなしき（200）
よしきよ
かきつらねむかしのことぞおもほゆる

【55ウ】
かりはそのよの友《とも》ならねども（201）
民部太輔《みんぶのたいふ》
心《こゝろ》からとこよをすてゝなくかりを
雲《くも》のよそにも思ひける哉（202）
右近《うこん》のぜう
とこよ出《いで》てたひの空《そら》なるかりがねも
つらにをくれぬ程ぞなぐさむ（203）
十五夜の月、さし出《いで》たるを、詠《ながめ》給ひて、

【56オ】
いとゞ都《みやこ》恋しく思して、源氏
　みる程ぞしばしなぐさむめぐりあはん
　月の都ははるかなれども（204）
みかどより給はりし御衣《ぎょい》は、御身《み》を
はなたず、かたはらに置《おき》給へり
　うしとのみひとへに物はおもほへて
　ひだりみぎにもぬるゝ袖哉（205）
五せちの君の父《ちゝ》、大貮《だいに》、つくしより

【56ウ】
のぼりけるが、五せちの君、源氏の琴《こと》
の音《ね》をきゝて
　ことの音《ね》にひきとめらるゝつなでなは
　たゆたふ心君しるらめや（206）
源氏返し
　心ありてひくてのつなのたゆたはゞ
　うち過ましやすまの浦波《うらなみ》（207）
けふりの、いとちかく、時こたちくるを、あま

【57オ】
のしほやくならんとおぼすに、うしろの
山に、柴《しば》といふものふすふるなり
　山がつのいほりにたけるしば〳〵も
　ことゝひこなんこふる里人（208）
いりがたの月かげ、すごく見ゆれば、
　いづかたの雲路《くもぢ》にわれもまよひなん
　月のみるらんこともはづかし（209）
あかつきの空《そら》に、千鳥《ちどり》いとあはれに

【57ウ】
なくを、きゝ給ひて
　友《とも》ちどりもろこゑになくあかつきは
　ひとりねざめの床《とこ》もたのもし（210）
春《はる》にもなりて、御まへの桜《さくら》、ほのかに
さきそめければ、一年《ひとゝせ》花のえんの
御あそび、思し出て
　いつとなく大宮《おほみや》人の恋《こひ》しきに
　さくらかざしゝけふもきにけり（211）

【58オ】
頭中将《とうのちうじやう》は、源氏を恋しく思して、須广《すま》
へおはしたり、ふるさとのことゝも、かたり
給ひて、都《みやこ》へかへりたまふ、源氏わかれを
おしみ給ひて
　ふるさとをいづれの春か行て見ん
　うらやましきはかへるかりがね（212）
頭中将《とうの》、たち出《いで》もやらで
　あかなくにかりのとこよを立別《たちわか》れ

【58ウ】
　花《はな》の都《みやこ》に道《みち》やまどはん（213）
げんじ
　雲《くも》ちかくとびかふたづも空《そら》に見よ
　われははる日のくもりなき身ぞ（214）
頭《とうの》中将
　たづがなき雲井にひとりねをぞなく
　つばさならべし友《とも》をこひつゝ（215）
やよひの、巳《み》の日になれば、かやうに、物思ひ

【59オ】
したまふ人は、御はらへ、したまふべき
ことゝて、海邊《うみべ》に出たまふ、源氏の身の
たけに、ひとしき、人形《ひとがた》を、舟《ふね》にのせて
ながすを、見給ひて
　しらざりしおほ海《うみ》のはらにながれきて
　ひとがたにやはものはかなしき（216）
海《うみ》のおもてを、ながめ給ふに、こしかた
行《ゆく》さき、思しつゞけられて

【59ウ】
　やをよろづ神《かみ》もあはれと思ふらん
　おかせるつみのそれとなければ（219）
△明《あか》石《し》
うちつゞき、雨《あめ》風やまず、神なりしづ
まらねば、いと物わびしく、京《きやう》のかたも、
おぼつかなく思しけるに、紫《むらさき》のうへより、
御つかひあり

【60オ】
浦《うら》風やいかに吹《ふく》らん思ひやる
袖うちぬらしなみまなきころ（218）
風はげしく、塩《しほ》たかくみちて、かみなりさはぎやまず、さま〴〵のぐはんをたてたまひて、やう〳〵風なをり、雨《あめ》もしづまりければ、源氏
海《うみ》にます神のたすけにかゝらずは
しほのやをあひにさすらへなまし（219）

【60ウ】
源氏あかしの浦《うら》へおはしてのち、紫《むらさき》のうへよりの御つかひを、返し給ふとて
はるかにも思ひやるかなしらざりし
浦《うら》よりをちに浦づたひして（220）
あかしより、あはぢ嶋《しま》は、見わたさるゝほどなりければ、源氏
あはとみるあはぢの嶋のあはれさへ
のこるくまなくすめるよの月（221）

【61オ】
あかしの入道《にうだう》、わがむすめの、明石《あかし》のうへを、源氏にたてまつりたく思ひ、むすめのありさま、とはずがたりにきこゆ、君もあはれと、きゝ給ひて、さらばみちびき給へと、きこへ給ふ、入道《にうだう》かぎりなくうれしと思ひて
ひとりねは君もしりぬやつれ〴〵と
思ひあかしのうらさ《さ》びしきを（222）

【61ウ】
源氏
たび衣《ごろも》うらがなしさにあかしかね
草のまくらは夢《ゆめ》もむすばず（223）
またの日、源氏より明石《あかし》の上へ、御ふみつかはしたまふ
をちこちもしらぬ雲井にながめわび
かすめしやどの木末《こずゑ》をぞとふ（224）
むすめ、いとはづかしげにて、御返事も

【62オ】
きこへねば、入道《にうだう》
ながむらんおなじ雲井を詠《ながむ》るは
思ひもおなじおもひなるらん（225）
げんじ
いぶせくもこゝろに物をなやむ哉
やよやいかにととふ人もなみ（226）
あかしのうへ返し
思ふらん心のほどややよいかに

【62ウ】
また見ぬ人の聞かなやまん（227）
月の夜、明石《あかし》のうへのもとへ、馬《むま》にて
おはしけるが、まづ都恋《みやここひ》しく思して
秋のよのつきげのこまよわがこふる
雲《くも》井にかけれ時のまも見む（228）
明石《あかし》のうへゝ、おはし給ひて
むつごとをかたりあはせん人もがな
うき世の夢《ゆめ》もなかばさむやと（229）

【63オ】
明石《あかし》の上返し
あけぬよにやがてまどへる心には
いづれを夢《ゆめ》とわきてかたらん（230）
明石《あかし》の上へ、かよひ給ふ事、紫《むらさき》の上聞《うへきゝ》
たまひて、うらみたまへる御文あり、源氏
のかたより、かさねて
しほ〴〵とまづぞなかるゝかりそめの
みるめはあまのすさみなれども（231）

【63ウ】
紫《むらさき》のうへ返し
うらなくも思ひけるかなちぎりしを
まつよりなみはこへじものぞと（232）
源氏の君、都《みやこ》へかへり給ふべきよし、
せんじくだりて、御むかひの人〻、まいり
たれば、明石《あかし》の上《うへ》に、なごりおしみ
たまひて
此たびは立わかるともしほやく

【64オ】

けふりはおなじかたになびかん　(233)

あかしのうへ

かきつめてあまのたくもの思ひにも
いまはかいなきうらみだにせじ　(234)

源氏より、御かたみに、琴《こと》をまいらせられけれぱ、明石《あかし》のうへ

なをざりにたのめをくめるひとことを
つきせぬねにやかけて忍ばん　(235)

【64ウ】

源氏かへし

あふまでのかたみにちぎる中のをの
しらべはことにかはらざらなん　(236)

出たちたまふあかつき、げんじ

うちすてゝたつもかなしき浦波《うらなみ》の
なごりいかにとおもひやる哉　(237)

明石《あかし》のうへ返し

としへつるとまやもあれてうき波の
かへるかたにや身をたぐへまし　(238)

【65オ】

入道《にうだう》より、御小袖《こそで》など奉りて

よる波にたちかさねたるたび衣《ごろも》
しほどけしとや人のいとはん　(239)

げんじ返し

かたみにぞかふべかりけるあふことの
日かずへだてんなかのころもを　(240)

入道《にうだう》

【65ウ】

よをうみにこゝらしほじむ身と成て
なを此きしをえこそはなれね　(241)

源氏

都《みやこ》出し春《はる》のなげきにをとらめや
としふるうらをわかれぬる秋　(242)

源氏都へのぼり給て、みかどにあひ奉て

わだづ海《み》にしなへうらふれひるのこの
あしたゝざりし年はへにけり　(243)

【66オ】
みかど
　宮《みや》はしらめぐりあひける時しあれば
　わかれし春のうらみのこすな (244)
御おくりの人、あかしへかへれば、御文
つかはすとて、げんじ
　なげきつゝあかしの浦《うら》に朝《あさ》ぎりの
　たつやと人をおもひやる哉 (245)
五せちの君のもとより

【66ウ】
　すまの浦《うら》に心をよせし舟《ふな》人の
　やがてくたせる袖を見せばや (246)
源氏返し
　かへりてはかごとやせましよせたりし
　なごりに袖のひがたかりしを (247)

△澪標《みをづくし》

明石《あかし》には、姫君《ひめ》むまれ給ふよし、きこへ

【67オ】
ければ、京《きやう》よりめのとを下《くだ》し給ふとて、
源氏
　かねてよりへだてぬ中とならはねど
　わかれはおしきものにぞ有ける (248)
めのと返し
　うちつけのわかれをおしむかごとにて
　おもはんかたにしたひやはせぬ (249)
あかしの上のもとへ、御文あり

【67ウ】
　いつしかも袖うちかけんをとめこが
　世をへてなづるいはのおひさき (250)
明石《あかし》のうへ返し
　ひとりしてなづるは袖のほどなきに
　おほふばかりのかげをしぞまつ (251)
明石に、姫君《ひめ》むまれ給ふよし、紫《むらさき》のうへ
にかたり給へば、うらみ給へるけしきにて
　思ふどちなびくかたにはあらずとも

【68オ】
われぞけふりにさきだちなまし（252）
源氏かへし
たれにより身をうみ山に行《ゆき》めぐ李《り》
たへぬなみだにうきしづむ身ぞ（253）
五月五日の比《ころ》、明石《あかし》へ、御つかひつかはし
たまふ、源氏
うみ松や時ぞともなきかげにゐて
なにのあやめもいかにわくらん（254）

【68ウ】
明石《あかし》のうへ返し
数《かず》ならぬみしまがくれになくたづを
けふもいかにととふ人ぞなき（255）
五月《さつき》の比《ころ》、花ちるさとへ、わたりたまふに、
くいなのなきければ、花散里《はなちるさと》
くいなだにおどろかさずはいかにして
あれたるやどに月をいれまし（256）
源氏返し

【69オ】
おしなべてたゝくくいなにおどろかは
うはのそらなる月もこそいれ（257）
須广《すま》に居《い》給ひし比《ころ》、住《すみ》よしの神に、
願《ぐはん》たてたまひけるを、はたし給ふとて、
まうで給ふ、これ光《みつ》御供《とも》に侍《はんべ》りて
住《すみ》よしの松こそものはかなしけれ
神代《かみよ》のことをかけて思へば（258）
げんじ

【69ウ】
あらかりしなみのまよひに住吉《すみよし》の
かみをばかけてわすれやはする（259）
源氏のまいりたまふに、折《おり》ふし明石《あかし》の
うへも、まうでたまひければ、源氏のかた
より
みをづくしこふるしるしにこゝまでも
めぐりあひけるえにはふかしな（260）
明石《あかし》のうへ返し

【70オ】

数ならでなにはのこともかいなきに
などみをづくし思ひそめけん(261)

明石《あかし》に住《すみ》給ひしことを、思し出て、源氏

露《つゆ》けさのむかしににたるたび衣
たみのゝしまのなにはかくれず(262)

いせより、さいくうにうちつれて、御息所《みやすどころ》も
のぼりたまふ、みやす所、わづらひ給ひて、
うせ給ひにければ、雪みぞれふるころ、

【70ウ】

斎宮《さいくう》のもとへ源氏

ふりみだれひまなき空《そら》になき人の
あまかけるらんやどぞかなしき(263)

さいくうかへし

きへがてにふるぞかなしきかきくらし
我身《わがみ》それともおもほへぬよに(264)

【71オ】

△蓬《よもぎ》生《ふ》

末《すへ》つむ花、めのとの小侍従《こじじう》、人につきて、
つくしへくだるに、かづらを送《おく》り給ふとて、

たゆまじきすぢとたのみし玉《たま》かづら
思ひのほかにかけはなれぬる(265)

侍従《じじう》返し

玉《たま》かづらたへてもやまじ行道《ゆくみち》の
たむけの神もかけてちかはん(266)

【71ウ】

末《すへ》つむ花、ひるのほど、うちふし給ふ
に、父宮《ちゝみや》を夢《ゆめ》に見給ひて、ものかなし
き折しも、雨《あめ》ふる音《おと》に、夢《ゆめ》さめ
たまひて

なき人をこふるたもとのひまなきに
あれたるのきのしづくさへそふ(267)

末つむのかたへおはして、あれたるさま
を、見たまひて、げんじ

【72オ】

たづねても我こそとはめ道《みち》もなく
　ふかきよもぎのもとの心を（268）
かへりたまふとて
　藤波《ふぢなみ》のうち過《すぎ》がたくみへつるは
　まつこそやどのしるし成なれ（269）
末《すへ》つむ返し
　年をへてまつしるしなき我やどを
　花のたよりにすぎぬばかりか（270）

【72ウ】

△関《せき》屋《や》

げんじ石山《いし》へまうでたまふに、うつせみは、あづまよりのぼる、あふさかの程《ほど》にて、行《ゆき》あひたまへるに、空蟬《うつせみ》の弟《おとゝ》の、小君《こぎみ》を御つかひにつかはしたまへば、空蟬《うつせみ》
　ゆくとくとせきとめがたき涙《なみだ》をや
　たへぬしみづと人は見るらん（271）
いし山より、かへり給て、うつせみのもとへ、

【73オ】

御ふみあり
　わくらはにゆきあふみちを頼《たのみ》しも
　なをかひなしやしほならぬうみ（272）
うつせみ返し
　あふさかの関《せき》やいかなるせきなれば
　しげきなげきのなかをわくらん（273）

【73ウ】

△繪《ゑ》合《あはせ》

さいくう入内《じゆだい》したまふに、朱雀院《しゆしやくいん》より、御くしばこなど、つかはしたまふとて
　わかれ路《ぢ》にそへしをぐしをかごとにて
　はるけき中《なか》と神《かみ》やいさめし（274）
斎宮《さいくう》返し
　わかるとてはるかにいひしひとことも
　かへりてものはいまぞかなしき（275）

【74オ】
源氏須磨《すま》にゐたまひて、かき給へる
繪《ゑ》どもを、見給て、紫《むらさき》のうへ
　ひとりゐて詠《なが》めしよりはあまのすむ
　かたをかきてぞみるべかりける（296）
源氏かへし
　うきめみしその折よりもけふはまた
　すぎにしかたにかへるなみだか（277）
梅《むめ》つぼ弘徽殿《こうきでん》、左右《さう》をわかちて、繪合《ゑあはせ》
【74ウ】
のことあり、左《ひだり》よりいせ物がた李《り》を出し、
右《みぎ》より正三位《しやうざんみ》といふ物かたりを出し
けるに、左《ひだり》のかた、おとりければ、右より
平内侍《へいないし》のすけ
　いせのうみのふかき心をたどらずて
　ふりにしあとゝなみやけつべき（278）
右《みぎ》かたより大貳《だいに》
　雲《くも》の上《うへ》に思ひのぼれる心には

【75オ】
　ちひろのそこもはるかにぞ見る（279）
繪合《ゑあはせ》を、ひはんし給ひて、おとりまさり、
さだめがたければ、藤つぼ
　みるめこそうらふれぬらめ年へにし
　いせをのあまの名《な》をやしづめん（280）
朱雀院《しゆしやくいん》より、梅《むめ》つぼへ、御繪《ゑ》どもつか
はしける中に、斎宮《さいくう》の、いせへくだりた
まひし日の、ぎしきを、繪《ゑ》にかゝせ給て、
【75ウ】
　身こそかくしめのほかなれそのかみの
　心のうちをわすれしもせじ（281）
さいくうかへし
　しめのうちはむかしにあらぬこゝちして
　神代《かみよ》のこともいまぞ恋《こい》しき（282）
　　△松風《まつかぜ》
明石《あかし》のうへ、都《みやこ》へのぼり給ふべきよし

【76オ】

にて、御むかひくだる、入道《にうだう》日ごろの
ねがひなれど、さすがにわかれをおしみて
　行《ゆく》さきをはるかにいのるわかれぢに
たへぬは老《おひ》のなみだなりけり（283）
あま君も、あかしのうへとつれて、京への
ぼり給ふとて
　もろともに都《みやこ》はいでき此たびや
ひとり野《の》中の道《みち》にまどはん（284）

【76ウ】

明石《あかし》のうへ
　いきてまたあひみんことをいつとてか
かぎりもしらぬ世をばたのまん（285）
舟《ふね》にて、しのひやかに、のほりたまふ、あま君
かのきしに心よりにしあまぶねの
そむきしかたにこぎかへる哉（286）
あかしのうへ
　いくかへり行《ゆき》かふ秋をすぐしつゝ

【77オ】

　うき木にのりてわれかへるらん（287）
京へつきたまひても、源氏久しくお
はしまさねば、つれ〴〵なるまゝ、ことを
すこしひきたまふに、松風ひゞきあひ
たり、あま君
　身をかへてひとりかへれる山さとに
きゝしににたるまつ風ぞふく（288）
明石《あかし》のうへ

【77ウ】

　ふるさとに見し世の友《とも》を恋侘《こひわび》て
さへづることをたれかわくらん（289）
明石《あかし》のうへの、住《すみ》給ひし所は、大井《おほゐ》川の
ほとりにて、はじめあま君の御おほぢ、
中務《なかづかさ》の宮《みや》、すみたまひし所也、池水《いけみづ》など、
おもしろくながれたるいへゐなれば、あま君
　すみなれし人はかへりてたどれども
しみづぞやどのあるじがほなる（290）

【78オ】

源氏

いさら井ははやくのこともわすれじを
もとのあるじやおもがはりせる（291）

月のあかき夜、源氏明石《あかし》の上《うへ》のもとへおはして、あかしにてのことなど、思しいでらる、御ことさし出したるを、かきならし給ふ

ちぎりしにかはらぬことのしらべにて

【78ウ】

たへぬこゝろのほどをしりきや（292）

明石《あかし》返し

かはらじと契《ちぎり》しことをたのみにて
松のひゞきにねをそへし哉（293）

かつらの院《いん》へおはして、川のほとりに、をの〳〵あそひくらしたまふ、月はなやかにさし出たるに、琵琶和琴笛《びはわごんふえ》なと、とり〳〵にふきならし給ふ、冷泉院《れぜいのいん》より、

【79オ】

御つかひあり

月のすむ川のをちなる里なれば
かつらのかげはのどけかるらん（294）

げんじ

久かたのひかりにちかき名のみして
あさゆふきりもはれぬ山ざと（295）

かのあはぢ嶋《しま》を、思し出てげんじ

めぐりきて手にとるばかりさやけきや

【79ウ】

あはぢの嶋《しま》のあはと見し月（296）

頭中将《とうのちうじやう》

うき雲《くも》にしばしまがひし月影《かげ》の
すみはつるこそのどけかるべき（297）

右大弁《うだいべん》

雲《くも》のうへのすみかをすてゝ夜半《よは》の月
いづれのたにゝかげかくしけん（298）

【80オ】

△薄雲《うすくも》

冬《ふゆ》になり行《ゆく》まゝに、雪ふるあしたなど、心ぼそくて、大井川《おほゐがは》のほとりのすまひも、あかしのうへ

ゆきふかきみ山の道《みち》ははれずとも
なをふみかよへあとたへずして（299）

めのと

雪《ゆき》まなきよしのゝ山をたづねても

【80ウ】

こゝろのかよふあとたへめやは（300）

げんじ、姫君《ひめぎみ》を二条院《にでうのいん》へいざなひたまはんとて、御むかひにおはして、車《くるま》にのせ給ふに、母君《はゝぎみ》ものり給へとて、ひめ君袖をとらへたまへば、明石《あかし》のうへ

すへとをき二葉《ふたば》の松に引わかれ
いつかこだかきかげをみるべき（301）

【81オ】

げんじ

おひそめしねもふかけれはたけくまの
松に小まつのちよをならべん（302）

春《はる》にもなれば、明石のうへを思しやりて、大井川の家居《いへゐ》へ、わたりたまふ、姫きみ《ひめ》源氏をしたひ給へば、あすかへりこんと、口《くち》ずさみ給ふ、紫《むらさき》のうへ

舟《ふね》とむるをちかた人のなくはこそ

【81ウ】

あすかへりこんせなとまちみめ（303）

げんじ

行て見てあすもさねこん中〳〵に
をちかた人はこゝろをくとも（304）

藤《ふぢ》つぼ、春《はる》のはじめより、わづらひ給ひて、三月にうせたまふ、源氏

入日《いりひ》さすみねにたなびく薄雲《うすぐも》は
もの思ふ袖に色《いろ》やまがへる（305）

【82オ】
秋《あき》の比《ころ》、二条院《でうのいん》へ、斎宮《さいくう》まいりたまふ、
過《すぎ》し年、春秋《はるあき》のあらそひありしに、
斎宮《さいくう》もとより、秋に心をよせたま
へれば、げんじ
　君もさはあはれをかはせ人しれず
　わが身にしむる秋の夕風《ゆふかぜ》（306）
源氏大井《おほゐ》川の家居《いへゐ》へおはしたり、
かゞり火《び》などとぼしたるに、明石《あかし》のうへ
【82ウ】
　いさりせしかげわすられぬかゞり火《び》は
　身のうき舟やしたひきにけん（307）
源氏
　あさからぬしたの思ひをしらねばや
　なをかゞり火のかげはさはげる（308）
　△朝顔《あさかほ》
あさがほのさいゐん、おり居《い》給ひて、京の

【83オ】
家《いへ》におはしたるに、源氏わたり給ひて
　人しれず神《かみ》のゆるしを待《まち》しまに
　こゝらつれなきよをすぐす哉（309）
斎院《さいいん》
　なべて世のあはればかりをとふからに
　ちかひしことゝ神《かみ》やいさめん（310）
源氏二条院《でうのいん》へかへり給ひて、あさがほの、
色《いろ》もにほひもかはれるを、おり給ひて、
【83ウ】
斎院《さいいん》へおくりたまふ
　見し折《おり》の露《つゆ》わすられぬ朝《あさ》がほの
　花のさかりはすぎやしぬらん（311）
斎院《さいいん》返し
　秋はてゝきりのまがきにむすぼゝれ
　あるかなきかにうつるあさがほ（312）
冬《ふゆ》のころ、女五《によご》のみやへおはして、家居《いへい》の
あれたるを、あはれみ給て、げんじ

【84オ】
いつのまによもぎがもとゝむすぼゝれ
ゆきふるさとゝあれしかきねぞ（313）
源内侍《げんないし》もあまになりて、此宮《みや》にあり
ければ、源内侍
年ふれど此ちぎりこそわすられね
おやのおやとかいひしひとこと（314）
源氏返し
身をかへてのちもまち見よ此世にて
【84ウ】
おやをわするゝためしありやと（315）
げんじ斎院《さいいん》へまいり給ふに、こよひも
人づてにて、たいめんもなければ、源氏
つれなさをむかしにこりぬ心こそ
人のつらさにそへてつらけれ（316）
斎院《さいいん》返し
あらためて何かは見えん人のうへに
かゝりときゝし心はかりを（317）

【85オ】
雪《ゆき》のふりつもりたるに、源氏紫《むらさき》の上《うへ》の
おはせる、にしのたいに、わたりたまふ、
夜ふけ行《ゆく》まゝに、月すみて、おもしろき
空《そら》のけしきなれは、紫《むらさき》のうへ
氷《こほり》とぢ石《いし》まの水はゆきなやみ
そらすむ月の影《かけ》ぞながるゝ（318）
むらさきのうへの御かたち、藤つぼに
よくにたまひたるを、思ひつゞけ給ふに、
【85ウ】
お李《り》しも、をし鳥の鳴《なき》けれは、
げんじ
かきつめてむかし恋しき雪も世に
あはれをそふるをしのうきねか（319）
うちふしたまふに、藤つぼ夢《ゆめ》に見へ
たまへは、ふとおとろきて、源氏
とけてねぬねざめさびしき冬のよに
むすぼゝれつる夢《ゆめ》のみじかさ（320）

【86オ】
夜《よ》あけぬれば、とくおき給ひて、藤つぼのために、所〻の寺《てら》に、御とふらひを、させたまひて
なき人をしたふ心にまかせても
かげみぬ水のせにやまどはん（321）

【86ウ】
（空白）

【87オ】
△乙女《おとめ》
かものまつりの比《ころ》、朝《あさ》がほの、さいゐんのもとへ、源氏より
かけきやは川瀬《せ》の波《なみ》も立かへり
きみがみそぎのふちのやつれを（322）
さいゐん返し
藤衣《ふぢごろも》きしはきのふと思ふまに
けふはみそぎのせにかはる世を（323）

【87ウ】
雲《くも》井のかりといふ女のもとへ、夕霧《ゆふぎり》おはして、しやうじ、ひきあけたまへど、うちよりさしかためたれば、夕霧《ゆふぎり》
さよなかに友《とも》よびわたるかりがねに
うきて吹《ふき》そふおぎの上《うは》風（324）
雲井《くもゐ》のかりのめのと、夕霧の六位《ろくい》にて、位《くらい》ひきゝことを、そしりけるを、きゝたまひて、夕霧

【88オ】

紅《くれなゐ》のなみだにふかき袖《そで》の色《いろ》を
あさみどりとやいひしほるべき（325）

雲井のかり

色〻《いろく》に身《み》のうきほどのしらるゝは
いかにそめける中《なか》の衣《ころも》ぞ（326）

夕霧《ぎり》あかつきがたに、大学寮《だいがくれう》へ、おはすとて、

霜氷《しもこほり》うたゝむすべるあけぐれの
空《そら》かきくらしふるなみだ哉（327）

【88ウ】

これみつがむすめ、五せちのまひ姫《びめ》に、いでたちけるに、夕霧《ゆふぎり》きぬのすそを、ひきうごかして

あめにますとよをかひめの宮人《みや》も
わがこゝろざすしめをわするな（328）

五せちのまひ姫《ひめ》、たてまつり給《たま》ひし日、むかしのこと思し出て、つくしの五せちがもとへ、源氏

【89オ】

をとめ子も神さびぬらし天津《あまつ》袖《そで》
ふるきよのともよはひへぬれば（329）

五せち返し

かけていへばけふのことゝぞおもほゆる
日かげの霜《しも》の袖にとけしも（330）

これみつがむすめ、参内《さんだい》しけるに、御文《ふみ》つかはしたまふ、夕霧《ぎり》

日かげにもしるかりけめやをとめこが

【89ウ】

あまのは袖にかけしこゝろは（331）

二月《きさらき》廿日あまり、しゆしやくゐんに、行幸《ぎやうがう》あり、源氏もまいり給ふ、朱雀院《しゆしやくいん》、源氏に、さかづきたまひければ、源氏

鶯《うくひす》のさへづる春《はる》はむかしにて
むつれし花のかげぞかはれる（332）

朱雀院《しゆしやくゐん》

九重《こゝのへ》をかすみへだつるすみかにも

【90オ】

春《はる》とつげくるうぐひすの声《こゑ》(333)

兵部卿《きやう》のみや

いにしへをふきつたへたる笛竹《ふえたけ》に
さえづる鳥《とり》のねさへかはらぬ(334)

冷泉院《れぜいのいん》

鶯《うぐひす》のむかしをこひてさえづるは
木《こ》づたふ花《はな》の色《いろ》やあせたる(335)

箱《はこ》のふたに、花紅葉《もみぢ》折《おり》ませて、紫《むらさき》の

【90ウ】

もとへ、つかはしたまふ、中宮《ちうぐう》

心から春《はる》まつそのはわがやどの
もみぢの風のつてにだに見よ(336)

御返しは、おなじ箱《はこ》のふたに、岩《いは》ほのかたなど、つくり物にして、松の枝《えだ》など、そへ給へり、紫《むらさき》の上

風にちる紅葉《もみぢ》はかろし春《はる》の色《いろ》を
岩根《いはね》のまつにかけてこそみめ(337)

【91オ】

玉《たま》かつら

玉《たま》かづらのうへ、四つになり給ひしとき、めのとにぐせられて、つくしへ下《くだ》り給ふ、道《みち》すがら、京のかた、思ひやらるゝに、めのとの娘《むすめ》ども、さしむかひてなきけり、あね

舟《ふな》人も誰《たれ》をこふとかおほ嶋《しま》の
浦《うら》がなしげに声《こゑ》のきこゆる(338)

【91ウ】

いもうとあてき

こしかたも行衛《ゆくへ》もしらぬおきに出て
あはれいづくに君をこふらん(239)

つくしに下りて、年比《ごろ》あれば、大夫《たゆふ》のげんといふもの、玉《たま》かづらのうへを、むかへんといふ、めのと、とかくしていひのがる、大夫《たゆふ》のげん

君にもし心たがはゞ松浦《まつら》なる

【92オ】

かゞみの神をかけてちかはん（340）

めのとかへし

年をへていのる心のたがひなば

かゞみの神をつらしとやみん（341）

めのとの子、ぶんごのすけ、いもうとの、兵部のきみと、玉《たま》かづらのうへを、舟《ふね》にのせまいらせ、京《きやう》へのぼるとて、兵部のきみ

うき嶋《しま》をこぎはなれても行《ゆく》かたや

【92ウ】

いづくとまりとしらずもある哉（342）

玉《たま》かづらのうへ

行《ゆく》さきも見えぬ波路《なみぢ》に舟出《ふなで》して

風にまかする身こそうきたれ（343）

はりまの、ひゞきのなだも、なだらかにすぎぬ、ちいさき舟《ふね》の、とぶやうにてくるは、かの大夫《たいふ》のげん、をひくるにやと、せんかたなし、玉かづら

【93オ】

うきことにむねのみさはぐひゞきには

ひゞきのなだもさはらざりけり（344）

京につき給ひて、玉かづらの上、はつせへまふでたまふ、むかし夕がほにつかへし、右近《うこん》といふ女、これもはつせへまいりけるが、玉かづらのうへに、あひ奉りて、むかし物語《ものがたり》などしつゝ、右近

ふたもとの杦《すぎ》のたちどをたづねずは

【93ウ】

ふる川のべに君を見ましや（345）

玉《たま》かつら

初瀬川《はつせ》はやくのことはしらねども

けふのあふ瀬《せ》に身《み》さへながれぬ（346）

右近《うこん》かへりて、玉かづらに、あひ奉りしことを、源氏にかたりければ、源氏より、御ふみつかはしたまふ

しらずともたづねてしらんみしま江《え》に

【94オ】

おふるみくりのすぢはたへじを（347）

玉かづら返し

数《かず》ならぬみくりやなにのすぢなれば
うきにしもかくねをとゞめけん（348）

源氏玉かづらに、あひ給て

恋《こひ》わたる身はそれなれど玉かづら
いかなるすぢをたづねきつらん（349）

末《すへ》つむ花のもとへ、源氏より、御しやうぞく、

【94ウ】

おくり給ふ、末《すへ》つむは、源氏のとひ給はぬを、うらみて

きて見ればうらみられけりから衣《ころも》
かへしやりてん袖をぬらして（350）

源氏返し

かへさんといふにつけてもかたしきの
よるの衣《ころも》を思ひこそやれ（351）

【95オ】

△初音《はつね》

東《と》したちかへるあした、紫《むらさき》の上の御かたには、人ゝこゝかしこに、むれゐつゝ、はがためのいわゐ、もちゐ、かゞみにむかひたるを、見給ひて、源氏

うす氷《ごほり》とけぬる池《いけ》のかゞみには
世にくもりなきかげぞならべる（352）

紫のうへ

【95ウ】

くもりなき池《いけ》のかゞみに萬代《よろづよ》を
すむべきかげぞしるくみへける（353）

あかしのうへより、姫君《ひめぎみ》のもとへ、ひげこども、五えうの枝《えだ》に、鶯《うぐひす》をつくりて、まいらせたまふ、明石《あかし》のうへ

年月《としつき》を松にひかれてふる人に
けふ鶯《うぐひす》のはつねきかせよ（354）

姫君《ひめきみ》返し

【96オ】
引《ひき》わかれ年はふれども鶯《うくひす》の
すだちし松のねをわすれめや（355）
あかしのうへは、姫《ひめ》君の返哥《へんか》を、めづらし
と、見給ひて
めづらしや花のねぐらに木《こ》づたひて
谷《たに》のふるすをとへる鶯《うぐひす》（356）
末《すへ》つむ花の御かたへおはして、御前《まへ》の
紅梅《こうばい》、咲出《さきいで》たるにほひなど、見はやす

【96ウ】
人もなきを、見わたし給ひて、源氏
ふるさとの春《はる》の木末《こずへ》にたづねきて
よのつねならぬ花をみる哉（357）

△胡《こ》蝶《てふ》

やよひ、はつかあまりのころほひ、紫《むらさき》の上の
御まへのありさま、つねよりことに、花《はな》の色《いろ》、
鳥《とり》の声《こゑ》、めづらしう、見へきこゆ、ほかは、

【97オ】
さかり過《すぎ》たる桜《さくら》も、今さかりに、ほゝ
ゑみ、らうをめぐれる、藤《ふぢ》の色《いろ》も、こま
やかに、池《いけ》の水に、かげをうつしたる、やま
ぶき、峯《みね》よりこぼれて、いみじき盛《さかり》
なり、龍頭鷁首《りやうどうげきしゆ》の舟《ふね》つくらせ、池《いけ》に
うかへさせ給ふ、女房《にようばう》たちは、中嶋《なかじま》の入江《いりえ》に、
舟《ふね》さしよせて見給ふ
女房《にようばう》た知《ち》

【97ウ】
風ふけば波《なみ》の花さへ色《いろ》見えて
こや名《な》にたてるやまぶきのさき（358）

同

枩《まつ》の池《いけ》やゐでの川瀬《せ》にかよふらん
きしのやまぶきそこもにほへる（359）

同

亀《かめ》の上《うへ》の山もたづねし舟《ふね》のうちに
おひせぬ名《な》をばこゝにのこさむ（360）

【98オ】
同
はるの日のうらゝにさして行舟《ゆくふね》は
さほのしづくも花ぞ散《ちり》ける（361）
〽蛍兵部卿《ほたるひやうぶきやう》の宮は、玉《たま》かづらのうへを、こひ
たまひて
紫《むらさき》のゆへにこゝろをしめたれば
ふちにみなげん名《な》やはおしけき（362）
源氏

【98ウ】
ふちに身《み》をなげつべしやと此春《はる》は
花のあたりをたちさらでみよ（363）
〽秋好中宮《あきこのむちうぐう》のもとにて、わらはべども、蝶《てふ》
鳥《とり》のかたちに、出たゝせて、舞楽《ぶがく》あり、
むらさきのうへより、中宮《ちうぐう》のもとへ、
〽花ぞのゝこてふをさへやした草《くさ》に
秋まつむしはうとくみるらん（364）
中宮《ちうぐう》かへし

【99オ】
こてふにもさそはれなまし心有て
八重《やへ》やまぶきをへだてざりせば（365）
〽源氏玉《たま》かづらのうへを、よそに見なしたま
はんこと、うらめしくおぼす、御まへのくれ竹、
いとわかやかに、おひたちて、うちなびくさま
の、なつかしきを、見給ひて、源氏
ませのうちにねふかくうへし竹の子の
をのがよゝにやおひわかるべき（367）

【99ウ】
玉《たま》かづら返し
今さらにいかならん世かわか竹の
おひはじめけんねをばたづねん（368）
玉かづらのうへ、夕顔《ゆふがほ》にいとよくに給へば、
なみだぐみ給へり、御くだものゝなかに、たち
花のありけるを、とり給ひて、源氏
たち花のかほりし袖によそふれば
かはれる身ともおもほへぬ哉（369）

【100オ】
玉かづら
袖のかをよそふるからにたちばなの
みさへはかなくなりもこそすれ（370）
げんじ、たまかづらのもとに、ふし
たまひて、またの日源氏より、御文
あ李《り》、女君《おんなぎみ》はこゝちなやましげにて、
ふしたまへり、源氏
うちとけてねも見ぬものをわか草の

【100ウ】
ことありがほにむすぼゝるらん（371）
△蛍《ほたる》
兵部卿《きやう》のみや、玉かづらのもとへ、おはし
たるに、源氏ほたるを、おほくつゝみ
て、ほたるのひかりに、玉かづらを、兵部卿《きやう》
に見せ給へは、兵部卿
なく声《こゑ》もきこえぬむしの思ひだに

【101オ】
人のけつにはきゆるものかは（372）
玉《たま》かづら
声《こゑ》はせで身をのみこがす蛍《ほたる》こそ
いふよりまさる思ひなるらめ（373）
五月《さつき》五日、兵部卿《きやう》のみやより、玉かづら
へ御文《ふみ》あり
けふさへやひく人もなきみがくれに
おふるあやめのねのみながれん（374）

【101ウ】
玉かづら返し
あらはれていとゞあさくもみゆる哉
あやめもわかずながれけるねの（375）
おなじころ、競馬《きそひむま》の御あそびあり、
源氏花散里《ちるさと》のもとへおはしたれば、
はなちるさと
そのこまもすさめぬ草と名《な》にたてる
みきはのあやめけふやひきつる（376）

【102オ】
源氏
にほどりにかげをならぶるわかこまは
いつかあやめにひきわかるべき（377）
玉かづらのうへの、つれなく、もて
なしたまふを、見給ひて、源氏
思ひあまりむかしの跡《あと》をたづぬれど
おやにそむける子ぞたぐひなき（378）
たまかづら
【102ウ】
ふるきあとをたづぬれどげになかりけり
此世にかゝるおやのこゝろは（379）
△常夏《とこなつ》
玉《たま》かづらのうへを、父《ちゝ》おとゞに見せ
なば、さだめて、夕がほの行衛《ゆくへ》を、
たづねたまはんと、おぼして、
源氏

【103オ】
なでしこのとこなつかしき色《いろ》を見ば
もとのかきねを人やたづねん（380）
たまかづら
山がつのかき根《ね》に生《おひ》しなでしこの
もとのねざしをたれかたづねん（381）
あふみの君、女御《にようご》のもとへ、まいらん
とて、まづ御文奉りたまふ
草わかみひたちの海《うみ》のいかゞさき
【103ウ】
いかであひみんたごの浦波《うらなみ》（382）
御返しは、中納言《ちうなごん》の君、かきたま
へと、ゆづりたまへば、中納言の君、
かはりて
ひたちなるするがの海《うみ》のすまの浦《うら》に
なみたちいでよはこざきの松（383）
△篝火《かゝりひ》

【104オ】
秋のはつ風、すゞしき比《ころ》、玉かづら
の御かたへ、おはし給ふ、庭《にわ》にかゞり火、
ともさせ給ひて、源氏
　かゞり火にたちそふ恋《こい》のけふりこそ
　世にはたへせぬほのほなりけれ（384）
玉かつら
　行衛《ゆくゑ》なき空《そら》にけちてよかゞり火の
　たよりにたぐふけふりとならば（385）

【104ウ】
　△野《の》分《わき》
風はげしうふひて、おほきなる
木のえだもおれ、かはらさへ吹《ふき》ちら
し、はなれたる家《いへ》ども、たふれ
たり、源氏あかしの御かたへおはし
て、風のさはぎばかりを、とふらひ
たまひて、つれなくたちかへり給へは、

【105オ】
明石《あかし》のうへ
　おほかたに荻《おぎ》の葉《は》すぐる風の音《おと》も
　うき身ひとつにしむこゝちして（386）
源氏玉かづらのもとへおはして、いとこ
まやかに、うちさゝめき、かたらひ給ひて、
出たまへば、玉かづら
　ふきみだる風のけしきに女良花《をみなへし》
　しほれしぬべき心地《こゝち》こそすれ（387）

【105ウ】
源氏返し
　した露《つゆ》になびかましかば女良花《をみなへし》
　あらき風にはしほれざらまし（388）
夕霧《ぎり》くもゐのかりのもとへ、御ふみ
つかはしたまふ
　風さはぎ村雲《むらくも》まよふゆふべにも
　わするゝまなくわすられぬ君（389）

【106オ】

△行幸《みゆき》

冷泉院《れいぜいのいん》、大原野《おほはらの》の行幸《みゆき》有しに、源氏の
君は、御ものいみにて、供奉《ぐぶ》し給はざりけれは、
大原野《はらの》より、蔵人《くらうど》の左衛門尉《さへものぜう》を、御つかひ
にて、雉子《きじ》一枝《えだ》、おくらせ給ふとて、

雪《ゆき》ふかきをしほの山にたつきじの
ふるきあとをもけふはたづねよ（390）

源氏御つかひを、もてなさせ給ひて、

【106ウ】

をしほ山みゆきつもれる松原《ばら》に
けふばかりなるあとやなからん（391）

またの日、玉《たま》かづらのもとへ、きのふみかど
をば、見奉りたまふやとて、御文つかはし
たまへば、玉かづら

うちきらし朝《あさ》ぐもりせしみゆきには
さやかに空《そら》のひかりやは見し（392）

源氏返し

【107オ】

あかねさすひかりは空《そら》にくもらぬを
などてみゆきにめをきらしけん（393）

玉かづらの御ことを、父《ちゝ》おとゞへかたり出
たまへば、大宮《おほみや》より御つかひあり、御ぐしの
はこなど、まいらせ給ふとて

ふたかたにいひもてゆけば玉くしげ
我身はなれぬかけごなりけり（394）

末《すへ》つむ花のもとより、玉かづらへ、御しやう

【107ウ】

ぞく、おくりたまふとて

我身こそうらみられけりから衣《ころも》
君がたもとになれずとおもへば（395）

此返事は、源氏よりつかはし給はんとのたまひて、

から衣またからころもからころも
かへす〴〵もからころもなる（396）

玉《たま》かづら、父《ちゝ》おとゞにあひ奉り給ふ、おとゞは、
今まで我にしらせ給はぬ事を、うらみ

【108オ】
たまひて
　うらめしやおきつ玉もをかづくまで
　いそがくれけるあまのこゝろよ（397）
玉かづらは、いとはづかしき、御有様《ありさま》なれば、源氏
　よるべなみかゝるなぎさにうちよせて
　あまもたづねぬもくづとぞ見し（398）

【108ウ】
　△藤《ふぢ》はかま
夕霧《ぎり》玉《たま》かづらのもとへおはして、らんの
花を、みすのうちへ、さしいれ給ひて
　おなじ野《の》の露《つゆ》にやつるゝ藤《ふぢ》ばかま
　あはれはかけよかごとはかりも（399）
玉《たま》かづらかへし
　たづぬるにはるけき野邊《のべ》の露《つゆ》ならば
　うすむらさきやかごとならまし（400）

【109オ】
玉かづらのもとへ、父《ちゝ》おとゞよりの使《つかひ》に、
頭中将《とうのちうじやう》まいりたまひて
　いもせ山ふかき道《みち》をばたづねずて
　をだえのはしにふみまどひける（401）
玉かづら返し
　まどひける道をばしらでいもせ山
　たど〳〵しくぞたれもふみ見し（402）
なが月の比《ころ》、ひげぐろの大将《だいしやう》より、玉かづら

【109ウ】
のもとへ
　数《かず》ならばいとひもせまし長《なが》月に
　いのちをかくるほどぞはかなき（403）
蛍《ほたるの》兵部卿《きやう》より、玉かづらへ
　朝《あさ》日さすひかりを見ても玉ざゝの
　葉《は》わけの霜《しも》をけたずもあらなん（404）
左《さ》兵衛《ひやうへ》の督《かみ》のもとより、玉かづらへ
　わすれなんと思ふも物のかなしきを

【110オ】
いかさまにしていかさまにせん（405）
かたぐより、御文哥《ふみうた》あれど、兵部卿《きやう》の
もとへのみ、御返しあり
心もてひかりにむかふあふひだに
朝《あさ》をく霜《しも》をのれやはけつ（406）

△槙《まき》柱《ばしら》

玉かづらのもとへ、源氏わたり給て

【110ウ】
折たちてくみはみねどもわたり川
ひとのせとはたちぎらざりしを（407）
玉かづら返し
みつせ川わたらぬさきにいかでなを
なみだのみおのあはときへなん（408）
雪《ゆき》ふる日、ひげぐろの大将《だいしやう》のもとより、
玉かづらへ、御文つかはしたまふ
心さへ空《そら》にみだれし雪《ゆき》もよに

【111オ】
ひとりさえつるかたしきの袖（409）
ひげ黒《ぐろ》の大将《だいしやう》の御きぬに、木工《もく》の君《きみ》と
いふ女、たきものするとて
ひとりゐてこがるゝむねのくるしきに
思ひあまれるほのほとぞ見し（410）
ひげぐろの大将《だいしやう》
うきことを思ひさはげばさまぐに
くゆるけふりぞいとゞたちそふ（411）

【111ウ】
ひげ黒《ぐろ》の大将《だいしやう》の、もとのきたのかた、父《ちゝ》の
かたへ、かへり給ふとて、出たち給へは、姫《ひめ》君も
おなじく出たまふとて、つねによりゐ
たまふ、ひんがしおもてのはしらを、人に
ゆづる心地《こゝち》したまふもあはれにて、姫《ひめ》君
ひはだ色《いろ》の紙《かみ》に、哥を書《かき》て、はしらのひ
われたるはざまに、かうがいのさきにて、
をしいれたまふ

【112オ】

今はとてやどかれぬともなれきつる
　まきのはしらは我をわするな（412）
北《きた》のかた
　なれきとは思ひいづともなにゝより
　たちとまるべきまきのはしらぞ（413）
中将《ちうじやう》のおもと
　あさけれどいしまの水はすみはてゝ
　やどもる君やかけはなるべき（414）

【112ウ】

もくの君は、あとにとまれは、わかれを
おしみて
　ともかくもいはまの水のむすぼゝれ
　かけとむべくもおもほへぬよを（415）
蛍《ほたる》兵部卿《きやう》の宮《みや》より、玉かづらへ
　みやま木《ぎ》にはねうちかはしゐる鳥の
　またなくねたき春《はる》にもある哉（416）
玉かづら内裏《だいり》にまいり給へは、冷泉院《れぜいのいん》

【113オ】

などてかくはひあひがたき紫《むらさき》を
　こゝろにふかく思ひそめけむ（417）
玉かづら
　いかならん色《いろ》ともしらぬ紫を
　心してこそひとはそめけれ（418）
玉かづらをむかへに、ひげ黒《ぐろ》の大将《だいしやう》より、
御車《くるま》よせたれば、冷泉院《れぜいのいん》なごりをおし
みたまひて

【113ウ】

九重《こゝのへ》にかすみへだてば梅《むめ》の花
たゞかばかりもにほひこじとや（419）
玉かづら
　かばかりは風にもつてよ花のえに
　たちならぶべき匂《にほ》ひなくとも（420）
二月雨《きさらぎあめ》ふり、つれ〴〵なる比《ころ》、玉かづらの
もとへ、源氏の君より、御文あり
　かきたれてのどけき比《ころ》の春雨《はるさめ》に

【114オ】
ふるさと人をいかにしのぶや(421)
玉かづら返し
ながめする軒《のき》の雫《しづく》に袖ぬれて
うたかた人をしのばざらめや(422)
源氏やまぶきのおもしろきを、見た
まふにつけても、玉かづらこひしくおぼ
して
おもはずに井手《ゐで》の中道《なかみち》へだつとも

【114ウ】
いはでぞこふるやまぶきの花(423)
源氏のもとより、玉かづらへ、かもの子を、
おくり給ふとて
おなじすにかへりしかいのみへぬ哉
いかなる人か手《て》ににぎるらん(424)
ひげ黒《ぐろ》の大将《だいしやう》、源氏よりの哥を見給て
すがくれて数《かず》にもあらぬかりの子を
いづかたにかはとりかへすべき(425)

【115オ】
霜《しも》月の比《ころ》、こうきでんの御かたに、人〻
まいり給て、あそび給ふ、夕霧《ぎり》もまいり
たまへり、あふみの君、此人をめでゝよめる
おきつ舟《ぶね》よるべ波路《なみぢ》にたゞよはゞ
さほさしよらんとまりおしへよ(426)
夕霧《ぎり》近江《あふみ》の君を見給て、きゝしに
たがはぬ人よとおぼして
よるべ波《なみ》風のさはがす舟《ふな》人も

【115ウ】
思はぬかたにいそづたひせず(427)
△梅枝《むめがえ》
あさがほのさいゐんより、源氏のもとへ、
たきもの二色《いろ》、ちりすぎたる梅の枝《えだ》に、
御文つけて、まいらせたまふ
花の香《か》はちりにし枝《えだ》にとまらねど
うつらん袖にあさくしまめや(428)

【116オ】
源氏返し
花のえにいとゞ心をしむる哉
人のとがめんかをばつゝめど（429）
蛍《ほたる》兵部卿《きやう》の宮《みや》琵琶《びは》、源氏の君さうの
御琴《こと》、頭中将《とうのちうじやう》和琴《わごん》、夕霧《きり》よこぶえ、
弁少将《べんのせうしやう》ひやうしとりて、梅がえうたひ
たまふ、
蛍《ほたる》兵部卿《きやう》

【116ウ】
鶯《うぐひす》の声《こゑ》にやいとゞあくがれん
心しめつる花のあたりに（430）
源氏
色も香《か》もうつるばかりに此春《はる》は
花さくやどをかれずもあらなん（431）
柏木《かしはぎ》頭中将《とうのちうじやう》
鶯《うぐひす》のねぐらの枝《えだ》もなびくまで
なをふきとをせ夜半《よは》の笛竹《ふえたけ》（432）

【117オ】
夕霧《ぎり》
心ありて風のよぐめる花の木《き》に
とりあへぬまでふきやよるべき（433）
弁少将《べんのせうしやう》
かすみだに月と花とをへだてずは
ねぐらの鳥もほころびなまし（434）
兵部卿《きやう》のみや、かへりたまふに、源氏より
御なをし一くだり、たき物二つぼそへて、

【117ウ】
御車《くるま》に奉らせたまへば、蛍《ほたる》兵部卿《きやう》
花のかをえならぬ袖にうつしもて
ことあやまりといもやとがめん（435）
源氏返し
めづらしとふるさと人も待《まち》ぞ見ん
花のにしきをきてかへるきみ（436）
雲井《くもゐ》の鴈《かり》のもとへ、夕霧《ぎり》より
つれなさはうき世《よ》のつねになり行《ゆく》を

【118オ】
わすれぬ人やひとにことなる（437）
雲井鴈《くもゐのかり》返し
かぎりとてわすれがたきを忘《わす》るゝも
こや世になびく心なるらん（438）
△藤《ふぢの》裏《うら》葉《ば》
卯月朔日比《うづきついたちごろ》、内大臣《ないだいじん》の庭《には》の、藤《ふぢ》さき
みだれたるに、おとゞより、夕霧《ぎり》のもとへ、

【118ウ】
わがやどの藤の色《いろ》こきたそかれに
たづねやはこぬ春《はる》のなごりを（439）
夕霧《ぎり》返し
中〳〵におりやまどはん藤《ふぢ》の花
たそかれ時のたど〳〵しくは（440）
内大臣《ないだいじん》のもとへ、夕霧《ゆふぎり》おはしたり、大臣《おとゞ》の
むすめ、雲井の鴈《かり》を、夕霧《ぎり》へまいら
せんとの心にて、藤の花を、さかづきの上に

【119オ】
くはへて、内大臣《ないだいじん》
むらさきにかごとはかけん藤《ふぢ》の花
まつよりすぎてうれたけれども（441）
夕霧《ぎり》返し
いくかへり露《つゆ》けき春をすぐしきて
花のひもとくおりにあふらん（442）
柏木《かしはぎ》
たをやめの袖にまがへる藤《ふぢ》の花

【119ウ】
見るひとがらや色《いろ》もまさらん（443）
夕霧《ぎり》、雲井《くもゐ》のもとへ、おはしければ、くもゐ
あさき名《な》をいひながしける河《かは》ぐちは
いかゞもらしゝ関《せき》のあらがき（444）
夕ぎりかへし
もりにけるくきだの関《せき》を川口《ぐち》の
あさきにのみはおふせざらなん（445）
夕霧《ぎり》かへりたまひて、雲井のもとへ、御文

【120オ】

つかはしたまふ
　とがむなよしのびにしほる手もたゆみ
　けふあらはるゝ袖のしづくを（446）
かものまつりの日、藤内侍《たうないし》のすけ、勅使《ちよくし》
にまいられける出立《いでたち》を、夕霧《ぎり》とふ
らひたまひて
　なにとかやけふのかざしよかつみつゝ
　おぼめくまでもなりにける哉（447）

【120ウ】

藤内侍《たうないし》返し
　かざしてもかつたどらるゝ草《くさ》の名は
　かつらをおりし人やしるらん（448）
夕霧六位《ぎりろくい》にておはせしことを、雲井
のかりのめのと、とし比《ころ》いやしめけるに、
中納言《ちうなごん》になりたまひてのち、きくを
給はせて、夕霧《ぎり》
　あさみどりわか葉《ば》のきくを露《つゆ》にても

【121オ】

　こきむらさきの色《いろ》とかけきや（449）
めのと返し
　二葉《ふたば》よりなたゝるそのゝ菊《きく》なれば
　あさき色《いろ》わく露《つゆ》もなかりき（450）
大みやの住《すみ》給ひし、三条《さんでう》の宮《みや》を、修《しゆ》
理《り》したまひて、わたりたまふ、大宮のいにし
へ、思し出て、夕ぎり
　なれこそは岩《いは》もるあるじみし人の

【121ウ】

　行衛《ゆくゑ》はしるややどのまし水（451）
雲井の鴈《かり》も、おなじ所に住《すみ》給ひて、
　なき人の《は(朱)》かげだにみへずつれなくて
　心をやれるいさら井の水（452）
雲井のかりの父《ちゝ》おとゞも、わたり給ひて、
　そのかみのおい木はむべもくちぬらん
　うへし小まつもこけおひにけり（453）
夕霧《ぎり》のめのと

【122オ】

いづれをもかげとぞたのむ二葉《ふたば》より
ねざしかはせる松のすへく (454)

かみなづきのころ、六条院《でうのいん》に行幸《みゆき》あり、大政大臣《だいじやうだいじん》の御子たち、まひあそびたまへは、げんじ

色まさるまがきのきくもおりくに
袖うちかけし秋をこふらん し湖月(朱) (455)

大政大臣《だいじやうだいじん》

【122ウ】

紫《むらさき》の色《いろ》にまがへるきくの花
にごりなきよのほしかとぞみる (456)

日くるゝにしたがひて、御あそびども、なをけうあり、朱雀院《しゆしやくいん》

秋をへて時雨《しぐれ》ふりぬる里《さと》人も
かゝるもみぢのおりをこそみね (457)

冷泉院《れぜいのいん》

よのつねのもみぢとやみる古《いにしへ》の

【123オ】

ためしにひける庭《にわ》のにしきを (458)

【123ウ】

(空白)

小源氏

坤」（外題）

【1オ】

△若菜《わかな》上

女三の宮《みや》、御もぎ《裳着》のもよほし有、秋好《あきこのむ》中宮《ちうぐう》より、御ぐしあげのぐ、つかはし給ふとて

さしながらむかしを今につたふれば
玉のをぐしぞ神さびにける（459）

御返し朱雀院《しゆしやくゐん》

さしつぎに見る物にもが萬代《よろづよ》を

【1ウ】

つげのおぐしの神さぶるまで（460）

年かへりぬれば、源氏の、四十賀《のが》、玉かづらより、いとなみたまはんとて、源氏の方へわたり給ひて、玉かづら

若葉《わかば》さす野邊《のべ》の小松を引つれて
もとのいはねをいのるけふかな（461）

源氏御かはらけとり給ひて

小枩原《ばら》するゑのよはひにひかれてや（462）

【2オ】
野辺《のべ》の若菜《わかな》も年《とし》をつむべき（462）
二月《きさらぎ》十日、女三宮六条院《の》へ渡《わた》り給へば、紫《むらさき》の上、
めにちかくうつればかはる世中を
行末《ゆくすゑ》とをくたのみけるかな（463）
源氏かへし
命《いのち》こそたゆとも絶《たえ》めさだめなき
よのつねならぬ中のちぎりを（464）
或《ある》あした、源氏より女三の宮のもとへ、

【2ウ】
中道《なかみち》をへだつる程はなけれども
こゝろみだるゝ今朝《けさ》のあは雪（465）
女三の宮のめのと返し
はかなくてうはの空《そら》にぞ消《きえ》ぬべき
風にたゞよふ春のあはゆき（466）
朱雀院《しゆしやくゐん》かしらおろし給ひて後《のち》、西山《にしやま》の御《み》
寺《てら》にうつりたまふに、女三の宮の事、おぼ
しをきて、紫《むらさき》の上へ御文つかはした

【3オ】
まふとて
そむきにしこの世に残《のこ》る心こそ
入《いる》山みちのほだしなりけれ（467）
紫《むらさき》の上かへし
そむく世のうしろめたくはさりがたき
ほだしをしゐてかけなはなれそ（468）
おぼろ月夜の君、二条の宮に住給ふ、
げんじひそかにおはして

【3ウ】
年月《としつき》を中にへだてゝあふ坂の
さもせきがたくおつるなみだか（469）
おぼろ月夜かへし
涙のみせきとめがたき清水《しみず》にて
ゆきあふ道《みち》ははやくたえにき（470）
日さし出る程に出給ふとて、源氏
しづみしもわすれぬ物をこり須广《ずま》に
身をなげつべきやどのふぢ波《なみ》（471）

【4オ】

おぼろ月夜返し

　身をなげん渕《ふち》もまことのふちならで

　かけじやさらにこり須广《ずま》のなみ（472）

むらさきのうへ、手《て》ならひのやうに、物に
かきすさみ給ふ

　身にちかく秋やきぬらん見るまゝに

　青葉《あをば》の山もうつろひにけり（473）

げんじ此哥を見給ひて

【4ウ】

　水鳥の青葉《あをば》は色《いろ》もかはらぬを

　萩《はぎ》の下《した》こそ氣色《けしき》ことなれ（474）

明石《あかし》の中宮《ちうぐう》、母君《はゝぎみ》の住《すみ》たまふたいに、わた
りたまへは、あま君

　おひの波《なみ》かひある浦《うら》に立出て

　しほたるゝあまをたれかとがめん（475）

中宮《ちうぐう》

　しほたるゝ海士《あま》を波ぢのしるべにて

【5オ】

　たづねも見ばやはまのとま屋を（476）

母君

　世をすてゝ明石《あかし》の浦《うら》に住《すむ》人も

　心のやみははるけしもせじ（477）

あかしの入道は、すみにし庵《いほ》を捨《すて》て、
山へ入とて、中宮のもとへつかはす
文の中に

　ひかり出ん暁《あかつき》ちかくなりにけり

【5ウ】

　今ぞ見しよの夢《ゆめ》がたりする（478）

閑《か》しは木の右衛門のかみ、女三の宮を見そ
めてのち、夕霧《ぎり》と物かたりのついでに、
源氏女三の宮をむらさきの上に、おもひ
おとし給ふやなとかたりて、右衛門督《ゑもんのかみ》

　いかなれば花に木《こ》づたふ鶯《うぐひす》の

　桜《さくら》をわけてねぐらとはせぬ（479）

夕霧《ぎり》

【6オ】

み山木にねぐらさだむるはこ鳥も
いかでか花の色にあくべき（480）

女三の宮につかへる、小侍従《こじゝう》といへる女のもとへ、女三のみやに、おもひわづらふことを、いひつかはすとて、右衛《ゑ》門督《もんのかみ》

よそに見ておらぬなげきはしげれども
なごりこひしき花のゆふかげ（481）

小侍従《こじじう》返し

【6ウ】

今《いま》さらに色《いろ》にな出そ山ざくら
およばぬ枝《ゑだ》にこゝろかけきと（482）

△若《わか》菜《な》下

柏木《かしはぎ》の右衛《ゑ》門督《もんのかみ》、春宮《とうぐう》にまいりて、六条院の猫《ねこ》こそ、おかしけれときこゆ、此ねこを、女三宮より、春宮《とうぐう》へまいらせらるれば、右衛門督《かみ》、しばしあづかり申さんとて、取

【7オ】

て帰りてのち

恋わぶる人のかた見とてならせば
なれよなにとてなくねなるらん（483）

春宮《とうぐう》の女御《にようご》、御いのりのため、住《すみ》よしへまふで給ふ、明石《あかし》のあま君も、うちつれまいり給へるに、源氏より尼君《あまきみ》の車《くるま》の内へ、

たれかまた心をしりて住よしの
神代《かみよ》をへたる枩《まつ》にことゝふ（484）

【7ウ】

あま君返し

住の江《ゑ》をいけるかひあるなぎさとは
年ふるあまもけふやしるらむ（485）

明石のうへ

むかしこそまづ忘《わす》られぬすみよしの
神のしるしを見るにつけても（486）

むらさきのうへ、かくみやこのほかのありきは、まだならひ給はねば、珍《めづら》しくおかしくおぼして、

【8オ】
住の江の松に夜ふかくをく霜《しも》は
神のかけたるゆふかづらかも（487）
明石女御《あかしのにようご》
神人《かみびと》の手にとりもたる榊葉《さかきば》に
ゆふかげそふるふかき夜の霜（488）
紫《むらさき》のうへの女房《にようばう》、中務《なかづかさ》の君
はふり子がゆふうちまがひおく霜は
げにいちじるき神のしるしか（489）

【8ウ】
柏木《かしはぎ》右衛《ゑ》門督《もんのかみ》、女三の御かたへ忍びて、夜も
明《あけ》ゆけば、立出るとて
おきて行空もしられぬあけぐれに
いづくの露《つゆ》のかゝる袖なり（490）
女三の宮返し
明《あけ》ぐれの空《そら》にうき身はきえなゝむ
夢《ゆめ》なりけりと見てもやむべく（491）
祭《まつり》の日は、きんだちうちつれて、柏木《かしはぎ》をさ

【9オ】
そひ給へど、なやましげに、もてなして、
ながめふし給へり、いとつれぐくに、心ぼそき
おりふし、わらはべのもちたる、あふひを
見たまひて、柏木《かしはぎ》
くやしくぞつみをかしけるあふひ草《ぐさ》
神のゆるせるかざしならぬに（492）
女二の宮も、なまめかしけれど、女三には
およばざりけるよとおぼえて、柏木

【9ウ】
もろかづらおち葉《ば》をなにゝひろひけん
名はむつましきかざしなれども（493）
紫《むらさき》の上の、御ものゝけ、わらはにうつりて、
のゝしる、源氏あさましくおぼして、この
わらはのてをとらへ、ひきすへて、万《ま》ことに
そ濃《の》人か、きつねなどの、たはふれたるかと、
のたまへばわらはは
わが身こそあらぬさまなれそれながら

【10オ】

そらおぼれする君はきみなり（494）
池《いけ》はいと涼《すゞ》しげにて、はちすの花の
さきわたれるに、葉《は》はいとあをやかにて、
露《つゆ》きら〱と、玉のやうに見えわたる、紫《むらさき》
の上、おきあがり、見いだし給ひて
きえとまる程やはふべきたまさかに
はちすの露《つゆ》のかゝるばかりを（495）
げんじ

【10ウ】

ちぎりをかん此世ならでも蓮葉《はちすば》に
玉ゐる露《つゆ》のこゝ《こ》ろへだつな（496）
女三のみやの御なやみを、源氏とふらひ
給ひて、御物かたりなど、きこえたまふ
ほどに、日も暮《くれ》たり、日ぐらしのなく
に、おどろき給ひて、二条院《でうのゐん》へかへりたま
はんと、聞《きこ》えたまへば、女三の宮
夕露《ゆふつゆ》に袖ぬらせとや日《ひ》ぐらしの

【11オ】

なくをきく〱おきてゆくらむ（497）
源氏返し
まつさともいかゞ聞《きく》らむかた〲に
心さはがす日ぐらしのこゑ（498）
朧《おぼろ》月夜、あまになり給ふと、聞給ひ
て、源氏より
海士《あま》の世をよそにきかめや須广《すま》の浦《うら》に
もしほたれしもたれならなくに（499）

【11ウ】

朧《おぼろ》月夜かへし
あま舟《ぶね》にいかゞは思ひおくれけん
あかしの浦にいさりせ《せ》し君（500）

△柏木《かしはぎ》

右衛《ゑ》門督《もんのかみ》のなやみ、おこたらで、年《とし》もかへ
りぬ、父《ちゝ》おとゞ北《きた》の方、おぼしなげく、すこし

【12オ】
こゝちよしとて、人〴〵立のき給へるに、
右衛門督より女三へ、文まいらせらる

今はとてもえん煙《けぶり》もむすぼゝれ
たえぬおもひの名をやのこらん（501）

女三返し

立そひてきえやしなまし憂事《うきこと》を
おもひみだるゝけふりくらべに（502）

柏木又かへし

【12ウ】
行衛《ゆくゑ》なき空《そら》の烟《けふり》となりぬとも
おもふあたりを立ははなれじ（503）

女三の宮のうみ給ふ、おとこぎみを、源氏
いだきたまひて

たが世にかたねはまきしと人とはゞ
いかゞいはねの枩はこたえむ（504）

かしわ木、なくなり給ひてのち、夕霧《ゆふぎり》女二
のみやをとふらひ給ふ、宮のうち、人氣《げ》

【13オ】
すくなう、心ほそげなり、女二の母《はゝ》御息所《みやすどころ》
に、たいめんし給ひて、かたり給ふ、御まへ
ちかきさくらの、いとおもしろきを
見給ひて、夕霧

時しあればかはらぬ色に匂《にほ》ひけり
かたえかれにし宿《やど》のさくらも（505）

御息所《みやすところ》

この春は柳《やなぎ》のめにぞ玉はぬく

【13ウ】
咲《さき》ちる花《はな》の行衛《ゆくゑ》しらねば（506）

夕霧《ゆふぎり》、柏木《かしはぎ》の父《ちゝ》、致仕《ちじ》の大とのに、まいり
たまへば、致仕《ちじ》の大臣《おとゞ》

木《こ》のしたの雫《しづく》にぬれてさかさまに
霞《かすみ》のころもきたる春かな（507）

夕霧大将

なき人も思はざりけんうち捨《すて》て
ゆふべの霞《かすみ》君きたれとは（508）

【14オ】

柏木のおとうと、弁《べん》の君

うらめしや霞《かすみ》の衣《ころも》たれきよと
春よりさきに花のちりけん（509）

卯月の比、夕霧女二の宮へ、わたりたまひて、おまへの木《こ》だちを見たまふ、かしは木と、かへでとの、げにわかやかなる色《いろ》して、枝《ゑだ》さしかはしたるを、いかなるちぎりにか、すゑあへるたのもしさよなど、

【14ウ】

の給ひて、忍《しの》びやかにさしよりて、夕霧

ごとならばならしの枝《ゑだ》にならさなん
葉守《はもり》の神《かみ》のゆるしありきと（510）

みすの、へだてあるこそ、うらめしけれとて、なげしに、よりゐたまへり

女二の宮返し

かしは木に葉守《はもり》の神《かみ》はまさずとも
人ならすべきやどの木《こ》ずゑか（511）

【15オ】

△横笛《よこぶゑ》

朱雀院《しゆしやくゐん》より、女三のあま君のもとへ、御文つかはし給ふとて

世をわかれ入なん道はおくるとも
おなじところを君もたづねよ（512）

女三返し

【15ウ】

うき世にはあらぬところの床《ゆか》しくて
そむく山路《ち》におもひこそいれ（513）

源氏女三の御かたへ、わたり給へるに、薫《かほる》の、たかうなを、にぎりもち給へるを、見給ひて、

うきふしもわすれずながらくれ竹の
こはすてがたきものにぞ有ける（514）

秋のゆふべの、物あはれなるに、夕霧女二の御かたへおはしたり、柏木の、つねに引給ひ

【16オ】
し琴《こと》を、すこしひき給ひて、みすのもとに、おしよせたまへど、女二の宮、てもふれ給はねば、夕霧

ことに出ていはぬをいふにまさるとは
人にはぢたるけしきをぞみる（515）

女二のみやかへし

ふかき夜のあはればかりは聞《きゝ》わけど
ことよりほかにえやはいひける（516）

【16ウ】
夕霧帰りたまふに、御息所《みやすどころ》より、御おくり物あり、柏木のもちたまひし笛《ふゑ》をも、そへて奉り給ふ、あはれおほくそひて、心みにふきならす、ばんしきでうの、なからばかり吹《ふき》さして出給へば、御息所《みやすどころ》

露《つゆ》しげきむぐらの宿《やど》にいにしへの
秋にかはらぬむしのこゑかな（517）

夕霧かへし

【17オ】
横笛《よこぶゑ》のしらべはことにかはらぬを
むなしくなりし音《ね》こそつきせね（518）

夕霧すこし寝入《ねいり》給へる、夢《ゆめ》に、かしは木、ありしさまにて、かたはらにゐて、此笛《ふゑ》をとりて

ふえ竹にふきよる風のごとならば
末《すゑ》の世ながきねにつたへなん（519）

【17ウ】

△鈴虫《すゞむし》

はちすの花、さかりなるころ、女三の宮の御持佛《ぢぶつ》、くやうしたまふ、源氏

はちす葉《ば》をおなじうてなと契《ちぎり》おきて
露《つゆ》のわかるゝけふぞかなしき（520）

女三の宮

へだてなく蓮《はちす》の宿《やど》をちぎりても

【18オ】

君がこゝろやすまじとすらん（521）

八月《はづき》十五夜の月、おかしき夕ぐれに、源氏女三の御かたへわたり給ふ、虫《むし》の音《ね》、いとしげき中《なか》に、すゞむしの、ふり出たるほど、はなやかにおかし、おとゞは、なをおもひはなれぬさまに、のたまへば、女三

大かたの秋をばうしとしりにしを
ふりすてかたきすゞむしの聲《こゑ》（522）

【18ウ】

源氏かへし

心もて草《くさ》のやどりをいとへども
なをすゞ虫のこゑぞふりせぬ（523）

げんじ、琴《こと》を引給ふ、女三は御ずゞひきおこたりて、御琴《こと》にこゝろいれ給へり、ほたる兵部卿《きやう》、夕霧大将《ゆふぎりだいしやう》、殿上人《てんじやうびと》もまいりたまひて、御土器《かはらけ》まいる程に、冷泉院《れぜいのゐん》より、御つかひ有、

雲の上をかけはなれたる住家《すみか》にも

【19オ】

ものわすれせぬ秋の夜の月（524）

源氏かへし

月影《かげ》はおなじ雲井に見えながら
わがやどからの秋ぞかはれる（525）

△夕霧《ゆふぎり》

女二の宮の御母御息所《はゝみやすどころ》、物の氣《け》にわづらひ給ふ、小野《おの》といふあたりの山里《やまざと》に、わたり

【19ウ】

給ひて、御祈《いの》りなどせさ勢《せ》給ふ、夕ぎりかしこへまいりたまへば、女二のおはしけるかたはらに、いれ奉る、夕霧

山里のあはれをそふる夕霧《ぎり》に
立出ん空もなきこゝちして（526）

女二の宮

山がつのまがきをこめて立霧《たつきり》も
心そらなる人はとゞめず（527）

【20オ】

夕霧女二のおはしける所へ、まぎれいり
給ふ、宮《みや》は障子《しやうじ》のそとに、いさり出給ふを、
引とゝめ給へは

われのみやうき世をしれるためしにて
ぬれそふ袖《そで》の名をくだすべき（528）

夕霧

おほかたはわれぬれぎぬをきせず共
くちにし袖の名やはかくるゝ（529）

【20ウ】

女二の宮はこゝかしこの御心をおぼし
めぐらすにいとくちをしく御息所《みやすどころ》の
聞給はんも侘《わび》しくて夜の明ざらん
さきに出たまへなどのたまへば霧《きり》の
まぎれにたちかくれて出たまふ

夕霧

おぎはらや軒端《のきば》の露《つゆ》にそぼちつゝ
やえたつ霧《きり》を分《わけ》ぞ行《ゆく》べき（530）

【21オ】

女二の宮返し

分《わけ》ゆかん草葉《くさば》の露《つゆ》をかごとにて
なをぬれぎぬをかけむとや思ふ（531）

夕霧《ゆふぎり》かへり給ひて、小野《おの》へ御文つかはし
給へど、女二は御覧《らん》じもいれず、人〳〵
ひろげて、見せたてまつる、夕霧

玉しゐをつれなき袖にとゞめおきて
我《わが》こゝろからまどはるゝかな（532）

【21ウ】

夕霧《ゆふぎり》より、又御文あり、御息所《みやすどころ》めしよせて、
見たまへば、夕霧

せくからにあさくぞ見えん山河《がは》の
ながれての名をつゝみはてずは（533）

御返事したまへと、申させ給へ共、女二は、
とかくおぼしみだるゝさまなれば、御息所、
御へんじ書《かき》たまひて

をみなへししほるゝ野べをいづことて

【22オ】
ひと夜ばかりのやどをかりけん（534）
夕霧《ゆふぎり》は、女二の御かたに、過《すぎ》し夜《よ》とまり
たまへることを、御息所《みやすどころ》の、しり給ひけると、
心ぐるしうおぼして、又返し
秋の野の草《くさ》のしげみはわけしかど
かりねのまくらむすひやはせし（535）
御息所《みやすどころ》、なくなり給ひてのち、夕霧《ゆふぎり》より、
女二の御かたへ、よろづのものを、つかはし、

【22ウ】
とふらはせたまひ、あはれにこゝろふかき、
言《こと》の葉《は》をつくして、うらみきこへ給へど、
とりてだに御らんぜす、夕霧は、つれぐ
と、物をのみおぼしつゞけて、明《あか》し暮《くら》
したまふ、北《きた》のかた、雲井《くもゐ》の鴈《かり》は、夕霧
の、御息所《みやすどころ》と女二の宮との御中、いかなる
にか有けんと、思ひうたがひ給ひて、
あはれをもいかにしりてかなぐさめん

【23オ】
あるや恋《こひ》しきなきやかなしき（536）
夕ぎり返し
いづれとかわきてながめむきえかへる
露《つゆ》も草葉《くさば》のうへと見ぬ世を（537）
夕霧は、九月《ながづき》十日あまりに、女二の御方へ、
忍びたまひ、少将《せうしやう》の君をよびて、よろづに
おほく、のたまへども、少将きこゆべき事
もなくて、うちなげきつゝ居《ゐ》たり、鹿《しか》の

【23ウ】
いといたくなけば、夕霧
里とをみ小野《をの》の篠原《しのはら》わけて來《き》て
われもしかこそ聲《こゑ》もおしまね（538）
少将の君
藤衣露《ふぢごろもつゆ》けき秋の山人は
しかの鳴音《なくね》にねをぞそへつる（539）
夕霧は、けふも宮にたいめんし給はで、
帰りたまふ、道すがら、女二の、もと住《すみ》給ひし、

【24オ】
一条の宮の、あばらなるに、月のみ、やり水のおもてを、あらはにすみなしたるを、見いれ給ひ、柏木《かしはぎ》の、こゝにて遊《あそ》びたまひしことを、思ひ出給ひて
見し人の影《かげ》すみはてぬ池水《いけみづ》に
ひとりやどもる秋の夜の月（540）
夕霧帰り給ひて、また小野《をの》へ御文つかはす、
いつとかはおどろかすべき明ぬ夜の

【24ウ】
夢《ゆめ》さめてとかいひしひとこと（541）
少将より、たゞおなじさまに、かひなきよしを書《かき》て、女二の手ならひすさみ給へるを、中につゝみたり
朝夕《あさゆふ》になくねをたつるをの山は
たえぬなみだやおとなしの瀧《たき》（542）
女二を、一条の宮へ、移《うつ》し奉らんとて、御むかひに、小野《をの》へ御車《みくるま》まいらせらる、

【25オ】
宮《みや》はひたすら、此山里に、すみはてんとおぼして、御車にものり給はで、
のぼりにし峯《みね》のけふりに立まじり
おもはぬかたになびかずもがな（543）
人〳〵みないそぎたちて、おの〳〵、くし手箱《てばこ》、からびつ、よろづのものを、さき立《だて》て、はこびたれば、ひとりとまり給ふべきやうもなくて、御車にのりたまふ、

【25ウ】
母君のかた見に、とゞめたまへる、御經箱《きやうばこ》をも、御車にいれたり、女二の宮
恋《こひ》しさのなぐさめがたき形《かた》見にて
涙《なみだ》にくもる玉のはこかな（544）
一条の宮へ、おはしつきたれば、殿《との》のうち、かなしげもなく、人げおほくて、あらぬさまなれば、うとましうおぼしたり、夕霧女二の御かたへ、忍《しの》びたまへば、宮《みや》は

【26オ】
いと心うくて、ぬりごめに、引こもり、うち
より、さしかためておはす、やう〳〵明
がたになれば、出給ふとて、夕霧
　恨《うら》みわびむねあきがたき冬の夜に
　またさしまさる関《せき》の岩《いは》かど（545）
三条の宮に、かへりたまへば、雲井の鳫《かり》、
木丁《きちやう》のうちにふして、目も見あはせ
たまはず

【26ウ】
　なるゝ身をうらみむよりは松嶋《まつしま》の
　あまの衣《ころも》にたちやかへまし（546）
夕霧返し
　松島《まつしま》の海士《あま》のぬれぎぬなれぬとて
　ぬぎかへつてふ名をたゝめやは（547）
夕霧、女二のかたへわたりたまへど、例《れい》の
ぬりごめのうちに、こもりゐたまへば、人
びと、いとおしと見奉りて、北《きた》のくちより

【27オ】
いれまいらす、雲井の鳫《かり》は、父おとゞの方
へおはして、れいのやうにも、かへりたま
はず、夕霧おどろき給ひて、たび〳〵
御文などつかはしたまへど、御返事
もなし、雲井の父おとゞより、女二へ、
蔵人《くらうど》の少将を、御つかひにて
　契《ちぎり》あれや君を心にとゞめおきて
　あはれとおもひうらめしときく（548）

【27ウ】
女二は、母御息所おはせましかば、わが
つみあるやうには、しなし給はじ物をと、
おぼしなげきて
　なにゆへか世に数《かず》ならぬ身ひとつを
　うしともおもひかなしともきく（549）
惟光《これみつ》がむすめ、藤内侍《とうないし》のすけは、雲井
の鳫の、つねにわれを心ゆるさぬもの
に、のたまひしが、今《いま》かゝる事出來《いでき》に

【28オ】

けりとて、雲井のもとへ、文たてまつる、

数《かず》ならば身にしられまし世のうさを
人のためにもぬらす袖かな（550）

雲井かへし

人の世のうきをあはれと見しかども
身にかへんとはおもはざりしを（551）

【28ウ】

△御《み》法《のり》

⌐紫《むらさき》のうへわづらひ給ひて、年月《としつき》かさなれば、たのもしげなく、なり行《ゆき》たまふ、源氏の君、なげきたまふ事、かぎりなし、むらさきのうへ、年比の御願《ねがひ》にて、かゝせられたる、法花《ほけ》經《きやう》千部《せんぶ》、二条院にて、供養《くやう》したまふ、花《はな》ちる里《さと》、明石の上なども、わたりたまへり、法事《ほうじ》のすゑつかた、

【29オ】

紫の上、いと心ぼそくおぼして、明石の御かたへ、匂宮《にほふみや》を御使にて

おしからぬ此身ながらもかぎりとて
たきゞつきなんことのかなしき（552）

明石の上かへし

薪《たきゞ》こる思ひはけふをはじめにて
この世にねがふ法《のり》ぞはるけき（553）

御法《みのり》すぎて、花ちる里のもとへ、

【29ウ】

紫の上

⌐たえぬべき御法《みのり》ながらぞたのまるゝ
世々にとむすぶ中《なか》のちぎりを（554）

花ちる里返し

むすびをく契《ちぎり》はたえじ大かたの
のこりすくなき御法《みのり》なりとも（555）

秋の比、明石の中宮《ちうぐう》わたり給ふ、紫の上、けうそくに、よりゐたまへるを、げんじ

【30オ】
見給ひて、けふはいとよく、おきゐたまへ
りと、申させ給へば、むらさきのうへ
　おくと見るほどぞはかなきともすれば
　風にみだるゝ萩《はぎ》のうはつゆ（556）
源氏
　やゝもせばきえをあらそふ露の世に
　おくれさきだつほどへずもがな（557）
明石の中宮
【30ウ】
　秋風にしばしとまらぬ露の世を
　たれか草葉《ば》の上とのみ見ん（558）
紫の上、心ちいと苦《くる》しくなり侍りぬ
とて、御木丁《みきてう》引よせて、ふしたまへるさま
の、常《つね》よりもたのもしげなく見え給へば、
御祈《いのり》りの使《つかひ》ども、数《かず》もしらず立さはぎ、
夜《よ》一夜、さま〴〵の事、せさせたまへど、
甲斐《かひ》なく、明《あけ》はつるほどに、きえ果《はて》給ひ

【31オ】
ぬ、殿《との》のうち、さらに物おぼえたるはなし、
げんじは、ましておぼししづめんかたな
し、夕霧の大将、参りたまひて、よろづ
とりおこなひ給ふ、空《むな》しき御からにて
も、今一たび見奉らんとて、御木丁引
あげて見たまふ、過《すぎ》しころ、野分《のわき》のあし
た、見奉り給ひしことなど、おぼし出《いで》
て、夕霧
【31ウ】
　いにしへの秋のゆふべの恋《こひ》しきに
　今はと見えしあけぐれの夢《ゆめ》（559）
致仕《ちじ》のおとゞは、むかし葵《あふひ》の上のうせたま
ひしも、此ごろの事ぞかしと、思し出る
に、いと物がなしくて、御子の蔵人《くらふど》の少将
して、源氏の方へ、御文参らせらる、
　古しへの秋さへ今の心地《こゝち》して
　ぬれにし袖に露ぞおきそふ（560）

【32オ】

源氏返し

露《つゆ》けさはむかし今《いま》ともおもほえず
大かた秋のよこそつらけれ（561）

秋好中宮《あきこのむちうぐう》より、御文まいらせらる、
かれはつる野邊《のべ》をうしとやなき人の
秋にこゝろをとゞめざりけん（562）

源氏かへし

のぼりにし雲井ながらもかへり見よ

【32ウ】

我秋《われ》はてぬつねならぬ世に（563）

△幻《まぼろし》

春の氣色《けしき》を、見たまふにつけても、
いとゞ御なげきのみまさりて、みすの
うちにのみおはします、蛍兵部卿《ほたる》の宮、
わたり給へば、源氏

わがやどは花もてはやす人もなし

【33オ】

なにゝか春のたづねきつらん（564）

蛍兵部卿返し

香《か》をとめてきつるかひなく大かたの
花のたよりといひやなすべき（565）

雪ふりたりしあした、源氏

うき世には雪消《きえ》なんとおもひつゝ
おもひのほかになをぞほどふる（566）

御まへの花《はな》、さかりなる比《ころ》、紅梅《こうばい》に鶯《うぐひす》の

【33ウ】

はなやかに、なき出《いで》たれば、立出たまひて、

源氏

うへて見し花のあるじもなき宿《やど》に
しらずがほにてきゐるうぐひす（567）

紫の上の、色《いろ》〳〵をつくして、うへをき給ひ
し花《はな》どもの、時をわすれず、咲《さき》みだれ
たり、げんじ

今はとてあらしやはてんなき人の

【34オ】
心とゞめし春のかきねを（568）
明石の御かたに、わたり給ひて、夜ふくるま
で、むかしいまの物がたりどもしたまひて、
かへり給ふ、源氏
なく〱も帰りにしかなかりの世は
いづくもつゐのとこよならぬに（569）
明石返し
かりがゐしなはしろ水のたえしより

【34ウ】
うつりし花のかげをだにみず（570）
花ちる里の御かたより、御衣がへの御装《しやう》
束《ぞく》、奉り給ふとて
夏衣《なつごろも》たちかへてげるけふばかり
ふかきおもひもすゝみやはせぬ（571）
源氏返し
羽衣《はごろも》のうすぎにかはるけふよりは
うつせみのよぞいとゞかなしき（572）

【35オ】
賀茂《かも》の祭《まつり》の日、中将の君、あふひを、
かたはらにおきたりけるを、げんじ
取《とり》給ひて、此名こそわすれけれと、のたま
へは、中将の君
さもこそはよるべの水にみ草ゐめ
けふのかざしよ名さへわするゝ（573）
源氏
大かたはおもひすてゝし世なれども

【35ウ】
あふひばなをやつみおかすべき（574）
五月雨《さみだれ》の比《ころ》、時鳥《ほとゝぎす》の、ほのかにうちなき
たるに、いとゞ物悲《ものがな》しくて、源氏
なき人を忍《しの》ぶる宵《よひ》のむらさめに
ぬれてやきつる山ほとゝぎす（575）
夕霧大将
時鳥《ほとゝぎす》きみにつてなん故郷《ふるさと》の
花たちばなは今ぞさかりと（576）

【36オ】
暑《あつ》き比《ころ》、すゞしきかたにて、池《いけ》の蓮《はちす》など、
つく〲と、ながめくらし給ふに、日ぐら
しのこゑ、はなやかにきこえければ、
源氏
　つれ〲とわがなきくらす夏《なつ》の日を
　かごとがましきむしの聲《こゑ》かな（577）
蛍《ほたる》の、いとおほふ、とびちがふを、見た
まひて

【36ウ】
　夜るをしる蛍《ほたる》を見ても悲《かな》しきは
　時ぞと裳《も》なき思ひなりけり（578）
七月《ふみづき》七日は、例《れい》にかはりて、御遊《あそ》びなども
し給はず、夜ふかうおきゐ給ひて、妻戸《つまど》
おしあけたまへるに、前栽《せんざい》の露《つゆ》、いとゞ
しげきを、見やり給ひて
　七夕《たなばた》のあふせは雲のよ所に見て
　わかれの庭《には》に露ぞ置《おき》そふ（579）

【37オ】
八月の比、紫《むらさき》の上、一周忌《しうき》の御とふらひあり、
紫の上の女房《にようばう》、中将《ちうじやう》の君
　君こふる涙《なみだ》はきはもなきものを
　けふをばなにのはてといふらん（580）
源氏此哥《うた》を見給ひて
　人こふるわが身も末《すゑ》に成《なり》ゆけど
　のこりおほかるなみだなりけり（581）
九月九日、菊《きく》を御覧じて、源氏

【37ウ】
　諸《もろ》ともにおきゐし菊《きく》の朝露《あさつゆ》も
　ひとりたもとにかゝる秋かな（582）
神無月の比、夕ぐれの空《そら》を、詠《なが》め給ひて、
雲井をわたる鳫《かり》のつばさも、うらやま
しく、まもられ給ふ
　大空《おほぞら》をかよふまぼろし夢《ゆめ》にだに
　見えこぬ玉《たま》の行衛《ゆくゑ》たづねよ（583）
五せちなどいひて、世中いまめかしげ

【38オ】
なる比、夕霧の君《きん》だち、殿上《てんじやう》し給ひて、
源氏へまいり給へり、頭《とう》の中将、蔵人少将《くらふどのせうしやう》
なども、まいられたり、おもふことなげなる
さまどもを見給ひて、源氏
　宮《みや》人は豊《とよ》のあかりにいそぐけふ
　日かげもしらでくらしつるかな（584）
須广《すま》におはしたりし比、所〳〵より
奉り給ふ御文ども、御覧じ給ふ中に、
【38ウ】
紫の上の御文を見給ひて
　しでの山こえにし人をしたふとて
　跡《あと》を見つゝもなをまどふかな（585）
こまやかに書たまへる、御文のかたはらに、
源氏
　かきつめてみるもかひなしもしほ草《ぐさ》
　おなじ雲井のけふりともなれ（586）
と、書つけたまひて、みなやかせたまひつ、

【39オ】
御佛名《ぶつみやう》も、ことしばかりにこそとおぼせ
ば、つねよりも、ことにあはれにおぼさる、
道師《だうし》を、おまへにめして、さかづきなど
給ふ、雪《ゆき》いたう降《ふり》て、つもりければ、
源氏
　春までの命《いのち》もしらず雪のうちに
　色づく梅《むめ》をけふかざし亭《て》ん（587）
道師返し
【39ウ】
　千代の春見るべき花と祈《いの》りをきて
　我身ぞ雪とともにふりぬる（588）
十二月晦日になれば、源氏
　物おもふと過《すぐ》る月日もしらぬまに
　年も我世もけふやつきぬる（589）

【40オ】

△匂宮《にほふみや》

薫《かほる》中将は、柏木《かしはぎ》の事、ほの聞《きゝ》たまひて、いぶかしう、おぼつかなくおぼせど、たれにとふべき人もなければ

　おぼつかなたれにとはましいかにして
　はじめもはてもしらぬ我身ぞ（590）

△紅梅《こうばい》

【40ウ】

紅梅《こうばい》大納言《なごん》、御むすめの中《なか》の君を、匂《にほ》ふ宮《みや》へまいらせむとのこゝろにて、紅梅《こうばい》の枝《ゑだ》を、わか君にもたせて、おくり給ふとて、

　心ありて風のにほはす園《その》の梅《むめ》に
　まづ鶯《うぐひす》のとはずやあるべき（591）

にほふ宮は、蛍兵部卿の御むすめ、東《ひがし》の方に、こころざし有ければ

　花の香《か》にさそはれぬべき身成せば

【41オ】

　風のたよりをすぐさましやは（592）

大納言、かさねて匂ふ宮へ、御文つかはし給ふ、

　もとつかのにほへる君が袖ふれば
　はなもえならぬ名をやちらさん（593）

匂ふ宮かへし

　花の香《か》をにほはす宿《やど》にとめゆかば
　色《いろ》にめづとや人のとがめむ（594）

【41ウ】

△竹河《たけがは》

玉かづらの姫君《ひめぎみ》を、夕霧《ゆふぎり》の御子、蔵人《くらふど》の少将、ねんごろに聞えたまへど、玉かづらは、薫《かほる》へまいらせたくおぼす、かほる、玉葛《たまかづら》のもとへおはして、御簾《みす》のまへに居《ゐ》たまふ、人〴〵、かほるの、すき心なきを、ほいなきことに思ふ、玉かづらの女房、宰相《さいしやう》の君、

　折《をり》て見ばいとゞ匂《にほ》ひもまさるやと

【42オ】
すこし色《いろ》めけ梅《むめ》のはつ花 (595)
薫《かほる》かへし
よ所《そ》にてはもぎゝなりとや定《さだ》むらん
下《した》ににほへるむめのはつはな (596)
正月《むつき》廿日あまりの比、梅の花さかりなるに、かほる藤侍従《とうじじう》のもとに、おはしたり、蔵人《くらふど》の少将も、まいりたまひて、遊《あそ》び給ふ、みな人、かほるに心よせけると、

【42ウ】
うらみて、少将
人はみな花に心をうつすらん
ひとりぞまどふ春の夜のやみ (597)
と、うちなげきて、立たまへは、内《うち》の女房
かへし
折《おり》からやあはれもしらん梅の花
たゞかばかりにうつりしもせじ (598)
あしたに、かほるより、あるじの侍従《じゞう》のもと

【43オ】
に、御文つかはし給ふとて
竹河のはしうち出《いで》し一ふしに
ふかきこゝろのそこはしりきや (599)
侍従《じゞう》返し
竹がわによをふかさじといそぎしも
いかなるふしをおもひをかまし (600)
玉かづらのひめ君たち、桜《さくら》をかけ物にて、碁《ご》うちたまふ、いもうとの君、うち給へ

【43ウ】
り、蔵人《くらふど》の少将は、物かげより、のぞき居《ゐ》たり、かく花のあらそひにて、明し暮したまふに、風あらゝかに吹《ふき》たる、夕つかた、花のみだれおつるを、見たまひて、まけがたの姫君《ひめぎみ》
さくらゆへ風に心のさはぐかな
おもひぐまなき花と見る〱 (601)
宰相《さいしやう》の君

【44オ】
さくと見てかつは散《ちり》ぬる花なれば
まくるをふかきうらみとも見ず（602）
いもうとの君
風にちることはよのつね枝《ゑだ》ながら
うつろふ花をたゞにしも見じ（603）
いもうとの御かたのたゆふの君
心ありて池《いけ》のみぎはにおつる花
あはとなりてもわがかたによれ（604）

【44ウ】
かちがたのわらはべおりて、花のちり
たるを、おほくひろひもてまいれりて（ママ）、
大空《おほぞら》の風にちれどもさくら花
をのが物とぞかきつめて見る（605）
まけがたの姫君《ひめぎみ》の、わらはべなれき、
桜《さくら》花匂《にほ》ひあまたにちらさじと
おほふばかりの袖《そで》はありやは（606）
玉葛《たまかづら》のひめ君を、冷泉院《れぜいのゐん》より、まいらせ

【45オ】
たまへと、度《たび》〱申させ給へば、参り給ふ
べきに、さだまりければ、かほるより、ひめ
君のもとへ、御文あり
つれなくて過《すぐ》る月日をかぞへつゝ
ものうらめしきくれの春かな（607）
蔵人《くらふど》の少将は、中だちせし中将の
おもとを、うらみなげきて、かの碁《ご》うち
給ひし時、ほの見たてまつりし事を、

【45ウ】
いひ出て
いでやなぞ数《かず》ならぬ身にかなはぬは
人にまけじのこゝろなりけり（608）
中将のおもと
わりなしやつよきによらんかちまけを
こゝろひとつにいかゞまかする（609）
蔵人《くらふど》の少将
あはれとて手《て》をゆるせかしいきしにを

【46オ】
　君にまかするわが身とならば (610)
卯月になりて、姫君《ひめぎみ》の、院《ゐん》へまいり給ふ
も、ちかづきければ、蔵人の少将
　花を見て春はくらしつけふよりや
　しげきなげきの下《した》にまどはん (611)
玉かづら返し
　けふぞしる空《そら》を詠《なが》むる氣色《けしき》にて
　花に心を移《うつ》しけりとも (612)

【46ウ】
姫《ひめ》君は、卯月九日に、院《ゐん》へまいり給ふべき
よしなり、蔵人《くらうど》の少将より、中将のおもと
へ、文つかはし給ふ、今はかぎりと思ひ侍る
命《いのち》の、さすがに悲《かな》しきを、あはれと思ふ
とばかりに、ひとことのたまはせば、それ
にかけとゞめられて、しばしもながらへ
やせんなどあるを、姫ぎみに見せ奉れ
ば、ひめ君此文のはしに

【47オ】
　あはれ亭《て》ふつねならぬ世の一ことも
　いかなる人にかくるものそは (613)
と、書《かき》給ふを、中将やがて奉りたるを、
少将かぎりなく、めづらしく、いとゞ涙《なみだ》も
とゞまらねば、又
　いける世のしには心にまかせねば
　きかでややまん君がひとこと (614)
かほる、藤侍従《とうじゞう》とつれて、冷泉院《れぜいのゐん》の女御《にようご》

【47ウ】
の、おまへちかく見やらるゝ、五葉《よう》の枝《ゑだ》に、
藤《ふぢ》のいと面白《おもしろ》く咲《さき》かゝりたるを、見た
まひて、薫《かほる》
　手にかゝる物にしあらば藤《ふぢ》の花
　まつよりまさる色を見ましや (615)
藤侍従《とうじゞう》
　むらさきの色《いろ》はかよへど藤《ふぢ》のはな
　心にえこそまかせざりけれ (616)

【48オ】
正月《むつき》十四日、おとこだうかあり、かほる右の
哥頭《かとう》にえらはれ出たまふ、その夜
冷泉院《れぜいのゐん》、御息所《みやすどころ》の御方に、わたらせ給ふ、
かほるも、御供《とも》にてまいりたまへば、うち
の女房たち
　竹河のその夜のことはおもひ出《いづ》や
　しのぶばかりのふしはなけれど(617)
薫《かほる》かへし

【48ウ】
　ながれてのたのめ空《むな》しき竹河に
　世はうきものとおもひしりにき(618)
　　　△橋姫《はしひめ》
八の宮《みや》は、北《きた》のかたうせ給ひにければ、よろづ
心ぼそくて、うき世をも、のがれまほしく、
おぼせど、姫《ひめ》君の二人《ふたり》おはしますを、見

【49オ】
捨《すて》たまはんも、さすがにて、年月《としつき》を、おくり
給ふ、春のうらゝかなる日影《ひかげ》、池《いけ》の水鳥《とり》、は
ねうちかはし、つがひはなれぬを、うらやましと、
ながめたまひて
　うちすてゝつがひさりにし水鳥《とり》の
　かりのこの世に立をくれけむ(619)
あね君
　いかでかくすだちけるぞと思ふにも

【49ウ】
　うき水鳥《とり》のちぎりをぞしる(620)
いもうとの君
　なくくもはねうちきする君なくは
　われぞすもりになるべかりける(621)
八の宮すみ給へる所、やけゝれば、宇治《うぢ》と
いふ所《ところ》に、うつりたまふ、いとゞ北《きた》の方恋《かたこひ》
しくおぼして
　見し人も宿《やど》も烟《けぶり》となりにしを

【50オ】
などてわが身のきえ残《のこ》りけん（622）
宮《みや》の住《すみ》給ひし、ちかきあたりに、ひじり住《すみ》
けり、つねにまいりて、年比《としごろ》まなびしり
たまへる事どもの、ふかき心を、とき聞《きか》
せ奉る、ひじり京へ出たるつゐでに、
冷泉院《れぜいのゐん》へ、八の宮の事、語《かた》り出たりけ
れば、院《ゐん》より御使あり
世をいとふ心は山にかよへども

【50ウ】
八重たつ雲を君やへだつる（623）
八の宮御返し
あとたえて心すむとはなけれども
世をうぢ山に宿《やど》をこそかれ（624）
薫《かほる》中将、此宮をねんごろにとふらひ、
たび〱まいり給ふ、道のほどにて、木《こ》の
葉《は》の露《つゆ》、風にみだれて、散《ちり》かゝる、いと
ひやゝかに、いたくぬれたまへば、こゝろ

【51オ】
ぼそくおぼして
山をろしに絶《たえ》ぬ木《こ》の葉《は》の露《つゆ》よりも
あやなくもろきわがなみだかな（625）
宇治《うぢ》に着《つき》給ひて、八の宮の家《いへ》ゐちかく
なるまゝに、琵琶《びは》の音《おと》きこへて、おもし
ろければ、立よりて、垣《かき》のひまより、見た
まふに、二人《ふたり》のむすめ、みすまき上《あげ》て、
月をながめたまへり、ゆかしければ、内《うち》へ

【51ウ】
入て、こゝろざしの程など、きこへて、かへり
たまふとて、かほる
朝ぼらけ家路《いへぢ》もみへずたづねこし
まきのお山は霧《きり》こめてげり（626）
あね君返し
雲のゐる嶺《みね》のかけぢを秋霧《ぎり》の
いとゞへだつるころにも有かな（627）
かほる

【52オ】
橋姫《はしひめ》の心をくみてたかせさす
　竿《さほ》のしづくに袖ぞぬれぬる（628）
あね君かへし
　さしかへる宇治《うぢ》の川おさ朝夕《あさゆふ》の
　雫《しづく》や袖をくたしはつらん（629）
十月《かみなづき》はじめつかた、かほる宇治へまいり
たまふ、弁《べん》の君といへるは、柏木《かしはぎ》の右衛《ゑ》門《もん》
の、めのとの娘《むすめ》にて、此宮にさふらふ、

【52ウ】
柏木の有し世に、かきたまへる反古《ほんご》など、
とり出て、見せたてまつる、その中
に、柏木
　目のまへにこの世をそむく君よりも
　よ所《そ》に別《わか》るゝ玉ぞかなしき（630）
　命《いのち》あらばそれとも見まし人しれず
　岩《いは》ねにとめし松のおひするゑ（631）

【53オ】
△椎本《しゐがもと》
きさらぎ廿日のほど、匂宮初瀬《にほふみやはつせ》にまふで
たまふ、御かへりに、平等院《びやうどうゐん》に立寄《より》給ふ、
かほるは、御むかひにまいりて、此つゐで
に、八の宮へも、おとづれたまはんと、お
ぼしながら、ためらひたまふほどに、
八の宮より
　山風に霞吹《かすみふき》とくこゑはあれど

【53ウ】
　へだてゝ見ゆるおちのしら波《なみ》（632）
此御返しは、我《われ》せんとて、匂《にほ》ふ宮
　おちこちのみぎはの波はへだつとも
　なをふきかよへ宇治の河かぜ（633）
にほふ宮、かほるとうちつれて、八の宮に
わたり給ふて、御遊びなどしたまふに、
姫《ひめ》ぎみのことおぼしいでゝ、床《ゆか》し
ければ、にほふ宮

【54オ】
山ざくら匂《にほ》ふあたりにたづねきて
おなじかざしを折《おり》てげるかな（634）
八のみや御かへしは、いもうとのきみ、
かゝせたまふ
かざしをる花のたよりに山がつの
かきねをすぎぬ春のたび人（635）
かほるは、八の宮へまいりたまふに、物がたり
などのつゐでに、われなくなりぬとも、

【54ウ】
二人のひめ君、うしろ見たまへと、かたり
給ひて、八の宮
われなくて草《くさ》の庵《いほり》はあれぬとも
このひとことはかれじとぞ思ふ（636）
かほる返し
いかならむ世《よ》にかかれせんながきよの
ちぎりむすべる草《くさ》のいほりは（637）
八の宮、なくなり給へは、ひめぎみのもと、お

【55オ】
ぼしやりて、匂《にほ》ふ宮より
おしかなく秋の山里いかならん
小萩《こはぎ》か露《つゆ》のかゝる夕ぐれ（638）
あね君返し
なみだのみきりふたがれる山里は
まがきに鹿《しか》ぞもろこゑになく（639）
此かへし見たまひて、又のあした、匂《にほ》ふ
宮より

【55ウ】
朝霧《あさぎり》にともまどはせる鹿《しか》の音《ね》を
おほかたにやはあはれともきく（640）
姫君《ひめぎみ》の御忌《いみ》、はつるころ、かほる宇治
へまいりて
色《いろ》かはるあさぢを見ても墨染《すみぞめ》に
やつるゝ袖をおもひこそやれ（641）
あねぎみ
色かはる袖をば露《つゆ》のやどりにて

【56オ】

わが身ぞさらにおき所《どころ》なき（642）
御供《とも》の人〴〵、日も暮ぬ、帰りたまふべきよしいふ、折《おり》ふし、鳫《かり》なきてわたるに、かほる

秋霧のはれぬ雲井にいとゞしく
この世をかりといひしらすらむ（643）

雪のふりける比《ころ》、八の宮のことおぼし出て、あね君

【56ウ】

君なくて岩《いは》のかげ道絶《たえ》しより
松の雪をもなにとかは見る（644）

いもうとの君

おく山の松葉《ば》につもる雪とだに
きえにし人をおもはましかば（645）

かほる宇治へまいり給ひて、過し比、匂ふ宮より、御使有しに、御返しは、たれかせさせたまふと、姫君へとひたまへば、

【57オ】

あね君

雪ふかき山のかけはし君ならで
またふみかよふ跡《あと》を見ぬかな（646）

薫《かほる》返し

つらゝとぢこまふみしたく山河を
しるべしがてらまづや渡《わた》らん（647）

八の宮、おはせしかた、見やりたまふに、いまは、空《むな》しき床《とこ》となりて、佛《ほとけ》すえたれば、かほる

【57ウ】

立よらん陰《かげ》とたのみししゐがもと
むなしき床《とこ》になりにけるかな（648）

年比《としごろ》しりたまひし、ひじりのもとより、ひめぎみのもとへ、沢《さは》のせり、嶺《みね》のわらびなど、とりそへて、八の宮の、なくなり給ひしのち、いかにやなど、いひおこせければ、あね君

【58オ】
君がをる峯《みね》のわらびと見ましかば
しられやせまし春のしるしも（649）
いもうとの君
雪深《ふか》きみぎはの小《こ》ぜりたがために
つみかはやさんおやなしにして（650）
かの初瀬《はつせ》にまふでたまひしかへさに、
見そめ給ひし、姫《ひめ》ぎみの事、おぼし
出て、にほふ宮より

【58ウ】
つてに見し宿《やど》の桜《さくら》を此春は
かすみへだてずおりてかざゝん（651）
いもうとの君返し
いづくとか尋《たづ》ねておらん墨染《すみぞめ》に
霞《かすみ》こめたる宿《やど》のさくらを（652）

【59オ】
△総角《あげまき》
八の宮の一周忌《しうき》に、かほる願文《ぐわんもん》書給ふと
て、硯《すゞり》のつゐでに
あげまきにながき契《ちぎり》をむすびこめ
おなじこゝろによりもあはなん（653）
あね君かへし
ぬきもあへずもろき涙《なみだ》の玉のをに
ながきちぎりをいかゞむすばん（654）

【59ウ】
かほる、宇治へおはしたるに、あね君、つら
き物ながら、一夜《よ》かたり明す、あかつき、
かへり給ふとて、かほる
山里のあはれしらるゝこゑ〴〵に
とりあつめたるあさぼらけかな（655）
あねぎみ
鳥《とり》の音《ね》もきこえぬ山と思ひしを
よにうきことは尋《たづ》ね來《き》にけ李《り》（656）

【60オ】
年比《としごろ》、かほるあね君におもひつき給へど、つらくおはせしに、ある夜、かほる忍《しの》びたまへば、いもうとの君にゆづりて、かたはらに、かくれたまふ、のちのあした、かほるより御文あり
おなじえをわきて染《そめ》ける山姫《ひめ》に
いづれかふかき色《いろ》ととはゞや（657）
あね君返し

【60ウ】
山姫《ひめ》のそむる心はわかねども
うつろふかたやふかきなるらん（658）
薫《かほる》宇治よりかへり給ひて、にほふ宮へまいり給ふに、又此ほどに、宇治へまいりたまはゝ、にほふ宮も、うちつれ給はんなど、かたりたまふに、かほるおもひわづらふさま、したまへば、にほふみや
女良華《をみなへし》さけるおほ野をふせぎつゝ

【61オ】
こゝろせばくやしめをいふらん（659）
薫《かほる》かへし
霧《きり》ふかきあしたの原《はら》の女良花《をみなへし》
こゝろをよせて見る人ぞ見類《みる》（660）
匂《にほ》ふ宮を、いもうとの君に、あはせ給はんとて、宇治へうちつれたまふたよりに、われもあね君へ、おもふ事きこへ給ふに、例《れい》のつらければ、かほる

【61ウ】
しるべせしわれやかへりてまどふべき
心もゆかぬあけぐれのみち（661）
あね君返し
かたぐ\にくらす心をおもひやれ
人やりならぬ道にまどはゞ（662）
にほふみや、かへりたまひて、いもうとの君のもとへ、御文あり
よのつねの思ひやすらん露《つゆ》ふかき

【62オ】
道のさゝ原《はら》わけてきつるも（663）
姫《ひめ》君の御きる物など、おくりたまふとて、
かほる
さよ衣《ごろも》きてなれきとはいはずとも
かごとばかりはかけずしもあらじ（664）
あね君かへし
へだてなき心ばかりはかよふとも
なれし袖とはかけじとぞ思ふ（665）

【62ウ】
にほふみや、宇治へおはして、こゝにかよひ
たまふを、御母《はゝ》きさきの、いさめたまへば、
とだえおゝきことなど、かたり給ふて、
匂ふ宮
中たえむ物ならなくにはし姫《ひめ》の
かたしく袖や夜半《よは》にぬらさん（666）
いもうとの君かへし
絶《たえ》せじのわがたのみにやうぢ橋《はし》の

【63オ】
はるけき中を待《まち》わたるべき（667）
神無月《かみなづき》の比、宇治《うぢ》の氣色《けしき》も床《ゆか》しくて、
にほふみやおはしたり、人〴〵御供にて、
御遊《あそ》び有、宰相《さいしやう》の中将
いつそやも花のさかりにひとめ見し
このもとさへや秋はさびしき（668）
かほる
桜《さくら》こそ思ひしらすれ咲《さき》にほふ

【63ウ】
花も紅葉《もみぢ》もつねならぬ世を（669）
右衛《ゑ》門督《もんのかみ》
いづこより秋は行《ゆき》けん山里の
紅葉《もみぢ》のかげはすぎうきものを（670）
中宮大夫《ちうぐうのたいふ》
見し人もなき山里の岩がきに
心ながくもはへる葛《くず》かな（671）
匂《にほ》ふ宮

【64オ】
秋はてゝさびしさまさる木《こ》の下《もと》を
ふきなすぐしそみねの枩風《まつかぜ》（672）
にほふみや、いもうとの女一の宮へ、まいり
給ひて、伊勢物語《いせものがたり》の、在五《ざいご》中将の、いもうと
に琴《こと》おしへたるところ、いかゞおぼ
すらんとて
若草《わかくさ》のねみんものとはおもはねど
むすぼゝれたる心ちこそすれ（673）

【64ウ】
匂ふ宮より、宇治へ御文あり
ながむる《れ》ばおなじ雲井をいかなれば
おぼつかなさをそふるしぐれぞ（674）
いもうとの君返し
あられふる深山《みやま》の里《さと》は朝夕《あさゆふ》に
ながむる空《そら》もかきくらしつゝ（675）
あね君、おもくわづらひたまへば、かほる
御とふらひにおはして

【65オ】
霜《しも》さゆる汀《みぎは》のちどり打わびて
なくねかなしき朝ぼらけかな（676）
いもうとのきみ
あかつきの霜《しも》うちはらひ鳴千鳥《なくちどり》
ものおもふ人のこゝろをやしる（677）
御わづらひ、おもくなれば、かほるは、京へ
もかへり給はず、宇治におはして
かき曇《くもり》日影《ひかげ》も見えぬおく山に

【65ウ】
心をくらすころにも有《ある》かな（678）
かくて、はかなくなり給へるに、人ぐぶく
など着《き》たるを見たまひて、薫《かほる》
くれなゐに落《おつる》る涙《なみだ》も甲斐《かひ》なきは
形《かた》見の色《いろ》をそめぬなりけり（679）
おくれじと空行《そらゆく》月をしたふ哉《かな》
終《つゐ》にすむべき此世ならねば（680）
恋《こひ》わびて死《し》ぬるくすりの床《ゆか》しきに

【66オ】
雪の山にや跡《あと》をけなまし（681）
此ごろ、にほふみやは、とだえ給ふを、いもうとの君、うらめしと、おもひたるに、匂宮わたり給へり、いもうとの君
きしかたをおもひ出るもはかなきを
行末《ゆくすゑ》かけてなに頼《たの》むらん（682）
にほふみやかへし
行末《ゆくすゑ》をみじかき物と思ひなは
【66ウ】
目《め》のまへにだにそむかざらなん（683）

△早《さ》蕨《わらび》

いもうとの君は、春のけしきを見たまふにつけても、いとゞあね君のことおぼし出て、八の宮の、おはしまさずなりにしかなしさよりも、まさりて、よろづこゝろぼそくおぼす、ひじりの

【67オ】
もとより、わらびつく〴〵し、篭《かご》に入て、奉るとて
君にとてあまたの春をつみしかば
つねをわすれぬはつわらびなり（684）
いもうとのきみかへし
此春はたれにか見せんなき人の
かた見につめる嶺《みね》のさはらび（685）
かほるは、あね君の事、朝夕《あさゆふ》に恋《こひ》しく
【67ウ】
おぼして、たれにかは、かたりなぐさまんと、にほふみやの御かたに、わたり給ふ、御まへの梅《むめ》のえだを折《おり》て、まいりたまへは、匂《にほ》ふ宮
折《おる》人の心にかよふ花なれや
色《いろ》には出ず下《した》ににほへる（686）
かほるかへし
見る人にかごとよせける花のえを

【68オ】

心してこそおるべかりけれ（687）
いもうとの君、御ぶくぬぎ給へど、なをあ
かず悲《かな》しき事かぎりなし、にほふ宮
より、ちかきあひだに、京へむかへ給ふ
べきよしなれば、かほる
はかなしや霞《かすみ》の衣《ころも》たちしまに
花のひもとくおりもきにけり（698）
いもうとのきみは、二月《きさらぎ》七日に、京へうつ

【68ウ】

りたまふべきに、さだまりたれば、
まへの日、かほる宇治《うぢ》へおはしたり、御前《まへ》
ちかき紅梅《こうばい》の、色《いろ》も香《か》もなつかしき
を、見すてがたくおぼして、姫君《ひめぎみ》
見る人もあらしにまよふ山里に
むかしおぼゆる花の香《か》ぞする（689）
かほる
袖ふれし梅はかはらぬ匂ひにて

【69オ】

ねごめうつらふやどやことなる（690）
弁《べん》の君は、姫君の御供にもまいらず、
八の宮、あねぎみなどにも、わかれたて
まつりて、ながき命《いのち》の、つらくおぼえ
侍れば、尼《あま》になりて、こもりゐたるを、
めし出帝《て》、むかし物がたりなど、せさ
せ給ふ、弁《べん》の尼《あま》
さきにたつ涙《なみだ》の川に身をなげは

【69ウ】

人におくれぬいのちならまし（691）
かほる返し
身をなげむ涙《なみだ》の川にしづみても
悲《かな》しき瀬《せ》ゞにわすれしもせし（692）
人〱みな御供にて、京に出たつ
用意《ようい》するに、弁《べん》の尼《あま》
人はみないそぎ立《たつ》める袖《そで》のうらに
ひとりもしほをたるゝあま哉（693）

【70オ】
と、うれへきこゆれは、姫君
しほたるゝあまの衣《ころも》にことなれや
うきたる波にぬるゝわが袖（694）
御むかへの御車《みくるま》どもよせて、ひめぎみ
をのせたてまつる、姫《ひめ》君の女房《にようばう》、
大輔《たゆふ》の君
ありふればうれしき瀬《せ》にも逢《あひ》けるを
身をうぢ河になげてましかば（695）

【70ウ】
今ひとりの女房
過《すぎ》にしが恋《こひ》しきことも忘《わす》れねど
けふはたまづもゆく心かな（696）
道のほどにて、月のさやかに、さし出たる
を、ながめ給ひて、姫君《ひめぎみ》
詠《ながむ》れば山より出て行《ゆく》月裳《も》
世に住《すみ》わびて山にこそいれ（697）
二条《の》院へ、おはしつきたれば、にほふ宮、

【71オ】
御車《みくるま》のもとに、よらせ給ひて、おろし
奉り給ふ、かほるは、にほふのひめぎみ
を、心にいりて、もてなし給ふを、きゝ
たまへるに、うれしくも又くやしく
もおぼしければ
しなてるやにほの湖《みづうみ》にこぐ舩《ふね》の
まほならねどもあひ見し物を（698）

【71ウ】
△寄生《やどりき》
藤《ふぢ》つぼの女御《にようご》の姫君《ひめぎみ》は、女二の宮と申
ける、女御うせ給ひてのち、みかど藤つぼへ
わたり給ひて、かほると、花をかけ物に
て、碁《ご》うたせたまふ、御門《みかど》まけさせた
まへば、此花一えだ、ゆるすとのたまふ、
女二をまいらせんとの、御心なり、かほる

【72オ】

よのつねのかきねににほふ花ならば
　こゝろのまゝにおりて見ましを（699）
御門《みかど》御返し
　霜《しも》にあへずかれにしそのゝ菊《きく》なれど
　のこりの色《いろ》はあせずも有かな（700）
宇治《うぢ》の姫君《ひめぎみ》は、京にわたり給ひて、物うきことのみあれば、世をそむきなんの御心なり、かほる御とふらひに、まいり

【72ウ】

たまふに、御まへのせんざいの朝顔《あさがほ》、つゆいたうこぼる、かほる
　今朝《けさ》の万《ま》の色《いろ》にやめでんおく露《つゆ》の
　きえぬにかゝる花と見る〳〵（701）
あさがほを手折《たおり》、みすのうちへさし入給ひて、かほる
　よそへてぞ見るべかりける白露《しらつゆ》の
　ちぎりかをきし朝皃《あさがほ》のはな（702）

【73オ】

姫君《ひめぎみ》返し
　きえぬまにかれぬる花のはかなさに
　をくるゝ露《つゆ》はなをぞまされる（703）
六条院には、いざよひの月、やう〳〵さしあがるまで、にほふみやをまちおはすれど、おとづれたまはねば、夕霧より、御子の頭《とうの》中将して、
　大空《おほぞら》の月だにやどる我《わが》やどに

【73ウ】

　待宵《まつよひ》すぎて見えぬ君かな（704）
京の殿《との》にて、ものおもふころ、月などながめて、枩風のふきくるをとを、聞たまふに、かの宇治の御すまゐを、思し出て、ひめぎみ
　山里の松のかげにもかくばかり
　身にしむ秋の風はなかりき（705）
夕霧の御むすめ、六の君より、にほふ

【74オ】

みやへ

女良花《おみなへし》しほれぞまさる朝露《あさつゆ》の
いかにおきける名残《なごり》なるらん (706)

宇治の姫君《ひめぎみ》は、日ぐらしの聲《こゑ》を聞《きゝ》給ふに、宇治の事おぼし出て

大かたにきかまし物を日ぐらしの
こゑうらめしき秋のくれかな (707)

女三の宮にさふらふ、あぜちのきみが

【74ウ】

もとに、かほるおはして、一夜あかし給へば、あぜち

打わたし世にゆるしなきせき川を
見なれそめけん名こそをしけれ (708)

薫《かほる》かへし

ふかからずうへはみゆれどせき河の
下《した》のかよひはたゆるものかは (709)

宇治《うぢ》の姫君《ひめぎみ》のもとへ、かほるおはして、

【75オ】

あかつきかへり給ひて、御文有

いたづらに分《わけ》つる道の露《つゆ》しけみ
むかしおぼゆる秋の空《そら》かな (710)

姫君《ひめぎみ》の御袖《そで》に、かほるのうつりがしたるを、とがめ給ひて、にほふみや

また人になれぬる袖のうつり香《が》を
わが身にしめてうらみつる哉 (711)

姫君《ひめぎみ》かへし

【75ウ】

見なれぬる中《なか》の衣《ころも》と頼《たの》みしを
かばかりにてやかけはなれなん (712)

ひめぎみのもとへ、しやうぞくをくりたまふに、はかまのこし、ひきむすびくはへて、かほる

むすびける契《ちぎ》りことなる下《した》ひもを
たゞ一すぢにうらみやはする (713)

姫君《ひめぎみ》のもとへ、かほるわたり給ふに、あづまや

【76オ】
の君のこと、かたりたまへば、弁《べん》のあま
よび出て、物のたまふとて、かほる
やどり木とおもひ出ずは木の下《こもと》の
旅《たび》ねもいかでさびしからまし（714）
弁《べん》の尼《あま》
あれはつる朽木《くちき》のもとをやどり木と
おもひをきけるほどのかなしさ（715）
ひめぎみのかたに、匂ふ宮おはして、

【76ウ】
せんざいの中に、すゝきのいろ〳〵見
えて、おかしきを、見たまふ、ひめ君の
御心の、かほるにおもひつきたまへるを、
うたがひて、にほふ宮
ほに出ぬ物おもふらししのずゝき
まねくたもとの露《つゆ》しげくして（716）
姫君は、又にほふの六の君に、心かよふ
を、うらみて

【77オ】
秋はつる野べの氣色《けしき》もしの薄《ずゝき》
ほのめく風につけてこそしれ（717）
四月《うづき》には、女二をかほるへ、わたしたまふ、
あすとての日、藤《ふぢ》つぼに、みかどわたらせ
給ひて、藤《ふぢ》のえん、せさせ給ふ、かほる
すべらぎのかざしにおると藤《ふぢ》の花《はな》
およばぬえだに袖《そで》かけてげり（718）
御門《みかど》

【77ウ】
萬代《よろつよ》をかけて匂《にほ》はん花なれば
けふをもわかぬ色《いろ》とこそ見れ（719）
夕霧《ゆふぎり》
君がためおれるかざしはむらさきの
雲におとらぬ花のけしきか（720）
紅梅《こうばい》右大臣《うだいしん》
よのつねの色《いろ》とも見えず雲井まで
立のぼりける藤《ふぢ》なみの花（721）

【78オ】
あづまやの君、初瀬《はつせ》まふでのかへさを、
宇治《うぢ》にて見給ひて、かほる
　かほどりの聲《こゑ》も聞《きゝ》しにかよふやと
　しげみをわけてけふぞ尋《たづ》ぬる（722）

△東屋《あづまや》

あづまやの君、いまは田舎《いなか》よりのぼり
て、宇治《うぢ》のひめぎみのもとにおはす、

【78ウ】
過《すぎ》給ひにしあね君に、よく似《に》たまへる
こと、かねて聞おはして、かほる
　見し人のかたしろならば身にそへて
　恋《こひ》しき人のなで物にせん（723）
宇治の姫君かへし
　みそぎ川せゞにいださんなで物を
　身にそふかげとたれか頼《たの》まん（724）
あづまやの君を、左近《さこん》の少将に、あはせ

【79オ】
たまひて、母北《はゝきた》のかた
　しめゆひし小萩《こはぎ》がうへもまよはぬに
　いかなる露《つゆ》にうつる下葉《したば》ぞ（725）
左近《さこん》少将返し
　宮木《みやぎ》のゝ小萩《こはぎ》がもとゝしらませば
　露《つゆ》もこゝろをわかずあらまし（726）
母北のかたより、あづまや君《ぎみ》へ、御使あり
ければ、返事《へんじ》に、あづまやの君

【79ウ】
　ひたふるにうれしからまし世中に
　あらぬ所とおもはましかば（727）
此哥《このうた》を見給ひて、母北のかた
　うき世にはあらぬ所をもとめても
　君がさかりを見るよしもがな（728）
かほる宇治へおはして、見たまふに、かの
八の宮の家居《いへゐ》も、いまはこぼち果《はて》て、
むかしのものとも見えず、やり水の

【80オ】
邊《ほとり》なる、岩《いは》に居《ゐ》たまひて
　たえはてぬ清水《しみづ》になどかなき人の
　面影《おもかげ》をだにとゞめざりけん(729)
あづま屋の君のもとへ、雨ふりけるに、
忍びたまひて、かほる
　さしとむる葎《むぐら》や茂《しげ》きあづまやの
　あまり程ふる雨《あま》ぞゝきかな(730)
あづま屋のきみを、かほるぬすみ出て、

【80ウ】
をなじ車《くるま》にて、宇治へいざなひ給ふに、
かのあね君に、いとよく似《に》たまひたる
よとおぼして、道すがら、口ずさみた
まふ、かほる
　形見《かた》ぞと見るにつけても朝露《あさつゆ》の
　ところせきまでぬるゝ袖かな(731)
宇治に着給《つき》ふ、あづまやの君は、もの
おもはしきこゝちして、そひふした

【81オ】
まへり、弁《べん》の尼《あま》
　やどり木は色かはりぬる秋なれど
　むかしおぼへてすめる月かな(732)
かほる
　里の名もむかしながらに見し人の
　をもがはりせるね屋の月かげ(733)

【81ウ】
　　　△浮舟《うきふね》
正月《むつき》の比《ころ》、うきふねのもとより、京に
おはする、宇治の姫《ひめ》君のもとへ、おくり
物など、し給ふとて
　まだふりぬ物にはあれど君がため
　ふかきこゝろにまつとしらなん(734)
にほふみや、かほるのまねして、たばかり
て、宇治へ忍《しの》びたまへるに、うきふね

【82オ】
心とけずながら、一夜《ひとよ》あかし給ひて、
にほふ
　ながき世をたのめても猶悲《なをかな》しきは
たゞあすしらぬいのちなりけり (735)
浮舟《うきふね》返し
　心をばなげかざらまし命《いのち》のみ
さだめなき世とおもはましかば (736)
にほふかへり給ふとて

【82ウ】
　世にしらずまどふべき哉《かな》さきにたつ
なみだも道をかきくらしつゝ (737)
うきふねかへし
　なみだをも程なき袖にせきかねて
いかにわかれをとゞむべき身ぞ (738)
春の比、かほる宇治へおはして
　うぢ橋《はし》のながき契《ちぎ》りは朽《くち》せじを
あやぶむかたに心さはぐな (739)

【83オ】
浮舟《うきふね》かへし
　絶間《たえま》のみ世にはあやうきうぢ橋を
くちせぬ物となをたのめとや (740)
にほふ宇治へおはして、うきふねを、舩《ふね》
にていざなひ、たちばなの小嶋《こじま》がさき
にて、にほふ
　年ふともかはらん物かたちばなの
こじまのさきにちぎるこゝろは (741)

【83ウ】
うきふねかへし
　たちばなの小嶋《こじま》は色《いろ》もかはらじを
このうきふねぞゆくゑしられぬ (742)
四方《よも》の山を見たまふに、雪つもれり、きのふ
來《き》たまへりし道のほどの、くるしさ
など物語し給ひて、にほふみや
　嶺《みね》の雪みぎはの氷《こほり》ふみ分《わけ》て
君にぞまどふみちはまどはず (743)

【84オ】
浮舟《うきふね》かへし
　ふりみだれみぎはにこほる雪よりも
　なか空《ぞら》にてぞ我《われ》はけぬべき（744）
にほふかへり給ひてのち、雨ふる比浮舟の
もとへ
　ながめやるそなたの雲も見えぬまで
　そらさへくるゝころのわびしさ（745）
折しも、かほるより御使有

【84ウ】
　水まさるをちの里人いかならん
　はれぬながめにかきくらすころ（746）
まづにほふへの御返し、したまへと、人こ
きこゆれば、けふは、えきこへまじと、
はぢらひて、てならひに
　里《さと》の名をわが身にしれば山しろの
　うぢのわたりぞいとゞすみうき（747）
匂《にほ》ふへの返しに、うきふね

【85オ】
　かきくらしはれせぬ嶺《みね》の雨雲《あまぐも》に
　うきて世をふる身をもなさばや（748）
かほるへの返しに
　つれぐ＼と身をしる雨のをやまねば
　袖さへいとゞみかさまさりて（749）
浮舟、しのびて、にほふへ心かはし給ふと
聞て、かほるより
　波《なみ》こゆるころともしらず末《すゑ》の松

【85ウ】
　まつらんとのみおもひけるかな（750）
にほふうぢへおはしたれど、うきふねの
家居《いへゐ》は、かほるよりきびしくまもらせ
たれば、逢給《あひ》ふべきたよりもなし、
そのあたりに、たちやすらひたまひて、
にほふ
　いづくにか身をば捨《すて》んと白雲《しらくも》の
　かゝらぬ山もなくぐ＼ぞふる（751）

【86オ】
中だちの侍従《じゞう》、此よしいへは、浮舟
　なげき侘《わび》身をはすつともなきかげに
　うき名《な》ながさんことをこそおもへ（752）
浮舟は、うきことの数《かず》まさるまゝに、川に
身をしづめんことを、おぼしいりて、
物心ぼそし
　からをだにうき世中《よのなか》にとゞめずは
　いづこをはかと君《きみ》もうらみむ（753）

【86ウ】
京の母君より、夢《ゆめ》見などあしとて、
御つかひありけるに、御ふみの返事に、
うき舟
　のちにまたあひみんことを思はなん
　この世の夢《ゆめ》に心まどはで（754）
鐘《かね》のをとの、たえ〳〵聞《きこ》えくるも、心
ぼそくて、うきふね
　鐘《かね》のをとのたゆるひゞきにねをそへて

【87オ】
　わがよつきぬと君につたへよ（755）
　△蜻蛉《かげろふ》
浮舟《うきふね》いづちともなくうせ給ひて後《のち》、
郭公《ほとゝぎす》のなきけるに、かほるより、
にほふ宮へ
　忍《しの》びねや君もなく覧かひもなき
　しでの田《た》をさにこゝろかよはゞ（756）

【87ウ】
にほふかへし
　立ばなのかほるあたりは時鳥《ほとゝぎす》
　心してこそなくべかりけれ（757）
かほる宇治へおはして、うきふねの事
おぼし出て
　われも又うき故郷《ふるさと》をあれはてば
　たれやどり木《き》のかげを忍《しの》ばん（758）
うきふねの事を、かほるなげきたまふと

【88オ】
きゝて、一品《ほん》の宮《みや》の、小宰相《こざいしやう》といへる女
のもとより
　あはれしる心は人にをくれねど
　かずならぬ身にきえつゝぞふる（759）
かほるかへし
　つねなしとこゝら世を見るうき身だに
　人のしるまでなげきやはする（760）
女一の宮へ、おもしろき繪《ゑ》など、たて
【88ウ】
まつり給ふとて、かほる
　荻《おぎ》の葉《は》に露《つゆ》ふきむすぶ秋風も
　ゆふべぞわきて身にはしみける（761）
かほる大みやへまいりたまへば、みやづかへ人
あまたゐたるに、ことかはし給ひて、
　女良花《おみなへし》みだるゝ野邊《のべ》にまじるとも
　露《つゆ》のあだ名《な》を我《われ》にかけめや（762）
中将の君といへる女返し

【89オ】
　花といへば名《な》こそあだなれ女良花《おみなへし》
　なべての露《つゆ》にみだれやはする（763）
弁《べん》のおもと
　旅《たび》ねしてなを心見よをみなへし
　さかりの色《いろ》にうつりうつらず（764）
かほる返し
　宿《やど》かさばひと夜《よ》はねなん大《おほ》かたの
　花にうつらぬこゝろなりとも（765）
【89ウ】
月のあかき夜《よ》、宇治《うぢ》のあね君の事
おぼし出《いで》て、かほる
　ありと見て手にはとられずみれば又
　ゆく衛《ゑ》もしらずきえしかげろふ（766）

△手《て》習《ならひ》

浮舟《うきふね》は、平等院《びやうどうゐん》のうしろの木《こ》の下《もと》に、
いきもたえ〴〵にて、ふしておはしけるを、

【90オ】
横川《よかは》の僧都《そうづ》、車《くるま》にのせて、小野《をの》といふ所《ところ》
へ、いざなひ、かぢなどし給ひて、やう〱い
き出《いで》たまふ、かくて小野《をの》にすみ給ひて、
手ならひに、うきふね
　身をなげし涙《なみだ》の川のはやき瀬《せ》を
　しがらみかけてたれかとゞめし（767）
月をながめ給ひて
　われかくて浮世中《うきよのなか》にめぐるとも

【90ウ】
　たれかはしらん月のみやこに（768）
僧都《そうづ》の妹《いもうと》あま君の聟《むこ》、中将《ちうじやう》、小野《をの》へ
をはして、うきふねの事、きゝたまひて、
浮舟《うきふね》の君へ、中将
　あだし野ゝ風になびくな女良華《おみなへし》
　われしめゆはん道とをくとも（769）
尼君《あまぎみ》も見たまひて、此返し、かゝせ給へと、
のたまへども、うきふね、きゝいれたまはね

【91オ】
は、あま君
　うつし植《うゑ》て思ひみだれぬをみなへし
　うき世をそむく草のいほりに（770）
八月十日あまり、中将小鷹狩《こたかがり》のつゐで
に、小野《をの》へおはしたり、浮舟《うきふね》は、いとゞつれ
なかりければ、中将
　枩《まつ》むしの聲《こゑ》を尋《たづね》てきつれども
　またおぎはらの露《つゆ》にまどひぬ（771）

【91ウ】
うきふねは、いらへをだに、したまはねば、
いふかひなくて、尼君《あまぎみ》
　秋の野ゝ露分《つゆわけ》きたるかり衣《ころも》
　むぐらしげれる宿《やど》にかこつな（772）
中将は、うきふねの、つれなきを、うらみかこ
ちて、帰らんとしたまへば、浮舟の哥《うた》と
て、中将《ちうじやう》に見せ給ふ、尼君《あまぎみ》
　ふかき夜《よ》の月をあはれと見ぬ人や

【92オ】
山の端《は》ちかきやどにとまらぬ（773）
中将かへし
山のはに入《いる》まで月をながめみん
ねやの板《いた》まもしるしありやと（774）
中将帰り給ふ道すがら、笛《ふゑ》の音《ね》、いとおもしろく、ふきたまひたるに、山をろしにきこえくれば、小野《をの》にもおきあかして、又の日、尼君《あまぎみ》のもとへ、中将

【92ウ】
忘《わす》れられぬむかしのあとも笛竹《ふゑたけ》の
つらきふしにもねぞなかれける（775）
あま君かへし
笛《ふゑ》の音《ね》にむかしの事《こと》も忍《しの》ばれて
かへりしほども袖ぞぬれにし（776）
尼君初瀬《あまぎみはつせ》へまふで給ふ、うきふねをも、いざなひたまふべきよし、申させ給へど、心地《ここち》あしとて、参給はず、浮舟

【93オ】
はかなくて世にふる河のうき瀬《せ》には
たづねもゆかじふたもとの杦《すぎ》（777）
尼君《あまぎみ》
ふる河の杦のもどだちしらねども
過にし人によそへてぞ見る（778）
夕ぐれの風のをとも、あはれなるに、おぼし出る事おほくて、浮舟
心には秋のゆふへをわかねども

【93ウ】
ながむる袖《そで》につゆぞみだるゝ（779）
中将おはして
山ざとの秋の夜ふかきあはれをも
物おもふ人はおもひこそしれ（780）
少将のあままいりて、尼君《あまぎみ》おはせねば、まぎらはし、きこゆべき人もなしといへば、うきふね
うき物と思ひもしらですぐす身を

【94オ】
ものおもふ人とひとはしりけり (781)
尼《あま》になり給ふとて、浮舟
なきものに身をも人をも思ひつゝ
捨《すて》てし世《よ》をぞさらにすてつる (782)
かぎりぞと思ひなりにし世中《よのなか》を
かへす〴〵もそむきぬるかな (783)
うきふねの、尼《あま》になりたまひしを、中将
きゝたまひて

【94ウ】
岸《きし》とをく漕《こぎ》はなるらんあま舩《ぶね》に
のりをくれじといそがるゝかな (784)
うきふね、此哥《うた》を見給ひて
心こそうき世の岸《きし》をはなるれど
ゆくゑもしらぬあまのうき木を (785)
中将小野《をの》へおはしたれば、尼君《あまぎみ》
こがらしのふきにし山のふもとには
立かくるべきかげたにぞなき (786)

【95オ】
中将かへし
待《まつ》人もあらじとおもふ山里《（ママ）さど》の
こずゑを見つゝなをぞ過《すぎ》うき (787)
うきふねの、あまになりたまへるは、
われをいとひたまへるにやと、うらめ
しくて、中将
おほかたの世をそむきける君なれど
いとふによせて身こそつらけれ (788)

【95ウ】
雪《ゆき》のふりつみたりしを、ながめたまひ
て、すぎにしこと、おぼし出《いで》らる、浮舟
かきくらす野《の》山の雪《ゆき》を詠《なが》めても
ふりにしことぞけふもかなしき
若菜《わかな》を、籠《こ》にいれて、人のもて來《きた》り
けるを、尼君《あまぎみ》見て
山里の雪まのわかなつみはやし
なをおひさきのたのまるゝかな (790)

【96オ】うきふねのかたへ、たてまつりたまへば、
浮舟
　雪ふかき野邊《のべ》のわかなも今《いま》よりは
　きみがためにぞ年《とし》もつむべき（791）
ねやのつまちかき紅梅《こうばい》の、色《いろ》も香《か》も
かはらぬを、春やむかしのと、外《ほか》の花
よりも、これにこゝろよせのあるは、
あかざりしにほひの、しみにける
【96ウ】
にや、下らうのあま、めし出《いで》て、はなを
おらせて、うきふね
　袖ふれし人こそ見えね花のかの
　それかとにほふ春のあけぼの（792）
大尼君《おほあまぎみ》のまご、きのかみ、小野《をの》にまいり
て、薫大将《かほるだいしやう》の、宇治《うぢ》にて、うきふねを、
恋《こひ》したひたまへるさま、かたりいづ、
かほるの哥とて、かたる

【97オ】
　見し人は影《かげ》もとまらぬ水の上《うへ》に
　おちそふ涙《なみだ》いとゞせきあへず（793）
うきふねの、とふらひに、きの守より、
たてまつるしやうぞくを、御らんじ
て、うきふね
　あま衣《ごろも》かはれる身にや有し世の
　かた見の袖をかけて忍《しの》ばん（794）
【97ウ】
△夢浮橋《ゆめのうきはし》
かほるは、うきふねの、小野《をの》におはしま
す事を、きゝたまひて、横川《よかは》の僧都《そうづ》
のもとへ、まいりたまひ、そうづより、
うきふねへ、御文つかはしたまへ、それ
をしるべにて、かほるよりも、文まいら
せんとのたまふ、又の日、浮舟の御おとうと

【98オ】

の、小君《こぎみ》して、僧都《そうづ》の文を、小野《をの》へまいらせらる、かほるの御ふみに
法《のり》の師《し》とたづぬる道《みち》をしるべにて
おもはぬ山にふみまどふかな (795)

【98ウ】

(空　白)

初出一覧

（いずれも本書収載にあたって加筆・訂正を行なっている）

序章に代えて

『源氏物語』の先行物語受容――『竹取』『伊勢』『落窪』など――

※'08（第26回）広島女学院大学公開セミナー論集『『源氏物語』と王朝の教養』

（二〇〇九年三月　広島女学院大学総合研究所）

第一部　読解と享受に関する瞥見

第一章　桐壺の更衣哀惜と「桐壺の女御」幻想

――桐壺の更衣最後の言葉の解釈から中世王朝物語に登場する「桐壺の女御」に及ぶ――

※『源氏物語の展望』第五輯

（森一郎・岩佐美代子・坂本共展編　二〇〇九年三月　三弥井書店）

第二章　人の親の心は闇か――『源氏物語』最多引歌考――

※『源氏物語の展望』第十輯

（森一郎・岩佐美代子・坂本共展編　二〇一一年九月　三弥井書店）

第三章　玉鬘論――玉鬘物語の構想と展開――
※「人物で読む源氏物語」第13巻『玉鬘』（室伏信助監修、上原作和編集　二〇〇六年五月　勉誠出版）

第四章　『雲隠六帖』は『源氏物語』の何を補うか
※『源氏以後の物語を考える――継承の構図』（「考えるシリーズ」④）（久下裕利編　二〇一二年五月　武蔵野書院）

第二部　『源氏物語抄』（『紹巴抄』）の古活字本・整版本と増注本をめぐって

第一章　広島大学蔵刊本『源氏物語抄』（『紹巴抄』）とその書き入れについて
※原題「広島大学蔵刊本『源氏物語抄（紹巴抄）』とその書き入れについて」
『広島大学大学院文学研究科論集』第63巻（二〇〇三年一二月　広島大学大学院文学研究科）
※原題「広島大学蔵刊本『源氏物語抄（紹巴抄）』帚木巻の書入れについて――翻刻と考察――
『古代中世国文学』第20号（二〇〇四年一月　広島平安文学研究会）
以上二編を合体して一章とした。

第二章　『源氏物語抄』（『紹巴抄』）の古活字本と整版本
※原題「『源氏物語抄（紹巴抄）』の古活字本と整版本」
『広島大学大学院文学研究科論集』第64巻（二〇〇四年一二月　広島大学大学院文学研究科）

第三章　『源氏物語抄』（『紹巴抄』）の古活字本から整版本へ――項目異同から見た改訂の様相――
※原題『『源氏物語抄（紹巴抄）』の古活字本から整版本へ――項目異同から見た改訂の様相――」
『広島大学大学院文学研究科論集』第65巻　（二〇〇五年一二月　広島大学大学院文学研究科）
※第一章から第三章までの初出論文四編は、『『源氏物語』古注釈資料のデータベース化に関する研究（平成15年度～平成17年度科学研究費補助金（基盤研究（C））研究成果報告書）』（二〇〇六年三月）に再録している。

第四章　講釈聞き書きから注釈書へ――『源氏物語抄』（『紹巴抄』）の写本、古活字本、そして整版本――
※原題「講釈聞き書きから注釈書へ――『源氏物語抄（紹巴抄）』の写本、古活字本、そして整版本――」
『国文学攷』第192・193合併号　（二〇〇七年三月　広島大学国語国文学会）

第五章　宮城県図書館蔵猪苗代兼如増注『源氏物語抄』（『紹巴抄』）について
※原題「宮城県図書館蔵猪苗代兼如増注『源氏物語抄（紹巴抄）』について」
『広島大学大学院文学研究科論集』第75巻　（二〇一五年一二月　広島大学大学院文学研究科）

第三部　近世期享受資料の成立と伝本

第一章　『源氏栄鑑抄』の基礎的研究

※『広島大学大学院文学研究科論集』第73巻　（二〇一三年一二月　広島大学大学院文学研究科）
白石理穂子との共著。

第二章　『源氏外伝』諸本考・序説
※『広島大学大学院文学研究科論集』第62巻　（二〇〇二年一二月　広島大学大学院文学研究科）

第三章　堀内昌郷『葵の二葉』の成立過程管見
※『古代中世国文学』第22号　（二〇〇六年六月　広島平安文学研究会）

第四章　架蔵『小源氏』考――梗概書と「源氏物語歌集」とのあわい――
※『広島大学大学院文学研究科論集』第77巻　（二〇一七年一二月　広島大学大学院文学研究科）

付説　梗概書（中世における）
※原題「梗概書」『講座　源氏物語研究』第三巻　（伊井春樹監修、渋谷栄一編集　二〇〇七年二月　おうふう）

あとがき

これまでにいろいろなところに書いた『源氏物語』に関わる論考をまとめて一書を編んでみた。

私は平安時代の和歌や物語を主な研究対象としてきたが、『源氏物語』をまともに扱ったことはない。意識して避けてきたと言ってよい。むしろ、敬して遠ざけていたと言うべきであろう。

先師稲賀敬二先生は名高い源氏学者であったが、弟子には『源氏物語』を研究対象とすることを勧められなかった。学部の授業では毎年『源氏物語』の演習を開設なさっていたので、卒業論文で『源氏物語』を取り上げる学生は多かった。高校教師をめざす学生には『源氏物語』をじっくり読むことを勧めておられたように思う。しかし、研究者を志望する大学院生には、『源氏物語』は大変だからもっと扱いやすいものにした方がいいよ、というようなことをおっしゃっていた。一流の源氏学者だからこそ、『源氏物語』を専門として研究することの難しさを痛感しておられたのだろう。生半可な気持ちで取り組める作品ではないということである。だから、稲賀先生の門下生で『源氏物語』の専門研究者になった人はごく少ない。最初の弟子で、源氏学者として大成なさった伊井春樹氏は特別な存在で、とても後に続けるものではなかった。私などは師の教えを忠実に守るしかなく、『源氏物語』の周辺をうろうろしつつも、決して近づこうとはしなかったのである。

ところが、平成十三年（二〇〇一）四月に稲賀先生が亡くなられてから、妙に風向きが変わった。私のような者にまで『源氏物語』に関する企画物への寄稿を求める依頼が舞い込むようになったのである。源氏研究の実績がないのにそういうお声がかかるのは、稲賀先生の弟子なのだから書けるであろうと安易に思われたのかも知れないのだが、私はつい、来た仕事は断ってはいけないよという師の遺訓を思い出し、またおけなくも、この仕事は本来は先生がなさるべきものなので、先生亡き今は自分が代わってやるしかないのではないか、などと考えて引き受けてしまった。そして、むろん大いに苦労するはめになったのである。結局、どれもが『源氏物語』に正面から向き合うことはせず、小さな問題を大げさに取り上げたり、あまり人が注目しない享受資料の書誌情報を報告したりしてお茶を濁す結果になっている。

決して研究の本筋ではない源氏関係の論考ではあるが、数がたまってくると本にまとめておきたいという欲が出てきた。そこで、おそるおそる新典社の岡元学実社長に相談してみると、なんと二つ返事で出版を引き受けてくださった。私は舞い上がってしまい、旧稿をかき集めるのみならず、手もとにあるもしかしたら珍しいかも知れない写本の全文翻刻も載せてもらうという大それたことまでしてしまった。泉下の稲賀先生は、さぞかし恐れを知らない困った弟子だとあきれていらっしゃることであろう。

とは言え、本が出来上がるまでの作業は実に楽しいものであった。岡元社長はもとより、編集の実務にあたってくださった田代幸子さんには終始適切な助言をいただき、細かいところまで行き届いた点検をしていただいた。校正作業が遅れてご迷惑をおかけしたこともあったが、辛抱強く待ってくださり、時には叱咤激励もいただいた。先代の松本輝茂社長ご夫妻から受け継がれた丁寧で誠実な本作りへの思いが伝わって、とてもうれしかった。心より御礼申し上げる次第である。

また、いちいち記すことはできないが、伝本の調査にあたってご所蔵の本を快く閲覧させてくださった各地の文庫・図書館の方々にも御礼申し上げる。巻末に添えた「架蔵『小源氏』作中和歌索引ならびに現代主要注釈書和歌所在一覧」を作成してくださった加藤伸江氏には『小源氏』翻刻の校正も手伝っていただいた。あわせて感謝申し上げる。
還暦を迎えた年に作ったこの本を一つの記念碑として、これからも時勢に流されることなく、精進しながら研究活動を続けていきたいと思う。

平成三十年（二〇一八）十二月

妹尾好信　識

《付 録》
架蔵『小源氏』作中和歌索引ならびに現代主要注釈書和歌所在一覧

（加藤伸江 編）

〔凡　例〕

1. 架蔵『小源氏』に存する『源氏物語』作中和歌を歴史的仮名遣いによる五十音順（ただし、原則として原文の表記に従う）に配列したものである。
2. 作中和歌の表記は原文のまま掲出したが、振り仮名・傍書・符号等は省略した。ただし、明らかな誤りは傍書等により訂正した。また、２字以上の繰り返し符号はもとの仮名または「〻」（漢字の場合）に改めた。
3. 和歌の初句を掲げ、初句が同一の和歌については判別できる語句まで掲出した。
4. 和歌の初句に続いて、（　）内に所在の巻名および『新編国歌大観』番号を算用数字で示した。巻名は架蔵『小源氏』の記述による。
5. 架蔵『小源氏』における和歌の所在は、乾／坤・丁数・行数の順で示した。
6. 現代主要注釈書における当該和歌の所在については、注釈書の略称・巻数（丸数字）・頁数の順で示した。掲出した注釈書およびその略称は以下の通りである。
   - 新全集…「新編日本古典文学全集」『源氏物語』①～⑥
     阿部秋生・秋山虔・今井源衛・鈴木日出男校注・訳　小学館　1994年～1998年
   - 全集…「日本古典文学全集」『源氏物語』①～⑥
     阿部秋生・秋山虔・今井源衛校注・訳　小学館　1970年～1976年
   - 新大系…「新日本古典文学大系」『源氏物語』①～⑤
     柳井滋・室伏信助・大朝雄二・鈴木日出男・藤井貞和・今西祐一郎校注　岩波書店　1993年～1997年
   - 大系…「日本古典文学大系」『源氏物語』①～⑤
     山岸徳平校注　岩波書店　1958年～1963年
   - 集成…「新潮日本古典集成」『源氏物語』①～⑧
     石田穣二・清水好子校注　新潮社　1976年～1985年
7. 架蔵『小源氏』には「思ふとも君は知らじなわきかへり岩漏る水に色し見えねば」（胡蝶366）の１首が欠脱している。本一覧では、架蔵『小源氏』の所在を空白にして掲載している。

あ

あかつきの霜…（総角677）坤65オ4　新全集⑤322　全集⑤312　新大系④454　大系④458　集成⑦103
あかつきのわかれ…（賢木135）乾40オ4
新全集②89　全集②81　新大系①346　大系①371　集成②133
あかなくに（須磨213）乾58オ8　新全集②215　全集②207　新大系②43　大系②50　集成②252
あかねさす（行幸393）乾107オ1　新全集③295　全集③287　新大系③62　大系③71　集成④152
秋風に（御法558）坤30ウ1　新全集④505　全集④491　新大系④171　大系④182　集成⑥112
秋霧に（葵127）乾38オ1　新全集②58　全集②51　新大系①320　大系①347　集成②104
秋霧の（椎本643）坤56オ5　新全集⑤202　全集⑤193　新大系④364　大系④365　集成⑥336
秋の野の草…（夕霧535）坤22オ5　新全集④433　全集④420　新大系④116　大系④125　集成⑥46
秋の野ゝ露…（手習772）坤91ウ3　新全集⑥316　全集⑥304　新大系⑤350　大系⑤371　集成⑧207
秋のよの（明石228）乾62ウ4　新全集②255　全集②245　新大系②76　大系②82　集成②289
秋はつる（寄生717）坤77オ1　新全集⑤466　全集⑤453　新大系⑤94　大系⑤103　集成⑦237
秋はてゝきり…（朝顔312）乾83ウ5　新全集②476　全集②466　新大系②257　大系②255　集成②196
秋はてゝさびしさ…（総角672）坤64オ1
新全集⑤297　全集⑤287　新大系④437　大系④438　集成⑦80
秋をへて（藤裏葉457）乾122ウ5　新全集③462　全集③453　新大系③198　大系③206　集成④307
明ぐれの（若菜下491）坤8ウ6　新全集④229　全集④220　新大系③366　大系③376　集成⑤210
あけぬよに（明石230）乾63オ2　新全集②257　全集②247　新大系②77　大系②83　集成②291
あげまきに（総角653）坤59オ4　新全集⑤224　全集⑤214　新大系④384　大系④382　集成⑦12
あさか山（わかむらさき58）乾17ウ2　新全集①230　全集①304　新大系①175　大系①205　集成①211
あさからぬ（薄雲308）乾82ウ4　新全集②466　全集②456　新大系②246　大系②246　集成③186
あさき名を（藤裏葉444）乾119ウ3　新全集③441　全集③433　新大系③183　大系③192　集成④289
朝霧に（椎本640）坤55ウ1　新全集⑤195　全集⑤186　新大系④359　大系④359　集成⑥329
あさぎりの（夕かほ29）乾9オ1　新全集①148　全集①222　新大系①110　大系①133　集成①133
あさけれど（槙柱414）乾112オ7　新全集③374　全集③365　新大系③128　大系③136　集成④226
あさぢふの（賢木150）乾43ウ3　新全集②118　全集②110　新大系①367　大系①391　集成②159
朝日さすのき…（末つむ花77）乾23オ3
新全集①294　全集①368　新大系①226　大系①258　集成①272
朝日さすひかり…（藤はかま404）乾109ウ5
新全集③344　全集③336　新大系③103　大系③113　集成④199
朝ぼらけ家路…（橋姫626）坤51ウ3　新全集⑤148　全集⑤140　新大系④321　大系④321　集成⑥283
あさぼらけ霧…（わかむらさき66）乾19ウ4
新全集①246　全集①321　新大系①187　大系①219　集成①227
あさみどり（藤裏葉449）乾120ウ8　新全集③455　全集③446　新大系③193　大系③202　集成④301
あさみにや（葵116）乾35オ6　新全集②35　全集②29　新大系①303　大系①331　集成②82
朝夕に（夕霧542）坤24ウ5　新全集④455　全集④440　新大系④131　大系④141　集成⑥66

ありし世の（賢木163）乾46ウ1　新全集②136　全集②128　新大系①381　大系①404　集成②177
ありと見て（蜻蛉766）坤89ウ3　新全集⑥275　全集⑥264　新大系⑤317　大系⑤336　集成⑧170
ありふれば（早蕨695）坤70オ7　新全集⑤362　全集⑤352　新大系⑤16　大系⑤24　集成⑦141
あれはつる（寄生715）坤76オ6　新全集⑤462　全集⑤450　新大系⑤92　大系⑤101　集成⑦234
あれまさる（須磨198）乾54ウ5　新全集②196　全集②188　新大系②29　大系②36　集成②234

い

いかさまに（紅葉賀86）乾25ウ4　新全集①327　全集①399　新大系①252　大系①283　集成②26
いかでかく（橋姫620）坤49オ8　新全集⑤123　全集⑤115　新大系④302　大系④302　集成⑥261
いかならむ世…（椎本637）坤54ウ6　新全集⑤182　全集⑤174　新大系④349　大系④349　集成⑥317
いかならん色…（槙柱418）乾113オ4　新全集③386　全集③377　新大系③136　大系③145　集成④237
いかなれば（若菜上479）坤5ウ6　新全集④146　全集④138　新大系③300　大系③312　集成⑤132
いきてまた（松風285）乾76ウ2　新全集②404　全集②394　新大系②195　大系②196　集成③126
いくかへり露…（藤裏葉442）乾119オ5
新全集③439　全集③431　新大系③182　大系③189　集成④286
いくかへり行…（松風287）乾76ウ8　新全集②407　全集②397　新大系②197　大系②199　集成③128
いくぞたび（末つむ花72）乾22オ3　新全集①283　全集①356　新大系①217　大系①249　集成①261
いける世のし…（竹河614）坤47オ6　新全集⑤91　全集⑤84　新大系④275　大系④277　集成⑥229
いける世のわかれ…（須磨185）乾51ウ7
新全集②186　全集②177　新大系②22　大系②29　集成②224
いさら井は（松風291）乾78オ2　新全集②413　全集②403　新大系②202　大系②203　集成③134
いさりせし（薄雲307）乾82ウ1　新全集②466　全集②456　新大系②246　大系②245　集成③186
いせ嶋や（須磨195）乾54オ4　新全集②194　全集②186　新大系②28　大系②35　集成②232
いせのうみの（繪合278）乾74ウ5　新全集②382　全集②372　新大系②177　大系②180　集成③105
いせ人の（須磨196）乾54オ7　新全集②195　全集②187　新大系②29　大系②36　集成②233
いたづらに（寄生710）坤75オ2　新全集⑤431　全集⑤419　新大系⑤69　大系⑤76　集成⑦204
いづかたの（須磨209）乾57オ6　新全集②209　全集②200　新大系②38　大系②45　集成②246
いつかまた（須磨183）乾51ウ1　新全集②182　全集②174　新大系②19　大系②27　集成②221
いづくとか（椎本652）坤58ウ4　新全集⑤214　全集⑤206　新大系④373　大系④374　集成⑥347
いづくにか（浮舟751）坤85ウ7　新全集⑥192　全集⑥183　新大系⑤254　大系⑤271　集成⑧92
いづこより（総角670）坤63ウ3　新全集⑤297　全集⑤287　新大系④436　大系④438　集成⑦80
いつしかも（澪標250）乾67ウ1　新全集②289　全集②279　新大系②103　大系②109　集成③21
いつそやも（総角668）坤63オ5　新全集⑤296　全集⑤286　新大系④436　大系④438　集成⑦79
いつとかは（夕霧541）坤24オ8　新全集④454　全集④439　新大系④131　大系④141　集成⑥65
いつとなく（須磨211）乾57ウ7　新全集②212　全集②204　新大系②41　大系②49　集成②250
いつのまに（朝顔313）乾84オ1　新全集②482　全集②472　新大系②262　大系②259　集成②201
いづれぞと（花の宴104）乾30ウ7　新全集①358　全集①428　新大系①277　大系①307　集成②54
いづれとか（夕霧537）坤23オ3　新全集④446　全集④432　新大系④126　大系④135　集成⑥58

う

うきふしを（はゝき木11）乾3ウ4 新全集①74 全集①150 新大系①48 大系①72 集成①65
うき身世に（花の宴103）乾30ウ4 新全集①357 全集①427 新大系①277 大系①307 集成②53
うきめかる（須磨194）乾54オ1 新全集②194 全集②186 新大系②28 大系②35 集成②232
うきめみし（繪合277）乾74オ6 新全集②378 全集②368 新大系②174 大系②178 集成③102
うき物と（手習781）坤93ウ8 新全集⑥328 全集⑥316 新大系⑤358 大系⑤381 集成⑧218
うき世にはあらぬところの（横笛513）坤15ウ1
新全集④348 全集④336 新大系④50 大系④57 集成⑤322
うき世にはあらぬ所を（東屋728）坤79ウ4
新全集⑥84 全集⑥77 新大系⑤172 大系⑤183 集成⑦330
うき世には雪…（幻566）坤33オ6 新全集④524 全集④510 新大系④188 大系④197 集成⑥130
うき世をば（須磨181）乾50ウ6 新全集②181 全集②173 新大系②18 大系②26 集成②220
鶯の声…（梅枝430）乾116ウ1 新全集③411 全集③403 新大系③157 大系③166 集成④260
鶯のさへづる…（乙女332）乾89ウ5 新全集③72 全集③66 新大系②319 大系②318 集成③268
鶯のねぐら…（梅枝432）乾116ウ7 新全集③411 全集③403 新大系③158 大系③166 集成④260
鶯のむかし…（乙女335）乾90オ6 新全集③73 全集③67 新大系②319 大系②318 集成③269
うしとのみ（須磨205）乾56オ6 新全集②203 全集②195 新大系②34 大系②41 集成②241
うす氷（初音352）乾95オ6 新全集③145 全集③139 新大系②379 大系②378 集成④13
うちきらし（行幸392）乾106ウ6 新全集③294 全集③286 新大系③62 大系③70 集成④151
うちすてゝたつ…（明石237）乾64ウ5
新全集②267 全集②256 新大系②84 大系②90 集成②300
うちすてゝつがひ…（橋姫619）坤49オ5
新全集⑤122 全集⑤114 新大系④302 大系④301 集成⑥260
うちつけの（澪標249）乾67オ6 新全集②288 全集②279 新大系②103 大系②108 集成③20
うちとけて（胡蝶371）乾100オ8 新全集③190 全集③182 新大系②419 大系②414 集成④55
うぢ橋の（浮舟739）坤82ウ7 新全集⑥145 全集⑥137 新大系⑤219 大系⑤233 集成⑧48
うちはらふ（はゝき木16）乾4ウ7 新全集①83 全集①159 新大系①55 大系①79 集成①73
打わたし（寄生708）坤74ウ3 新全集⑤418 全集⑤407 新大系⑤60 大系⑤67 集成⑦192
うつし植て（手習770）坤91オ2 新全集⑥313 全集⑥301 新大系⑤348 大系⑤369 集成⑧204
うつせみのは…（うつせみ25）乾7オ8
新全集①131 全集①205 新大系①94 大系①120 集成①118
うつせみの身…（うつせみ24）乾7オ5
新全集①129 全集①203 新大系①93 大系①119 集成①116
うつせみの世…（夕かほ38）乾11ウ3 新全集①190 全集①264 新大系①142 大系①170 集成①174
うどんげの（わかむらさき52）乾16オ5
新全集①221 全集①295 新大系①168 大系①197 集成①203
うばそくが（夕かほ30）乾9オ8 新全集①158 全集①232 新大系①118 大系①141 集成①143
うへて見し（幻567）坤33ウ3 新全集④528 全集④514 新大系④191 大系④200 集成⑥134
海にます（明石219）乾60オ7 新全集②228 全集②218 新大系②56 大系②61 集成②264

お

大かたに花の…（花の宴101）乾30オ4 新全集①355 全集①425 新大系①275 大系①304 集成②51
大かたの秋の…（賢木136）乾40オ7 新全集②89 全集②82 新大系①347 大系①372 集成②133
大かたの秋を…（鈴虫522）坤18オ7 新全集④382 全集④370 新大系④76 大系④84 集成⑤353
大かたのうき…（賢木161）乾45ウ6 新全集②133 全集②125 新大系①378 大系①402 集成②174
おほかたの世…（手習788）坤95オ7 新全集⑥353 全集⑥341 新大系⑤376 大系⑤402 集成⑧241
大かたはおもひ…（幻574）坤35オ8 新全集④539 全集④524 新大系④198 大系④208 集成⑥144
おほかたはわれ…（夕霧529）坤20オ7 新全集④409 全集④396 新大系④99 大系④106 集成⑥24
大空の風…（竹河605）坤44ウ3 新全集⑤81 全集⑤75 新大系④268 大系④269 集成⑥220
大空の月…（寄生704）坤73オ8 新全集⑤401 全集⑤390 新大系⑤48 大系⑤54 集成⑦177
大空を（幻583）坤37ウ6 新全集④545 全集④531 新大系④203 大系④213 集成⑥149
おぼつかな（匂宮590）坤40オ5 新全集⑤24 全集⑤18 新大系④217 大系④223 集成⑥167
おもかげは（わかむらさき56）乾17オ2 新全集①228 全集①302 新大系①174 大系①203 集成①210
おもはずに（槙柱423）乾114オ8 新全集③394 全集③385 新大系③142 大系③151 集成④244
思ひあまり（蛍378）乾102オ6 新全集③214 全集③206 新大系②440 大系②434 集成④76
思ふどち（澪標252）乾67ウ8 新全集②293 全集②283 新大系②106 大系②111 集成③24
思ふとも（胡蝶366） 新全集③177 全集③169 新大系②409 大系②403 集成④42
思ふらん（明石227）乾62オ8 新全集②250 全集②239 新大系②72 大系②78 集成②284
折からや（竹河598）坤42ウ6 新全集⑤73 全集⑤67 新大系④262 大系④262 集成⑥212
折たちて（槙柱407）乾110ウ1 新全集③354 全集③346 新大系③114 大系③121 集成④208
折て見ば（竹河595）坤41ウ8 新全集⑤69 全集⑤62 新大系④259 大系④259 集成⑥208
折人の（早蕨686）坤67ウ5 新全集⑤348 全集⑤338 新大系⑤6 大系⑤13 集成⑦128

か

かゞり火に（篝火384）乾104オ4 新全集③257 全集③249 新大系③30 大系③41 集成④117
かき曇（総角678）坤65オ8 新全集⑤325 全集⑤315 新大系④456 大系④460 集成⑦106
かきくらし（浮舟748）坤85オ1 新全集⑥160 全集⑥152 新大系⑤230 大系⑤244 集成⑧62
かきくらす（手習789）坤95ウ3 新全集⑥355 全集⑥342 新大系⑤377 大系⑤403 集成⑧243
かきたれて（槙柱421）乾113ウ8 新全集③391 全集③382 新大系③140 大系③149 集成④241
かきつめてあま…（明石234）乾64オ3 新全集②265 全集②254 新大系②83 大系②88 集成②298
かきつめてみる…（幻586）坤38ウ6 新全集④548 全集④534 新大系④205 大系④215 集成⑥152
かきつめてむかし…（朝顔319）乾85ウ3 新全集②494 全集②484 新大系②271 大系②269 集成②212
かきつらね（須磨201）乾55オ8 新全集②201 全集②193 新大系②33 大系②40 集成②239
かぎりあれば（葵119）乾36オ3 新全集②49 全集②42 新大系①313 大系①341 集成②95

き

く

け

こ

心ありて池…（竹河604）坤44オ7　新全集⑤81　全集⑤75　新大系④268　大系④269　集成⑥220
心ありて風のにほはす（紅梅591）坤40ウ4　新全集⑤49　全集⑤43　新大系④239　大系④243　集成⑥190
心ありて風のよぐめる（梅枝433）乾117オ2　新全集③411　全集③403　新大系③158　大系③166　集成④261
心ありてひくて…（須磨207）乾56ウ6　新全集②205　全集②197　新大系②36　大系②43　集成②243
心いる（花の宴108）乾32オ3　新全集①366　全集①436　新大系①284　大系①313　集成②62
心からかた…（賢木146）乾42ウ6　新全集②106　全集②98　新大系①358　大系①382　集成②148
心からとこよ…（須磨202）乾55ウ3　新全集②202　全集②193　新大系②33　大系②40　集成②239
心から春…（乙女336）乾90ウ2　新全集③82　全集③76　新大系②325　大系②324　集成③277
心こそ（手習785）坤94ウ4　新全集⑥342　全集⑥330　新大系⑤368　大系⑤392　集成⑧231
心さへ（槙柱409）乾110ウ8　新全集③367　全集③358　新大系③123　大系③131　集成④219
心には（手習779）坤93オ8　新全集⑥327　全集⑥315　新大系⑤357　大系⑤379　集成⑧217
心もて草…（鈴虫523）坤18ウ2　新全集④382　全集④370　新大系④76　大系④84　集成⑤353
心もてひかり…（藤はかま406）乾110オ4　新全集③345　全集③337　新大系③103　大系③114　集成④200
心をば（浮舟736）坤82オ6　新全集⑥133　全集⑥125　新大系⑤210　大系⑤224　集成⑧36
こしかたも（玉かつら339）乾91ウ2　新全集③90　全集③84　新大系②334　大系②331　集成③283
こてふにも（胡蝶365）乾99オ1　新全集③173　全集③165　新大系②406　大系②401　集成④39
ごとならば（柏木510）坤14ウ2　新全集④338　全集④327　新大系④40　大系④49　集成⑤313
ことに出て（横笛515）坤16オ4　新全集④355　全集④343　新大系④55　大系④63　集成⑤328
ことの音に（須磨206）乾56ウ3　新全集②205　全集②196　新大系②35　大系②43　集成②243
琴の音も（はゝき木12）乾4オ1　新全集①79　全集①155　新大系①52　大系①76　集成①69
木のしたの（柏木507）坤13ウ4　新全集④335　全集④325　新大系④38　大系④48　集成⑤311
此たびは（明石233）乾63ウ8　新全集②265　全集②254　新大系②83　大系②88　集成②298
此春はたれ…（早蕨685）坤67オ6　新全集⑤346　全集⑤336　新大系⑤5　大系⑤12　集成⑦126
この春は柳…（柏木506）坤13オ8　新全集④333　全集④322　新大系④37　大系④46　集成⑤309
恋しさの（夕霧544）坤25ウ3　新全集④465　全集④450　新大系④138　大系④149　集成⑥75
恋わたる（玉かつら349）乾94オ6　新全集③132　全集③126　新大系②366　大系②368　集成③323
恋わびて死ぬる…（総角681）坤65ウ8　新全集⑤333　全集⑤323　新大系④462　大系④466　集成⑦114
恋わびてなくね…（須磨199）乾55オ1　新全集②199　全集②191　新大系②31　大系②38　集成②237
恋わぶる（若菜下483）坤7オ2　新全集④158　全集④150　新大系③314　大系③321　集成⑤144
氷とぢ（朝顔318）乾85オ5　新全集②494　全集②484　新大系②271　大系②269　集成②212
小巻原（若菜上462）坤1ウ8　新全集④57　全集④51　新大系③236　大系③243　集成⑤49
こりずまの（須磨190）乾53オ1　新全集②189　全集②181　新大系②24　大系②31　集成②227

さ

し

しほたるゝ海士を…（若菜上476）坤4ウ8	新全集④108 全集④100 新大系③272 大系③281 集成⑤97
塩たるゝことを…（須磨191）乾53オ4	新全集②192 全集②183 新大系②26 大系②33 集成②230
しめのうちは（繪合282）乾75ウ4	新全集②384 全集②374 新大系②179 大系②182 集成③107
しめゆひし（東屋725）坤79オ2	新全集⑥80 全集⑥74 新大系⑤169 大系⑤181 集成⑦327
霜氷（乙女327）乾88オ7	新全集③58 全集③52 新大系②308 大系②306 集成③255
霜さゆる（総角676）坤65オ1	新全集⑤322 全集⑤312 新大系④454 大系④458 集成⑦103
霜にあへず（寄生700）坤72オ4	新全集⑤379 全集⑤369 新大系⑤32 大系⑤37 集成⑦156
しらざりし（須磨216）乾59オ5	新全集②217 全集②209 新大系②44 大系②52 集成②254
しらずとも（玉かつら347）乾93ウ8	新全集③123 全集③117 新大系②359 大系②360 集成③315
しるべせし（総角661）坤61ウ1	新全集⑤267 全集⑤257 新大系④415 大系④417 集成⑦53

す

すがくれて（槙柱425）乾114ウ7	新全集③395 全集③387 新大系③143 大系③153 集成④246
過にしが（早蕨696）坤70ウ2	新全集⑤363 全集⑤353 新大系⑤16 大系⑤24 集成⑦142
過にしも（夕かほ44）乾13オ4	新全集①195 全集①269 新大系①146 大系①174 集成①179
すゞか川（賢木141）乾41ウ1	新全集②94 全集②87 新大系①350 大系①375 集成②138
すゞむしの（きりつほ3）乾1ウ5	新全集①32 全集①108 新大系①14 大系①38 集成①24
すへとをき（薄雲301）乾80ウ7	新全集②434 全集②424 新大系②221 大系②220 集成③155
すべらぎの（寄生718）坤77オ6	新全集⑤484 全集⑤471 新大系⑤108 大系⑤118 集成⑦254
すまの浦に（明石246）乾66ウ1	新全集②275 全集②264 新大系②90 大系②96 集成②308
すみなれし（松風290）乾77ウ7	新全集②413 全集②403 新大系②202 大系②203 集成③134
住の江の（若菜下487）坤8オ1	新全集④173 全集④165 新大系③325 大系③333 集成⑤159
住の江を（若菜下485）坤7ウ2	新全集④173 全集④165 新大系③325 大系③332 集成⑤158
住よしの（澪標258）乾69オ6	新全集②305 全集②295 新大系②115 大系②120 集成③35

せ

せくからに（夕霧533）坤21ウ3	新全集④424 全集④411 新大系④110 大系④118 集成⑥38
せみの羽も（夕かほ43）乾13オ1	新全集①195 全集①269 新大系①145 大系①174 集成①179

そ

袖ぬるゝ恋路…（葵115）乾35オ3	新全集②35 全集②28 新大系①303 大系①330 集成②81
袖ぬるゝ露…（紅葉賀89）乾26オ7	新全集①330 全集①402 新大系①254 大系①285 集成②29
袖のかを（胡蝶370）乾100オ2	新全集③186 全集③178 新大系②415 大系②411 集成④51
袖ふれし人…（手習792）坤96ウ3	新全集⑥356 全集⑥344 新大系⑤378 大系⑤403 集成⑧244
袖ふれし梅…（早蕨690）坤68ウ8	新全集⑤357 全集⑤347 新大系⑤13 大系⑤20 集成⑦136
そのかみの（藤裏葉453）乾121ウ6	新全集③458 全集③449 新大系③195 大系③204 集成④303

た

と

な

ながめする（槙柱422）乾114オ3　新全集③392 全集③383 新大系③140 大系③150 集成④242
ながめやる（浮舟745）坤84オ6　新全集⑥157 全集⑥149 新大系⑤228 大系⑤242 集成⑧59
ながらふる（賢木159）乾45ウ1　新全集②129 全集②121 新大系①375 大系①399 集成②170
ながれての（竹河618）坤48ウ1　新全集⑤98 全集⑤92 新大系④281 大系④283 集成⑥237
なきかげや（須磨182）乾51オ3　新全集②182 全集②174 新大系②19 大系②26 集成②221
なきたまぞ（葵128）乾38オ5　新全集②65 全集②58 新大系①325 大系①353 集成②110
なき人のかげ…（藤裏葉452）乾121ウ3
新全集③457 全集③448 新大系③194 大系③203 集成④302
なき人のわかれ…（須磨171）乾48ウ5
新全集②169 全集②161 新大系②10 大系②17 集成②209
なき人も（柏木508）坤13ウ7　新全集④335 全集④325 新大系④39 大系④48 集成⑤311
なき人をこふる…（蓬生267）乾71ウ5
新全集②345 全集②335 新大系②147 大系②153 集成③73
なき人をしたふ…（朝顔321）乾86オ4
新全集②496 全集②486 新大系②272 大系②270 集成②214
なき人を忍ぶる…（幻575）坤35ウ4　新全集④541 全集④527 新大系④201 大系④211 集成⑥146
なきものに（手習782）坤94オ3　新全集⑥341 全集⑥329 新大系⑤367 大系⑤392 集成⑧230
なく声も（蛍372）乾100ウ8　新全集③201 全集③193 新大系②430 大系②424 集成④64
なくなくも帰り…（幻569）坤34オ5　新全集④536 全集④522 新大系④197 大系④206 集成⑥141
なくなくもけふ…（夕かほ41）乾12オ7
新全集①192 全集①266 新大系①144 大系①172 集成①176
なくなくもはね…（橋姫621）坤49ウ3
新全集⑤123 全集⑤115 新大系④303 大系④302 集成⑥261
なげきつゝあかし…（明石245）乾66オ6
新全集②275 全集②264 新大系②90 大系②96 集成②308
なげきつゝ我…（賢木147）乾43オ1　新全集②106 全集②98 新大系①358 大系①382 集成②148
なげきわび空…（葵117）乾35ウ2　新全集②40 全集②33 新大系①307 大系①334 集成②86
なげき侘身…（浮舟752）坤86オ2　新全集⑥193 全集⑥185 新大系⑤255 大系⑤272 集成⑧94
なつかしき（末つむ花80）乾23ウ6　新全集①300 全集①373 新大系①230 大系①263 集成①277
夏衣（幻571）坤34ウ4　新全集④537 全集④523 新大系④198 大系④207 集成⑥142
なでしこの（常夏380）乾103オ1　新全集③233 全集③225 新大系③11 大系③20 集成④94
などてかく（槙柱417）乾113オ1　新全集③385 全集③377 新大系③136 大系③145 集成④236
なにとかや（藤裏葉447）乾120オ7　新全集③448 全集③440 新大系③188 大系③197 集成④295
なにゆへか（夕霧549）坤27ウ4　新全集④487 全集④472 新大系④155 大系④168 集成⑥96
なべて世の（朝顔310）乾83オ5　新全集②474 全集②464 新大系②256 大系②253 集成②194
波こゆる（浮舟750）坤84オ8　新全集⑥176 全集⑥168 新大系⑤242 大系⑤258 集成⑧78
なみだ川（須磨177）乾50オ1　新全集②178 全集②170 新大系②16 大系②24 集成②217
なみだのみきり…（椎本639）坤55オ5

に

ぬ

ね

の

は

はつ草のおひ…（わかむらさき46）乾14ウ1
新全集①208 全集①282 新大系①159 大系①186 集成①191
はつ草のわか葉…（わかむらさき47）乾15オ1
新全集①216 全集①290 新大系①164 大系①192 集成①198
初瀬川（玉かつら346）乾93ウ3 新全集③116 全集③110 新大系②354 大系②354 集成③309
花ぞのゝ（胡蝶364）乾98ウ6 新全集③172 全集③164 新大系②405 大系②400 集成④38
花といへば（蜻蛉763）坤89オ1 新全集⑥268 全集⑥257 新大系⑤312 大系⑤329 集成⑧163
花のえに（梅枝429）乾116オ2 新全集③407 全集③399 新大系③154 大系③162 集成④256
花の香に（紅梅592）坤40ウ8 新全集⑤51 全集⑤45 新大系④241 大系④245 集成⑥192
花の香は（梅枝428）乾115ウ7 新全集③406 全集③398 新大系③154 大系③162 集成④256
花のかをえならぬ…（梅枝435）乾117ウ2
新全集③412 全集③404 新大系③158 大系③167 集成④261
花の香をにほはす…（紅梅594）坤41オ6
新全集⑤53 全集⑤47 新大系④242 大系④246 集成⑥194
花を見て（竹河611）坤46オ4 新全集⑤86 全集⑤80 新大系④272 大系④273 集成⑥225
はゝきゞの（はゝき木22）乾6オ8 新全集①112 全集①187 新大系①76 大系①105 集成①100
はふり子が（若菜下489）坤8オ7 新全集④174 全集④166 新大系③326 大系③333 集成⑤159
はるかにも（明石220）乾60ウ3 新全集②236 全集②226 新大系②62 大系②67 集成②271
はるの日の（胡蝶361）乾98オ2 新全集③167 全集③159 新大系②402 大系②396 集成④33
春までの（幻587）坤39オ6 新全集④549 全集④535 新大系④206 大系④216 集成⑥153
はれぬ夜の（末つむ花76）乾22ウ8 新全集①287 全集①360 新大系①220 大系①252 集成①265

ひ

日かげにも（乙女331）乾89オ8 新全集③65 全集③59 新大系②314 大系②312 集成③262
ひかりありと（夕かほ35）乾10ウ8 新全集①162 全集①236 新大系①120 大系①144 集成①146
ひかり出ん（若菜上478）坤5オ8 新全集④115 全集④107 新大系③277 大系③286 集成⑤103
ひきつれて（須磨180）乾50ウ3 新全集②181 全集②173 新大系②18 大系②26 集成②219
引わかれ（初音355）乾96オ1 新全集③146 全集③140 新大系②380 大系②380 集成④14
久かたの（松風295）乾79オ5 新全集②420 全集②410 新大系②207 大系②209 集成③140
ひたちなる（常夏383）乾103ウ5 新全集③250 全集③242 新大系③24 大系③34 集成④110
ひたふるに（東屋727）坤79ウ1 新全集⑥84 全集⑥77 新大系⑤171 大系⑤183 集成⑦330
人こふる（幻581）坤37オ6 新全集④544 全集④530 新大系④202 大系④212 集成⑥149
人しれず（朝顔309）乾83オ2 新全集②474 全集②464 新大系②255 大系②253 集成②193
人づまは（紅葉賀93）乾27ウ1 新全集①340 全集①412 新大系①261 大系①293 集成②38
人の世の（夕霧551）坤28オ5 新全集④489 全集④474 新大系④155 大系④168 集成⑥97
ひとの世を（葵120）乾36オ7 新全集②51 全集②44 新大系①315 大系①342 集成②97
人はみないそぎ…（早蕨693）坤69ウ7
新全集⑤360 全集⑤350 新大系⑤15 大系⑤23 集成⑦139

ふるきあとを（蛍379）乾102ウ1　新全集③214 全集③206 新大系②440 大系②434 集成④76
ふるさとに（松風289）乾77ウ1　新全集②408 全集②398 新大系②198 大系②200 集成③130
ふるさとの（初音357）乾96ウ2　新全集③155 全集③149 新大系②388 大系②387 集成④23
ふるさとをいづれ…（須磨212）乾58オ5
新全集②215 全集②206 新大系②43 大系②50 集成②252
ふるさとをみね…（須磨188）乾52ウ1
新全集②187 全集②179 新大系②23 大系②30 集成②225

へ

へだてなき（総角665）坤62オ7　新全集⑤275 全集⑤265 新大系④421 大系④422 集成⑦60
へだてなく（鈴虫521）坤17ウ8　新全集④376 全集④364 新大系④72 大系④79 集成⑤348

ほ

時鳥かたらふ…（花ちる里167）乾47ウ4
新全集②155 全集②147 新大系①396 大系①418 集成②195
時鳥きみ…（幻576）坤35ウ7　新全集④542 全集④527 新大系④201 大系④211 集成⑥146
ほに出ぬ（寄生716）坤76ウ5　新全集⑤465 全集⑤453 新大系⑤94 大系⑤103 集成⑦236
ほのかにも（夕かほ39）乾11ウ7　新全集①191 全集①264 新大系①143 大系①171 集成①175
ほのめかす（夕かほ40）乾12オ2　新全集①191 全集①265 新大系①143 大系①171 集成①175

ま

まくらゆふ（わかむらさき48）乾15オ4
新全集①216 全集①291 新大系①165 大系①193 集成①199
まことにや（わかむらさき55）乾16ウ6
新全集①222 全集①296 新大系①169 大系①198 集成①204
ませのうちに（胡蝶367）乾99オ7　新全集③182 全集③174 新大系②413 大系②408 集成④47
また人に（寄生711）坤75オ6　新全集⑤435 全集⑤424 新大系⑤72 大系⑤80 集成⑦209
まだふりぬ（浮舟734）坤81ウ5　新全集⑥112 全集⑥104 新大系⑤195 大系⑤207 集成⑧17
まつさとも（若菜下498）坤11オ3　新全集④249 全集④239 新大系③381 大系③391 集成⑤229
松しまのあまのとまや（須磨189）乾52ウ6
新全集②189 全集②180 新大系②24 大系②31 集成②227
松島の海士のぬれぎぬ（夕霧547）坤26ウ4
新全集④476 全集④461 新大系④146 大系④158 集成⑥85
夵の池や（胡蝶359）乾97ウ4　新全集③167 全集③159 新大系②401 大系②396 集成④33
待人も（手習787）坤95オ2　新全集⑥350 全集⑥338 新大系⑤374 大系⑤399 集成⑧238
夵むしの（手習771）坤91オ7　新全集⑥315 全集⑥303 新大系⑤350 大系⑤371 集成⑧206
まどひける（藤はかま402）乾109オ6　新全集③341 全集③333 新大系③100 大系③111 集成④196

み

見る人も（早蕨689）坤68ウ5　新全集⑤357　全集⑤347　新大系⑤12　大系⑤20　集成⑦136
みる程ぞ（須磨204）乾56オ2　新全集②203　全集②194　新大系②34　大系②41　集成②241
みるめこそ（繪合280）乾75オ4　新全集②382　全集②372　新大系②177　大系②181　集成③105
身をかへてのち…（朝顔315）乾84オ8
新全集②484　全集②474　新大系②263　大系②261　集成②203
身をかへてひとり…（松風288）乾77オ6
新全集②408　全集②398　新大系②198　大系②199　集成③129
みをづくし（澪標260）乾69ウ6　新全集②306　全集②296　新大系②115　大系②121　集成③36
身をなげし（手習767）坤90オ5　新全集⑥302　全集⑥290　新大系⑤340　大系⑤359　集成⑧194
身をなげむ涙…（早蕨692）坤69ウ3　新全集⑤360　全集⑤350　新大系⑤14　大系⑤22　集成⑦139
身をなげん渕…（若菜上472）坤4オ2　新全集④84　全集④77　新大系③255　大系③263　集成⑤74

む

むかしこそ（若菜下486）坤7ウ5　新全集④173　全集④165　新大系③325　大系③332　集成⑤158
むすびける（寄生713）坤75ウ6　新全集⑤440　全集⑤428　新大系⑤75　大系⑤83　集成⑦213
むすびつる（きりつほ9）乾2ウ8　新全集①47　全集①123　新大系①25　大系①49　集成①38
むすびをく（御法555）坤29ウ5　新全集④499　全集④485　新大系④166　大系④177　集成⑥107
むつごとを（明石229）乾62ウ7　新全集②257　全集②246　新大系②77　大系②83　集成②290
むらさきに（藤裏葉441）乾119オ2　新全集③438　全集③430　新大系③181　大系③189　集成④286
紫の色に…（藤裏葉456）乾122ウ1　新全集③461　全集③452　新大系③197　大系③206　集成④306
むらさきの色は…（竹河616）坤47ウ7
新全集⑤93　全集⑤86　新大系④277　大系④278　集成⑥231
紫のゆへ…（胡蝶362）乾98オ6　新全集③170　全集③162　新大系②404　大系②399　集成④36

め

めぐりきて（松風296）乾79オ8　新全集②420　全集②410　新大系②207　大系②209　集成③141
めづらしと（梅枝436）乾117ウ5　新全集③412　全集③404　新大系③158　大系③167　集成④262
めづらしや（初音356）乾96オ5　新全集③150　全集③144　新大系②383　大系②382　集成④17
めにちかく（若菜上463）坤2オ3　新全集④65　全集④58　新大系③241　大系③248　集成⑤56
目のまへに（橋姫630）坤52ウ4　新全集⑤165　全集⑤156　新大系④333　大系④335　集成⑥299

も

もとつかの（紅梅593）坤41オ3　新全集⑤53　全集⑤47　新大系④241　大系④246　集成⑥193
物おもふと（幻589）坤39ウ4　新全集④550　全集④536　新大系④206　大系④216　集成⑥154
物思ふに（紅葉賀84）乾25オ3　新全集①313　全集①385　新大系①241　大系①272　集成②13
もりにける（藤裏葉445）乾119ウ6　新全集③441　全集③433　新大系③184　大系③192　集成④289
もろかづら（若菜下493）坤9ウ1　新全集④233　全集④224　新大系③369　大系③379　集成⑤214
諸ともにおき…（幻582）坤37ウ1　新全集④544　全集④530　新大系④203　大系④213　集成⑥149

や

ゆ

よ

わ

※本一覧は、岡（小川）陽子編「『源氏物語』作中和歌主要注釈書所在一覧」（「翻刻 平安文学資料稿」第三期・別巻三『佚名 源氏物語梗概書（広島大学蔵）下』〈2000年　広島平安文学研究会〉付載）をもとにして加藤伸江（2016年度広島大学大学院文学研究科博士課程後期修了）が作成した。

索　　引

人　名　索　引

凡　例

・本書本文中に登場する歴史的人物および近現代の研究者等の人名を現代仮名遣いによる五十音順に配列し、出現するページ数を示した。
・『源氏物語』の作中人物など、架空の人名は掲げない。また、引用文中にのみ登場する人名も原則として掲げていない。
・見出しは基本的に氏名により、公家の家名等は氏の後に〔　〕に入れて示した。
・見出しの後に本文中に登場する別称を（　）に入れて示した。
・３ページ以上にわたって連続して登場する場合は、最初と最後のページ数を～で繋いで示した。

え

お

か

き

く

も

や

ゆ

よ

り

れ

わ

書　名　索　引

凡　例

・本書本文中に現れる書名・作品名を現代仮名遣いによる五十音順に配列し、出現するページ数を掲げた。
・表題や見出し中の書名は掲げていない。また、近代以降の研究書などは掲げていない。
・別称がある場合は、（　）に入れて示した。
・３ページ以上にわたって連続して出現する場合は、最初と最後のページ数を〜で繋いで示した。
・第一部第四章から第三部第四章までの各章で表題に掲げて終始取り上げている作品名については、各章の最初のページと最後のページを〜で繋いで太字で示した。

こ

ひ

ふ

へ

ほ

ま

み

む

も

や

ゆ

よ

り

れ

ろ

妹尾 好信（せのお よしのぶ）

1958年1月 徳島県市場町（現阿波市）に生まれる

1980年3月 広島大学文学部文学科国語学国文学専攻卒業

1984年3月 広島大学大学院文学研究科博士課程後期中途退学

専攻 中古・中世日本文学

学位 博士（文学）（広島大学）

現職 広島大学大学院文学研究科教授

主著 『岸本由豆流 後撰和歌集標注』（1989年，和泉書院）

中世王朝物語全集② 『海人の刈藻』（1995年，笠間書院）

『平安朝歌物語の研究［大和物語篇］』（2000年，笠間書院）

『王朝和歌・日記文学試論』（2003年，新典社）

『中世王朝物語の新研究』（共編，2007年，新典社）

『平安朝歌物語の研究［伊勢物語篇］［平中物語篇］［伊勢集巻頭歌物語篇］』（2007年，笠間書院）

新典社新書45『昔男の青春—『伊勢物語』初段～16段の読み方—』（2009年，新典社）

『中世王朝物語 表現の探究』（2011年，笠間書院）

知の遺産シリーズ2『伊勢物語の新世界』（共編，2016年，武蔵野書院）

新典社研究叢書307

源《げん》氏《じ》物《もの》語《がたり》 読《どく》解《かい》と享《きょう》受《じゅ》資《し》料《りょう》考《こう》

平成31年2月28日 初版発行

著者 妹尾好信

発行者 岡元学実

印刷所 惠友印刷㈱

製本所 牧製本印刷㈱

検印省略・不許複製

発行所 株式会社 新典社

東京都千代田区神田神保町一—四四—一一

営業部＝〇三（三二三三）八〇五一番

編集部＝〇三（三二三三）八〇五二番

FAX＝〇三（三二三三）八〇五三番

振替 〇〇一七〇—〇—二六九三二番

郵便番号一〇一—〇〇五一番

ISBN 978-4-7879-4307-1 C3395

http://www.shintensha.co.jp/ E-Mail:info@shintensha.co.jp